LITTLE FUZZY

Oorspronkelijke titels van de in deze omnibus opgenomen titels: 'Little Fuzzy' en 'Space Viking'

Vertaling 'Little Fuzzy': D. van Linschoten
Vertaling 'Space Viking': Joh. Peels

H. Beam Piper

LITTLE FUZZY

SF
fantasy

CentriPress bussum

HOOFDSTUK I

Jack Holloway knipperde met z'n ogen tegen de felle oranje zon. Hij schoof zijn hoed wat naar voren en bracht toen z'n hand naar de knoppen om de antizwaartekracht-generator bij te stellen en de manipulator nog eens dertig meter omhoog te halen. Toen bleef hij even rustig zitten. Hij rookte een pijpje dat zijn witte snor door de jaren heen geel gekleurd had en keek naar de rode lap die om een bosje gebonden zat tegen de rotswand aan. Hij verkneukelde zich al bij voorbaat.

,,Dat wordt een goeie.'' Hij praatte hardop, zoals mannen doen die jarenlang alleen zichzelf als gezelschap gehad hebben. ,,Deze wil ik wel es zien afgaan.''

Hij kon zich wel duizend explosies herinneren die hij in de loop der jaren had ontketend op planeten waarvan hij de namen al vergeten was. Er waren ook een paar kernontploffingen bij geweest. Ze waren altijd weer anders en steeds opnieuw fascinerend, vond hij, zelfs zo'n betrekkelijk kleine ontploffing als deze. Hij haalde de schakelaar over, legde zijn duim op de knop en zond een impuls uit. De rode vlag verdween in een wolk van rook en stof die uit het ravijn naar boven steeg en koperkleurig leek in de zon. Gewichtloos door de anti-zwaartekracht wiebelde de grote manipulator zachtjes heen en weer. Neervallend puin stortte op de bomen en in het beekje.

Hij wachtte tot de machine weer stabiel was. Daarna gleed hij naar beneden, naar het gat dat de springlading in de kloof had geslagen.

Goed gedaan: een boel zandsteen was naar beneden gekomen, had de ader van de vuursteen gebarsten zonder die al te ver te doen wegspatten. Een grote hoeveelheid platte stenen lag los. De grijparmen kwamen naar voren; hij duwde en trok en gebruikte de onderste klemmen om een brok op te pakken en het op de vlakke grond tussen de kloof en de beek te laten vallen. Daarop liet hij een ander brok vallen, waardoor beide stukken braken. Zo nog een paar totdat hij genoeg had om hem de rest van die dag bezig te houden. Toen pakte hij de gereedschapskist en de antizwaartekracht hefboom, klom naar beneden en haalde uit de kist een paar handschoenen, een stofbril, een microray-scanner en een vibrohamer.

Het eerste stuk dat hij lossloeg bleek loos: de scanner noteerde een regelmatige structuur. Met de hefboom pakte hij de steen vast en smeet het ver weg de beek in. Bij het vijftiende brok steen kreeg hij pas succes: de scanner wees een onderbroken structuur aan. Er zou een zonnesteen in kunnen zitten.

Zo'n vijftig miljoen jaar geleden, toen de planeet die sinds vijfentwintig miljoen jaar Zarathustra heette, nog jong was, had er een kwal-achtige vorm van oceaanleven bestaan. Als dat organisme stierf zakte het weg in de zeebodem; daarna werd het met zand bedekt en samengeperst totdat het tot glasachtig steen verworden was. Zo werden begraven kwallen stukjes steen. En een oude biochemische gril zorgde ervoor dat sommige van die stenen diep-fluoriserend werden. Als mensen ze als sieraad droegen, dan gingen ze door de lichaamswarmte prachtig stralen.

Op Terra, Baldur, Freya en Ishtar was een eenvoudige zonnesteen al een kapitaal waard. En zelfs hier gaven de juweliers van de Zarathustra Maatschappij er een forse prijs voor. Maar voorlopig rekende Jack Holloway maar nergens op. Uit de gereedschapskist haalde hij een kleinere vibrohamer tevoorschijn en voorzichtig begon hij om de verborgen kern heen te tikken. De vuursteen brak open en gaf een gladde gele ellipsoïde prijs, ruim een centimeter lang.

,,Zeker duizend sol waard – als 't tenminste van het goeie soort is,'' mompelde hij. Met een paar korte tikjes kwam de gele steen nu los van de kei. Hij wreef het steentje tussen zijn gehandschoende handpalmen. ,,Mmmm, ik betwijfel het.'' Hij wreef de steen harder, hield 'm toen tegen de hete kop van zijn pijp. Geen resultaat. Hij liet de steen vallen. ,,Alweer een kwal die niet goed heeft opgepast.''

Achter hem in de bosjes bewoog iets. Hij rukte zijn rechterhandschoen af en greep naar zijn heup. Toen zag hij waar het geluid vandaan gekomen was – een schaaldier van zo'n dertig centimeter lang, twaalf poten, lange voelsprieten en twee paar kaken. Hij boog zich voorover, pakte een stuk steen en gooide het vloekend naar dat beest. Alweer zo'n verdomde landgarnaal.

Hij verafschuwde landgarnalen. 't Waren lelijke beesten, maar daar konden ze natuurlijk zelf niks aan doen. Wat erger was: ze waren uiterst vernielzuchtig. In het kamp zaten ze overal op en in. Ze vraten alles. Ze kropen in machines, waarschijnlijk aangetrokken door de smeerolie, en veroorzaakten storingen. Ze gingen dwars door de electrische isolatie heen; ze kwamen in je bed en konden gemeen bijten. Niemand hield van landgarnalen – zelfs de landgarnalen niet.

Dit exemplaar was de weggeworpen steen ontkomen; het beest schuifelde haastig een paar meter opzij en keerde zich om, zijn voelsprieten bewegend alsof hij Jack Holloway uitlachte. Jacks hand ging opnieuw naar zijn heup. Maar hij hield zich in: revolverpatronen waren kostbaar en moesten niet verspild worden, zeker niet in ongevaarlijke situaties. Maar toen bedacht hij, dat een patroon afgevuurd op een echt doel nooit verspild is en bovendien had hij in geen tijden geschoten. Dus boog hij weer voorover, pakte een andere steen en zorgde ervoor dat die links van de garnaal terechtkwam. Onmiddellijk daarop bewoog zijn hand zich naar het lange automatische pistool. Nog voor de steen de grond raakte had hij 'm vast en de veiligheidspal overgehaald. Toen de garnaal wilde vluchten, vuurde hij. Het zogenaamde schaaldier spatte uiteen. Holloway knikte tevreden.

„Ouwe Holloway weet ze nog steeds te raken." Het was nog niet eens zo lang geleden dat hij zijn bekwaamheden vanzelfsprekend gevonden had. Nu had hij de leeftijd bereikt waarop niets meer vanzelfsprekend was. Hij schoof de veiligheidspal terug, stak het pistool weer in de holster en trok zijn handschoen aan.

Nog nooit zoveel verdomde garnalen gezien als deze zomer. Vorig jaar was het slecht geweest, maar dit overtrof alles. Zelfs de oudste pioniers zeiden dat. Er zou wel een eenvoudige verklaring voor bestaan – zo eenvoudig dat hij het eigenlijk zelf had kunnen bedenken. Misschien had het ongewoon droge weer er iets mee te maken. Of anders een toename in hun voedsel, of een vermindering van hun natuurlijke vijanden.

Hij had wel eens gehoord dat landgarnalen geen natuurlijke vijanden hadden, maar dat geloofde hij niet zo erg. Hij had vaak genoeg vermorzelde garnalen zien liggen, waarvan veel vlak bij zijn kamp. Misschien vertrapt onder de hoeven van Zarageiten en daarna schoongevreten door insekten. Hij zou Ben Rainsford er eens naar vragen. Ben moest 't weten.

Een half uurtje later nam de scanner opnieuw een onderbroken structuur waar. Hij zette het apparaat opzij en nam de kleine vibrohamer ter hand. Dit keer had hij meer succes: een grote lichtroze steen, die onmiddellijk ging gloeien toen hij hem begon te wrijven.

„Aaah, eindelijk!"

Hij wreef harder en warmde de steen boven de hete kop van

zijn pijp. Veel meer dan duizend sol, mompelde hij. Pracht-kleur. Hij trok z'n handschoenen uit, haalde een leren zakje vanonder zijn hemd tevoorschijn en trok de touwtjes los. In het zakje zaten al zo'n twintig stenen, allemaal helder als vurige kooltjes. Even bleef Jack Holloway ernaar kijken. Toen liet hij de nieuwe zonnesteen ertussen vallen. Hij grinnikte tevreden.

Victor Grego luisterde naar zijn eigen stem op de band. Onder-wijl wreef hij de zonnesteen aan zijn linkervinger en zag hoe het schitterde. Hij hoorde de opschepperige toon in zijn stem: helemaal niet zakelijk-neutraal zoals het hoort op een bandje. Nou ja, als iemand zich daarover verbaasde over een half jaartje in Johannesburg op Terra, dan konden ze een kijkje gaan nemen in de laadruimten van het schip dat die band over een afstand van vijfhonderd lichtjaren naar hen toe gebracht had. Staven goud, platina, en gadolinium. Bont en biochemi-kaliën en brandewijn. Parfum die beter was dan welke imitatie ook; hardhout waar geen plastic tegenop kon. Kruiden. Een stalen koffer vol zonnestenen. Kortom, bijna allemaal luxe goederen – de enige echt stabiele koopwaren binnen het inter-stellaire handelsverkeer. Hij had 't ook over andere dingen ge-had. Veldbeestenvlees was zeven procent gestegen sinds vorige maand, twintig procent sinds vorig jaar en nog steeds was er veel vraag naar dat vlees op een stuk of twaalf andere planeten, die zelf niet in staat waren voedsel van Terra-kwali-teit te produceren. Graan, leer en hout. En hij had nog een dozijn artikelen toegevoegd aan de steeds langer wordende lijst van wat Zarathustra zelf tegenwoordig in voldoende mate kon produceren. Vishaken of gespen hoefden niet meer ingevoerd te worden. Ook geen explosieven, anti-zwaartekracht gene-rator onderdelen, of werktuigen, pharmaceutische artikelen en ook geen synthetische stoffen. Zarathustra had geen hulp meer nodig van de Maatschappij, want Zarathustra kon zichzelf be-druipen en de Maatschappij erbij.
Vijftien jaar geleden, toen Victor Grego door de Zarathustra Maatschappij hier naartoe was uitgezonden, hadden er alleen maar houten huisjes en wat geprefabriceerde hutjes naast de geïmproviseerde landingsbaan gestaan. Op die plek stond nu deze wolkenkrabber. En vandaag de dag was Mallorysport een stad met zeventigduizend inwoners. Alles bij elkaar had de planeet ruim een miljoen inwoners en er kwamen er steeds meer bij. Er stonden nu staalfabrieken, chemische industrieën,

kernenergiecentrales en machinefabrieken. En allemaal produceerden ze hun eigen kernenergie en pas waren ze begonnen met de export van geraffineerd plutonium. Ze waren zelfs hun eigen collapsium platen gaan vervaardigen.

De band was afgelopen. Grego speelde hem terug, stelde het apparaat af op 60 en zette 'm over op de radio. Over een minuut of twintig zou er een kopie zijn aan boord van het schip dat die nacht naar Terra zou wegflitsen. Toen hij hier bijna mee klaar was, ging de zoemer op zijn telescherm.

„Dr. Kellogg voor u, Mr. Grego," zei het meisje dat in het kantoortje naast hem zat. Hij knikte. Haar handen bewogen en ze was van het scherm verdwenen in een polychromatische ontploffing. Toen het beeld weer scherp was, kwam het gezicht tevoorschijn van de Afdelingschef van Wetenschappelijke Studie en Onderzoek. Met z'n sympathieke en iets te veel vertonende glimch keek hij Victor aan.

„Hallo Leonard. Alles goed?" Als alles inderdaad 'goed' was, dan was Leonard Kellogg er gewoonlijk op uit om meer waardering te krijgen dan hij feitelijk verdiende – en zo niet, dan probeerde hij de schuld altijd gauw op een ander te schuiven.

„Goeiemiddag, Victor." De manier waarop hij hem bij zijn voornaam noemde! „Heeft Nick Emmert nog met je gepraat over het Big Blackwater projekt?"

Nick was de president-generaal van de Federatie; dat kwam erop neer dat hij op Zarathustra de regering van de Terra Federatie belichaamde. Bovendien was hij een belangrijk aandeelhouder in de Zarathustra Maatschappij.

„Nee. Was dat dan de bedoeling?"

„Nou ja, ik vroeg het me alleen maar af, Victor. Ik had hem net op het scherm en hij zei dat er gepraat wordt over de regenval in de Piedmont streek op het Beta Continent. Of liever: over het uitblijven van regenval. Hij maakt zich er nogal zorgen over."

„Tja, tenslotte hebben we water onttrokken aan een halfmiljoen vierkante kilometer moeras, en de meeste wind komt uit het westen. Er is minder atmosferisch vocht aan de oostkant. Maar wie strooit die praatjes rond? En waar ligt Nick over te tobben?"

„Nick is bang voor de publieke opinie op Terra. Jij weet ook wel hoe sterk ze daar neigen naar conservatie. Iedereen is tegen destructieve exploitatie."

„Lieve God, noemt hij het winnen van vijfhonderdduizend vierkante kilometer nieuw bouwland destructief?"

„Nee, natuurlijk niet, Victor. Maar hij maakt zich zorgen dat Terra het een of andere verwrongen bericht krijgt dat wij het natuurlijk evenwicht verstoren en langdurige droogtes veroorzaken. En eerlijk gezegd ben ik daar zelf ook een beetje bang voor."

Victor begreep wel waar die twee over in zaten. Emmert was bang dat het koloniaal bestuur van de Federatie hem de schuld zou geven als ze de conservationisten op hun nek kregen. En Kellogg was bang dat ze hem ervan zouden beschuldigen dat hij de gevolgen niet had voorzien toen hij zijn fiat gaf aan het projekt. Als afdelingshoofd stond hij op de top van de ladder binnen de Maatschappij, en nu was al zijn streven erop gericht die positie te behouden.

„Er viel tien procent minder regen dan vorig jaar en vijftien procent minder dan het jaar dáárvoor," zei Kellogg. „Een paar mensen buiten de Maatschappij zijn daar achter gekomen en nu heeft het gerucht zich overal verspreid. Wat heet: een paar van mijn eigen mensen praten zelfs al over de ecologische bijverschijnselen. Jij weet even goed als ik wat er gebeurt als zo'n verhaal Terra bereikt. Die fanatieke conservationisten krijgen het te horen en de kritiek op de Maatschappij is niet van de lucht!"

Dan zou z'n terugslag krijgen op Leonard zelf, want die was één met zijn Maatschappij. Alleen was die Maatschappij een beetje groter en machtiger dan Leonard zelf. Ook Victor Grego was één met zijn Maatschappij, maar... hij zat zelf aan de knoppen.

„Leonard," zei hij, „ik geloof dat jij overgevoelig bent. De Maatschappij kan best wat kritiek hebben. Hoe kwam Emmert eigenlijk aan dat verhaal? Van jouw mensen?"

„Nee, absoluut niet, Victor. En dat is 't nou juist: het schijnt van Rainsford afkomstig te zijn."

„Rainsford?"

„Ja, Dr. Bennett Rainsford, de bioloog. Instituut voor Zeno-Wetenschappen. Ik heb die lui nooit vertrouwd: ze steken overal hun neus in en geven alles door aan het koloniaal bestuur."

„O, nou geloof ik dat ik weet wie je bedoelt. Zo'n klein ventje met rooie tochtlatten? Ziet er altijd uit alsof hij nooit uit de kleren komt. Ach, natuurlijk bemoeien die lui van Zeno-Wetenschappen zich overal mee, en natuurlijk geven ze al hun bevindingen door." Hij begon zijn geduld te verliezen. „Leonard, ik begrijp niet waar je naar toe wilt. Die Rainsford doet gewoon zijn werk. Waarom laat je jouw meteorologen niet nagaan of het

juist is en dat dan doorgeven aan de nieuwsdiensten?"
„Nick Emmert gelooft dat die Rainsford een geheim agent is voor de Federatie."
Victor begon te lachen. Er waren honderden geheim agenten op Zarathustra. Zelfs zíjn gangen werden nagegaan. Hij wist dat, en hij aanvaardde dat – net als de grote aandeelhouders, zoals Interstellar Explorations, de grote banken en de Terra-Baldur-Marduk Ruimtevluchtlijnen. Nick Emmert had een heel legioen spionnen, en de Terra Federatie had hier mensen zitten om hem en Emmert in de gaten te houden. Rainsford kon best een agent zijn. Tenslotte had hij als bioloog een pracht van een camouflage. Maar deze hele Big Blackwater toestand was uitermate belachelijk. Nick Emmert had kennelijk iets op z'n geweten.

„En wat dan nog, Leonard? Wat kan hij ons doen? Wij zijn een wettige instelling en we hebben een uitstekende juridische dienst die ervoor zorgt dat we nergens ons boekje te buiten gaan. Deze planeet is Klasse III-onbewoond. De Maatschappij is eigenaar. Wij kunnen doen wat we willen, zolang we maar niet over de schreef gaan. En zolang we dat inderdaad niet doen, heeft Nick Emmert wat mij betreft geen enkele reden om wakker te liggen. Nou, ben je nu gerustgesteld, Leonard?" Zijn stem had een scherpe ondertoon gekregen. Kellogg keek pijnlijk getroffen.

„Ik begrijp dat jij erover piekert dat Terra minder goede berichten over ons krijgt en dat waardeer ik natuurlijk in je, maar . . ."

Kellogg's gezicht klaarde zienderogen op. Victor zette het telescherm af, leunde achterover en begon te lachen. Alweer ging de zoemer. Het meisje kondigde aan:

„Mr. Henry Stenson voor u, Mr. Grego." „Geef maar door." Nog net kon hij de opmerking inhouden dat hij nu wel eens met een verstandig persoon zou willen praten. Het gezicht op het scherm was al wat ouder: mager, een strakke mond, en kraaiepootjes om de ogen.

„Goeiedag, Mr. Stenson. Hoe gaat 't?"

„Uitstekend, dank u. En met u?" Na een positief antwoord ging de oudere man door: „Hoe loopt de globe? Nog steeds synchroon?" Victors blik zwierf naar zijn favoriete bezit aan de andere kant van zijn kamer: de grote globe van Zarathustra, die Henry Stenson speciaal voor hem had gemaakt. Het zweefde zo'n twee meter boven de grond op een eigen anti-zwaartekracht generator. Er stond een oranje schijnwerper op die de KO-zon voorstelde. Twee satellieten cirkelden er langzaam om heen.

„De globe loopt precies op tijd. Darius ook. Alleen Xerxes is een paar lengte-seconden voor op zijn schema." „Maar dat is vreselijk, Mr. Grego!" riep Stenson geschokt uit. „Daar moet ik morgenochtend meteen wat aan doen. Ik had natuurlijk allang eens moeten vragen hoe dat ding liep, maar u weet hoe dat gaat. Geen tijd."

„Ja, Mr. Stenson, dat is een bekend probleem."

Ze praatten nog wat na, tot Stenson zich excuseerde. Het scherm was leeg. Grego bleef er even naar staren. Hij wou dat hij een hele serie Henry Stensons in zijn bedrijf had! Al waren het alleen maar mannen met de hersens en het karakter van Stenson, want het was natuurlijk onmogelijk om zelfs maar te hópen op instrumentmakers die het vakmanschap van Stenson konden benaderen. Nee, er was maar één Henry Stenson, zoals er maar één Stradivarius geweest was. Waarom werkt zo'n man eigenlijk in zo'n klein bedrijfje op een planeet als Zarathustra? Grego's blik ging terug naar de globe. Alpha Continent was langzaam naar rechts gedraaid; een klein lampje dat Mallorysport aangaf schitterde in het oranje licht. Darius, de binnenste maan waar Terra-Baldur-Marduk zijn vlieghaven had, hing er bijna recht boven. De buitenste maan, Xerxes, kwam net in 't zicht. Het enige dat de Maatschappij op Zarathustra niet bezat was Xerxes – de Terra Federatie had dit behouden als marinebasis. Het enige dat groter en machtiger was dan de Maatschappij.

Gerd van Riebeek zag Ruth Ortheris de lift uitkomen en de cocktaillounge rondkijken. Hij zette zijn drankje, althans het laatste lauwe beetje ervan, op de bar. Toen haar blik in zijn richting kwam, wuifde hij. Haar gezicht klaarde op en ze zwaaide terug. Hij liep op haar toe. Ze gaf hem een kusje op zijn wang, maar ontweek zijn lippen en pakte zijn arm.

„Een borreltje voor het eten?" vroeg hij.

„Dolgraag. Ik ben aan 't eind van m'n latijn." Hij leidde haar naar een van de barmachines, stak zijn kredietsleutel in het slot en zette een grote kan onder de tap. Daarna koos hij het drankje dat zij altijd samen gebruikten. Onderwijl nam hij haar op: kort zwart jasje, lavendelkleurige sjaal, lichtgrijze rok. Niet precies wat je noemt vrijetijdskleding. „Moest je toch dienst

12

doen vandaag?"

„Ja, bij de kinderrechter." Ze pakte een paar glazen van de plank onder de machine. Gerd tilde de kan op. „Een inbreker van vijftien." Ze vonden een tafeltje achteraan, uit de buurt van het rumoer. Zodra hij haar glas had volgeschonken, nam ze het op, dronk het half leeg en stak een sigaret aan.

„Uit de achterbuurt?"

Ze knikte. „Deze planeet is nota bene nog geen vijfentwintig jaar geleden ontdekt en nou hebben we al achterbuurten. Ik ben er bijna de hele middag geweest, samen met een paar man van de politie."

Kennelijk wou ze van onderwerp veranderen, want ze vroeg: „En? Wat heb jij gedaan vandaag?"

„Ruth, je moet me een lol doen en eens aan Doc Mallin vragen of hij eens naar Leonard Kellogg wil kijken zonder al te veel argwaan te wekken."

„Heb je weer moeilijkheden met hem gehad?" Haar stem klonk bezorgd. Hij haalde z'n schouders op en nam een slok. „Het is al moeilijk om die man alleen maar om je heen te hebben. In jouw beroepscode komt de term niet voor, maar die man is gewoon gek." Hij dronk nog wat en stak toen een sigaret van haar op. „Moet je luisteren, Ruth, een paar dagen geleden zei hij tegen me dat hij vragen binnengekregen had over die landgarnalenplaag op Beta. Hij wou dat ik een onderzoek instelde."

„;En?"

„Dat heb ik gedaan. Ik heb een paar man via het scherm gesproken en toen een rapport opgesteld en naar hem toegestuurd. En dat bleek fout: ik had er wéken aan moeten besteden en er een gigantisch projekt van moeten maken."

„Wat heb je tegen hem gezegd?"

„Ik heb hem de feiten gegeven. Normaal hield het klimaat de toename van landgarnalen in de hand. De eitjes worden namelijk ondergronds uitgebroed en pas in de lente komen de jonge garnalen naar boven. Als het veel geregend heeft, verdrinkt het merendeel. Maar volgens de jaarringen in de bomen heeft Beta Piedmont in geen eeuwen zo'n droge lente gehad als die van vorig jaar. Dus zijn de meeste garnalen in leven gebleven en hebben zich druk vermenigvuldigd. Dit voorjaar was nog droger dan vorig jaar, dus hebben ze nu landgarnalen over heel Beta. En ik geloof niet dat daar iets tegen te doen is."

„Nam hij dat serieus?"

Hij schudde vertwijfeld het hoofd. „Geen idee. Jij bent psychologe, dus waarom zoek jij dat niet eens voor me uit. Ik heb hem gistermorgen dat rapport gestuurd. Toen leek hij er tamelijk tevreden over. Maar vandaag, net na de lunch, liet hij me roepen en toen zei hij dat het beslist ontoereikend was. Hij wou me zelfs laten geloven dat de regenval op Beta normaal geweest was! Belachelijk. Ik verwees hem naar z'n eigen meteorologen en klimatologen, want daar had ik mijn gegevens vandaan. Hij klaagde erover dat de pers achter 'm aan zat. Ik zei dat ik hem de enige mogelijke verklaring had gegeven. Toen zei hij weer dat die onbruikbaar was; dat er een andere verklaring voor het probleem moest zijn.''

,,Tja, als de feiten je niet bevallen dan ontken je ze gewoon. En als je andere feiten nodig hebt: geen nood, je bedenkt er een paar die je leuk vindt. Het gebruikelijke beeld van iemand die niet genoeg heeft aan de werkelijkheid. Niet psychotisch, zelfs niet neurotisch, maar toch ook niet helemaal gezond.'' Haar glas was leeg en ze begon aan haar tweede. ,,Weet je,'' vervolgde ze, ,,het is eigenlijk best interessant. Heeft hij zelf soms een betere verklaring?''

,,Niet dat ik weet. Ik kreeg meer het idee dat hij het onderwerp van de regenval domweg niet wou bespreken.''

,,Merkwaardig. Is er soms nog iets gebeurd op Beta dat niet helemaal klopte?''

,,Nee, niet dat ik weet,'' zei hij weer. ,,Uiteraard weten we allemaal de oorzaak van de aanhoudende droogte: de drooglegging van het moeras. Maar ik begrijp niet. . .''

Zijn glas was nu ook leeg en toen hij zich nog eens wou inschenken, kwamen er slechts een paar druppels uit de kan. Hij keek op zijn horloge.

,,Nog één borreltje?'' vroeg hij.

HOOFDSTUK II

Jack Holloway zette de manipulator aan de grond vlak voor het groepje geprefabriceerde hutten. Eigenlijk voelde hij nu pas hoe moe hij was en hij bleef even zitten voor hij uit de cabine klom. Hij stak het grasveld over naar de woonhut en opende de deur. Voordat hij het licht aanstak keek hij omhoog naar Darius.

Er hing een brede nimbus om de planeet. Jack herinnerde zich hoe hij die middag dunne wolkjes had gezien. Misschien zou het vanavond wel gaan regenen. Het kon tenslotte niet eeuwig droogblijven! De laatste tijd had hij niet de moeite genomen om 's nachts zijn manipulator binnen te zetten, want de kans op regen was uiterst gering geweest. Maar nu besloot hij toch maar om de machine naar de hangar te brengen. Eerst zette hij de brede deuren van de hangar open en liet vervolgens de machine naar binnen glijden. Toen hij eindelijk weer bij de woonhut kwam merkte hij dat hij de voordeur wagenwijd open had laten staan.

„Stomme idioot," gromde hij tegen zichzelf. „Nou zit 't hele huis onder de garnalen!"

Zodra hij binnenkwam inspekteerde hij de huiskamer. Niks te zien. Ook niet onder het bureau of onder het geweerrek. Niks onder de stoelen of het telescherm en er was niets te zien achter de metalen kast waar de microfilms in bewaard werden. Dat was geluk hebben, vond Jack en hij ging z'n hoed ophangen. Hij legde zijn pistool af en liep naar de badkamer om zijn handen te wassen.

Toen hij het licht aan deed, hoorde hij uit de douchekuip een geschrokken kreetje. „Ieeek!" Holloway keek recht in een paar grote ogen, die hem vanuit een goudbonten bal aanstaarden. Het merkwaardige wezentje had een rond koppie, grote oren, een gezicht met vaag-menselijke trekken en een stomp neusje. Op z'n hurken gezeten was het misschien dertig centimeter lang. Het had twee menselijke handjes. Jack liet zich door z'n knieën zakken om zijn onverwachte bezoeker beter te kunnen bekijken.

„Wel wel wel, goeienavond," zei hij vriendelijk. „Zoiets heb ik nog nooit gezien. Met wie of met wat heb ik het genoegen?"

Het schepseltje keek hem ernstig aan en antwoordde toen met

een verlegen „Ieeek."

„Ach natuurlijk, jij bent een LF." Jack kwam wat dichterbij, maar zorgde er wel voor geen onverwachte bewegingen te maken waardoor het schepseltje zou kunnen schrikken. „Jij bent natuurlijk naar binnen geglipt toen ik de deur liet openstaan. Tja, als een LF op zijn weg een openstaande deur tegenkomt, waarom zou hij dan binnen niet eens een kijkje nemen, wat?" Voorzichtig raakte hij het wezentje aan. Eerst wou het zich terugtrekken maar het bedacht zich en betastte voorzichtig de stof van Jacks hemd. Jack voelde de warme zachtheid van het bontvelletje en trok het op zijn schoot. Het piepte van genoegen en sloeg een armpje om zijn nek. „Zozozo, wij worden dus goeie vrienden, hè?" Jack Holloway moest toch even wat wegslikken. „Heb je honger? Kom maar eens mee, dan gaan we wat te eten versieren." Als een baby tilde hij het op. Het woog hoogstens acht, negen kilo. Het stribbelde even tegen, maar algauw ontspande het zich en het begon er zelfs op te lijken dat het op z'n gemak raakte. Jack ging in de stoel in de woonkamer zitten, schoof de lamp wat dichterbij en ging zijn nieuwe vriend aan een nader onderzoek onderwerpen.

Het was een zoogdier. Op zichzelf was dat niets bijzonders, want op Zarathustra werden diverse zoogdieren gevonden. Maar daarmee hield de overeenkomst op. Het was geen primaat in de Terra-betekenis van het woord. In feite had het helemaal niets gemeen met Terra of Zarathustra diersoorten. Het was enkel en alleen maar een LF – een betere term kon hij er niet voor bedenken.

Naamgeving was op een Klasse IV-planeet als Loki of Shesha of Thor geen enkel probleem. Je wees maar naar een voorwerp of diersoort en de inboorlingen brabbelden wel wat onverstaanbaars, wat je dan zo goed en zo kwaad als 't ging opschreef en zo had het beestje weer een naampje. Maar op Zarathustra waren geen inboorlingen en dus zou LF wel altijd LF genoemd blijven.

„En? Waar heb je trek in?" vroeg Jack Holloway. „Doe dat bekkie maar eens open en laat ome Jack eens zien waar jij mee kauwen kan."

Het gebit van LF vertoonde sterke overeenkomsten met dat van de mens, alleen was de kaak wat ronder van vorm.

„Je bent dus waarschijnlijk een omnivoor. Heb je trek in een lekkere portie Terra Federatie Ruimtemacht Noodrantsoen Type Drie?"

LF bracht een geluidje voort dat erop zou kunnen wijzen dat Jacks voorstel weerklank vond. Het kon geen kwaad: RN III werd regelmatig aan·zoogdieren gegeven zonder dat ze er slechter van werden. Hij droeg LF naar de keuken en zette 'm daar op de grond. Hij maakte een blik open, brak een stuk van de inhoud af en gaf dat aan LF. Het schepseltje besnuffelde de cake aandachtig, uitte een verrukt kreetje en vrat het hele stuk in één hap op.

„Nou, je kan zien dat jij nooit gedwongen geweest bent om alleen op die rotcake te leven," bromde Jack. Hij brak de cake in tweeën en verbrokkelde een helft in hapklare brokjes, die hij op een schoteltje legde. Misschien wou LF ook wel wat drinken. Hij begon een schaal met water te vullen, maar bedacht toen dat zijn bezoeker geen hond was. Bovendien zag hij hoe het schepseltje de cake met twee handen op at. Dus zette hij een maatdopje van een whiskyfles naast de schaal en FL begreep meteen wat de bedoeling was. Het maatdopje werd keurig als kopje gebruikt.

Jack bedacht dat hij zelf ook nog geen hap gegeten had, maar hij had er nu geen zin meer in om nog uitgebreid te gaan koken. Uit de ijskast haalde hij wat kliekjes die hij bij elkaar in een pan gooide. Terwijl het warm werd, stookte Jack zijn pijp eens op. LF schrok van de vlam die uit Jacks aansteker schoot, maar wat hem 't meest met afschuw vervulde was de rook. Minutenlang bleef hij de rookwolkjes gadeslaan, totdat het eten klaar was en Jack de pijp neerlegde. Pas toen ging ook LF door met smullen. Jack was bijna klaar met eten toen hij schrok van een rauwe kreet. LF rende hem voorbij naar de huiskamer. Vlak daarop kwam hij terug met een lang, metaalachtig voorwerp, dat hij naast zich op de grond liet vallen.

„Mag Pappie Jack es zien wat je daar hebt?" Hij hoefde niet lang te kijken: het was zijn eigen houten beitel die hij een week geleden opeens kwijtgeraakt was. Hij had daar eigenlijk nogal over in gezeten, want in de wildernis kun je niet zonder je gereedschap. Hij wou de beitel beter bekijken en pakte 'm op. „Nee, ik ga 't heus niet van je afpakken, LF," stelde hij zijn nieuwe vriend gerust. „Alleen maar kijken."

Het was duidelijk dat de beitel sindsdien voor andere klusjes was gebruikt dan waarvoor die bestemd was. Misschien zelfs wel als wapen. Het was ongetwijfeld een handig en doeltreffend ding voor zo'n LF. Jack legde de beitel opzij en begon aan de afwas, met belangstelling gadegeslagen door LF. Na een tijdje richtte zijn interesse zich op de rest van de keuken. Natuurlijk mocht hij niet overal aan komen en soms moest Jack 't een en ander van hem afpakken. Dat maakte hem soms wel eens een beetje kwaad, maar al gauw leerde hij toch dat er dingen zijn die niet voor Fuzzies bestemd waren.

De ontdekkingsreis ging verder; na de keuken kwam de huiskamer aan de beurt. Het duurde niet lang of LF ontdekte dat een prullemand kon worden omgegooid en dat je wat er niet meteen uitviel ook met je handen eruit kon trekken. Hij kauwde op een stukje papier maar dat viel kennelijk niet in de smaak en dus werd het uitgespogen. Andere proppen papier werden gladgestreken en weer verfrommeld. Moeiteloos raakte hij verward in een stuk geluidsband. Hij was er tijden zoet mee, en toch kwam ook aan deze lol een eind. LF ging weer op zoek naar iets anders. Maar Jack pakte hem op en bracht hem naar de prullemand. ,,Fuzzie,'' sprak hij ernstig, ,,rommeltjes worden hier keurig opgeruimd.'' Hij wees naar de mand en zei langzaam en nadrukkelijk: ,,Prul-le-mand'' en begon voor te doen hoe rommel opgeruimd diende te worden. ,,Prul-le-mand,'' zei hij nog eens. Het bonte schepsel keek hem aan alsof hij zeggen wilde, ,,Wat heb je toch, Pappa Jack? Ben je niet lekker?'' Maar tenslotte waren Jacks pogingen niet vergeefs. LF begon de bedoeling te begrijpen en na een paar minuten was de prullemand weer vol. Alleen een felgekleurd plastic doosje bleef hem boeien en een fles met een schroefdop. Hij hield ze omhoog, alsof hij vragen wou ,,Mag ik ze hebben?''

,,Welja, vooruit maar. Kom eens hier, dan zal Pappa Jack je wat laten zien.'' Jack deed voor hoe het doosje open en dicht kon en hoe de dop van de fles af ging. ,,Ziezo, probeer jij 't maar eens.'' LF nam de fles aan, zette die tussen zijn knietjes en begon aandachtig aan de dop te draaien . . . helaas de verkeerde kant op, zodat hij muurvast kwam te zitten. Fuzzie begon klaaglijk te piepen.

,,Kom, kom, niet opgeven. Vooruit, je kan 't best.'' Na een korte studie werd de dop de andere kant op gedraaid en zo kwam die eindelijk los. LF uitte een kreet die gelijkstond aan ,,Eureka!'' en liet Jack trots zien wat hij voor elkaar gekregen had.

,,Dat is verdraaide slim van je, Fuzzie,'' zei Jack waarderend en hij realiseerde zich opeens hóe slim dat schepsel inderdaad was. Het had er niet veel tijd voor nodig gehad om uit te vissen waarom je een dop naar rechts vastdraaide en naar links los. Dat was een voorbeeld van logisch denken en zoiets had hij bij dieren nooit eerder waargenomen. Jack Holloway stond op en liep naar het telescherm. ,,Ik ga Ben Rainsford over jou vertellen,'' zei hij en drukte de knop in die hem moest verbinden met de verblijfplaats van de bioloog. Rainsfords scherm stond kennelijk op de automaat, want er was onmiddellijk kontakt. Op het scherm verscheen een kaartje met de tekst:

,,Ben op reis. De vijftiende terug.
Opname staat aan.''

,,Ben, hier is Jack Holloway. Ik ben iets heel bijzonders tegen 't lijf gelopen.'' In het kort beschreef hij zijn nieuwe vriend. ,,Ik hoop dat hij 't voorlopig bij me uithoudt, want ik wil dat jij 'm ook ontmoet. Het is een volkomen uniek schepsel.''

Het unieke schepsel was bijzonder teleurgesteld toen Jack het scherm afzette, want dat had hij erg interessant gevonden. Jack nam LF in z'n armen en droeg hem naar de leunstoel. ,,Zo,'' zei hij, terwijl hij zijn vriend op schoot installeerde, ,,wij gaan es naar iets leuks kijken.'' Hij zette zijn filmscherm aan. Het beeld vertoonde razende vlammen, een reportage van het verbranden van dood bos aan de rand van het Big Blackwater moeras. Ontsteld schreeuwde LF het uit, sloeg zijn armen om Jacks hals en verborg zijn gezichtje tegen zijn hemd. Jack kon zich best indenken dat het wezentje doodsbang was voor brand. Hij nam aan dat zijn soort zich meestal in bossen ophield en bosbranden ontstonden regelmatig door bliksemslag. Dus zocht Jack een ander programma op. Hij vond beelden vanaf het hoofdgebouw van de Maatschappij in Mallorysport. Tot aan de horizon strekte de stad zich uit. Ontelbare lichtjes glansden in de ondergaande zon. Met grote ogen aanschouwde LF het sprookjesachtige schouwspel. Ja, het was natuurlijk een indrukwekkend beeld voor een ventje dat z'n leven lang in de bossen had doorgebracht.

Ook de beelden van het ruimtevliegveld maakten grote indruk, maar een overzicht van de planeet Zarathustra verbaasde hem aanzienlijk. Terwijl het symfonie orkest van het Mallorysport Opera Gebouw concerteerde, rukte LF zich opeens los. Hij greep zijn houten beitel en zwaaide het vervaarlijk heen en weer.

,,Wat zullen we nou hebben?'' mompelde Jack en volgde de toeren van zijn vriend. ,,Oh, ik zie 't al.'' Een grote landgarnaal liep over de vloer – kennelijk toch het huis binnengekomen toen de deur openstond. LF rende achter het beest aan, kwam er voor te staan, draaide zich bliksemsnel om en zwaaide de beitel

19

neer net achter de kop van de garnaal – het daarmee keurig ont-hoofdend. Even bleef hij naar zijn slachtoffer kijken. Toen schoof hij de beitel onder het lijf, draaide het om en kraakte de schaal met een paar korte klappen. En toen was het tijd voor een heerlijk maal; LF plukte het vlees uit de schaal en begon te smullen. Nadat hij de grootste stukken naar binnen had ge-werkt, gebruikte hij de beitel om een van de klauwen af te hakken, die hij dan weer gebruikte om bij de stukjes vlees te komen die moeilijk te pakken waren. Toen alles op was, likte hij zijn vingers af en kwam richting leunstoel. ,,U-uh,'' Jack schud-de z'n hoofd en wees naar de schaalresten. ,,Dat hoort in de prullemand, weet je nog?'' ,,Ieeek?'' ,,Prul-le-mand.''
En ja hoor, LF veegde de resten netjes bij elkaar en deponeer-de ze waar ze behoorden. Toen klom hij voldaan op de schoot van Pappa Jack. Het duurde niet lang voor hij daar in slaap viel. Na een poosje nam Jack hem voorzichtig op, legde hem op de warme stoel en ging zichzelf in de keuken een borrel inschen-ken. Terug in de huiskamer stak hij de brand in z'n pijp en pakte het dagboek. Het dagelijks verslag moest nog geschre-ven worden. Algauw klonk er veronrust gepiep: LF was wakker geworden en miste Jack. Een opgevouwen deken in de hoek van de slaapkamer bleek een aanvaardbaar compromis, nadat LF de deken zorgvuldig had onderzocht op insekten. Toen er niets gevonden werd, bracht hij zijn fles en doosje naar de slaapkamer en leek klaar om weer te gaan slapen. Maar nee, eerst moest hij nog uitgelaten worden. Dat maakte hij duidelijk door bij de voordeur te gaan staan piepen. Een paar meter van de hut vandaan groef hij met de beitel een kuil en nadat hij zijn behoefte gedaan had, werd de kuil weer zorgvuldig dichtge-gooid. Jack sloeg dit alles met belangstelling gade. Hij maakte eruit op dat Fuzzies in kleine families leefden, die nesten of kuilen bewoonden waar ze even netjes op waren als de mens gewoonlijk op zijn huis was. En kennelijk had deze kleine Fuzzie Jacks huis als het zijne aanvaard en dus wou hij er geen rotzooi van maken.

De volgende ochtend werd Jack wakker doordat LF aan zijn dekens stond te rukken. Blijkbaar was hij niet alleen goed voor 't opruimen van die ellendige landgarnalen, maar hij was tevens een betrouwbare wekker. Hij wilde naar buiten, dat maakte hij zondermeer duidelijk. Dit keer nam Jack zijn filmcamera mee, zodat hij Fuzzies doen en laten kon registreren. Onderwijl bedacht hij dat het geen overbodige luxe zou zijn om een deurtje te installeren dat LF zelf open en dicht kon doen. Dat zou hem een boel geloop besparen en LF een gevoel van zelfstandigheid geven. Dus werd daar het grootste deel van de ochtend aan besteed en toen de deur werd ingebracht begreep FL onmiddellijk waar die voor diende.

Toen was het tijd voor Jack om naar zijn werkplaats te gaan, want hij had nog een plannetje bedacht. Hij legde een vuur aan en begon een puntig, tamelijk breed mes te smeden van ongeveer 2 cm lang met daaraanvast een klein rond stuk staal. Het bleek een beetje topzwaar te worden en daarom laste hij een knop aan het uiteinde, zodat het in evenwicht bleef en hanteerbaar was. Toen LF het werktuig zag had hij meteen door waar het voor bestemd was. Hij rende naar buiten, begon een paar kuiltjes te graven om het ding uit te proberen en ging er daarna mee door het gras jagen, op zoek naar garnalen. Jack legde alles op film vast. De camera registreerde verscheidene ongelukkige garnalen die met eindeloze precisie aan hun eind kwamen. Het was Jack volkomen duidelijk dat LF dit soort karweitjes langer had gedaan dan een week – toen hij de beitel in Jack z'n werkplaats gevonden moest hebben. ,,Héé,'' mompelde Holloway, ,,je kan nooit weten . . .'' Hij ging zijn schuur in en keek nauwkeurig rond. En jawel, zijn plotselinge gedachte werd bewaarheid: daar lag het voorwerp dat LF kennelijk had weggegooid toen hij Jacks beitel had gevonden. Het was een stuk hout van ongeveer 30 cm lang dat gladgewreven was met zandsteen. Aan één kant bevond zich een peddelvormig blad dat scherp genoeg was om een garnaal te onthoofden en de andere kant was puntig gevormd. Jack nam het dingetje mee het huis in en bestudeerde het onder z'n vergrootglas. Kruimeltjes aarde die er nog aan vast kleefden bewezen dat het scherpe eind als houweel had gediend, terwijl het bladvormig uiteinde diende om te onthoofden en de schalen te kraken. LF had precies geweten wat hij wou toen hij dit voorwerp maakte en had er net zolang aan gewerkt tot het aan alle eisen voldeed!

Jack stopte het weg in de lade van zijn bureau en liep er juist over te denken wat LF voor z'n middagmaal zou willen, toen het bonte kereltje de woonkamer in kwam rennen, zijn nieuwe wapen in de vuisten geklemd en opgewonden piepend. ,,Wat is er aan de hand, joh? Moeilijkheden?'' Jack vond het verstandig om op 't ergste voorbereid te zijn en koos zorgvuldig een geweer uit het rek. ,,Laat Pappa Jack maar es zien.'' LF volgde hem naar de grotemensen-deur, klaar om weg te duiken als dat nodig zou zijn. Buiten gekomen zag Jack wat er aan de hand was: er cirkelde een harpij boven het kamp die groot genoeg was om LF in één hap naar binnen te slokken. Jack legde aan, vuurde en de harpij viel als een steen naar beneden.

LF uitte een verraste kreet, bleef even als verstomd naar zijn dode vijand kijken en ontdekte toen de lege huls, die hij uit het gras weggriste. Jack zei dat hij de huls mocht houden en de nieuwe schat werd meteen naar de slaapkamer gebracht, waar zo langzamerhand een hele verzameling wonderlijke voorwerpen. Toen hij weer naar buiten kwam, pakte Jack hem op en droeg hem naar de manipulator. LF vond al die nieuwe geluiden en sensaties nogal beangstigend, maar toen ze opstegen met de dode harpij hangend in de grijparmen van het toestel begon hij toch van het ritje te genieten. Een paar kilometer verderop lieten ze de harpij vallen op een plek die volgens de kaarten 'Holoway's Run' heette. Na deze merkwaardige 'begrafenis' cirkelden ze terug over de bergen. LF begon het steeds leuker te vinden.

Na de lunch ging LF een dutje doen op Jacks bed en Jack nam de kans waar om een tijdje aan het werk te gaan. Die dag vond hij nog een zonnesteen en dat gebeurde niet vaak twee dagen achtereen. Tevreden keerde hij terug naar huis, waar LF vlak voor de deur een landgarnaal zat op te peuzelen.

Maar LF lustte ook best grotemensen-eten, als het tenminste maar niet te warm was. Samen gebruikten ze gezellig de avondmaaltijd. Toen de boel was opgeruimd, begon Jack aan de uitvoering van een plan waarop hij al een paar uur had lopen broeden. Hij wilde iets testen. Uit de la van het bureau haalde hij een moer en een bout tevoorschijn en liet die aan LF zien. Deze bestudeerde de voorwerpen, rende toen naar de slaapkamer en kwam terug met zijn fles. Hij schroefde de dop van de fles af en toen weer terug. Daarna deed hij hetzelfde met de moer die loskwam van de bout. Trots liet hij dit aan Pappa Jack zien alsof hij zeggen wou ,,Zie je? D'r is niks an!''

Jack vond dat zijn kleine vriend het volste recht had om trots te wezen. Blijkbaar was hij in staat om in termen van links- en rechtshandig te denken en dit zou kunnen betekenen dat hij ook eigenschappen wist te onderscheiden van voorwerpen en dát op zijn beurt wees er weer op dat dit merkwaardige wezentje abstrakt zou kunnen denken . . .

„Jij bent een verdomd slim ventje, weet je dat wel? Ben jij eigenlijk een volwassen Fuzzie of nog maar een baby? Goeie help, voor mij ben jij een professor!"

En wat moest de volgende les zijn voor deze professor? Misschien was het niet zo verstandig om hem teveel te leren over het uitelkaar halen van voorwerpen. Je kon nooit weten, in zijn afwezigheid zou LF zijn wetenschap wel eens kunnen uitproberen op voorwerpen die hem zouden kunnen bezeren. Jack rommelde wat in een van z'n kasten en vond tenslotte een blik. Toen hij zich omdraaide, zag hij nog net hoe LF aan zijn pijp zat te lurken. Prompt begon hij te hoesten.

„Hela! Dat is niet goed voor Fuzzies!" riep Jack en pakte de pijp af. Hij veegde het mondstuk schoon en stak de pijp in z'n eigen mond. „Alleen voor grote mensen," bromde hij. „Hier, ga jij hier maar es mee aan de gang." Hij zette LF op de grond en gaf hem het blik. Er zat een grote hoeveelheid stenen in, die hij verzameld had toen hij zich hier lang geleden vestigde. Hij had de verzameling nooit doorgezet, maar uiteindelijk alleen de mooiste stenen gehouden en de rest weggedaan.

LF bekeek het blik aandachtig en kwam tot de conclusie dat het behoorde tot de categorie van „dingen die je op dingen schroeft" en zo schroefde hij snel het deksel los. De binnenkant van het deksel weerspiegelde zijn nieuwsgierige snuit en het duurde even voordat hij tot de ontdekking kwam dat hij naar zichzelf zat te kijken. Het blik zelf, besliste Fuzzie, behoorde tot de categorie van „dingen die je leeg kan gooien", zoals prullemanden, en derhalve werd de inhoud van het blik over de vloer uitgestrooid. Zorgvuldig begon hij de stenen te sorteren op kleur. Dit was het eerste bewijs dat Fuzzies kleurbesef hadden. Tot Jacks verbazing ging deze Fuzzie door met het leveren van dit bewijs door de stenen zelfs op nuance te sorteren, precies in de volgorde van het spectrum. Het zou kunnen zijn dat hij regenbogen had gezien, dacht Jack, of misschien had hij dicht bij een waterval gewoond waar altijd een regenboog was waar te nemen zodra de zon ging schijnen. Of misschien waren Fuzzies gewoon van nature kleurgevoelig.

Toen alle stenen in de juiste volgorde lagen uitgespreid, begon LF ze te plaatsen in bijzondere ronde en spiraalvormige patronen. Steeds als er weer een ontwerp klaar was, begon hij opgewonden te piepen terwijl hij er gefascineerd naar bleef kijken. Het was duidelijk dat LF een zekere mate van kunstzinnige

bevrediging onderging. Wat hij aan het doen was kon je weliswaar nutteloos noemen, maar hij had er duidelijk een heleboel
plezier in.

Maar ook Fuzzies werden moe. Het ventje deed de stenen
terug in het blik, schroefde het deksel vast en rolde het naar de
slaapkamer, waar het bij zijn andere schatten kwam te liggen.
Zijn nieuwe wapen lag naast hem op bed toen hij in slaap viel.

De volgende ochtend zette Jack LF's ontbijt klaar en zorgde
ervoor dat er niets binnen handbereik stond waar hij kwaad
mee kon. Toen ging hij met de manipulator naar de afgraving.
De hele ochtend werkte hij onafgebroken door zonder één
goeie steen te vinden. Nadat hij nog een lading tot ontploffing
had gebracht, besloot hij eerst maar een hapje te eten. Na een
half uurtje begon hij weer en na een paar loze exemplaren vond
hij eindelijk twee goeie zonnestenen. En even later zelfs een
derde. Zeker de begraafplaats van kwallen geweest, grinnikte
hij in zichzelf. Toen hij laat in de middag ophield, telde hij maar
liefst negen nieuwe stenen, waaronder één van ruim twee centimeter doorsnee, dieprood van kleur. Er moest ooit in de oertijd
een stroomversnelling in de oceaan geweest zijn, dacht hij, die
al deze versteende kwallen op één plek had samengebracht. De
verleiding was groot om nog een tijdje door te gaan, maar tenslotte besloot hij toch maar om naar huis te gaan.

„LF!" riep hij, zodra de voordeur open was, „Waar zit je?
Pappa Jack heeft de pot gewonnen en dat moeten we vieren!"
Een diepe stilte. Jack riep nog eens. Geen antwoord. Geen
enkel geluidje. Ach, dacht Jack, hij heeft natuurlijk alle garnalen hier in de buurt al te pakken gehad en nu is hij verderop
bezig. Die komt wel terug. Hij deed zijn geweer af, legde het op
tafel en liep naar de keuken. De RN III was op, zag hij, en in de
slaapkamer lagen de gekleurde stenen over de grond en de
houten beitel lag op de deken. Jack haalde z'n schouders op.
Eerst maar wat eten. Terwijl zijn maal in de oven stond te war-
men, maakte hij een drankje klaar en ging in de leunstoel de
vandaag gewonnen zonnestenen zitten bekijken. Het was bijna
niet te geloven, maar hij had voor zo'n slordige 75.000 sol aan
stenen opgepikt! Dat was zeker een drankje waard. Hij leunde
tevreden achterover totdat de kookwekker waarschuwde dat
het eten klaar was.

Jarenlang had Jack alleen gegeten zonder er de minste last van
te hebben. Maar nu opeens vond hij het een saaie bedoening.

24

Na het eten rommelde hij wat door zijn microfilm bibliotheek, maar hij had alle boeken al gelezen en sommige zelfs meer dan eens. Terwijl hij zich zo bezig hield, bleef zijn gehoor gespitst op het kleine deurtje dat hij voor zijn nieuwe vriend had aangebracht. Maar er was geen beweging in. Tenslotte ging hij maar naar bed.

Het eerste wat hij deed toen hij wakker werd was naar de opgevouwen deken kijken. Tot zijn grote teleurstelling lag de houten beitel nog net zo als gisteren. Toch zette hij maar wat eten en water klaar voor hij aan 't werk ging. Je kon nooit weten. Die dag vond hij nog drie zonnestenen, maar om de een of andere reden kon hij er niet opgetogen over raken. Hij ging vroeg naar huis, vloog nog een paar rondjes boven het kamp voor hij daalde, maar zag geen Fuzzie. En in de keuken stond de RN III onaangeroerd. Allerlei mogelijkheden gingen door Jacks hoofd. Hij zou een ongeluk gehad kunnen hebben. Misschien was hij een vijand tegengekomen die hij zelfs met zijn nieuwe wapen niet aankon. Of misschien was hij zich domweg gaan vervelen en had hij besloten z'n heil elders te zoeken. Maar nee, dat leek toch niet zo waarschijnlijk. Fuzzie had het hier echt naar z'n zin gehad. En toch . . . Jack herinnerde zich hoe ook hij eens huis en haard had verlaten op zoek naar . . . naar wat? Naar avontuur? Hij had verscheidene mensen verdrietig achtergelaten. Misschien was het zo gegaan. Alleen wist LF niet hoe groot de leegte was die hij achtergelaten had.

Hij wou naar de keuken om een drankje te halen, maar beheerste zich. Één drankje uit zelfmedelijden, ouwe jongen, en het is met je gedaan, zei hij waarschuwend tegen zichzelf. Nou en? bromde hij verstoord en liep toch naar de keuken. Éentje, en dan naar bed.

HOOFDSTUK III

Jack schrok wakker en keek op de klok: al over 2200! Stijf kwam hij uit z'n stoel overeind en liep naar de keuken om een whisky in te schenken. Terug in de kamer zette hij het glas op het bureau en haalde z'n dagboek tevoorschijn. Het dagelijks verslag was bijna klaar toen hij een geluid hoorde bij het kleine deurtje. „Ieek!" Jack draaide zich bliksemsnel om. „Little Fuzzie?" Hij slaakte een zucht van verlichting toen hij het bonten schepsel in de deuropening zag staan, de deur openhoudend. Tot zijn verbazing zag Jack hoe een, twee, drie, nee vier fuzzies binnenkwamen. Eentje droeg een baby Fuzzie: een minuscuul balletje van wit bont. Allemaal hadden ze garnalendoders in de hand zoals die van Little Fuzzie die Jack nu in de bureaulade had liggen.

Middenin de kamer bleef de kleine parade staan om verbijsterd in het rond te staren. LF rende op Jack af. Jack boog zich voorover en ving zijn vriendje op. Fuzzie sloeg zijn armen om Jacks hals. „Daarom heb jij Pappa Jack in de steek gelaten. Je wou je hele gezin hier hebben!" De anderen legden hun wapen bij die van LF en kwamen aarzelend dichterbij. Jack sprak ze aanmoedigend toe en LF deed dat op zijn manier ook en eindelijk had er eentje genoeg moed verzameld om Pappa Jack aan te raken. Even later probeerden ze allemaal op z'n schoot te klimmen, zelfs de moeder met haar baby. Dat kleintje kon makkelijk op de palm van Jacks hand zitten, maar het verkoos een plaatsje bovenop zijn hoofd, waar het parmantig zat rond te kijken. „Hebben jullie al gegeten?" vroeg Jack. LF piepte alsof hij het woord 'eten' had herkend. Dus nam hij het hele stel mee naar de keuken en liet ze proeven van een rollade van koud veldbeestenvlees en andere lekkernijen. Het werd een heel diner en terwijl ze genoeglijk zaten te smullen ging Jack terug naar de kamer. Hij wilde de spullen die de familie had meegebracht wel eens nader bekijken. Twee van de garnalendoders waren van hout, net als het ding dat LF in de schuur had laten liggen. Eentje was gemaakt van hoorn, prachtig gepolijst, en de vierde was waarschijnlijk gemaakt van het bot van een zebraloop of een ander groot dier. Ook lag er een soort bijl, niet ongelijk aan die uit het stenen tijdperk, en een afgebroken stuk steen in de vorm van een sinaasappelschijfje – een merkwaardig stukje

26

gereedschap waarvan Jack niet zo gauw de funktie ontdekte. Pas toen hij voelde hoe scherp het uiteinde was, bedacht hij dat het een zaagje zou kunnen zijn. Voorzichtig legde hij het terug naast een paar mesjes en wat schelpen die kennelijk dienden als drinknappen.

Hij had 't net zo'n beetje allemaal bekeken toen Mama Fuzzie de huiskamer binnenkwam. Argwanend keek ze naar Jack, maar toen ze merkte dat de familie-eigendommen compleet en onbeschadigd waren, draaide ze bij. Baby Fuzzie hing aan haar vacht en hield een stuk fruit in een van z'n knuistjes. Toen hij Jack in 't oog kreeg, propte hij het fruit in z'n mondje en klom naar het alreeds vertrouwde plekje bovenop Jacks hoofd. Jack grinnikte binnensmonds; vandaag of morgen zou hij 'm dat toch moeten afleren, vond hij, want hij zou er spoedig te zwaar voor worden!

Een paar minuten later was het hele gezin weer verenigd in de huiskamer, waar ze zich gezellig met elkaar onderhielden. Mama sprong van Jacks schoot en mengde zich in het gezelschap dat aan het stoeien sloeg. Zelfs Baby Fuzzie verliet voor deze pret zijn veilige hoge plaats. Jack zuchtte diep. Hij was opgelucht en uiterst tevreden. Hij had gedacht zijn LF voor altijd kwijt te zijn en nou zat hij hier met een compleet gezin in z'n huiskamer!

Toen het eindelijk bedtijd geworden was, maakte hij slaapplaatsen in de huiskamer. De deken en schatten van LF verhuisden ook, zodat de hele familie bij elkaar kon zijn, en liever niet in zíjn slaapkamer. Eentje ging nog wel, maar vijf van die schepsels was een beetje veel van het goede.

De volgende ochtend werd hij wakker doordat ze allemaal op zijn bed zaten, zelfs de Baby. Het grootste deel van de ochtend was hij bezig met het maken van stalen garnalendoders voor het gezin en hij maakte er een paar extra voor 't geval er nog meer Fuzzies zouden komen opdagen. Ook smeedde hij een miniatuurbijltje met een hardhouten handvat, een handzaag van een afgebroken stukje ijzerzaag en een aantal mesjes.

De Fuzzies voelden best voor een ruilhandeltje. Ze hadden een sterk ontwikkeld bezitsinstinct, maar konden kennelijk tevens hun gezond verstand gebruiken als ze een goeie ruil zagen. En dus werden hun eigen werktuigen verwisseld voor de creaties van Jack. Zijn lade begon al aardig vol te raken. Het begin van een Holloway Verzameling van Zarathustra Fuzzie Wapens en Gebruiksvoorwerpen was er. Misschien zou hij het ooit nog eens vermaken aan het Instituut voor Zeno-Wetenschappen. Uiteraard moest de familie de nieuwe wapens uitproberen op argeloos rondscharrelende landgarnalen en Jack volgde het tafereel met zijn camera. Die ochtend kregen ze er bijna twintig te pakken en daardoor hadden ze weinig trek in hun middageten. Maar ze bleven Jack gezelschap houden toen hij zelf wat te eten nam. Hij was echter nauwelijks klaar toen ze al weer naar bed wilden voor hun middagdutje. Terwijl het stel lag te snurken ging Jack wat klusjes opknappen die al een tijdje waren blijven liggen. En het was al laat in de middag toen de Fuzzies eindelijk naar buiten kwamen voor een stoeipartijtje op het grasveld.

Jack was in de keuken bezig met z'n avondeten toen alle Fuzzies door hun deur naar binnenstormden en opgewonden piepten. LF kwam met een van de andere mannetjes naar de keuken. Hij ging bij Jack op z'n hurken zitten en begon in gebarentaal uit te leggen wat er aan de hand was, terwijl hij een blaffend geluid voortbracht. Hij moest de hele mime-act nog eens doen voordat Jack begreep wat hij bedoelde.

Op Zarathustra kwam een grote alleseter voor die 'verdommeling' genoemd werd (nog zo'n mooi voorbeeld van naamgeving!). Dit onsmakelijke beest had een hoorn op zijn voorhoofd en een hoorn aan elke kant van z'n onderkaak. Geen wonder dat Fuzzies er bang voor waren; zelfs mensen maakten liever dat ze wegkwamen als een verdommeling hun pad kruiste. Jack veegde z'n handen af en ging snel naar de woonkamer. Hij telde neuzen en tot z'n opluchting bleek de familie compleet. Veiligheidshalve koos Jack ditmaal een 12.7 dubbelloops uit zijn geweerrek. Hij controleerde of het geladen was en stak nog een paar extra kogels in zijn zak. LF was de enige die met hem meeging naar buiten en hem wees van welke kant het gevaar dreigde.

Op 't eerste gezicht was er geen verdommeling te zien en Jack wilde juist naar de oostkant van de woonhut lopen toen LF hem voorbij stormde, druk gebarend naar iets achter hem. Pijlsnel draaide Jack zich om. Het was net op tijd. De verdommeling kwam in volle vaart op hem af, de kop omlaag. Intuïtief legde Jack aan en vuurde. Het grote geweer sloeg terug tegen zijn schouder. De kogel raakte de verdommeling en smakte het beest met z'n volle gewicht achterover. Het tweede schot raakte het net onder een oor. Het grote lijf schokte en bleef toen liggen. Jack laadde opnieuw, maar het was niet meer nodig. De verdommeling was zo dood als een pier – net zo dood als hij geweest zou zijn als LF hem niet op tijd had gewaarschuwd. Dat kleine schepsel verdiende vast en zeker een schouderklopje. Jack ging terug naar binnen en zette het wapen terug in het rek. Daarna bracht hij de verdommeling weg met de manipulator en deponeerde het kreng ergens in een boomtop. De harpijen zouden niet weten wat ze zagen! Een onverwacht maar heerlijk maal.

Die avond werd de familie nog een keer opgeschrikt. Ze zaten net allemaal binnen en LF was aan 't uitleggen hoe je dingen op elkaar kon schroeven en weer los kon draaien, toen er recht boven de hut een luid getoeter weerklonk. In minder dan geen tijd zaten alle Fuzzies onder het geweerrek weggedoken. Het moest iets vreselijks zijn! Honderdkeer erger dan een verdommeling, en zelfs Pappa Jack zou hier geen raad mee weten! Ze begrepen er dan ook helemaal niets van toen ze Jack rustig naar de voordeur zagen lopen en die opendoen. Je kon het de Fuzzies natuurlijk niet kwalijknemen dat ze nog nooit de claxon hadden gehoord van een luchtpatrouillevaartuig.

De wagen daalde voor de hut en twee mannen in uniform stapten uit. Jack herkende ze allebei: Lt. George Lunt en zijn chauffeur Ahmed Khadra. ,,Goeienavond,'' riep hij, ,,is er iets aan de hand?''

Lunt kwam naderbij. ,,'Avond Jack. Nee, niets aan de hand. Kwamen zomaar eens langs om te zien hoe je 't maakt. Zo vaak komen we deze kant niet uit. Alles oké?''

De laatste keer dat hij de mannen van de patrouille had moeten roepen was toen een stelletje losgeslagen veldbeestenherders nieuwsgierig geworden was naar het zakje zonnestenen dat Jack altijd om z'n nek droeg. Maar toen de politie eindelijk arriveerde, hoefde ze alleen nog maar de lijken af te voeren en rapport op te maken. ,,Alles oké,'' antwoordde Jack en maakte een uitnodigend gebaar naar de nog openstaande deur. ,,Kom binnen. Ik moet je wat laten zien.'' Juist was LF naar buiten gekomen. Hij plukte aan Jacks broekpijp. Jack bukte zich en zette z'n vriend op de schouder. Inmiddels kwam ook de rest van de Fuzzies naar buiten en ze keken nieuwsgierig rond.

,,Hé,'' riep Lunt en bleef perplex staan. ,,Wat hebben we dáár?''

,,Fuzzies,'' zei Jack laconiek. ,,Nog nooit Fuzzies gezien?''

,,Goeie help nee. Wat zijn dat voor dingen?'' De agenten kwamen dichterbij. Jack ging het huis binnen en zorgde ervoor dat geen van de Fuzzies onder de voet gelopen werd. Lunt en Khadra bleven in de deuropening verbijsterd staan kijken. ,,Dat zei ik toch? Fuzzies! Tenminste, zo noem ik ze." Er kwamen er een paar naderbij, die Lt. Lunt nieuwsgierig gingen staan aankijken. ,,Ieeek?" vroeg er een. ,,Ze willen weten wie of wat jij bent," verklaarde Jack, ,,je zou dus kunnen zeggen dat de verwarring wederzijds is." Lunt aarzelde een ogenblik, en nam een besluit. Hij legde zijn revolver af, hing het aan de knop van de deur met zijn baret eroverheen. Khadra volgde onmiddellijk het voorbeeld van zijn superieur. Dit betekende dat ze nu tijdelijk 'buiten dienst' waren en dus best een borrel zouden accepteren. Één van de Fuzzies trok Khadra aan z'n broekpijp en Mama Fuzzie hield haar Baby omhoog naar Lunt. Khadra wist eigenlijk met zijn houding geen raad, maar tenslotte boog hij zich voorover en tilde de Fuzzie op die zo om aandacht vroeg. ,,Nog nooit zoiets gezien, Jack," zei hij, ,,waar komen ze vandaan, denk je?"

,,Ahmed!" De stem van Lunt klonk scherp. ,,Pas op, je kan die schepsels niet vertrouwen."

,,Heus Luitenant, ze doen me niks. Ze hebben Jack toch ook niks gedaan?" Khadra kreeg kennelijk de smaak te pakken: hij ging op de grond zitten, zodat er nog meer Fuzzies naar hem toe kwamen. ,,Waarom sluit u geen vriendschap met ze? 't Zijn schatjes."

Dit kon George Lunt natuurlijk niet op zich laten zitten. Hij was dus zo goed niet of ook hij zakte neer op de grond. Mama Fuzzie kwam meteen op hem af met de Baby. Het kleine balletje bont liet er geen gras over groeien en sprong op Lunts hoofd. ,,Maak je niet druk, George," zei Jack geruststellend, ,,het zijn alleen maar Fuzzies. Ze willen spelen."

,,Ik vertrouw geen onbekende diersoorten," bromde Lunt. ,,Jij weet zelf ook hoe je je soms kan vergissen." Dit is geen onbekende diersoort," wees Jack hem terecht. ,,Dit zijn zoogdieren van Zarathustra. Hun biochemische huishouding is indentiek aan die van jou en mij of dacht je soms dat je er de pestpokken van zou krijgen?" Hij zette LF bij de anderen op de grond. ,,We hebben deze planeet nou al zo'n vijfentwintig jaar in exploitatie en nog nooit heeft iemand iets dergelijks aangetroffen."

,,Ach Luitenant," Khadra deed ook nog een duit in 't zakje, ,,u zei zelf dat Jack ook wel weet wat-ie doet..." Langzaam maar zeker ging Lunt door de knieën. „Ik moet toegeven," zei hij aarzelend, „'t zijn leuke kereltjes." Hij gaf de Baby aan Mama. LF had het koord te pakken gekregen waaraan Lunts fluit hing en hij probeerde uit te vissen waar dat ding aan het uiteinde voor was. „En 't is natuurlijk wel gezellig voor jou, Jack." Jack liep naar de keukendeur. „Ik ga jullie wat inschenken. Doe alsof je thuis bent en speel wat met die makkers."

Terwijl hij in de keuken de sifon met soda vulde en ijsblokjes uit de ijsla haalde, weerklonk in de kamer het schrille geluid van een politiefluitje. Jack maakte net een nieuwe fles whisky open toen LF de keuken in kwam, de wangen bol van 't fluiten. Een paar van zijn familieleden achtervolgden hem, de armpjes uitgestrekt naar het begerenswaardige voorwerp. Jack maakte een blik RN III voor hen open in een poging hun aandacht van het lawaai-makende ding af te leiden. Onderwijl klonk in de huiskamer een ander fluitje. „Op 't bureau hebben we dozen vol van die dingen," riep Lunt boven de herrie uit, „we schrijven deze gewoon af."

„Verdomd aardig van je, George," riep Jack terug. „Geloof maar dat de Fuzzies dat op prijs stellen. Ahmed, als jij de drankjes inschenkt kan ik deze jongens hun snoepje geven."

Toen Khadra de glazen volgeschonken had en Jack de schoteltjes van de Fuzzies met RN III had gevuld, zat Lunt in een gemakkelijke stoel met een paar Fuzzies aan zijn voeten. Ze bekeken hem nog steeds even nieuwsgierig.

„Wat ik me afvraag, Jack," zei Lunt nadat hij een flinke slok genomen had. „Waar komen ze vandaan? Ik ben hier nou al vijf jaar en ik heb ze nooit eerder gezien." „Ik ben hier zowat tien jaar, en ik heb ze ook nog nooit gezien," antwoordde Jack, „ik vermoed dat ze uit het noorden komen, je weet wel, die streek tussen de Cordilleras en het gebergte aan de westkust. Er is nog bijna niemand in die streek geweest. Er zijn hoogstens een paar verkenningsvluchten gemaakt, maar dat is al. Wie weet, dat land daar kan wel barsten van de Fuzzies!" Toen begon Jack te vertellen hoe hij LF in zijn huis had aangetroffen. Ook verhaalde hij van de houten beitel en de dood van de eerste landgarnaal die zijn kamervloer overstak. Lunt en Khadra keken elkaar stomverbaasd aan.

„Nou begrijp ik 't," riep Khadra uit. „Ik heb verscheidene van die gekraakte lege garnalenschalen gevonden. Ik begreep al nooit wat of wie dat gedaan kon hebben. Maar je kunt er niet van uit gaan dat alle Fuzzies tegen zo'n houtbeitel aanlopen.

Dus wat zouden ze normaal gebruiken?''
Jack liep naar het bureau en trok de la open. ,,Asjeblieft,'' zei
hij, ,,hier heb je het wapen dat LF voor mijn beitel liet liggen.
En die andere dingen werden door de rest van het gezin meegebracht.'' Lunt en Khadra kwamen uit hun stoel om Jacks verzameling te bekijken. Eerst vond Lunt het nog onwaarschijnlijk
dat Fuzzies die voorwerpen zelf gemaakt hadden, maar later
moest hij toch toegeven dat het er wel naar uit zag. Inmiddels
zaten de Fuzzies naar het filmscherm te kijken, hoewel het niet
aanstond. Geen van allen hadden ze het scherm ooit in werking
gezien, behalve LF natuurlijk. Deze slimme jongen sprong op
de stoel die Lunt zojuist had verlaten, reikte naar het bedie-
ningspaneel en drukte de juiste knop in. Op het scherm verscheen het beeld van een verlaten met maanlicht overgoten
landschap. Niet bijster interessant, vond LF. Dus rommelde hij
wat met de keuzeknop en tenslotte vond hij een voetbalwed-
strijd vanuit Mallorysport. Dat was precies waar ze zin in hadden! Hij maakte een vreugdesprongetje en ging naast de rest
voor het scherm zitten kijken.
Lunt had het tafereel geïntrigeerd gadegeslagen. ,,Op Terra
heb ik apen gezien en op Freya Kholphs die dol op film waren.
Die konden ook het scherm aanzetten,'' mompelde hij. Het
klonk bijna als een overgave. ,,Ja,'' zei Khadra instemmend,
,,Kholphs zijn verrekt slim. Ze gebruiken werktuigen.'' ,,Ma-
ken ze die ook zelf?'' vroeg Jack, ,,en maken ze voorwerpen om
werktuigen mee te maken, zoals dit zaagje hier?'' Niemand wist
daar iets tegenin te brengen. Jack haalde diep adem. ,,Dat doen
alleen mensen zoals wij en Fuzzies.''
Het was voor het eerst dat hij hardop zei wat hij zojuist voor 't
eerst bedacht had. Maar in feite had hij er nooit aangetwijfeld.
Luitenant Lunt en agent Khadra keken hem verschrikt aan.
,,Je bedoelt...'' begon Lunt. ,,Ze kunnen niet praten en ook
geen vuur aanleggen,'' wierp Khadra tegen. ,,Ahmed, je weet
toch wel beter! Die regel over ,kunnen praten en een vuur aanleggen' is helemaal niet wetenschappelijk verantwoord.''
,,Maar het is wettig,' betoogde Lunt. Hij wou z'n ondergeschik-
te kennelijk niet in de kou laten staan. ,,Het is een vuistregel,
George, die ooit is uitgevonden om de pioniers te kunnen berechten die meenden dat ze konden doen en laten met de
inboorlingen die ze op de nieuwe planeten tegenkwamen. Dat
betekende meestal moord en doodslag. En die pioniers maar
volhouden dat ze dachten op groot wild te jagen!'' Jack begon

zich bepaald op te winden. ,,Oké, alles dat praat en een vuur kan maken is een ‚homo sapiens'. Dat zegt de wet. Maar dat betekent niet dat alles wat niet 100% aan die vuistregel voldoet dus automatisch géén ‚home sapiens' is. Ik heb nog geen van de Fuzzies een vuurtje zien maken en ik zal 't ze niet leren ook, want ik zou niet graag voor onaangename verrassingen komen te staan, maar ik ben ervan overtuigd dat ze met elkaar communiceren.''

,,Heeft Ben Rainsford ze al gezien?'' vroeg Lunt. ,,Ik heb 'm gebeld nadat LF was komen opdagen,'' vertelde Jack, ,,maar hij is op reis. Komt niet voor vrijdag thuis.''

,,Dat is waar ook.'' Lunt was nog steeds sceptisch gestemd. ,,Ik vraag me af wat hij ervan zegt.'' Lunt zou zich neerleggen bij Ben's mening, maar tot die tijd zou hij blijven twijfelen. Jack kon nauwelijks een lachje onderdrukken: wedden dat Lunt zich morgen zou laten testen om zeker te weten dat hij hier geen virus had opgelopen?!

Het bleek dat de Fuzzies al gauw aan de manipulator gewend geraakt waren. Ze vonden 't in elk geval geen vreselijk monster meer, maar gewoon een ding waar Papp Jack mee naar z'n werk vloog. Jack vond die ochtend een zonnesteen van dubieuze kwaliteit, maar had 's middags wat meer succes en vond twee betere. Toen hij vroeg thuiskwam, vond hij zijn vrienden verzameld in de huiskamer rondom de prullemand die op z'n kop lag. Ze waren net bezig de rommel bij elkaar te graaien. Jack zag dat er verscheidenen schalen tussen het afval lagen; ze hadden dus weer een paar landgarnalen te pakken gehad. Die avond aten ze wat vroeger dan anders, want Jack wou ze in de luchtjeep meenemen voor een ritje.

De volgende dag ontdekte Jack waar de ader liep langs het ravijn en hij was uren bezig het zandsteen boven de ader op te blazen. Als ie weer eens in Mallorysport kwam, moest hij zich toch eens een goede elektrische schof aanschaffen, bedacht hij. Hij kwam er die dag niet toe stukken steen nader op hun inhoud te onderzoeken. Toen hij zijn woonhut naderde, zag hij uit de verte al een harpij boven het kwam rondcirkelen. Onmiddellijk zette hij de achtervolging in en algauw moest het roofdier het afleggen tegen de snelle machine. Jack vuurde, en Zarathustra had een harpij minder. ⋅

Het zag ernaar uit dat Jack op de Begraafplaats der Kwallen gestoten was: de volgende dag vond hij maar liefst drie stenen. Genoeg voor een dag, besloot hij, en ging weer vroeg naar huis.

Voor de deur zag hij een luchtjeep staan en op het bakje buiten de keuken zat een kleine man met een rode baard en een verschoten khaki jas aan. De Fuzzies zaten in een kringetje om hem heen. Jack bespeurde een camera en andere instrumenten, die veiligheidshalve buiten het bereik van de Fuzzies waren neergelegd. Toen Jack naderbij kwam, stond de kleine man op en wuifde. Baby werd van zijn hoofdplaats aan z'n moeder teruggegeven.

„En? Wat vind je van ze, Ben?" vroeg Jack toen hij de manipulator aan de grond gezet had en de hand schudde van Rainsford. De kleine man grinnikte. „Op weg naar huis kwam ik langs de politiepost. Ik moest je zeggen dat ik even dacht dat George Lunt gek geworden was! Maar toen ik thuiskwam vond ik jouw boodschap, dus toen ben ik meteen maar komen kijken." De Fuzzies waren Jack enthousiast tegemoetgekomen ter begroeting. Nu duikelden ze als een stel uitgelaten kinderen achter hem aan. „Ben je hier al lang?" vroeg Jack. Rainsford keek op z'n horloge. „Lieve help, het is al veel later dan ik dacht. De tijd vliegt om met dit spul om je heen. Wist je trouwens dat ze over een uitstekend gehoor beschikken. Ze hoorden jou aankomen voordat ik me ergens van bewust was."

„Heb je ze garnalen zien doden;" „Wat dacht je: Ik heb al een paar films volgeschoten." Ben Rainsford schudde het hoofd. „Jack, ik kan dit bijna niet geloven." Jack klopte hem op de schouder. „Je blijft toch eten?" Rainsford grinnikte weer. „Voorlopig ben je niet van me af. Ik wil het naadje van de kous weten, reken daar maar op. Denk je dat jij een rapport op de band zou kunnen inspreken?" „Maar natuurlijk. Na 't eten." Jack ging naast Ben op het bankje zitten. Meteen kropen de Fuzzies over hem heen. Jack pakte LF vast. „Dit is 'm. Dit is de eerste die bij me op bezoek kwam. Opeens was ik 'm weer kwijt, maar een paar dagen later kwam hij zijn gezin brengen: mama Fuzzie en haar Baby. En deze noem ik Mike en Mitzi. En deze jongen noem ik Ko-Ko vanwege de hoeveelheid garnalen die hij ‚Knock-Out' heeft geslagen."

„George zegt dat je ze Fuzzies noemt. Wil je dat als hun officiële benaming?" „Waarom niet?" „Oké, dan noemen we de soort Holloway," besliste Rainsford, „Familie der Fuzzies. Ofwel Holloway's Fuzzie Akkoord?" Jack knikte. Waarom niet? Hij was allang blij dat er tegenwoordig geen latijn meer aan te pas kwam.

„Wat denk je, Ben," vroeg hij, „zouden de landgarnalen ze

hierheen gebracht hebben?" "Natuurlijk. Volgens George dacht jij dat ze uit het noorden komen. Dat is inderdaad de enige streek op Zarathustra waar ze mogelijkerwijs vandaan kunnen komen. En als je 't mij vraagt is dit nog maar een voorhoede. Voor je 't weet zitten we onder de Fuzzies. Ik vraag me af hoe snel ze zich voortplanten!" "Niet zo snel, denk ik," Jack zette Mike en Mitzi van zijn schoot. "In dit groepje hebben we drie mannetjes en twee vrouwtjes en er is maar één jong." Hij rekte zich uit. "Kom, ik ga es wat te eten maken. Als je wilt kun je onderhand naar de spullen kijken die ze met zich mee brachten."

Hij had de maaltijd al in de oven staan en de cocktails ingeschonken toen Rainsford nog aan 't bureau naar de voorwerpen zat te kijken. Afwezig nam hij een slok van het hem aangeboden drankje. "Jack, dit is wonderbaarlijk," mompelde hij. "Het is méér dan wonderbaarlijk," antwoordde Jack, "het is uniek. Dit is de enige verzameling wapens van de inheemse bevolking van Zarathustra." Ben Rainsford keek hem scherp aan. "Bedoel jij wat ik denk dat je bedoelt?" vroeg hij en gaf meteen zelf het antwoord: "Ja, dat bedoel je en niks anders." Hij nam nog een flinke slok, zette het glas neer en pakte de gepolijste garnalendoder. "Iets dat... neem me niet kwalijk, iemand die in staat is tot zulk werk is voor mij inderdaad een inboorling." Even aarzelde hij. "Zeg, die band die je zou maken, mag ik er een kopie van naar Juan Jimenez sturen? Hij is hoofd zoogdierkunde van de wetenschappelijke afdeling. We wisselen regelmatig informatie uit. En er is nog een hoge bij de Maatschappij die hierin betrokken moet worden, vind ik: Gerd van Riebbek, m'n vakgenoot. Hij is gespecialiseerd in dierlijke evolutie." Jack haalde z'n schouders op. "Waarom niet? De Fuzzies zijn tenslotte een wetenschappelijke ontdekking. En ontdekkingen moeten gemeld worden."

LF, Mike en Mitzi kwamen de kamer binnenwandelen. LF sprong op de leunstoel en zette het filmscherm aan. De beelden verschenen van de bosbranden bij Big Blackwater. Dit ontlokte verrukte kreetjes vn Mike en Mitzi - net een paar kinderen die naar een griezelfilm zaten te kijken. Ze hadden begrepen dat er duidelijk verschil was tussen filmbeelden en de werkelijkheid. Ben riep Jack terug tot die werkelijkheid. "Zou je 't goedvinden als ik ze hierheen haal om de Fuzzies te zien?" vroeg hij.

"Ik wed dat de Fuzzies het geweldig zouden vinden. Ze zijn dol op gezelschap." Nu kwamen ook Mama, Baby en Ko-Ko binnen. Ze keken naar wat er op het filmscherm vertoond werd en besloten dat het de moeite waard was om bij te gaan zitten. Toen de kookwekker afliep, sprongen ze allemaal overeind. Ko-Ko zette het filmscherm af. Ben keek Jack aan. „Vrienden van mij kunnen hun kinderen maar nooit leren het scherm af te zetten als er niet naar gekeken wordt," zei hij droogjes.

Het nam meer dan een uur in beslag om het hele verhaal op band te zetten. Toen Jack uitverteld was, maakte Ben Rainsford een paar samenvattende opmerkingen en zette de recorder af. Hij keek op z'n horloge. „Twintighonderd. In Mallorysport is het nu zeventienhonderd. Ik zou Jimenez nog op z'n werk kunnen treffen, als ik nu bel. Hij werkt meestal wat langer."

„Ga je gang," zei Jack, „wil je hem de Fuzzies laten zien?" Hij maakte ruimte op de tafel en zette LF, Mama en de Baby daar neer. Toen schoof hij een stoel bij en ging zitten met Mike, Mitzi en Ko-Ko op schoot. Rainsford koos het combinatienummer, zette Baby Fuzzie op z'n hoofd en wachtte af. Algauw was er kontakt. Het telescherm flitste aan en werd scherp. Een jonge man keek hen aan met de vluchtige blik van iemand die druk maar efficiënt bezig is. Hij had een neutraal, rustig en aangepast soort gezicht, zoals je er elk jaar duizenden kon waarnemen bij diploma-uitreikingen.

„Goeienavond, Bennet, wat een aangename verrassing," zei Jimenez, „ik had niet ge---" het woord werd afgemaakt met een geluid dat opperste verrassing verried. „Wat voor dingen heb je daar voor je op tafel? Zoiets heb ik nog nooit--- en wat zit er op je hoofd??" Rainsford kon maar net een lachje onderdrukken. „Familie der Fuzzies," antwoordde hij zakelijk. „Volwassen mannelijk exemplaar, volwassen vrouwelijk en een nog onvolgroeid mannelijk exemplaar." Hij gaf de Baby terug aan Mama. „Soort: Fuzzie Holloway Zarathustra. Die meneer hier links van mij is Jack Holloway, zonnesteendelver en ontdekker der Fuzzies. Jack, dit is Juan Jimenez." De mannen schudden hun ineengeklemde handen op Terra-Chinese wijze die gebruikt werd bij kennismakingen via het scherm. Jimenez mompelde afwezig iets van ‚aangenaam kennis te maken' en kon z'n ogen niet van de Fuzzies afhouden.

„Waar komen ze vandaan?" wilde hij weten, „zijn ze inheems?" „Ze zijn nog niet aan ruimteschepen toe, Dr. Jimenez," antwoorde Jack droogjes, „dus zijn ze inheems, zou ik zeggen.

Vroeg paleolithisch." Jimenez lachte een mechanisch lachje. Rainsford verzekerde hem dat de Fuzzies behoorden tot de oorspronkelijke bevolking van Zarathustra. ,,We hebben alles wat we van ze weten op band gezet, Juan. Minstens een uur lang. Kun jij op 60 afdraaien?" Hij stelde de recorder in. ,,Oké, schakel maar in en we seinen het naar je door. Ik zou verder graag willen dat je kontakt opnam met Gerd van Riebbek. Dit is echt iets voor hem en ik ben benieuwd naar zijn reaktie."

Toen Jimenez klaar was, drukte Rainsford op een knop en een minuut lang kwam er een hoog zweverig geluid uit het apparaat. De Fuzzies keken ervan op. De band was overgeschreven naar de machine van Jimenez.

,,Als je klaar bent met afluisteren zul je wel met Van Riebbek hierheen willen komen," voorspelde Ben. ,,Breng dan zo mogelijk ook iemand mee die een getraind psycholoog is of zoiets in elke geval iemand die de geestesgesteldheid van de Fuzzies kan beoordelen. Jack maakte echt geen geintje toen hij ,vroeg paleolithisch" zei. Als de Fuzzies niet menselijk zijn, dan zijn ze er wel verrekt dichtbij."

Jimenez keek bepaald geschrokken. ,,Dat meen je niet." Hij keek van Rainsford naar Holloway en weer terug. Hij kuchte. ,,Nou ja, ik bel wel terug als ik de band gehoord heb. Jullie zijn drie tijdzones west van ons, als ik me niet vergis? Oké, we zullen proberen je voor middernacht terug te bellen."

Toen het kontakt hersteld werd, was het nog ver voor middernacht. Jimenez zat niet meer in zijn kantoor maar bevond zich in de huiskamer van een flat. Op de voorgrond stond een pick-up en een laag tafeltje met hapjes en drankjes. Er zaten twee mensen bij hem, een man en een vrouw. De man was van ongeveer dezelfde leeftijd als Jimenez, maar hij zag er vrolijker uit; zijn verweerd gezicht verraadde een levendige en oorspronkelijke geest. De vrouw had glanzend donker haar en de glimlach van een Mona Lisa. De Fuzzies waren slaperig geworden en Jack had ze een extra portie RN III moeten geven om ze langer op te laten blijven, maar nu het telescherm aanstond werden ze weer helemaal wakker. Kennelijk vonden ze dit leuker dan het filmscherm.

Jimenez stelde zijn metgezellen voor als Gerd van Riebeek en Ruth Ortheris. ,,Ruth hoort bij Mallin's afdeling en werkt samen met de scholen en de kinderrechtbank. Volgens mij is ze voor jullie Fuzzies evenzeer geschikt als een xeno-psycholoog." ,,Ik ben op Loki, Thor en Shesha geweest," voegde de vrouw eraan toe, ,,en heb daar ervaring opgedaan met buiten-aardse bewoners." ,,Daar ben ik ook geweest," zei Jack. ,,Zeg, zijn jullie van plan om hierheen te komen?"

,,Reken maar," zei Riebeek. ,,We zijn morgen omstreeks lunchtijd bij jullie. Ik denk dat we wel een paar dagen zullen blijven, maar je hoeft voor ons geen moeite te doen want mijn boot is groot genoeg om ons alledrie te huisvesten. Vertel maar eens hoe we jullie 't beste kunnen vinden."

Jack gaf de makkelijkste route op die door Van Riebeek genoteerd werd. Toen rechtte Jack z'n schouders en schraapte zijn keel. ,,Ik wil één ding duidelijk van tevoren afspreken," zei hij, ,,deze schepsels hier moeten door iedereen met grootste achting worden benaderd en behandeld. Het zijn geen proef-dieren, begrijp dat goed. Ze mogen niet geplaagd worden of pijngedaan, of wat dan ook."

,,Begrepen. We doen niets met de Fuzzies zonder jouw toe-stemming. Is er nog iets dat we voor je mee kunnen brengen?"

,,Ja graag. Een paar dozen RV III en wat speelgoed. Ik zal 't jullie hier terugbetalen. Dr. Ortheris, u hebt de band gehoord, niet? Nou, als u een Fuzzie was, wat zou u willen hebben?"

HOOFDSTUK IV

Victor Grego maakte langzaam zijn sigaret uit. ,,Jazeker, Leonard," zei hij geduldig, ,,wat je me vertelt is buitengewoon interessant en het is ongetwijfeld een belangrijke ontdekking, maar ik begrijp niet waarom je er zo'n heibel over maakt. Ben je bang dat ik jou er de schuld van zal geven dat jullie er niet vroeg genoeg bij waren en dat mensen buiten de Maatschappij zoiets moeten ontdekken? Of verdenk je Bennett Rainsford dat-ie een complot aan het smeden is tegen de Maatschappij en dus tegen de menselijke beschaving?"

Leonard Kellogg was duidelijk gekwetst. ,,Ik wilde alleen maar zeggen, Victor, dat zowel Rainsford als die Holloway ervan overtuigd schijnen te zijn dat die zogenaamde Fuzzies geen beesten maar redelijke wezens zijn."

,,Nou ja, dat is..." opeens drong de volle betekenis van Kelloggs woorden tot Grego door. ,,Goeie god, Leonard, neem me niet kwalijk. Natuurlijk heb je groot gelijk dat je dit ernstig opvat. Dat zou Zarathustra een bewoonde Klasse IV-planeet maken."

,,...Waarvoor de Maatschappij een klasse III vergunning heeft," vulde Kellogg aan, ,,te weten, de vergunning voor een onbewoonde planeet." Het betekende dat de vergunning automatisch ongeldig zou worden als er menselijke wezens op Zarathustra werden ontdekt. ,,Je snapt wat er gebeuren gaat als Rainsford gelijk heeft." ,,Dan zullen we opnieuw over een vergunning moeten onderhandelen. En als de overheid eenmaal weet wat voor planeet dit is, dan zullen ze verre van gul zijn..."

,,Ik geloof niet eens dat ze zouden onderhandelen, Leonard. De overheid zal het standpunt huldigen dat de Maatschappij z'n opbrengst heeft gehad en dat we mogen houden wat ons eigendom is, maar dat de rest publiek domein moet worden."

De uitgestrekte vlakten van Beta en Delta met hun veldbeestenkudden, mijmerde Grego in gedachten, de nog niet geëxploiteerde mineralen die in de bodem zaten, het nog onontgonnen vruchtbare land. Terra-Baldur-Marduk Ruimtevluchten zou haar monopolie verliezen en de Maatschappij haar alleenrecht tot in- en uitvoer. Jan-rap-en-z'n-maat zou zich hier kunnen komen vestigen. ,,Verdomme," barstte hij los, ,,we zouden niet veel beter af zijn dan de Yggdrasil Maatschappij. Voor je 't weet ligt Emmert eruit en krijgen we zo'n koloniale gouverneur-generaal met een leger en een gigantische papier-winkel. In minder dan geen tijd krijgen we verkiezingen en een volksvertegenwoordiging en dan kan iedere jan-piet-en-klaas die wat tegen de Maatschappij heeft naar de justitie rennen, om nog maar te zwijgen over de speciale commissies voor ,de behartiging van de belangen van inheemsen' die zich altijd overal mee bemoeien." Hij zuchtte vertwijfeld. ,,Maar ze kunnen ons toch niet zómaar de vergunning afpakken?" vroeg Kellogg onzeker, ,,het zou niet eerlijk zijn! Wij kunnen er toch ook niets aan doen?"

Ondanks zijn stijgende ergernis probeerde Grego nog meer geluid op te brengen. ,,Probeer je alsjeblieft te realiseren, Leonard, dat het de regering van Terra een rotzorg zal zijn of 't eerlijk is of niet, wie z'n schuld het is, enzovoort enzovoort. Vanaf de datum van uitgifte heeft de regering al spijt gehad van die vergunning, omdat ze er toen achter begonnen te komen wat de Maatschappij hier aan 't doen was. Jij weet net zo goed als ik dat deze planeet een heel wat bewoonbaarder oord is geworden dan Terra ooit geweest is, zelfs vóór de Grote Atoomoorlogen. Nou, als ze ook maar de kleinste kans zien om dit stukje paradijs terug te krijgen, dacht jij dan dat ze het zouden laten?! Ik verzeker je, als die schepsels op Beta inderdaad redelijke wezens zijn, dan is die vergunning geen cent meer waard. Punt-Uit." Er viel een korte stilte. Toen vervolgde Grego: ,,Heb jij die band gehoord die Jimenez van Rainsford heeft gekregen? Heeft hij Rainsford inderdaad gezegd dat het hier om redelijke wezens gaat?"

,,Niet met zoveel woorden, nee. Die Holloway praat steeds over ,mensen' maar hij is geen deskundige. Rainsford wou zich nog nergens aan vast leggen, maar als een ander 't wel doet dan zou Rainsford geen bezwaar maken."

,,Denk jij dat de Fuzzies menselijk zijn?"

,,Op basis van dat rapport wel," zei Kellogg ongelukkig. ,,Althans, ze zouden het kunnen zijn." Dan waren ze het hoogstwaarschijnlijk ook, dacht Grego verbeten. ,,Dus dan mogen we ervan uitgaan dat jouw mensen die er nu naartoe zijn ze ook menselijk zullen vinden. En ze zullen de zaak zuiver wetenschappelijk benaderen zonder ooit aan de juridische kanten te denken. Leonard, ik wil dat jij persoonlijk het onderzoek gaat leiden voordat ze rapporten opstellen waar iedereen later spijt van krijgt."

Grego kon wel merken dat Kellogg niet bijster met de opdracht ingenomen was. Het hield in dat hij de baas moest spelen over een stel verstandige mensen en daar voelde hij zich niet erg tegen opgewassen. Hij knikte dan ook met duidelijke tegenzin. „Dat zou misschien 't beste zijn. Laat me er even over nadenken." Maar Grego kende Kellogg langer dan vandaag: hij was weliswaar niet dol op zo'n opdracht, maar als hij eenmaal inzag dat hij er onmogelijk onderuit kon dan zou hij zich er gewetensvol aan wijden. „Ik neem Ernst Mallin mee," zei hij tenslotte. „Rainsford heeft geen enkele achtergrond in de psycho-wetenschappen; hij zou misschien indruk kunnen maken op Ruth Ortheris, maar Ernst Mallin zou er niet in vliegen, zeker niet als ik eerst eens met Mallin praat." Hij liet z'n gedachten nu de vrije loop. „Het eerste wat ons te doen staat is die Fuzzies bij Holloway vandaan halen. Dan publiceren we een rapport waarint Rainsford en Holloway alle eer krijgen die hun toekomt. We zullen zelfs de benaming gebruiken die zij hebben voorgesteld. Maar tegelijkertijd zullen we duidelijk maken dat de Fuzzies weliswaar hoog-ontwikkeld zijn en sterk menselijke trekken vertonen, maar toch absoluut niet tot het menselijk ras behoren. En als Rainsford zijn bewering volhoudt, dan zullen we hem desnoods in diskrediet moeten brengen."

„Denk je dat hij al een rapport naar het Instituut voor Xeno-Wetenschappen heeft gestuurd?" vroeg Grego. Kellogg schudde het hoofd. „Ik denk het niet. Ik denk dat hij voorlopig alleen nog bezig is aanhangers voor zijn theorie te vinden, of althans mensen die zijn en en Holloways waarnemingen willen bevestigen. Daarom moet ik maar zo gauw mogelijk naar Beta." Kellogg was nu zo ver dat hij dacht dat zijn aanstaande reis z'n eigen idee was geweest. „Het wordt een haastwerkje, Leonard," zei Grego. „Als we niet snel handelen hebben we binnen het jaar een heel leger onderzoekers hier van Terra. Voor het zover is moet jij Rainsford en die Holloway in diskrediet gebracht hebben. Als jij kans ziet die Fuzzies op tijd weg te halen, dan garandeer ik je dat niemand een verder onderzoek zal kunnen instellen." Hij dacht even na. „Zeg, wat voor vacht hebben die beesten?" „Holloway zei op dat bandje dat ze een zachte, zijdeachtige pels hebben." „Prima," zei Grego tevreden, „dat moet zeer duidelijk in jouw verslag komen te staan. Zogauw dat 'in de publiciteit komt, zal de Maatschappij 2000 sol per pels bieden. En voordat de eerste onderzoeker van Terra hier aankomen, hebben wij alle Fuzzies geveld."

Er kwam een bezorgde blik in Kelloggs ogen. „Maar Victor,"

begon hij weifelend, ,,is dat geen rassenmoord?" ,,Onzin," antwoordde Grego scherp. ,,Rassenmoord is het uitroeien van menselijke wezens. Hier hebben we te maken met een bepaald soort pelsdier. Tenminste," de koude ogen keken Kellogg doordringend aan, ,,het is jouw taak en die van Mallin om dat te bewijzen."

De Fuzzies, die op het grasveldje voor het kamp aan het spelen waren, bleven plotseling doodstil staan, hun gezichtjes naar het westen gekeerd. Toen renden ze allemaal tegelijk naar het bankje bij de keuken. ,,Wat krijgen we nou?" bromde Jack verbaasd. ,,Ze horen de luchtboot," zei Rainsford. ,,Zo deden ze gisteren ook toen jij in je manipulator aankwam." Hij wees naar de picknick-tafel die ze onder de bomen hadden klaargezet. ,,Alles klaar?" ,,Ja, alleen het eten nog niet helemaal... Ik geloof dat ik ze nou ook zie aankomen." ,,Jij hebt betere ogen dan ik, Jack, maar ik geloof dat je gelijk hebt." Rainsford wreef zich in de handen. ,,Ik hoopt maar dat onze jongens zich van hun beste kant laten zien!"
Rainsford was die ochtend meteen na het ontbijt gekomen en hij deed nogal zenuwachtig. Niet vanwege het verwachte bezoek, dacht Jack, Ben was zelf een belangrijker figuur in wetenschappelijke kringen dan die lui van de Maatschappij - nee, Ben was gewoon opgewonden over de Fuzzies.
Het stipje in de lucht werd groter en al spoedig landde de luchtboot op het grasveld. Ben en Jack liepen erop af, gevolgd door de Fuzzies die hun nieuwsgierigheid niet konden bedwingen. De drie bezoekers klommen uit de luchtboot. Ruth Ortheris als eerste; ze droeg een trui en een lange broek die in haar laarzen gestopt was. Gerd van Riebeek had zijn werkkleding aan; en had een in goede staat verkerend geweer bij zich. Juan Jimenez zag er vrijwel eender uit als op het scherm. Allemaal hadden ze foto-apparatuur bij zich. Holloway en Rainsford schudden de handen van de bezoekers, heetten ze welkom en de Fuzzies huppelden overal tussendoor in een poging de aandacht te trekken. Ruth Ortheris koos een plekje in het gras waar ze Mama en Baby op schoot nam. De kleine was meteen gefascineerd door een zilveren gelukshangertje dat Ruth om haar nek droeg. Daarna probeerde hij op haar hoofd te klimmen, wat ze vriendelijk maar beslist voorkwam. Juan Jimenez zat op z'n hurken tussen Mike en Mitzi in, onderzocht hen oppervlakkig en sprak zijn bevindingen rechtstreeks in op een

miniatuur recordertje dat op zijn borst bevestigd zat. Hij gebruikte veel latijn. Gerd van Riebeek liet zich in een tuinstoel vallen en trok Little Fuzzie op zijn schoot.

„Merkwaardig," zei hij, LF bekijkend, „hoogstmerkwaardig dat het 25 jaar moet duren voor zoiets ontdekt wordt. Zoiets unieks. Moet je zien, zelfs geen rudimentair staartbeen aanwezig, terwijl alle dieren op Zarathustra een complete staart hebben. Geen enkele overeenkomst met onze andere zoogdieren. Ongelooflijk. Zelfs wij mensen behoren tot een grote familie, maar dit kereltje schijnt totaal geen familie te hebben."

„Ieek?"

„Tja, dat zal jou een zorg zijn, niet?" Van Riebeek klopte LF vriendelijk op de rug. „Jack, in elk geval heb jij het kleinste wezen ontdekt dat sterk menselijke overeenkomsten vertoont." Jack wou wat terugzeggen, maar ze werden onderbroken door een hevig tumult. Ko-Ko was uit Rainsfords schoot gesprongen en rende nu met zijn garnalendoder dreigend opgeheven het grasveld over. De bezoekers haalden zo snel ze konden hun camara's tevoorschijn. De Fuzzies keken hen wat verbaasd aan; toch niks om drukte over te maken? Gewoon zo'n stomme landgarnaal! Ko-Ko kwam vóór de garnaal tot stilstand en bracht met een dramatische zwaai zijn wapen neer achter de kop. Snel werd het beest omgekeerd en met een paar klappen brak de schaal in stukken. Toen begon Ko-Ko smakelijk te eten.

„Doen ze het allemaal op dezelfde manier?" vroeg Ruth Ortheris. Jack kwam bij haar staan. „Nee, niet precies. Ze hebben allemaal hun eigen taktiek. LF nadert ze van opzij en hakt de kop eraf. Mike en Mitzi draaien de garnaal eerst om. Mama geeft ze een verdovende klap tegen de poten. Maar allemaal onthoofden ze hun slachtoffer en breken ze de buikschaal."

„Juist," knikte Ruth. „Dat is dus hun instinctieve techniek, die ze zichzelf hebben aangeleerd óf hebben afgekeken. Als Baby groot genoeg is om zelf garnalen te doden, moeten we goed opletten of hij de techniek van z'n moeder overneemt."

Tijdens de lunch werd uitsluitend over de Fuzzies gepraat, die inmiddels lekker zaten te knabbelen en met elkaar bezig waren. Gerd van Riebeek zei plagerig dat ze vast over hen zaten te roddelen en Juan Jimenez wist niet of Van Riebeek dat nou meende of niet.

„Wat 't meest indruk op me maakte in jullie rapport," zei Ruth,

„was dat incident met die verdommeling. Elk dier dat met de mens leeft zal proberen aandacht te trekken als er wat aan de hand is, maar ik heb nog nooit gehoord van een dier dat een pantomime opvoert. Zelfs de kholphs op Freya of de chimpansees op Terra doen dat niet. Maar LF deed een duidelijke poging om een verdommeling uit te beelden."

„Wat denk je, Jack," vroeg Van Riebeek, „zou hij met dat gebaar van een strakke arm en dat geblaf een geweer bedoeld hebben? Hij had je al eens zien schieten, niet?" „Daar ben ik heilig van overtuigd," zei Jack, „op zijn manier zei hij heel duidelijk ‚groot gemeen verdommeling buiten, schiet 'm dood net als de harpij.' En als hij er niet bij gebleven was, dan zou ik zelf nog door dat beest gedood zijn."

Jimenez kwam er aarzelend tussen. „Ik weet hier natuurlijk niks van, Jack - jij bent de enige Fuzzie-deskundige - maar zou je toch misschien niet geneigd zijn wat ál teveel menselijke trekken aan deze schepsels toe te schrijven?"

„Ik vind dat je dat zelf moet uitknobbelen, Juan," antwoordde Jack rustig. „Als je lang genoeg met de Fuzzies hebt opgetrokken, kun je die vraag zelf beantwoorden."

„En dat is de moeilijkheid, Ernst." Leonard Kellogg keek afwachtend naar de man tegenover hem. Ernst Mallin zat bewegingloos in zijn stoel, ellebogen op het bureau en z'n kin in de handen gesteund. Langzaam verschenen er dunne rimpeltjes om zijn mondhoeken. „Ik ben geen advocaat, maar..." „Dit is geen juridisch probleem," zei Kellogg scherp, „dit is aan een psycholoog om op te lossen!" De dunne rimpeltjes verdwenen; er was geen reden tot glimlachen, want wat Kellogg in feit zei was dat het probleem op Mallins schouders neerkwam. „Ik zou ze natuurlijk zelf moeten zien voor ik iets zinnigs kan zeggen. Heb jij dat bandje van die Holloway bij je?" En toen Kellogg bevestigend knikte: „Heeft één van beiden een duidelijke uitspraak gedaan over de redelijke vermogens van die schepsels?" Kellogg gaf hetzelfde antwoord als enige tijd gelegen aan Grego, en voegde eraan toe: „Het verslag bestaat vrijwel uitsluitend uit onbevestigde waarnemingen betreffende een unicum waarvan hij beweert de enige getuige te zijn."

„Aha," Mallin veroorloofde zich toch maar weer een dunne glimlach. „En hij is uiteraard geen deskundige waarnemer. En in feite is onze vriend Rainsford dat evenmin. Buiten zijn eigen vakgebied is hij een volslagen leek. Hij heeft de beweringen van die Holloway voor waar aangenomen, en wie zegt dat hij niet een boel foutieve gevolgtrekkingen maakt?" „Het lijkt mij zelfs niet onmogelijk dat hij ons opzettelijk belazert," opperde Kellogg. Dit ging zelfs Mallin iets te ver. „Dat is een ernstige beschuldiging, Leonard." „Maar het zou niet de eerste keer zijn. Kun je je dat geval nog herinneren van die man die misleidende inscripties in de grotten van Kenya kerfde? En zo weet ik er nog een paar." Mallin knikte, „Natuurlijk. Je moet er niet aan denken, maar die dingen gebeuren. En ik geef toe dat die Rainsford er best toe in staat zou kunnen zijn. Hij is in feite een grote egoïst, slecht aangepast... Stel dat ie een sensationele ontdekking wil doen die hem de naam zal geven waar hij recht op meent tebben; dan komt ie op zijn pad deze eenzame ouwe avonturier tegen die in zijn kamp een paar beesten houdt. Die ouwe heeft ze gekend en wat kunstjes geleerd en is in de loop van de tijd gaan geloven dat 't mensjes zijn. En dan ziet Rainsford zijn kans - hij zal zichzelf aandienen als ontdekker van een heel nieuw menselijk ras, en de hele wetenschappelijke wereld zal voor hem op de knieën vallen." Mallin glimlachte. „Ja, zo zou dat gegaan kunnen zijn, Leonard. „We moeten dat stoppen vóór het zich ontwikkelt in een wereldwijd schandaal!" riep Kellogg. Mallin hief een kalmerende hand. „Laten we eerst die band bestuderen en kijken wat voor materiaal we in handen hebben. Daarna moeten we èen diepgaande, onpartijdige studie van die beesten maken, zodat we Rainsford en z'n maat ervan kunnen overtuigen dat ze de wetenschap die belachelijke ideeën niet mogen aansmeren. En als wij hen niet zover kunnen krijgen, dan zullen we gedwongen zijn om bloot te stellen aan de publieke opinie."

„Ik heb de band al afgeluisterd, maar natuurlijk kunnen wij 'm samen ook nog eens draaien. Het is vooral belangrijk dat we die kunstjes analyseren die Holloway z'n beesten heeft geleerd. Misschien worden we daar wijzer van."

„Uiteraard," zei Millan, „we gaan meteen aan de slag. We moeten zo snel mogelijk bepalen welke officiële verklaring we willen afleggen en welke bewijzen we nodig hebben om die verklaring staande te houden."

Zoals gebruikelijk volgde na het avondeten buiten een dolle stoeipartij tussen de Fuzzies, maar toen het donker begon te worden kwamen ze allemaal naar binnen. Ze kregen hun nieuwe speelgoed. Uit Mallorysport hadden de bezoekers een doos vol veelkleurige balletjes en stokjes doorzichtig plastic meegebracht. De Fuzzies wisten uiteraard niet dat het een bouwdoos was van een molecuul model, maar het duurde niet lang voordat ze door hadden dat de stukjes in de gaatjes van de balletjes pasten en dat er zodoende driedimensionale constucties opgebouwd konden worden. Ze vonden dit speelgoed veel leuker dan de gekleurde stenen en terwijl de wetenschapsmensen toekeken ontwierpen de Fuzzies verscheidene experimentele modellen, braken ze weer af en begonnen aan een grote constructie. Het werk ging gepaard met veel gepiep en drukke gebaren.

,,Ze hebben een artistieke aanleg,'' vond Van Riebeek. ,,Ik heb heel wat abstrakte beeldhouwkunst gezien die niet half zo goed was.''

,,Technisch is 't ook goed wat ze doen,'' zei Jack. ,,Ze hebben benul van begrippen als evenwicht en zwaartekracht. Ze zetten 't in elkaar zonder dat het topzwaar wordt.''

,,Zeg Jack, ik heb 'ns nagedacht over die vraag die ik zelf moest beantwoorden, weet je nog,'' zei Ben peinzend. ,,Ik moet je bekennen dat ik hier bijzonder sceptisch naar toe kwam. Niet dat ik aan jouw integriteit twijfelde, nee, ik dacht gewoon dat je te ver gegaan was in je affectie voor die schepsels. Maar nu moet ik je eerlijk bekennen dat ik geloof dat je niet ver genoeg gegaan bent! Behalve de mens zelf heb ik nooit een wezen gezien dat sterkere menselijke trekken vertoont dan de Fuzzies.''

,,Waarom zeg je ,behalve'?'' vroeg Van Riebeek. Hij stootte Ruth Ortheris aan. ,,Jij bent zo stil vanavond. Wat vind jij hier eigenlijk van?'' Ruth leek niet helemaal op haar gemak. ,,Ik vind het nog een beetje vroeg om al een mening te geven, Gerd. Ik ben 't met jullie eens dat hun manier van samenwerking zou kunnen wijzen op vooraf gemaakte afspraken; maar het is mij ten ene male onmogelijk om uit dat gepiep verstaanbare taal te maken.''

,,Ik geloof dat we die dwaze regel van ,praten en een vuur aanleggen' even moeten vergeten,'' zei Van Riebeek. ,,Als zij in staat zijn om samen aan een project te werken, dan moeten ze ook in staat zijn om te communiceren.'' ,,Wat zij doen is niet communiceren maar symboliseren. Je kunt alleen maar redelijk denken in verbale symbolen, probeer 't maar eens. Maar een handeling verrichten als bijvoorbeeld bandjes verwisselen op een bandrecorder, dat is een aangeleerde bezigheid. Nee, ik heb het over ideeën."

„En wat denk jij dan van Helen Keller?" vroeg Rainsford.

„Geloof jij dat ze pas redelijk begon te denken nadat Anna Sullivan haar geleerd had wat woorden waren?"

„Nee natuurlijk geloof ik dat niet! Helen Keller kon altijd al redelijk denken, al dacht ze in symbolen die in verband stonden met het tastzintuig." Ruth wierp een verwijtende blik in de richting van Rainsford. „Natuurlijk had ze verder alle fysieke en psychische eigenschappen die het mogelijk maken om redelijk te denken." Ze hoopte maar dat niemand haar zou vragen hoe ze wist dat de Fuzzies dat niet hadden!

„Ik zou willen stellen," zei Jack rustig, „dat spraak niet ontwikkeld kan worden als er niet eens sapiens, of rede, bestaat."

Ruth begon te lachen. „Ik voel me alsof ik weer op school zit! Wat we dáárvoor ons hoofd niet hebben gebroken in 't eerste jaar! In het tweede jaar kwamen we eindelijk tot de conclusie dat het zo'n vraagstuk is van ,wat was er eerder, de kip of het ei', en daarmee waren de discussies gesloten."

„Jammer," zei Rainsford droogjes, „het is een goeie vraag."

„Ja, als er een antwoord op bestond!"

„Nou, wie weet," zei Gerd, „ik geloof dat we hier misschien een sleutel tot de oplossing van het vraagstuk hebben. Deze kereltjes staan volgens mij op het randje der redelijkheid - op de drempel, zogezegd."

„Ik wil alles eronder verwedden dat ze óver de drempel zijn," beweerde Jack.

„Misschien zijn ze *beperkt* redelijk," zei Jimenez voorzichtig. Dit ontlokte een smalend lachje aan Ruth Ortheris. „Dan zou je ook ,beperkt dood' of ,beperkt zwanger' kunnen zijn," riep ze. „Nee, je bént 't of je bent 't niet." Gerd van Riebeek viel haar in de rede: „Dit is een belangrijk punt, mensen. Redelijkheid is het resultaat van evolutie door middel van natuurlijke selectie - net zogoed als dat met fysieke karakteristieken het geval is - en het is de belangrijkste fase in de evolutie van elke soort, het onze niet uitgezonderd."

„Wacht es," riep Rainsford, „geloof jij niet in verschillende maten van redelijkheid, Ruth?"

„Nee," antwoordde Ruth beslist, „er zijn verschillende maten van intelligentie - die kun je meten net zoals bijvoorbeeld de temperatuur buiten. Maar menselijkheid is kwalitatief anders dan niet-menselijkheid. Het is méér dan een graadje hogere geestelijke temperatuur. Je zou het een geestelijk kookpunt kunnen noemen."

„Dat is een verdomd aardige analogie," zei Rainsford waarderend. „Maar wat gebeurt er als het kookpunt bereikt is?"

„Tja, dat is nou net de vraag!" zei Van Riebeek. „Daar had ik het net over. In het jaar nul wisten ze niet hoe de sapiens ontstond, maar we weten het vandaag-de-dag nóg niet."

„Voor we hier verder op in gaan, zouden we het begrip ,menselijkheid' moeten definiëren, zodat we allemaal over 't zelfde praten," vond Jack. Van Riebeek begon te lachen. „Dat is net zoiets als van een bioloog de definitie van ,leven' verwachten," zei hij, „of een definitie van ,getal' van een wiskundige."

Ruth keek naar de Fuzzies die hun nieuwe constructie zaten te bestuderen. Ze vroegen zich kennelijk af of ze nog meer aan hun schepping konden toevoegen zonder het effect te bederven.

„Jullie willen een formule van menselijkheid?" vroeg ze. „Nou, ik zal jullie er een geven: menselijkheid, of rede, is een staat van geesteswerkzaamheid die verschilt van de niet menselijkheid in het vermogen om ideeën te plaatsen, te symboliseren en vervolgens over te dragen, als wel een vermogen om te generaliseren en een vermogen om abstracte ideeën te formuleren. Nou, geen woord over ,praten en een vuurtje bouwen', wel?!"

Ook Jack keek naar de wollige schepsels en hun constructie van stokjes en balletjes. „Little Fuzzie kan symboliseren en generaliseren," sprak hij beslist. „Hij symboliseert een verdommeling door de horens uit te beelden, en een geweer door iets langs en puntigs uit te duiden dat lawaai maakt. Hij weet dat geweren dieren kunnen doden. Hij weet dat harpijen en verdommelingen dieren zijn. Als dus een geweer een harpij kan doden, kan het ook een verdommeling doden. Nou, wie kan er logischer denken?"

Juan Jiminez was diep in gedachten verzonken geweest. Nu keek hij op en vroeg: „Wat is de laagste redelijke soort die we kennen?"

„De Yggdrasil Khoogras," antwoordde Van Riebeek prompt. „Iemand hier ooit op Yggdrasil geweest?"

„Ik heb ooit es een man zien sterven op Mimir," vertelde Jack, „omdat hij een andere man uitmaakte voor ,zoon van een Khooghra'. Die vent die schoot was ooit op Yggdrasil geweest en wist dus precies waar die ander hem voor uitschold!"

Gerd knikte. „Ik heb er een paar jaar tussen gezeten. Ze leggen vuren aan, dat kan ik niet ontkennen. Ze verschroeien het uit-

einde van een stuk hout tot het puntig van vorm is en dat gebruiken ze dan als speer. Ze praten ook: ik heb hun taal geleerd - alle twee-en-tachtig woorden! Een paar van de notabelen heb ik geleerd hoe ze een kapmes moesten gebruiken zonder hun armen af te snijden, en er was één bolleboos die ik mijn uitrusting kon toevertrouwen zonder dat alles uit z'n handen lazerde. Maar ik gaf 'm nooit mijn geweer of camera."
,,Kunnen ze generaliseren?" vroeg Ruth geïnteresseerd.
,,Lieve schat, ze kunnen niet ánders! Elk woord in hun taal is een generalisatie van de hoogste orde. Om een paar voorbeelden te noemen: hrooska is levend ding, noosha is slecht ding, dhishta is ding om te eten. Alles is ,een ding'. Zo zijn er nog negenenzeventig woorden."

Het telescherm liet een kort oproepsignaal horen. De Fuzzies wisten niet hoe vlug ze er naar toe moesten komen. Jack zette het aan. Op het beeld verscheen een man in een traditioneel pak, met golvend grijs haar. Hij zou de vader kunnen zijn van Juan Jimenez.
,,Goeienavond," zei Jack, ,,u spreekt met Holloway."
,,Ah Mr. Holloway, ook goedenavond." De man schudde zijn hand en toverde een oogverblindende glimlach tevoorschijn.
,,Mijn naam is Leonard Kellogg, chef van de wetenschappelijke afdeling van de Maatschappij. Zojuist heb ik uw verslag gehoord betreffende de eh... Fuzzies?" Hij keek naar de vloer voor Jacks voeten. ,,Zijn dat soms de dieren waar u 't over had?"
,,Dit zijn de Fuzzies, jawel." Jack hoopte dat zijn subtiele terechtwijziging overkwam. ,,Dr. Ortheris." Vanuit zijn ooghoek kon hij zien hoe Jimenez ineen kromp; Van Riebeek had eem brede grijnslach op z'n gezicht en Ben Rainsford deed zijn best om ernstig te blijven. ,,We zitten niet allemaal bij het scherm en u wilt de anderen misschien wat vragen. Als u een ogenblikje geduld hebt, dan roep ik ze even."
Hij luisterde niet naar Kelloggs beleefd protest en schoof stoelen bij. Toen zijn gasten zaten, gaf hij elk een Fuzzie op schoot. Ben kreeg LF, Gerd Ko-Ko , Ruth pakte Mitzi aan, Jimenez kreeg Mike en zelf nam hij Mama en Baby op schoot. De kleine klom natuurlijk meteen naar zijn hoofd. Dit leek Kellogg enigszins in verwarring te brengen - wat eigenlijk Jacks bedoeling ook was. Het zou niet zo'n gek idee zijn om Baby te leren een lange neus te maken!
,,U wou iets weten over dat bandje dat ik gisterenavond heb

opgenomen," begon hij. „Precies, Mr. Holloway." Kellogg glimlach werd steeds automatischer en hij kon zijn ogen maar niet van Baby afhouden. „Ik moet zeggen dat ik hogelijk verbaasd was toen ik hoorde welke graad van intelligentie aan deze wezens wordt toegeschreven."

„En u dacht natuurlijk ,wat een bedrieger is die Holloway'." Jack grinnikte. „Ik neem 't u niet kwalijk, want ik kon het eerst zelf ook haast niet geloven."

De tandpasta-glimlach tegenover hem werd zo mogelijk nog breder. „Heus, Mr. Holloway, begrijpt u me niet verkeerd - ik dacht niets van dien aard." Rainsford kwam scherp tussenbeiden. „Dat hoop ik dan maar, want zoals je weet heb ik me akkoord verklaard met Holloways verklaring." „Maar natuurlijk, Bennett, natuurlijk. Ik zou jullie gaarne willen feliciteren met een waarlijk opmerkelijke wetenschappelijke ontdekking. Een geheel nieuw soort zoogdier..."

„...dat wellicht de negende sapiens buiten het zonnestelsel is," vulde Rainsford aan.

„Kom kom kom, Bennett!" De glimlach was opeens verdwenen; in plaats daarvan kreeg het gezicht van Kellogg een geschokte uitdrukking. „Dat meen je niet ernstig, wel?" Zijn blik dwaalde naar de Fuzzies en de glimlach kwam langzaam terug.

„Dat moet je op de band gehoord hebben," zei Rainsford kortaf. „Natuurlijk, alles wat er op die band stond was hoogst opmerkelijk. Maar sapiens...? Alleen omdat ze wat kunstjes geleerd hebben en primitieve wapens gebruiken..." De glimlach verdween weer. „Zo'n uitermate belangrijke bewering mag pas gemaakt worden nadat er een diepgaand onderzoek is ingesteld. Dat weet je best."

„Ik beweer niet dat ze menselijk zijn," zei Ruth Ortheris. „Tenminste, nóg niet. Maar ik wil wel beweren dat de kans bijzonder groot is. Hun vermogen tot combineren en dedueren is minstens even groot als dat van een 8-jarig kind van Terra en ligt ver boven dat van volwassen vertegenwoordigers van sommige erkende redelijke soorten. Tussen haakjes, ze hebben geen kunstjes geleerd, zoals u dat uitdrukt. Ze hebben zichzelf bepaalde dingen aangeleerd door middel van observatie en redenatie."

Jimenez voegde zich nu ook in het gesprek. „Dit is weliswaar niet helemaal mijn vakgebied, Dr. Kellogg, maar ze hebben inderdaad alle fysieke uiterlijkheden voor andere redelijke soorten - de lagere ledematen voor bewegen, de hogere voor manipuleren, rechte gestalte, stereoscopisch gezichtsvermogen, vermogen om kleuren te onderscheiden - kortom, alle karakteristieken die wij onmisbaar achten bij de ontwikkeling van de mens."

„Voor mij zijn dit redelijke wezens,"zei Gerd van Riebeek zakelijk. „Maar datis niet zo belangrijk als het feit dat ze op de drempel van de menselijkheid staan. Er is geen ander soort bekend dat zich juist in dit stadium van evolutie bevindt. Daarom ben ik ervan overtuigd dat de Fuzzie een onmisbare hulp is in ons onderzoek naar de ontwikkeling van de mens."

Kellogg had voortdurend instemmend zitten knikken. „Geweldig," riep hij uit, „dit maakt wetenschappelijke geschiedenis, dat verzeker ik jullie! En jullie zijn je er kennelijk van bewust hoe ongelooflijk waardevol deze Fuzzies zijn. Daarom moeten ze onmiddellijk naar Mallorysport worden overgebracht voor laboratorium-proeven en om onderzocht te worden door deskundige psychologen..."

„Nee." Jack zette Baby resoluut van zijn hoofd en gaf 'm terug aan Mama. Het was een bijna symbolische daad ter bescherming. „Nee. Dat kunt u vergeten." Kellogg deed net alsof hij niets gehoord had. „Gerd," vervolgde hij, „maak een paar comfortabele kooitjes klaar en..."

„Kellogg!" De stem zweeg en de aangesprokene keek in verbijsterde verontwaardiging naar Holloway. In geen jaren was hij zó aangesproken en nog nooit had iemand tegen hem durven schreeuwen.

„Heb je niet gehoord wat ik zei, Kellogg? Ik zei: vergeet 't maar. Geen kooien, geen proeven, niks. Deze Fuzzies gaan nergens heen."

„Maar Mr. Holloway," de stem was nu poeslief, „u zult toch inzien dat we deze schepsels zorgvuldig moeten bestuderen en onderzoeken. Dat kan alleen in de meest ideale omstandigheden, zoals in ons lab. Het is in hun eigen belang - ze verdienen het om hun eigen plaats te krijgen in de hierarchie van de natuur."

„Als u ze zo nodig wilt bestuderen, dan komt u maar hierheen," zei Jack bars. „U bent welkom zolang u hen niet onnodig lastig valt - en mij ook niet. Overigens begrijp ik de haast niet. Ze worden toch al onderzocht? Dr. Rainsford is hard aan 't werk en deze andere drie geleerden hier ook, en je zou zelfs kunnen zeggen dat ook ik me met hen bezig houd."

„We bedoelde u precies met die ‚deskundige psychologen'?"
De stem van Ruth Ortheris benaderde het vriespunt. „U wilt
toch niet beweren dat u mij niet deskundig acht, wel?"
„Ach Ruth, jij weet wel beter." De glimlach was werkelijk oog-
verblindend. „Maar jij weet ook dat dit een werkje is voor
specialisten en..."
„Hoeveel Fuzzie-specialisten heb jij in je wetenschapscentrum
rondlopen?" vroeg Rainsford ijzig. „Ik moet je bekennen dat ík
er maar één ken: Jack Holloway."
„Mijn gedachten gaan uit naar Dr. Mallin, de eerste psycholoog
van de Maatschappij," antwoordde Kellogg stijfjes.
„Hij mag meekomen zolang hij ermee akkoord gaat dat mijn
toestemming vereist is vóór er iets met die Fuzzies gedaan
wordt," bepaalde Jack. „Wanneer komt u?"
Kellogg zei dat dit vermoedelijk de volgende middag zou
worden. Hij hoefde niet te vragen hoe hij het kamp moest bereiken. Hij deed nog een zwakke poging om het gesprek in een wat
vriendelijker sfeer af te ronden, maar gaf dat op toen hij geen
medewerking kreeg. Het scherm was leeg. Even heerste er een
pijnlijke stilte. Toen zei Jimenez verwijtend: „Je was niet
bepaald vriendelijk tegen Dr. Kellogg, Jack. Misschien reali-
seer je je niet hoe belangrijk hij is?" „Voor mij is hij niet
belangrijk en ik weet dat ik ronduit onvriendelijk tegen hem
was. Ik geloof niet in ‚vriendelijkheid' tegenover dat soort
mensen. Ze proberen er altijd munt uit te slaan."
„Ik wist niet dat jij Leonard kende," zei Van Riebeek.
„Ik heb de man nooit ontmoet, maar zijn soort is me bekend."
Jack wendde zich tot Rainsford. „Denk je echt dat hij en Mallin
morgen hier zijn?"
„O ja. Dit is te belangrijk voor ondergeschikten of voor mensen
buiten de Maatschappij om mee te knoeien." Rainsford keek
het kringetje rond. „We moeten op onze hoede zijn. Voor we
het weten, wordt over een jaar op Terra de grote ontdekking
van de Fuzzie - Fuzzie Kellogg rondgebazuind. Juan zei 't al:
Dr. Kellogg is een belangrijk man. En zo is-ie dat geworden."

HOOFDSTUK V

De stem op de band zweeg. De recorder draaide nog even zoemend door. Met een luide klik reageerde een fotocel op een impuls, waardoor een deel van het zonnescherm openging en een ander deel, aan de tegenoverliggende zijde van de koepel, dichtging. Ruimtecommandeur Alex Napier keek op van zijn bureau en staarde het hoekige landschap in van Xerxes en de zwarte luchtloze ruimte achter de nabije horizon. Hij tikte zijn pijp leeg tegen de rand van de asbak. Niemand zei iets. Napier drukte de kop van de pijp vol met tabak. ,,En, heren?'' Hij keek vragend rond. ,,Pancho?'' Kapitein Conrad Greibenfeld wendde zich tot Luitenant Ybarra, eerste psycholoog.

,,Is het betrouwbaar?'' vroeg Ybarra.

,,Ik heb Jack Holloway zo'n dertig jaar geleden leren kennen toen we samen op Fernis waren. Hij moet nu over de 70 zijn. Ik geloof hem op z'n woord. En Bennett Rainsford is een integer man.''

,,En die agent?''

Ybarra en Stephen Aelborg, officier van de Inlichtingendienst, keken elkaar aan. Aelborg antwoordde: ,,Een van onze beste mensen. Reserve-Luitenant van de Terra Federatie Mainie.''

,,Ik ben geneigd in de menselijkheid van die schepsels te geloven,''. zei Ybarra. ,,Eigenlijk had ik allang verwacht dat iets dergelijks zou gebeuren. Ik hoopte erop en was er tegelijkertijd een beetje bang voor.''

,,Je bedoelt dat het een mooie aanleiding is om die rotzooi daar op Zarathustra eens te gaan reorganiseren?'' vroeg Greibenfeld. Ybarra keek hem even niet–begrijpend aan. ,,Nee nee, dat bedoel ik niet,'' zei hij toen. ,,Ik bedoel dat het hier om een grensgeval gaat - het betreft een wezen dat op de grens van de redelijkheid staat, hij bevindt zich een stadium verder dan waar onze huidige maatstaven reiken. Wat ik me wel afvraag is hoe wij hierin gemengd zijn.''

,,Het werd ons overgeseind vanuit het Contact Centrum in Mallorysport,'' vertelde Stephen Aelborg. ,,Dat was vrijdagavond laat. Er schijnen diverse kopieën van deze band te bestaan en onze agent kreeg er een te pakken en gaf dat door aan het Contact Centrum. In eerste instantie leek er weinig aanleiding voor alarm, maar toen kregen we zaterdagmiddag

(Mallorysport tijd) bericht, dat Leonard Kellogg de band had afgeluisterd die Juan Jimenez voor zijn dossier gemaakt had, en dat Kellogg meteen kontakt had opgenomen met Grego.''

,,En Grego zag natuurlijk direkt de mogelijke gevaren. Hij heeft Kellogg en Mallin onmiddellijk naar Beta Continent gestuurd met de opdracht de bevindingen van Rainsford en Holloway te ontzenuwen en hen in discrediet te brengen. Daarbij komt, dat er plannen ontwikkeld worden om de huiden van die Fuzzies duur te gaan verkopen en wel in zo'n hoog tempo dat de soort uitsterft. Op die manier krijgt niemand van Terra de kans Rainsfords bevindingen na te gaan.''

,,Dat had ik nog niet gehoord.''

,,We kunnen 't zelfs bewijzen,'' verzekerde Aelsborg hem. Alex Napier stak de brand in z'n pijp. Het klonk hem allemaal bekend in de oren: typisch de tactiek van Grego. Verdomme, hij had helemaal geen zin om in te grijpen. Interventie rechtvaardigen bleek achteraf altijd een gecompliceerd karwei – altijd kwam er een gerechtelijk onderzoek, soms zelfs een krijgsraad.

,,Als die Fuzzies redelijke wezens blijken te zijn, dan is die hele situatie op Zarathustra onwettig,'' zei Greibenfeld, ,,want dan valt-ie in de klasse van Planeet met Levende Wezens.''

,,We gaan niet ingrijpen tenzij we ertoe gedwongen worden,'' besliste Napier. ,,En, Pancho, dat zal grotendeels van jou afhangen.'' Pancho Ybarra keek geschokt. ,,Lieve god, Alex, dat kan je niet menen! Wie ben ík nou helemaal? Ik heb alleen maar de gebruikelijke diploma's en verder niks. De knapste koppen in de Federatie...''

,,...bevinden zich niet op Zarathustra, Pancho, maar op Terra - 500 lichtjaren ver, 6 maanden reizen per ruimteschip. Ik besef dat een eventuele interventie voor mijn verantwoording is, maar het antwoord op de vraag of die schepsels menselijk zijn of niet, dat antwoord, dat antwoord moet van jou komen. Ik wens je sterkte.''

Van het voorstel van Gerd van Riebeek dat ze met z'n drieën in zijn luchtboot zouden overnachten was niets terechtgekomen. Gerd had een plaatsje gevonden in de logeerkamer van Holloway's woonhut. Juan Jimenez logeerde bij Ben Rainsford en alleen Ruth Ortheris had de cabine van de boot in gebruik genomen. De volgende ochtend, toen Jack, Gerd, Ruth en de Fuzzies aan het ontbijt zaten, verscheen Rainsford op het telescherm. Hij deelde mee dat hij en Jimenez hadden besloten om de luchtjeep naar Cold Creek te vliegen om vandaaruit in de bossen op zoek te gaan naar Fuzzies.

Gerd en Ruth wilden de ochtend in de buurt van de Fuzzies doorbrengen om ze beter te leren kennen. De kereltjes hadden genoeg gegeten zodat ze niet op landgarnalen-jacht hoefden. Ze kregen een nieuw stuk speelgoed: een grote kleurige bal, waarmee ze onmiddellijk aan het dollen gingen op het grasveld. Toen het eerste nieuwtje eraf was, begonnen ze wat rond te rommelen bij de schuur. Af en toe ging er een op hol achter een garnaal aan, maar dat ging meer om de sport dan om de eetlust te stillen.

Ruth, Gerd en Jack bleven nog een tijdje zitten napraten rond de ontbijttafel. Niemand had zin om al aan de afwas te beginnen. Opeens gaf Mama Fuzzie een luide gil. Het drietal keek geschrokken om en zag hoe ze haar Baby naar de schuur dirigeerde. haar garnalendoder driftig rondzwaaiend om de Baby tot spoed aan te mannen. Jack rende naar binnen. Gerd greep zijn camera en ging op tafel staan. Ruth was de enige die zag wat dit alarm had veroorzaakt. ,,Jack!'' riep ze, ,,kijk daar! Twee vreemde Fuzzies!''

Jack hield even zijn pas in om te kijken of Ruth gelijk had, en holde toen door naar de woonkamer. Maar in plaats van zijn geweer pakte hij zijn filmcamera, twee nieuwe garnalendoders en een beetje RN III.

De twee nieuwelingen stonden wat verlegen naast elkaar op het grasveld. Het waren vrouwtjes. Ze hadden houten garnalendoders bij zich.

,,Heb jij genoeg film, Gerd?'' vroeg Jack. ,,Hier Ruth, neem deze camera van me over. Bewaar genoeg afstand zodat je mij in beeld hebt met de nieuwe Fuzzies. Ik wil zien of ik een ruilhandeltje met ze kan aangaan.''

Met de stalen wapens in zijn heupzak en een beetje RN III in de hand liep hij naar het tweetal toe. Hij sprak zachtjes en op geruststellende toon. Vlak voor het tweetal bleef hij staan.

,,De club komt achter je aan,'' waarschuwde Gerd, ,,in militaire opstelling, klaar voor de aanval... Nu staan ze stil, tien meter achter je.''

Jack brak een stukje RN III af, stopte het in zijn mond, kauwde erop en slikte het door. Daarna brak hij twee stukjes af en bood die aan. De twee Fuzzies vonden het aanbod verleidelijk, maar de verlegenheid had toch nog de overhand. Daarom gooide

Jack het voedsel naar hen toe. Eén van de twee sprong naar voren, gooide een stukje naar haar vriendin, graaide het overgebleven stuk weg en rende terug naar haar oude plek. Daar gingen ze samen staan knabbelen. Aan de smakkende geluidjes te horen viel het voedsel in de smaak.

Maar achter hem klonken dreigende geluiden. Hierdoor werden de nieuwkomers niet afgeschrikt. Integendeel, langzaam maar zeker kwamen ze dichterbij totdat ze het voedsel rechtstreeks uit Jacks hand konden pakken. Toen de RN III op was, bracht Jack de stalen wapens tevoorschijn en maakte door middel van gebaren duidelijk, dat hij met hen wilde ruilen. De twee Fuzzies waren verrukt. Maar dit bleek net iets teveel voor de familie achter Jack - boos piepend kwamen ze naar voren. De twee vrouwtjes deden een paar stappen achteruit, de nieuwe wapens in de aanslag. Hoewel niemand echt zin in een gevecht had, zag het er wel naar uit dat er niets anders op zat. Jack herinnerde zich uit de oude Terra geschiedenis dat juist uit dergelijke gespannen situaties ernstige moeilijkheden konden voortkomen. Maar plotseling kwam Ko-Ko alleen naar voren. Hij sleepte zijn wapen werkloos achter zich aan en benaderde de vrouwtjes met zacht gepiep. Voorzichtig raakte hij hen aan. Daarna legde hij zijn wapen in het gras en zette zijn voet er bovenop. De beide vrouwtjes begonnen zijn liefkozingen te beantwoorden.

De crises was voorbij. De rest van de familie kwam naar voren, stak de wapens in de grond en begon de nieuwelingen te betasten. Ze gingen allemaal in een kring op het gras zitten, hun lijfjes ritmisch bewegend en zachte geluiden makend. Toen stonden Ko-Ko en de twee vrouwtjes op, namen hun wapens en liepen in de richting van het bos.

,,Hou ze tegen, Jack!'' riep Ruth geschrokken. ,,Ze gaan er vandoor!''

,,Ze zijn vrij om te gaan en te staan waar ze willen. Als ze weg willen, kan ik ze niet tegenhouden.'' antwoordde Jack. Het drietal was aan de rand van het bos aangekomen toen Ko-Ko bleef staan. Hij dreef zijn wapen krachtig met de punt in de aarde en rende terug naar Pappa Jack. Hij omarmde Jacks knieën en piepte hartverscheurend. Jack boog zich voorover om hem te strelen, maar hij deed geen poging hem op te tillen. Eén van de twee vrouwtjes trok Ko-Ko's garnalendoder uit de grond en samen kwamen ze langzaam terug. Little Fuzzie, Mama, Mike en Mitzi kwamen hen tegemoet en toen ze bij elkaar waren volgden er enthousiaste omhelzingen. Luid en vrolijk piepend liep het hele gezelschap het grasveld over in de richting van de woonhut.

Jack liep naar Gerd toe. ,,Heb je dat allemaal kunnen houden?''

,,Ik dacht het wel. Maar vraag me niet wat er precies gebeurd is!'' Jack grinnikte. ,,Jullie hebben zojuist de eerste documentaire gemaakt over sociale gedragspatronen van de Zarathustra Fuzzie. Dit is hun thuis, snap je, en ze zien niet graag vreemde Fuzzies in de buurt rondhangen. Ze waren vast van plan die meisjes weg te jagen, maar Ko-Ko vond ze wel aantrekkelijk en koos hun partij. Nou, dat maakte natuurlijk een groot verschil, dus kwam de familie de dames begroeten en ze vertellen wat een goeie echtgenoot ze aan Ko-Ko zouden hebben. Tegelijkertijd moesten ze afscheid nemen van Ko-Ko. Maar die bedacht halverwege dat hij mij nog niet gedaggezegd had en daarom kwam hij terug. Intussen had de familie besloten dat er in hun huishouding nog wel plaats was voor twee nieuwe Fuzzies. Ik vermoed dat de dames momenteel een rondleiding krijgen langs de familiebezittingen. Ze trouwen een rijke man, weet je.''

De nieuwe Fuzzies werden Goudhaartje en Assepoester gedoopt. Tijdens de lunch zaten ze allemaal naast elkaar naar het filmscherm te kijken, en na de lunch gingen ze een dutje doen op Jacks bed, terwijl Jack de film ontwikkelde. Gerd en Ruth werkten de aantekeningen uit die ze de dag ervoor gemaakt hadden en begonnen samen een verslag op te stellen over de adoptie van Assepoester en Goudhaartje. Pas laat in de middag, toen het verslag in grote lijnen klaar was, kwamen de Fuzzies naar buiten voor hun dagelijkse stoeipartij.

Nog voor de luchtboot in zicht was, hadden de Fuzzies 'm al horen aankomen. Ze klommen allemaal op de bank bij de keukendeur. Het was een patrouillewagen, waaruit een paar agenten stapten die, naar hun zeggen, alleen maar even naar de Fuzzies kwamen kijken. Ze wilden ook weten waar de twee nieuwelingen vandaan kwamen en toen Jack het hen vertelde, zei er een: ,,Als er weer een stel bij je aankomt, geef dan even een seintje. We willen er graag een paar bij de post, al is 't alleen maar om die verdomde garnalen te vangen.''

,,Wat vindt George daarvan?'' vroeg Jack. ,,Toen hij ze voor 't eerst zag, was-ie niet zo enthousiast.''

,,O,'' zei een andere agent. ,,Hij heeft Ben Rainsford gebeld en Ben zei dat ze geen kwaad kunnen.'' Hij kwam een stapje naderbij. „Zeg eh," zei hij vertrouwelijk, „Ben zegt dat 't geen beesten zijn maar mensen..." Jack begon te vertellen welke staaltjes hij de Fuzzies had zien uithalen, maar hij werd onderbroken door een luid gepiep. De Fuzzies zagen nog een luchtboot aankomen. Juan Jimenez en Ben Rainsford stapten eruit. Ze hadden allerlei foto- en filmcamera's bij zich. Van een afstand begon Rainsford al te roepen. „Zeg, Jack! Het barst daar van de Fuzzies. En ze komen allemaal deze kant uit. Een regelrechte volksverhuizing! We hebben er minstens vijftig waargenomen - vier families, een paar loslopende en een enkel paartje." De agenten luisterden geïnteresseerd. „Daar moeten we morgen maar eens polshoogte gaan nemen. Waar heb je ze precies gezien, Ben?" „Ik zal 't jullie op de kaart aanwijzen." Rainsford draaide zich om en kreeg Goudhaartje en Assepoester in 't oog. „Hé," riep hij, „waar komen jullie vandaan?!" Voordat iemand kon antwoorden, hoorden de Fuzzies een derde luchtboot aankomen. Rainsford stootte Jack aan. „Daar zul je ze hebben," bromde hij. „Het hoge bezoek." Drie heren stapten uit het toestel. Vanaf het eerste moment had Jack een hekel aan Mallin. De man had een effen gezicht dat zijn arrogantie nauwelijks verhulde. Mallin en Kellogg werden gevolgd door een jongere man, wiens strak gezicht evenmin iets verraadde, maar de bult onder zijn linkerarm destemeer. Nadat Kellogg Mallin had voorgesteld, stelde Mallin de jonge man voor als zijn assistent Kurt Borch. Niemand scheen hem te kennen, zelfs Ruth Ortheris niet. Jack vond dat nogal merkwaardig. Ruth kennelijk ook en Mallin haastte zich haar te vertellen dat Borch aan Personeelszaken was toegevoegd. Ruth vond dat ze van deze mededeling weinig wijzer werd. De drie nieuwe gasten voelden zich niet zo erg op hun gemak met de agenten in de buurt en waren opgelucht toen zij afscheid namen en met de patrouillewagen vertrokken.

Kellogg richtte zijn aandacht onmiddellijk op de Fuzzies; hij hurkte bij hen neer en zei iets tegen Mallin. Mallin kneep de lippen op elkaar, schudde het hoofd en zei toen: „Onhoudt goed dat wij onmogelijk menselijkheid kunnen aannemen tenzij iets in hun gedrag niet anders kan worden uitgelegd. Daarom is het verstandiger van de hypothese uit te gaan dat ze non-sapient zijn en die hypothese te analyseren." Dit werd het uitgangspunt voor de werkzaamheden van de beide heren. Kellogg ging rechtop staan en rechtte zijn schouders; Mallin begon een lange verhandeling doorspekt met cliché's als

„natuurlijk hebt u gelijk... maar vindt u ook niet... u zult toch met mij eens zijn..." enzovoort, en waar het op neer kwam was dat ze het samen niet eens waren over de juiste definites van „waarnemingen" en „bewijzen". Jimenez ging zich ermee bemoeien en koos voortdurende de zijde van Kellogg. Beleefd bestreed hij alles wat Mallin zei dat hij dacht dat Kellogg bestreed. Borch zei niets. Hij stond naar de Fuzzies te kijken met een nauwelijks verborgen uitdrukking van vijandigheid. Gerd en Ruth deden een poging de gespannen situatie te redden door voorbereidingen te gaan maken voor de maaltijd. Ze aten buiten, belangstellend gadegeslagen door de Fuzzies. Kellogg en Mallin spraken over ditjes-en-datjes, zorgvuldig de wetenschap in de discussie vermijdend. Pas toen het begon te schemeren en ze allemaal in de huiskamer zaten, bracht Kellogg het gesprek formeel op de Fuzzies. Hij hield een bloemrijke redevoering over het belang van de ontdekking en ontnam iedereen de kans hem in de rede te vallen. De Fuzzies waren de enigen die zich konden veroorloven openlijk hun verveling te tonen. Ze gingen de constructie uitelkaar halen, die ze de avond daarvoor zo zorgvuldig hadden opgebouwd. Goudhaartje en Assepoes sloegen deze bezigheid met grote ogen gade, en gingen al gauw meehelpen met de afbraak.

„Ongelukkigerwijs," vervolgde Kellogg, „bestaat een groot deel van onze gegevens uit onbevestigde verklaringen van Mr. Holloway. Ik hoop dat u mij goed begrijpt: persoonlijk twijfel ik geen moment aan uw integriteit, Mr. Holloway, maar wij weten allemaal dat de wetenschap huiverig staat tegenover waarnemingen van iemand die ik in dit geval helaas ondeskundig moet noemen."

„God, asjeblieft, Leonard," viel Rainsford ongeduldig uit, „wat een onzin. Zo je weet ben ik een wetenschapsman die een flink aantal jaartjes langer meeloopt dan jij, en ik aanvaard de verklaringen van Jack Holloway. Jack heeft een groot deel van zijn leven doorgebracht aan de grens van de beschaving; daardoor is hij een scherp en fijnzinnig waarnemer. Mensen die dat niet zijn kunnen deze manier van leven onmogelijk volhouden."

„Begrijp me asjeblieft niet verkeerd," herhaalde Kellogg, „ik wil de verklaringen van Mr. Holloway geenszins in twijfel trekken. Ik probeer me alleen maar voor te stellen wat men er op Terra van zou denken."

„Daar zou ik maar niet over in zitten, Leonard. Het Instituut accepteert mijn bevindingen en ik sta in voor de betrouwbaarheid van Holloway. Het meeste van wat hij verteld heeft heb ik inmiddels trouwens persoonlijk kunnen waarnemen."

Ook Gerd van Riebeek mengde zich nu in de discussie. „En we hebben veel meer dan verbale verklaringen. Een camera kun je moeilijk een ondeskundig waarnemer noemen. We hebben al aardig wat filmmateriaal van de Fuzzies gemaakt."

„Ach ja, dat is ook zo," zei Mallin, „iemand zei dat al. Is er materiaal ontwikkeld?"

„Heel wat. Alles behalve wat we vanmiddag hebben geschoten. We kunnen 't afdraaien, als iedereen daarmee akkoord gaat." Toen het gezelschap instemmend knikte, trok Jack het scherm naar beneden en deed de film in de projector. De Fuzzies waren net aan een nieuwe constructie begonnen en piepten geërgerd toen het licht uitging. Maar hun ergernis ging over in verrukking toen ze op het beeld LF bezig zagen met de houten beitel. Vooral LF zelf was enthousiast; als hij zichzelf al niet herkende, dan toch zeker zijn beitel. Daarna kwamen opnamen van LF die garnalen doodde en oppeuzelde, LF die bezig was met de moer en de bout en later van de anderen, op jacht en spelend. En tenslotte waren er shots van de adoptie van Goudhaartje en Assepoester.

„Dit is een stuk beter dan wat Juan en ik vanmiddag in de bossen hebben gemaakt," zei Rainsford toen het licht weer aan was. „Het was bijna onmogelijk om dicht bij te komen, want ze hebben een buitengewoon scherp gehoor. Daardoor zagen we meestal alleen maar kontjes in de bossen verdwijnen. Maar het was goed zichtbaar dat ze allemaal garnalendoders bij zich hadden, net zoals die twee nieuwelingen hier."

Mallin en Kellogg keken elkaar ontzet aan. „Niemand heeft ons verteld dat er nog meer in de buurt zijn," zei Mallin op een toon alsof hij de anderen van opzettelijke zwijgzaamheid betichtte. „Dat verandert de situatie aanzienlijk." „Precies, Ernst," zei Kellogg, „dit is een fantastische kans. Mr. Holloway, als ik 't goed begrepen heb, is al dit land hier uw eigendom?" En toen Jack bevestigend knikte, „Zou het gepermitteerd zijn dat wij onze tenten opslaan aan de andere kant van de beek? We kunnen geprefabriceerde hutten laten komen uit Red Hill - is dat niet het dichtst bij? Een aantal werklieden van de Maatschappij kan de hutten voor ons in elkaar zetten, en wij zullen u beslist niet tot last zijn, dat verzeker ik u. Oorspronkelijk was ons plan om morgen naar Mallorysport terug te gaan, maar met zoveel Fuzzies in de buurt lijkt me dat erg onverstandig. Ik

neem aan, dat u geen bezwaar hebt?"
Jack barstte van de bezwaren. De situatie begon hem mateloos te irriteren. Maar als hij Kellogg géén toestemming gaf om op zijn land te verblijven, dan zou hij ook geen oog meer hebben op zijn escapades en die van z'n medewerkers. En hij wist precies wat er dan zou gebeuren: ze zouden Fuzzies vangen, ze desnoods bewusteloos maken met gas, ze zouden ze in kooien zetten en naar het lab sturen voor electroshock experimenten. Ze zouden er een paar gaan gebruiken voor vivi-sectie en ze zouden er niet op letten of die schepsels dood of levend waren. Nee, zolang ze op zijn land verbleven zouden ze dergelijke praktijken achterwege moeten laten. Daarom antwoordde Jack koel maar beleefd: ,,Ik heb geen bezwaar. Maar ik wil u er nogmaals op wijzen, dat deze kleine mensen met respect behandeld dienen te worden." Mallin liet zijn dunne glimlach zien. ,,Wij zijn niet van plan uw Fuzzies iets aan te doen, Mr. Holloway." ,,Nee," zei Jack, ,,dat geloof ik ook niet. U zult er de kans niet voor krijgen."

De volgende ochtend tijdens het ontbijt verschenen Kellogg en Borch. Borch droeg oude kleren, laarzen en een pistool in zijn gordel. Ze hadden een lijstje bij zich van artikelen die ze voor hun verblijf dachten nodig te hebben. Toen Jack het lijstje doorkeek zag hij al gauw dat ze van kamperen geen kaas gegeten hadden. Hij gaf ze een paar nuttige wenken, die ze dankbaar accepteerden, maar verbood hen een röntgen-apparaat aan te schaffen. ,,We hebben geen idee of de Fuzzies röntgenstralen kunnen verdragen, en ik voel er niets voor om er een aan eventuele overdosering te verliezen." Tot zijn verrassing kwam er geen protest. Gerd, Ruth en Kellogg gingen er met z'n drieën op uit in de van Jack geleende luchtjeep. Borch en Jack zelf liepen naar de andere kant van de beek om het terrein voor het nieuwe kamp op te meten, maar na een tijdje moest Borch naar Red Hill. Jack gebruikte de rust door het restant van de film te ontwikkelen. Tevens maakte hij van elke film drie copieën. Tegen de middag kwam Borch terug met een paar mannen van de Maatschappij, die binnen enkele uren het nieuwe kamp opzetten. Ook brachten ze twee luchtjeeps mee.
De onderzoekers die laat in de middag terugkeerden, waren buitengewoon tevreden over hun korte expeditie. Ze hadden bijna honderd Fuzzies waargenomen en drie van hun verblijfplaatsen ontdekt, twee tussen de rotsen en een in een holle

boom. Alledrie de nesten waren omgeven door de bekende kuilen waarin de Fuzzies hun behoefte deden. Twee van de drie verblijfplaatsen waren volkomen verlaten.

Kellogg stond erop dat Jack en Rainsford die avond zijn gast zouden zijn. Ze kregen een uitstekende maaltijd geserveerd, die elders was geprepareerd en in het kamp alleen maar hoefde te worden opgewarmd. Toen Jack en Rainsford naar huis terugkeerden, troffen ze de Fuzzies aan in de huiskamer, bezig een nieuwe constructie te ontwerpen met de molecuul-vormige ballen en stokjes. Goudhaartje kwam meteen op Jack af, trok hem aan de broekspijp en hield een paar balletjes omhoog. „Ja, ik zie 't," zei Jack vriendelijk, „'t is erg mooi spul." Ze trok harder aan zijn broek en wees naar het werkstuk van de anderen. Er begon hem iets te dagen. „Aha, ze wil dat ik meedoe," zei hij Er begon hem iets te dagen. „Aha, ze wil dat ik meedoe," zei hij tegen Rainsford. „Als jij koffie zet, dan ga ik een handje helpen." En hij ging tussen de Fuzzies in op de grond zitten. Toen Rainsford de koffie allang klaar had, zat Jack zich daar nog steeds kostelijk te vermaken. „Ik kan mezelf soms wel voor de kop slaan," bromde Rainsford, „als ik eraan denk wat we ons op de hals gehaald hebben." Jack blies in de koffie om het vocht te doen afkoelen. „Wat vind jij van Kellogg?" vroeg hij, „zijn gedrag doet me zo vreselijk onecht aan." „Ik zei toch al dat hij mensen die niet bij de Maatschappij betrokken zijn hier eigenlijk buiten wil houden," antwoorde Rainsford. „Heb je gemerkt hoe hij mij ervan probeert te weerhouden om een verslag naar Terra te sturen? Ze willen eerst zelf de Fuzzies onderzoeken. En dan willen ze hun eigen bevindingen doordrukken - dat is duidelijk. Maar verdomd als ik erin trap!" Rainsford begon zich steeds meer op te winden. „Ik ga zo naar huis en ik ga niet naar bed voor ik een puntgaaf rapport in elkaar gezet heb. Morgenochtend breng ik dat naar George Lunt en die stuurt 't voor mij naar Mallorysport. En voordat iemand hier weet wat er aan de hand is, is mijn rapport allang onderweg naar Terra!" Hij nam een grote slok koffie en vervolgde: „Hoe is 't met je film? Kan ik een paar copieën van je meekrijgen?" „Zoveel je maar wilt," zei Jack. „Dan stuur ik dat gelijk mee, zie je. En laat Kellogg 't over een jaartje maar in de kranten lezen!" Hij dronk zijn kom leeg. „Gerd, Ruth en Juan hebben nu onderdak in het andere kamp. Vind je 't goed als ik morgen bij jou in trek? Je zult de Fuzzies niet graag onbewaakt achterlaten, en met z'n tweeën kunnen we ze beter in het oog houden."

„Maar al je andere werk dan?"

„M'n belangrijkste werk is Fuzziologie studeren en dat kan ik alleen hier doen. Als ik m'n rapport weggebracht heb, zul je me zien verschijnen."

Toen Rainsford vertrok brandden aan de andere kant van de beek in het nieuwe kamp alle lichten nog. Jack keek zijn nieuwe huisgenoot na, ging terug naar binnen en speelde een tijdje met zijn Fuzzies voor hij naar bed ging.

De volgende ochtend zag hij Kellogg, Ruth en Jimenez vertrekken en, even later, Mallin en Van Riebeek in een aparte luchtjeep. Kellogg vond 't kennelijk veiliger om de drie eerste onderzoekers niet zonder begeleiding op pad te laten gaan. Het was al laat in de ochtend toen Ben Rainsford op het grasveld landde. Jack hielp hem de baggage binnenbrengen en toen Rainsford geïnstalleerd was, gingen ze onder de bladerloze bomen een pijpje roken. De Fuzzies speelden in het gras. Aan de overkant zagen ze Kurt Borch rondscharrelen.

„Mijn rapport is onderweg," vertelde Rainsford voldaan. Hij keek op z'n horloge. „'t Is nu op de postboot naar Mallorysport. Morgen om deze tijd moet het onderweg zijn naar Terra. Mondje dicht. Als Kellogg en Mallin zich weer in 't zweet werken om ons ervan te weerhouden een verslag weg te sturen, dan doen we of onze neus bloedt." Hij grinnikte. „Ik heb duidelijk gesteld dat naar mijn mening de Fuzzies tot de ‚homo sapiens' behoren. Ik kon er niet langer omheen."

„Ik ook niet," zei Jack. Hij wendde zich tot Mike en Mitzi en riep vrolijk: „Horen jullie dat, jongens? Ome Ben zegt dat jullie mensen zijn!"

„Ieek?"

„Ze willen weten of ze 't kunnen eten." Jack grinnikte. Hij draaide zich terug naar Rainsford en werd opeens weer ernstig. „En wat gaat er nu gebeuren?"

„O, voorlopig niets." Rainsford trok aan zijn pijp. „Het verslag komt pas over een halfjaar bij het Instituut aan. Vandaar gaat het naar de pers en dan komt er een team van onderzoekers hierheen. Er zal ook wel een afgevaardigde van de overheid tussen zitten. Tenslotte staan de autochtonen van gekolonialiseerde planeten onder toezicht van de Terra Federatie."

Jack wist niet of hij dat wel prettig vond. Hoe minder hij met de overheid te maken had, hoe liever het hem was. Bovendien was hij zichzelf als de enig toelaatbare voogd over de Fuzzies gaan beschouwen. Hij zei dat tegen Rainsford. „Prachthuid," zei Rainsford die Mitzi op zijn schoot genomen had. „Voor zulk dik bont kunnen ze gigantische prijzen vragen. En dat zullen ze doen ook als wij ze niet een slag vóór zijn, zodat de Fuzzies de erkenning krijgen die hen toekomt."

Hij staarde naar de overkant van de beek. Had Leonard Kellogg al aan een pelshandel gedacht?

Halverwege de middag kwamen de luchtjeeps terug - eerst die waar Mallin in zat, later die van Kellogg. Iedereen ging naar binnen. Een uurtje later landde de patrouillewagen voor het kamp van Kellogg. George Lunt en Ahmed Khadra stapten uit. Kellogg kwam naar buiten, ze spraken met elkaar en gingen naar binnen. Na een half uur kwamen de twee agenten naar buiten en staken de beek over naar Holloways kamp. De Fuzzies renden hen vrolijk tegemoet. Wellicht waren ze de politiefluitjes nog niet vergeten. Lunt en Khadra stapten de hut binnen en zetten hun baretten af. De gordels werden omgehouden.

„Je pakje is onderweg, Ben," meldde Lunt. Hij ging zitten en nam Goudhaartje op schoot. Assepoester kwam er meteen bij. „Zeg Jack, wat in godsnaam is dat stel aan de overkant van plan?"

„O," zei Jack met een lachje, „dus jij hebt 't ook gemerkt?" Lunt liet een honend geluid horen. „Je kan ze van een kilometer afstand ruiken. Dat stel deugt niet. Neem nou die Borch. Ik wou dat ik die vent z'n vingerafdrukken had, want ik verwed er wat onder dat die geregistreerd staan. En de rest is druk bezig van alles te verzwijgen en vooral dat waar ze 't meest bang voor zijn. Toen we er net even waren, heb ik Kellogg z'n stem maar gehoord. Als iemand anders wat wilde zeggen, werd 'm zondermeer de mond gesnoerd. Kellogg mag jou niet, Jack, en Ben ook niet, en van de Fuzzies moet-ie helemaal niks hebben."

„Ik heb je vanmorgen verteld wat ik van de situatie denk," zei Rainsford. „Ze willen niet dat buitenstaanders op deze planeet belangrijke ontdekkingen doen. Ze zouden daardoor zelf op Terra uit de gratie vallen. Ze zijn de schok nog niet te boven dat het buitenstaanders waren die in 48 de eerste zonnestenen vonden."

George Lunt keek een tijdlang peinzend voor zich uit. Hij streelde de wollige vacht van Goudhaartje. „Ik geloof niet dat het daarom gaat, Ben," zei hij eindelijk. „Tegenover ons gaf hij grif toe dat jullie de Fuzzies hebben ontdekt en niet zij. Maar de toon waarop hij praatte! Alsof hij de hele ontdekking waardeloos vond. En hij stelde allerlei typische vragen over jou, Jack. Het soort vragen dat je stelt als je aan iemands geestelijke vermogens twijfelt." Zijn blik verhardde zich. ,,Ik wou dat ik een aanleiding had om hém te ondervragen... met een leugenscherm!"

Het was duidelijk. Kellogg zou nooit toegeven dat de Fuzzies redelijke wezens waren. En als ze die erkenning niet kregen, dan bleven ze pelsdragende dieren. In gedachten zag Jack de een of andere dikke douairière op Terra of Baldur al rondlopen met de huiden van LF, Mama, Mike, Mitzi, Ko-Ko, Assepoes en Goudhaartje om haar vette schouders gedrapeerd. Hij werd er misselijk van.

HOOFDSTUK VI

Een bloedrode zon kwam op in een koperen hemel. Het was heet en er stond een zuchtje wind. De Fuzzies, die Papa Jack wakker maakten, waren prikkelbaar en rusteloos. Wie weet zou het vandaag eindelijk gaan regenen. Ze gebruikten hun ontbijt buiten en daarna wou Ben een paar dingen thuis ophalen die hij vergeten had.

„M'n jachtgeweer zou hier goed van pas kunnen komen," zei hij, „en als ik dan toch onderweg ben zal ik m'n ogen openhouden en als ik 'n zebraloop zie pik ik 'm meteen mee. Een stuk vers vlees zou er best ingaan."

Aan de overkant van de beek liepen Kellogg en Mallin voor de nieuwe hutten te ijsberen. Aan hun gebaren te zien voerden ze een ernstige discussie. Toen Ruth Ortheris en Gerd van Riebeek naar buiten kwamen, maakten ze hun gesprek af, keerden zich om en praatten kort men hen. Daarna liepen Gerd en Ruth de kant op van Holloways kamp.

Little Fuzzie, Ko-Ko en Goudhaartje kwamen hen begroeten. Ruth tilde Goudhaartje op en droeg haar mee, terwijl Ko-Ko en LF vooruit holden. Ruth wenste Jack goedemorgen en nestelde zich in een stoel, Goudhaartje nog steeds in haar armen. LF sprong op de tafel in de hoop dat er iets eetbaars achtergebleven was. Gerd strekte zich languit in het gras. Ko-Ko vond dit een prachtige kans om op zijn borst te gaan zitten. „Goudhaartje is mijn favoriete," zei Ruth vertederd, „ze is zo'n schat. Ik kan er nog steeds niet over uit hoe lief en aanhankelijk deze Fuzzies zijn. Die we in het bos zagen rondscharrelen waren allemaal schuw."

„Tja, die hebben geen Papa Jack om voor te zorgen," redeneerde Gerd. „Onder mekaar zullen ze best lief en aardig zijn, maar de grote wereld is vol gevaren. Weet je, dat kan ook een voorwaarde voor menselijke evolutie zijn, heb ik bedacht. Het ontwikkelt zich in een klein dier dat zich slecht kan verdedigen terwijl het omringd is door vijanden. Als hij niet sterk is, zal hij slim moeten wezen. Net zoals onze voorouders, en net zoals LF. Hij had waarschijnlijk de keus tussen vermenselijken of uitroeiing."

„Dr. Mallin heeft geen enkele aanwijzing gevonden dat ze menselijk zouden kunnen zijn," zei Ruth bezorgd.

„Wat kan mij Mallin verdommen. Hij kan net zo min ,homo sapiens' definiëren als ik. Nee, ik geloof dat hij er juist op uit is om de Fuzzies naar het dierenrijk te verwijzen."
Ruth keek hem geschrokken aan. „Waarom zeg je dat?" „Voor mij was dat duidelijk op 't moment dat hij aankwam. Jij bent notabene psychologe - heb jij dat dan niet gemerkt? Als de Fuzzies menselijk verklaard worden, zou dat misshien al zijn theorieën in de war schoppen die hij hier en daar gepikt heeft. En dan zou die zelf moeten leren nadenken en die gedachte trekt 'm helemaal niet aan. Daarom is hij vanaf 't eerste begin tegen deze ontwikkeling gekant geweest. En niets ter wereld zal hem van zijn ongelijk kunnen overtuigen."

„Maar Dr. Mallin heeft juist geprobeerd..." begon Ruth boos, maar halverwege hield ze op en keek verontschuldigend naar Jack. „Ach, neem me niet kwalijk. Het was echt de bedoeling niet om hier ruzie te komen maken. We wilden alleen maar bij de Fuzzies zijn. Nietwaar, Goudhaartje?" Het wollige schepsel speelde met het zilveren hangertje dat aan een ketting rond Ruths nek hing. Ze hield het omhoog en piepte, terwijl ze Ruth met grote ogen aankeek: „Ieek?"
„Ja schattebout, dat mag je hebben." Ruth deed de ketting los en sloeg die een paar maal rond Goudhaartjes nek. „Asjeblieft, nu is-ie van jou."
„Je verwent haar, Ruth," zei Jack vaderlijk.
„Ach, waarom niet? Het is goedkoop spul. Jij bent op Loki geweest, je weet precies wat 't is." Jack had het sieraad inderdaad herkend; jaren geleden had hij erin gehandeld met de inboorlingen. „Ik heb 't gekregen bij wijze van grapje van een paar collega's. En als Goudhaartje dat ding nou zo mooi vindt..."
Een luchtjeep, met Juan Jimenez aan het stuur, kwam met grote snelheid aan. Ernst Mallin stak zijn hoofd uit het raam en riep naar Ruth of ze klaar was om mee te gaan. Toen Ruth bevestigend knikte, zei hij tegen Gerd dat Kellogg heb binnen vijf minuten zou ophalen. Gerd keek de luchtjeep na die. met Ruth aan boord, alweer vertrokken was, zette Ko-Ko van z'n borst af en kwam zuchtend overeind. „Werkelijk, Jack," bromde hij, „de hemel mag weten waarom die meid zo veranderd is. Maar bij nader inzien kan ik misschien zelf een antwoord op die vraag bedenken. Ze is vreselijk onder de indruk van die Kellogg. En Kellogg heeft gezegd dat de Fuzzies

domme dieren zijn." Er klonk bitterheid door in zijn stem.

„Jij werkt toch ook voor Kellogg? vroeg Jack.

„Jazeker, maar hij hoeft mij niet te vertellen wat ik ergens van denken moet. Ik kan m'n eigen oordeel wel vormen, daar heb ik hem niet voor nodig. Ik was gek genoeg om aan deze klus te beginnen, maar..." hij hield abrupt op en veranderde van onderwerp. „Zeg, heeft Ben Rainsford al een rapport weg naar het Instituut?"

„Hoezo?" vroeg Jack ontwijkend.

„Zo niet, zeg 'm dan dat-ie op moet schieten."

Kelloggs jeep kwam eraan en Jack kon dus niet verder vragen. Hij besloot thuis te blijven, want aan de overkant had hij Kurt Borch nog zien rondscharrelen en hij wou de Fuzzies niet onbewaakt achterlaten. Hij had Ben Rainsford allang terugverwacht. Nou ja, dacht hij, soms kan 't uren duren voor je een zebraloop tegenkomt. In z'n eentje ging hij buiten onder de bomen een hapje eten. Hij was bijna klaar, toen hij plotseling de jeeps in grote snelheid naar het kamp zag terugkeren. Die met Mallin, Jimenez en Ruth. Ortheris erin landde het eerst. Kurt Borch kwam hen tegemoet snellen, er werd even wat gezegd en toen verdwenen ze allevier naar binnen. De tweede jeep landde vlak daarna. Kellogg en Van Riebeek liepen met grote stappen de hut in. Daarna keerde de rust terug, maar Jack voelde een merkwaardige spanning in hem opkomen. Hij bracht de vaat naar de keuken en waste af, terwijl de Fuzzies een dutje deden op zijn bed. Hij zat net aan de tafel in de woonkamer, toen Gerd van Riebeek op de nog openstaande deur klopte.

„Heb je even tijd voor me?" vroeg hij.

„Natuurlijk. Kom binnen."

Van Riebeek stapte dé kamer in en deed zijn pistoolgordel los. Hij verschoof een stoel zodat hij de voordeur in de gaten kon houden terwijl hij zat en legde de gordel op de grond naast z'n voeten. Toen begon hij Leonard Kellogg in verschillende talen lang en uitvoerig te vervloeken. Jack liet hem een tijdje begaan, maar onderbrak hem tenslotte met de woorden: „Ik ben 't in principe met je eens. Maar waarom zeg je dan allemaal nú?"

„Weet je wat die zoon van een Khooghra aan 't doen is?" riep Gerd woedend; „Hij en die... die..." Hij gebruikte nu een paar Shesha woorden om aan te duiden dat hij Mallin bedoelde, die meer minachting en walging uitdrukten dan soortgelijke termen in de Terra taal. „...die... die kwakzalver van 'n Mallin zijn een rapport aan het voorbereiden waarin jij en Rainsford ervan verdacht gemaakt worden dat jullie de wetenschap opzettelijk een loer willen draaien. Zogenaamd hebben jullie de Fuzzies een paar kunstjes geleerd en zelf hebben jullie die primitieve wapens ontworpen en gemaakt. Op die manier zouden jullie samenzweren om de Fuzzies als menselijke wezens te introduceren. Jack, als 't niet zo verdomd smerig was, zou het de grap van de eeuw wezen!''

,,En ze willen natuurlijk dat jij dat rapport ook tekent," veronderstelde Jack rustig. ,,Ja, en ik heb tegen Kellogg gezegd dat ie..." Gerd hield op maar het was duidelijk dat hij Kellogg had aangeraden zichzelf iets bijzonder onplezierigs aan te doen. Gerd zuchtte diep en stak een sigaret op. ,,Ik zal je precies vertellen wat er gebeurd is." Zijn stem klonk rustiger nu, bijna zakelijk. ,,Kellogg en ik zijn zeker twintig keer de Cold Creek afgeweest, in de buurt waar jij aan het werk bent, dat plateau bij de bron en een beek die daar vlak tegenover stroomt. Weet je welke plek ik bedoel? Nou, we vonden daar een gebied waar kennelijk Fuzzies gekampeerd hebben. Er lag een heleboel hout. En toen vonden we een graf, waarin de Fuzzies een van hun medemensen hadden begraven."

Dit kwam voor Jack volkomen onverwacht. ,,Je bedoelt dat ze hun doden begraven?! Hoe zag het graf eruit?"

,,Een heuveltje van kiezelstenen, ongeveer 45 cm breed en nog geen meter lang en een 30 cm hoog. Kellogg zei eerst dat het een ongewoon diepe toiletkuil was, maar ik had 't gevoel dat we iets veel belangrijkers hadden gevonden. Ik begon net zolang te graven tot ik een dode Fuzzie vond. Het was een vrouwtje; ze lag in grashalmen gewikkeld in de kuil. Ze zag er toegetakeld uit, alsof ze door een of ander beest aangevallen was. Maar nou komt 't mooiste nog, Jack: ze hadden haar garnalendoder naast haar in het graf gelegd."

,,Ongelooflijk," vond Jack. ,,En Kellogg? Wat deed Kellogg?"

,,Die stond er als een doodzenuwachtig juffershondje omheen te draaien. Ik riep hoe belangrijk dit was en dat dit toch onomstotelijk hun menselijkheid bewees enzo, en hij ondertussen maar zeuren dat we meteen naar het kamp terug moesten. Hij riep de andere jeep op en sommeerde iedereen terug te keren. Zodra hij de anderen vertelde wat wij gevonden hadden, werd Mallin zo wit als een doek en hij wou meteen weten hoe we dit dachten te verzwijgen. Ik vroeg of-ie gek geworden was en toen kwam eindelijk de aap uit de mouw. Kellogg vertelde ronduit dat ze de Fuzzies niet tot ,homo sapiens' *durven* verklaren."

„Omdat de Maatschappij de huiden wil verkopen?" Van Riebeek keek hem stomverbaasd aan. „Huiden verkopen? Aan die mogelijkheid heb ik nooit gedacht en zij ook niet, geloof ik. Nee, de belangrijkste overweging is dat de vergunning van de Maatschappij automatisch ongeldig wordt als de Fuzzies mensen zijn."

Nu begon Jack te vloeken. „Wat een achterlijke ouwe sul ben ik toch! Goeie god, ik ken alle koloniale wetten als m'n binnenzak maar dáár heb ik geen moment bij stilgestaan! En hoe moet dat nou? Met jou en de Maatschappij, bedoel ik."

„Wat dacht je? Ontslag natuurlijk. Maar ik heb genoeg op de bank staan om een terugreis naar Terra te financieren en dan reken ik niet eens wat ik voor m'n boot zou kunnen krijgen. Bovendien kan ik als Xeno-bioloog altijd wel ergens een baan vinden - misschien wel bij dat Instituut van Ben. En als ik eenmaal op Terra ben, nou, reken maar dat ik ze deze hele affaire haarfijn uit de doeken zal doen!"

„*Als* je er komt. Als je geen ongeluk krijgt bijvoorbeeld," zei Jack bedachtzaam. „Zeg, weet jij iets van geologie af?"

Gerd keek hem vragend aan. „Een beetje," antwoordde hij. „In mijn vak heb ik ook met fossielen te maken. Ik ben evenzeer paleontoloog als zoöloog. Hoezo?"

„Zou je niet een tijdje bij mij willen blijven en samen met mij op zoek gaan naar versteende kwallen? Niet dat we daardoor tweekeer zoveel zouden kunnen verdienen, maar op die manier hebben we wel twee stel ogen bij ons en dus een dubbele kans om te overleven."

„Meen je dat, Jack?"

„Anders zou ik 't niet zeggen."

Van Riebeek stond op en stak zijn hand uit. Jack volgde zijn voorbeeld. Ernstig schudden ze elkaars hand en bleven even zo staan. Toen bukte Van Riebeek zich om zijn gordel op te rapen. „Ik zou de jouwe ook maar omdoen, collega' als ik jou was. Ik vermoed dat we 'm alleen maar nodig hebben voor Borch, hoewel..." Hij controleerde zijn wapen en stak de pistool terug in de holster. „Ziezo. En wat nu?"

„We gaan dat stel eerst bestrijden met alle middelen die ons wettelijk ten dienst staan," besloot Jack. „Daarom begin ik met het bellen van de politiepost." Hij liep naar het scherm en koos de combinatie die hem rechtstreeks met de post verbond.

De brigadier herkende Jack meteen en liet een brede grijnslach zien. ,,Hoe is 't met je gezin, Jack? Een dezer dagen kom
ik es bij je langs, want ik wil dat stel ook wel es zien.''
,,Je kunt ze zo ook wel zien,'' zei Jack. Hij wenkte Ko-Ko,
Goudhaartje en Assepoes bij zich die juist uit de slaapkamer
kwamen. De brigadier bekeek ze gefascineerd en wou Jack
complimenteren met zijn nieuwe familieleden toen hij opeens
merkte dat Jack in zijn eigen huis een pistool droeg. Zijn blik
verscherpte zich. ,,Wat is er, Jack?''
,,Nog niets ernstigs, maar het zou ernstig kunnen worden,'' antwoordde Jack. ,,Ik heb een paar gasten in de buurt die langer
blijven dan me welkom is. Laten we voor jouw officiële rapport liever zeggen dat ik zwervers op m'n land heb die er af
moeten. Als ze een paar mannen in uniform ontdekken, dan
hoef ik misschien geen geweld te gebruiken.''
,,Begrepen,'' zei de brigadier. ,,George zei al dat je er spijt van
zou krijgen die bende te hebben uitgenodigd.'' Hij nam de
hoorn van de telefoon. ,,Calderon voor Wagen Drie... Hoort u
mij? Over... Wagen Drie, ik heb Jack Holloway hier met een
probleempje. Zwervers op zijn land... Juist ja. Hij wil ze weg
hebben, maar is bang dat ze niet zondermeer zullen gaan... Ja
precies, onze eigen vredelievende Jack ja, dat is 'm... Dus als
jullie achter die zwervers aan willen... En mochten ze iets
roepen over leidinggevende funkties bij de Maatschappij, dan
zeg je maar dat ze ergens anders leiding moeten gaan geven
maar niet op het terrein van Jack Holloway.'' Hij legde de telefoon neer. ,,Kijk over een uurtje maar naar ze uit.''
Jack zuchtte opgelucht. ,,Bedankt, Phil. En als je eens een
avond vrij bent dan zie ik je graag verschijnen.'' Jack drukte
een nieuw nummer in. Een secretaresse verbond hem door
naar de baas van de constructie-afdeling van de Maatschappij
in Red Hill.
,,Goeiedag, Jack. Heeft Dr. Kellogg het naar z'n zin?'' ,,Om je
de waarheid te zeggen, nee. Hij wil vanmiddag weer vertrekken. Dus ik zou 't op prijs stellen als jij je mannen vandaag nog
wil langssturen om de zaak af te breken.''
,,Nou al? En hij zei dat-ie wel een paar weken weg zou blijven.''
,,Wij hebben hem van gedachten laten veranderen. Ik wil hem
niet langer hebben. Hij moet voor zonsondergang van mijn
terrein af.''
De baas keek zorgelijk. ,,Toch geen moeilijkheden, Jack?''
vroeg hij. ,,Je weet dat Dr. Kellogg een uiterst belangrijk man

is."

„Dat heeft hij me zelf al verteld," zei Jack kortaf, „maar dat neemt niet weg dat ik wil dat jullie komen afbreken." Hij zette het scherm af en wendde zich tot Gerd van Riebeek. „Eigenlijk zou het niet meer dan netjes zijn om Kellogg zelf ook even in te lichten, vind je niet? Weet jij zijn nummer?" Gerd gaf het hem en Jack drukte op de knoppen. Het was een geheim nummer van de Maatschappij. Kurt Borch verscheen op het scherm.

„Ik wil Kellogg spreken," beval Jack.

„Dr. Kellogg is druk bezet."

„Zeg 'm dat-ie het nog drukker zal krijgen, want er wordt vandaag verhuisd. Ik wil jullie allemaal om 18.00 uur van mijn terrein af hebben."

Een verbijsterde Borch werd ruw uit het beeld geschoven. Kellogg nam zijn plaats in. „Wat is dit voor onzin?" blafte hij. „U hebt opdracht te verhuizen." Jack had de grootste moeite om beleefd te blijven. „En als u wilt weten waarom, dan zal ik u met Gerd van Riebeek laten praten. Ik geloof dat hij iets op z'n lever heeft."

„U kunt ons zomaar niet commanderen, Holloway! U heeft ons zelf toestemming gegeven..."

„Die toestemming is ingetrokken. Ik heb al contact gehad met Mike Hennen in Red Hill; vanmiddag stuurt hij zijn mannen om het kamp af te breken. Luitenant Lunt zal ook een paar mannen sturen – alleen maar om een oogje in 't zeil te houden. Ik verwacht dat u uw persoonlijke bezittingen gepakt hebt als ze arriveren."

Kellogg begon omstandig uit te leggen dat het hier een misverstand betrof, maar Jack luisterde niet meer en zette het scherm af. „Ziezo," verzuchtte hij, „dat was voorlopig alles. Het duurt nog wel even voor de zon ondergaat; daarom stel ik voor dat we een borrel drinken op onze samenwerking. Dan kunnen we straks buiten een kijkje nemen om te zien wat de vijand aan 't ondernemen is."

Er viel echter weinig actie te bespeuren in het vijandelijke kamp. Kellogg zou wel druk in gesprek zijn met Mike Hennen en de politiepost om na te gaan in hoeverre Holloway gebluft had. Maar na een tijdje zagen ze Kurt Borch naar buiten komen met een paar dozen en andere bagage. Jimenez hielp hem door op de luchtboot te stappen en de spullen aan te pakken. Mallin en Kellogg kwamen erbij – niet om te helpen maar om hevig te discussiëren. Ruth Ortheris bracht haar koffertje naar de luchtboot en ging ernaast zitten afwachten.

Opeens merkte Jack dat Goudhaartje een heel eind op weg was naar de beek, kennelijk met het plan een bezoek te brengen aan het andere kamp. Hij sprong op. ,,Blijf hier, Gerd, let op de anderen. Ik moet dat domme kind terughalen!''

Maar tegen de tijd dat hij de brug bereikte had, was Goudhaartje er al overheen en was ze achter de luchtjeeps verdwenen. Hij holde haar achterna, maar toen hij vlak bij de jeeps was bleef hij als aan de grond genageld staan. Er klonk een hoge schrille schreeuw. Daarna stilte. Toen een gil en een vrouwenstem die riep: ,,Hou op, Leonard! Hou op!'' Ruth Ortheris was bijna hysterisch. Jack rende om de jeeps heen. Goudhaartje lag op de grond. Haar prachtige vacht kleurde langzaam rood. Kellogg stond over haar heen gebogen met één been nog half omhoog. Zijn witte schoenen waren met bloed bevlekt. Jack zag hoe hij met kracht zijn voet neerbracht op het weerloze lijfje, en toen sprong hij op hem af. Er klonk een versplinterend geluid toen zijn vuist op de kaak van Kellogg terechtkwam. Kellogg wankelde en probeerde z'n handen op te heffen. Hij maakte wat stamelende geluiden en de idiote gedachte flitste door Jacks hoofd dat hij probeerde te zeggen ,,begrijpt u me alstublieft niet verkeerd.'' Hij greep Kellogg bij zijn hemd en sloeg hem met z'n vrije vuist in het gezicht. Hij wist niet hoe lang hij bezig was toen hij Ruth hoorde roepen: ,,Kijk uit, Jack, achter je!''

Hij liet Kellogg los en sprong bliksemsnel opzij, onderwijl zijn pistool grijpend. Een meter of tien bij hem vandaan stond Kurt Borch met een pistool op hem gericht. Er klonk een schot. Op het hemd van Borch verscheen een rode vlek, die Jack gebruikte als doelwit voor zijn twee volgende schoten. Zonder gevuurd te hebben zakte Borch in elkaar.

Achter hem zei Gerd van Riebeek kalm: ,,Handen omhoog, allemaal. Ja, jij ook Kellogg.'' Kellogg, die onder Jacks vuisten tegen de grond gegaan was, kwam moeizaam overeind. Bloed stroomde uit zijn neus. Vergeefs probeerde hij het bloeden te stoppen, terwijl hij naar zijn medestanders wankelde. Hij viel tegen Ruth Ortheris aan, die hem verachtelijk wegduwde. Ze zakte op haar knieën naast het mishandelde lijfje van Goudhaartje. Het zilveren hangertje om de wollige nek bengelde nog heen en weer. Ruth begon hartstochtelijk te huilen.

Juan Jimenez, die uit de luchtboot geklommen was, keek vol afschuw naar het lichaam van Kurth Borch en wees naar Jack.

„Jij hebt 'm gedood –" hij slikte even en liet toen verstikt het woord „vermoord" horen, waarna hij in de richting van de woonhut vluchtte. Gerd van Riebeek liet een schot vlak voor zijn voeten terechtkomen, waardoor Jimenez doodstil bleef staan. „De volgende keer ben ik minder voorzichtig, Juan," zei hij. „Ga liever Dr. Kellogg een handje helpen; ik geloof dat-ie gewond is." Mallin had eindelijk zijn tong teruggevonden. „Bel de politie," riep hij. „Ruth, bel jij de politie; op jou zullen ze niet schieten!" „Doe geen moeite," zei Jack, „ik heb ze allang gebeld."

Jimenez probeerde Kelloggs neus vol te stoppen met papieren zakdoekjes om zodoende de bloeding te stelpen. Kellogg hielp niet erg mee, want intussen probeerde hij aan Mallin uit te leggen dat hij het echt niet had kunnen helpen. „Dat kreng viel me aan," zei hij klaaglijk, „ze sneed me met die speer die ze bij zich had."

De andere Fuzzies waren stilletjes naderbij gekomen en stonden nu in een kring om het lichaam van Goudhaartje geschaard. „Ze kwam alleen maar naar hem toe en trok aan zijn broekspijp," zei Ruth verontwaardigd. „Dat doen ze altijd als ze de aandacht willen trekken. Ik geloof dat ze haar nieuwe ketting wilde laten zien." Ruth slikte haar tranen weg voor ze verder kon gaan. „En toen begon hij haar te trappen. Net zolang tot ze dood was!"

„Hou je mond, Ruth," commandeerde Mallin. „Dat beest viel Leonard aan. Het had 'm ernstig kunnen toetakelen." „Dat heeft 't ook!" Kellogg trok met een hand zijn broekspijp omhoog. Zijn been vertoonde een paar oppervlakkige krabben, alsof hij door lage bosjes gelopen had. „Zie je wel?"

„Ja, ik zie 't. En wat ik ook gezien heb is hoe jij bovenop haar stond! En alles wat ze wou was alleen maar haar ketting laten zien." Ruth liet haar tranen weer de vrije loop. Jack begon er spijt van te krijgen dat hij niet meteen op Kellogg had geschoten.

Inmiddels waren de Fuzzies wanhopig aan 't proberen Goudhaartje op de been te helpen. Toen ze eindelijk inzagen dat hun inspanning zinloos was, kropen ze in een kring om haar heen. Ze maakten zachte, klaaglijke geluiden.

„Als de politie komt, doe ik het woord," besliste Mallin. „Denk erom – iedereen houdt verder z'n mond." „Zozo," zei Gerd op hatelijke toon, „je probeert getuigen te intimideren, niet, Mallin? Weet je niet dat iedereen straks op het politiebureau een persoonlijke verklaring moet komen afleggen?" Hij zag dat de Fuzzies zich oprichtten en naar de lucht keken. „Daar komen ze al aan."

Maar het bleek de jeep van Ben Rainsford te zijn; hij had het karkas van een zebraloop buitenboord hangen. Voor hij landde cirkelde hij een paar keer rond. Toen sprong hij uit de machine met een pistool in de aanslag. „Wat is er gebeurd, Jack?" riep hij. Zijn blik vloog langs de dode Goudhaartje en Kellogg naar Borch en naar het pistool dat naast Borch lag. „O, ik ziet 't al," mompelde hij.

„Heb jij een filmcamera aan boord, Ben?" vroeg Jack. „Ik wil dat er opnamen gemaakt worden van Borch en van Goudhaartje. .En ook van de andere Fuzzies. Ik heb 't vermoeden dat we straks iets bijzonders gaan beleven."

Rainsford begreep niet helemaal wat Jack bedoelde, maar haalde gehoorzaam zijn filmcamera op. Mallin begon te zeuren dat Kelloggs wonden verzorging nodig hadden en dat hij de enige was die dat kon. Gerd van Riebeek knikte dat hij z'n gang mocht gaan en hield hem onder dekking toen hij in de hut een verbanddoos ging halen. Toen ze weer naar buiten kwamen, landde juist de patrouillewagen naast de jeep van Rainsford. Het was niet Wagen Drie, maar de wagen van Lunt. De luitenant sprong eruit, terwijl Khadra hun aankomst aan de post doorgaf.

„Wat is er gebeurd?" riep Lunt. „Waarom heb je niet gewacht, Jack, tot wij er waren?"

„Die maniak viel me aan en heeft die man doodgeschoten," schreeuwde Kellogg razend. „Heet jij soms ook Jack?" vroeg Lunt koeltjes. „Mijn naam is Leonard Kellogg, afdelingshoofd van..." „Hou je mond tot je wat gevraagd wordt. Ahmed, roep de post op. Knabber en Yorimitsu moeten onmiddellijk met hun spullen hierheen komen. En waar blijft Wagen Drie?" Ondertussen had Mallin de verbanddoos geopend. Gerd had eindelijk zijn pistool in de holster gedaan. Kellogg wilde weten wat er te onderzoeken viel. „Daar staat de moordenaar," wees hij, „waarom arresteert u hem niet?"

„Kom Jack," zei Lunt, „laten we een eindje oplopen zodat ik hier niet naar hoef te luisteren." Hij maakte een hoofdbeweging naar het lichaam van Goudhaartje. „Is 't dáármee begonnen?" Ze liepen tot voorbij de gehuurde jeeps en Jack begon te vertellen over Gerd van Riebeek, die zo opgewonden zijn hut binnengekomen was. „Aha, daar heb ik ook aan gedacht," zei

Lunt met duidelijke afschuw in zijn stem. „Maar ik had niet gedacht dat de zaak al zogauw zo hoog zou oplopen. Verdomme-nog-an-toe, ik heb gewoon niet ver genoeg doorgedacht! Ga verder, Jack." Lunt onderbrak nog een keer om zeker te maken dat hij de gang van zaken goed begrepen had. „Dus Kellogg stond bovenop de Fuzzie te stampen toen jij hem aanvloog om hem te laten ophouden?"

„Op m'n woord van eer."

„En die Borch stond klaar om je voor je kop te schieten?" En toen Jack bevestigend knikte: „Duidelijke zaak, wat mij betreft. Pure zelfverdediging. Maar 't zal natuurlijk wel vóór moeten komen. Denk je dat de anderen uit zichzelf de waarheid zullen vertellen?"

„Ruth Ortheris wel, dacht ik."

„Vraag of ze even bij me komt."

Jack liep alleen naar de groep terug. Ruth zat nog steeds bij de Fuzzies. Ben Rainsford stond naast haar met de filmcamera klaar. De Fuzzies wiegden hun lijfjes heen en weer en klaagden in diepe rouw. Jack bracht Ruth Lunts verzoek over en ze liep zwijgend naar Lunt toe.

„Wat is er nou precies gebeurd, Jack?" vroeg Rainsford zachtjes. Hij maakte een hoofdbeweging in de richting van Van Riebeek, die Kellogg en Mallin in de gaten hield. „En aan welke kant staat híj?" „Aan de onze. Hij heeft de Maatschappij vaarwel gezegd."

Wagen Drie arriveerde en Jack moest het hele verhaal opnieuw vertellen. Het terrein voor Kelloggs kamp raakte zo vol dat Jack begon te hopen dat de werklui van Mike Hennen voorlopig niet zouden komen opdagen. Het zou tot een ware verkeerschaos leiden. Toen Lunt klaar was met Ruth, ondervroeg hij Gerd, en daarna Jimenez, Mallin en Kellogg. Tenslotte liep hij met een ernstig gezicht op Jack af. Van Riebeek en Rainsford kwamen erbij en hoorden dat Lunt zei: „Kellogg klaagt je aan wegens moord op Borch. Ik heb gezegd dat je uit zelfverdediging handelde, maar daar neemt hij geen genoegen mee. Volgens de wet moet ik je nu arresteren."

„Prima," zei Jack en maakte zijn pistoolgordel los. „Dan klaag ik hierbij Leonard Kellogg aan wegens het ontwettig en nodeloos doden van een menselijk wezen – te weten, een inheemse bewoonster van de planeet Zarathustra, bekend staande onder de naam Goudhaartje."

Lunt keek naar het geteisterde lijfje en de rouwende Fuzzies.

„Maar Jack, ze zijn wettelijk nog geen menselijke wezens!"
„Wettelijke menselijke wezens bestaan niet, George. Een menselijk wezen is een wezen dat mentaal op een menselijk niveau staat — niet een wezen dat tot mens *verklaard* is."
Rainsford deed een stap naar voren. „Als deskundige ben ik van mening dat de Fuzzies tot de 'homo sapiens' behoort."
„Die mening deel ik," stemde Van Riebeek in. „Wat u daar ziet liggen, luitenant, is het lichaam van een menselijk wezen. En wat u daar ziet staan is de man die haar om het leven bracht. Dus waar wacht u nog op?"
De Fuzzies waren overeind gekomen, hadden hun garnalendoders onder het lijfje van Goudhaartje gestoken en tilden haar voorzichtig omhoog. Ben Rainsford richtte zijn camera op Assepoester die haar zusters wapen opnam en de groep volgde. De Fuzzies droegen het lichaam naar de overkant van het grasveld, ver weg van Kelloggs kamp. Rainsford volgde, al filmend, de trieste optocht. Bij de rand van het bos legden de Fuzzies hun dode neer. Mike, Mitzi en Assepoester begonnen te graven; de anderen zochten stenen. George Lunt sloeg het tafereel met grote ogen gade en nam toen langzaam zijn baret af. Toen de dode in grashalmen was gewikkeld en in het grasje werd gelegd, boog hij zijn hoofd. In doodse stilte volgde ook de

werd gelegd, boog hij zijn hoofd. In doodse stilte volgden ook de andere onderzoekers de sobere ceremonie.
Toen schraapte Lunt zijn keel en draaide zich om. Hij nam zijn pistool uit de holster. „Leonard Kellogg," zei hij langzaam en nadrukkelijk, „ik arresteer u wegens verdenking op moord op een menselijk wezen."

HOOFDSTUK VII

Jack Holloway was wel eerder op borgtocht vrijgelaten, maar nooit was het bedrag zo hoog geweest. Hij vond het ruimschoots de som waard om te zien hoe de ogen van Leslie Coombes uitpuilden en hoe Mohammed Ali O'Briens mond wijd openviel toen hij de zak zonnestenen neerzette. De stenen glansden dat 't een lieve lust was en hij zei tegen George Lunt dat hij ter waarde van 25.000 sol mocht uitzoeken. Jack kon een gevoel van triomf niet onderdrukken, vooral niet na de show die Coombes had opgevoerd om Kellogg op borgtocht vrij krijgen.

Jack keek naar de fles whisky in zijn hand en besloot meteen maar een tweede fles uit de kast te halen. Één voor Gus Brannhard en een voor de rest van 't gezelschap. Veel mensen geloofden dat drank er de oorzaak van was dat Gustavus Adolphus Brannhard zijn advocatenpraktijk naar deze uithoek van Zarathustra had overgeplaatst. Dat was niet juist. Niemand wist de werkelijke oorzaak, maar het was beslist niet vanwege de drank. Hoogstens was alcohol het enige wapen waarmee Gus Brannhard de herinnering aan de ware oorzaak kon bestrijden. Hij zat in de grootste stoel die Jack bezat. Een boom van een kerel met warrig bruin-grijs haar. Zijn breed gezicht was grotendeels bedekt onder een grijzende baard. Hij droeg verschoten, ietwat smoezelige tropenkleren zonder overhemd. Een gescheurd onderhemd deed een vergeefse poging zijn ruige borstbegroeiing te bedekken. Boven de modderige laarzen was ook nog haar te zien. Geen wonder dat de Fuzzies hem aantrekkelijk vonden. Baby Fuzzie zat op zijn hoofd, Mama op zijn schoot en Mike en Mitzi hadden elk een plaatsje veroverd op een knie. Ze dachten waarschijnlijk hier met een uitzonderlijk groot soort Fuzzie te maken te hebben.

,,Aaah,'' gromde hij toen Jack glas en fles naast hem neer zette, ,,daar snak ik al uren naar.''

,,Als je maar zorgt dat de kleuters eraf blijven,'' waarschuwde Jack. Dat Little Fuzzie mijn pijp wou roken was al erg genoeg. Ik zou niet graag willen dat ze alcoholist worden.''

Gus vulde zijn glas. Om 't zekere voor 't onzekere te nemen ledigde hij het in één teug.

,,Leuk gezin heb je hier, Jack. Maakt vast een goede indruk in de rechtszaal. Tenminste, zolang Baby niet op het hoofd van de rechter probeert te klimmen. Ik wed dat de jury je meteen vrijspreekt; hoogstens kan je een berisping krijgen dat je Kellogg niet hebt neergeschoten.''

,,Ik maak me er inderdaad geen zorgen over,'' zei Jack, ,,maar het belangrijkste vind ik dat Kellogg veroordeeld wordt.''

,,En dáár zou ik me maar wel zorgen over gaan maken,'' zei Rainsford. ,,Denk maar es aan het verhoor.''

Leslie Coombes, de beste advokaat van de Maatschappij, was met zijn supersnelle jacht uit Mallorysport overgekomen. In zijn kielzog volde Mohammed Ali O'Brein, de koloniale procureur-generaal die tevens functioneerde als officier van justitie. Ze hadden eerst geprobeerd de zaak vervallen verklaard te krijgen op grond van zelfverdediging van Holloway en het doden van een onbeschermd wild dier door Kellogg. Toen die poging mislukte, hadden ze samengespannen om het minste geringste bewijs omtrent de Fuzzies buiten de zaak te houden.

,,En je hebt wel gemerkt hoe slim ze zijn, niet?''

,,Ik hoop dat we er geen spijt van krijgen,'' mompelde Rainsford somber.

,,Spijt waarvan, Ben?'' vroeg Brannhard. ,,Wat denk je dat ze van plan zijn?''

,,Dat is het 'm juist: wist ik dat maar! Wij vormen nu een bedreiging voor de Zarathustra Maatschappij en dat kan natuurlijk nooit ongestraft blijven. Ik weet zeker dat ze alles zullen doen om Jack in een kwaad daglicht te stellen.''

,,Ik geloof dat wij in staat zullen zijn om menselijkheid aan te tonen,'' zei Gerd van Riebeek optimistisch.

,,En wie definieert menselijkheid? En hoe?'' vroeg Rainsford.

,,Coombes en O'Brein kunnen best besluiten dat ze de vuistregel van ,praten en een vuurtje bouwen' als principieel uitgangspunt zullen nemen.''

,,O nee,'' zei Brannhard, ,,onmogelijk. Er is al een gerechtelijke uitspraak op dit punt. Veertig jaar geleden op Vishnu. Geval van kindermoord. Moeder werd voorgeleid op verdenking van moord op haar baby. Advokaat wou haar vrijpleiten op grond van het feit dat moord betrekking heeft op het doden van een menselijk wezen - een menselijk wezen zijnde een wezen waarop de regel van toepassing is dat het kan praten en een vuur aanleggen. Baby is daartoe niet in staat. Advokaat verloor. Rechter besliste dat voornoemde regel weliswaar menselijkheid kon bewijzen, maar dat het andersom niet opgaat: wie niet kan praten of een vuur aanleggen is daarmee niet automatisch tot ,niet-menselijk wezen' gedegradeerd. O'Brein is hiervan misschien niet op de hoogte, maar Coombes vast wel." Brannhard schonk zijn glas vol en dronk het weer in één teug leeg, zodat de menselijke wezens om hem heen er niet aan konden komen. ,,Ik wil er wat onder verwedden dat Ham O'Brein ontslag van rechtsvervolging gaat aanvragen, zodra hij in Mallorysport terug is. En wat mij betreft mag hij z'n gang gaan, zolang hij de aanklacht tegen Jack maar laat staan. En daar is hij stom genoeg voor. Al ben ik bang dat Coombes het niet zo ver zal laten komen."

,,En wat dan?" vroeg Gerd van Riebeek. ,,Als Jack alleen terecht-staan zal niemand z'n mond opendoen over de Fuzzies en hun geaardheid."

,,Je rekent buiten de waard, goede vriend," zei Brannhard. ,,Ik verzeker je dat ik mijn mond zal opendoen en niet zo'n klein eindje. Jullie kennen allemaal de koloniale wet tegen doodslag. Als iemand wordt omgebracht terwijl hij een misdaad aan 't bedrijven is, mag er geen aanklacht tegen de ombrenger volgen. Ik ga betogen dat Leonard Kellogg een menselijk wezen ombracht, dat Jack Holloway terecht probeerde hem ervan te weerhouden en dat Kurt Borch, doordat hij Kellogg te hulp kwam, zichzelf schuldig maakte aan een misdaad. Derhalve kan Jack Holloway niet worden aangeklaagd. En teneinde dit betoog te staven zal ik een grote hoeveelheid bewijsmateriaal en getuigenverklaringen aanvoeren betreffende de menselijkheid van de Fuzzies."

,,Je zult getuigen-deskundigen nodig hebben," zei Rainsford. ,,In dit geval psychologen. En ik neem aan dat je ervan op de hoogte bent dat alle psychologen op deze planeet in dienst zijn van de Zarathustra Maatschappij." Hij dronk het laatste beetje van zijn cocktail. Er zat nog wat ijs onderin het glas en hij besloot dat aan te vullen met wat pittiger vloestof. ,,Verdomme-nog-an-toe, Jack," zei hij terwijl hij opstond, ,,in jouw plaats had ik precies hetzelfde gedaan en toch zou ik er ik weet niet wat voor over hebben als het niet gebeurd was!"

,,Ha!" Gerd van Riebeek lachte sarcastisch. Mama Fuzzie keek verschrikt op. ,,Wat dacht jij dat Victor Grego er voor over had?!"

Victor Grego legde de hoorn terug op de haak. ,,Dat was Leslie vanaf het jacht. Ze zijn er bijna. Ze zetten Kellogg af bij het ziekenhuis en komen dan direkt hierheen."

Nick Emmert kauwde lusteloos op een toastje. Hij had rood-achtig haar, fletse ogen en een dik dom gezicht. ,,Die Holloway heeft 'm goed te pakken gehad," zei hij met mond vol. ,,Ik wou dat Holloway hem afgemaakt had!" barstte Grego los. Het gezicht van de resident-generaal vertoonde een geschokte uit-drukking. ,,Dat meen je toch niet, Victor?"

,,Om de donder wel!" Hij maakte een ongeduldig gebaar naar de recorder, waarop ze zojuist de band van het verhoor hadden afgespeeld. ,,Dit is nog niks vergeleken met wat er bij de open-bare rechtszitting naar voren zal komen. Weet je wat het graf-schrift van de Maatschappij zal worden? ,De dood in getrapt, samen met een Fuzzie, door Leonard Kellogg.' "

Alles zou prima verlopen zijn als Kellogg z'n hoofd koel gehou-den had, dacht Grego, en niet op de vuist was geraakt met die Holloway. Zelfs de dood van die Fuzzie en de schietpartij op Borch, hoe verfoeilijk ook, zou niet zo rampzalig geweest zijn als het niet was uitgelopen op die stompzinnige aanklacht. Als Kellogg z'n mond gehouden had, zou Holloway ook geen aanklacht hebben ingediend. Nu had je de poppen aan 't dan-sen. Als hij er zo nog eens over nadacht, bleek dat het één van Kelloggs eigen mensen was geweest die de eigenlijke oorzaak van het dodelijk conflict geweest was. Van Riebeek. Hij kende de man niet, maar Kellogg wel en hij had hem kennelijk verkeerd aangepakt. Hij had precies moeten weten wat hij aan die Van Riebeek had.

,,Ik geloof niet dat Leonard veroordeeld zal worden, ,,Emmert nam nog een toastje. ,,Niet om die beesten."

,,Onder moord zal verstaan worden het opzettelijk en onge-rechtvaardigd doden van een menselijk wezen van welk ras dan ook," citeerde Grego. ,,Zo luidt de wet, Nick. En als dat stel voor de rechter kan bewijzen dat de Fuzzies tot het menselijk ras behoren..."

...Dan zou op een kwade ochtend Leonard Kellogg uit zijn cel gehaald en tegen de muur gezet worden, waarna een peloton een kogel door zijn hoofd zou jagen. Op zichzelf geen verlies, dacht Grego cynisch, maar het zou vrijwel onverbiddellijk het einde betekenen van de vergunning. Misschien konden ze Kellogg op een andere wijze laten verdwijnen. Het zou niet de eerste keer zijn dat er een ,dronken ruimtevaarder' op het laatste moment aan boord van een ruimteschip geschopt werd. Maar een ideale oplossing was 't niet; ze zouden toch nog te maken krijgen met de rechtszaak van Holloway.

„Zal ik even weggaan als de anderen komen, Victor?" vroeg Emmert onderdanig. Hij schoof nog een toastje in z'n mond. „Welnee, blijf maar zitten. Wie weet wanneer we weer een kans krijgen om allemaal bij elkaar te zijn. Vanaf vandaag zullen we alle schijn van samenzwering moeten vermijden."

„Je weet dat ik je graag zal helpen, Victor." Ja, dat wist hij. Als de vergunning van de Maatschappij zou worden ingetrokken, dan nog zou Emmert proberen er het beste van te maken - zo niet voor de Maatschappij dan toch voor Victor Grego. Maar als Zarathustra in een andere klasse zou worden ingedeeld, zou dit het einde betekenen van Nick Emmert. Zijn functie, zijn maatschappelijke positie, zijn onkostenrekening - alles naar de haaien. Toch zou er van hem verwacht worden dat hij zou doen zoveel hij kon; tèveel misschien wel.

Hij staarde naar de zwevende globe die vrijwel onmerkbaar in het oranje licht ronddraaide. Het was nu donker op Beta Continent, waar Leonard Kellogg een Fuzzie genaamd Goudhaartje had gedood en waar Jack Holloway een gewapende gangster genaamd Kurt Borch overhoop geschoten had. Grego kon er woedend om worden: dat was me een gangster wel die alle kans had een man in z'n rug te schieten en die het desondanks klaarspeelde om zèlf doodgeschoten te worden! Borch was bepaald geen briljante keus geweest, evenmin als Kellogg. Het begon erop te lijken dat hij niet meer in staat was de juiste man voor de juiste klus te kiezen. Neem nou Ham O'Brein. Ach nee, dat was zijn schuld niet – O'Brein resorteerde onder Nick Emmert. En Nick was evenmin door hem aangesteld.

Via de intercom op zijn bureau deelde een vrouwelijke stem mede dat Mr. Coombes was gearriveerd, samen met nog een paar mannen.

„Laat maar binnenkomen."

Coombes kwam als eerste binnen; een lange slanke man. Elegant. Een minzaam gezicht. Zelfs in geval van een bombardement of een aardbeving zou hij zijn kalmte niet verliezen. Grego had Coombes zelf uitgezocht als advokaat en die gedachte deed hem wat beter voelen. Mohammed Ali O'Brein was noch lang, noch elegant noch kalm. Zijn huid was vrijwel zwart - hij was op Agni geboren onder de hete B3 zon. Zijn kale hoofd glom en een grote neus boog zich over een wit snorretje. Achter deze twee mannen verscheen de rest van de Beta-Continent expeditie - Ernst Mallin, Juan Jimenez en Ruth Ortheris. Mallin merkte op hoe spijtig het was dat Dr. Kellogg hier niet bij kon zijn.

,,Dat staat nog te bezien,'' antwoorde Grego koeltjes. ,,Ga zitten, allemaal. Ik vrees dat we een boel te bespreken hebben.''

De edelachtbare Frederic Pendarvis schoof de asbak een paar centimeter naar rechts en de slanke vaast met een takje sterrebloemen naar links. Daartussen, precies in het midden, plaatste hij de ingelijste foto van een vriendelijke grijze dame. Uit een zilveren doos nam hij een dun sigaartje, sneed het uiteinde af en stak het andere eind aan. Daarna kon hij geen handelingen meer bedenken die een verder uitstel waarmaakten. Dus trok hij de twee dikke dossiers naar zich toen en opende het rode dossier eerst.

Hier moest nodig verandering in komen, dacht hij. Deze gedachte kwam gewoonlijk bij hem op als hij om deze tijd voor zijn bureau zat met deze dossiers voor zich. Al die zaakjes afschuiven naar het Centrale Hof had nog gekund toen Mallorysport een dorp was met nauwelijks 5000 inwoners, maar dat was toch al langer dan tien jaar geleden. De rechter van een planetaire kolonie zou niet door zo'n papierberg hoeven graven om te weten te komen wie ervan beschuldigd was de brandmerken op de veldbeesten uitgewist te heben, of wie op wie had geschoten in een café. Nou ja, hij had tenminste een paar kantonrechtbanken weten op te richten die de allerkleinste zaken konden afhandelen.

De eerste zaak betrof, zoals gebruikelijk, een geval van moord. Beta, Politiepost Vijftien, Lt. George Lunt.

Jack Holloway (die goeie ouwe Jack had dus weer es naar z'n geweer gegrepen!) - Cold Creek Vallei, onderdaan van de Federatie , Terraan; opzettelijk ter dood brengen van een menselijk wezen, te weten Kurt Borch, Mallorysport, onderdaan van de Federatie, Terraan. Aanklager Leonard Kellogg - idem. Advokaat voor de verdediging Gustavus Adolphus Brannhard. De laatste keer dat Jack Holloway iemand gedood had betrof het een paar boeven die zijn zonnestenen wilde stelen. Die zaak was niet eens voorgekomen. Maar dit keer leek het ernstiger. Kellogg was een topfunctionaris van de Maatschappij. Pendarvis nam zich voor deze zaak persoonlijk te behandelen. De Maatschappij zou kunnen proberen druk uit te oefenen.

Volgende zaak. Eveneens doodslag. Politiepost Vijftien. Beta. Pendarvis las de aanklacht door en fronste de wenkbrauwen.

Leonard Kellogg; opzettelijk ter dood brengen van een menselijk wezen, te weten Jannie Jansen, alias Goudhaartje, inheemse, van het Zarathustra Fuzzie ras; aanklager Jack Holloway. Advokaat voor de verdediging Leslie Coombes. Het ontging Pendarvis niet: dit was een duidelijke poging Kelloggs aanklacht tegen Holloway belachelijk te maken. Daar had je een Gus Brannhard voor nodig - die zorgde altijd voor wat leven in de brouwerij! Een Zarathustra Fuzzie...!

Het duurde echter niet lang voor de ernst van deze zaak tot hem doordrong. Een buitengewoon complexe en niet ongevaarlijke situatie, die met veel tact en inzicht aangepakt moet worden. Hij boog zich naar het telescherm en koos een nummer. Op het scherm verscheen een bebrilde jongeman die hem eerbiedig groette.

,,Ook goedemorgen, Mr. Wilkins,'' antwoordde Pendarvis. ,,Ik heb hier twee gevallen van doodslag op de rol staan. Holloway en Kellogg, allebei afkomstig van Beta Vijftien. Weet jij nadere bijzonderheden?''

De jonge man begon te lachen. ,,Een boel onzin, edelachtbare. Dr. Kellogg heeft een huisdier gedood dat van Jack Holloway was - u kent hem wel, die opgraver van zonnestenen. Tijdens de daaropvolgende woordenwisseling - u weet dat Holloway erg lastig kan zijn als hij daar aanleiding toe ziet - maakte een zekere Borch, lijfwacht van Kellogg, de fatale fout zijn geweer op Holloway te richten. Ik verbaas me er een beetje over dat Lt. Lunt deze aanklachten serieus heeft genomen. Mr. O'Brein heeft al ontslag van rechtsvervolging aangevraagd. Dus de zaak zal wel met een sisser aflopen.''

Die O'Brien had dus ook al de explosie zien aankomen en probeerde die te voorkomen. Maar wellicht was het verstandiger om de dingen hun natuurlijke loop te laten nemen. Wie weet wat er allemaal naar boven zou komen.

,,Daar heb ik nog geen uitspraak over gedaan, Mr. Wilkins,'' merkte Pendarvis fijntjes op. ,,Ik wil de banden van de hoorzitting overgeschreven hebben op 60. Dat kan rechtstreeks naar deze recorder. Dank u.''

Hij zette het apparaat aan. Wilkins was even weg en kwam weer terug om de band te starten. Anderhalve minuut lang weerklonk een hoog geruis. Pendarvis zuchtte even. Deze zaak zou tijdrovender worden dan hij in eerste instantie gedacht had.

Het drankje van Leonard Kellogg begon lauw te worden, dus

deed hij er een paar ijsblokje bij. Net iets teveel. Hij deed er een scheutje cognac bij. Eigenlijk had hij niet zo vroeg met drinken moeten beginnen; als hij zo doorging zou hij voor 't eten dronken zijn. Maar wat kon hij anders doen? Hij kon moeilijk de deur uit gaan met zo'n toegetakeld gezicht, en in feite had hij daar weinig zin in. Iedereen had zich tegen hem gekeerd: Ernst Mallin, Ruth Ortheris en zelfs Juan Jimenez. Op de politiepost hadden Coombes en O'Brein hem behandeld als een kleuter dat z'n mond niet wou houden waar grote mensen bij waren, en toen ze in Mallorysport terug kwamen hadden ze hem gewoon links laten liggen. Hij dronk zijn glas leeg. De ijsblokjes bleven eenzaam achter. Victor Grego had gezegd dat hij maar beter een tijdje ,met vakantie' kon gaan tot de zaak voorbij was. Mallin zou de afdeling wel voor zijn rekening nemen. Had er nog bij gezegd dat hij zich überhaupt niet moest laten zien zolang er aan de verdediging gewerkt werd. Kellogg haalde de schouders op; hij kon zich vergissen maar 't begon erop te lijken dat hij langzaam maar zeker opzijgeschoven werd.

Hij viel in een stoel en stak een sigaret op. De tabak smaakte bitter en na twee trekjes maakte hij het ding uit. Hij vroeg zich af hoe hij moest handelen - nadat ze het Fuzzie-grafje gevonden hadden móest hij Gerd wel aan z'n verstand brengen wat dat voor de Maatschappij zou betekenen. Juan en Ruth hadden daar geen moeite mee, maar Gerd... Hij huiverde nog als hij aan de scheldwoorden dacht die Van Riebeek hem in 't gezicht geslingerd had. En alsof dat niet erg genoeg was, volgde dat vernederende bevel van Holloway. Als landlopers werden ze weggejaagd!

En toen was dat walgelijke beest aan z'n kleren komen trekken. Hij had het weggeduwd - misschien een beetje te ruw - en het had hem geslagen met dat malle speertje. Alleen een volslagen gek zou zo'n wapen aan een beest geven. En toen had hij een trap gegeven en toen was het gaan schreeuwen...

Het telescherm begon te zoemen. Misschien was het Victor. Kellogg haastte zich naar kamer waar het scherm stond. Maar het was Grego niet, het was Coombes. Zijn gezicht effen en rustig als altijd.

,,O ben jij 't, Leslie.''

,,Goeiemiddag, Dr. Kellogg. ,,De formele manier van aanspreken hield een onmiskenbare berisping in. ,,De officier van justitie heeft me zojuist meegedeeld, dat rechter Pendarvis zijn verzoek om ontslag van rechtsvervolging heeft afgewezen. Hij beslist dat beide zaken voorkomen."

„Dus ze nemen dit werkelijk serieus?"

„Het ís serieus. Als u veroordeeld wordt, Dr. Kellogg, houdt dat in dat de vergunning van de Maatschappij ongeldig wordt. Bovendien, en dit is voornamelijk van belang voor u persoonlijk, bovendien loopt u kans op een doodvonnis. Ik wil graag uw verdediging met u doornemen. Morgenochtend half elf op mijn kantoor. Dan hoop ik tevens te weten welk bewijsmateriaal men tégen u gaat gebruiken. Tot morgen dus, Dr. Kellogg."

Misschien zei Coombes nog wel meer, maar dit was 't voornaamste dat Kellogg bijbleef. Hij kon zich niet herinneren naar de zitkamer teruggelopen te hebben, maar opeens merkte hij dat hij zijn glas aan het vullen was. Er zat niet veel ijs meer in, maar dat kon hem niet schelen.

Dus ze gingen proberen hem kapot te maken. Maar Ham O'Brein had gezegd dat ze dat niet zou lukken. Hij had zelfs beloofd de zaak uit de rechtszaal te houden. Maar dat was mislukt. En nu gingen ze hem toch berechten en als ze hem schuldig bevonden, zouden ze hem tegen de muur zetten. En dat alles omdat hij dat kleine kreng vermoord had, getrapt, geduwd, er bovenop gestampt, hij hoorde het nog schreeuwen en hij kon het lijfje nog voelen breken onder zijn voet...

Kellogg dronk zijn glas in één teug leeg, vulde het en dronk weer. Daarna wankelde hij naar de sofa en verborg zijn gezicht in de kussens.

Coombes trof Emmert aan in het kantoor van Grego. Ze schudden elkaar de hand. Grego vroeg: „Heb je 't al gehoord?"

„O'Brein gaf het onmiddellijk door. Ik heb mijn client meteen op de hoogte gebracht. Het was nogal een schok voor hem, vrees ik."

„Hm," zei Grego en ging zitten. „Ik had het eigenlijk wel verwacht. Als Ham O'Brein zo optimistisch doet, vrees ik altijd het ergste."

„Pendarvis wil de zaak zelf behandelen," vertelde Emmert. „Ik heb hem altijd een redelijk man gevonden. Maar nu? Denk je dat hij er ook al op uit is om ons om zeep te helpen?"

„Pendarvis is niet tegen de Maatschappij. Ook niet voor. Hij is gewoon voor het naleven van de wet. En de wet zegt dat een planeet met een autochtone menselijke bevolking thuishoort in Klasse IV en derhalve een Klasse IV koloniale regering vereist.

Als Zarathustra inderdaad in die Klasse blijkt te behoren, dan zal hij de juiste maatregelen getroffen willen zien. De vergunning van de Maatschappij wordt dan automatisch onwettig. Het is zijn functie een eind te maken aan alles dat onwettig is. Voor Frederic Pendarvis is het recht zijn godsdienst en hij beschouwt zichzelf als priester. Het is zinloos om met een priester over godsdienst te discussiëren."

Er viel een pijnlijke stilte. Grego staarde naar zijn globe. Opeen realiseerde hij zich dat hij naar een onecht voorwerp keek, een nagemaakte ding. Het echte, waardevolle objekt zou hem nu worden afgenomen.

,,Je had gelijk, Victor," zei Nick Emmert zenuwachtig, ,,ik wou dat Holloway die zoon van een khooghdra definitief had afgemaakt. Misschien dat dit alsnog..."

,,Nee, dat kan niet meer. Het enige wat we kunnen proberen is het proces te winnen."

Coombes, wendde zich tot Grego. ,,Wat zijn jouw mensen aan 't doen?" Met moeite maakte Grego zijn blik los van de globe. ,,Ernst Mallin bestudeert het filmmateriaal en de beschrijvingen van het Fuzzie-gedrag. Hij probeert te bewijzen dat niets hiervan gefundeerd is op de werking van een menselijk geest. Ruth Ortheris doet in principe hetzelfde, maar vanuit de instincten, reflexen en enkelvoudige denkpatronen zoals die bij dieren voorkomen. Ze heeft ratten, een paar honden en apen tot haar beschikking en voldoende apparatuur. Een technisch assisente van Henry Stenson is haar aan 't helpen. Juan Jimenez bestudeert de geest van Terra honden en katten en van Freya kholphs en de zware mimir-sluipers."

,,Heeft hij al iets gevonden dat lijkt op die begrafenis?" Grego schudde zwijgend het hoofd. Emmert mompelde iets dat niet erg netjes was.

Coombes zuchtte. ,,We kunnen dan allemaal maar hopen dat die Fuzzies niet in de rechtszaal verschijnen om een vuur aan te leggen en toespraken te houden en Terra taal."

,,Dus jij gelooft zelf dat 't mensen zijn!" schreeuwde Emmert panisch.

,,Natuurlijk. U dan niet?"

Grego liet een zuur lachje zien. ,,Nick vindt dat je ergens in moet geloven voor je 't kan bewijzen. Volgens mij is dat niet per se noodzakelijk. We staan misschien zwak, maar als we er flink tegenaan gaan..."

,,Ik heb op school op een discussieclub gezeten," vertelde Emmert, ,,als ik 't me goed herinner was een juiste definitie van de te bespreken elementen van 't eerste belang."

Grego keek op. ,,Hij heeft gelijk, Leslie. Wat is de wettige definitie van een menselijk wezen?"

,,Zover ik weet bestaat die niet. Menselijkheid was tot nog toe iets vanzelfsprekends."

,,Wat vind je van de bekende vuistregel?"

Coombes schudde het hoofd. ,,Zaak tegen Emily Morrosch, A.T. 612." Hij vertelde over de uitspraak in de zaak van de kindermoord. ,,Ik heb geprobeerd uitspraken te vinden. Ham O'Brein is er ook mee bezig. Wat jouw mensen te doen staat, Grego, is het vaststellen van een definitie betrefende de ,homo sapiens' die aanvaardbaar is voor de rechter. Uiteraard moet die definitie alle bekende menselijke rassen omvatten en de Fuzzies uitschakelen. Dat zal niet meevallen."

,,We zouden hier zelf een paar Fuzzies moeten hebben om te bestuderen," zei Grego.

,,Jammer dat we die van Holloway niet te pakken kunnen krijgen," zei Emmert. ,,Zou hij ze ooit even alleen laten?"

,,Dat is te riskant." Coombes dacht een ogenblik na. ,,Ik geloof dat we het andere moeten aanpakken. Met wettige middelen. En ik geloof dat ik weet hoe."

HOOFDSTUK VIII

Jack Holloway zag Little Fuzzie naar de pijp kijken die hij in de asbak gelegd had. Om te voorkomen dat het mannetje 't niet bij kijken zou laten, stak hij de pijp zelf weer in de mond. LF keek hem verwijtend aan en sprong op de grond. Dat was nou onaardig van Papa Jack; waarom zou een Fuzzie geen pijp mogen roken? Ach ja, waarom ook eigenlijk niet. Jack tilde hem op, zette hem terug op z'n schoot en bood hem de pijp aan. LF nam een trekje. Kennelijk had hij al geleerd hoe hij inhaleren moest vermijden, want hij ging er niet van hoesten.

,,De zaak tegen Kellogg komt eerst voor,'' zei Gus Brannhard, ,,daar kon ik helaas niets tegen doen. Snap je wat er achter zit? Leslie Coombes neemt de aanklacht én de verdediging op zich en als hij Kellogg vrij kan krijgen, zal dat jouw proces aanzienlijke schade berokkenen.''

Mama Fuzzie probeerde zijn glas te pakken te krijgen, maar hij was haar net even te vlug af. Baby speelde kiekeboe vanachter zijn enorme bakkebaarden. ,,Allereerst,'' vervolgde hij, ,,zullen ze elk bewijs omtrent de Fuzzies proberen uit te schakelen. Niet dat wij zoveel bewijzen hebben, maar het zal bijzonder moeilijk worden om iets als zodanig toegelaten te krijgen. En wat ze niet vóór kunnen wezen, zullen ze aanvallen. Voornamelijk wat betreft geloofwaardigheid. Met het leugenscherm valt uiteraard niet te spotten, dat weten ze best, en ze zullen dan ook nooit beweren dat iemand liegt, maar wat ze wel zullen volhouden is dat iemand in staat is zichzelf te bedriegen. Als je achter je eigen beweringen staat, of dat nou terecht is of niet, zal het leugenscherm je niks doen. Ze zullen de getuigendeskundigen aanvallen, kibbelen over feitenmateriaal en persoonlijke opinies. En wat ze niet kunnen voorkomen op aanvallen, dat zullen ze ogenschijnlijk accepteren, om dan later te ontkennen dat het menselijkheid bewijst.''

,,Maar wat willen ze dán als overtuigend bewijs?'' wilde Gerd van Riebeek weten. ,,Atoomenergie of anti-zwaartekracht?''

,,Ik vermoed dat ze een keurige formule klaar zullen stomen die er speciaal op gericht is de Fuzzies uit te sluiten. Die zullen ze aan de rechter voorleggen in de hoop dat hij het als zodanig erkent. Wat wij moeten doen is proberen uit te vissen wat hun formule zijn zal, zodat we die kunnen weerleggen met een eigen definitie.''

„Hun definitie zal ook de khooghras moeten omvatten. Gerd, weet jij of de khooghras hun doden begraven?"

„Welnee! Die vreten ze op. Maar je zal ze moeten nageven dat ze de lijken wel eerst koken."

„Als we blijven doorzeuren over wat Fuzzies doen en wat khooghras niet doen, komen we nergens," vond Rainsford.

„We hebben een waterdichte definitie nodig van een 'homo sapiens'. Weet je nog wat Ruth zaterdagavond zei?"

Gerd liet duidelijk blijken dat hij niet langer geïnteresseerd was in wat Ruth ooit gezegd had, noch in Ruth persoonlijk. Jack citeerde: „Niet-menselijke intelligentie en menselijke intelligentie verschilt in kwaliteit, niet in kwantiteit."

„Je zou haast denken dat sapiens ontstaat door mutatie," filosofeerde Gerd. „Alleen kan ik moeilijk geloven dat dezelfde mutatie op dezelfde wijze plaatsheeft op zoveel verschillende planeten."

Ben Rainsford wou juist iets zeggen toen de sirene van een patrouillewagen hoorbaar werd. De Fuzzies hoorden het ook; het betekende dat de vrienden van Papa Jack in aantocht waren, die aardige mannen in die blauwe pakken. Jack deed de buitendeur vast open en knipte lichten aan.

De wagen landde. George Lunt, twee van zijn mannen en twee heren in burger stapten uit. De twee laatsten waren gewapend en een van hen droeg een bundel onder zijn arm.

„Kom binnen, George."

„We moeten met je praten, Jack," zéi Lunt. Zijn stem miste de gebruikelijke vriendschappelijke toon. „Dat wil zeggen, de twee heren hier moeten met je praten."

„Dat kan." Er zat iets fout, heel erg fout. Hij deed een stapje naar achter om de mannen door te laten. Khadra ging eerst naar binnen en bleef naast Jack staan. Lunt volgde. Hij keek vluchtig de kamer door en ging zo staan dat Jack niet bij het geweerrek kon zonder hem eerst te passeren. De derde agent liet de twee heren in burger voorgaan, sloot de deur en bleef er tegenaan leunen. Jack vroeg zich af of zijn borgtocht misschien was ingetrokken. De twee vreemdelingen – de een gespierd en met een zwart, borstelig snorretje; de ander kleiner en met een zwaarmoedig gezicht – keken verwachtingsvol naar Lunt. Rainsford en Van Riebeek waren overeind gekomen. Gus Brannhard bleef zitten en vulde zijn glas bij.

„Geef me de papieren," zei Lunt kortaf tegen de gespierde man. Deze haalde een opgevouwen document uit zijn zak en gaf het aan Lunt.

,,Ik wil dat je weet, Jack, dat ik hier niet achter sta. Maar ik moet m'n plicht doen. Ik zou niet graag op je schieten, maar als je verzet pleegt, zal 't wel moeten. Ik ben Kurt Borch niet: ik ken jou en ik neem geen enkel risico.''

,,Geef dat papier nou maar,'' zei de gespierde man. ,,Ik heb geen zin hier de hele avond te staan.''

Lunt overhandigde het document aan Jack. ,,Dit is een gerechtelijk bevel, Jack, om beslag te leggen op de Fuzzies als bewijsmateriaal in het Kellogg-proces. Deze twee heren zijn afgevaardigden van het Centrale Hof. Ze hebben opdracht de Fuzzies naar Mallorysport te brengen.''

,,Laat zien, Jack,'' beval Brannhard. Gus had de hele avond stevig zitten drinken; waarschijnlijk was hij bang dat hij niet vast ter been zou zijn als hij nu opstond. Zittend keek hij het document door en knikte. ,,Klopt. Getekend door de rechter.'' Hij gaf het terug. ,,Niets tegen te doen; ze zullen de Fuzzies moeten meenemen. Dat bevel moet je houden, Jack, en laat ze je een getekend ontvangstbewijs geven met vingerafdrukken en al. Ga het maar voor ze opstellen.''

Gus wilde dat Jack iets ging doen zodat hij niet werkeloos hoefde toezien. De kleinere man ontvouwde de bundel die hij onder z'n arm had gedragen. Het bleken canvas zakken te zijn. Jack ging achter zijn schrijfmachine zitten en probeerde de paniek om hem heen niet te horen. Hij tikte het ontvangstbewijs, noemde alle Fuzzies bij de naam, gaf een beschrijving van elke Fuzzie en stelde nadrukkelijk dat ze op dit moment in goede staat van gezondheid waren zonder enig lichamelijk gebrek. Eén van de Fuzzies probeerde onderwijl op zijn schoot te klimmen; hij piepte hevig en trok aan zijn hemd, maar hij werd hardvochtig weggepakt. Helaas was Jack eerder klaar met zijn werk dan de indringers met het hunne. Drie Fuzzies zaten in zakken. Khadra was aan 't proberen Assepoester te pakken te krijgen. Ko-Ko en LF waren naar hun buitendeurtje gerend, maar Lunt ging ervoor staan. Toen vluchtten ze naar hun bed en begroeven zich in de deken. Een agent en een van de burgermannen trokken hen los. Ook zij werden in zakken gepropt. Jack kwam wankel overeind en trok het vel uit zijn schrijfmachine. Niemand wilde een handtekening zetten. Lunt begon te schreeuwen en zei dat ze moesten tekenen of anders opdonderen zonder de Fuzzies. Dus zetten ze een krabbel en gaven een inktafdruk van hun duim. Jack gaf het vel door aan Gus, consequent vermijdend naar de zakken te kijken, waarin getrappeld werd en vanwaaruit gesmoorde angstkreten klonken.

„Ze mogen toch wel een paar van hun eigen spullen meenemen, George?" vroeg hij hees.

„Zoals wat?"

„Hun dekens. Wat speelgoed."

„Bedoel je die rotzooi?" De kleinere afgevaardigde schopte het molecuul-model omver. „We hebben opdracht om alleen Fuzzies mee te nemen."

„Je hoort wat meneer zegt." Zelden had Lunt zoveel afkeer in zijn stem weten te leggen. Hij draaide zich van Jack af. „Nou, jullie hebben ze. Waar wachten jullie nog op?"

Jack keek machteloos toe hoe de mannen met de zakken in de luchtwagen stapten en hoe de machine optrok. Toen keerde hij om, ging het huis binnen en viel in een stoel.

„Weten die kinderen veel van een gerechtelijk bevel," zei hij. „Ze begrijpen niet waarom ik daar maar stond toe te kijken. Nou denken ze dat ik hen in de steek laat."

„Zijn ze weg, Jack?" vroeg Gus. „Zeker weten?" En toen Jack bevestigend knikte, kwam hij eindelijk overeind, reikte naar iets dat achter hem op de stoel lag en nam een bal van wit bont in zijn handen. Baby Fuzzie greep met beide handjes naar zijn baard en piepte opgetogen.

„Baby!" Brannhard maakte de handjes los uit zijn baard en overhandigde hem aan Jack. „Baby hebben ze niet, maar ze hebben wel voor hem getekend!" Brannhard dronk zijn glas leeg en stak een dikke sigaar aan. „Kom aan, we gaan naar Mallorysport om de rest terug te halen."

„Maar dat gerechtelijke bevel dan? Ze zullen de Fuzzies heus niet zómaar teruggeven."

Brannhard snoof. „Ik wil er een krat whisky onder verwedden dat Pendarvis dat bevel nog nooit gezien heeft. Op kantoor hebben ze stapels van die blanco getekende formulieren liggen. Tja, als ze iedere keer op een rechter moesten wachten voor een handtekening om een getuige te kunnen dagvaarden of om bewijsmateriaal in beslag te kunnen nemen, dan kwamen ze nooit klaar. Als Ham O'Brien dit niet verzonnen heeft, dan vast Leslie Coombes."

„We gaan met mijn luchtboot," zei Gerd. „Kom je mee, Ben? We moeten voortmaken."

Hij begreep er niets van. De Grote Mensen in die blauwe pakken waren altijd vriendelijk geweest; ze hadden zelfs fluitjes van hen gekregen en toen ze hun dode aan het begraven waren, waren ze zelfs verdrietig geweest. En waarom had Pappa Jack zijn grote geweer niet gepakt? Hij was toch niet bang geweest? Pappa Jack was nooit ergens bang voor geweest!

De anderen waren vlakbij. Hij kon ze horen en riep naar ze. Toen voelde hij de punt van het mesje dat Pappa Jack ooit voor hem gemaakt had. Hij kon zó een gat in de zak snijden, zodat hij kon ontsnappen en de anderen bevrijden. Maar dat zou zinloos zijn. Ze zaten met z'n allen in zo'n ding waarmee Grote Mensen de lucht in gingen. Als hij nu uit de zak ontsnapte, kon hij nergens heen en ze zouden meteen gegrepen worden. Nee, het was beter om nog een poosje te wachten.

Waar hij zich nog het meeste zorgen over maakte, was dat hij niet wist waar ze naar toe gingen. En hoe konden ze dan ooit Pappa Jack terugvinden?

Jack merkte hoe zenuwachtig Gus was: hij hield niet op met praten. En onderweg keek hij verscheidene keren in spiegels om zich ervan te overtuigen dat zijn beste das goed gestrikt was en dat de rits van zijn zwarte jas dicht zat. Nu stopte hij voor de deur waarop de naam van Pendarvis stond. Bedachtzaam streek hij zijn frisgewassen baard in vorm.

Er waren twee mannen in het kantoor van de rechter. Gus had Pendarvis hooguit twee keer eerder gezien, maar nog nooit hadden ze kennisgemaakt. De man had een prettig gezicht, smal en ascetisch; het gezicht van een man die vrede heeft met zichzelf. Mohammed Ali O'Brien was bij hem. Toen ze binnenkwamen keek hij verbaasd op – een verbazing die spoedig zou overgaan in vrees. Er werden geen handen geschud. De rechter boog licht en nodigde hen uit plaats te nemen.

„Miss Ugatori zegt dat u een aanklacht indient tegen Mr. O'Brien," zei hij toen iedereen gezeten was.

„Dat is juist, edelachtbare." Brannhard maakte zijn koffertje open en haalde twee papieren tevoorschijn – het gerechtelijk bevel en het door Jack getikte ontvangstbewijs. Hij overhandigde de documenten aan Pendarvis achter zijn bureau. „Mijn cliënt en ik zouden graag vernemen op welke grond uwe Edelachtbare deze daad gesanctioneerd heeft, op grond waarvan Mr. O'Brien zijn mannen heeft gestuurd om deze kleine wezens weg te halen bij hun vriend en beschermer Mr. Holloway."

De rechter bekeek beide documenten. „Nadat u belde om deze

afspraak te maken, heeft Miss Ugatori kopieën voor me gemaakt. Maar gelooft u mij, Mr. Brannhard, dit is de eerste maal dat ik het origineel onder ogen krijg. U weet dat wij gebruik maken van blanco ondertekende formulieren. Dat bespaart een enorme hoeveelheid tijd, en tot op heden werden ze slechts gebruikt als er geen twijfel kon bestaan dat ik of welke rechter dan ook de uitgifte van een dergelijk bevel zou goedkeuren."

Hij fronste de wenkbrauwen. ,,Ik dit geval echter was er wel zeker aanleiding tot twijfel. Als ik dit bevel eerder gezien had, zou ik het nooit hebben getekend." Hij wendde zich tot de officier van justitie die zichtbaar nerveus geworden was. ,,Mr. O'Brien, men legt geen beslag op menselijke wezens zoals men dat wellicht met een jong veldbeest zou doen. Het feit dat een uitspraak omtrent de menselijke vermogens van deze wezens nog hangende is houdt automatisch in dat men ze wel voorlopig als zodanig dient te beschouwen. U weet heel goed dat het Hof geen enkel initiatief mag nemen dat mogelijkerwijs schade zou toebrengen aan een onschuldig wezen."

Brannhard nam zijn kans waar. ,,Daarbij komt, edelachtbare, dat de Fuzzies groot onrecht is aangedaan. Stelt u zich voor: argeloze kinderen, want dat zijn ze, blije goedgelovige kleine kinderen die alleen maar vriendelijkheid en toewijding gekend hebben – die ruw worden weggesleurd en in zakken gestopt door wrede, ongevoelige mannen."

,,Edelachtbare!" Het gezicht van O'Brien werd donkerder dan het onder de hete zon van Agni ooit had kunnen worden. ,,Ik kan niet toestaan dat afgevaardigden van het Hof worden beledigd!"

,,Mr O'Brien schijnt te vergeten dat hij in het gezelschap verkeert van twee ooggetuigen van deze onmenselijke ontvoering."

,,Als medewerkers van het Hof verdediging nodig hebben, Mr. O'Brien, dan zal het Hof hen zeker helpen. Ik zou u aanraden uw gedachten te bepalen tot uw eigen verdediging."

,,Edelachtbare, ik houd vol dat ik handelde naar wat ik als mijn plicht beschouwde," zei O'Brien. ,,Deze Fuzzies zijn de voornaamste bewijsstukken in het proces tegen Dr. Kellogg. Alleen een eventuele demonstratie van hun menselijkheid kan een vervolging van de gedaagde rechtvaardigen."

,,Waarom hebt u ze dan op deze misdadige en roekeloze wijze in gevaar gebracht?" wilde Brannhard weten.

,,In gevaar gebracht?" vroeg O'Brien ontzet. ,,Edelachtbare, ik heb dit gedaan om hun aanwezigheid tijdens het proces veilig te stellen!"

„Dus haalt u ze bij Mr. Holloway vandaan, de enige man op deze planeet die weet wat goed voor hen is; een man die van hen houdt alsof het zijn kinderen zijn! Dus daarom stelt u ze bloot aan alle mogelijke gevaren die zelfs fataal zouden kunnen zijn!" Rechter Pendarvis knikte instemmend. „U hebt volkomen gelijk, Mr. Brannhard. Mr. O'Brien, ik beschouw uw aanpak van deze kwestie als hoogst bedenkelijk: U had geen enkel recht deze wezens, die vermeende menselijke wezens zijn, op deze manier te behandelen. Zoals Mr. Brannhard zegt: misdadig en roekeloos. Daarom beveel ik u deze Fuzzies onmiddellijk te laten halen en hen weer aan de zorg van Mr. Holloway toe te vertrouwen."

„Zeker, edelachtbare." O'Brien zag grauw van ellende. „Maar het kan wel een tijdje duren voor ze hier zijn."

„Wilt u daarmee zeggen dat ze zich niet in dit gebouw bevinden?" vroeg Pendarvis.

„Eh, nee, edelachtbare. We hadden hier geen geschikte ruimte beschikbaar. Ze zijn naar het Wetenschapscentrum overgebracht..."

„Wàt?!" Jack had zich voorgenomen zijn mond te houden en Gus de hele zaak te laten afhandelen. Maar nu kon hij zich niet langer beheersen. Niemand merkte het, want ook Gus Brannhard en rechter Pendarvis hadden spontaan van hun verbijstering blijk gegeven. Pendarvis boog zich voorover en vroeg op een gevaarlijk vriendelijke toon: „Bedoelt u het gebouw waarin de Afdeling Wetenschappelijke Studie en Onderzoek van de Zarathustra Maatschappij is ondergebracht?"

„Daar zijn ze ingericht voor allerlei soorten levende dieren en ze verrichten er alle noodzakelijke wetenschappelijke werkzaamheden om..."

Pendarvis vloekte hartgrondig. Brannhard had niet erger kunnen schrikken als zijn eigen koffertje hem naar de keel gevlogen was. Maar hij schrok niet half zo erg als Mohammed Ali O'Brien.

Pendarvis kreeg met moeite zijn zelfbeheersing terug. „U bent dus van mening dat bewijsmateriaal in een proces het beste aan de gedáágde kan worden toevertrouwd? Werkelijk, Mr. O'Brien, ik had dit nooit voor mogelijk gehouden."

„De Zarathustra Maatschappij is niet gedaagd," antwoordde O'Brien zwakjes. „Officieel niet," gaf Brannhard toe, „maar wordt de door u genoemde afdeling niet geleid door ene Leonard Kellogg?''

,,Dr. Kellogg is van zijn functie ontheven tot er een uitspraak gedaan is. Dr. Ernst Mallin staat voorlopig aan het hoofd.''

,,De belangrijkste getuige-deskundige voor de verdediging. Het spijt me, maar ik kan weinig verschil zien.''

,,Mr. Emmert vond het goed,'' mompelde O'Brien.

,,Hoor je dat, Jack?'' zei Brannhard. ,,Dit moet je goed onthouden. Vandaag of morgen moet je dat misschien voor de rechter herhalen.'' Hij wendde zich tot Pendarvis. ,,Edelachtbare, mag ik voorstellen dat de Fuzzies worden opgehaald door de hoofdinspekteur van politie, en gaat u ermee akkoord dat Mr. O'Brien het gebruik van elk communicatiemiddel wordt ontzegd tot de Fuzzies veilig en wel aan Mr. Holloway geretourneerd zijn?''

,,Dat lijkt mij een alleszins aanvaardbare voorzorgsmaatregel, Mr. Brannhard. Ik zal u een bevel meegeven, alsmede een bevel tot huiszoeking voor het geval u het nodig zou hebben. Tevens benoem ik Mr. Holloway officieel als voogd over deze wezens. Hoe heten ze? O ja, dat staat hier.'' Hij glimlachte. ,,Mr. O'Brien, u ziet dat we u een boel moeilijkheden besparen.'' Maar O'Brien was dom genoeg om te protesteren. ,,Het betreft hier een gedaagde en zijn advokaat die in een andere zaak...'' Pendarvis glimlachte niet meer. ,,Ik betwijfel sterk, Mr. O'Brien, dat u ooit nog met andere zaken te maken zult krijgen. Met name onthef ik u van de Kellogg en Holloway processen en als ik daaromtrent nog enig protest van u verneem, zal ik met gedwongen voelen een bevel tot inhechtenisneming voor u te doen uitgaan.''

HOOFDSTUK IX

Het nettogewicht van hoofdinspekteur Max Fane was gelijk aan dat van Gus Brannhard – hoewel hij een stuk korter was dan Gus was hij minstens even zwaar. En tussen deze twee knapen geklemd zat Jack Holloway op de achterbank van Fane's wagen. Jack staarde naar de ruggen van de twee geüniformeerde afgevaardigden op de voorbank en voelde zich uitermate gelukkig. Ze gingen zijn Fuzzies terughalen! Little Fuzzie, Ko-Ko, Mike en Mitzi, Mama Fuzzie en Assepoester. Hij kon zich al voorstellen hoe ze om hem heen zouden scharrelen, blij weer bij hem te zijn.

De wagen landde op het dak van het Wetenschapscentrum, onmiddellijk tegemoetgesneld door een bewaker van de Maatschappij. Gus opende het portier en na hem klom Jack naar buiten.

„U mag hier niet landen!" schreeuwde de bewaker. „Dit is alleen voor de directie!"

Max Fane stapte naar voren, gevolgd door de twee afgevaardigden. „Dat had je gedacht," zei Fane. „Een gerechtelijk bevel mag óveral landen. Hou hem vast, jongens, vóór hij iedereen bij elkaar schreeuwt."

De bewaker sputterde nog tegen maar gaf op toen hij zag dat zijn protest weinig zou uithalen. Misschien begon het tot hem door te dringen dat het Hof van de Federatie machtiger was dan de Zarathustra Maatschappij. Of misschien dacht hij wel dat er een staatsgreep plaatsvond.

Het kantoor van Leonard Kellogg – tijdelijk dat van Ernst Mallin – bevond zich op de bovenste verdieping. Toen ze uit de lift van het dakterras stapten, zagen ze in de hal groepjes kantoormensen die opgewonden met elkaar stonden te praten. Zogauw ze het gezelschap uit de lift in het oog kregen, viel er een veelbetekenende stilte. In het secretariaat van het afdelingshoofd sprongen een paar meisjes overeind; een van hen botste tegen het zware lijf van Fane, die zich al tussen haar en het telescherm had geplaatst.

Met zachte hand werden de dames uit het kantoor naar de hal verwijderd, waar een van de afgevaardigden met de bewaker was achtergebleven. Fane omklemde zijn politiepenning en duwde de deur van het kantoor open.

De secretaresse van Kellogg – tijdelijk die van Mallin – was hen net even vóórgeweest en stond bij het bureau een verward verhaal op te hangen. Mallin wilde juist opstaan maar bevroor toen hij Fane zag staan. Juan Jimenez keek verwilderd de kamer rond alsof hij een deur zocht waardoor hij nog kon ontsnappen. Fane wrong zich voorbij de secretaresse naar het bureau, liet zijn politiepenning zien en overhandigde Mallin het bevel. ,,Wij hebben de Fuzzies hier in bewaring voor Mr. O'Brien, de Officier van Justitie,'' protesteerde hij. ,,Zonder zijn toestemming kunnen wij ze niet afgeven.''

,,Dit,'' zei Max Fane bedaard, ,,is een gerechtelijk bevel, uitgevaardigd door rechter Pendarvis. En wat Mr. O'Brien betreft: ik betwijfel sterk of hij nog langer in functie is. Vermoedelijk bevindt hij zich momenteel in een cel. En dáár,'' schreeuwde hij plotseling, zo ver hij kon over het bureau hangend waar hij zijn hand met volle kracht op terecht liet komen, ,,ga ik ú brengen als ik nu niet onmiddellijk die Fuzzies van u krijg!''

Als Fane zonder enige waarschuwing in een verdommeling was veranderd, had Mallin niet erger kunnen schrikken. Onwillekeurig kromp hij inelkaar. ,,Het spijt me,'' zei hij onderdanig, ,,maar ik kan niets voor u doen. We weten namelijk niet precies waar ze zijn.''

,,U weet niet precies waar ze zijn?'' fluisterde Fane. ,,Dus u geeft toe dat ze hier vastgehouden worden, maar... u weet niet waar? Begin dan nog maar es opnieuw. *En dit keer wil ik de waarheid horen,*'' bulderde hij.

Op dat moment begon het telescherm te zoemen. Ruth Ortheris, gekleed in een lichtblauw pakje, verscheen op het beeld. ,,Dr. Mallin, wat is er aan de hand? Ik kom net terug van lunch en daar vind ik een stel mannen bezig mijn kantoor overhoop te halen. Hebt u de Fuzzies nou nog niet gevonden?''

,,Wàt zegt u?!'' schreeuwde Jack. Tegelijkertijd riep Mallin onbeheerst. ,,Hou je mond, Ruth! En maak dat je weg komt!''

Met een voor een man van zijn afmetingen verrassende lenigheid had Fane zich omgedraaid en was hij voor het scherm terechtgekomen, waar hij zijn politiepenning liet zien. ,,Hoofdinspekteur Fane. Ik wil dat u ogenblikkelijk hierheen komt, jongedame, zonder dat ik iemand achter u aan hoef te sturen. Daarmee zou u mij en uzelf een boel last besparen.''

,,Zeker, inspekteur,'' zei Ruth bedaard, en verdween van het scherm. Fane wendde zich tot Mallin. ,,Ziezo. Heeft u al besloten dat u mij de waarheid gaat vertellen, of moet ik u meenemen naar het leugenscherm? Waar zijn die Fuzzies?"

„Wist ik het maar," antwoordde Mallin zenuwachtig. „Juan, waarom zeg jij niets. Jij nam ze onder je hoede. Ik heb ze niet eens gezien!"

Jack was er eindelijk in geslaagd zijn hoogoplaaiende emoties in de hand te houden en vond zijn stem terug. „Als er iets met de Fuzzies gebeurd is, zul je er spijt van krijgen dat ik je niet meteen overhoop geschoten heb."

„Dus?" Fane keek Jimenez strak aan. „Begin maar met wat er gebeurd is nadat jij en Ham O'Brien de Fuzzies van het Centrale Hof weghaalden."

„We brachten ze hierheen. Ik had een paar kooien in orde gebracht en..."

De deur ging open en Ruth Ortheris kwam binnen. Ze knikte ter begroeting en deed geen moeite Jacks woedende blikken te vermijden. „Wat is er gebeurd?" vroeg ze beheerst. „Waarom bent u hier, inspekteur?"

„Het Hof heeft bevolen de Fuzzies aan Mr. Holloway terug te geven," zei Mallin beverig. „Hij heeft een bevel bij zich en nou weten we niet waar ze zijn."

„Nee toch!" riep Ruth verslagen uit. „Niet nu we juist..." Ze hield abrupt haar mond.

„Om nulzevenhonderd," vervolgde Jimenez, „wou ik de Fuzzies water en voedsel brengen en toen ontdekte ik dat ze uit hun kooien gebroken waren. Het gaas van een van de kooien was kapot en de Fuzzie die daarin gezeten had, had de rest bevrijd. Ze drongen mijn kantoor binnen, haalden alles overhoop en wisten naar de hal te komen. Daarna zijn we het spoor bijster geraakt. Ik heb geen idee hoe ze 't voor elkaar gekregen hebben."

Kooien die gemaakt waren voor schepsels zonder handen en zonder verstand. Vanaf het allereerste begin waren Kellogg en Mallin ervan uitgegaan dat de Fuzzies gewoon 'stomme dieren' waren. En daarom waren ze in kooien gestopt – zoals elk ander 'stom dier'.

„We willen die kooien zien," zei Jack. Fane ging naar de deur en riep „Miguel." De afgevaardigde kwam naar hem toe, de bewaker nog steeds vasthoudend. „Heb je 't gehoord?" vroeg Fane. „Grote uitbraak, niet?" antwoordde Miguel. „Hoe hebben ze 't gedaan? Houten pistooltjes gemaakt en de mensen bedreigd?"

„Kom mee," zei Fane ongeduldig. „En die grapjas ook. Hij

kent de weg hier beter dan wij. Piet, neem kontakt op met het hoofdbureau. Ik heb zes man extra nodig. Zeg maar dat ze desnoods van de post lenen als ze niet genoeg mankracht beschikbaar hebben."

„Wacht even," zei Jack. Hij keek naar Ruth. „Wat weet u hier precies van?"

„Niet veel, vrees ik. Ik was bij Dr. Mallin toen Mr. Grego – ik bedoel Mr. O'Brien zei dat de Fuzzies tot aan het proces hier ondergebracht moesten worden. We zouden een kamer voor hen inrichten en Juan zou ze zolang in de kooien zetten. Verder wist ik van niets, tot ik om nulnegendertig binnenkwam en een enorme toestand aantrof. Iemand vertelde me dat de Fuzzies in de loop van de nacht waren losgebroken. Volgens mij konden ze nooit het gebouw uit komen, dus ik ging gewoon naar mijn laboratorium om de spullen klaar te zetten die we voor de Fuzzies nodig hadden. Om ongeveer tienhonderd ben ik met mijn assistent naar het instrumentenlab gegaan van Stenson. Toen ik daar klaar was, ben ik gaan lunchen en toen kwam ik hier terug. De rest weet u."

Hij vroeg zich vluchtig af hoe een polyencephalografisch leugenscherm op deze verklaring zou reageren. Misschien dat Max Fane daar iets aan zou kunnen doen.

„Ik blijf hier," zei Gus Brannhard, „om onze vrienden nader te ondervragen."

„Bel het hotel," stelde Jack voor, „en vertel Gerd en Ben wat er aan de hand is. Gerd heeft hier gewerkt; misschien kan hij ons helpen zoeken."

„Goed idee," zei Fane, „Piet, zeg tegen het hoofdbureau dat die extra mannen onderweg bij Hotel Mallory stoppen om die twee op te halen." Hij draaide zich om naar Jimenez. „Kom mee. Laat zien waar ze waren en hoe ze weggekomen zijn."

„U zegt dat er een uit z'n kooi is losgebroken en daarna de anderen vrijliet. Weet u ook welke dat geweest is?" vroeg Jack in de lift. Jimenez schudde het hoofd. „We hebben ze alleen maar uit de zakken gehaald en in de kooien gestopt."

Het was vast Little Fuzzie geweest, mijmerde Jack; de verstandigste van het stel. Onder zijn leiding zouden ze nog een kans maken. Maar dit gebouw zat vol verraderlijke valstrikken waar Fuzzies niets vanaf wisten – electronische ogen, electrische beveiligingsapparatuur en dergelijke snufjes. Hadden ze wel echt kunnen ontsnappen? Jack begon er ernstig aan te twijfelen. Hoewel, op elke verdieping waar ze langskwamen zag hij groepjes personeelsleden rondlopen, uitgerust met netten, dekens. en andere middelen om voortvluchtige Fuzzies te vangen. Het deed tenminste erg authentiek aan.

Toen ze de lift uitkwamen, ging Jimenez hen voor door een grote ruimte waarin opgezette exemplaren en skeletten van Zarathustra zoogdieren achter glas waren ondergebracht. Ook hier liepen mensen rond die onder, achter en zelfs in de glazen containers aan het zoeken waren. Jack moest haast wel geloven dat de ontsnapping werkelijkheid was en geen smerig smoesje om de moord op de Fuzzies geheim te houden.

Jimenez bracht hen een kleine ruimte binnen, waar een nacht-lampje een blauwachtig licht verspreidde. Achter de deur stond een draaistoel. Jimenez wees ernaar. ,,Daar moeten ze opgeklommen zijn om het slot van de deur te doen.''

Het was een veerslot en de deur had een kruk in plaats van een knop; hetzelfde systeem als in zijn woonhut. Als ze goed naar hem gekeken hadden, konden ze geweten hebben hoe zo'n deur openging. Fane morrelde aan het slot. ,,Gaat soepel,'' bromde hij, ,,zijn die jongens van jou daar sterk genoeg voor?'' Jack probeerde het slot ook.

,,Ja, en ook slim genoeg. Zelfs Baby Fuzzie, die jullie mannen vergeten hebben mee te nemen, had dat voor elkaar gekregen.''

,,Moet u zien wat ze met m'n kantoor gedaan hebben,'' zei Jimenez en deed de lampen aan. Er was een flinke rotzooi ge-maakt. Alles was van het bureau afgesmeten. De prullenbak-ken waren omgegooid en de inhoud ervan over de vloer geslin-gerd. Jack kon niet nalaten te grinniken. Dit was onmiskenbaar het werk van zijn Fuzzies. ,,Waarschijnlijk op zoek naar moge-lijke wapens,'' constateerde hij, ,,zonder erg zorgvuldig met je spullen om te springen. Ze hadden het nou eenmaal nooit erg op jou begrepen, Juan!''

,,Ik kan het hen niet kwalijk nemen,'' zei Fane. ,,En laat nou maar es zien hoe ze uit die kooien konden komen.''

Die stonden in een kamer (een archiefkamer of opslagruimte of rommelkamer) achter het kantoor van Jimenez. Ook die deur had een veerslot en de Fuzzies hadden 'm weten open te krijgen door een van de kooien erheen te slepen zodat ze er bovenop konden staan. De kooien zelf waren ongeveer een meter breed, en anderhalve meter lang; de onderkant was van triplex, tussen het houten framewerk was gaas gespannen, dat met moeren en bouten bevestigd was. Van vijf kooien waren de moeren losge-draaid, zodat de bouten eruit konden; van de zesde kooi was het gaas van binnenuit kapotgesneden en in een driehoek gebogen – net groot genoeg om een Fuzzie door te laten.

„Ik begrijp er niets van," zei Jimenez, „het lijkt net alsof het gaas doorgesneden is."

„Is het ook. Jullie zijn zo stom geweest om je gevangenen niet te fouilleren! Eén van de Fuzzies had een mes bij zich." Jack vertelde hoe hij Little Fuzzie en Ko-Ko zich tijdens de ontvoering in hun deken had zien verbergen; ze hadden net gedaan alsof ze zich daar in paniek wilden verstoppen, maar in werkelijkheid had Little Fuzzie het mes gepakt dat Jack voor hem gemaakt had. „Hij voerde een prachtig drama op; kromp zogenaamd van angst in elkaar terwijl hij alleen maar een mes verborg. En zo werd-ie in de zak gestopt."

„En toen heeft hij net zolang afgewacht tot de kust vrij was," constateerde Fane. „Dat gaas is dun genoeg om doorgesneden te worden. Jullie mogen blij zijn, Jimenez, dat ik uit hoofde van mijn funktie nooit voor jurylid in aanmerking kom!"

Gerd van Riebeek stond op de drempel van het kantoor waar voorheen Leonard Kellogg de dienst uitmaakte. De laatste keer dat hij hier geweest was, had Kellogg hem de mantel uitgeveegd over die verdomde landgarnalen. Nu zat Ernst Mallin in de stoel van Kellogg mislukte pogingen te doen om zorgeloos te kijken. Gus Brannhard lag languit in een fauteuil, een dikke sigaar tussen de lippen. Hij keek naar Mallin zoals hij naar een watervarken zou observeren – niet wetend of het monster de moeite van het slachten waard was. Een afgevaardigde draaide zich opmerkzaam om toen Gerd binnenkwam en toen hij zag dat het 'goed volk' was keerde hij zich terug naar de kaart op de muur waarop het onderlinge verband tussen de Zarathustra zoogdieren stond aangetekend. Gerd had die kaart ooit zelf samengesteld.

Ver van het bureau vandaan zat Ruth Ortheris rustig een sigaret te roken. Ze keek hem aan, maar hij vermeed haar blik zo zorgvuldig dat ze haar ogen neersloeg.

„Nog niet gevonden?" vroeg hij aan Brannhard. De behaarde advokaat schudde het hoofd. „Jack is bezig om met een stel mannen het gebouw van onder tot boven te onderzoeken. Max is aan 't werk in het psychologie lab. Hij verhoort de bewakers die gisteravond dienst hadden. Gebruikt het leugenscherm. Ze houden strak vol dat de Fuzzies het gebouw onmogelijk hebben kunnen verlaten. Het leugenscherm zegt dat ze de waarheid spreken."

,,Weten zíj veel wat mogelijk of onmogelijk is voor een Fuzzie!"

,,Dat heb ik ook gezegd." Brannhard trok aan zijn sigaar.

,,We hebben hen geen pijn gedaan, Gerd," zei Ruth zachtjes.

,,Dat waren we ook nooit van plan. Juan heeft ze alleen maar in die kooien gezet omdat we hen nog nergens anders kwijtkonden. We gingen een kamer voor hen inrichten waar ze de ruimte hadden om te spelen en..." Toen ze zag dat hij niet wilde luisteren stond ze op en doofde haar sigaret. ,,Dr. Mallin, als de heren mij niets meer te vragen hebben, ga ik maar liever. Ik heb nog veel te doen."

,,Heb jij haar nog wat te vragen, Gerd?" informeerde Brannhard. Ooit had hij haar iets heel belangrijks willen vragen en nu was hij blij dat het nooit zover gekomen was. Verdomme-nog-an-toe! Ze was getrouwd met die rot-Maatschappij. Als ze ook nog met hem getrouwd was, had ze zich schuldig gemaakt aan bigamie!

,,Nee," zei hij kortaf, ,,ik heb haar niets te zeggen." Ze liep naar de deur, aarzelde en keerde zich om. ,,Gerd, heus, ik..." begon ze. Toen verliet ze het vertrek. Gus Brannhard keek haar na. Hij tipte de as van zijn sigaar op de vloer van Kellogg's kantoor – nu dat van Mallin.

Hij verafschuwde haar en zij had daar alle begrip voor. Ze had moeten voorzien dat iets dergelijks kon gebeuren. Met een baan als deze gebeurden er altijd van die dingen. En een verstandig meisje met zo'n baan zou zich gewoon nooit met een man hebben ingelaten – die zou allerlei vriendjes hebben en hen tegen elkaar uitspelen. Ze moest zorgen zo gauw mogelijk uit het Wetenschapscentrum weg te komen. De hoofdinspekteur was mensen aan 't ondervragen met behulp van het leugenscherm en het zou beter zijn als hij niet aan haar toe zou komen. Daarom durfde ze haar kantoor niet binnen te gaan, want dat lag recht tegenover het lab en daar was hij aan het werk. Daarom durfde ze ook niet...

Ja toch, dat kon ze via een ander telescherm afhandelen. Ze ging een willekeurig kantoor binnen. Een paar mensen herkende haar meteen en begon allerlei vragen te stellen over de Fuzzies. Ze poeierde iedereen af, liep naar een scherm en koos een combinatie. Even later verscheen een oudere man met dunne lippen en een bleek uiterlijk. Toen hij haar zag kwam er een zweem van ergernis in zijn ogen.

Vóór hij iets kon zeggen, stak ze van wal. „Mr. Stenson, het gaat over dat apparaat wat ik u vanmorgen gebracht heb – we hebben een geweldige vergissing gemaakt. Er is helemaal niets mee aan de hand en als er toch iets aan gedaan wordt, kan dat ernstige gevolgen hebben.''

„Ik begrijp niet wat u bedoelt, Dr. Ortheris,'' antwoordde de man koeltjes.

„Ach, het was een begrijpelijke fout. Het is hier ook zo'n chaos, ziet u. Mr. Holloway is er met zijn advokaat en een hoofdinspekteur van politie. Ze hebben een bevel van rechter Pendarvis om de Fuzzies terug te halen. En nu is iedereen ten einde raad. De moeilijkheden met het apparaat werden veroorzaakt door een fout van de man die het bediende. We moeten het meteen terughebben.''

„Juist.'' De instrumentmaker keek bezorgd. „Maar ik vrees dat het al in reparatie is. Mr. Stephenson is er mee bezig en ik kan hem momenteel niet bereiken. Als ik het nog kan achterhalen, wat moet er dan mee gebeuren?''

„Hou het zolang voor me vast. Ik bel wel weer of laat iemand komen.''

Ze deed het scherm uit. De oude Mr. Johnson, een van haar medewerkers, kwam naderbij om iets te vragen. „Neem me niet kwalijk, Mr. Johnson,'' zei ze gehaast. „Ik heb nu echt geen tijd. Ik moet meteen naar het Hoofdgebouw van de Maatschappij.''

Toen Jack met Gerd van Riebeek terugkwam in het Hotel Mallory was de hotelkamer vol mensen, stemmen en rook. Gus Brannhard, Ben Rainsford en Baby Fuzzie hielden een soort persconferentie.

„Hé Mr. Holloway!'' riep iemand toen Jack binnenkwam, „hebt u ze al gevonden?''

„Nee, helaas niet. We hebben het Wetenschapscentrum van onder tot boven doorzocht. We zijn er vrijwel zeker van dat ze een paar verdiepingen naar beneden gegaan zijn toen ze waren losgebroken, maar dat is dan ook alles. Ik geloof niet dat ze naar buiten konden komen. De enige uitgang op de begane grond gaat namelijk via een hal waar een bewaker dienst deed, en ze kunnen onmogelijk buitenlangs geklommen zijn.''

„Ik wil u niet ongerust maken, Mr. Holloway,'' riep een ander, „maar is de mogelijkheid uitgesloten dat ze in een vuilnisvat gekropen zijn en vandaaruit in de verdelger zijn terechtgekomen?''

„Daar hebben we wel aan gedacht. De verdelger zit onder de grond in een kelder die maar door één deur bereikbaar is. Die deur was afgesloten. Er is geen vuilnis vernietigd in de tijd tussen hun aankomst in het Centrum en het moment waarop de speurtocht begon. En alles dat in die tijd naar de verdelger gegaan is, is grondig onderzocht."

„Dat is een hele opluchting, Mr. Holloway, en ik denk dat de luisteraars dat met me eens zullen zijn. Ik neem aan dat u het zoeken nog niet hebt opgegeven?"

„Wordt dit rechtstreeks uitgezonden? Nee, ik heb nog niet opgegeven. Ik ben van plan om in Mallorysport te blijven tot ik de Fuzzies vind óf totdat ik ervan overtuigd ben dat ze de stad al verlaten hebben. En ik loof 2.000 sol beloning per Fuzzie uit aan iedereen die er een terugbrengt. Als u een ogenblikje geduld hebt, zal ik u de signalementen geven."

Victor Grego ontkurkte de kruik met de gekoelde cocktail. „Nog een beetje?" vroeg hij aan Leslie Coombes.

„Graag." Coombes hield zijn glas op, dat door Grego gevuld werd. „Het was weliswaar jouw besluit, Victor, maar dat besluit was gebaseerd op mijn advies. En dat advies deugde niet."

Zelfs uit beleefdheid kon hij daar niets tegen inbrengen. Hij had gehoopt dat het allemaal nog een beetje zou meevallen. Nu moest hij Coombes nageven dat hij tenminste niet probeerde de schuld op een ander te schuiven. En als je naging hoe Ham O'Brien het erbij had laten zitten, had Coombes alle reden tot zelfbeklag.

„Het was erg onverstandig van me," constateerde Coombes nuchter alsof het om een fout van Hitler of Napoleon ging. „Ik had niet voorzien dat O'Brien een van die getekende blanco formulieren zou gebruiken en daarbij komt, dat ik nooit had gedacht dat Pendarvis er openlijk voor uit zou komen dat die formulieren überhaupt bestonden. Hij heeft daarover in de pers al aardig wat te horen gekregen!"

Hij had evenmin gedacht dat Brannhard en Holloway protest zouden durven aantekenen tegen een gerechtelijk bevel. Dat was nou het resultaat van een jarenlange topfunctie: je verwachtte gewoon geen verzet meer. Kellogg had nooit gedacht dat Jack Holloway hem van zijn terrein zou durven zetten. Kurt Borch had gedacht dat het richten van een geweer afschrikwekkend genoeg was, en Jimenez had gedacht dat de Fuzzies rustig in hun kooien zouden blijven zitten afwachten.

,,Ik vraag me werkelijk af waar ze zijn," zei hij, ,,is het waar dat ze niet in het gebouw gevonden zijn?"

,,Ruth Ortheris schijnt een vaag vermoeden te hebben," vertelde Grego. ,,Ze heeft gemaakt dat ze wegkwam vóór Fane met z'n leugenscherm aan haar toe kwam. Het schijnt dat ze samen met een assistent het een of andere apparaat in een vrachtwagen moest wegbrengen. Dat was zo omstreeks tienhonderd. Nu denkt ze dat de Fuzzies misschien stiekem meegereden zijn. Dat klinkt nogal onwaarschijnlijk, maar het is de meest aannemelijke verklaring die ik gehoord heb. Ik zal het in elk geval laten nagaan. Misschien kunnen we ze te pakken krijgen voor Holloway ze vindt. Maar nee, ze zijn níet in het Wetenschapscentrum." Zijn glas was leeg. Even overwoog hij het nog eens te vullen, maar besloot het niet te doen. ,,O'Brien is ontslagen, veronderstel ik?"

,,Pendarvis gaf hem de keus tussen terugtrekken of een gerechtelijke vervolging."

,,Zouden ze hem werkelijk van een misdrijf kunnen betichten?"

,,Ze zouden hem kunnen aanklagen, en dan hebben ze het recht om hem met het leugenscherm te ondervragen over zijn aanpak van zaken, en je weet wat daaruit allemaal naar boven zou kunnen komen." Coombes nam een flinke slok. ,,Goeie help, hij wist niet hoe vlug hij zijn ontslagbrief moest ondertekenen! Maar uiteraard is hij officieel nog steeds in functie. Nick heeft hem in het openbaar gesteund. Dat kan betrekkelijk weinig kwaad. Althans niet zoveel kwaad als wanneer O'Brien aan de praat gebracht zou worden over zaken die de Maatschappij betreffen. Brannhard schijnt te overwegen een aanklacht in te dienen tegen de Maatschappij. Aan alle nieuwsdiensten deelt hij copieën uit van de Fuzzie-films, alsof het taartjes zijn. Interwereld Nieuws springt weinig zorgvuldig met dat materiaal om en zelfs de diensten die wij kunnen censureren zullen de kwestie moeten aankaarten. Ik weet niet wie de processen gaat voeren, maar wie het ook worden zal, hij zal goed op z'n tellen moeten passen. Pendarvis is ons in elk geval slechtgezind. Morgenmiddag wil hij mij en Brannhard spreken en ik weet werkelijk niet meer wat ik daarvan verwachten moet."

HOOFDSTUK X

De twee advokaten stonden haastig op toen rechter Pendarvis binnenkwam. Hij beantwoordde hun groet, zette zich achter zijn bureau en reikte naar de zilveren sigarendoos. Gustavus Adolphus Brannhard nam de sigaar op die hij zoëven in de asbak gelegd had en begon er genoeglijk aan te trekken. Leslie Coombes trakteerde zichzelf op een rokertje uit zijn sigarettenhouder.

,,Heren,'' begon Pendarvis, ,,zoals u weet hebben wij twee rechtszaken maar geen openbaar aanklager.'' Coombes viel hem meteen in de rede. ,,Met alle respekt, edelachtbare,'' zei hij, ,,maar waar maken we ons zo druk over? Beide aanklachten zijn betrekkelijk onbelangrijk, om niet te zeggen onzinnig, want de een betreft een man die een wild beest heeft gedood en de ander is een geval van zelfverdediging.''

,,Edelachtbare,'' zei Brannhard, gehuld in een dikke wolk sigarenrook, ,,mijn cliënt is volstrekt onschuldig, wettelijk zowel als moreel. Ik zou dat graag bevestigd zien door ontslag van rechtsvervolging. En,'' vervolgde hij, naar Coombes kijkend, ,,ik geloof dat Mr. Coombes eveneens prijs stelt op vrijlating van zijn cliënt.''

Pendarvis knikte. ,,Dat ben ik met u eens: iemand die ten onrechte aangeklaagd zou zijn vanwege een misdaad heeft recht op een openlijke vrijspraak.'' Hij verschikte iets op zijn bureau en keek de beide mannen weer aan. ,,Ik heb het plan het proces Kellogg eerst te behandelen en daarna het proces Holloway. Kunt u zich daarmee verenigen?''

,,Zeer zeker niet,'' antwoordde Brannhard prompt. ,,De verdediging van mijn cliënt is gebaseerd op het feit dat Borch gedood werd terwijl er een misdaad werd begaan. We kunnen dat met bewijzen staven, maar we kunnen onmogelijk toestaan dat onze zaak zou worden beïnvloed door een voorafgaand proces.''

Coombes glimlachte. ,,Mr. Brannhard wil zijn cliënt vrijkrijgen door mijn cliënt te veroordelen! Uiteraard moet ik daar heftig tegen protesteren.''

,,Precies,'' zei Pendarvis. ,,U hebt dus beiden dezelfde bezwaren. Welnu, ik kan deze bezwaren wegnemen door de processen te combineren en beide aangeklaagden tegelijkertijd te berechten.''

Op Brannhards gezicht verscheen een zweem van leedvermaak. Coombes kon zijn oren niet geloven. „U maakt een grapje, edelachtbare!" zei hij, zich slecht op z'n gemak voelend.

„Ik verzeker u, Mr. Coombes, dat het absoluut niet mijn bedoeling was een grap te maken."

„Nou... ja, dan... ik hoop niet dat u dit opvat als belediging van de rechtbank, maar dan moet ik toch opmerken dat dit de meest ongewone, zo niet de meest onbetamelijke vorm van procesvoering is die ik ooit heb meegemaakt! Het betreft hier twee verschillende rechtszaken van twee mannen die van twee totaal verschillende misdaden beticht worden. De veroordeling van de één houdt bijna automatisch de vrijspraak in van de ander. Ik weet niet wie de plaats van Mohammed Ali O'Brien zal gaan innemen, maar ik heb nu al diep medelijden met die man!"

„Kijk, Mr. Coombes, wij zullen ons niet beperken tot één openbaar aanklager," zei Pendarvis geduldig. „We zullen er twee aanstellen. Ik zal u en Mr. Brannhard als zodanig beëdigen, zodat u de cliënt van Mr. Brannhard kunt aanklagen en Mr. Brannhard die van u. Naar mijn mening moet deze maatregel alle verdere bezwaren wegnemen."

Brannhard zat te spinnen als een gigantische tijger, die zojuist de lekkerste hapjes van een Zara geit had verorberd. Coombes verloor het laatste restje geduld. Met een nijdig gebaar doofde hij zijn sigaret.

„Een uitstekend voorstel, edelachtbare," knorde Brannhard, „met het grootste genoegen van het universum zal ik de cliënt van Mr. Coombes aanklagen."

„Edelachtbare, ik... heus, werkelijk, u hebt zichzelf overtroffen!" stamelde Coombes.

„Maar Mr. Coombes! Ik heb de wet en de regels van de rechtsgeleerdheid zorgvuldig bestudeerd en ik heb geen enkele aanwijzing kunnen vinden dat een dergelijke procedure ontoelaatbaar zou zijn."

„Ik wed dat u evenmin een precedent hebt kunnen vinden!" zei Coombes woedend. Maar hij had beter moeten weten, in de koloniale wetgeving was vrijwel overal een precedent voor te vinden.

„Om hoeveel wou je wedden, Leslie?" vroeg Brannhard met een spottend lachje.

„U doet er verstandig aan geen weddenschap aan te gaan, Mr. Coombes," adviseerde Pendarvis rustig. „Binnen het uur had ik maar liefst 16 precedenten gevonden van 12 verschillende planetaire jurisdicties."

Coombes gaf eindelijk toe. ,,Goed dan, maar ik hoop dat u weet waar u aan begint. U verandert een paar buitengewoon belangrijke koloniale processen in een alledaags rechtsgeding."

,,Dat is het toch ook!" lachte Gus Brannhard. *De vrienden van de Fuzzie versus de Zarathustra Maatschappij.* Als vriend van onwetende inboorlingen maak ik deze kwestie aanhangig teneinde hen als mensen erkend te krijgen en Mr. Coombes, uit naam van de Zarathustra Maatschappij, bestrijdt dit teneinde de vergunning van de Maatschappij veilig te stellen. Zo is het, zo was het, en méér zal het nooit zijn."

Die opmerking kwam Leslie Coombes bijzonder slecht van pas, want hij had nooit en te nimmer willen toegeven dat de vergunning van de Maatschappij ook maar iets met deze zaak uitstaande had.

Er kwam een eindeloze stroom meldingen binnen van mensen die meenden de Fuzzies gezien te hebben – soms op hetzelfde tijdstip in verschillende uithoeken van de stad. Er waren meldingen bij van sensatiezoekers, chronische leugenaars en geschifte lieden. Sommige tips waren het resultaat van voordehandliggende vergissingen of werden veroorzaakt door een teveel aan verbeeldingskracht. Jack had redenen om aan te nemen dat bepaalde meldingen werden gedaan door handlangers van de Maatschappij om op die manier de speurtocht nog moeilijker te maken. Maar aan de andere kant werd hij gesterkt door de ontdekking dat de veiligheidsdienst van de Maatschappij zelf en het politiecorps van de stad (dat onder druk stond van de Maatschappij) een eigen diepgaand, hoewel geheim onderzoek hadden ingesteld.

Max Fane wijdde zich voor de volle honderd procent aan de zoekactie. Niet alleen omdat hij de Maatschappij slecht gezind was of omdat hij daar opdracht toe had van Pendarvis, maar gewoon omdat hij vóór de Fuzzies was. Datzelfde kon gezegd worden van de koloniale politiemacht, waarop Nick Emmert weinig of geen invloed scheen uit te oefenen. Kolonel Ian Ferguson, de commandant, was rechtstreeks door het Koloniaal Bureau aangesteld. Via het telescherm had hij zijn assistentie aangeboden en nu rapporteerde George Lunt vanuit Beta elke dag de vorderingen die gemaakt werden.

Het verblijf in het Hotel Mallory was bepaald niet goedkoop. Jack was gedwongen een paar zonnestenen van de hand te doen. De juweliers van de Maatschappij behandelden hem tamelijk onvriendelijk; derhalve deed ook hij weinig moeite beleefd te zijn. Ook werd hij met opmerkelijke reserve ontvangen bij de bank.

Daarentegen overkwam het hem diverse keren dat hij op straat staande gehouden werd door officieren en matrozen van de Ruimte Marine, die hem de hand schudden, en hem het allerbeste wensten met de speurtocht.

Op een keer werd hij begroet door een oudere man met wit haar, dat onder zijn zwarte baret uitkwam. Het was in een van die overdekte kantorencentra. ,,Mr. Holloway,'' zei de man, ,,ik wou u even zeggen hoe ik met u meeleef. Het moet vreselijk zijn die kleine mensen te verliezen. Ik geloof niet dat ik veel kan doen om u te helpen, maar ik hoop van harte dat ze veilig en wel boven water zullen komen.''

,,Dank u, Mr. Stenson.'' Jack schudde de uitgestoken hand van de instrumentmaker. ,,Ik wou dat u een leugenscherm in zakformaat voor me had! Dat zou me ontzettend goed van pas komen.''

,,Ik maak wel van die draagbare schermpjes voor de politie hier, maar wat u waarschijnlijk nodig hebt is een verklikker om psychopaten te herkennen en zover zijn wij wetenschapsmensen helaas nog niet. Maar als u in de nabije toekomst weer op zoek gaat naar zonnestenen, dan heb ik wel een verfijnde uitgave van een microrayscanner voor u...''

Jack liep mee naar Stensons werkplaats. Onder het genot van een kop thee bekeken ze de scanner. Daarna maakte hij gebruik van Stensons telescherm. Hij wou weten of er nog meldingen binnengekomen waren. Max Fane vertelde dat ze er nog zes hadden ontvangen.

Binnen een week waren de films die in Jacks kamp van de Fuzzies gemaakt waren zó vaak vertoond, dat het nieuwtje eraf was en de belangstelling begon te verflauwen. Gelukkig was Baby er nog en die bleef geduldig als fotomodel poseren. Ze moesten zelfs een meisje aannemen om zijn fanmail te beantwoorden. Toen Jack op een dag een bar binnenliep dacht hij één moment dat hij Baby op het hoofd van een dame zag zitten. Maar toen hij nog eens goed keek zag hij, dat het een soort pop was, vastgezet met een elastieken band. En in minder dan geen tijd zag hij overal 'Baby Fuzzie hoeden' en de etalages lagen vol levensgrote Fuzzie-poppen. Ze waren de grote mode geworden!

Twee weken na de verdwijning van de Fuzzies bracht Fane Jack naar zijn hotel. Ze bleven nog even in de wagen zitten. Fane zei: „Dat was het wel zo ongeveer. We hebben zo langzamerhand alle gekken en exhibitionisten afgewerkt." Jack zuchtte. „Dat mens waar we vanmiddag waren had ze ook niet allemaal op een rijtje."

Fane grinnikte. „Ze heeft bekend tot elke misdaad die de laatste tien jaar op onze planeet gepleegd is. Je ziet hoe weinig feitelijke gegevens we hebben, als we onze tijd gaan verdoen met zo'n mens. Pure tijdverspilling."

„En niemand heeft ze gezien."

Er viel een pijnlijke stilte.

„Max, jij denkt dat ze dood zijn. Waar of niet?"

De zware man grinnikte niet meer. „Kijk," zei hij, „het is niet alleen dat niemand ze gezien heeft... er is ook geen enkel spoor gevonden. Het barst hier van de landgarnalen, maar nergens zijn lege schalen gesignaleerd. En je mag toch aannemen dat zes gezonde nieuwsgierige Fuzzies sporen nalaten? Ze moeten honger hebben gekregen, groentewinkels hebben moeten overvallen, huizen binnendringen, troep maken. Maar niets – helemaal niets. Zelfs de veiligheidsdienst van de Maatschappij heeft het opgegeven."

„Maar ík niet," zei Jack vastbesloten. „Ze moeten érgens zijn!" Hij schudde Fane de hand en klom uit de wagen. „Je bent een geweldige hulp geweest, Max. Ik stel dat bijzonder op prijs."

Hij keek de wagen na die omhoogtrok. Zijn blik gleed over de stad – boomtoppen, daken en de koepelvormige gewelven die de winkel- en vermaakscentra overdekten, en de hoekige hoogten van de wolkenkrabbers. Het straatloze anti-zwaartekracht centrum van een nieuwe planeet die nooit grondverkeer gekend had. De Fuzzies konden zich overal verborgen houden. Ze konden ook omgekomen zijn door een val die de mens gezet had. In gedachten ging hij de valstrikken na, waar ze argeloos ingelopen konden zijn. Machines die stil en werkeloos opgesteld stonden totdat iemand ergens een knop omdraaide. Pijpleidingen die zonder voorafgaande waarschuwing onder water stroomden of gevuld werden met gloeiendhete stoom of dodelijk gas. Arme kleine Fuzzies... ze dachten dat een stad net zo veilig was als de vertrouwde bossen, waar niets gevaarlijkers bestond dan een harpij of een verdommeling.

Gus Brannhard was er niet toen hij de hotelsuite binnenkwam.

Ben Rainsford was bezig aan het leesscherm met een psychologische verhandeling. Gerd zat te werken aan een bureau dat speciaal voor hem was aangedragen. Baby speelde op de grond met nieuw felgekleurd speelgoed dat ze voor hem gekocht hadden. Toen hij Papa Jack zag binnenkomen, rende hij hem tegemoet. Hij wilde opgetild worden.

,,George belde,'' zei Gerd. ,,Ze hebben nu hun eigen gezin.''

,,O ja? Fantastisch.'' Jack probeerde enthousiast te zijn. ,,Hoeveel hebben ze er?''

,,Vijf – drie mannetjes en twee vrouwtjes. Ze heten Dr. Crippen, Dillinger, Ned Kelly, Lizzie Borden en Calamity Jane.''

Daar moest je politieman voor zijn om zulke namen te bedenken! ,,Bel ze es op,'' stelde Ben voor. ,,Baby heeft al kennisgemaakt. Hij vond het leuk om tegen hen te praten.''

Jack bezweek onder de aandrang en koos de combinatie. Ontegenzeggelijk waren het aardige Fuzzies, bijna even aardig als die van hem. ,,Als jouw Fuzzies niet op tijd komen opdagen, moet je aan Gus voorstellen dat hij de onze dagvaardt,'' bood Lunt aan. ,,Je hebt er bij het proces toch echt een paar nodig, en over een paar weken is dit stel tot heel wat in staat. We hebben ze gistermiddag pas gekregen, maar je zou ze nou al moeten zien!''

Hij zei dat hij hoopte zijn eigen gezin op tijd terug te hebben, maar hij betrapte zich erop dat hij dat zelf haast niet meer kon geloven.

Toen Gus kwam dronken ze een borrel. Gus was bijzonder ingenomen met het aanbod van Lunt. Kennelijk geloofde dus ook hij niet in de terugkeer van zijn levende Fuzzies.

,,Ik krijg hier niks gedaan,'' klaagde Ben. ,,Als jullie 't niet erg vinden ga ik terug naar Beta om te werken tot het proces begint. Misschien kan ik nog wat gegevens verzamelen van de Fuzzies van Lunt, want aan deze gegevens hier heb ik geen donder.'' Hij wees naar het leesscherm. ,,Zelfs van de vocabulaire begrijp ik de helft niet.'' Hij zette het scherm af. ,,Weet je, ik begin me af te vragen of Jimenez misschien toch gelijk had en Ruth Ortheris ongelijk. Misschien is het wèl mogelijk om gedeeltelijk mens te zijn.''

,,Misschien kan een wezen menselijk zijn zonder het zelf te weten,'' filosofeerde Gus. ,,Zoals in die oude franse toneelstukken, waar ze zonder het te weten prachtig proza spreken.''

,,Wat bedoel je precies, Gus?'' vroeg Gerd.

,,Eerlijk gezegd weet ik dat zelf niet! Zomaar een gedachte die vandaag bij me opkwam. Pieker er maar es over, misschien heb je er wat aan."

"Ik ben van mening dat het verschil zit in het bewustzijn," zei Ernst Mallin. "We kennen allemaal het axioma dat een-tiende, of hooguit een-achtste, van onze geestelijke werkzaamheid plaatsheeft in ons bewustzijn. Laten we nou eens aannemen dat er een ras zou bestaan bij wie honderd procent van de geesteswerkzaamheid zich in het bewustzijn zou afspelen."

"Laten we hopen dat dat óók een axioma is," antwoordde Grego via het telescherm. "Anders zouden ze ons wellicht niet als mensen erkennen!"

Leslie, die naast Grego in beeld zat, voegde er aan toe: "In hun termen zouden we inderdaad niet voor 'homo sapiens' doorgaan. Ze zouden ons evalueren aan de hand van regels die lijken op onze befaamde vuistregel. En god mag weten met wèlke bezigheden als uitgangspunt – vast geen praten-en-een-vuurtje-aanleggen!"

Misschien, dacht Ruth, zouden ze ons een-tiende of een-achtste procent menselijkheid toekennen. Maar als je daarvan uitgaat zou een chimpansee eenhonderdste menselijk zijn en de platworm een biljoenste.

"Dus," zei ze hardop, "u bedoelt dat niet-menselijke wezens weliswaar een denkvermogen hebben zij het dan ook onbewust?"

"Precies, Ruth. Wanneer een niet-menselijk wezen geconfronteerd wordt met een voor hem volledig nieuwe situatie, dan zal dat een bepaalde vorm van denken in beweging zetten. Maar nóoit bewust. Uiteraard reageert hij op bekende situaties vanuit gewoonte en reflex."

"Ik heb een idee," zei Grego. "Ik geloof dat we die begrafenisrite die ons zo dwarszit kunnen uitleggen vanuit niet-menselijke termen." Om de spanning er in te houden stak hij omslachtig een sigaret op. "Fuzzies," vervolgde hij, "begraven hun uitwerpselen omdat ze een onplezierige prikkeling van het reukorgaan willen kwijtraken. Zeg maar gewoon: stank. Een kreng gaat binnen korte tijd eveneens een kwade lucht verspreiden. Derhalve wordt een kreng geassocieerd met drek, en derhalve moet een kreng begraven worden. Alle Fuzzies gebruiken wapens die als deel van hun wezen beschouwd worden (onbewust uiteraard) en vandaar dat die wapens eveneens begraven worden."

Mallin fronste de wenkbrauwen. Grego's redenering klonk aannemelijk, maar hij kon onmogelijk zondermeer een verklaring aannemen van een leek – zelfs al was die leek zijn baas.

,,Daar valt in eerste instantie weinig tegen in te brengen, Mr. Grego," gaf hij voorzichtig toe. ,,Associatie van principieel onsamenhangende elementen vanwege een bepaalde overeenkomst is een bekend en algemeen erkend deel van het dierlijk gedragspatroon." De frons verdiepte zich. ,,Het *zou* een uitleg kunnen zijn, maar ik moet er nog eens goed over nadenken."

Morgen om deze tijd zou hij deze gedachte lanceren als zijn eigen idee en voor je 't wist zou er een nieuwe Theorie van Mallin zijn geboren, dacht Grego grimmig. Maar hij kon zich nu niet veroorloven zich daar druk om te maken. Hij doofde zijn sigaret. ,,Dat is dan afgesproken," zei hij. ,,Zodra u er een plausibele stelling van gemaakt hebt neemt u contact op met Mr. Coombes, zodat hij die in zijn verdediging kan gebruiken."

HOOFDSTUK XI

Ben Rainsford ging terug naar Beta Continent. Gerd van Riebeek bleef in Mallorysport. De agenten van Post 15 hadden stalen wapentjes gemaakt voor hun Fuzzies en konden tot hun voldoening rapporteren dat de landgarnalenplaag aan 't afnemen was. Ook vervaardigden ze een aantal timmermanswerktuigen, waarmee de Fuzzies een eigen huis gingen bouwen. Twee Fuzzies kwamen aanlopen bij Ben Rainsford. Hij noemde hen Flora en Fauna.

Zo langzamerhand had iedereen Fuzzies en Jack had alleen nog maar Baby bij zich. Languit lag hij op de vloer van de zitkamer in zijn hotelsuite; hij leerde Baby hoe hij knopen moest leggen in een eindje touw. Gus Brannhard had als aanklager een eigen kantoor toegewezen gekregen in het gebouw van het Centrale Hof, waar hij het grootste deel van zijn tijd doorbracht. Nu zat hij, gekleed in een rood-blauw gestreepte pyjama in een fauteuil aan een sigaar te zuigen. Met een kop koffie naast hem (zijn whisky-verbruik was aanzienlijk gedaald) bestudeerde hij informatie van twee leesschermen tegelijk. Af en toe mompelde hij wat gegevens op een stenomemofoon. Gerd zat aan zijn bureau stapels kladpapier vol te pennen in een poging iets via symbolische logica uit te werken. Plotseling smeet hij een verfrommeld vel vloekend de kamer door. Brannhard keek verstoord op. ,,Problemen?''

Gerd liet nog een krachtterm horen, krabde zich achter z'n oor en zei: ,,Hoe kan ik nou weten of Fuzzies al dan niet generaliseren? Hoe weet ik nou of ze in staat zijn om abstrakte ideeën te formuleren? Hoe kan ik zelfs maar bewijzen dat ze ideeën *hebben*? Goeie help, ik kan niet eens tot m'n eigen bevrediging bewijzen dat *ík* bewust denk!''

,,Je was zeker bezig met wat ik onlangs zei?'' vroeg Brannhard.

,,Tja, het leek me een goed uitgangspunt, maar...''

,,Als we ons nou eens bepaalden tot specifieke voorbeelden van Fuzzie-gedrag en die voorleggen als bewijs van hun menselijkheid? Die begrafenis bijvoorbeeld...''

,,Ze zullen blijven volhouden dat we éérst moeten definiëren wat menselijkheid ís,'' weerlegde Gerd koppig.

Het telescherm begon te zoemen. Baby Fuzzie keek even op maar ging onverstoorbaar door met het ontwarren van een acht-vormige knoop die hij zojuist gelegd had. Jack kwam langzaam overeind om het scherm aan te zetten. Het was Max Fane. Jack had hem nog nooit zo opgewonden gezien.

,,Nog nieuws gehad, Jack?'' vroeg Fane.

,,Nee. Jij dan?''

,,En hoe! Het hele politiecorps is uitgerukt om achter de Fuzzies aan te gaan. Ze hebben opdracht onmiddellijk te schieten. En Nick Emmert heeft zojuist een beloning uitgeloofd: 500 sol per Fuzzie – dood of levend.''

Het duurde even voordat de volle betekenis hiervan tot Jack doordrong. En toen werd hij bang. Gus en Gerd waren opgestaan en naast hem gekomen.

,,Het schijnt dat de een of andere landloper aan de oostkant van de stad heeft gezien hoe een paar Fuzzies zijn tien jaar oud dochtertje in elkaar sloegen,'' vertelde Fane. ,,Die man en dat kind zitten nu op het hoofdbureau en de melding is doorgegeven aan de grote nieuwsdiensten, die uiteraard een onderdeel zijn van de Maatschappij. Er wordt een keihard spel gespeeld.''

,,Is die man ondervraagd met het leugenscherm?'' informeerde Brannhard.

,,Nee, en ik denk ook niet dat dat zal gebeuren, want ze staan allebei onder politiebescherming. Het meisje beweert dat ze aan 't buiten spelen was toen die Fuzzies haar aanvlogen en haar met stokken te lijf gingen. Ze schijnt verschillende kneuzingen te hebben, een gebroken pols en een shock.''

,,Ik kan niet geloven dat ze een kind zouden aanvallen!'' riep Jack vertwijfeld uit.

,,Ik wil dat kind spreken,'' zei Brannhard, ,,en die vader ook. En ik eis dat ze hun verklaringen via het leugenscherm opnieuw afleggen. Dit is een complot, Max, wat ik je brom. Prachtig op tijd: net een week voor het proces.''

Misschien hadden de Fuzzies gewoon met het meisje willen spelen, overwoog Jack, en toen was ze bang geworden en had er eentje pijn gedaan. Voor een Fuzzie was een tienjarig kind een vervaarlijk wezen, en als ze eenmaal dachten dat ze bedreigd werden zouden ze zich met hand en tand verzetten. Maar in elk geval betekende dit dat ze nog in de stad waren. Levend! En het betekende ook dat ze in groter levensgevaar verkeerden dan ooit.

Fane vroeg aan Brannhard hoe lang hij nodig had zich aan te kleden. ,,Vijf minuten? Prima, ik haal je zo op. Tot straks dan.''

116

Jack haastte zich naar de slaapkamer, die hij met Brannhard deelde. Hij schopte zijn moccasins uit en trok zijn laarzen aan. Brannhard gaf zich niet de moeite zich van zijn pyjama te ontdoen; hij trok zijn pak er overheen aan. „Wat ben jij van plan, Jack?" vroeg hij. „'t Zelfde als jij. Ik moet ze zien te vinden voor de een of andere idioot ze doodschiet."

„Jij blijft hier," commandeerde Gus. „Je moet het telescherm in de gaten houden en het filmscherm aanhouden voor de nieuwsberichten. Maar zorg wel dat je klaarstaat, want als ik je oproep omdat ik ze gevonden heb, moet je meteen kunnen komen. Zogauw ik iets weet, hoor je het van me."

Gerd had het nieuws al aangezet: 'Planeetnieuws', de dienst die openlijk gerund werd door de Maatschappij, had een uitgebreid bericht over de 'wrede aanval op dat argeloze kind', maar ze bleven vaag over de ware schuldige. Want wie had uiteindelijk de Fuzzies laten ontsnappen? En zelfs een taalkundige zou moeite hebben aan het woord 'Fuzzie' een dreigende betekenis te geven.

„Het meisje, een zekere Lolita Lurkin, was omstreeks eenentwintighonderd buiten haar ouderlijk huis aan het spelen, toen plotseling zes Fuzzies, gewapend met stokken, bovenop haar sprongen. Zonder enige aanleiding duwden ze haar op de grond en begonnen haar ernstig toe te takelen. Haar vader, die haar had horen schreeuwen, kwam te hulp. Hij had de Fuzzies weggejaagd. Oscar Lurkin en zijn dochtertje waren door de politie naar het hoofdbureau gebracht om te vertellen wat er precies gebeurd was. Op dit moment werd de oostkant van de stad uitgekamd door de gemeentepolitie, de veiligheidsdienst van de Maatschappij en groepen gewapende burgers. Resident-generaal Emmert had onmiddellijk een beloning van 500 sol per Fuzzie in het vooruitzicht gesteld..."

„Dat kind liegt. En als ze de kans krijgen haar aan het leugenscherm te zetten, zullen ze 't kunnen bewijzen," zei Jack. „Emmert of Grego, of allebei, hebben die lui omgekocht."

„Daar twijfel ik geen moment aan," zei Gerd. „Ik ken dat deel van de stad. 't Zijn achterbuurten. Ruth gaat die wijken in voor haar werk bij de kinderrechter." Hij stokte. In zijn ogen kwam een blik van pijn. Toen vervolgde hij: „Voor elk karweitje kun je daar iemand huren. Ze doen alles voor 100 sol."

Hij schakelde over naar 'Interwereld Nieuws'. Vanuit een luchtwagen werd verslag uitgebracht over de jacht op de Fuzzies. De achterbuurt, die vol stond met armzalige hutjes en

117

autowrakken, werd van boven af fel verlicht. Grote groepen mensen sloegen met geïmproviseerde wapens de bosjes uiteen en zochten tussen de struiken. Er liep zelfs iemand bij met een machinegeweer in de aanslag. „Foei, foei, ben ik even blij dat ik daar niet tussen zit," verzuchtte Gerd, „als iemand ook maar iets ziet dat op een Fuzzie lijkt, slachten ze mekaar af."

„Deden ze dat maar!"

'Interwereld Nieuws' was duidelijk op de hand van de Fuzzies. De verslaggever in de wagen kon zich niet van sarcasme onthouden. En na het beeld van de fanatiek zoekende mannen, lieten ze vanuit de studio het filmbeeld zien van de Fuzzies, smekend omhoog kijkend naar Papa Jack die hun ontbijt klaarmaakte. „En hier ziet u een filmopname van de vreselijke monsters waartegen deze dappere mannen ons trachten te beschermen," luidde het studio-commentaar.

Vlak daarop weerklonk een schot, onmiddellijk gevolgd door een overdonderend salvo. Jacks hart bonsde in z'n keel. De luchtwagen vloog er op af, maar toen hij de plek bereikt had was het vuren al gestaakt. Een menigte mensen stond bij elkaar naar iets te kijken dat stil en wit op de grond lag. Met grote moeite dwong Jack zichzelf naar het beeld te blijven kijken. Toen verzuchtte hij van opluchting: ze hadden een zarageit neergeschoten, een mak, gehoefd dier met drie horens.

„Ach, dat is nou jammer. Zojuist heeft iemand zijn melkfabriekje verloren." De verslaggever lachte. „En dit is de eerste niet. De Officier van Justitie, voorheen Procureur-generaal O'Brien zal z'n handen vol krijgen aan een flink aantal rechtsgedingen die naar aanleiding van deze chaotische klopjacht tegen de overheid zullen worden aangespannen."

„En laat-ie z'n borst maar nat maken, want van Jack Holloway krijgt hij ook nog 't een en ander op z'n brood," zei Jack grimmig.

Het telescherm zoemde. Gerd zette het aan. „Ik heb net rechter Pendarvis gesproken," meldde Gus. „Hij gaat een bevel uitvaardigen die Emmerts beloning ongeldig maakt. Alléén wanneer een Fuzzie volstrekt ongedeerd aan hoofdinspekteur Fane wordt geretourneerd mag het geld worden uitbetaald. Bovendien waarschuwt Pendarvis dat, zolang het Hof geen uitspraak heeft gedaan over de officiële status van de Fuzzies, iedereen wegens moord kan worden aangeklaagd die er een doodschiet."

„Dat is geweldig, Gus! Heb je het meisje al ontmoet, of haar vader?"

Brannhard gromde kwaadaardig. ,,Het meisje is ondergebracht in een kamer apart in het ziekenhuis van de Maatschappij. De doktoren staan geen bezoekers toe. Ik vermoed dat Emmert de vader in zijn eigen huis verborgen houdt. En ik heb nog geen gesprek kunnen hebben met de twee agenten die vader en dochter naar het bureau gebracht hebben. Ook niet met de brigadier die de aanklacht in behandeling nam of met de dienstdoende rechercheur. Ze zijn 'm gewoon allemaal gesmeerd!"

Even later werd het bevel van de Rechter officieel via de nieuwsdiensten medegedeeld. Niet lang daarna bereikte het bericht de Fuzzie-jagers en de fanatieke klopjacht ging als een nachtkaarsje uit. De politiecorpsen trokken zich onmiddellijk terug. Burgers die hoopten op de beloning als ze een levende Fuzzie te pakken kregen hielden het nog een uurtje vol. Maar toen de beloning helemaal werd ingetrokken gingen de schijnwerpers uit en keerde de rust weer.

Vlak daarop kwam Gus Brannhard terug in het hotel. Hij trok zijn jas uit, viel in een luie stoel, vulde een waterkan met whisky, dronk er de helft van op en begon zijn laarzen uit te trekken.

,,Als je nog een beetje over hebt, lust ik ook wel een slokje," zei Gerd. ,,Wat is er aan de hand, Gus?"

Brannhard begon vreselijk te vloeken. ,,Het stelt allemaal geen sodemieter voor. Er zit een rotlucht aan de hele zaak. Het *stinkt*." Hij nam de sigarepeuk op die hij had neergelegd toen Fane belde, en stak 'm aan. ,,We hebben de vrouw gevonden die de politie belde. Een buurvrouw. Ze zei dat ze Lurkin stomdronken thuis had zien komen en dat ze vlak daarna het kind had horen schreeuwen. Nou schijnt dat kind minstens vijf keer per week te worden afgeranseld – iedere keer als pa dronken thuiskomt, en ze vond dat daar hoognodig een eind aan moest komen. Ze ontkent dat ze ook maar iets heeft gezien dat op een Fuzzie lijkt."

De opwinding van die avond bracht de volgende dag een stroom nieuwe meldingen binnen. Jack ging naar het kantoor van de hoofdinspekteur om hem zoveel mogelijk terzijde te staan bij de ondervragingen. De eerste tips waren even waardeloos als de vorige. Maar toen kwam er een jongeman aan de beurt die een geloofwaardiger verhaal te vertellen had.

,,Ik zag ze net zo duidelijk als nu dat bureau hier," zei hij, ,,op

119

hoogstens twintig meter afstand. Ik had een automatische karabijn bij me, maar ik kon 't niet over m'n hart verkrijgen om op ze te schieten. Het waren gewoon mensen in 't klein, Mr. Holloway, en ze zagen er zo bang en hulpeloos uit. Dus ik richtte over hen heen en loste een schot om ze weg te jagen vóór iemand anders de kans kreeg ze overhoop te schieten."

„Dat is een dikke pluim waard, m'n jongen," zei Jack waarderend. „Uiteindelijk dacht je toen nog dat je een vette beloning je neus voorbij liet gaan. Hoeveel heb je er gezien?"

„Maar vier. Ik had gehoord dat het er zes waren. Misschien hielden de andere twee zich in de bosjes verborgen?"

Op een kaart wees hij aan waar hij de Fuzzies gezien had. Jack sprak nog met drie andere mensen, die eveneens Fuzzies hadden waargenomen, maar niemand wist precies hoeveel het er geweest waren. Wel was iedereen erg exact over de plaats en het tijdstip van de waarnemingen. Volgens de aantekeningen op de kaart bewogen de Fuzzies zich in noordwestelijke richting door de buitenwijken van de stad.

Brannhard kwam in het hotel lunchen. Hij was nog steeds verontwaardigd, maar had toch z'n gevoel voor humor teruggevonden.

„Ze hebben onze vriend O'Brien opgegraven en achter ons aan gestuurd," vertelde hij. „Een ellenlange serie rechtsvervolgingen en gevaarlijk lastige aanklachten enzo. Je snapt zeker wel wat er achter zit: op die manier word ik beziggehouden en onderhand kan Leslie Coombes rustig het proces voorbereiden. Hij probeerde weer om Baby te dagvaarden. Maar toen ik dreigde met rassendiscriminatie was 't gauw over. En zojuist heb ik officieel een aanklacht ingediend tegen de Maatschappij. Een eis tot schadevergoeding van zeven miljoen sols in naam van de Fuzzies – een miljoen per Fuzzie en een miljoen voor hun advocaat." Hij keek zelfvoldaan en bediende zich overvloedig van de maaltijd.

„Ik ga vanmiddag op stap met een paar van Fanes mannen," zei Jack. „We nemen Baby mee en zetten een luidspreker op de wagen." Hij vouwde een kaart open van de stad. „Het ziet er naar uit dat ze die kant op gaan," wees hij, „en als ze Baby kunnen horen, moet dat wel hun aandacht trekken."

Maar dat viel bitter tegen. Tot zonsondergang waren ze ermee bezig. Baby amuseerde zich kostelijk met de luidspreker. Zijn stemgeluid produceerde zo'n oorverdovend gekrijs dat de mannen in de wagen er kippevel van kregen. En op de straten beneden hen ontstond een optocht van blaffende en jankende honden.

De meldingen die de volgende dag binnenkwamen betroffen voornamelijk kleine diefstallen. Een deken die op het grasveld achter een huis lag was plotseling verdwenen. Ergens anders waren een stel kussens uit een portiek gepikt. Een bange moeder meldde dat ze haar zesjarig zoontje met een paar Fuzzies had zien spelen; toen ze op hem toe gerend was om hem te beschermen, waren de wezens er vandoor gegaan en het jongetje was gaan huilen. Jack ging er samen met Gerd meteen op af. Uit het verwarde verhaal van het kind bleek in elk geval duidelijk, dat de Fuzzies lief geweest waren en hem niets hadden gedaan. Er ging onmiddellijk een persbericht uit.

Terug in het hotel troffen ze een glunderende Gus aan. ,,Pendarvis heeft me de vrijheid gegeven een officieel onderzoek in te stellen naar dat complot,'' vertelde hij. ,,Ik moet aanklachten opstellen tegen iedereen die iets gedaan heeft dat niet fris was. Ik mag hoorzittingen houden, getuigen dagvaarden en hen via het leugenscherm ondervragen. Max Fane heeft officieel opdracht gekregen me assistentie te verlenen. Morgen beginnen we met hoofdinspekteur Dumont en van daar af werken we naar beneden. En wie weet krijgen we de kans naar boven te werken tot Nick Emmert en Victor Grego toe!'' Hij lachte dreunend. ,,Misschien dat Leslie Coombes eindelijk reden krijgt tot ongerustheid!''

Gerd landde de wagen naast de rechthoekige uitgraving, die zo'n twintig meter lang en bijna tien meter diep was. Vijf, zes mannen die daar aan het werk waren, kwamen op hen af. ,,Goeiemorgen, Mr. Holloway,'' zei er een, ,,het is hier achter de heuvel. We hebben alles precies zo gelaten als we 't gevonden hebben.''

,,Wilt u alstublieft nog eens vertellen wat u gezien hebt? Mijn collega hier was er niet bij toen u belde.''

De voorman wendde zich tot Gerd. ,,Een uur of wat geleden hebben we een paar springladingen tot ontploffing gebracht. Een paar man die daarna naar beneden gingen, zagen die Fuzzies wegrennen onder dat rotsblok vandaan en via het gat die kant uit,'' wees hij, ,,ze kwamen me meteen roepen en toen ik ging kijken kon ik zien waar ze gekampeerd hebben. De rotsen hier zijn behoorlijk hard en we moeten zware ladingen gebruiken. Ik denk dat ze daarvan geschrokken zijn.''

Met z'n drieën liepen ze het paadje af dat door hoog, met bloemen bespikkeld gras leidde en ze kwamen langs de blootliggende kalkstenen aardlagen die een rotswand vormden van tien meter hoog en bijna vijftig meter lang. Onder een overhangend stuk rotswand zagen ze twee kussens, een rood-grijs gestreepte deken en een paar oude lappen die vroeger als poetsdoeken gediend hadden. Ook lag er een kapotte lepel, een beitel en een paar andere metalen voorwerpen.

,,Dat is 't,'' zei Jack. ,,Ik heb de mensen gesproken die die dekens en die kussens kwijt waren en de beschrijvingen kloppen precies. Vermoedelijk zijn de Fuzzies hier gisteravond gekomen nadat jullie hier klaar waren. En toen werden ze opgeschrikt door de ontploffingen. Zei je dat je ze die kant zag opgaan?'' Hij wees naar het beekje dat van de noordelijke bergen naar beneden stroomde. De beek was diep, de stroom te sterk voor Fuzzies om doorheen te waden. Ze zouden het waarschijnlijk volgen tot onderaan de heuvels.

Hij noteerde de namen van de werklui en bedankte iedereen. Als hij de Fuzzies zelf zou vinden en zijn uitgeloofde beloning zou moeten verdelen, zou er een wiskundige aan te pas moeten komen om uit te rekenen wie recht had op hoeveel!

,,Gerd, als jij een Fuzzie was, hoe zou jij dan naar boven gaan?''

,,Verderop staan nog een paar huizen,'' antwoordde Gerd. ,,Ik geloof dat ik daar omhoog zou gaan, langs de kant van het ravijn en tussen de rotsblokken door, waar de verdommelingen niet bij zouden kunnen. Natuurlijk zitten hier geen verdommelingen, zo dicht bij de stad, maar als Fuzzie weet ik dat niet.''

,,We hebben meer wagens nodig,'' besloot Jack. ,,Ik zal Ferguson vragen wat hij voor me doen kan. Max is nu veel te druk met Gus en dat onderzoek.''

Piet Dumont, hoofdinspekteur van de gemeentepolitie in Mallorysport was vroeger waarschijnlijk een uitstekend agent geweest. Maar Gus Brannhard kende hem niet anders dan de blaaskaak die hij nu was – een arrogante slappeling met een te dikke buik en een pafferig gezicht. Hij probeerde zich stoer voor te doen maar slaagde er alleen in lastig te wezen. Hij zat in een ouderwetse stoel, die een beetje leek op zo'n martelwerktuig waarop bezoeksters van een schoonheidssalon zich maar al te graag laten neerzetten. Op zijn hoofd had hij een felgekleurde, kegelvormige helm. Op verschillende plaatsen van zijn lichaam waren elektroden vastgezet. Op de muur achter hem bevond zich een rond scherm dat – als alles goed was – een rustig blauw moest uitstralen, maar dat nu van zeer donkerblauw via paars naar lila flikkerde. Dat kwam door de zenuwen, angst en woede waaraan Dumont afwisselend onderhevig was vanwege de vernedering die hij onderging. Hij was allerminst gewend om via een leugenscherm te worden ondervraagd. Als hij overwoog een aparte onwaarheid te debiteren, schoot er een vlam van gloeiend rood over het scherm.

„U weet best dat de Fuzzies dat meisje geen cent kwaad gedaan hebben," praatte Brannhard rustig. „Ik weet niets!" riep Dumont op vinnige toon. „Ik weet alleen maar wat me gemeld werd!"

Het scherm werd felrood. Langzaam kleurde het naar paars. Blijkbaar besloot Piet Dumont tot een waarheid die uit bewijsbaar feitenmateriaal bestond.

„Wie rapporteerde het geval aan u?"

„Luther Woller. Hij was de dienstdoende rechercheur die avond." Het leugenscherm stemde toe dat dit waar was, maar dan ook niet méér dan dat.

„Maar u weet toch ook dat de feiten wel even anders lagen? Lurkin heeft zijn dochtertje zelf afgeranseld en Woller heeft hem kunnen overhalen te zeggen dat de Fuzzies het hadden gedaan," zei Max Fane.

„Ik zei al dat ik daar niks vanaf weet!" schreeuwde Dumont. Achter hem werd het scherm bloedrood. „Ik weet alleen maar wat ze me verteld hebben en verder niets." Rode en blauwe schichten schoten door elkaar heen in een bizar motief. „Zover ik weet waren het de Fuzzies."

„Toe nou, Piet," pleitte Fane geduldig, „je hebt het leugenscherm zelf vaak genoeg gebruikt om te weten dat er niet mee te spotten valt. Woller gebruikt je, en dat weet jij heel goed. Beken nou maar dat voor zover jij weet die Fuzzies dat kind met geen vinger hebben aangeraakt. Niemand dacht zelfs maar aan die Fuzzies totdat Woller op dat briljante idee kwam en erover begon tegen Lurkin en z'n dochter."

Het scherm werd eerst donkerblauw, lichtte daarna langzaam op.

„Het is waar," gaf Dumont toe. Hij ontweek hun blikken en zijn stem klonk knorrig. „Dat zei ik ook tegen Woller, maar die lachte me vierkant uit." Het scherm gistte van Dumonts opkomende woede. „Die zoon van een khooghra denkt dat *hij* de baas is. Hij luistert niet eens naar me. Hij doet gewoon waar-ie verdomme zin in heeft!"

„Heel verstandig van je, Piet," zei Fane bemoedigend. „Kom, laten we nou nog es bij het begin beginnen..."

Achter het stuur van de wagen die Jack gehuurd had zat een politieagent. Ferguson had twee extra wagens gestuurd en een paar van zijn mannen. Via de radio overlegden de inzittenden. „Mr. Holloway, uw collega beneden riep me zojuist op. Hij heeft een gekraakte landgarnalenschaal gevonden."

„Ga maar vast vooruit," zei de agent achter het stuur, „en wijs ons de weg." Hij trok omhoog. De andere wagen kwam tevoorschijn boven een smal ravijn aan de linkerkant van de beek. De derde wagen kwam uit noordelijke richting. Gerd zat op z'n hurken op de grond. Ze landden vlak naast hem. Hij keek pas op toen ze uit de wagens sprongen.

„We hebben 't, Jack," zei hij opgewonden, „dit is onmiskenbaar het werk van de Fuzzies!" Hij had gelijk. Het wapen dat ze gebruikt hadden, was niet erg scherp geweest want de kop van de garnaal was verbrijzeld in plaats van keurig afgehakt. Maar de schaal was op de traditionele manier van onderaf gebroken en alle klauwen waren eraf. Ze moesten allemaal van de garnaal gegeten hebben, en zo te zien was het nog niet lang geleden gebeurd.

De wagens stegen weer op en cirkelden rond, terwijl Gerd en Jack door het ravijn liepen, van tijd tot tijd „Little Fuzzie!" roepend. Ze vonden een paar voetafdrukken waar grondwater de aarde vochtig gemaakt had. Gerd praatte opgewonden via de draagbare radio die hij op zijn borst droeg. „Wil één van jullie een paar honderd meter vooruit vliegen en dan langzaam terug? Ze móeten hier ergens in de buurt zijn."

„Ik zie ze! Ik zie ze!!" riep een uitbundige stem door de radio. „Ze lopen op de helling aan je rechterhand, tussen de rotsblokken!"

„Hou ze in 't oog!" schreeuwde Gerd terug. „Laat iemand ons oppikken, dan kunnen we vóór hen terechtkomen en ze de pas afsnijden."

De huurwagen kwam bliksemsnel omlaag en trok direct op nadat Jack en Gerd ingestapt waren. Ze maakten een duizelingwekkende draai en toen zag Jack hen tussen de rotsen klauteren. Het waren er vier en eentje werd met klimmen geholpen. Hij vroeg zich af wie het waren en waar de andere twee waren gebleven en waarom die ene zo ondersteund werd. Was die gewond?

De agent zette de wagen neer op de top. Jack, Gerd en de bestuurder drongen zich naar buiten en begonnen langs de helling naar beneden te glijden. Zodra Jack een Fuzzie binnen handbereik had, greep hij hem stevig vast. Twee anderen vluchtten langs hem heen, de steilé heuvel op. De Fuzzie in zijn armen had een wapen bij zich, waarmee hij probeerde fel uit te halen naar Jacks gezicht. Hij had nog net de tijd zich met z'n arm te beschermen. Toen trok hij de Fuzzie dichter naar zich toe en pakte het wapen af: het was een zware, puntig gevormde hamer. Hij stak het ding in z'n zak en probeerde de tegenstribbelende Fuzzie op zijn gemak te stellen. ,,Moet jij Pappa Jack slaan?'' vroeg hij op sussende toon. ,,Ken jij Pappa Jack dan niet meer? Arm bang klein ding!''

Even was het alsof het hem duizelde: de zo boosaardig piepende Fuzzie in zijn armen was hem volledig onbekend. Het was Little Fuzzie niet en ook niet die grappige Ko-Ko of zijn ondeugende Mike. Het was een wildvreemde Fuzzie. ,,Geen wonder dat je Pappa Jack niet kent. Jij bent helemaal zijn Fuzzie niet,'' bromde hij teleurgesteld.

Boven hem op een rots zat de agent met twee Fuzzies onder z'n armen geklemd. Ze staakten hun verzet en meelijwekkend gepiep toen ze zagen dat hun makker ook gepakt was en hun vlucht ten einde gekomen was.

,,Uw collega zit beneden achter die andere aan,'' riep de agent. ,,Wilt u deze twee van me overnemen? U kent ze beter dan ik.'' ,,Hou ze nog even voor me vast,'' riep Jack terug. ,,Ik ken ze ook niet!'' Voorzichtig haalde hij met zijn vrije hand een beetje RN III uit zijn zak en gaf het aan de Fuzzie, die het voer met een vreugdekreet aannam en achterelkaar naar binnen werkte. Hij had het dus al eens eerder gegeten. Jack klauterde naar boven en gaf de andere twee Fuzzies, een mannetje en een vrouwtje, ook een beetje. Dezelfde reaktie. Van beneden riep Gerd: ,,Jack, ik heb 'r. Een vrouwtje. Ik weet niet of het Mitzi is of Assepoes. En je moet es zien wat ze bij zich heeft!''

Moeizaam kwam hij naar boven. De vierde Fuzzie spartelde onder zijn ene arm en op de andere droeg hij een jong katje, een zwartje met een witte snoet. Maar Jack was te zeer teleurgesteld om naar het poesje te kijken. ,,Het zijn onze Fuzzies niet, Gerd,'' zei hij vermoeid. ,,Ik heb ze geen van allen ooit eerder gezien.''

,,Weet je 't heel zeker, Jack?''

„Ja, natuurlijk," zei hij nijdig. „Dacht je soms dat ik mijn eigen Fuzzies niet zou kennen! Dacht je dat ze míj niet zouden kennen!"

„Waar komt in vredesnaam die kat vandaan?" wilde de agent weten.

„Geen idee. Hebben ze ergens gevonden. Ze droeg het in haar armen alsof 't haar baby was."

„Ze moeten van iemand zijn," zei Jack overtuigd, „iemand die hen RN III voerde. Kom, we nemen ze mee naar ons hotel. Ergens in Mallorysport is iemand die ze net zo mist als ik de mijne."

Hij zou zijn eigen Fuzzies nooit weer terug zien. De volle omvang van die vreselijke gedachte drong pas tot hem door toen ze op de terugweg waren. Nadat ze uit het Wetenschapscentrum waren ontsnapt, was van zijn Fuzzies geen enkel spoor gevonden. Het moest dit viertal geweest zijn, dat die nacht gesignaleerd was rond het huis van Lurkin. Het moest dit viertal geweest zijn, dat die aardige jongeman had laten lopen. En daarna was hun spoor makkelijk te volgen geweest. En waarom zouden zijn eigen Fuzzies sinds hun verdwijning geen aandacht getrokken hebben? Er was maar één antwoord mogelijk: omdat ze er niet meer waren. Ze waren helemaal niet levend uit het Wetenschapscentrum ontkomen. Iemand, die Max Fane nog niet aan het leugenscherm had gehad, moest hen vermoord hebben.

„We moeten de deken en de kussens nog ophalen," zei Jack schor. „Ik zal de eigenaars een cheque sturen. De Fuzzies moeten die spullen maar houden."

HOOFDSTUK XII

De bedrijfsleider van Hotel Mallory was van gedachten (of van beleid) veranderd wat betreft de Fuzzies. Misschien onder invloed van Brannhard's dreiging met een aanklacht vanwege rassendiscriminatie en de daaraan verbonden kans dat de Fuzzies inderdaad een 'ras' zouden blijken te zijn en geen diersoort. Of misschien schaamde hij zich voor dat geval met Lurkin, die volkomen in discrediet gebracht was, en de opleving van openlijke sympathie voor de Fuzzies. Of misschien was hij gewoon tot de conclusie gekomen dat de Zarathustra Maatschappij toch niet zo almachtig was als hij altijd geloofd had. Hoe dan ook, hij ontruimde de grote zaal, die anders voor diners gebruikt werd, speciaal voor de Fuzzies die George Lunt en Ben Rainsford voor het proces zouden meebrengen. De vier vreemdelingen en het zwart-witte katje werden daar geïnstalleerd. De bedrijfsleider zorgde zelfs voor allerlei speelgoed en voor een groot scherm. De vier Fuzzies renden er meteen op af, zetten het aan en genoten van het beeld van komende en gaande machines op het plaatselijke vliegveld. Ze vonden het schitterend. Alleen het poesje begon zich stierlijk te vervelen. Met gemengde gevoelens besloot Jack tenslotte om Baby naar beneden te brengen en hem voor te stellen. Het kleintje viel meteen in de smaak en het poesje vond hij 't leukste dat hij ooit gezien had. Toen het tijd werd voor hun maaltijd nam Jack zijn eigen avondeten mee en ging bij hen zitten. Gus en Gerd deden hetzelfde.
,,We hebben eindelijk toegang gekregen tot Lurkin en z'n dochter,'' vertelde Gus en vervolgde met een hoog stemmetje: ,,...nou en toen kwam pappie en die gaf me op me lazer en toen kwamen die tuten en die zeien dat ik moest zeggen dattie Fuzzies het gedaan hadden.''
,,Zei ze dat echt?!''
,,Wis en waarachtig, en het scherm was zo blauw als de ogen van een pasgeboren baby en er zaten zeker zes getuigen bij. 'Interwereld' brengt er vanavond een reportage van uit. En pa heeft eindelijk ook bekend en heeft Woller genoemd en die brigadier, die overigens nog steeds de hort op zijn. Als we die niet te pakken krijgen, kunnen we Emmert en Grego wel vergeten. We hebben wel die agenten die de Lurkins naar het bureau

gebracht hebben, maar die zijn alleen maar verantwoording schuldig aan Woller en kennen verder niemand hogerop."

Dat leek al heel wat, mijmerde Brannhard voor zichzelf, maar in feite was het lang niet genoeg. Nou had je bijvoorbeeld die vier vreemde Fuzzies, die zo prachtig op tijd tevoorschijn gekomen waren, midden in de klopjacht die Emmert georganiseerd had. Alsof iemand ze losgelaten had. Het was te toevallig om geen opzet te zijn.

Eén goed bericht: Rechter Pendarvis had besloten dat het onmogelijk zou zijn een onpartijdige jury samen te stellen. Alle burgers stonden te zeer onder invloed van de overweldigende publieke belangstelling en zouden zich niet kunnen onttrekken aan de druk die de Zarathustra Maatschappij ongetwijfeld zou uitoefenen. Daarom had hij voorgesteld, dat de zaak berecht zou worden door een panel van drie rechters, waaronder hijzelf. Brannhard had zich onmiddellijk akkoord verklaard en zelfs Leslie Coombes kon weinig anders doen dan met die oplossing instemmen.

Jack luisterde afwezig en zei toen plotseling: ,,Het klinkt misschien kinderachtig, Gus, maar ik ben zo blij dat ik Little Fuzzie mijn pijp heb laten roken, die laatste avond thuis..." Het proces kon hem eigenlijk niets meer schelen. Voor zijn part zat daar een panel van drie zarageiten.

Op zaterdag arriveerde Ben Rainsford met zijn twee Fuzzies in gezelschap van George Lunt, Ahmed Khadra en andere getuigen van Post 15 met hun nieuwe gezinsleden. Ze werden allemaal voorgesteld aan de vreemde Fuzzies en sloten al spoedig vriendschap met elkaar. Elke Fuzzie-familie had weliswaar z'n eigen plekje in de grote zaal, maar ze aten met elkaar, speelden met elkaars speelgoed en zaten dicht bij elkaar naar het scherm te kijken. In het begin was de familie van-de-beek een beetje jaloers toen het poesje teveel aandacht leek te krijgen, maar toen ze merkten dat niemand het van hen zou afpakken was ook dat over.

Het zou dolle pret kunnen zijn: elf Fuzzies, een baby, en een jong poesje, maar Jack kon zijn eigen gezinnetje niet vergeten. Hij bleef ze maar voor zich zien. Zes stille, kleine geestverschijningen.

Max Fane was blij toen hij zag wie hem opbelde. ,,Fijn je te zien, Ferguson," zei hij.

,,En goed nieuws voor jou, hoofdinspekteur," antwoordde

Ferguson met een brede grijns. ,,Een paar van mijn mannen van Post Acht hebben Woller gevonden en die brigadier, Fuentes."

,,Aha!" Fane knapte er van op alsof hij een flinke slok rum naar binnen gekregen had. ,,Hoe hebben ze dat klaargespeeld?"

,,Nick Emmert heeft in de buurt van Post Acht een buitenhuisje, weet je wel. Als 't onbewoond is, houden mijn mannen gewoonlijk een oogje in 't zeil. Nou, vanmiddag reed luitenant Obefemi daar voorbij en ving radiatie en infrarood op, wat alleen gebeurt als er iemand is. Hij en zijn mannen gingen een kijkje nemen en vonden Woller en Fuentes die zich daar uitgebreid geïnstalleerd hadden. Ze hebben hen meegenomen naar de post en met behulp van het leugenscherm bekenden ze, dat ze van Emmert de sleutel gekregen hadden om zich tot na het proces verborgen te houden. Ze ontkenden dat Emmert achter het complot zat. Het schijnt Woller z'n eigen idee geweest te zijn, maar Emmert had hem geen duimbreed in de weg gelegd. Morgenochtend worden ze meteen hier naar toe vervoerd."

,,Fantastisch, Ferguson! Is het nieuws al doorgegeven aan de pers?"

,,Nee. We willen hen eerst hier in Mallorysport nog eens ondervragen en hun bekentenissen vastleggen vóór we de pers inschakelen. Anders zou iemand wellicht willen proberen hen voorgoed de mond te snoeren."

,,Juist." Die gedachte was ook al bij hem opgekomen.

Na enige aarzeling vervolgde Ferguson: ,,Zeg Max, de situatie hier in Mallorysport bevalt me niks."

,,Hoezo?"

,,Veel te veel vreemd volk," zei Ferguson, ,,en allemaal van 't zelfde soort – van die potige jonge knullen die in groepjes van twee door de straten slenteren. Het was me eergisteren al opgevallen, maar het lijkt wel of er elke dag meer bij komen."

,,Tja," zei Fane, ,,we leven nou eenmaal op een planeet die jeugd trekt. En uiteraard kunnen we voor het proces een grote belangstelling verwachten." Dat was natuurlijk flauwekul, dat wist hij zelf ook wel. Hij hoopte eigenlijk dat Ian Ferguson zou uitspreken waar ze allebei bang voor waren.

,,Kom nou Max, dit is niet de gebruikelijke nieuwsgierigheid – dat weet je best. Herinner jij je dat proces van de Gebroeders Gawn nog? Toen liepen die lui ook zogenaamd rustig rond; er waren geen wilde feesten in de bars en cafés, niks. Nee, 't is net alsof ze hier neergezet zijn en op een signaal wachten..."

„Infiltratie." Verdomme! Nou had hij 't toch eerst gezegd.
„Victor Grego begint zich ongerust te maken," liet hij er op
volgen.
„Juist, Max. En Victor Grego is net een veldbeestenstier. Doet
niks zolang hij maar niet bang gemaakt wordt. Maar dan... En
tegen het soort dat hier rondloopt zijn onze mannen even goed
opgewassen als grassprietjes tegen de poten van de
khooghra's."
„Klaar voor een alarm?"
De commandant fronste zijn wenkbrauwen. „Min of meer.
Maar ik hou 't liever zo lang mogelijk tegen. Ze zouden het op
Terra niet erg op prijs stellen als ik dergelijke maatregelen
nodeloos nam. Maar ze zouden het nog minder waarderen als ik
niets deed, terwijl het wel nodig was. Ik wou het nog even
aanzien."

Gerd van Riebeek stapelde de papieren van zijn bureau keurig
op, nam een sigaret en maakte voor zichzelf een cocktail klaar.
„Fuzzies behoren tot een menselijk ras," stelde hij nadrukkelijk vast en begon door de hotelkamer te ijsberen alsof hij een
dictaat op gaf. „Ze kunnen logisch redeneren, deduceren en
combineren. Ze leren door middel van experimenteren, analyseren en associëren. Ze zijn in staat algemene basisprincipes te
formuleren en die tevens toe te passen. Ze plannen hun bezigheden op methodische wijze. Ze ontwerpen en vervaardigen
voorwerpen, waarmee zij onder andere kunstvoorwerpen maken. Ze kunnen symboliseren en ideeën overdragen in symbolische vorm. Ze zijn creatief en hebben een ontwikkeld gevoel
voor schoonheid. Nietsdoen verveelt hen; daarentegen putten
ze genoegen uit het bedenken van oplossingen voor bepaalde
problemen. Ze begraven hun doden en de daarbij behorende
gebruiksvoorwerpen volgens een vastgesteld ritueel." Hij blies
een grote rookwolk uit en nam een ferme slok. „Daarenboven
kunnen ze timmerwerk verrichten, op politiefluitjes blazen,
bestek maken om mee te eten en een molecuul-model in elkaar
zetten. Waaruit duidelijk volgt, dat het hier gaat om leden van
het menselijk ras." Het ijsberen hield op. Gerd liet zich mis-
troostig in een stoel vallen. „Maar alsjeblieft, ik smeek jullie,
vraag me niet wat 'menselijk' is, want dat weet ik nog steeds
niet!"
„Ik zou zo zeggen van wel," zei Jack met een bemoedigend
glimlachje.

„Maar ze willen een waterdichte definitie!"

„Pieker er maar niet over, Gerd," zei Gus Brannhard. „Leslie Coombes komt vast met een gloednieuwe definitie op de proppen. En daar gaan wij doodleuk gebruik van maken."

HOOFDSTUK XIII

Samen liepen Frederic en Claudette Pendarvis door de daktuin naar de landingsbaan en zoals ze altijd deed bleef Claudette stilstaan om een bloemetje te plukken en dat in het knoopsgat van haar man te steken.

„Zijn de Fuzzies er bij?" vroeg ze.

„Dat zal wel moeten. Hoewel, vanochtend nog niet, tijdens het formele gedeelte." Hij maakte een grimas die het midden hield tussen een frons en een glimlach. „Ik weet nog niet of ik ze als getuigen of als bewijsmateriaal moet beschouwen en ik hoop maar, dat ik daar nog geen officiële uitspraak over hoef te doen. Coombes of Brannhard zou me er dan al gauw van beschuldigen bevooroordeeld te zijn."

„Ik zou ze zo graag eens willen zien," zei Claudette. „In werkelijkheid, bedoel ik. Dat is toch altijd anders dan op het scherm."

„Je bent een tijd niet bij mijn rechtszaken geweest. Als ik merk dat ze vandaag al komen, zal ik het je laten weten. Als je dat wilt, zou ik zelfs misbruik maken van mijn positie en ervoor zorgen dat je ze buiten de rechtszaal te zien krijgt."

Dat vond ze prachtig. Claudette Pendarvis kon oeverloos van dergelijke dingen genieten. Ze kuste haar man ten afscheid en hij stapte in de luchtwagen. Van driehonderd meter hoogte keek hij naar beneden: ze stond hem nog steeds na te wuiven. Maar hij wist niet zeker of zijn vrouw wel veilig zou zijn in de rechtszaal. Max Fane scheen moeilijkheden te verwachten en Ian Ferguson ook, en dat waren geen mannen met overdreven verbeeldingskracht.

Toen de wagen begon te dalen naar het gebouw van het Centrale Hof zag hij bewakers op het dak staan. Ze waren uitgerust met geweren en helmen, de gebruikelijke pistolen ontbraken. Toen de wagen nog dichterbij kwam, kon hij zien dat de uniformen van de bewakers van een lichter blauw waren dan de uniformen van agenten. Hij zag ook laarzen en roodgestreepte broeken: het waren geüniformeerde leden van de Ruimte Marine. Ian Ferguson had dus alarm geslagen. Pendarvis bedacht dat Claudette hier wellicht veiliger zou zijn dan in haar eigen huis.

Een sergeant kwam met een paar man op de luchtwagen af en

salueerde. ,,Rechter Pendarvis?" En toen hij knikte, ,,Goede-morgen, meneer." ,,Goedemorgen, sergeant. Mag ik hier uit opmaken dat het gebouw bewaakt wordt door de Federatie Marine?"

,,Alleen maar standby, meneer. Bevel van Commandeur Napier. De mannen van hoofdinspekteur Fane hebben de lei-ding op het benedendek, maar kapitein Casagra van de Mari-niers en Marinekapitein Greibenfeld zitten in uw kantoor op u te wachten."

Onderweg naar de lift zag hij nog hoe een grote wagen van de Maatschappij landde. De sergeant wenkte zijn mannen en ze gingen er snel op af. Pendarvis had er wat voor gegeven als hij de reactie van Leslie Coombes had kunnen horen!

De twee officieren in zijn privé-vertrekken droegen eveneens geweren, net als Fane. Ze stonden op om hem te begroeten en gingen pas zitten toen hij achter zijn bureau had plaatsgeno-men. Hij stelde hen dezelfde vraag als de sergeant boven.

,,Gisteravond heeft kolonel Ferguson aan commandeur Napier om gewapende assistentie gevraagd, edelachtbare," zei de offi-cier in het zwarte uniform van de Ruimtemarine. ,,Hij zei aan-leiding te hebben om te geloven dat de stad geïnfiltreerd werd. En daar had hij volstrekt gelijk in, want vanaf woensdagmiddag is kapitein Casagra op bevel van de commandeur begonnen met de aanvoer van een marinemacht teneinde de overname van de residentie voor te bereiden. Dat is nu voor elkaar. Com-mandeur Napier is inmiddels ook aangekomen en zowel resi-dent-generaal Emmert als procureur-generaal O'Brien staan onder arrest op een verscheidenheid van aanklachten, vari-erend van ambtsmisbruik tot regelrechte corruptie. Maar ze zullen niet hier berecht worden; ze worden naar Terra terugge-zonden."

,,Dus commandeur Napier heeft de burgerlijke macht overge-nomen?"

,,Laten we liever zeggen dat hij momenteel de leiding in handen heeft in afwachting van de uitkomst van het proces, edelacht-bare. We willen eerst weten of de huidige regering wettig is of niet."

,,Dus u zult zich niet met het proces als zodanig bemoeien?"

,,Dat hangt er van af, edelachtbare. We zullen er zeker aan wil-len deelnemen." Hij keek op zijn horloge. ,,Het Hof komt pas over een uur bijeen, nietwaar? Dan heb ik nog tijd u 't een en ander uit te leggen."

Bij de ingang van de rechtszaal stond Max Fane hen met een vriendelijke glimlach op te wachten. Maar toen hij Baby op Jacks schouder zag zitten, keek hij sceptisch. „Ik weet niet of hij de rechtszaal in mag, Jack."

„Onzin," zei Gus Brannhard beslist. „Ik geef toe dat 't een minderjarige inboorling is, maar hij is het enig overlevende familielid van de overleden Jannie Jansen alias Goudhaartje en derhalve heeft hij onbetwist recht bij het proces aanwezig te zijn."

„Nou ja, zolang hij dan maar niet bij iedereen op het hoofd gaat zitten. Gus, jij en Jack moeten daar plaatsnemen; Ben, jij en Gerd kunnen de getuigenbank in."

Het was nog ruim een half uur voor de aanvang, maar de publieke tribune zat al vol, evenals het balkon. De banken voor de jury, links van de rechtbank, waren in gebruik genomen door een aantal officieren van de marine in zwarte pakken en mariniers in blauwe uniformen. Aangezien er toch geen jury zou zijn, hadden ze zich die plaatsen toegeëigend. De banken voor de pers zaten propvol met journalisten en fotografen.

Baby keek geïnteresseerd naar het grote scherm aan de muur achter de rechtbank. Op dat scherm verschenen de beelden uit de rechtszaal, die rechtstreeks over de gehele planeet zouden worden uitgezonden. Al gauw ontdekte Baby zichzelf en hij begon opgetogen naar zijn spiegelbeeld te zwaaien.

Er ontstond rumoer bij de ingang: Leslie Coombes kwam binnen, gevolgd door Ernst Mallin en zijn assistenten Ruth Ortheris en Juan Jimenez en, jawel, daar was ook Leonard Kellogg. De laatste keer dat Jack Kellogg gezien had was geweest op het bureau van Lunt. Toen had hij zijn gezicht nog dik in het verband gehad en zijn voeten staken toen in een paar geleende moccasins, want zijn schoenen, die bevlekt waren met het bloed van Goudhaartje, waren als bewijsmateriaal in beslag genomen.

Coombes' blik gleed vluchtig over de tafel waaraan Jack en Brannhard gezeten waren; hij zag Baby die nog steeds druk naar zichzelf aan 't zwaaien was en wendde zich, verontwaardigd protesterend, tot Fane. Fane schudde het hoofd. Coombes hield aan, maar Fane bleef nee-schudden. Toen haalde hij z'n schouders op en leidde Kellogg naar de tafel die voor hen beiden gereserveerd was.

Het publiek stond op. Pendarvis kwam binnen, gevolgd door zijn twee collega's – een korte man met een rond gezicht en een lange slanke man met grijs haar en een zwart snorretje. De rechters namen plaats en het proces ging vlot van start. De aanklachten werden voorgelezen en daarna mocht Brannhard, als Kelloggs aanklager, zich tot het Hof richten. Jack, die probeerde Baby rustig te houden, ving er maar flarden van op. „... genaamd Goudhaartje... behorend tot het menselijk ras... opzettelijke handeling van beklaagde Leonard Kellogg... wrede en ongerechtvaardigde moord..." Toen Gus klaar was trok hij zich terug en leunde tegen de tafel, terwijl Leslie Coombes op zijn beurt Jack ervan beschuldigde voornoemde Leonard Kellogg op kwaadaardige wijze te hebben aangevallen en Kurt Borch roekeloos te hebben neergeschoten.

„Goed, heren," zei Pendarvis. „We kunnen nu overgaan tot het horen van de getuigen. Wie begint met wie?"

Gus liep naar voren, meteen gevolgd door Coombes. „Edelachtbare," begon Gus, „waar het in dit proces om gaat is de vraag of de Fuzzie Fuzzie Holloway Zarathustra al dan niet als een menselijk ras erkend moet worden. Voor wij echter gaan proberen op deze vraag een antwoord te geven, moeten wij allereerst door middel van getuigenverklaringen vaststellen wat zich precies voordeed op de middag van 19 juni, atoomtijdperk 654, in het kamp van Holloway. Pas als dat is vastgesteld, kunnen wij ons gaan bezighouden met de vraag of voornoemde Goudhaartje een menselijk wezen was."

„Dat is juist," stemde Coombes in. „De meeste getuigen zullen derhalve later teruggeroepen moeten worden, maar ik geloof dat het voorstel van Mr. Brannhard het Hof tijd besparen zal."

„Gaat u ermee akkoord, Mr. Coombes, wanneer wij bepalen dat bewijsmateriaal dat de menselijkheid van de Fuzzies al dan niet bevordert te bewijzen, tevens wordt aanvaard als bewijsmateriaal ten gunste of ten ongunste van de menselijkheid van het wezen dat beschreven wordt als Goudhaartje?"

Coombes moest een ogenblik nadenken, kwam tot de conclusie dat deze bepaling geen valstrik was, en stemde toe. Een klerk ging naar het getuigenbankje, trof de nodige voorbereidingen en draaide een knop om die aan de rug van de stoel bevestigd zat. Een halve meter grote bol op een standaard achter de stoel begon een helderblauw licht te verspreiden. Als eerste werd George Lunt opgeroepen. Hij nam plaats, kreeg een felgekleurde helm op het hoofd en de elektrodes werden aan zijn lichaam bevestigd.

De globe bleef rustig toen hij zijn naam en rang vermeldde. Hij wachtte kalm af terwijl Brannhard en Coombes samen overlegden. Toen haalde Brannhard een zilveren munt uit zijn zak, schudde die tussen zijn handen en klapte die op zijn pols. Coombes zei: „Kruis," Brannhard liet de munt zien, boog licht en trok zich terug.

„Luitenant Lunt," begon Coombes, „kunt u ons beschrijven wat u aantrof toen u aankwam in de tijdelijke verblijfplaats tegenover het kamp van Holloway?"

„Twee dode mensen," antwoordde Lunt. „Een Terraan, die driemaal door de borst geschoten was, en een Fuzzie die doodgetrapt was."

„Edelachtbare heren!" protesteerde Coombes. „Ik moet u verzoeken de getuige te vragen zijn antwoord anders te formuleren en eis dat het zojuist gegeven antwoord geschrapt wordt. Onder deze omstandigheden heeft getuige geen recht te insinueren dat Fuzzies mensen zijn."

Gus sprong naar voren. „Edelachtbare heren! Mr. Coombes is bevooroordeeld. Hij heeft geen enkel recht een getuige te verbieden Fuzzies als 'mensen' te beschrijven, want dat zou automatisch inhouden dat een getuige hen als niet-menselijke dieren zou moeten beschrijven."

En zo ging het minutenlang door. Jack speelde met zijn pen over een blocnote. Baby pakte een potlood en ging hem nadoen. Zijn tekeningetjes leken op de knopen die hij had leren leggen. Eindelijk kwam het Hof tussenbeiden en verzocht Lunt in zijn eigen bewoordingen te vertellen waarom hij naar Holloway's kamp was gegaan, wat hij daar had aangetroffen en welke maatregelen hij toen genomen had. Lunt voldeed aan het verzoek. Toen hij klaar was, had Coombes geen verdere vragen.

„Luitenant," vroeg Pendarvis, „u plaatste Leonard Kellogg onder arrest naar aanleiding van een aanklacht wegens moord, ingediend door Jack Holloway. Vond u deze aanklacht gegrond?"

„Zeker, edelachtbare. Ik vond dat Leonard Kellogg een menselijk wezen gedood had. Alleen mensen begraven hun doden."

Daarna kwam Ahmed Khadra aan de beurt, gevolgd door de agenten van Wagen Drie en de mannen die de plaats van de misdrijven aan een eerste onderzoek hadden onderworpen. Brannhard riep Ruth Ortheris op als getuige en na een paar zwakke protesten van Coombes mocht zij haar eigen verslag geven van de moord op Goudhaartje, de aanval op Kellogg en het doodschieten van Borch. Toen zij klaar was, liet rechter Pendarvis de hamer vallen. „Ik geloof dat deze getuigenverklaringen voldoende zijn om vast te stellen, dat het wezen genaamd Goudhaartje metterdaad werd getrapt tot de dood erop volgde door beklaagde Leonard Kellogg, en dat de Terraan genaamd Kurt Borch metterdaad werd doodgeschoten door beklaagde Jack Holloway. Na dit te hebben bepaald, wil het Hof gaarne over gaan tot het vraagstuk in hoeverre deze misdrijven als moord moeten worden aangemerkt, zoals dat volgens de wet moet worden begrepen. Het is nu elfhonderd-veertig. Wij schorsen de zitting tot veertienhonderd. Er moeten enige voorzieningen getroffen worden in de rechtszaal ten behoeve van de zitting van hedenmiddag.... Ja, Mr. Brannhard?"

„Edelachtbare heren, er is slechts één lid van het Fuzzie Fuzzie Holloway Zarathustra ras in de zaal aanwezig – een onvolwassen en derhalve niet-representatief individu." Hij nam Baby op en liet hem aan de rechters zien. „Als wij ons inderdaad gaan bezighouden met het vraagstuk rond de menselijkheid van dit ras, zou het dan niet goed zijn de andere Fuzzies te laten komen die momenteel in Hotel Mallory verblijven?"

„Zeker, Mr. Brannhard," antwoordde Pendarvis. „De Fuzzies zullen zeker aanwezig moeten zijn. Ik zou echter willen voorstellen hen nog niet te laten halen, aangezien wij er vanmiddag wellicht nog niet aan toe komen. Verder nog iets?" Hij tikte met de hamer. „Dan is de zitting geschorst tot veertien-honderd."

'Enige voorzieningen in de rechtszaal' was zwak uitgedrukt: vier rijen banken van de publieke tribune waren verwijderd en het pad was naar achter verlegd. Het getuigenbankje, dat gewoonlijk naast de rechtbank stond, was er nu tegenover geplaatst, en een groot aantal tafels was binnengebracht en in een boog rond de getuigenbank gezet. Iedereen die aan de tafels zat kon de rechters zien en tevens de rest van de zaal door middel van het grote scherm.

Gus Brannhard keek verbaasd rond toen hij met Jack de zaal binnenkwam. „Geen wonder dat we twee uur de tijd kregen voor een hapje eten," mopperde hij, „ik vraag me af wat hier achter steekt." Hij grinnikte. „Kijk die Coombes eens! Hij is er ook al niet blij mee."

Er kwam een klerk op hen toe met een nieuwe plattegrond van de rechtszaal in de hand. „Mr. Brannhard en Mr. Holloway, wilt u aan deze tafel plaatsnemen?" Hij wees naar een tafel die

137

enigszins apart stond van de andere en geheel rechts van de rechtbank. „Dr. van Riebeek en Dr. Rainsford hier graag." De gerechtsdeurwaarder kondigde via de geluidsinstallatie aan dat de zitting over vijf minuten zou beginnen. Brannhard draaide zich abrupt om en Jack volgde nieuwsgierig zijn blikrichting: de deurwaarder droeg het uniform van de Ruimtemarine. „Wat voor de donder heeft dit te betekenen?" bulderde Brannhard. „Is dit soms een krijgsraad?" „Ja, 't is vreemd, Mr. Brannhard," zei de klerk zenuwachtig. „Maar wist u dan niet dat ze de hele planeet overgenomen hebben?" Jack stootte Gus aan. „Daar boffen we misschien bij," zei hij. „Ik heb me wel es laten vertellen dat je beter af bent met een krijgsraad als je onschuldig bent. Maar als je schuldig bent..."

Hij zag dat Leslie Coombes en Leonard Kellogg hun plaatsen gewezen kregen aan een tafel aan de andere kant van de rechtbank. De plaatsing van de overige personen was eveneens merkwaardig: Gerd van Riebeek zat nu naast Ruth Ortheris en Ernst Mallin naast Ben Rainsford, die Jimenez aan z'n andere kant had. Gus keek omhoog naar het balkon. „Ik wed dat alle advokaten van Zarathustra er zitten," bromde hij. „En kijk daar es: die grijze dame in die blauwe jurk, dat is de vrouw van Pendarvis. 't Is jaren geleden dat ze voor 't laatst bij een proces was."

Iedereen stond op toen de rechters de zaal betraden. Nadat zij gezeten waren en het publiek enigszins rumoerig de plaatsen weer had ingenomen, verzocht Pendarvis met zijn hamer om stilte. „Om onze tijd niet te verdoen met een stroom van protest wil ik beginnen met u te verklaren dat de huidige inrichting van deze zaal slechts van tijdelijke aard is, evenals de afwijkende procedures die wij thans zullen gaan volgen. Wij zullen ons hedenmiddag niet bezighouden met het berechten van de twee beklaagden. Wij zijn van mening dat het van het grootste belang is ons te beperken tot de bepaling van de geestesgesteldheid van de Fuzzie Fuzzie Holloway Zarathustra. Derhalve zullen wij tijdelijk afwijken van de gebruikelijke gerechtsprocedures. Wij zullen getuigen oproepen en de verklaringen zullen als gewoonlijk met behulp van het leugenscherm worden gehoord. Tevens zullen wij ons in een algemene discussie begeven, waaraan een ieder van u die aan deze tafels gezeten is vrijelijk mag deelnemen. Mijn collegae en ik zullen deze openbare discussie leiden. Om een rommelig verloop te vermijden, verzoek ik u allen vooraf het woord te vragen en te wachten tot het u gegeven wordt. Ik hoop van harte dat wij ons allemaal aan deze afspraak kunnen houden." Hij nam een slok water uit de karaf die voor hem stond en vervolgde:

„Ongetwijfeld hebt u allen de aanwezigheid opgemerkt van een aantal officieren van de Xerxes Marine Basis en ik veronderstel dat het u bekend is dat commandeur Napier het bestuur van onze planeet heeft overgenomen. Ik verzoek kapitein Greibenfeld op te staan. Dames en heren, kapitein Greibenfeld fungeert hier als *amicus curiae** en het Hof heeft hem het recht gegeven getuigen te ondervragen en dit recht naar zijn eigen goeddunken af te staan aan andere officieren. Mr. Coombes en Mr. Brannhard hebben ditzelfde recht."

Coombes kwam onmiddellijk overeind. „Edelachtbare heren, als wij ons nu gaan bepalen tot het vraagstuk van de menselijkheid van de onderhavige wezens, dan zou ik willen voorstellen dat wij allereerst een definitie van menselijkheid geven die voor iedereen aanvaardbaar is. Dit zou de zaak aanzienlijk verduidelijken. Mag ik vragen wat de aanklager van Leonard Kellogg, tevens verdediger van Jack Holloway bedoelt als hij deze term bezigt?"

Daar had je 't al! dacht Jack geschrokken. Ze eisen een definitie van *ons*. Gerd van Riebeek zat er hoogst ongelukkig bij. Ernst Mallin kon een spottend glimlachje niet onderdrukken. Maar Gus Brannhard boog zich vergenoegd over naar Jack en fluisterde: „Ze hebben net zomin als wij die vervloekte definitie kunnen vinden!"

Kapitein Greibenfeld, die al was gaan zitten, stond weer op. „Edelachtbare heren, gedurende de laatste vier weken hebben wij ons op Xerxes juist met dit probleem beziggehouden. U begrijpt dat het voor ons van het grootste belang is de officiële status van deze planeet eens en voor al duidelijk vastgesteld te zien. Bovendien zijn wij van mening dat dit wellicht niet de laatste keer is dat wij geconfronteerd zullen worden met een dergelijk vraagstuk. Ik geloof nu, edelachtbare heren, dat wij er in geslaagd zijn tot een aanvaardbare definitie te komen. Voordat wij echter tot een openbare discussie overgaan, zou ik u willen verzoeken ons toestemming te verlenen tot een demonstratie, die ons kan helpen de onderhavige problemen beter te begrijpen."

„Kapitein Greibenfeld heeft deze demonstratie reeds met ons besproken en onze toestemming gekregen. Gaat uw gang, kapitein."

---

* Adviseur van het Hof in bepaalde juridische aangelegenheden.

Greibenfeld gaf een teken aan een klerk, die de deur rechts van de rechtbank opendeed. Twee ruimtematrozen kwamen binnen met grote dozen. Eén liep naar de rechters; de ander ging de tafels langs. Ze deelden kleine gehoorapparaten uit die op batterijen werkten.

,,Wilt u het dopje in uw oor bevestigen en het apparaat aanzetten?'' vroeg Greibenfeld. ,,Dank u.''

Baby Fuzzie probeerde vergeefs Jacks apparaat te pakken. Jack stopte het dopje in zijn oor en schakelde in. Hij hoorde geluiden die hem volstrekt onbekend voorkwamen. Het was de stem van Baby, die zei: ,,Hie-inta, sa-wakaka; ikke za gieda?''

,,'t Is niet te geloven, Gus! Hij kan praten!''

,,Ik hoor 't,'' grinnikte Gus. ,,Wat denk je dat...''

,,Ultrasonisch natuurlijk! Waarom zijn wij nooit op dat idee gekomen?'' Hij schakelde even uit. Baby zei: ,,Ieek.'' Hij schakelde weer in. Baby zei: ,,Kijk-inna za zieva.'' Hij strekte zijn hand uit naar de zachte huid van Baby en zei: ,,Nee jongen, Pappa Jack begrijpt er nog niks van. Maar met een beetje geduld komen we er wel.''

,,Papp-aa Jaak!'' schreeuwde Baby. ,,Boe-bieie zakinga; Papp-aa Jaak za-zei ga-hi-isse...''

,,Dat piepen is niet meer dan het deel van hun taal dat wij kunnen horen. Ik wed dat wij in onze stem ook veel transsonische tonen hebben.''

,,Maar hij kan wel horen wat wij zeggen, Jack. Hij noemde jouw naam en zijn eigen naam.''

,,Mr. Brannhard, Mr. Holloway, mogen we uw aandacht? – Zo, heeft iedereen de oordopjes in en het apparaat aangezet? Zeer goed. Gaat u door, kapitein.''

Kapitein Greibenfeld gaf nu een seintje aan een vaandrig, die de zaal verliet en meteen terugkwam in het gezelschap van een stuk of zes matrozen die zes Fuzzies bij zich hadden. De Fuzzies werden neergezet in de ruimte tussen de rechtbank en de tafels. De matrozen trokken zich terug. De wezentjes gingen in een groepje bij elkaar staan en keken onwennig rond. En Jack staarde hen ongelovig aan. Het kon niet waar zijn... Ze bestonden toch niet meer? Maar het was wel waar – daar, vlak voor hem, stonden Little Fuzzie en Mama Fuzzie, Mitzi en Mike, Ko-Ko en Assepoester! Baby gaf een schreeuw van herkenning en sprong over de tafel naar hen toe. Halverwege werd hij tegemoet gekomen door Mama, die hem innig in haar armen sloot. Toen zagen de andere Fuzzies Jack zitten en begonnen te roepen: „Papp-aa Jaak!"

Als in een droom stond hij op en verliet de tafel. Hij hurkte tussen zijn Fuzzies, omhelsde en streelde ze en van alle kanten klommen ze op zijn schoot en tegen hem aan, opgetogen pratend. Vaag hoorde hij de hamer van de rechter en de stem van Pendarvis, die zei: „De zitting is geschorst voor tien minuten!" Toen was Gus bij hem. Samen droegen ze hun Fuzzies naar de tafel. Ze stonden een beetje wankel op hun beentjes, merkte Jack en ze konden zich maar met moeite staande houden. Maar ze waren niet ziek of bedwelmd: ze hadden gewoon last van de verandering in zwaartekracht en waren nog niet helemaal gewend aan hun normale gewicht. Elk van de Fuzzies droeg een rugzakje, een soort eerstehulptasje van het marinierskorps. Een verrekt handig ding; waarom had hij er niet aan gedacht zoiets voor hen te maken! Hij streelde Little Fuzzie en zei iets over zijn rugzak; hij probeerde zijn stem zo hoog mogelijk te laten klinken, zodat het een beetje zou lijken op hun manier van praten. Mike en Mitzi lieten zien wat ze allemaal in hun tasje hadden – mesjes, miniatuur gereedschapjes en felgekleurde dingetjes die ze hier of daar gevonden hadden. Little Fuzzie haalde een pijpje tevoorschijn met een loofhouten kop en een zakje tabak. Ernstig begon hij zijn pijpje te stoppen. Daarna pakte hij een aanstekertje.

„Edelachtbare heren!" schreeuwde Gus. „Ik weet dat de zitting geschorst is, maar hier moet u echt even naar kijken!" En terwijl iedereen ademloos toekeek, gebruikte Little Fuzzie zijn aansteker om de pijp aan te steken. Even later blies hij kleine rookwolkjes uit. Aan de andere kant van de rij tafels sloot Leslie Coombes de ogen; zijn adamsappel ging nerveus op en neer.

Met een hamerslag hervatte Pendarvis de zitting en zei: „Dames en heren, u bent allemaal getuige geweest van de demonstratie van kapitein Greibenfeld. U hebt kunnen horen hoe deze Fuzzies geluiden voortbrengen die grote gelijkenis vertonen met betekenisvolle taal. Ook hebt u kunnen zien hoe een van hen een pijp aanstak en rookte. Tussen twee haakjes, hoewel roken in de rechtszaal niet is toegestaan zullen wij een uitzondering maken ten behoeve van deze mensen. Hopelijk voelt niemand zich gepasseerd."

Dat was teveel voor Coombes. Hij vloog overeind, wou naar de rechtbank lopen, herinnerde zich toen dat dit niet meer hoefde en bleef halverwege onhandig stilstaan. „Edelachtbare heren," zie hij hees, ,,vanmorgen heb ik geprotesteerd toen een van de getuigen de uitdrukking 'mensen' gebruikte. Nu moet ik de rechtbank met nog grotere nadruk verzoeken zich hiervan te onthouden. Ook ik heb gehoord dat deze Fuzzies geluiden maken die ten onrechte voor woorden zouden kunnen doorgaan. Ik moet echter ontkennen dat het een bewust taalgebruik is. En wat dat foefje met die aansteker betreft: geef mij één maand en ik kan een Terraanse aap of een kholph op Freya hetzelfde leren.''

Greibenfeld kwam onmiddellijk overeind. ,,Edelachtbare heren, in de tijd dat deze Fuzzies op de Xerxes Marine Basis waren zijn wij in staat geweest een vocabulaire te verzamelen van ruim honderd Fuzzie-woorden waaraan een vaste betekenis toegekend kon worden, plus een groot aantal woorden waarvan de betekenis nog niet kon worden vastgesteld. Onze deskundigen hebben zelfs de elementaire beginselen van hun grammatica ontdekt. En wat dat zogenaamde 'foefje' betreft, Little Fuzzie – wij wisten niet dat hij zo heette en noemde hem M2 – heeft dat zelf door observatie geleerd. Wij hadden de indruk dat hij het al eens eerder gedaan had.''

Eindelijk nam Jack het woord. Hij stond op en zei:

,,Kapitein Greibenfeld, het is mij een behoefte u en uw mannen te danken voor de zorg die u aan de Fuzzies besteed hebt. Ik ben blij dat u een vorm gevonden hebt waardoor wij elkaar kunnen leren begrijpen en ik wil u ook bedanken voor de leuke dingen die ze van u gekregen hebben. Maar waarom hebt u mij niet laten weten dat ze veilig en wel bij u op de basis waren? Ik heb een nachtmerrie achter de rug, weet u.''

,,Dat weet ik, Mr. Holloway, en als het u kan troosten wil ik het u erbij vertellen dat we allemaal erg met u te doen hadden. Maar wij konden het risico niet nemen onze geheime agent in het Wetenschapscentrum in gevaar te brengen. Ik doel nu op de persoon die de Fuzzies het Wetenschapscentrum uit gesmokkeld heeft, nadat ze waren losgebroken.'' Hij keek naar de tafel aan de overkant. Kellogg had zijn handen voor zijn gezicht geslagen; alles leek langs hem heen te gaan. Het gewoonlijk zo onbewogen gezicht van Coombes vertoonde nu een uitdrukking van hevige ontsteltenis. ,,Toen u, Mr. Brannhard en Mr. Fane in het Wetenschapscentrum aankwamen met het gerechtelijk bevel, waren de Fuzzies al onderweg naar Xerxes. We konden u onmogelijk benaderen zonder onze geheim agent te ontmaskeren. Gelukkig hoeven we nu niet langer zo voorzichtig te zijn.''

„Kapitein Greibenfeld," zei Pendarvis, „ik veronderstel dat u het plan hebt verdere verklaringen naar voren te brengen omtrent de observaties en onderzoekingen van uw mensen op Xerxes. Voor de goede orde zouden wij graag eerst van u vernemen hoe de Fuzzies op uw basis kwamen en wanneer."

„Met genoegen, edelachtbare. Als u zo vriendelijk wilt zijn de vierde naam af te lezen van de lijst die ik u gegeven heb, zal ik de betreffende vragen stellen."

Pendarvis nam de lijst ter hand en las hardop: „TFM reserve luitenant Ruth Ortheris."

Jack Holloway keek naar het grote scherm, waarop iedereen zichtbaar was. Gerd van Riebeek, die zo zijn best gedaan had de jonge vrouw naast hem volledig te negeren, staarde haar nu verbijsterd aan. Coombes zag er uit als een geest en verstijfde. Ernst Mallin beefde van woede en ongeloof. Naast hem zat Ben Rainsford even ongelovig te grinniken. Toen Ruth naar de rechtbank liep, gaven de Fuzzies haar een spontaan applaus; ze kenden haar goed en mochten haar graag. Gus Brannhard klauwde zijn grote hand om Jacks arm en zei: „Jack, m'n jongen, we hebben 't bijna gehad! 't Is op een haar na gevild!"

Onder een rustig blauwe globe legde luitenant Ortheris haar verklaring af. Ze vertelde hoe ze als reserve-officier van de Terra Federatie Marine was opgeroepen voor de Inlichtingendienst en hoe ze een funktie had aanvaard bij de Maatschappij. „Als doctor in de psychologie werkte ik onder Dr. Mallin in de wetenschappelijke afdeling; mijn werkzaamheden strekten zich uit tot onderwijs en kinderrecht. Regelmatig bracht ik verslag uit aan commandeur Zelborg, hoofd van de inlichtingendienst op Xerxes. De bedoeling van deze controle was erop toe te zien dat de Zarathustra Maatschappij zich strikt hield aan haar bevoegdheden binnen de vergunning en dat zij de wet van de Federatie niet overtrad. Tot halverwege vorige maand had ik weinig bijzonders te melden, behalve enkele tamelijk buitenissige financiële transacties waarbij president-generaal Emmert betrokken was. Toen, op de avond van de 15e juni..."

Dat was de avond waarop Ben Rainsford de band had overgeseind naar Juan Jimenez. Ze vertelde hoe ze daar achter gekomen was. „Zo gauw ik kon stuurde ik een copie van die band naar commandeur Aelborg. De volgende avond nam ik contact op met Xerxes via het scherm in Dr. van Riebeeks boot en vertelde wat ik op dat moment van de Fuzzies afwist. Men deelde mij toen mede dat Leonard Kellogg inmiddels ook een copie van de Holloway-Rainsford band in handen gekregen had en Victor Grego had gewaarschuwd; dat Kellogg en Ernst Mallin naar Beta Continent waren gestuurd met de opdracht alle publicaties tegen te houden die de Fuzzies zouden voorstellen als een menselijk ras en dat ze bewijsmateriaal moesten verzinne om te bewijzen dat Dr. Rainsford en Mr. Holloway de zaak bedrogen."

„Ik protesteer, edelachtbare!" riep Coombes. „Dit zijn geen feitelijke gegevens. Alleen maar geruchten!"

„Ze maakten deel uit van de observaties van de Marine Inlichtingendienst," weerlegde kapitein Greibenfeld, „en werden als zodanig aan lt. Ortheris voor nader onderzoek doorgegeven. Wij hadden deze informatie van andere agenten ontvangen, want zij is niet de enige die voor ons op Zarathustra werkte, ziet u. En, Mr. Coombes, als ik nog één keer protest van u hoor naar aanleiding van wat lt. Ortheris zegt, moet ik Mr. Brannhard verzoeken Victor Grego te dagvaarden en hem te onderwerpen aan een ondervraging met behulp van het leugenscherm."

„Mr. Brannhard zou maar al te graag aan dat verzoek voldoen, kapitein!" riep Gus olijk terug. Coombes ging haastig zitten.

„Lt. Ortheris, wat u daar vertelt is uiterst interessant, maar wij zouden graag horen hoe de Fuzzies naar de Xerxes Marine Basis kwamen," zei de mollige rechter die Ruiz heette.

„Daar kom ik zo aan toe, edelachtbare," antwoordde Ruth. „Op de avond van vrijdag de 22e werden de Fuzzies bij Mr. Holloway weggehaald en naar Mallorysport vervoerd. Daar werden ze in handen gegeven van Juan Jimenez, die hen naar het Wetenschapscentrum bracht en hen in kooien plaatste in het kamertje achter zijn kantoor. In minder dan geen tijd wisten ze te ontsnappen. De volgende ochtend vond ik hen en ik wist ze uit het gebouw te smokkelen en over te geven aan commandeur Aelborg, die speciaal van Xerxes gekomen was om 'Operatie Fuzzie' te leiden. Ik kan u niet zeggen hoe ik dit precies gedaan heb. Ik ben officier van het leger van de Terra Federatie; als zodanig heeft het Hof geen recht van mij een getuigenis te eisen die de militaire veiligheid zou kunnen schaden. Van tijd tot tijd werd ik via mijn contactpersoon in Mallorysport op de hoogte gebracht van de vorderingen in het onderzoek naar de geestesgesteldheid van de Fuzzies, waarvoor ik soms ideeën kon bijdragen. Wanneer deze ideeën gebaseerd waren op of geïnspireerd waren door Dr. Mallin heb ik er zorgvuldig op toe gezien dat hem de eer toekwam."

Maar zo te zien kon Mallin dat nu weinig waarderen. Brannhard stond op. ,,Ik wou de getuige vragen of ze iets afweet van de vier Fuzzies die Jack Holloway vrijdag bij Ferny Creek gevonden heeft.''

,,Jazeker, dat zijn mijn Fuzzies. Ik heb me erg ongerust over hen gemaakt. Ze heten Complex, Syndroom, Id en Superego.''

,,Het zijn uw Fuzzies, zegt u?''

,,Ik heb met hen gewerkt en voor hen gezorgd, ja. Juan Jimenez en een stel jagers van de Maatschappij hebben hen op Beta Continent gevangen. Ze werden vastgehouden op een boerderij een paar honderd kilometer noordwaarts; die boerderij was daar speciaal voor ontruimd. Ik heb al mijn tijd met hen doorgebracht en regelmatig kwam Dr. Mallin naar ons toe. Op maandagavond kwam Mr. Coombes hen halen.''

,,Mr. Coombes?'' vroeg Gus.

,,Mr. Leslie Coombes, advokaat van de Maatschappij. Hij zei dat ze in Mallorysport nodig waren. De volgende dag ontdekte ik pas waar ze in werkelijkheid voor nodig waren: ze waren losgelaten voor die klopjacht in de hoop dat ze vermoord zouden worden.''

Ze keek Coombes recht aan. Als blikken hadden kunnen doden, was Coombes ter plaatse overleden.

,,Maar waarom zouden ze Fuzzies opofferen aan een plan dat toch al op instorten stond?'' vroeg Brannhard.

,,Ze werden niet opgeofferd, Mr. Brannhard, ze moesten uit de weg geruimd worden. De Maatschappij durfde hen niet zelf te doden uit angst voor een proces. Iedereen, Ernst Mallin incluis, was er namelijk allang van overtuigd dat het hier om leden van het menselijk ras ging. Die gehoorapparaten, bijvoorbeeld; daar waren wij ook al mee bezig geweest; dat had ik voorgesteld naar aanleiding van een suggestie van Xerxes. Vraagt u het maar aan Dr. Mallin. En vraagt u hem dan ook naar die veelsoortige polyencephalografische experimenten die we gedaan hebben.''

Pendarvis nam het woord. ,,Wij weten nu hoe de Holloway Fuzzies op Xerxes terechtkwamen. De verklaringen van de mensen die daar met hen werkten kunnen we later horen. Eerst willen wij Dr. Ernest Mallin naar voren roepen.''

Coombes stond vermoeid op. Hij leek jaren ouder geworden. ,,Edelachtbare heren,'' vroeg hij, ,,als u er geen bezwaar tegen hebt zou ik graag eerst met mijn cliënt overleggen.''

,,Geen sprake van, Mr. Coombes. Na deze zitting kunt u naar

hartelust met uw cliënt overleggen. Voorlopig kunt u rustig blijven zitten." Hij tikte met zijn hamer en zei: ,,Dr. Ernest Mallin
alstublieft."

HOOFDSTUK XIV

Ernst Mallin kromp ineen toen hij zijn naam hoorde noemen. Hij wou niet getuigen. Dagenlang had hij tegen dit ogenblik opgezien. Nu was het eindelijk zo ver; hij zou in die stoel moeten gaan zitten en ze zouden hem van alles gaan vragen en hij zou de waarheid niet kunnen vertellen, maar de globe achter hem... Toen de klerk hem op de schouder tikte dacht hij nog dat zijn benen hem niet zouden dragen. Die stoel leek kilometers van hem verwijderd en iedereen staarde hem aan. Maar op de een of andere manier kwam hij er toch. Ze plaatsten de helm op zijn hoofd en bevestigden de elektrodes. Vroeger werd een getuige een eed afgenomen. Nu niet meer. Het was niet meer nodig. Toen alles in werking gesteld was, keek hij naar het grote scherm achter de rechters. De globe was bloedrood. Hier en daar werd al gegiecheld. Niemand in de rechtszaal kende het principe van het leugenscherm zo goed als hij: in zijn laboratorium had hij schermen die hersen-impulsen in individuele motieven konden vertalen – de rustig bewegende golven van de cortex, de buitenlaag; de alfa en beta-golven; beta-aleph en beta-beth en beta-gimel en beta-daleth; de golven van het optisch hersencentrum. In gedachten ging hij ze allemaal na, ook de elektromagnetische impulsen die de werkzaamheden van de hersenen begeleidden. Achter hem werd de globe langzaam blauw. Hij probeerde zich te concentreren en zich niet te laten afleiden door onware gedachten. Zolang hij dit kon volhouden. Maar vroeg of laat zou hij het moeten opgeven, dat wist hij. Er veranderde niets aan de kleur van de globe toen hij zijn naam noemde en zijn beroep. Maar even schoot er een vlam van rood doorheen toen hij zijn publicaties opsomde – dat ene artikel, geschreven door een van zijn studenten, dat hij onder zijn eigen naam had laten verschijnen! Hij had er nooit meer aan gedacht, maar zijn onderbewustzijn was 't nooit vergeten.
„Dr. Mallin," de oudste van de drie rechters, die in het midden zat, begon met de ondervraging, „Dr. Mallin, wat is volgens u, als deskundige, het verschil tussen menselijke en niet-menselijke geesteswerkzaamheid?"
„Het bewust denken," antwoordde hij prompt. De globe bleef blauw. „Bedoelt u daarmee dat niet-menselijke wezens geen bewustzijn hebben, of bedoelt u dat ze niet denken?"

„Geen van beide. Elke vorm van leven dat een centraal zenuwstelsel bezit heeft tevens een bepaalde vorm van bewustzijn – ze zijn zich bewust van het bestaan en van de directe omgeving. Men zou kunnen zeggen dat alles dat hersen heeft, denkt. Maar wat ik bedoel is dat alleen een menselijke geest denkt en *weet* dat hij denkt."

Tot zover zat hij goed. Hij sprak over de zintuigen en de geconditioneerde reflexen. Hij ging daarvoor terug naar de eerste eeuw voor het Atoomtijdperk, noemde Pavlov, Korzybski en Freud. Het licht in de globe was onbeweeglijk.

„Het niet-menselijke wezen, het dier, is zich slechts bewust van wat zijn zintuigen direct waarnemen en het reageert automatisch. Het neemt iets waar en daaruit volgt voor het dier een enkelvoudige reaktie – dit is eetbaar, die sensatie is onplezierig, dat is een voorwerp voor sexuele genoegdoening, dat is gevaarlijk, enzovoort. Daarentegen is de menselijke geest zich bewust van deze zintuigenprikkelende waarnemingen en formuleert er ideeën over, die op hun beurt andere ideeën voortbrengen – een verbonden reeks. Ik heb daar een grafiek over opgesteld dat nog op m'n tafel ligt. Als iemand het me even kan aanreiken..."

„Laat u maar, Dr. Mallin. Als de openbare discussie begint, kunt u dat alsnog naar voren brengen. We willen nu alleen maar uw algemene opinie."

„De menselijke geest is in staat tot generaliseren. Voor de niet-menselijke geest is elke ervaring nieuw en op zichzelf staand òf identiek aan een voorgaande ervaring. Een konijn, bij voorbeeld, zal op de loop gaan voor een hond omdat die voor het konijn identiek is aan de hond die hem ooit gebeten heeft. Een vogel zal aangetrokken worden tot een appel en elke appel is voor hem een uniek rood voorwerp waar hij in kan pikken. Daarentegen zal de menselijke geest redeneren: 'deze rode voorwerpen zijn appels – alle appels zijn eetbaar en smakelijk'. Hij kent dus eigenschappen toe aan het voorwerp 'appel'. Dat leidt tot het formuleren van abstrakte ideeën, kleur, smaak, enzovoort, die onafhankelijk van een bepaald fysiek objekt bestaan en er tevens mee geassocieerd kunnen worden – 'fruit' en 'appel', 'voedsel' en 'fruit'."

De globe bleef nog steeds kalm. De drie rechters luisterden aandachtig. Mallin vervolgde: „Nadat deze abstracte ideeën geformuleerd zijn wordt het noodzakelijk ze te symboliseren, zodat ze kunnen worden overgedragen. De menselijke geest is daartoe in staat. De mens kan aan een ander mens zijn ideeën in symbolische vorm overdragen."

,,Zoals Pa-paa Jaak?" vroeg de rechter met het zwarte snorretje.

De globe werd onmiddellijk rood. ,,Edelachtbare, ik weiger woorden in aanmerking te nemen die willekeurig zijn opgepikt en van buiten geleerd. De Fuzzies hebben alleen maar geleerd bepaalde geluiden met een bepaald mens te associëren en derhalve gebruiken ze het als teken, niet als symbool."

Pendarvis hamerde. ,,Dr. Mallin! Van alle bewoners van deze planeet bent u toch wel degene die het beste weet dat het onmogelijk is onder deze omstandigheden onwaarheden te debiteren! Anderen weten dat het zo is – maar u weet ook *waarom* het zo is. Ik geef u nog één kans. Ik zal de vraag van rechter Janiver opnieuw stellen en ik verwacht een eerlijk antwoord. Zo niet, dan zal ik u moeten beschuldigen van belediging van de rechtbank. Welnu, toen die Fuzzies 'Pappa Jack' riepen, gebruikten ze toen naar uw mening een verbale expressie die in hun geest alleen betrekking kon hebben op Mr. Holloway?"

Hij kon het niet over z'n lippen krijgen. Het was allemaal flauwekul; die Fuzzies waren gewoon stomme dieren. Dat moest hij volhouden. Maar hij geloofde zichzelf niet, want hij wist wel beter. Hij slikte nerveus. ,,Ja, edelachtbare. De uitdrukking 'Pappa Jack' is voor de Fuzzies een symbool dat betrekking heeft op Mr. Holloway." Via het scherm zag hij de globe van paars via lila naar helderblauw kleuren. En hij voelde zich beter dan hij zich ooit gevoeld had sinds Leonard Kellogg hem voor 't eerst over de Fuzzies had verteld.

,,U zegt: symbool. Volgt daar dus uit dat Fuzzies bewust denken, Dr. Mallin?"

,,Ja. Dat blijkt niet alleen uit het feit dat zij verbale symbolen gebruiken, maar dat is gebleken uit al ons technisch bewijsmateriaal dat buitengewoon imponerend was. Zelfs vergeleken met de prestaties van een tien, twaalf jaar oud menselijk kind waren de testen die met de Fuzzies gedaan zijn buitengewoon gunstig. Hetzelfde geldt voor hun vermogen om leerstof op te nemen en puzzels op te lossen. Ze lossen een puzzel op door die uitvoerig te bestuderen, waarna ze de handelingen met evenveel gemak verrichten als waarmee een volwassen mens z'n handen wast of z'n das strikt."

Van nu af aan bleef de globe egaal blauw. Ernst Mallin kon niet meer liegen; hij liet zijn gedachten de vrije loop.

Leonard Kellogg zakte voorover op de tafel, zijn gezicht in zijn armen verborgen. Ellende spoelde over hem heen.

„Ik ben een moordenaar; ik heb een mens gedood. Het was maar een klein wezentje met een pels, maar ze was een mens, en toen ik haar doodde, wist ik het al. Ik wist het al toen ik het grafje zag in de bossen. Straks zetten ze me in die stoel en ze zullen niet rusten voor ik bekend heb, en dan brengen ze me naar de binnenplaats en iemand zal me een kogel door het hoofd jagen, en... en dat kleine ding wou me alleen maar haar nieuwe ketting laten zien!"

„Is er nog iemand die deze getuige iets wil vragen?" vroeg Pendarvis.

„Nee, dank u," zei kapitein Greibenfeld. „U misschien, luitenant?"

„Ik geloof het niet, nee," antwoordde luitenant Ybarra. „Dr. Mallin heeft zijn mening zeer helder uiteengezet."

Dat had hij zeker, dacht Jack, toen hij eenmaal tot de conclusie was gekomen dat hij voor het leugenscherm niets verborgen kon houden. Hij kon zich niet onttrekken aan een bepaald gevoel van medeleven. Vanaf de eerste kennismaking had hij een hekel aan de man gehad, maar hij zag er nu zo anders uit – alsof hij een innerlijk reinigingsproces had ondergaan. Misschien zou 't wel goed zijn als iedereen op gezette tijden aan het leugenscherm werd onderworpen; dat zou de mensen leren dat alle oprechtheid begint met eerlijk te zijn tegenover zichzelf.

„Mr. Coombes?" Leslie Coombes zag er uit alsof hij nooit van z'n leven meer een rechtszaal van binnen wou zien.

„Mr. Brannhard?" Gus stond op – een lid van het menselijk ras hield zich vast aan zijn baard – en betuigde Ernst Mallin op overdreven wijze zijn dank.

„Dan schorsen wij de zitting tot nulnegenhonderd morgenochtend. Mr. Coombes, ik heb hier een cheque ter waarde van 25.000 sol uitgeschreven door de Zarathustra Maatschappij. Ik geef het aan u terug en ik deel u mede dat de borgtocht voor Dr. Kellogg is ingetrokken."

„En Mr. Coombes dan?" Niets bleef Coombes bespaard.

„Dat geldt niet voor Mr. Holloway en ik raad u aan hier geen punt van te maken. Overigens is Mr. Holloway niet van rechtsvervolging ontslagen omdat ik u de basis van uw aanklacht tegen hem en de verdediging van uw cliënt niet wil ontnemen."

„Dank u, edelachtbare," zei Coombes, „en neemt u mij niet kwalijk. Dr. Mallin zou mijn protest een 'geconditioneerd reflex' noemen."

Nu de zitting verdaagd was, begon het publiek naar voren te dringen. Ben Rainsford, George Lunt en zijn mannen stonden meteen bij Jack. Gerd, met zijn arm om de schouder van Ruth, zei: ,,Ruth en ik gaan ergens wat drinken en een hapje eten, Jack. Daarna komen we naar het hotel om haar Fuzzies op te halen."

Zijn partner had zijn vriendin terug en die vriendin had haar eigen Fuzzie-gezin. Dat zou een feest worden! Hoe heetten ze ook weer? Syndroom, Complex, Id en Superego... Je moest er maar op komen!

HOOFDSTUK XV

Bij de deur hielden ze op met fluisteren, rechtten hun schouders en wandelden statig als beelden in een processie naar de rechtbank – eerst Ruiz, daarna Pendarvis en tenslotte Janiver. Ze wendden zich naar het scherm, zodat het volk dat zij dienden hen kon zien en gingen zitten. De spanning in de zaal was duidelijk voelbaar. Yves Janiver zei zachtjes: ,,Iedereen weet het al.''

Max Fane kwam naar voren, zijn gezicht strak en uitdrukkingsloos. ,,Edelachtbare heren, ik moet u tot mijn schande mededelen dat de beklaagde Leonard Kellogg niet bij het proces aanwezig kan zijn. Hij is dood; gisteravond heeft hij zich in zijn cel van het leven beroofd...'' Bitter voegde hij eraan toe: ,,terwijl hij onder mijn toezicht stond.''

Er ontstond enig rumoer op de tribunes; niet zozeer van geschokte verrassing als wel van een verwachting die vervuld werd. Iedereen wist het al, maar iedereen had het officieel willen horen vertellen.

,,Hoe is het gebeurd, hoofdinspekteur?'' vroeg Pendarvis op gemoedelijke toon.

,,De gevangene was naar zijn cel gebracht, waar hij bewaakt werd via een elektronisch oog en een van mijn mannen hield hem via het gesloten circuit in de gaten. Om circa tweeëntwintighonderd ging de gevangene naar bed met zijn hemd nog aan. Hij trok de dekens over zijn hoofd. De bewaker vond dat niet verontrustend: veel gevangenen doen hetzelfde omdat het licht in het cellenblok dag en nacht aanblijft. Mr. Kellogg leek wat onrustig, maar uiteindelijk scheen hij toch in slaap gevallen te zijn. Toen een bewaker hem vanochtend wilde wekken, vond hij de brits doortrokken van bloed. Kellogg had zich de keel doorgesneden door de ritssluiting van zijn hemd op dusdanige wijze heen en weer te bewegen dat hij de halsslagader raakte. Hij was dood.''

,,Lieve help, hoofdinspekteur!'' Hij was geschokt. Men had hem een heel ander verhaal verteld; Kellogg zou een pennemesje hebben weten te verbergen. Hij had zich voorgenomen Fane daar ernstig over te onderhouden. Maar dit! Zijn vingers gleden onbewust langs de scherpe kant van zijn eigen ritssluiting. ,,Ik geloof niet dat wij het u euvel kunnen duiden dat u dit

niet voorzien hebt. Niemand denkt aan zoiets."
Janiver en Ruiz waren het met hem eens. Hoofdinspekteur
Fane boog licht en trok zich terug.

Leslie Coombes, die zijn uiterste best deed er bedroefd en geschokt uit te zien, stond op. ,,Edelachtbare heren, hier sta ik
dus zonder cliënt. In feite heb ik hier niets meer te zoeken. De
aanklacht tegen Mr. Holloway is mijns inziens volstrekt ongegrond; hij heeft een man neergeschoten die hem bedreigde –
duidelijk een geval van zelfverdediging. Daarom verzoek ik u
hem te ontslaan van verdere rechtsvervolging."

Kapitein Greibenfeld haastte zich naar de rechtbank. ,,Ik
besef, edelachtbare heren, dat de beklaagde Kellogg zich nu
buiten de jurisdictie van het Hof bevindt, maar ik wou er op
wijzen dat mijn collega's en ik aan dit proces gingen deelnemen
in de hoop dat hier tevens de classificatie van deze planeet zou
worden vastgesteld en een passende definitie van menselijkheid zou worden gepresenteerd en aanvaard. Dit zijn buitengewoon belangrijke vraagstukken, mijne heren."

,,We kunnen toch moeilijk een dode berechten!" protesteerde
Coombes.

,,*Het Volk van de Baphomet Kolonie versus Jamshar Singh,
overleden,* in een aanklacht wegens brandstichting en sabotage,
A.T. 604," citeerde de geachte Gustavus Adolphus Brannhard
prompt. Ja, in de koloniale wetgeving kon je inderdaad overal
een precedent voor vinden! Jack Holloway stond ook op; een
van zijn Fuzzies had zich in de holte van zijn arm genesteld.
Zijn grijze snor beefde van vechtlust.

,,Maar ik leef nog, edelachtbare heren," zei hij, ,,en ik sta hier
terecht juist omdat ik niet dood ben. Mijn verdediging is gebaseerd op de stelling dat ik Kurt Borch neerschoot omdat hij
medeplichtig was aan de moord op een Fuzzie. Ik eis dat het
Hof zich officieel uitspreekt of het al dan niet moord is wanneer
een Fuzzie wordt gedood."

Pendarvis knikte. ,,Ik zal Mr. Holloway dan ook niet ontslaan
van rechtsvervolging," zei hij, ,,Mr. Holloway is beschuldigd
van moord en als hij onschuldig blijkt te zijn heeft hij er recht
op van alle blaam gezuiverd te worden. Mr. Coombes, ik vrees
dat u met uw aanklacht moet doorgaan."

Als een windvlaag over een korenveld ging er een rimpeling van
rumoer door de zaal. Iedereen was blij dat de voorstelling nog
niet afgelopen was.

Alle Fuzzies waren die ochtend aanwezig, en dat waren er heel wat: de zes van Jack, de vijf van Post 15, Flora en Fauna van Ben Rainsford en de vier die bij Ruth Ortheris hoorden. Men was te druk bezig om veel aandacht aan hen te besteden. Eén van de politie-Fuzzies, was het Dr. Dillinger of Dr. Crippen?, en Flora en Fauna drentelden naar de open ruimte tussen de tafels en de rechtbank, de slang van een stofzuiger achter zich aan slepend. Ahmed Khadra kreeg hen in de gaten en dook onder de tafel om het ding van hen af te pakken. Nou, dat was koren op hun molen! Gillend van de lach bleven ze aan het uiteinde staan trekken. Mike en Mitzi, Superego en Complex renden erheen om de anderen een handje te helpen. Met z'n zevenen waren ze sterk genoeg om Khadra een paar meter mee te sleuren tot hij het opgaf en de slang liet vallen. Tegelijkertijd begon aan een andere tafel een ruzie tussen het hoofd van de afdeling vreemde talen van de Mallorysport Academie en een amateurfonetica. Pendarvis, die wel zag dat de heibel voorlopig niet te stoppen was, hamerde en kondigde een korte pauze aan.

,,Maar blijft u wel allemaal op uw plaatsen; de zitting wordt niet geschorst! Er schijnen verschillende discussies tegelijkertijd plaats te hebben en als iemand van u tot conclusies komt die van belang zijn voor het Hof, laat u dat dan weten zodat wij kunnen doorgaan. Tot zolang pauzeren wij.''

Iemand vroeg of er gerookt mocht worden. De rechter gaf toestemming en haalde zelf een sigaar tevoorschijn, die hij aanstak. Mama Fuzzie wou een trekje, maar ze vond het kennelijk niet lekker. Jack zag Mike en Mitzi, Flora en Fauna naar de rechtbank lopen, waar Mitzi aan de edelachtbare heren liet zien wat ze zoal in haar tasje had.

Iemand kwam binnen met koffie. Er zouden vaker Fuzzies bij rechtszaken aanwezig moeten zijn; dankzij hen werd het bepaald gezellig.

Pendarvis hoefde niet meer langdurig met de hamer te tikken. Na vijf dagen hadden ook de Fuzzies geleerd dat het hameren een teken was om stil te zijn. Rustig klom Little Fuzzie op de schoot van Jack. Misschien geen gek idee, dacht hij, om thuis een hamer klaar te leggen en te gebruiken als de familie wat al te luidruchtig werd. Alleen Baby had z'n lesje nog niet geleerd; hij wou weglopen, maar Mama greep hem beet en zette hem terug onder de tafel.

De rechtszaal was tot de oorspronkelijke staat van inrichting teruggebracht. De tafels stonden keurig op een rij tegenover de rechtbank, en de getuigenbank en de rijen voor de jury stonden ook weer op hun gebruikelijke plaats. De asbakken, de koffiepot, de ijsblokjes voor het bier en de frisdranken waren weggehaald. Het feest was voorbij. Jammer, vond Jack; het was zo leuk geweest. Vooral voor de zeventien Fuzzies, de Baby en het zwart-witte poesje.

Het enige dat ongebruikelijk was was de aanwezigheid van een vierde persoon in de rechtbank; een man in een zwart Marine uniform met zware gouden tressen – Ruimtecommandeur Alex Napier zat een eindje van de rechters vandaan, alsof hij er niet bij wilde horen.

Pendarvis legde zijn hamer neer. „Dames en heren, bent u thans bereid uw slotconclusies te geven?"

Luitenant Ybarra, de psycholoog van de Marine, stond op. Hij zette het leesscherm aan dat voor hem was aangebracht.

„Edelachtbare heren," begon hij, „er zijn weliswaar hier en daar nog wat meningsverschillen betreffende zaken van minder belang, maar op de belangrijke punten zijn wij het allemaal eens. Dit wordt een nogal omvangrijk verslag en het is reeds opgenomen in de annalen van het Hof. Mag ik daarom volstaan met een samenvatting?"

De heren van het Hof knikten toestemmend. Ybarra liet zijn blik over het leesscherm glijden en vervolgde:

„Wij zijn van mening dat menselijke wezens verschillen van niet-menselijke in bewust denken, in de mogelijkheid tot denken in logische samenhang en in het vermogen zich niet te beperken tot waarnemingen van de zintuigen.

Wij – leden van het menselijke ras – denken bewust en weten dat wij denken. Daarmee is niet gezegd dat al ons denken zich afspeelt binnen dat bewustzijn. De psychologische wetenschap is juist grotendeels gebaseerd op het besef dat slechts een beperkt deel van onze hersenactiviteit zich boven het bewustzijnsniveau afspeelt. Eeuwenlang hebben wij derhalve de menselijke geest voorgesteld als een ijsberg – een-tiende deel daarvan steekt boven het water uit, negentiende bevindt zich onder water. De kunst van de psychologie en psychiatrie bestaat daarin iets van dit onbekende negen-tiende deel naar boven te brengen, en als wetenschapsman weet ik hoe moeilijk dit is en hoe onzeker de resultaten zijn.

Wij zijn zo gewend aan bewust denken dat, wanneer wij een idee krijgen door middel van een zich in het onderbewuste afspelend proces, wij gewoonlijk enigszins denigrerend spreken over een 'ingeving' of 'intuïtie' en geneigd zijn de waarde daarvan in twijfel te trekken. Wij zijn zo gewend te luisteren naar onze in het bewustzijn gevormde beslissingen, dat wij ons slechts met grote moeite en na systematische oefening die automatische reacties verwerven waarvan wij in crises toch afhankelijk zijn. Van nature zijn wij ons zo weinig bewust van dit uitgestrekte terrein dat het bestaan ervan pas in de eerste eeuw voor het Atoomtijdperk werd ontdekt en de ware geaardheid ervan is nog altijd het onderwerp van scherpe meningsverschillen.''

Dergelijke meningsverschillen waren de laatste dagen ook in de rechtszaal naar voren gekomen.

,,Als wij ons nu de menselijke geesteswerkzaamheid voorstellen als een ijsberg, dan zouden we de niet-menselijke hersenactiviteiten kunnen beschrijven als zonlicht dat van de buitenkant weerkaatst wordt. Ik geef toe, dat dit een aanzienlijk minder goede analogie is. Terwijl de niet-menselijke geest zich bewust slechts bezighoudt met de aanwezige zintuigelijke waarnemingen, heeft er toch een aanzienlijke absorptie van indrukken plaats en een her-afscheiding van herinneringen uit het onderbewuste. Tevens komen er incidenteel momenten voor van iets dat op een bewuste geesteswerkzaamheid zou kunnen wijzen – voornamelijk wanneer het wezen geconfronteerd wordt met een volstrekt nieuwe situatie. Dr. van Riebeek, die zich voornamelijk bezighoudt met de evolutionaire aspecten van dit vraagstuk, heeft ons er op gewezen dat juist deze confrontatie met nieuwe omstandigheden – bijvoorbeeld teweeggebracht door grote veranderingen in het milieu – het nietmenselijke wezen ertoe gedwongen heeft min of meer bewust te denken, waaruit bepaalde mentale gewoontes zijn ontstaan die op hun beurt de voedingsbodem vormden voor waarachtige menselijkheid.

De menselijke geest denkt niet alleen bewust door gewoonte, maar denkt tevens in een verbonden samenhang. Hij brengt het één met het ander in verband. Hij redeneert logisch en trekt conclusies en weet deze conclusies te gebruiken als premisses van waar uit tot weer andere conclusies gekomen kan worden. Hij groepeert associaties en generaliseert. Dit nu overtreft elke vergelijking met de niet-menselijke geest. Het gaat dan niet alleen meer om min of meer bewust denken, nee, het betreft dan een denken van een volstrekt ander soort. De niet-mense-

lijke geest bepaalt zich uitsluitend tot zintuigelijk waarne-
mingsmateriaal. De menselijke geest gaat verder: het vertaalt
dit materiaal in ideeën en formuleert daaruit weer andere
ideeën in opklimmende reeksen van abstracties en in dat vermogen is de menselijke geest vrijwel onbeperkt.
Dit leidt ons eindelijk tot het volgende punt: de mens gebruikt
symbolen. De niet-menselijke geest is hiertoe niet in staat
omdat hij buiten de zintuigelijke waarnemingen geen begrippen kan vormen.''
Ybarra nam een slok water en verzette de tekst op het leesscherm. ,,Er is nog iets,'' vervolgde hij, ,,waartoe het menselijk
wezen in staat is. In feite is dat een combinatie van de reeds genoemde eigenschappen, maar deze combinatie op zichzelf
schept iets dat groter is dan de optelsom van dé eigenschappen
zou doen vermoeden: het menselijk wezen heeft verbeeldingskracht. Hij kan zich een beeld vormen van iets dat buiten de
directe waarneming valt en is dan in staat dat 'iets' tot een deel
van zijn werkelijkheid te maken. Hij kan zich dus niet alleen een
beeld vormen, hij kan ook *scheppen*.'' Hij zweeg een ogenblik.
De zaal luisterde gespannen. ,,Dit is onze definitie van menselijkheid. En wanneer wij een wezen aantreffen dat deze ken-
merken bezit, dan hebben wij te maken met een mede-mens.
Wij zijn van mening dat dit van toepassing is op het wezen dat
wij 'Fuzzie' noemen.''
Jack omhelsde het kleine medemens dat op zijn schoot zat.
Little Fuzzie keek naar hem op en mompelde: ,,Hij-inta?''
,,Je hoort er bij, jongen,'' fluisterde Jack opgewonden. ,,Je
bent zojuist tot medemens uitgeroepen!''
Ybarra ging door. ,,Fuzzies denken bewust en zonder onder-
breking. Wij hebben dat kunnen vaststellen door hun elektro-
encephalografische hersenpatronen te analyseren, die zich
zeer gunstig laten vergelijken met die van een tienjarig mensen-
kind. Zij denken tevens in verbonden volgorde; ik wijs in dit
verband op het ontwerpen en vervaardigen van hun garnalendoders en op de ontwikkeling van werktuigen waarmee zij deze
wapens maken. We hebben een overvloed aan bewijsmateriaal
van hun vermogen tot denken dat veel verderstrekt dan zintuigelijke waarnemingen, hun vermogen tot associëren, generaliseren, abstraheren en symboliseren.
En boven alles zijn zij in staat tot beeldvorming – niet alleen
van een nieuw voorwerp, maar ook van een nieuw leven. Dit
wordt duidelijk uit het eerste contact tussen het menselijk ras

en het ras dat ik wil voorstellen voortaan als *Fuzzie sapiens* aan te duiden. Op een dag ontdekte Little Fuzzie een onbekende maar prachtige plek in het bos, waar het totaal anders was dan in zijn eigen vertrouwde omgeving, en waar een machtig wezen woonde. Hij stelde zich voor hoe het zijn zou om daar te wonen en de vriendschap en bescherming te genieten van dit geheimzinnige wezen. Hij wist het huis binnen te komen en hij sloot vriendschap met Jack Holloway en toen hij zich kon voorstellen hoe zijn gezin dit kostbare genot zou delen, ging hij hen halen. Zoals zoveel menselijke wezens had Little Fuzzie een wondermooie droom – en als weinig anderen wist hij deze droom tot werkelijkheid te maken."

Het applaus hield minutenlang aan. Toen gebruikte rechter Pendarvis zijn hamer en verzocht om stilte. Er volgde een kort overleg tussen de drie rechters, waarna Pendarvis alweer hamerde. LF keek verbaasd: iedereen was toch al na de eerste hamerslag stil geworden?

„Het Hof is unaniem tot het besluit gekomen het reeds vastgelegde verslag van TFM luitenant Ybarra te aanvaarden en hem en zijn medewerkers dank te zeggen voor hun diepgaand onderzoek.

Verder bepaalt het Hof dat de soort bekendstaand onder de naam Fuzzie Fuzzie Holloway Zarathustra een ras van menselijke wezens is met alle daaraan verbonden rechten en plichten, zoals beschreven in de grondwet van de Terra Federatie." En alsof hij deze uitspraak eens en voorgoed binnen de wet wilde vastleggen, hamerde hij nogmaals.

Ruimtecommandeur Napier boog zich naar de rechters en fluisterde iets. De rechters knikten. Napier ging staan: „Luitenant Ybarra, uit naam van de Marine en van de Federatie wil ik u en uw medewerkers hartelijk danken voor uw heldere en buitengewoon scherpzinnige uiteenzetting. Het is mij tevens een behoefte te verklaren, dat een aan mij gedaan voorstel van luitenant Ybarra betreffende technische mogelijkheden tot het vaststellen van menselijke geesteswerkzaamheden in mijn eigen verslag daarover geheel aan hem is toegeschreven. Bovendien heb ik het Bureau van Onderzoek en Ontwikkeling aanbevolen dat dit verslag met voorrang wordt behandeld. De volgende keer dat wij mensen ontdekken wiens taal buiten ons gehoor valt, die pelsdragend zijn, in een zacht klimaat leven en hun voedsel rauw eten, zullen wij meteen weten waar wij mee te maken hebben."

Die Ybarra zal wel bevorderd worden, dacht Jack hoopvol. Pendarvis tikte met de hamer.

„Ik was bijna vergeten dat wij hier oorspronkelijk bijeen waren om een misdaad te berechten," bekende hij. „Het is de uitspraak van het Hof dat beklaagde Jack Holloway onschuldig is aan het hem ten laste gelegde en dat hij derhalve ontslagen is van verdere vervolging. De som van de borgtocht kan onmiddellijk aan hem worden teruggegeven."

In plaats van de gebruikelijke stilte die op een hamerslag volgde, barstte nu een geluid gejuich los. Oom Gus tilde Little Fuzzie op en liet hem aan iedereen zien. „Hier is de winnaar! Bij unaniem besluit!"

HOOFDSTUK XVI

Ruth Ortheris nipte genietend aan haar drankje. Mmmm, het was heerlijk. Oh, het was heerlijk – alles was heerlijk! De muziek klonk zacht, het licht was gedempt, de andere tafeltjes stonden ver weg. Zij en Gerd waren samen en er was niemand die op hen lette. En haar werk was af. Een geheim agent die in een rechtszaak moest getuigen, werd altijd onmiddellijk van zijn functie ontheven. Over een jaar wilden ze dat ze terugkwam om een nieuwe verklaring af te leggen voor een Commissie van Onderzoek, die van Terra hierheen zou komen, maar dan was ze allang luitenant Ortheris niet meer; dan was ze mevrouw Van Riebeek.

Ze zette haar glas neer en wreef de zonnesteen die aan haar vinger glinsterde. Het was een prachtige steen – symbool voor een prachtig verbond.

,,Weet je zeker dat je wel naar Beta wilt?" vroeg Gerd. ,,Als Napier zijn regering heeft samengesteld, komt het Wetenschapscentrum onder de overheid te staan, weet je. En dan zouden we allebei onze baan terug kunnen krijgen. Misschien zelfs wel een betere baan."

,,Ik geloof dat jij dat zelf ook niet zou willen," zei ze zachtjes. En toen hij zijn hoofd schudde, voegde ze eraan toe: ,,En ik ook niet. Ik wil naar Beta als de vrouw van een zonnesteendelver."

,,En als Fuzzioloog."

,,Ja, en als Fuzzioloog. Dat zou ik niet kunnen opgeven. We zijn er nog maar net mee begonnen, Gerd. We weten nog zo weinig van hen af. Hun psychologische structuur bijvoorbeeld..."

,,Wie weet komen jullie tot de ontdekking dat ze verstandiger zijn dan wij!"

Ze lachte. ,,Laten we ons er nog niet al teveel van voorstellen, Gerd. Voorlopig zijn het net kleine kinderen: ze willen alleen maar plezier maken."

,,Zie je wel dat ik gelijk heb? Ze zijn verstandiger dan wij! Ze houden zich aan de belangrijkste dingen van het leven." Hij nam een trek van zijn sigaret. ,,En het is niet alleen hun psychologische structuur: we weten ook nog weinig van hen af in fysiologische en biologische zin. We hebben er nu achttien, zeventien volwassenen en één kind. Dat staat buiten elke verhouding. In de bossen hebben we er misschien een honderdvijftig gezien, waarvan maar een stuk of tien kinderen."

„Misschien zijn de kleintjes van vorig jaar allemaal al opge-
groeid," probeerde ze.

„Ken jij een menselijk ras dat maar één jaar nodig heeft om
volwassen te worden?" vroeg hij. „Ik wed dat ze daar minstens
tien tot vijftien jaar voor nodig hebben. Net als wij. De baby van
Jack is in de laatste maand geen pond zwaarder geworden." Hij
dronk zijn glas leeg. „En dan nog wat: ze zijn stapel op RN III.
Het is geen natuurlijk voedsel en voor een groot deel synthe-
tisch. Ik had het er nog over met Ybarra; hij dacht dat er misschien iets in zat dat verslavend werkte."

„Misschien vult het een bepaald tekort aan in hun natuurlijk
voedsel," opperde Ruth.

„Het zou kunnen. We komen er nog wel achter." Hij pakte de
kan. „Lust je er nog eentje voor het eten?"

Ruimtecommandeur Alex Napier zat achter het bureau dat van
Nick Emmert geweest was en keek naar de kleine man met de
rode bakkebaarden en het gekreukelde pak.

„Kom nou, commandeur!" riep het mannetje ontsteld uit. „Dat
kunt u niet menen!"

„Toch wel, Dr. Rainsford."

„Dan bent u gek!" ontplofte Rainsford. „Ik ben net zo min geschikt voor gouverneur-generaal als voor commandant van de
Xerxes Basis! Ik heb nog nooit van m'n leven een bestuurs-
functie gehad!"

„Dat zou juist voor u kunnen pleiten."

„Maar ik heb al een baan! Het Instituut voor Zeno-Wetenschappen..."

„... zal u onder deze omstandigheden vast wel willen laten
gaan." Napier boog zich voorover en vouwde zijn handen op
het bureau. „Luistert u eens, Dr. Rainsford. U bent de meest
voor de hand liggende keus. U bent ecologisch bioloog; niemand weet beter dan u hoe rampzalig de gevolgen kunnen zijn
als het biologisch evenwicht in de natuur verstoord wordt. De
Zarathustra Maatschappij was verantwoordelijk voor deze planeet toen die nog haar eigendom was, maar nu is negen-tiende
deel publiek domein geworden. U weet net zo goed als ik wat er
zal gaan gebeuren: uit alle hoeken van de Federatie zullen de
mensen hierheen komen om te proberen er een slaatjes uit te
slaan, om van de ene dag op de andere rijk te worden. Nou, ik
geloof dat u de capaciteiten hebt om dat binnen de perken te

houden."

„Tja, als commissaris van Natuurbehoud of zoiets, in elk geval iets waar ik voor opgeleid ben."

„Als gouverneur-generaal. U kunt uw beleid bepalen. U kunt ook uw naaste medewerkers kiezen."

„O? Wie of wat dan?"

„Om te beginnen hebt u dringend behoefte aan een procureur-generaal. Wie zou u daarvoor kiezen?"

„Gus Brannhard," antwoordde Rainsford zonder er verder over hoeven na te denken.

„Juist. En wie – ik vraag dat alleen maar uit nieuwsgierigheid – zou u bijvoorbeeld aanwijzen als commissaris voor Inheemse Aangelegenheden?"

De luchtboot van de politie keerde terug naar het Beta Continent. Aan boord bevond zich commissaris Jack Holloway en zijn staf, bestaande uit Little Fuzzie, Mama Fuzzie, Baby Fuzzie, Mike, Mitzi, Ko-Ko en Assepoester. Weinig waren zijn stafleden zich ervan bewust dat ze nu een ambtelijke functie hadden!

In stilte wenste hij dat hij ook niet zo'n functie had.

„Hé George," riep hij, „wil je een goeie baan?"

„Ik heb al een goeie baan," antwoordde Lunt.

„Maar ik heb een betere voor je. Wat dacht je van de rang van majoor? 18.000 per jaar. Commandant van het inheemse beschermingsleger. Nou? En je dienstjaren bij de politie mag je houden. Van Ferguson krijg je onbepaald verlof."

Lunt krabde zich achter z'n oren. „Da's verdraaid aardig van je Jack, maar ik wil m'n jongens niet in de steek laten."

„Dat hoeft ook niet. Ik mag twintig man lenen van de politie als trainingskader en jij hebt er maar zestien. Ik zal ze allemaal bevorderen. We hebben een leger nodig van minstens 150 man; en dat is alleen nog maar het begin."

„De Fuzzies zullen veel meer bescherming nodig hebben," mompelde Lunt, half-overtuigd.

„Krijgen ze," ging Jack steeds enthousiaster door. „Het hele gebied tussen de Cordilleras en het gebergte van de westkust word Fuzzie-reservaat; dat moet onder politiebescherming komen te staan. En voor de Fuzzies buiten dat reservaat moeten we speciale voorzorgsmaatregelen treffen. Je weet wat er gaat gebeuren: de Fuzzies worden *de* grote mode; iedereen wil er een paar. Zelfs rechter Pendarvis kwam al naar me toe – hij wou er een paar voor zijn vrouw. Voor we 't weten komen er een paar slimme jongens die er brood in zien en Fuzzies gaan vangen met slaapgas en god mag weten wat voor rommel en ze gaan verkopen tegen goed geld. Dat moeten we vóór zijn. Ik ben van plan een adoptie-bureau op te zetten, waar Ruth de leiding van moet nemen. Zo'n bureau heeft een boel inspecteurs nodig..."

Hij ging het verschrikkelijk druk krijgen. Vijftigduizend per jaar was kattepis vergeleken bij wat hij vroeger met delven verdiende. Maar iemand moest het toch doen? En hij voelde zich verantwoordelijk voor de Fuzzies. Was hij het niet geweest, die hun menselijkheid bewezen wou zien?

Ze gingen naar huis, naar dat prachtige huis! Ze hadden een boel mooie huizen gezien sinds die avond toen ze in zakken gestopt waren. Dat huis bijvoorbeeld waar alles zo licht was geweest dat ze heel hoog konden springen en heel zachtjes neerkomen. En dat huis waar ze die andere mensen ontmoet hadden en waar ze met z'n allen zo'n plezier hadden gehad. Maar nu gingen ze terug naar dat prachtige oude huis in de bossen, waar het allemaal begonnen was.

En ze hadden ook al zoveel Grote Mensen leren kennen. Sommige Grote Mensen waren slecht, maar dat waren er niet zoveel, want de meeste Grote Mensen waren aardig. Zelfs die ene, die Goudhaartje gedood had, had spijt gekregen, dat wisten ze zeker. En toen hadden de andere Grote Mensen hem weggebracht en toen hadden ze hem nooit weer teruggezien. Hij had daar met de anderen over gepraat. Met Flora en Fauna, met Dr. Crippen en Complex en Superego, en met Dillinger en Lizzie Borden. Nu ze allemaal bij de Grote Mensen gingen wonen, moesten ze die rare namen gebruiken. Later zouden ze horen wat die namen eigenlijk betekenden en dat zou leuk zijn. De Grote Mensen konden nu dingetjes in hun oren stoppen, waarmee ze konden horen wat zij zeiden. En Pappa Jack was hun woorden al aan 't leren en hij leerde hen een paar van zijn woorden.

En gauw zouden alle mensen Grote Mensen vinden bij wie ze mochten wonen, en die voor hen zouden zorgen en spelletjes met hen doen en het strelen en knuffelen en hen dat lekkere eten geven. En omdat de Grote Mensen zo goed voor hen zorgden, zouden de babies langer leven en niet meer zo gauw dood gaan.

En dan later, veel later, zouden zij iets kunnen gaan doen voor de Grote Mensen. Nu konden ze van de Grote Mensen houden en hen gelukkig maken, maar later, als ze eenmaal geleerd hadden hoe, zouden ze hen ook kunnen helpen.

RUIMTEVIKING

GRAM

I

Ze stonden samen bij de muur, hun armen om elkanders middel geslagen, haar hoofd rustend tegen zijn wang. Achter hen ritselden de bladeren van het struikgewas, waardoorheen de wind speelde en van het grote terras beneden hen stegen flarden van muziek en gelach op.

Voor hen, onder de schittering van de het zonlicht weerspiegelende lucht-auto's, strekte zich de stad Wardshaven uit; witte gebouwen, hoog uitrijzend boven het groen van de boomtoppen. In de namiddagnevel kleurden de bergen in de verte zich purper en de enorme rode zon hing aan een hemel, geel als een perzik.

Zijn oog ving tien mijl naar het zuidwesten een flikkering op en gedurende een ogenblik voelde hij zich in verwarring gebracht. Heel even trokken zijn wenkbrauwen zich samen. Het zonlicht schitterde op de tweeduizend voet grote bol van Hertog Angus' nieuwe ruimteschip, de *Enterprise*, na haar laatste proefvlucht teruggekeerd op de werf van Gorram.

Hij wilde daar nu niet aan denken.

,,In plaats daarvan trok hij haar dichter tegen zich aan en fluisterde haar naam: ,,Elaine." En dan, elk woord liefkozend: ,,Lady Elaine Trask van Traskon."

,,Nee, Lucas." Haar protest klonk half gekscherend en half bevreesd. ,,Het betekent ongeluk als je voor de bruiloft wordt aangesproken met de naam, die je na je huwelijk gaat dragen."

,,In gedachten heb ik je zo genoemd sinds die avond van het bal, dat de Hertog gaf, nadat je van de school op Excalibur was thuisgekomen."

Ze keek hem vanuit haar ooghoek aan.

,,Sindsdien heb ik mezelf in gedachten ook al zo genoemd," bekende ze.

,,Er is een groot terras aan de westzijde van Traskon New House," vertelde hij haar. ,,Morgen zullen we daar samen dineren en van de zonsondergang genieten."

,,Ik weet het. Ik dacht al, dat dat het plekje zou worden, waar we samen naar de zonsondergang kunnen kijken."

,,Je hebt stiekem gekeken," zei hij beschuldigend. ,,Traskon

New House moest een verrassing voor je blijven."

„Ik heb altijd al stiekem gekeken, als ik een presentje kreeg...
met Nieuwjaar en met mijn verjaardag. Maar ik heb het alleen
vanuit de lucht gezien. Alles in het huis zal een verrassing voor
me zijn," beloofde ze. „En ik weet zeker, dat ik er verrukt van
zal zijn."

En als ze alles had gezien en Traskon New House niet langer
meer een verrassing voor haar was, zouden ze een lange ruimtereis gaan maken. Daarover had hij nog met geen woord tegen
haar gesproken. Een reis naar sommige van de andere Zwaard-
Werelden – naar Excalibur, vanzelfsprekend. En naar Morglay
en Flamberge en Durendal. Nee, niet naar Durendal; daar was
weer oorlog uitgebroken. Ze zouden samen veel plezier hebben. Ze zou de blauwe hemelen weer zien en de sterren in de
nacht. De wolkensluiers hielden de sterren voor Gram verborgen en Elaine had ze gemist, sinds ze komend van Excalibur
was teruggekeerd naar huis.

De schaduw van een lucht-auto viel gedurende een ondeelbaar
ogenblik over hen heen en ze keken op en draaiden hun hoofden
om, nog net op tijd om het voertuig sierlijk af te zien dalen naar
het landingsterrein van Karvall House. Hij ving een glimp op
van het wapen – zwaard en atoomsymbool – dat hij herkende
als dat van het Hertogelijk Huis Ward. Hij vroeg zich af, of het
Hertog Angus zelf was, of slechts een van zijn mensen, die hem
vooruit was gegaan.

Hij veronderstelde, dat ze naar hun gasten terug moesten
keren. Hij nam haar in zijn armen en kuste haar en ze beantwoordde zijn kussen niet minder vurig. Het moest zeker al vijf
minuten geleden zijn, dat ze elkaar voor het laatst gekust
hadden.

Achter zich hoorden ze een bescheiden kuchje. Ze lieten elkaar
los en keken om. Het was Sesar Karvall, grijzend haar, welge-
daan, de borst van zijn blauwe jas glimmend van de medailles
en onderscheidingen, de saffier in de knop van zijn eredolk
fonkelend.

„Ik dacht wel jullie hier aan te treffen," zei Elaines vader glim-
lachend. „Jullie hebben morgen en morgen en morgen samen,
maar nu moet ik jullie eraan herinneren dat we gasten hebben.
En het worden er met de minuut meer."

„Wie kwamen er met de Ward-wagen?" vroeg Elaine.

„Rovard Grauffis. En Otto Harkaman; jij hebt hem geloof ik
nog nooit ontmoet, is het niet, Lucas?"

„Nee... dat wil zeggen, ik ben nooit aan hem voorgesteld. Maar ik zou dat graag willen, voor hij de ruimte weer opzoekt." Hij had niets tegen Harkaman persoonlijk, alleen tegen dat wat hij vertegenwoordigde. „Komt de Hertog ook?"

„Oh, zeker. Lionel van Newhaven en de Lord van Northport komen met hem mee. Ze zijn nu in het Paleis." Karvall aarzelde. „Zijn neef is terug in de stad."

Elaine toonde zich ongerust. „Lieve hemel," begon ze, „ik hoop niet dat hij..."

„Heeft Dunnan Elaine weer lastig gevallen?"

„Niets om aandacht aan te schenken. Hij was hier gisteren en eiste haar te spreken. We wisten ons zonder al te veel onaangenaamheden van hem te ontdoen."

„Als hij na morgen zo door blijft gaan zal ik er wel degelijk aandacht aan schenken."

Voor zijn secondanten en Andray Dunnan hoopte hij, dat het niet zover zou komen. Hij voelde er weinig voor een bloedverwant van het Huis Ward neer te moeten schieten; een man die op de koop toe nog stapelgek was ook.

„Het spijt me heel erg voor hem." zei Elaine. „U had mij met hem moeten laten praten, vader. Ik zou het hem hebben doen begrijpen."

Sesar Karvall toonde zich geschokt. „Kind, aan zoiets zou je je niet moeten onderwerpen. De man is krankzinnig." Dan zag hij haar naakte schouders en hij was nog erger geschokt. „Elaine... je sjaal."

Haar handen gingen zoekend omhoog, maar konden de sjaal niet vinden. Ze keek in verlegenheid gebracht om zich heen. Geamuseerd pakte Lucas de sjaal op van de struik, waarop hij hem had neergegooid en drapeerde hem om haar schouders, waar zijn handen een ogenblik bleven rusten. Dan gebaarde hij de oudere man hen voor te gaan en ze liepen door de brede laan, aan weerszijden begrensd door hoge bomen. Aan het eind ervan, op een ronde open ruimte, spoot een fontein; wit-marmeren jongens en meisjes badend in het bassin van groen jade. Een van de vele kostbaarheden, buitgemaakt tijdens de plundertochten op een van de planeten van de Oude Federatie. Het was iets dat hij geprobeerd had te vermijden bij het inrichten van Traskon New House. Er waren veel geroofde kunstschatten naar Gram gekomen, nadat Otto Harkaman met de *Enterprise* door de ruimte was gereisd.

„Ik zal een keer terug moeten komen, om iedereen te bezoeken," fluisterde Elaine hem toe. „Ze zullen me missen."

„In je nieuwe huis zul je veel vrienden vinden," fluisterde hij terug. „Wacht maar tot morgen."

„Ik zal de Hertog iets in zijn oor fluisteren over dat jongmens," zei Sesar Karvall, nog altijd aan Dunnan denkend. „Misschien kan het geen kwaad als die eens met hem praat."

„Ik betwijfel het. Ik denk niet, dat Hertog Angus enige invloed op hem heeft."

Dunnan's zuster was de jongere zuster van de Hertog geweest. Van zijn vader had hij wat oorspronkelijk een welvarende baronie was geweest geërfd. Nu rustte er een hypotheek op de bezitting, die hoger reikte dan de top van de antenne op het hoofdgebouw.

Eén keer had de Hertog Dunnans schulden overgenomen, maar hij had geweigerd dat een tweede keer te doen. Dunnan had als adspirant-officier een paar handel-en-plunder ruimtereizen naar de planeten van de Oude Federatie gemaakt. Hij werd geacht een bekwaam astronaut te zijn. Hij had verwacht, dat zijn oom hem het commando over de *Enterprise* zou geven, wat belachelijk was. Daarin teleurgesteld had hij zich aangesloten bij een huurlingenleger en militaire bezigheden gezocht. Hij werd ervan verdacht contacten te onderhouden met de grootste vijand van zijn oom, Hertog Omfray van Glaspyth.

En hij was hartstochtelijk verliefd op Elaine Karvall; een hartstochtelijke liefde, die zich met zijn eigen hopeloosheid scheen te voeden. Misschien zou het geen slecht idee zijn, die ruimtereis zo spoedig mogelijk te gaan maken. Er zou binnenkort wel een ruimteschip van Bigglersport opstijgen, om naar een van de Zwaard-Werelden te vertrekken.

Bovenaan de roltrappen bleven ze een ogenblik staan; in de tuin beneden hen verdrongen zich de gasten, de vrolijk gekleurde sjaals van de dames en de kostuums van de heren steeds wisselende kleurpatronen vormend tussen de bloembedden, op de gazons en onder de bomen.

Dienende robots, gekleed in de Karvell-kleuren – vlammend geel en zwart – zweefden rond, zachte muziek spelend en verfrissingen aanbiedend. Rondom de cirkelvormige robo-tafel was er sprake van een ononderbroken werveling van steeds wisselende kleurschakeringen. Gelukkige stemmen murmelden zacht als een bergrivier.

Terwijl ze daar omlaag kijkend stonden, cirkelde een groen en goud luchtvaartuig met op de romp de woorden PANPLANEET

NIEUWSDIENST laag boven hen rond.

Sesar Karvall vloekte geïrriteerd.

,,Bestaat er niet zoiets als privacy?'' vroeg hij.

,,Het is groot nieuws, Sesar.''

Dat was het; meer dan alleen maar het huwelijk van twee mensen, die toevallig van elkaar hielden. Het was het huwelijk van de baronie van Traskon en de Karvall staalfabrieken. Meer nog, het was de openlijke bekendmaking, dat de rijke, strijdlustige heren van beide baronieën zich achter Hertog Angus van Wardshaven hadden geschaard. Dus was het een algemene feestdag. Vanmiddag hadden alle fabrieken en bedrijven hun poorten gesloten en die zouden tot morgenmiddag gesloten blijven. In elk park zou worden gedanst; in elke herberg zou feest worden gevierd. Twee Zwaard-Werelders, een betere aanleiding om te feesten viel nauwelijks te bedenken.

,,Het zijn onze mensen, Sesar. Ze hebben het recht samen met ons gelukkig te zijn. Ik weet zeker, dat iedereen op Traskon dit gebeuren via het beeldscherm volgt.'' Hij stak zijn hand op en wuifde naar het nieuwsvaartuig en toen het zijn opnameapparatuur liet zwenken zwaaide hij opnieuw. Dan lieten zij zich door de lange roltrap naar beneden voeren.

Lady Lavina Karvall was het middelpunt van een menigte matrones en douarières, waaromheen de bruidsmeisjes van morgen als veelkleurige vlinders rondfladderden. Ze nam bezit van haar dochter en trok haar in de kring van vrouwen. Hij zag Rovard Grauffis, klein en zwaarmoedig, de volgeling van Hertog Angus, en Burt Sandrasan, de broer van Lady Lavina. Ze waren met elkaar in gesprek, toen een opper-bediende, met op zijn mantel het vlammend geel en zwarte wapen van Karvall, zijn meester benaderde met een of ander verhaal over moeilijkheden met het personeel en het tweetal verwijderde zich.

,,Je hebt kapitein Harkaman nog niet ontmoet, Lucas,'' zei Rovard Grauffis. ,,Kom mee, om kennis met hem te maken en samen met hem een glas te drinken. Ik ken je standpunt, maar hij is van het goede soort. Wat mij persoonlijk betreft, ik zou willen dat we hier meer mensen als hij hadden.''

Dat was zijn voornaamste bezwaar. Er waren minder en minder mannen van dat soort op welke van de Zwaard-Werelden dan ook.

II

Een twaalftal mannen stond bijeen rondom de robot die aan de bar bediende – zijn neef en familie-advokaat Nikkolay Trask; Lothar Ffayle, de bankier; Alex Gorram, de scheepsbouwer en zijn zoon Basil; Baron Rathmore en nog enkele edellieden van Wardshaven, die hij slechts oppervlakkig kende. En Otto Harkaman.

Harkaman was een Ruimte Viking. Alleen dat al zou hem van alle anderen onderscheiden hebben, zelfs al zou hij niet meer dan een hoofd boven de langste van het gezelschap uitgestoken hebben. Hij droeg een kort zwart jasje, zwaar goud-gegalonneerd, en een zwarte pantalon, die hij in zijn enkelhoge laarzen droeg. De dolk, die aan zijn koppelriem hing, was meer dan alleen een ornament. Zijn warrige, rood-bruine haren waren lang genoeg om zijn strijdhelm extra vulling te verschaffen en zijn baard was aan de onderkant recht afgesneden.

Hij had op Durendal gevochten, voor een van de takken van het Koninklijk Huis, die broedermoordend om de troon streden. De verkeerde tak; hij had zijn schip, de meeste van zijn mannen en bijna zijn eigen leven verloren. Hij was één berooide vluchteling op Flamberge geweest en bezat toen alleen de kleren die hij droeg en zijn persoonlijke wapens. Hij kon zich echter verheugen in de aanhankelijkheid van een zestal avonturiers die even berooid waren als hijzelf. Deze ellendige situatie werd pas opgeheven, toen Hertog Angus hem had verzocht naar Gram te komen, om het bevel over de *Enterprise* te voeren.

„Het is mij een eer en genoegen, Lord Trask. Ik heb uw lieftallige aanstaande bruid ontmoet en nu ik u heb leren kennen, zou ik u beiden geluk willen wensen."

Ze dronken samen een glas, toen Harkaman een stommiteit beging door te vragen: „U heeft geen geld in het Tanith Avontuur gestoken, is het niet?"

Hij antwoordde, dat dat niet het geval was en zou het daarbij hebben gelaten, als de jonge Basil Gorram zich er niet mee zou hebben bemoeid.

„Lord Trask kan weinig waardering opbrengen voor het Tanith Avontuur," zei hij minachtend. „Hij is van mening dat we thuis moeten blijven, om welvaart te produceren, in plaats van roof en moord naar de Oude Federatie te exporteren."

De glimlach bleef op Otto Harkamans gezicht; alleen de beminnelijkheid was verdwenen. Hij bracht zijn glas onopvallend over naar zijn linkerhand.

„Zeker," gaf hij toe, „onze operaties zijn als moord- en plundertochten te omschrijven. Is daar bezwaar tegen? Maar misschien gelden uw bezwaren mij persoonlijk, Lord Trask?"

„In dat geval zou ik u de hand niet hebben gedrukt en zou ik niet met u gedronken hebben. Het interesseert mij niet hoeveel planeten u overvalt en hoeveel steden u plundert, of hoeveel onschuldigen – als ze dat zijn – u in de Oude Federatie vermoordt. U kunt onmogelijk iets doen, dat erger is dan wat die mensen elkaar de afgelopen tien eeuwen hebben aangedaan. Waar ik bezwaar tegen heb is de manier waarop u de Zwaard-Werelden plundert."

„Je bent gek!" explodeerde Basil Gorram.

„Jongmens," zei Otto Harkaman berispend, „het gesprek ging tussen Lord Trask en mij. En als iemand iets beweert, dat je niet begrijpt, zeg dan niet dat hij gek is. Vraag hem wat hij bedoelt. Wat *bedoelt* u, Lord Trask?"

„Dat zou u moeten weten; u heeft Gram zojuist van achthonderd van onze beste mannen beroofd. U beroofde mij van bijna veertig veedrijvers, landarbeiders, houthakkers en machinisten en ik betwijfel of ik in staat zal zijn hen door even goede mensen te laten vervangen."

Hij wendde zich tot de oudere Gorram. „Alex, hoeveel mensen heb jij aan kapitein Harkaman verloren?"

Gorram probeerde het voor te doen komen of het er maar een stuk of twaalf waren, maar onder druk gaf hij toe dat het er een stuk of dertig moesten zijn. Robot-deskundigen, hoofdopzichters, programmeurs, een paar ingenieurs en een voorman. De anderen lieten een instemmend gemompel horen. Burt Sandrasans machinefabrieken hadden bijna evenveel mensen verloren. En zelfs Lothar Ffayle moest toegeven dat hij een computerman en een bewakings-officier was kwijtgeraakt.

Na hun vertrek zou het werk op de boerderijen en in de fabrieken verdergaan, maar niet allemaal als voorheen.

Niets op Gram, niets op een van de Zwaard-Werelden werd nog zo doeltreffend gedaan als drie eeuwen geleden. Het hele niveau van het leven op de Zwaard-Werelden was dalende, zoals de oostelijke kustlijn van dit continent.

Hij zei dat ook en voegde er aan toe: „En het genetisch verlies. De beste Zwaard-Wereld genen vluchten letterlijk de ruimte in, als de atmosfeer van een planeet zonder zwaartekracht, elke generatie verwekt door vaders die inferieur zijn aan het vorige geslacht. Toen de Ruimte Vikingen rechtstreeks vanaf de Zwaard-Werelden opereerden was het nog niet zo slecht. Ze kwamen toen nog af en toe naar huis. Nu gebruiken ze de overwonnen planeten van de Oude Federatie als bases en blijven daar.''

Iedereen ontspande zich; dit zou niet op een ruzie uitlopen. Harkaman, die zijn glas weer in zijn rechterhand had genomen, grinnikte.

,,Dat is juist, ikzelf heb in de Oude Federatie een stuk of twaalf bastaards verwekt en ik ken Ruimte Vikingen, wier vaders op planeten van de Oude Federatie geboren waren.'' Hij wendde zich tot Basil Gorram. ,,Je hoort wel, deze heer is in het geheel niet gek. Overigens, dit is wat met de Terraanse Federatie gebeurde. De beste mensen vertrokken om te koloniseren en de ja-knikkers en meelopers en zij die het parool veiligheid-voor-alles huldigden, bleven op Terra achter en probeerden het Melkwegstelsel te regeren.''

,,Voor u is dit alles misschien nieuw, kapitein,'' zei Rovard Grauffis wrang, ,,maar Lucas Traks' klaagzang over de Ondergang en Val van de Zwaard-Werelden is voor ons een oud lied. Ik heb het te druk om hier te blijven en daarover met hem te redetwisten.''

Lothar Ffayle was duidelijk van plan te blijven en met hem te debatteren.

,,Alles wat je zegt, Lucas, is dat we ons uitbreiden. Wil jij dan dat we hier blijven zitten en ten gronde gaan aan overbevolking, zoals Terra in de Eerste Eeuw?''

,,Met drieëneenhalf miljard mensen verspreid over twaalf planeten? Zoveel mensen woonden alleen al op Terra. En we hadden er acht eeuwen voor nodig, om dat te bereiken.''

Dat was geweest sinds de Negende Eeuw, het Atoom Tijdperk, aan het eind van de Grote Oorlog. Tienduizend mannen en vrouwen op Abigor, weigerend zich over te geven, waren met de overblijfselen van de vloot van het Systeem Staten Verbond in de ruimte op zoek gegaan naar een wereld, waarvan de Federatie nog nooit had gehoord en die ze voorlopig niet zouden weten te vinden. Dat was de wereld geweest, die ze Excalibur hadden genoemd. Vandaar uit hadden hun kleinkinderen Joyeuse, Durendal en Flamberge gekoloniseerd; Haulteclere was vanuit Joyeuse door de volgende generatie gekoloniseerd en Gram

176

vanuit Haulteclere.

,,We breiden niet uit, Lothar, we trekken samen. Driehonderd-
envijftig jaar geleden, toen dat schip van de Oude Federatie
naar Morglay terugkeerde en meldde wat daar sinds de Grote
Oorlog was gebeurd, hielden wij op ons uit te breiden. Daarvoor ontdekten we nieuwe planeten en koloniseerden die.
Sindsdien hebben we de botten van de dode Terraanse Federatie afgekloven."

Er was iets gaande bij de roltrappen, die afdaalden naar het
landingsterrein. Mensen bewogen zich opgewonden in die richting en de nieuwsgierigen verdrongen zich als gieren boven een
stervende koe.

Harkaman vroeg zich hoopvol af, of er misschien gevochten
werd.

Nikkolay Trask ontnam hem die hoop. ,,Een of andere dronke-
lap, die eruit wordt gesmeten," zei hij. ,,Sesar heeft vandaag
heel Wardshaven hier toegelaten. Maar Lucas, wat betreft dit
Tanith Avontuur; het is geen overval in de zin van inpikken-en-
wegwezen. We nemen een hele planeet over. Over veertig of
vijftig jaar zal het een nieuwe Zwaard-Wereld zijn. Een beetje
verder weg, natuurlijk, maar..."

,,Binnen nog een eeuw zullen we de hele Federatie overwonnen
hebben," verklaarde Baron Rathmore. Hij was een politicus,
die zich nooit liet hinderen door zijn overdreven uitspraken.

,,Wat ik niet begrijp," zei Harkaman, ,,is waarom u Hertog
Angus steunt, Lord Trask, als u denkt dat dit Tanith Avontuur
Gram zoveel schade kan doen."

,,Als Angus het niet zou doen, zou iemand anders het doen.
Maar Angus zal zich Koning van Gram gaan maken en ik denk
niet, dat iemand anders dat kan doen. Deze planeet behoeft
een soeverein bestuur. Ik weet niet hoeveel u gezien heeft
buiten dit hertogdom, maar neem Wardshaven niet als kenmer-
kend. Sommige van deze hertogdommen, zoals Glaspyth of
Didreksburg, zijn letterlijk slangekuilen. Al de grote magnaten
vliegen elkaar naar de keel en ze kunnen zelfs hun onbeduidende ondergeschikten niet in bedwang houden. In het Southmain
Continent is een oorlogje aan de gang, dat al langer dan twee
eeuwen duurt."

,,Dat is waarschijnlijk waar Dunnan dat leger van hem heen zal
voeren," zei een robots-fabricerende magnaat. ,,Ik hoop, dat
het met Dunnan en al in de pan gehakt wordt."

,,Je hoeft niet eens naar Southmain te gaan," zei iemand

anders. „Ga alleen maar naar Glaspyth.''

„Hoe dan ook, als we geen planetaire monarchie krijgen om de orde te handhaven, zal deze planeet ontaarden, evenals wat dan ook in de Oude Federatie.''

„Och *kom*, Lucas,'' protesteerde Alex Gorram. „Dat is wat al te overtrokken.''

„Ja, in de eerste plaats hebben we hier geen Neobarbaren,'' merkte iemand op. „En als ze hier ooit zouden komen, dan zouden we ze opdrijven naar Em-See-Square en ze vermorzelen. Het zou misschien niet eens zo gek zijn, als ze zouden komen; het zou ons doen ophouden met elkaar te ruziëen.''

Harkaman keek hem verbaasd aan. „Wie denk jij eigenlijk dat de Neobarbaren zijn?'' vroeg hij. „Een of ander ras van binnenvallende nomaden? Attila's Hunnen in ruimteschepen?''

„Zijn ze dat dan niet?'' vroeg Gorram.

„Zeker niet! Er zijn geen twintig planeten in de Oude Federatie die nog hyperaandrijving hebben en ze zijn alle geciviliseerd. Dat wil zeggen, als 'geciviliseerd' is wat Gilgamesh is,'' voegde hij eraan toe. „Dit zijn barbaren van eigen fabrikaat. Arbeiders en boeren, die in opstand kwamen om een greep naar de welvaart te doen en die te verdelen en toen tot de ontdekking kwamen, dat ze elke vorm van productie vernietigd en alle technische breinen afgeslacht hadden. Overlevenden van planeten, die gedurende de Interstellaire Oorlogen, van de Elfde tot de Dertiende Eeuw, overrompeld werden en hun beschaving verloren. Volgelingen van politieke leiders op die planeten waar een dictatuur heerste. Uit hun oorlogsbedrijf gestoten huurlingen-compagnieën, die van plundering leven. Godsdienstige fanatici, die hun zichzelf-zalvende profeten volgen.''

„Denkt u, dat we hier op Gram niet voldoende Neobarbaars materiaal hebben?'' vroeg Trask. „Kijk in dat geval maar eens om u heen.''

„Glaspyth,'' zei iemand.

„Die verzameling overrijpe galei-vruchten die Andray Dunnan recruteerde,'' merkte Rathmore op.

Alex Gorram gromde dat het er op zijn scheepswerf van wemelde; tot relletjes ophitsende agitatoren, die probeerden een staking te organiseren, om de robots kwijt te raken.

„Ja,'' ging Harkaman op dat laatste in, „ik ken minstens veertig voorbeelden van anti-technologische beweging, op zo'n kleine twintig planeten, in de afgelopen acht eeuwen. Die bestonden op Terra al in de Tweede Pre-Atomische Eeuw. En nadat

Venus zich afscheidde van de Eerste Federatie, voor de Twee-de Federatie georganiseerd was."

,,Bent u geïnteresseerd in geschiedenis?" vroeg Rathmore.

,,Een hobby. Alle ruimtemensen hebben hobby's. Er valt zeer weinig te doen aan boord van een schip in de hyper-ruimte. Verveling is de ergste vijand. Van Larch, mijn raketbegelei-dings-officier, schildert. Het grootste deel van zijn werk ging met de *Corisande* verloren op Durendal, maar op Flamberge heeft hij ons een paar keer voor de hongerdood behoed, door portretten te schilderen en die te verkopen. Guatt Kirbey, mijn hyper-ruimte astrogator, componeert muziek; hij probeert de wiskundige hyper-ruimte theorie in klanken om te zetten. Mij persoonlijk interesseert het weinig," gaf hij toe. ,,Ik studeer ge-schiedenis. Weet u, het is vreemd; praktisch alles dat gebeurde op een van de bewoonde planeten, is op Terra gebeurd vóór het eerste ruimteschip."

De tuin onmiddellijk rondom hen lag stil en verlaten; iedereen bevond zich bij de roltrappen van het landingsterrein. Harka-man zou nog iets meer hebben willen zeggen, maar op dat moment zag hij een stuk of zes van Karvalls geüniformeerde wachtposten voorbij rennen. Ze droegen helmen en kogelvrije vesten; een van hen was gewapend met een automatisch ge-weer, de anderen droegen knobbelige plastic knuppels bij zich. De Ruimte Viking zette zijn glas neer.

,,Laat ons gaan," zei hij. ,,Onze gastheer·roept zijn troepen op. Ik vind dat zijn gasten zich ook maar eens in de strijd moesten mengen."

III

De feestelijk geklede menigte had tegenover de naar het landingsterrein afdalende roltrappen een halve kring gevormd en keek nieuwsgierig en in verwarring gebracht toe, zij die achteraan stonden zich uitrekkend, om over de anderen heen te kunnen kijken.

De dames hadden hun sjaals discreet iets dichter om zich heen getrokken en sommigen hadden zelfs hun hoofd bedekt.

Boven hen hingen vier nieuws-vaartuigen; wat er ook gebeurde zou in een planeetomvattende uitzending getoond worden.

Karvalls bewakers probeerden zich een weg door de menigte te banen, hun sergeant steeds opnieuw roepend: ,,Alstublieft, dames en heren... neemt u mij niet kwalijk, edele heer...'' en nergens komend.

Otto Harkaman gaf vloekend uiting aan zijn afkeer en duwde de sergeant opzij. ,,Maak plaats!'' blafte hij. ,,Laat deze bewakers passeren!'' Terwijl hij deze woorden uitsprak greep hij met elke hand een keurig geklede heer beet, beide mannen ruw opzij slingerend. Ze draaiden zich beiden om, hem woedend aanstarend en hem dan haastig uit de weg gaand.

Kort mediterend over het gebruik van slechte manieren in geval van nood volgde Trask hem, samen met de andere. De reusachtige Ruimte Viking ploegde zich naar voren, naar de plaats waar Sesar Karvall, Rovard Grauffis en verscheidene anderen stonden.

Voor hen stonden met hun rug naar de roltrappen gekeerd vier in zwarte mantels gehulde mannen. Twee van hen waren ordinaire vazallen; gehuurde revolverhelden, om iets preciezer te zijn. Ze deden alle moeite om hun handen duidelijk zichtbaar voor iedereen omhoog te houden en het was duidelijk, dat ze wensten ergens anders te zijn.

De man die voor hen stond droeg een diamanten juweel op zijn baret en zijn mantel was afgebiesd met lichtblauwe zijde. Zijn magere, scherp gesneden gezicht vertoonde bij de mondhoeken diepe lijnen en hij had een potlooddun zwart snorretje. Men zag bijna alleen het wit van zijn ogen en af en toe vertrok zijn mond zich in een onwillekeurige grimas.

Andray Dunnan; Trask vroeg zich een ogenblik af, hoe lang het nog zou duren, voor hij op een afstand van vijfentwintig meter over het vizier van een pistool heen naar hem zou moeten kijken. Het gezicht van de iets langere man aan zijn zijde was krijtwit en uitdrukkingloos. Hij had een zwarte baard. Zijn naam was Nevil Ormm; niemand was er helemaal zeker van waar hij vandaan kwam en hij was Dunnans trawant en trouwe metgezel.

„Je liegt!" schreeuwde Dunnan. „Jullie liegen verdomme allemaal uit die bekken met stinkende tanden... jullie allemaal! Jullie hebben elke boodschap die ze mij probeerde te sturen onderschept."

„Mijn dochter heeft u geen boodschap gezonden, Lord Dunnan," zei Sesar Karvall, met gedwongen geduld. „Behalve die ene boodschap, die ik u zojuist gaf... dat zij niets, maar dan ook niets met u te maken wil hebben."

„Denk je dat ik dat geloof? Je houdt haar hier gevangen; alleen Satan weet hoe je haar hebt gemarteld, om haar tot dit afschuwelijke huwelijk te dwingen."

Er ontstond beweging in de rijen van de omstanders; dit was meer dan goedgemanierde zelfbeheersing kon verdragen. Boven het gemurmel van ongelovige stemmen uit, was de stem van één vrouw duidelijk hoorbaar.

„Het is waar! Hij is inderdaad krankzinnig!"

Evenals iedereen anders had Dunnan het gehoord. „Ben ik krankzinnig?" brieste hij. „Omdat ik dwars door deze schijnheilige vertoning heenkijk? Daar hebben we Lucas Träsk – die zijn aandeel in Karvalls staalfabrieken wenst; en daar hebben we Sesar Karvall – die toegang wenst te verkrijgen tot de bodemschatten van het land van Traskon. En mijn geliefde oom – hij wenst hen beiden te helpen bij het stelen van Omfray van het hertogdom Glaspyht. En daar hebben we die woekeraar van een Ffayle, die mij mijn land probeert te ontstelen, en Rovard Grauffis, de apporterende hond van mijn oom, die nog geen vinger zal uitsteken om een bloedverwant voor de ondergang te behoeden en dan die vreemdeling Harkaman, die mij door middel van bedrog het bevel over de *Enterprise* wist te ontfutselen. Jullie zweren allemaal tegen mij samen."

„Sir Nevil," zei Grauffis, „u ziet dat Lord Dunnan zichzelf niet is. Als u inderdaad zo'n goede vriend van hem bent, brengt u hem hier dan vandaan, voor Hertog Angus arriveert."

Ormm boog zich naar Dunnan over en fluisterde hem dringend iets in zijn oor. Dunnan duwde hem woedend van zich af.

„Grote Satan, ben jij ook al tegen me?" vroeg hij.

Ormm pakte zijn arm beet. „Dwaas die je bent, wil je alles kapotmaken?" Hij dempte zijn stem en de rest van zijn woorden was onverstaanbaar.

Opnieuw ontstond er enige beweging onder de toeschouwers; de menigte week uiteen en Elaine kwam naar voren, gevolgd door haar moeder en Lady Sandrasan en vijf of zes andere matrones. Ze droegen allen hun sjaals over hun hoofden, het rechtse uiteinde over de linkerschouder geslagen; ze bleven allen staan, behalve Elaine, die een paar stappen naar voren deed en voor Andray Dunnan ging staan. Hij had haar nooit schoner gezien, maar het was de ijzige schoonheid van een gewette dolk.

„Lord Dunnan, wat wenst u mij te zeggen?" vroeg ze. „Zegt u het snel en gaat u dan. U bent hier niet welkom."

„Elaine!" riep Dunnan uit, een stap naar voren doend. „Waarom bedek je je hoofd? Waarom spreek je tegen me, alsof ik een vreemde ben? Ik ben Andray, die van je houdt. Waarom laat je je door hen tot dit schandalige huwelijk dwingen?"

„Niemand dwingt mij. Ik trouw uit eigen wil met Lord Trask, omdat ik van hem houd en hij mij gelukkig zal maken. En nu, ga alsjeblieft en maak niet meer moeilijkheden op mijn huwelijksfeest."

„Dat is een leugen! Zij laten je dat zeggen! Je hoeft niet met hem te trouwen; ze kunnen je niet dwingen. Kom met mij mee. Ze zullen je niet tegen durven te houden. Ik haal je weg bij al deze wrede, inhalige mensen. Je houdt van mij, je hebt altijd van mij gehouden. Je hebt me verteld, dat je van me houdt, telkens en telkens weer."

Ja, in zijn eigen droomwereld, een fantasiewereld die voor Andray Dunnan werkelijkheid was geworden, bestond alleen een door zijn verbeeldingskracht geschapen Elaine Karvall, die hem liefhad. Van aangezicht tot aangezicht staand met de echte Elaine, verwierp hij de werkelijkheid eenvoudig.

„Ik heb nooit van u gehouden, Lord Dunnan, en ik heb dat ook nooit tegen u gezegd. Ik heb u nooit gehaat, maar u maakt het mij nu wel erg moeilijk u niet te haten. En nu, gaat u heen en laat mij u nooit weerzien."

Met die woorden draaide zij zich om en liep terug door de ruimte voor haar makende menigte. Haar moeder en haar tante en de andere dames volgden haar.

„Je loog tegen me!" schreeuwde Dunnan haar na. „Je hebt al die tijd gelogen. Je bent even slecht als de rest, die tegen mij samenspant en samenzweert en mij verraadt. Ik weet welke jullie bedoelingen zijn; jullie willen mij al mijn rechten ontnemen en mijn oom wederrechtelijk op de hertogelijke troon houden. En jij, jij leugenachtige hoer, jij bent de slechtste van allen."

Sir Neville Ormm greep hem bij zijn schouder, draaide hem om en duwde hem in de richting van de roltrappen. Dunnan verzette zich heftig, ongearticuleerd huilend als een gewonde wolf. Ormm vloekte woedend.

,,Jullie twee!" schreeuwde hij. ,,Help me! Grijp hem vast!"

Dunnan huilde nog altijd, toen zij hem naar de roltrap dwongen, de wijde zwarte mantels van de twee vazallen, versierd met het wapen van Dunnan – de halve maan, lichtblauw op zwart – hem aan het oog onttrekkend.

Enkele ogenblikken later maakte een luchtauto met op de romp de lichtblauwe halve maan, zich los van de grond en verdween snel uit het gezicht.

,,Lucas, hij is krankzinnig," hield Sesar Karvall vol. ,,Sinds hij van zijn laatste reis terugkeerde heeft Elaine nog geen vijftig woorden met hem gesproken."

Lucas lachte en legde zijn hand op Karvalls schouder. ,,Dat weet ik, Sesar. Je denkt toch niet, dat ik daarvan overtuigd moet worden?"

,,Krankzinnig, dat is hij zeker," mengde Rovard Grauffis zich in het gesprek. ,,Hoorden jullie wat hij zei over zich rechten? Wacht, tot zijne Genade dat te horen krijgt."

,,Maakt hij aanspraken op de hertogelijke troon, Sir Rovard?" vroeg Otto Harkaman. Zijn stem klonk scherp en ernstig.

,,Hij beweert, dat zijn moeder anderhalf jaar voor Hertog Angus werd geboren en dat haar geboortedatum werd vervalst, om Angus het opvolgingsrecht te geven. Wel, zijne tegenwoordige Genade was drie jaar oud, toen zij werd geboren. Ik was destijds de oude Hertog Fergus' schildknaap en ik droeg Angus op mijn schouders, toen Andray Dunnans moeder een dag nadat zij was geboren aan de lords en baronnen werd getoond."

,,Natuurlijk is hij krankzinnig," stemde Alex Gorram in. ,,Ik weet niet, waarom de Hertog hem niet onder psychiatrische behandeling laat plaatsen."

,,Ik zou hem graag behandelen," zei Otto Harkaman, onder zijn baard zijn vinger langs zijn keel laten glijdend. ,,Krankzinnigen die aanspraken maken op de troon zijn bommen die onschadelijk moeten worden gemaakt, voor ze tot ontploffing komen."

„Dat kunnen we niet doen," zei Grauffis. „Het blijft tenslotte de neef van Hertog Angus."

„Ik zou het kunnen doen," zei Harkaman. „Die compagnie van hem is niet meer dan driehonderd man sterk. Alleen Satan weet waarom jullie hem ooit de kans gaven die mensen te recruteren. Ik beschik over achthonderd mannen; vijfhonderd-grond-vechters. Ik zou wel eens willen zien, hoe zij zich in de strijd gedragen, voor ik de ruimte weer opzoek. Ik kan hen binnen twee uur gereed voor actie hebben en voor middernacht zal alles achter de rug zijn."

„Nee, kapitein Harkaman; zijne Genade zou dat nooit toestaan," sprak Grauffis zijn veto uit. „U heeft er geen idee van hoeveel politieke schade ons dat zou berokkenen in de gelederen van de onafhankelijke lords, op wier steun wij rekenen. U was niet hier op Gram, toen Hertog Ridgerd van Didreksburg de tweede echtgenoot van zijn zuster Sancia had laten vergiftigen."

IV

Ze bleven staan onder de zuilengang; daarachter was het lager gelegen terras drukbevolkt en uit zes of acht luidsprekers zweefden de klanken van een potpourri van oude liefdesliedjes hen tegemoet.

Lucas keek op zijn horloge; het was negentig seconden later dan toen hij dat voor het laatst had gedaan. Reken nog vijftien minuten voor het zou beginnen en nog eens vijftien minuten om weg te komen, na de toespraken en gelukwensen. En geen huwelijk, hoe deftig en stijlvol ook, duurde langer dan een half uur. Dat betekende nog een uur, voor hij en Elaine in de luchtwagen zouden zitten, om met de snelheid van een kogel richting Traskon te verdwijnen.

De potpourri werd abrupt afgebroken; na een korte stilte klonk het aanzienlijk versterkte geluid van een trompet: het *Hertogelijk Saluut*.

Bovenaan de roltrappen van de landingsplaats een werveling van kleuren, toen het hertogelijk gezelschap naar beneden kwam. Een peloton van erewachten in rood en geel, met vergulde helmen en wimpels aan de hellebaarden. Een schildknaap, het Zwaard van Staat dragend. Hertog Angus met zijn raadslieden; Otto Harkaman temidden van hen. Hertogin Flavia en haar gezelschapsdames. De leden van de hofhouding met hun dames. Nog meer wachten. Een uitbarsting van gejuich; de nieuwsvaartuigen namen hun posities boven de stoet in. Neef Nikkolay en een paar anderen stapten tussen de zuilen vandaan naar voren in het zonlicht. Aan de overzijde van het terras vond een dergelijke handeling plaats. De hertogelijke partij bereikte het eind van het brede middenpad, bleef staan en waaierde uiteen.

,,Wel, laat ons gaan," zei neef Nikkolay, naar voren stappend. Tien minuten sinds ze naar buiten waren gekomen; nog eens vijf minuten om hun posities in te nemen. Nu nog vijftig minuten, dan zouden hij en Elaine – Lady Elaine Trask van Traskon, voor eeuwig en altijd – op weg naar huis gaan.

,,Weet je zeker, dat de wagen gereed is?" vroeg hij voor de honderdste keer.

Zijn neef verzekerde hem, dat alles in orde was. Gestalten in het vlammend-geel en zwart van Karvall verschenen op het terras. De muziek begon weer, deze keer de plechtige *Bruilofts-mars der Edelen*, hooghartig en tegelijkertijd teder van klank. Sesar Karvalls secretaris, Karvalls advocaat, directeuren van de staalfabriek, Karvalls kapitein van de Wacht. Sesar zelf, met Elaine aan zijn arm; ze droeg een zwart en gele sjaal.

Lucas keek in plotselinge angst om zich heen. „Voor de liefde van Satan, waar is onze sjaal?" vroeg hij en ontspande zich, toen een van zijn getuigen hem die toonde, groen en bruingeel, de kleuren van Traskon.

De bruidsmeisjes, voorafgegaan door Lady Lavina Karvall. Ten slotte bleven ze, tien meter uit elkaar, voor de Hertog staan.

„Wie benaderen ons?" vroeg Hertog Angus zijn kapitein van de Wacht. Hij had een smal, spits gezicht, bijna vrouwelijk gevoelig, en een klein puntbaardje. Hij was blootshoofds, op de smalle gouden band na, die hij al plannen beramend om wenste te smeden tot een koningskroon. De kapitein van de Wacht herhaalde de vraag.

„Ik ben Sir Nikkolay Trask. Ik breng u mijn neef en leenheer, Lord Trask, Baron van Traskon. Hij komt om Lady-Demoiselle Elaine, dochter van Lord Sesar Karvall, Baron van Karvallmills en de toestemming van Uwe Genade voor een huwelijk tussen hen te ontvangen.

Sir Maxamon Zhorgay, Sesar Karvalls getuige, noemde zijn naam en die van zijn heer; zij brachten de Lady-Demoiselle Elaine, om in de echt te mogen worden verbonden met Lord Trask van Traskon.

De Hertog, tevredengesteld dat dit personen waren tot welke hij zich rechtstreeks kon wenden, vroeg of aan alle voorwaarden voor de huwelijksovereenkomst was voldaan en beide partijen bevestigden dit.

Sir Maxamon overhandigde de Hertog een perkamenten rol en Hertog Angus begon het in strenge, ambtelijke taal gestelde geschrift voor te lezen. Een huwelijk tussen twee adellijke geslachten was geen zaak waarover later onenigheid zou mogen bestaan; teveel bloed was al verspild, teveel kruit al verschoten om dubbelzinnigheid van een bepaald punt over opvolgings- of erfrechten, of de rechten van de weduwe. Lucas doorstond het geduldig; hij wilde niet, dat zijn en Elaines achter-kleinkinderen elkaar overhoop zouden schieten om een verkeerd geplaatste komma.

„En deze personen die hier voor mij staan gaan dit huwelijk

geheel vrijwillig aan?" vroeg de Hertog, nadat hij klaar was met het voorlezen. Hij trad al sprekend voorwaarts en zijn schildknaap overhandigde hem het met twee handen te hanteren Zwaard van Staat, zwaar genoeg om er een bison mee te onthoofden. Trask kwam naar voren; Sesar Karvall met Elaine aan zijn zijde eveneens. De rechtsgeleerden en volgelingen stelden zich terzijde op.

„Wat is uw antwoord, Lord Trask?" vroeg hij, bijna op conversatietoon.

„Met heel mijn hart, uwe Genade."

„En u, Lady-Demoiselle Elaine?"

„Het is mijn vurigste wens, uwe Genade."

De Hertog vatte het zwaard bij de kling en hield het voor zich uit; ze legden hun handen op het met juwelen bezette gevest.

„En erkent u, en uw huizen, ons, Angus, Hertog van Wardshaven, als uw soeverein prins en belooft u trouw aan ons en aan onze wettige en rechtmatige opvolgers?"

„Dat doen wij." En niet alleen hij en Elaine, maar allen om hen heen antwoordden, de zich in de tuin verdringende menigte toeschouwers het uitschreeuwend. En heel duidelijk schreeuwde boven alles uit iemand met meer enthousiasme dan discretie: „*Lang leve Angus de Eerste van Gram!*"

„En wij, Angus, verlenen aan u beiden het recht het hertogelijk embleem te voeren en wij beloven onszelf, uw rechten te verdedigen tegen alles en iedereen, die het zou mogen wagen die aan te vallen. Wij verklaren, dat dit huwelijk tussen u beiden en deze overeenkomst tussen jullie respectievelijke huizen ons genoegen doet. Wij verklaren jullie, Lucas en Elaine, wettig getrouwd en wie dit huwelijk in twijfel trekt daagt ons uit en wekt onze toorn en wrok."

Het waren geen gebruikelijke bewoordingen voor een hertogelijk landheer op Gram. Het was de formule zoals die gebruikt werd door een over een planeet heersend koning als bij voorbeeld Napolyon van Flamberge of Rodolf van Excalibur.

En nu hij erover nadacht, Angus had consequent gebruik gemaakt van de koninklijke eerste persoon meervoudsvorm. Misschien had de man die zo luid over Angus de Eerste van Gram geschreeuwd had alleen maar dat gedaan, waarvoor hij betaald werd. Dit gehele gebeuren werd door de televisie uitgezonden en Omfray van Glaspyth en Ridgerd van Didreksburg zouden de uitzending allebei volgen en misschien waren ze nu al bezig huurlingen aan te werven. Misschien zou het hem van Dunnan verlossen.

De Hertog gaf het tweehandig zwaard terug aan de schildknaap.

De jonge ridder die de groen en bruingele sjaal droeg overhandigde die aan Lucas en Elaine liet haar geel en zwarte sjaal van haar schouders vallen; de enige keer dat een respectabele vrouw dit in het openbaar deed. Haar moeder voorkwam dat de sjaal op de grond viel en vouwde die op. Lucas deed een stap naar voren, plooide de kleuren van Trask om haar schouders en nam haar dan in zijn armen. Het gejubel barstte opnieuw los en ergens begonnen een paar soldaten van Karvall een stuk snelvuurgeschut af te vuren.

Het handjes drukken en klinken met de zich om hen heen verdringende belangstellenden nam meer tijd in beslag dan hij verwacht had. Maar eindelijk konden ze zich dan toch over de brede laan naar het landingsterrein begeven, terwijl de Hertog en zijn gezelschap zich in de tegenovergestelde richting verwijderden, om het bruiloftsfeest voor te bereiden, dat door iedereen, behalve de bruid en de bruidegom, gevierd zou worden. Een van de bruidsmeisjes gaf Elaine een groot boeket bloemen; straks, als ze bovenaan de roltrap zou staan, zou ze dat terug moeten gooien. Ze droeg de bloemen in de buiging van haar ene arm en had haar andere arm door die van Lucas gestoken.

„Lieveling, nu is het werkelijkheid,'' fluisterde ze, alsof het te wonderbaarlijk was om het te kunnen geloven.

Een van de nieuws-vaartuigen – oranje en blauw, dat was Westlands' Televisie en Telekrant – was voor hen uit gezweefd en daalde nu af naar het landingsterrein. Gedurende een ogenblik nam woede bezit van hem; dit ging werkelijk alle perken van journalistiek fatsoen te buiten; zelfs Westlands' T & T kon zich dit niet permitteren.

Maar dan lachte hij alweer; hij was vandaag te gelukkig om zich over iets kwaad te kunnen maken.

Aan de voet van de roltrap schopte Elaine haar vergulde schoentjes uit – er bevond zich nog een extra paar in de wagen, daar had hij zich persoonlijk van overtuigd – en ze stapten op de roltrap en draaiden zich om.

De bruidsmeisjes stormden naar voren en begonnen om de schoentjes te vechten, grote schade aanrichtend aan hun fraaie kapsels, en toen ze halverwege waren, wierp Elaine het boeket en het spatte als een bom van kleurige welriekendheid uit elkaar; aan de voet van de roltrap graaiden de meisjes opgewonden krijsend naar de bloemen. Elaine wierp iedereen kushandjes toe en Lucas schudde zijn boven zijn hoofd ineengeslagen handen, tot ze bovenaan waren.

Toen ze zich omdraaiden en van de roltrap stapten, zagen ze dat de oranje-blauwe luchtwagen vlak voor hen was geland en hun de doorgang versperde. Nu werd hij werkelijk des duivels en hij stapte vloekend naar voren. Toen zag hij wie er in de wagen zat.

Andray Dunnan, zijn smalle gezicht verwrongen en het kleine snorretje meebewegend met zijn zich vertrekkende bovenlip; hij had het raampje op een spleet geopend en bracht de loop van een machinepistool omhoog en naar buiten.

Hij schreeuwde, Elaine tegelijkertijd beentje lichtend en haar tegen de grond slingerend. Hij wierp zich naar voren, om haar lichaam te bedekken, toen er een oorverdovend, meervoudig salvo weerklonk.

Iets sloeg met kracht in zijn borst; onder hem begaf het zijn rechterbeen en hij viel.

Hij viel en viel en viel, door de duisternis, buiten bewustzijn.

V

Hij was gekruisigd en gekroond met een doornenkroon. Wie hadden ze dat eerder aangedaan? Iemand op Terra, lang geleden. Zijn ver uitgestrekte armen deden pijn; zijn benen en voeten deden ook pijn en hij kon ze niet bewegen. En dan was er dat prikkelende gevoel in zijn voorhoofd. En hij was blind.

Nee, zijn ogen waren alleen maar gesloten. Hij opende ze en zag een witte muur, gedecoreerd met een patroon van blauwe sneeuwkristallen en hij realiseerde zich, dat het het plafond was en dat hij op zijn rug lag. Hij kon zijn hoofd niet bewegen, maar door zijn ogen te verdraaien kon hij zien dat hij volkomen naakt was en omgeven door een warreling van draden en buisjes, die hem een ogenblik in verwarring bracht.

Maar dan wist hij, dat hij niet op een bed lag, maar op een robodokter en die buisjes waren bedoeld voor zijn genezing; voor de afvoer van wondvocht en het toedienen van intraveneuze voeding. En die draden moesten electroden zijn, vastgezet op zijn lichaam om de juiste diagnose te kunnen stellen en de doornenkroon bestond uit nog meer electroden en was bedoeld voor het hersenonderzoek. Hij had al eens eerder op zo'n ding gelegen; dat was geweest, toen hij op de ranch door een bizon op de hoorns was genomen.

Dat was het dus; hij was nog altijd onder behandeling. Maar dat leek zo lang geleden; er schenen zoveel dingen – hij moest ze gedroomd hebben – te zijn gebeurd.

Dan herinnerde hij het zich en hij worstelde vergeefs om overeind te komen.

,,Elaine!'' riep hij. ,,Elaine, waar ben je?''

Er bewoog zich iets en iemand verscheen in zijn beperkte gezichtsveld; zijn neef, Nikkolay Trask.

,,Nikkolay,'' zei hij, ,,wat gebeurde er met Elaine?''

Nikkolay's gezicht vertrok, alsof iets waarvan hij verwacht had dat het pijn zou doen erger pijn deed, dan hij verwacht had.

,,Lucas.'' Hij slikte. ,,Elaine... Elaine is dood.''

Elaine is dood. Dat was niet te bevatten.

,,Ze was onmiddellijk dood, Lucas. Ze werd zes keer geraakt; ik denk, dat ze zelfs de eerste kogel niet gevoeld heeft. Ze heeft in het geheel niet geleden.''

Iemand kreunde, en dan realiseerde hij zich, dat hij het zelf was.

„Jij werd twee keer geraakt," ging Nikkolay verder. „Eén kogel drong in je been, verbrijzelde je dij. En een kogel in je borst, die je hart op een centimeter na miste."

„Dat was jammer." Hij begon het zich nu weer heel duidelijk te herinneren. „Ik gooide haar tegen de grond en probeerde haar te beschermen. Ik moet haar recht in het salvo gegooid hebben, om zelf alleen de laatste kogels op te vangen." Er was nog iets anders; oh, ja. „Dunnan. Kregen ze hem te pakken?"

Nikkolay schudde zijn hoofd. „Hij wist weg te komen. Hij stal de *Enterprise* en vluchtte van de planeet.

„Ik wil hem zelf te pakken krijgen."

Hij begon weer overeind te komen; Nikkolay knikte naar iemand die hij niet kon zien. Een koele hand raakte zijn kin aan en hij rook een vrouwelijke geur, die in niets op die van Elaine leek. Iets als een klein insekt beet hem in zijn nek. De kamer werd donker.

Elaine was dood. Er was geen Elaine meer, nergens meer. Dat moest betekenen, dat er geen wereld meer was. Daarom werd het nu zo donker.

Op onregelmatige tijden ontwaakte hij; soms was het dag en zag hij de gele hemel, door een openstaand raam; soms was het nacht en dan brandde de muurverlichting. Er was altijd iemand bij hem. Nikkolay's vrouw, Dame Cecelia; Rovard Grauffis; Lady Lavina Karvall – hij moest lang geslapen hebben, want ze was zoveel ouder geworden dan hij zich haar herinnerde – en haar broer, Burt Sandrasan. En een vrouw met donker haar, in een witte jas en met een gouden staf van Mercurius op haar borst. Een enkele keer Hertogin Flavia en een enkele keer Hertog Angus zelf.

Hij vroeg waar hij was, al kon het hem niet veel schelen. Ze vertelden het hem; in het Hertogelijk Paleis. Hij wilde, dat ze allen weg zouden gaan, om hem daarheen te laten gaan waar Elaine was.

Dan zou het weer donker zijn en hij zou proberen haar te vinden, omdat er iets was, dat hij haar zo verschrikkelijk graag zou laten zien. Sterren aan de nachtelijke hemel, dat was het. Maar er waren geen sterren, er was geen Elaine, er was niets en hij wilde, dat er ook geen Lucas Trask was.

Maar er was een Andray Dunnan. Hij kon hem zien, staand op het terras in zijn zwarte mantel, de diamanten in het juweel op zijn baret boosaardig fonkelend; hij zag dat waanzinnige gezicht, naar hem glurend langs de opgeheven loop van het machinepistool. En door de koude duisternis van de ruimte maakte hij jacht op hem, zonder hem te vinden.

Hij was nu gedurende langere perioden wakker en in die ogenblikken was zijn brein helder. Ze bevrijdden hem van zijn kroon van electronische doornen. De voedselslangetjes werden weggenomen en ze gaven hem kopjes bouillon en vruchtesap. Hij wilde weten, waarom hij naar het Paleis was gebracht.

„Het was zo ongeveer het enige dat we konden doen," vertelde Rovard Grauffis hem. „Ze hadden in Karvall House al moeilijkheden genoeg. Sesar werd ook neergeschoten, weet je."

„Nee." Dus daarom was Sesar hem niet op komen zoeken. „Werd hij gedood?"

„Gewond; hij is er erger aan toe dan jij. Toen het schieten begon, stormde hij de roltrap op, maar hij had geen ander wapen bij zich dan zijn sierdolk. Dunnan vuurde een snel salvo op hem af. Ik denk dat hij daarom geen tijd had om met jou af te rekenen. Tegen die tijd hadden de soldaten van de wacht, die het snelvuurgeschut bediend hadden hun wapen met scherp geladen. Ze openden het vuur op hem en hij ging er zo snel als hij kon vandoor. Sesar ligt nu op een robodokter, net als jij. Hij verkeert niet in levensgevaar."

De andere slangetjes werden ook verwijderd, evenals de wirwar van draden en daarmee de electroden. Ze verbonden zijn wonden en kleedden hem in een wijde mantel. Ze tilden hem op van de robodokter en legden hem op een bank, waar hij overeind kon gaan zitten, als hij dat wilde. Ze begonnen hem vast voedsel te geven en het was hem toegestaan wijn te drinken en te roken. De vrouwelijke arts vertelde hem dat hij het zwaar had gehad, alsof hij dat niet wist. Hij vroeg zich af, of ze van hem verwachtte dat hij haar zou bedanken, omdat ze hem in leven had gehouden.

„Over een paar weken ben je weer op de been," voegde zijn neef eraan toe. „Ik zal er op toezien, dat tegen die tijd alles op Traskon New House voor je in gereedheid is."

„Zo lang ik leef ga ik dat huis niet meer binnen en ik zou willen, dat dat leven niet langer dan een minuut meer zou duren. Het zou Elaines huis worden. Alleen ga ik er niet heen."

Zijn krachten keerden terug en zijn slaap werd minder en minder door dromen verstoord. Hij kreeg veel bezoek; ze brachten kleine geschenken voor hem mee en hij kwam tot de ontdekking, dat hij genoot van hun gezelschap. Hij wilde weten wat er precies gebeurd was en hoe Dunnan weg had kunnen komen.

„Hij kaapte de Enterprise," vertelde Rovard Grauffis hem. „Hij beschikte over die compagnie huurlingen van hem en hij had een paar mensen van de Gorram scheepswerf omgekocht. Ik dacht dat Alex zijn hoofd veiligheidsdienst wilde vermoorden, toen hij ontdekte wat er gebeurd was. We kunnen niets bewijzen – al hebben we daar genoeg ons best voor gedaan – maar we zijn er zeker van, dat Omfray van Glaspyth het geld verschaft heeft. Hij ontkent het namelijk net iets té nadrukkelijk."

„Alles was dus van tevoren beraamd?"

„De kaping van het schip in ieder geval; met dat plan moet hij al maandenrondgelopen hebben, voor hij die compagnie begon te recruteren. Ik denk dat hij van plan was het schip op de avond voor de dag van het huwelijk te stelen. Toen probeerde hij Lady-Demoiselle Elaine over te halen er met hem vandoor te gaan – hij schijnt werkelijk te hebben gedacht, dat dat mogelijk was – en toen zij hem vernederde, besloot hij eerst jullie beiden te doden."

Hij wendde zich tot Otto Harkaman, die hem vergezelde. „Zo lang als ik leef zal ik het blijven betreuren, dat ik je niet aan je woord gehouden heb en je aanbod verwierp."

„Hoe heeft hij kans gezien die nieuwswagen van Westlands Televisie en Telekrant te bemachtigen?"

„Oh. Op de ochtend van het huwelijk nam hij beeldschermcontact op met het redaktiekantoor van Westlands en vertelde hun, dat hij een mooi verhaal uit de eerste hand over het huwelijk had en waarom de Hertog erachter stond. Hij deed het voorkomen alsof er sprake was van een of ander schandaal en stond erop, dat ze een verslaggever naar Dunnan House zouden sturen, voor een persoonlijk gesprek. Ze stuurden een man en dat was de laatste keer, dat ze hem in leven hadden gezien; onze mensen vonden zijn lijk in Dunnan House, toen we dat naderhand doorzochten. We vonden de wagen terug op de werf. Hij was een paar keer geraakt door de kogels van het Karvall-geschut, maar doorstaan. Hij begaf zich regelrecht naar de scheepswerf, waar zijn mannen al bezit hadden genomen van de *Enterprise* en zodra hij daar aankwam stegen ze op."

Hij staarde naar het peukje van zijn sigaret, die zover was opgebrand, dat hij zijn vingers bijna brandde. Met inspanning boog
hij zich naar voren en drukte het uit.

„Rovard, hoe snel kan dat tweede schip gereed zijn?"

Grauffis lachte bitter. „De bouw van de *Enterprise* slokte alles
op. Het hertogdom staat aan de rand van een bankroet. Zes
maanden geleden staakten we de werkzaamheden aan het
tweede schip, omdat we niet genoeg geld hadden om met de
bouw door te gaan en tegelijkertijd de *Enterprise* te voltooien.
We verwachtten, dat we met de *Enterprise* genoeg zouden kunnen verdienen in de Oude Federatie, om het tweede schip af te
bouwen. Daarna, met twee schepen en een basis op Tanith, zou
het geld binnenstromen, in plaats van weg te vloeien. Maar
nu..."

„En ïk ben weer net zo ver als ik destijds op Flamberge was,"
zei Harkaman. „Ik ben er nu zelfs nog slechter aan toe. Koning
Napolyon zou de Elmersan gaan helpen en ik zou een commando van hem krijgen. Maar daar is het nu te laat voor."

Lucas pakte zijn wandelstok en gebruikte die, om overeind te
komen. Het gebroken been was geheeld, maar hij was nog altijd
zwak. Hij deed een paar wankele stappen, bleef een ogenblik
staan, leunend op de wandelstok en dwong zichzelf dan naar
het open raam, waar hij een ogenblik bleef staan en naar buiten
staarde. Dan draaide hij zich om.

„Kapitein Harkaman, het is alsnog mogelijk dat u een commando krijgt, hier op Gram. Dat wil zeggen, als u er geen
bezwaar tegen hebt onder mij, als eigenaar aan boord, het bevel
te voeren. Ik ga op jacht naar Andray Dunnan."

De beide mannen keken hem aan. Na een ogenblik zei
Harkaman: „Ik beschouw het als een eer, Lord Trask. Maar hoe
denkt u aan een schip te komen?"

„Het is al half voltooid. U heeft al een bemanning voor haar.
Hertog Angus kan het schip voor me afbouwen, met zijn nieuwe
baronie van Traskon als onderpand."

Hij kende Rovard Grauffis al zijn hele leven; tot op dit moment
had hij Hertog Angus' getrouwe nog nooit enige verbazing zien
tonen.

„Bedoel je, dat je Traskon wilt ruilen voor dat schip?" vroeg
hij.

„Afgebouwd, ingericht en gereed voor de ruimte, ja."

„De Hertog zal daar zeker mee accoord gaan," zei Grauffis
snel. „Maar, Lucas, Traskon is alles wat je bezit. Je titel, je

inkomsten..."

„Die heb ik niet nodig, als ik een schip heb. Ik word Ruimte Viking!"

Zijn woorden ontlokten Harkaman een gebrul van instemming. Grauffis staarde hem aan, zijn mond openhangend.

„Lucas Trask – Ruimte Viking," zei hij. „Nu heb ik alles gehoord."

Wel, waarom niet? Hij had getreurd om de gevolgen van de overvallen van de Vikings op de Zwaard-Werelden, omdat Gram een Zwaard-Wereld was. En Traskon was op Gram en Traskon was het huis, waar hij en Elaine gewoond zouden hebben en waar hun kinderen en kleinkinderen geboren zouden worden en leven. Nu was de basis waarop dit alles gerust had weggeslagen.

„Dat was een andere Lucas Trask, Rovard. Die is nu dood."

Grauffis verontschuldigde zich, om een beeld-gesprek te voeren en keerde dan terug, om zich nogmaals te verontschuldigen. Blijkbaar had Hertog Angus waar hij ook mee bezig was, geweest laten vallen, zodra hij gehoord had, wat zijn vazal hem te vertellen had.

Nadat Grauffis het vertrek verlaten had bleeft het een ogenblik stil. Dan zei Harkaman: ,,Lord Trask, dit is iets wonderbaarlijks voor mij. Het was niet prettig, om als kapitein zonder schip van de weldadigheid van vreemden te moeten leven. Ik zou het evenwel haten, als u zou denken, dat ik op uw kosten getracht heb mijn eigen geluk te bevorderen.''

,,Maakt u zich daar geen zorgen over. Als er al van iemand misbruik wordt gemaakt, dan is het wel van u. Ik heb een ruimtekapitein nodig en uw ongeluk is mijn geluk.''

Harkaman begon zijn pijp te stoppen. ,,Bent u eigenlijk ooit wel eens van Gram weg geweest?''

,,Ik studeerde een paar jaar aan de Universiteit van Camelot, op Excalibur. Verder niet.''

,,Wel... heeft u wel enig idee van dat, waaraan u begint?'' De Ruimte Viking knipte zijn aansteker aan en blies een wolk rook uit.

,,U weet natuurlijk, hoe groot de Oude Federatie is. U kent de cijfers, maar betekenen die ook iets voor u? Ik weet, dat er zelfs heel veel ruimtemannen zijn, die ze niets zeggen. We praten heel gemakkelijk over tien tot de honderdste macht, maar emotioneel tellen we nog altijd 'Een, Twee, Drie, Veel'. Een schip in de hyper-ruimte legt ongeveer een lichtjaar per uur af. Je kunt van hier naar Excalibur reizen in dertig uur. Maar zou je over dezelfde afstand een radioboodschap verzenden, om de geboorte van een zoon bekend te maken, dan zou de jongen zelf al vader zijn, voor het bericht zou worden ontvangen. De Oude Federatie, waar u jacht gaat maken op Dunnan, beslaat een ruimte-volume van tweehonderd biljoen kubieke lichtjaren. En in die ruimte maakt u jacht op één schip en één man. Hoe denkt u dat te gaan doen, Lord Trask?''

,,Daar heb ik nog niet over nagedacht; alles wat ik weet is, dat ik dit doen moet. Er zijn planeten in de Oude Federatie, waar Ruimte Vikings komen en gaan; waar ze hun handelsbases hebben, zoals Hertog Angus voornemens is er een op Tanith te vestigen. Vroeger of later zal ik op een van die bases wel iets over Dunnan vernemen."

„We zullen te horen krijgen waar hij een jaar geleden was en tegen de tijd dat wij daar komen, zal hij al zo'n anderhalf tot twee jaar geleden vertrokken zijn. We reizen al langer dan driehonderd jaar door de Oude Federatie, Lord Trask. Ik zou zeggen, dat er op het ogenblik minstens tweehonderd Viking-ruimteschepen operationeel zijn. Waarom hebben we het gebied lang geleden niet afgestroopt? Het antwoord is: afstand en reistijd. Weet u, Dunnan zou van ouderdom kunnen sterven – al is dat onder Ruimte Vikingen geen gebruikelijke doodsoorzaak – lang voor u hem ingehaald zou hebben. En uw jongste scheepsmaatje zou van ouderdom kunnen sterven, voor hij tot die ontdekking zou komen."

„Wel, ik kan in ieder geval jacht op hem blijven maken tot ik zelf sterf. Er is niets anders, dat nog iets voor mij betekent."

„Ik dacht wel, dat het zoiets was. Maar ik wil niet mijn hele leven lang bij u blijven. Wat ik wil is een eigen schip, zoals de *Corisande*, die ik op Durendal verloor. Maar tot u in staat bent het bevel over uw eigen schip te voeren, neem ik het commando op me. Dat is een belofte."

Het was een kleine plechtigheid, die gevierd moest worden. Een robot werd ontboden, om hen wijn in te schenken en ze dronken elkaar toe.

Rovard Grauffis had zijn zelfverzekerdheid weer hervonden, toen hij terugkeerde in gezelschap van de Hertog. Mocht Angus de zijne ooit verloren, dan was er in ieder geval toch niets dat daarop duidde.

Op iedereen anders had het letterlijk de uitwerking van een aardschok. De algemeen aanvaarde mening was, dat Lord Trasks geestvermogens door het tragische verlies ernstig waren gekrenkt. En hij moest toegeven, dat daar een zweem van waarheid in zou kunnen schuilen. In het begin ging zijn neef Nikkolay vreselijk tegen hem tekeer, omdat hij de baronie van de familie vervreemd had, maar toen vernam hij, dat Hertog Angus hem als Lucas' plaatsvervanger had benoemd en hem Traskon New House als residentie had toegewezen. Onmiddellijk begon hij zich te gedragen als iemand aan het sterfbed van een rijke grootmoeder. Daarentegen kwamen de financiële en industriële magnaten van Wardshaven, die hij slechts oppervlakkig kende, van alle kanten toegesneld, hem hun hulp aanbiedend en hem begroetend als de redder van het hertog-dom. Hertog Angus' kredietwaardigheid, bijna teniet gedaan door het verlies van de *Enterprise*, was krachtig hersteld en daarmee ook die van hen.

Er vonden besprekingen plaats, tijdens welke rechtsgeleerden en bankiers eindeloos met elkaar redetwistten; in het begin had hij er een enkele keer een bijgewoond, om tot de ontdekking te komen, dat het hem absoluut niet interesseerde, wat hij ieder-een ook liet weten. Alles wat hij wenste was een schip; het best mogelijke schip, zo spoedig mogelijk.

Alex Gorram was de eerste geweest, om te worden verwittigd en hij had de werkzaamheden aan het onvoltooide zusterschip van de *Enterprise* onmiddellijk doen hervatten.

Tot hij sterk genoeg was om persoonlijk naar de scheepswerf te kunnen gaan sloeg hij de werkzaamheden aan het tweeduizend voet grote, bolvormige geraamte via het beeldscherm gade, persoonlijk of via het beeldscherm besprekingen houdend met de ingenieurs en uitvoerders van de werf. Zijn kamers in het hertogelijk paleis werden bijna van de ene dag op de andere van ziekenkamers tot kantoren omgebouwd. De doktoren, die er kort geleden nog bij hem op aangedrongen hadden, dat hij weer belangstelling voor andere dingen moest gaan tonen, moesten hem nu waarschuwen voor de gevaren van te grote uitputting. Harkaman sloot zich bij hen aan.

,,Doe het toch iets kalmer aan, Lucas.'' Ze hadden alle forma-liteiten overboord gegooid en spraken elkaar nu bij de voor-naam aan. ,,Je bent zwaar gewond geweest. Je was behoorlijk toegetakeld en zolang je niet helemaal de oude bent, moet je je niet teveel inspannen. We hebben tijd genoeg. We bereiken er niets mee, als we achter Dunnan aan gaan jagen. De enige manier om hem te pakken te krijgen is hem ergens te onder-scheppen. Hoe langer hij door de Oude Federatie zwerft, voor hij te horen krijgt dat we achter hem aan zitten, des te duide-lijker de sporen, die hij achterlaat. Zodra we een voorspelbaar patroon in zijn bewegingen vast kunnen stellen, hebben we een kans. Dan zal hij op een keer uit de hyper-ruimte te voorschijn komen en ons ergens wachtend op hem aantreffen.''

,,Denk je dat hij naar Tanith ging?''

Harkaman kwam uit zijn stoel overeind en ijsbeerde een paar minuten door de kamer. Dan kwam hij terug en ging weer zitten.

,,Nee, dat was Hertog Angus' idee, niet het zijne. Hij zou hoe dan ook geen basis op Tanith kunnen vestigen. Je weet wat voor een soort bemanning hij heeft."

Er was een uitgebreid onderzoek ingesteld naar Dunnans bondgenoten en medeplichtigen; Hertog Angus hoopte nog altijd een waterdicht bewijs in handen te krijgen, dat Omfray van Glaspyth medeplichtig was geweest aan de kaping. Dunnan had een kleine twintig man van Gorrams scheepswerf bij zich, die hij had omgekocht. Onder hen bevonden zich een paar technisch bekwame mensen, maar voor het grootste deel waren het oproerkraaiers en relletjesschoppers en onbekwame werklieden.

Zelfs onder deze omstandigheden was Alex Gorram blij hen kwijt te zijn. En wat Dunnans eigen huurlingen-compagnie betrof; onder hen bevonden zich een stuk of dertig vroegere ruimte-mannen. De rest daalde van bandieten en struikrovers af naar zakkenrollers en zuiplappen. Dunnan zelf was astrogator en geen ingenieur.

„Die bende is zelfs niet goed genoeg voor een normale routineraid," zei Harkaman. „Ze zouden onder welke omstandigheden dan ook, nooit in staat zijn een basis op Tanith te vestigen. Tenzij Dunnan volkomen krankzinnig is, wat ik betwijfel, is hij naar een of andere ordelijke Viking-basis planeet als Hoth, of Nergal, of Dagon of Xochitl gegaan, om officieren en ingenieurs en bekwame ruimtemannen te recruteren."

„Was alle machinerie en robot-uitrusting, die naar Tanith zou gaan aan boord, toen hij het schip inpikte?"

„Ja, en dat is nog een reden waarom hij naar een planeet als Hoth of Nergal of Xochitl zal zijn gegaan. Op een door de Vikings bezette planeet in de Oude Federatie is dat materiaal bijna zijn gewicht in goud waard."

„Hoe is Tanith?"

„Vrijwel te vergelijken met Terra, een derde van een Klasse G zon. Heel veel overeenkomsten met Haulteclere of Flamberge. Het was een van de laatste planeten, die de Oude Federatie voor de Grote Oorlog koloniseerde. Niemand weet precies wat er gebeurde. Er was geen interstellaire oorlog; je zult althans geen grote sintelpoelen aantreffen op die plaatsen, waar je de vroegere aanwezigheid van steden zou kunnen veronderstellen. Waarschijnlijk hebben ze veel onder elkaar gevochten, nadat ze uit de Federatie waren gegaan. Hier en daar tref je daar nog wel sporen van aangerichte schade van aan. Toen begon de ontreddering; ze daalden af naar het pre-mechanische peil –

wind- en water-energie, trekdieren. Ze hebben dieren voor de ploeg staan die lijken geïmporteerde Terra-karbouwen en ze bevaren de rivieren met een paar kleine zeilboten en grote kano's. En ze hebben kruit, wat wel zo ongeveer het laatste lijkt te zijn, waar welk volk dan ook niet buiten kan. Ik was daar, vijf jaar geleden. Tanith stond me wel aan als basis. Er is één maan, bijna massief nikkelerts, en grote voorraden gouderts. Toen, dwaas die ik was, verhuurde ik me aan de Elmersans op Durendal en verloor mijn schip. Toen ik hier kwam dacht de Hertog aan Xipototec. Ik overtuigde hem ervan, dat Tanith voor zijn doel een betere planeet was."

„Dunnan zou er heen kunnen gaan. Misschien denkt hij een voorsprong op Hertog Angus te kunnen nemen. Tenslotte heeft hij de gehele uitrusting."

„Maar niemand die er mee om kan gaan. Als ik Dunnan was, zou ik naar Nergal of Xochitl gaan. Op beide planeten bevinden zich altijd wel een paar duizend Ruimte Vikings, die daar de buit verbrassen, het er tussen een paar rooftochten door goed van nemend. Op beide planeten kan hij een volledige bemanning monsteren. Ik stel voor, dat we eerst naar Xochitl gaan. Misschien vernemen we daar nieuws over hem en mogelijk nog iets meer."

Goed, ze zouden eerst Xochitl proberen. Harkaman kende de planeet en was bevriend met de Haulteclere-edelman, die er regeerde.

Op de Gorram scheepswerf ging het werk door; het had een jaar gekost om de *Enterprise* te bouwen, maar de staal- en machinefabrieken hadden de voorbereidende werkzaamheden al voor de stopzetting van de bouw voltooid en nu werden uitrustingsstukken en onderdelen in een regelmatige stroom aangevoerd. Lucas liet zich door de anderen overhalen zichzelf meer rust te gunnen en zijn krachten namen met de dag toe. Als spoedig bracht hij het grootste deel van zijn tijd op de werf door, erop toezien hoe de motoren aan boord werden gebracht – Abbot-motoren, voor de voortstuwing door de normale ruimte, Dillingham-hyper-aandrijving, energie-omvormers, pseudo-graviteit, alles in het centrum van het bolvormige schip. Vervolgens werden woonverblijven en werkplaatsen ingebouwd, alle gepantserd met collapserend staal. Daarna werd het schip op een hoogte van duizend mijl in een baan om de planeet gebracht, gevolgd door een vloot van gepantserde werk- en vrachtschepen; de resterende werkzaamheden konden gemakkelijker in de ruimte worden gedaan. Tegelijkertijd werden de vier twee-honderdvoét sloepen voltooid, die aan boord zouden worden meegevoerd. Elke sloep had zijn eigen hyper-voortstuwings-motoren en kon even snel en ver reizen als het schip zelf.

Otto Harkaman begon zich er zorgen over te maken, dat het schip nog altijd geen naam had. Hij hield er niet van, om erover te spreken als 'haar' of 'het schip'. Bovendien waren er zoveel dingen aan boord, waarop de naam nog zou moeten worden aangebracht.

Elaine, dacht Trask onmiddellijk en al even onmiddellijk verwierp hij de gedachte weer. Hij wilde haar naam niet verbonden zien met wat het schip in de Oude Federatie ging doen.

Wreker, Vergelding, Vendetta, niet een van die namen sprak hem aan.

Het was ten slotte een welbespraakte nieuws-commentator, die in hoogdravende bewoordingen sprak over de nemesis, die de misdadige Dunnan tegen zichzelf had opgeroepen, die hem dc naam verschafte.

Nemesis zou het zijn.

Hij beijverde zich om zich te bekwamen in zijn nieuwe beroep van interstellaire rover en moordenaar, waarop hij vroeger zo dikwijls had gescholden. Otto Harkaman's handjevol volgelingen werden zijn leraren. Vann Larch, boordwapens en geleide projectielen, die daarnaast schilder was; Guatt Kirbey, wrang en pessimistisch, de hyper-astrogator, die zijn wetenschap in muziek probeerde uit te drukken; Sharll Renner, astrogator in de normale ruimte en Alvyn Karffard, de eerste officier, die het langst met Harkaman samen was geweest. En Sir Paytrik Morland, voormalig kapitein-van-de -wacht van Graaf Lionel van Newhaven, die verantwoordelijk was voor de grondtroepen en de gevechts-contragraviteit. Ze maakten gebruik van de boerderijen en dorpen van Traskon om de manschappen te trainen en hij kwam tot de ontdekking, dat hoewel de *Nemesis* slechts vijfhonderd man aan grond- en luchttroepen mee zou voeren, er meer dan duizend man werden getraind.

Hij maakte er tegen Rovard Grauffis een opmerking over.

,,Ja, praat er liever verder met niemand over,'' zei de getrouwe van de Hertog. ,,Jij en Sir Paytrik en kapitein Harkaman zullen de vijfhonderd beste eruit pikken. De Hertog zal de rest in dienst nemen. Een dezer dagen zal Omfray van Glaspyth tot de ontdekking komen wat een Viking-raid werkelijk betekent.''

En Hertog Angus zou zijn nieuwe onderdanen van Glaspyth

zwaar belasting laten betalen, om de hypotheek die op zijn nieuwe baronie van Traskon drukte af te kunnen lossen.

Een of andere Pre-atomische schrijver, die graag door Harkaman geciteerd werd, had eens gezegd: ,,Goud bezorgt je niet altijd goede soldaten, maar goede soldaten kunnen je altijd goud bezorgen."

De *Nemesis* keerde terug naar de Gorram werf, zachtjes neerkomend op de gigantische gebogen poten van het landingsgestel, die het schip op een monstergrote spin deden lijken. De *Enterprise* had het zwaard-en-atoom symbool van Ward gedragen; de *Nemesis* zou zijn eigen wapen dragen, maar het wapen van Traskon, de bruingele bizonkop op een groen veld, was niet langer het zijne. Hij koos voor een op een staand zwaard gespietste schedel en het was aangebracht op het schip, toen hij en Harkaman voor een proefvaart door de ruimte opstegen. Toen ze tweehonderd uur later weer op de Gorram werf landden, vernamen ze, dat er tijdens hun afwezigheid een van Morglay afkomstig vrachtschip op Bigglersport was geland en nieuws over Andray Dunnan had gebracht.

De kapitein van het schip was op dringende uitnodiging van Hertog Angus naar Wardshaven gekomen en wachtte op hen in het hertogelijk paleis.

Ze zaten met een man of twaalf rondom de tafel in een van de privé-vertrekken van de Hertog.

De kapitein van het vrachtvaartuig, een kleine, nauwgezette man met een al wat grijzende baard, nam af en toe kleine slokjes van zijn cognac en rookte zijn sigaret.

,,Tweehonderd uur geleden steeg ik van Morglay naar de ruimte op," zei hij. ,,Ik was daar toen twaalf plaatselijke dagen geweest; driehonderd Galactische Standaard-uren. De reis van Curtana nam driehonderd en twintig uren in beslag. Een paar dagen eerder dan ik steeg de *Enterprise* daar op en ik zou zeggen, dat het schip zich nu op twaalfhonderd uur van Curtana moet bevinden."

In het vertrek heerste stilte. De gordijnen voor de openstaande ramen werden bewogen door de wind; beneden in de tuin klonken tussen de bomen de geluiden van de gevleugelde nachtdieren.

,,Dat had ik nooit verwacht," zei Harkaman. ,,Ik dacht, dat hij onmiddellijk naar de Oude Federatie was gereisd." Hij schonk zich nog een glas wijn in. ,,Natuurlijk, Dunnan is krankzinnig. En soms is een krankzinnige in het voordeel, zoals een linkshandige mesvechter. Hij doet onverwachte dingen."

„Zo'n krankzinnige zet was het niet," zei Rovard Grauffis. „We onderhouden zeer weinig rechtstreeks handelsverkeer met Curtana. Het is louter toeval, dat we dit te horen krijgen."

De kapitein van het vrachtschip had zijn beker half geleegd. Hij schonk die nog eens tot aan de rand vol, uit de op tafel staande karaf.

„Het was het eerste van Gram afkomstige schip sinds jaren," stemde hij in. „Dat trok vanzelfsprekend de aandacht. Evenals het feit, dat hij het wapen had veranderd en nu de blauwe halve maan voerde, in plaats van het zwaard-en-atoom symbool. Bovendien haalde hij zich de vijandigheid van andere kapiteins en werkgevers op de planeet op de hals, door mensen bij hen weg te lokken."

„Hoeveel en wat voor mensen?"

De man met de grijzende baard haalde zijn schouders op. „Ik had het te druk met vracht voor Morglay bij elkaar te krijgen, om daar veel aandacht aan te kunnen schenken. Ik neem aan een bijna voltallige ruimtebemanning... officieren en ruimte-specialisten op elk gebied. En een aantal industriële ingenieurs en technici."

„Dan zal hij de uitrusting die aan boord was gaan gebruiken en ergens een basis vestigen," zei iemand.

„Als hij Curtana twaalfhonderd uur geleden verliet, bevindt hij zich nog in de hyper-ruimte," zei Guatt Kirbey. „Het is meer dan tweeduizend van Curtana naar de meest dichtbij zijnde planeet van de Oude Federatie."

„Hoe ver is het naar Tanith?" vroeg Hertog Angus. „Ik ben er zeker van, dat hij daarheen is vertrokken. Hij zal verwacht hebben, dat ik het zusterschip zou voltooien en uitrusten als de *Enterprise* en het op reis zou sturen. Hij wilde daar als eerste aankomen."

„Ik had gedacht, dat Tanith nu net de laatste plaats was, waar hij heen zou gaan," zei Harkaman. „Maar dit verandert het gehele beeld. Hij kan inderdaad naar Tanith zijn gegaan."

„Hij is krankzinnig en nu acht je hem opeens in staat tot logisch denken?" zei Guatt Kirbey. „Je gaat nu uit van wat je zelf ge-daan zou hebben, maar jij bent niet krankzinnig. Natuurlijk, ik heb af en toe ook mijn twijfels gehad, maar..."

„Ja, hij is krankzinnig en kapitein Harkaman heeft dat ook in aanmerking genomen," zei Rovard Grauffis. „Dunnan haat ons allen. Hij haat zijne Genade hier. Hij haat Lord Lucas en Sesar

Karvall; natuurlijk, hij kan denken dat hij hen beide gedood heeft. Hij haat kapitein Harkaman. Hoe kan hij ons allemaal tegelijk een vlieg afvangen? Door Tanith in te pikken."

„U zei dat hij voorraden en ammunitie gekocht heeft?"

„Dat is juist. Geweer-ammunitie, raketten en grond-verdedigings.projectielen."

„Waarmee betaalde hij? Heeft hij uitrustingsstukken verhandeld?"

„Nee, hij betaalde met goud."

„Lothar Ffayle is erachter gekomen, dat er door banken in Glaspyth en Didreksburg een groot bedrag in goud naar Dunnan is overgemaakt," zei Grauffis. „Blijkbaar heeft hij dat aan boord gebracht, toen hij het schip kaapte."

„Goed," zei Trask. „We kunnen nergens zeker van zijn, maar we hebben bepaalde redenen om aan te nemen dat hij naar Tanith ging en dat is meer dan we over enig andere planeet in de Oude Federatie kunnen zeggen. Ik wil niet proberen te schatten hoe groot onze kansen zijn om hem daar te vinden, maar ze zullen heel wat groter zijn dan waar anders ook. We zullen eerst daarheen gaan."

VII

Het buiten-beeldscherm, dat langer dan drieduizend uur grijs en leeg was geweest, was nu een duizelingwekkende werveling van kleuren; de onbeschrijflijke kleuren van een zich samentrekkend veld in de hyper-ruimte. Geen twee waarnemers hadden het ooit gelijk waargenomen; geen verbeeldingskracht reikte zo ver als de werkelijkheid. Trask kwam tot de ontdekking dat hij zijn adem inhield. Naast hem deed Otto Harkaman hetzelfde, merkte hij op. Het was iets waar blijkbaar niemand ooit aan gewend raakte. Zelfs Guatt Kirbey, de hyper-astrogator, zat met zijn pijp tussen zijn tanden geklemd naar het beeldscherm te staren.

Dan, in een ogenblik, vulden de sterren die er eerder letterlijk niet geweest waren, het scherm, glanzend en schitterend tegen het zwartfluwelen achterdoek van de normale ruimte. In het centrum, schitterender dan al de andere sterren, gloeide geel de Ster Ertoda, de zon van Tanith. Het licht ervan was tien uur oud.

„Heel goed, Guatt," zei Harkaman, zijn koffiekopje opnemend.

„Goed? Hel nog aan toe, het was volmaakt!" riep iemand anders.

Kirbey stak opnieuw de brand in zijn pijp. „Wel, ik veronderstel dat het er mee door kon," mompelde hij langs de steel in zijn mond. Hij had grijs haar en een onverzorgde snor en niets was ooit goed genoeg om hem volmaakt tevreden te stemmen. „Ik zou ons nog iets dichter bij hebben kunnen brengen. Ik zal nog drie micro-sprongetjes moeten maken en de laatste zal ik zeer nauwkeurig af moeten breken. Storen jullie me nu niet langer." Hij begon diverse knoppen in te drukken, om gegevens te verkrijgen en stoeide met stelschroeven en de hulpschaalverdeling.

Gedurende een ogenblik zag Trask op het scherm het gezicht van Andray Dunnan opdoemen. Hij knipperde met zijn ogen, het beeld verdrijvend en reikte naar zijn sigaretten. Hij stak het filter van de sigaret in zijn mond en toen hij de sigaret omdraaide en zijn aansteker aanknipte, zag hij dat zijn handen beefden. Otto Harkaman moest het ook gezien hebben.

„Kalm, Lucas," fluisterde hij. „Beheers je optimisme. We denken alleen maar dat hij daar kan zijn."

„Ik weet zeker dat hij er is. Hij moet er zijn."

Nee, op die manier zou Dunnan gedacht hebben. Laten we ons gezond verstand behouden.

„We moeten aannemen, dat hij er is. Als we dat doen en hij is er niet, dan betekent dat een teleurstelling. Nemen we het niet aan en hij is er wel, dan betekent dat een ramp."

Anderen dachten blijkbaar net zo. Het paneel waarop de controlelichten van de gevechtsposities brandden, was een gloeiend rood veld; teken dat het schip volledig gevechtsklaar was.

„Let op... we gaan nu springen," zei Kirbey. Hij draaide de rode handle aan zijn rechterhand om en duwde die krachtig naar voren. Opnieuw was het scherm een werveling van kolkende kleuren; weer slopen duistere en machtige krachten door het schip als demonen door de toren van een tovenaar. Het scherm werd weer blank en grijs, toen de reusachtige lenzen blind in het een of andere dimensieloze niets staarden. Opnieuw kwam het scherm in heftige beroering en temidden van de werveling van kleuren was de Ster Ertado, nog altijd in het centrum, een schijf met de afmetingen van een geldstukje, met verspreid daaromheen de vonkjes van zijn zeven planeten. Tanith was de derde – wat een bewoonbare planeet van het G-klasse systeem meestal was. De planeet had slechts één maan, met een diameter van vijfhonderd mijl en staand op een afstand van vijftigduizend mijl nauwelijks zichtbaar op het telescopische scherm.

„Wel," mompelde Kirbey, alsof hij bang was om het toe te geven, „dat was niet al te slecht. Ik denk, dat we het met nog één microsprong redden."

Vandaag of morgen, veronderstelde Trask, zou hij ook in staat zijn de uitdrukking 'micro' te gebruiken, als het om een afstand van vijfenvijftig miljoen mijl ging.

„Wat denk jij," vroeg Harkaman, eerbiedig bijna, alsof hij steun zocht bij een expert, in plaats van zijn leerling te ondervragen. „Waar zou Guatt ons brengen...?"

„Zo dichtbij mogelijk, natuurlijk." Dat zou tot op minstens een lichtseconde zijn. Als de Nemesis, uit de hyper-ruimte komend, iets met de afmetingen van Tanith dichter zou naderen, zou het zich samentrekkende veld het schip weer terugslaan. „We hebben aan te nemen, dat Dunnan daar minstens negenhonderd uur is geweest. In die tijd kan hij een opsporings-station en mogelijk raket-lanceerbases op de maan hebben geïnstalleerd. De Enterprise voert vier sloepen mee, evenveel als de Nemesis;

in zijn plaats zou ik er minstens twee buiten de planeet laten patrouilleren. Laten we er van uitgaan, dat we ontdekt worden, zodra we uit de laatste sprong komen en dat we eruit komen met de maan direct tussen ons en de planeet. Is de maan bezet, dan kunnen we die bezetting onderweg uitschakelen."

„Veel kapiteins zouden proberen eruit te komen met de maan afgeschermd door de planeet," merkte Harkaman op.

„Zou jij dat doen?"

De reus schudde zijn verwarde haardos. „Nee... als ze lanceer-bases op de maan hebben, kunnen ze op ons lanceren in een kromme baan om de planeet, gebruik makend van gegevens, naar hen overgeseind vanaf de andere zijde van de planeet. En wij zouden in het nadeel zijn, als het om beantwoorden gaat. We koersen er recht op aan. Gehoord, Guatt?"

„Ja. Het klinkt zinnig... enigszins, althans. En val me nu niet langer lastig. Sharll, kom eens even hier."

Hij sprak met de normale-ruimte-astrogator. Alvyn Karffard, de verantwoordelijke eerste officier, voegde zich bij hen. Ten slotte trok Kirbey de rode handle uit, draaide die om en zei: „We gaan springen."

Hij duwde de handle naar voren. „Springen we maar iets te ver, dan worden we een half miljoen mijlen teruggeworpen."

Weer kwam het beeldscherm in heftige beroering; toen het beeld opklaarde bevond de derde planeet zich precies in het midden; zijn kleine maan, bijna even groot, rechts er boven, zonlicht aan de ene, planeetlicht aan de andere zijde. Kirbey zekerde de rode handle, zocht zijn tabak, aansteker en andere spullen bij elkaar en trok de afsluitkap van het instrumenten-paneel omlaag en sloot die af.

„Het is nu aan jou, Sharll," zei hij.

„Acht uur naar de atmosfeer," zei Renner. „Dat betekent dat we niet veel tijd hebben, om Junior daar af te stropen."

Vann Larch studeerde de maan door de zeshonderd maal ver-grotende telescoop.

„Ik zie niets om af te stropen," meldde hij.

Het was niet juist, dacht Trask verontwaardigd. Een paar minuten geleden was Tanith nog zes en een half biljoen mijlen ver weg geweest. Een paar seconden geleden ongeveer vijftig miljoen mijl. En nu, met nog een kwart miljoen mijl te gaan en de planeet op het scherm dichtbij genoeg lijkend om hem aan te kunnen raken, zou het nog acht uur kosten om die te bereiken. Met hyper-aandrijving zou je in die tijd een afstand van achtenveertig triljoen mijlen af kunnen leggen.

Nu ja, het kostte een man vandaag de dag nog net zoveel tijd om een kamer door te lopen als het Farao de Eerste of de Homo Sápiens had gekost.

Op het telescopische scherm leverde Tanith hetzelfde beeld op als elke andere planeet van het Terra-type, gezien vanuit de ruimte, met de door wolkenmassa's verdoezelde omtrekken van zeeën en continenten en vage grijze en bruine en groene vlekken en de beide polen bedekt met een ijskap.

Niets aan de oppervlakte – zelfs de grootste bergketens en rivieren niet – was duidelijk te onderscheiden, maar Harkaman en Sharll Renner en Alvyn Karffard en de andere oudgedienden schenen het te herkennen.

Karffard sprak door de telefoon met Paul Koreff, de signalen-en opsporings-officier, die meldde niets te ontdekken op de maan en niets dat van de planeet door de Van Allen-gordel kwam.

Misschien hadden ze verkeerd gegokt. Misschien was Dunnan helemaal niet naar Tanith gegaan.

Harkaman, die de gave bezat op elk gewenst ogenblik in te kunnen slapen, met een of ander ingebouwd zesde of zoveelste zintuig als schildwacht, leunde achterover en sloot zijn ogen. Trask wenste dat hij dat ook kon. Het zou uren duren voor er iets zou gaan gebeuren en tot dan had hij alle rust nodig, die hij krijgen kon. Hij dronk nog meer koffie; hij rookte de ene sigaret na de andere; hij kwam overeind en ijsbeerde door de commandokamer, kijkend naar de beeldschermen.

Signalen-en-opsporingen gaf een hoeveelheid routinegegevens door – Van Allen gegevens, gegevens over micro-meteoren, oppervlaktetemperatuur, kracht van het zwaartekrachtveld, radar- en peiling-echo's.

Hij keerde terug naar zijn stoel en ging zitten, starend naar het beeld op het scherm. De planeet leek totaal niet dichterbij te komen en dat zou toch moeten; ze naderden die met een snelheid die groter was dan de ontsnappingssnelheid. Hij zat daar en staarde naar het beeld...

Hij ontwaakte met een schok. Het beeld op het scherm was nu veel groter. Rivierlopen en schaduwzijden van gebergten waren nu duidelijk zichtbaar. Op het noordelijk halfrond moest het vroeg in de herfst zijn; beneden de zestigste breedtecirkel lag sneeuw en in het zuiden drukte een gordel van bruin tegen het groen. Harkaman zat overeind en nuttigde zijn lunch. Volgens de klok was het vier uur later.

„Goed geslapen?" vroeg hij. „We vangen nu het een en ander op. Radio- en beeldsignalen. Niet veel, maar toch iets. Meer dan de bevolking geleerd kan hebben, in die vijf jaar dat ik hier niet was. Wat dat betreft bleven we niet lang genoeg."

Op ontaardde planeten die waren bezocht door Ruimte Vikings pikte de bevolking bij stukjes en beetjes iets op van technologie. In de vier maanden van nietsdoen en lange gesprekken had hij veel verhalen gehoord, die dat bevestigden. Maar gezien het peil, waarnaar Tanith was afgezakt, moest radio- en beeldschermcommunicatie toch iets zijn, dat boven hun macht reikte.

„Je verloor daar toch geen mannen, wel?"

Dat gebeurde vrij regelmatig – mannen die het aanlegden met een vrouw; mannen die zich bij hun scheepsmakkers impopulair hadden gemaakt en mannen die het gewoon goed beviel op de planeet en die er graag wilden blijven.

Ze waren altijd hartelijk welkom bij de plaatselijke bevolking, omdat men veel van hen kon leren.

„Nee, daarvoor bleven we er niet lang genoeg. Niet langer dan driehonderd en vijftig uur. Wat we op dit ogenblik doorkrijgen kan ondanks dat onmogelijk van de oorspronkelijke bevolking zijn. Er moet zich daar iemand bevinden, die niet van de planeet zelf afkomstig is."

Dunnan. Hij wierp een blik op het gevechtspostenpaneel; alle lampjes brandden rood. Alles en iedereen aan boord was volledig gevechtsklaar.

Hij ontbood een mess-robot, koos een paar schotels uit en begon te eten. Na de eerste paar happen begaf hij zich naar Alvyn Karffard.

„Krijgt Paul nog iets nieuws door?"

Karffard ging het na. Een klein contra-zwaartekracht vervormingseffect. Nog te ver weg om ergens zeker van te zijn.

Hij keerde terug naar zijn lunch. Na het eten stak hij bij de koffie een sigaret op, toen er plotseling een rood licht aanflitste en een uit een van de luidsprekers klinkende stem schreeuwde: „Detectie! Detectie van de planeet!" Radar en microstraling!"

Karffard begon snel in een handtelefoon te praten. Harkaman nam de hoorn van zijn toestel van de haak en luisterde mee.

„Afkomstig van een vrij nauwkeurig te bepalen punt, ongeveer vijfentwintigste noordelijke breedtegraad," zei hij terzijde.

„Zou een schip kunnen zijn, dat zich achter de planeet verborgen houdt. Op de maan is totaal niets."

Ze leken de planeet steeds sneller te naderen. In werkelijkheid was dat niet zo; het schip was vaart aan het minderen, om in een omloopbaan te komen, maar de kleiner wordende afstand schiep een illusie van toenemende snelheid.

De rode lichten flitsten weer aan.

„*Schip ontdekt*! Juist buiten de atmosfeer, vanuit het westen om de planeet heen komend!"

„Is het de *Enterprise*?"

„Dat kan ik nog niet zeggen," antwoordde Karffard. En dan schreeuwde hij: „Daar is het! Op het scherm! Ongeveer dertig graden noord aan de westzijde."

Ook aan boord van dat onbekende schip zouden nu stemmen uit de luidsprekers klinken: „Schip ontdekt!" en het gevechtsposten-controlepaneel zou roodgloeiend staan. En Andray Dunnan, op zijn commandopost...

„Ze roepen ons op!" Dat was de stem van Paul Koreff, die uit een van de geluidsboxen klonk. „Standaard Zwaar-Wereld impuls-code. Vraag: Welk schip bent u? Verzoek: Neem contact op. Informatie: hun beeldscherm-combinatie."

„Goed," zei Harkaman, „laat ons welgemanierd zijn en contact opnemen. Hoe luidt hun beeldscherm-combinatie?"

Koreffs stem gaf het door en Harkaman stemde er op af. Het communicatie-beeldscherm voor hen lichtte ogenblikkelijk op. Trask schoof zijn stoel dichter naar die van Harkaman toe, zijn handen de armleuningen omklemmend. Zou het Dunnan zelf zijn en wat voor een gezicht zou hij zetten, als hij op zijn eigen scherm te zien kreeg wie hij tegenover zich had?

Het duurde een ogenblik voor hij tot het besef kwam, dat het andere schip de *Enterprise* helemaal niet was. De *Enterprise* was een zusterschip van de *Nemesis*; haar commandokamer was volkomen identiek aan die van zijn eigen schip. Maar deze was volkomen anders van inrichting en uitmonstering. De Enterprise was een nieuw schip; dit was een oud en het had jaren geleden onder de handen van een slappe kapitein en een slordige bemanning.

En de man die hem vanaf het beeldscherm aanstaarde was niet Andray Dunnan, of iemand anders die hij ooit eerder had gezien. Het was een man met een donker gezicht, met een oud litteken, dat van even onder zijn oog over zijn wang liep. Hij had krullend zwart haar, niet alleen op zijn hoofd, maar ook op de V van zijn borst, die door zijn aan de hals openstaande shirt werd gevormd. Voor hem stond een asbak, een dun rookspiraaltje steeg op van de sigaar die erin lag; koffie dampte in het kopje van rijk bewerkt, maar gedeukt zilver, dat ernaast stond. Hij grijnsde breed.

„Wel, wel, kapitein Harkaman van de *Enterprise*, geloof ik. Welkom op Tanith. Wie is de heer die in uw gezelschap is? Toch niet de Hertog van Wardshaven, wel?"

TANITH

I

Hij keek snel naar de monitor boven het beeldscherm, om zich ervan te overtuigen, dat zijn gezicht hem niet verried. Naast hem lachte Otto Harkaman.

„Wel, wel... kapitein Valkanhayn; dit is een onverwacht genoegen. Ik neem aan, dat u zich aan boord van de *Gesel van de Ruimte* bevindt? Wat zoekt u hier op Tanith?"

Een stem, klinkend uit een van de luidsprekers, schreeuwde dat een tweede schip, komend over de noordpool, was ontdekt. Het donkere gezicht op het scherm grijnsde zelfingenomen.

„Dat is Garvan Spasso, in de *Lamia*[1]*," zei hij. „En wat wij hier zoeken? Wij hebben deze planeet overgenomen. En we zijn van plan die te houden ook."

„Kijk aan. Dus jij en Garvan hebben een verbond gesloten. Jullie twee waren voor elkaar geschapen. En nu hebben jullie je eigen, kleine planeetje, helemaal voor jullie zelf. Ik ben zo blij voor jullie. Wat gaat het jullie opleveren? Gaan jullie pluimvee fokken?"

De zelfverzekerdheid van de ander kreeg heel even een knauw, maar hij herstelde zich snel.

„Houd me niet voor de gek. We weten waarom jullie hier zijn. Hoe dan ook... wij waren hier het eerst. Tanith is onze planeet. Denk je ons die weer af te kunnen nemen?"

„Ik denk het niet! Ik weet dat we het kunnen en jij weet dat ook," zei Harkaman. „We overtreffen jou en Spasso samen in geschutsterkte. Een paar van onze sloepen zijn zelfs in staat geen spaan van de *Lamia* over te laten. De enige vraag is echter... willen we elkaar wel lastig vallen?"

Hij had zich nu hersteld van de schok van de verrassing, maar nog niet van zijn teleurstelling. Als deze man de *Nemesis* voor de *Enterprise* hield...

Voor hij zich in kon houden had hij de gedachte al hardop uitgesproken.

„De *Enterprise* is hier dus helemaal niet geweest!"

De man op het beeldscherm keek ontsteld. „Maar bevindt u zich dan niet aan boord van de *Enterprise*?"

„Oh, nee, neemt u mij mijn nalatigheid niet kwalijk, kapitein

[1] *Lamia* = monster in de gedaante van een vrouw.

Valkenhayn," verontschuldigde Harkaman zich. „Dit is de *Nemesis.* De heer in mijn gezelschap is Lord Lucas Trask, die zich als eigenaar van het schip, waarover ik het bevel voer, aan boord bevindt. Lord Trask, mag ik u voorstellen kapitein Boake Valkanhayn van de *Gesel van de Ruimte.* Kapitein Valkanhayn is een Ruimte Viking." Hij zei dat op een toon alsof hij verwachtte, dat iemand dat zou bestrijden. „En dat is ook, zoals men mij verteld heeft, kapitein Spasso, wiens schip naderend is. Bedoelt u mij te vertellen, dat de *Enterprise* hier niet geweest is?"

Valkanhayn leek in verwarring gebracht en toonde zich enigszins bezorgd.

„Wil je zeggen, dat de Hertog van Wardshaven twee schepen heeft?"

„Voor zover mij bekend heeft de Hertog van Wardshaven geen enkel schip," antwoordde Harkaman. „Dit schip is het privé-eigendom van Lord Trask. De Enterprise, waar wij naar op zoek zijn, is in het bezit en staat onder bevel van Andray Dunnan."

De man met het litteken en de behaarde borst had zijn sigaar opgenomen en trok er mechanisch aan. Nu nam hij die weer uit zijn mond, alsof hij zich afvroeg hoe die daar gekomen was.

„Maar heeft de Hertog van Wardshaven dan geen schip op reis gestuurd om hier een basis te vestigen? Dat hadden wij gehoord. We hoorden dat jij van Flamberge naar Gram was gegaan, om voor hem een commando op je te nemen."

„Waar hoorde je dat? En wanneer?"

„Op Hoth. Het zal ongeveer tweeduizend uur geleden zijn geweest. Iemand van Gilgamesh bracht het nieuws mee van Xochitl."

„Wel, in overweging nemend dat je het uit de vijfde of zesde hand vernam, klopten die inlichtingen wel, toen ze nog nieuw waren. Maar dat nieuws was al anderhalf jaar oud, toen het jou bereikte. Hoe lang ben je al hier op Tanith?"

„Ongeveer duizend uur."

Harkaman klakte bedroefd met zijn tong.

„Jammer, dat je al die tijd verspilde. Wel, het was leuk je weer eens gesproken te hebben, Boake. Breng mijn groeten aan Garvan over, als hij hier komt."

„Bedoel je dat jullie niet blijven?" Valkanhayn toonde zich verschrikt, een vreemde reactie van een man, die zoëven nog had verwacht verbitterd strijd te moeten leveren, om hen te verja-

gen. ,,Verdwijnen jullie onmiddellijk weer in de ruimte?"
Harkaman haalde zijn schouders op. ,,Willen we hier nog meer
tijd verdoen, Lord Trask? De *Enterprise* is blijkbaar ergens
anders heen gegaan. Het schip bevond zich nog in de hyper-
ruimte, toen kapitein Valkanhayn en zijn bondgenoot hier arriveerden."

,,Is er iets dat het de moeite waard maakt hier te blijven?" Dat
scheen het antwoord te zijn, dat Harkaman verwachtte. ,,Afge-
zien van het pluimvee, bedoel ik?"
Harkaman schudde zijn hoofd. ,,Dit is kapitein Valkanhayns
planeet; van hem en van kapitein Spasso. Van mij mogen ze er
mee in hun maag blijven zitten."
,,Maar luister nu eens... dit is een goede planeet. Er is een grote
stad, met een bevolking van tien- misschien wel twintigduizend
mensen en met tempels en paleizen en alles. Verder zijn er ook
nog een paar steden van de Oude Federatie. De stad die wij op
het oog hebben verkeert nog in uitstekende staat en er is een
grote ruimtehaven. We hebben hier veel voorbereidend werk
voor verzet. De plaatselijke bevolking zal ons geen moeilijkheden bezorgen. Alles wat ze hebben zijn speren, kruisbogen
en snaphanen..."
,,Ik weet het. Ik ben hier eerder geweest."
,,Maar kunnen we niet tot een of andere overeenkomst komen?" vroeg Valkanhayn. Zijn stem kreeg iets smekends en
onderdanigs. ,,Ik kan Garvan op het scherm krijgen en hem
doorverbinden met jullie schip..."
,,Wel, we hebben nogal wat handelswaar uit de Zwaard-Werelden aan boord," zei Harkaman. ,,Die kunnen we je voor een
schappelijk prijsje leveren. Zijn jullie ingericht op robot-uitrusting?"
,,Ja, maar blijven jullie dan niet?" Valkanhayn raakte bijna in
paniek. ,,Luister, als ik nu even met Garvan praat en we dit met
elkaar regelen... Verontschuldig me een ogenblik..."
Zodra zijn beeld van het scherm verdwenen was gooide Harkaman zijn hoofd naar achteren en schaterde het uit, alsof hij
zojuist de leukste en gemeenste mop van het Melkwegstelsel
had gehoord.
Trask voelde zich niet in een stemming om te lachen.
,,De humor ontgaat me," zei hij. ,,We kwamen hier vergeefs."
,,Het spijt me, Lucas." Harkaman schudde nog altijd van het
lachen. ,,Ik weet dat het een teleurstelling is, maar dat stelletje
bedrieglijke kippendieven! Ik zou bijna medelijden met ze

kunnen hebben, als het niet zo grappig was." Hij lachte weer.
,,Weet je wat hun bedoeling was?"
Trask schudde zijn hoofd.
,,Wie zijn zij?"
,,Dat zei ik je al... een stelletje kippendieven. Ze overvallen planeten als Set en Hertha en Melkarth, waar de bevolking niets
heeft om mee te vechten, of niets heeft dat waard is om er voor
te vechten. Ik wist niet dat ze samenwerkten, maar dat klopt
wel. Niemand anders zou met een van hen samen willen werken. Dit is wat er volgens mij gebeurd moet zijn; dat verhaal
over het Tanith-avontuur van Hertog Angus moet naar hen zijn
uitgelekt en ze dachten, dat als zij hier het eerst zouden zijn, ik
zou denken dat het goedkoper zou zijn hen deelgenoot te
maken, dan hen te verdrijven. Dat zou ik waarschijnlijk ook
gedaan hebben. Ze hebben schepen, al is het dan niet veel bijzonders, en tot op zekere hoogte voeren ze daar overvallen mee
uit. Maar nu blijkt er geen Tanith-basis te komen en zitten ze
met een waardeloze planeet in hun maag."
,,Kunnen ze er dan zelf niets van maken?"
,,Wat?" schetterde Harkaman. ,,Ze hebben geen uitrusting en
ze hebben geen mensen. Althans niet voor een karwei als dit.
Het enige dat ze kunnen doen is de ruimte weer opzoeken en de
hele zaak vergeten."
,,Wij zouden hun uitrusting kunnen verkopen."
,,Dat zouden we kunnen doen, als ze iets hadden, dat ze als geld
zouden kunnen gebruiken. Maar dat hebben ze niet. Maar ik
vind dat we wel kunnen landen, om de mannen de gelegenheid
te geven een poosje rond te wandelen en naar de hemel te
kijken. En bovendien zijn de meisjes hier ook nog niet zo
slecht," zei Harkaman. ,,Voor zover ik me kan herinneren
nemen sommigen af en toe zelfs een bad."
,,Dat is het soort nieuws dat we over Dunnan te horen gaan
krijgen. Tegen de tijd dat wij ergens aankomen, waar hij is
gesignaleerd, bevindt hij zich alweer een paar duizend lichtjaren verder," zei hij vol afkeer. ,,Maar ik ben het met je eens...
we moeten de mannen de gelegenheid geven het schip een
poosje te verlaten. We houden dit stelletje wel een poosje aan
de praat en we zullen geen moeilijkheden met hen krijgen."
De drie schepen kwamen langzaam naar elkaar toe naar een
punt boven de zonsonderganglijn, vijftienduizend mijlen van
de planeet.
De *Gesel van de Ruimte* voerde als wapen een gepantserde

vuist, die de kop van een komeet in zijn greep hield; het leek meer op een mattenklopper dan op een gesel. De *Lamia* voerde als wapen een opgerolde slang met het hoofd, de armen en de borsten van een vrouw...

Valkanhayn en Spasso namen uitgebreid hun tijd en het duurde wel even, voor zij zich weer via het beeldscherm present meldden. Hij begon zich al af te vragen, of ze niet bezig waren de *Nemesis* in een kruisvuurpositie te manoeuvreren.

Hij zei dat tegen Harkaman en Alvyn Karffard en ze moesten er allebei om lachen.

,,Ze zijn alleen maar druk aan het vergaderen," zei Karffard. ,,Ze zullen de gehele bemanning bij elkaar geroepen hebben en er zal nog wel een paar uurtjes heen en weer worden gekletst."

,,Valkanhayn en Spasso zijn geen eigenaars van hun schepen," legde Harkaman uit. ,,Ze hebben zich voor het onderhoud en de aankoop van voorraden net zo lang bij hun bemanningen in de schuld gestoken, dat iedereen aan boord zich nu voor een deel eigenaar mag noemen. En daar ziet het schip dan ook wel naar uit. In werkelijkheid voeren ze niet eens het bevel; ze staan alleen aan het hoofd van een gekozen commandoraad."

Eindelijk keerden de twee min-of-meer-commandanten terug op het scherm.

Valkanhayn had zijn shirt dichtgeritst en een jasje aangetrokken. Garvan Spasso was een kleine man, gedeeltelijk kaal. Zijn ogen stonden iets te dicht bij elkaar en hij had dunne, gemeen verwrongen lippen. Hij nam onmiddellijk het woord.

,,Kapitein... Boake heeft me verteld, dat u beweerde hier helemaal niet in dienst van de Hertog van Wardshaven te zijn." Hij zei het alsof hij zich benadeeld voelde, bijna beschuldigend.

,,Dat is juist," zei Harkaman. ,,We kwamen hierheen, omdat Lord Trask dacht, dat een ander schip van Gram, de *Enterprise*, hier zou zijn. Aangezien dat niet het geval is, heeft het voor ons geen enkele zin hier te blijven. We hopen echter, dat u geen moeilijkheden maakt, als wij hier gaan landen, om onze mannen een paar honderd uur vrij te geven. Ze hebben langer dan drieduizend uur in de hyper-ruimte doorgebracht."

,,Zie je wel!" brulde Spasso. ,,Hij probeert ons met een kunstje zo gek te krijgen, dat we toestemming geven om te landen..."

,,Kapitein Spasso," viel Trask hem in de rede, ,,wilt u alstublieft ophouden ieders gezond verstand, met inbegrip van dat van uzelf, te beledigen?"

Spasso gluurde hem strijdlustig, maar hoopvol aan.

„Ik begrijp wat u dacht hier te kunnen doen. U verwachtte, dat kapitein Harkaman hier voor de Hertog van Wardshaven een basis kwam vestigen en u dacht, dat als u hier vóór hem zou zijn, een verdedigende stelling betrekkend, hij u liever in dienst van de Hertog zou nemen, dan ammunitie te verspillen en schade en slachtoffers te riskeren, door u te verdrijven. Wel, het spijt me zeer voor u, mijne heren, kapitein Harkaman is in mijn dienst en ik ben er in het geheel niet in geïnteresseerd hier een basis te vestigen."

Valkanhayn en Spasso keken elkaar aan. Althans, op de twee naast elkaar geplaatste beeldschermen wendden hun blikken zich af. elk van hen naar de ander kijkend op het beeldscherm aan boord van zijn eigen schip.

„Ik heb het!" riep Spasso plotseling uit. „Er zijn twee schepen. De Enterprise en dit. De Hertog van Wardshaven rustte de *Enterprise* uit en iemand anders dit schip hier. Ze willen allebei een basis op Tanith vestigen."

Het opende ongekende perspectieven. In plaats van alleen maar munt te kunnen slaan uit de overlast, die hun aanwezigheid hier betekende, bevonden ze zich in een positie die hen in staat stelde de machtsbalans in de strijd om de planeet in evenwicht te houden. Alle mogelijkheden voor winstgevend verraad waren aanwezig.

„Maar natuurlijk kun je landen, Otto," zei Valkanhayn. „Ik weet zelf wat het is, om drieduizend uur in de hyper-ruimte door te brengen."

„Je verblijft in die stad met die twee hoge torens, is het niet?" vroeg Harkaman. Hij keek op naar het beeldscherm. „Ik denk daar tegen middernacht te kunnen zijn. Hoe is de ruimtehaven? Toen ik hier de laatste keer was verkeerde die in een erbarmelijke staat."

„Oh, we hebben de zaak daar aardig opgeknapt. We hebben een groot deel van de bevolking voor ons aan het werk..."

De stad was hen vertrouwd door de beschrijvingen van Otto Harkaman en de schetsen, die Vann Larch tijdens de grote sprong van Gram naar hier had gemaakt. Toen ze inkwamen zag het er indrukwekkend uit, de stad tot mijlen in de omtrek verspreid liggend rond de twee identieke gebouwen, die zich er boven verhieven tot een hoogte van drieduizend voet, met aan één kant de grote ruimtehaven, in de vorm van een achtpuntige ster. Wie die ook gebouwd mocht hebben, in de levensavond van de oude Terraanse Federatie, moest dat hebben gedaan in het vertrouwen, dat het eens de Metropool van een dichtbevolkte, welvarende wereld zou worden.

Toen was de zon van de Federatie ondergegaan. Niemand wist, wat er daarna op Tanith was gebeurd, maar veel goeds was dat blijkbaar niet geweest.

Aanvankelijk leken de torens nog even gaaf te zijn als op de dag dat ze voltooid werden, maar geleidelijk aan werd het duidelijker, dat een ervan direct onder de top was gescheurd. De kleinere gebouwen, verspreid eromheen liggend, stonden voor het grootste deel nog overeind, hoewel hier en daar begroeide puinhopen aangaven, waar sommige waren ingestort.

De ruimtehaven zag er goed uit – een centraal, achthoekig gebouwencomplex, de landingsplaatsen en daar voorbij de driehoekige terreinen waar zich de dokken en magazijnen bevonden. Het hoofdgebouw leek uiterlijk intact en de landingsplaatsen leken vrij van wrakstukken en puin.

Tegen de tijd dat de *Nemesis*, gesleept door haar eigen sloepen, de *Gesel van de Ruimte* en de *Lamia* naar beneden volgde, was de illusie dat ze een levende stad naderden verdwenen. De ruimten tussen de gebouwen waren verstikt door daar ontstane bossen, hier en daar onderbroken door kleine akkers en tuintjes. Eens hadden er drie van die gigantische torens gestaan, letterlijk verticale steden op zichzelf. Waar de derde toren had gestaan bevond zich nu een met glas gevulde krater, waarvandaan een lange richel puin liep. Iemand moest een middelgroot projectiel van ongeveer twintig kiloton aan de voet van het bouwwerk hebben doen neerkomen. Iets van hetzelfde type had doel getroffen aan de uiterste rand van de ruimtehaven en een van de acht pijlpunten van dokken en magazijnen was in een onherkenbare sintelberg veranderd.

De rest van de stad leek eerder door verwaarlozing dan door geweld te zijn omgekomen. De stad was zeker niet plat gebombardeerd. Harkaman dacht, dat de strijd grotendeels was gestreden met subneutron-bommen, of Omegastraal-bommen, die de mensen doodden, zonder schade aan te richten aan de bouwwerken. Of met bio-wapens; een door de mens gemaakte pest, die men niet had kunnen beteugelen en die de planeet grotendeels ontvolkt had.

„Je hebt er verschrikkelijk veel mensen voor nodig, die samen aan een verschrikkelijk groot aantal projecten werken, om een samenleving in stand te houden. Vernietig de installaties en dood de belangrijkste technici en geleerden en de massa weet niet hoe iets weer op te bouwen. Dood de massa, laat de installaties intact en de geleerden in leven, en er is niemand om het werk te doen. Ik heb planeten gezien, die op beide manieren ontaard zijn. Ik denk, dat Tanith tot een van die laatste behoort."

Het was tijdens een van die eindeloze natafel-gesprekken gedurende de reis van Gram naar hier geweest. Iemand, een van de adellijke gentleman-avonturiers die zich na de kaping van de *Enterprise* en de moord bij de compagnie had aangesloten, had gevraagd: ,,Maar sommigen overleefden het. Weten zij niet wat er gebeurd is?"

,,In vroeger tijden waren er tovenaars. Ze bouwden de oude gebouwen door middel van hun toverkunsten. Toen vochten de tovenaars onder elkaar en gingen heen," zei Harkaman, citerend. ,,Dat is alles wat ze er van weten."

Je kon er geen redelijk klinkende verklaring uit distilleren. •

Toen de sloepen de *Nemesis* omlaag naar haar landingsplaats trokken en duwden, kon hij ver beneden zich op het terrein van de ruimtehaven mensen aan het werk zien. Of Valkanhayn en Spasso beschikten over meer manschappen dan de afmetingen van hun schepen deden vermoeden, of zij hadden een groot deel van de bevolking voor hen aan het werk. Meer dan de bevolking van de zieltogende stad, althans voor zover Harkaman het zich kon herinneren.

Het waren er in het geheel ongeveer vijfhonderd geweest; ze hielden zich in leven door de oude gebouwen als mijnen te exploiteren. De metalen die ze vonden ruilden ze voor voedsel en textiel en kruit en andere dingen, die elders vervaardigd werden. De stad was alleen toegankelijk voor ossekarren, die honderden mijlen over de vlakten moesten trekken, omdat de stad was gebouwd voor een de contragraviteit benuttend volk, met een uitgesproken afkeer van natuurlijke reis- en transportroutes.

,,Ik benijd die arme donders niet," zei Harkaman, omlaag kijkend naar de als mieren rondkrioelende gestalten op de vloer van de ruimtehaven. ,,Boake Valkanhayn en Garvan Spasso hebben velen van hen waarschijnlijk tot hun slaven gemaakt. Als we hier werkelijk een basis zouden moeten vestigen, zou ik die twee niet dankbaar zijn geweest voor de werkzaamheden die ze hier op het gebied van de public relations hebben verricht."

Dat was zo ongeveer de situatie.

Spasso en Valkanhayn en sommige van hun officieren ontmoetten hen op het landingsterrein van het grote gebouw in het centrum van de ruimtehaven, waar ze kwartieren hadden ingericht. Naar binnen gaand en door een lange gang lopend passeerden ze een stuk of twaalf mannen en vrouwen, die met schoppen en hun handen bezig waren het puin van de vloer op te ruimen en dat via een transportband af te voeren. De mannen zowel als de vrouwen droegen vormeloze kledingstukken als poncho's en platgezoolde sandalen. Een van hen, duidelijk ook tot de plaatselijke bevolking behorend, droeg een kilt, halfhoge laarzen en een lederen wambuis; hij droeg een kort zwaard aan zijn gordel en hield een gevlochten zweep in zijn hand. Hij droeg ook een Ruimte Viking gevechtshelm, beschilderd met het wapen van Spasso's *Lamia*. bij hun nadering boog hij, zijn hand naar zijn voorhoofd brengend. Toen ze hem voorbij waren hoorden ze het knallen van zijn zweep en zijn geschreeuw tegen de anderen.

Maak een volk tot slaven en sommigen zullen altijd slavendrijvers zijn. Ze zullen voor je buigen en zich uitleven op hun lotgenoten.

Harkaman vertrok zijn neus, alsof er een stukje rotte vis in zijn snor zat.

„We hebben er ongeveer achthonderd," zei Spasso. „Er waren er maar driehonderd, die goed genoeg waren voor het werk hier. De rest haalden we uit de langs de rivier liggende dorpen."

„Hoe komen jullie aan voedsel voor hen?" vroeg Harkaman. „Of maken jullie je daar niet druk over?"

„Oh, dat halen we overal vandaan," antwoordde Valkanhayn. „Af en toe sturen we met een landingsvaartuig een patrouille uit. Ze landen in een dorp, jagen de bevolking weg, zoeken bij elkaar wat van hun gading is en brengen dat hier. Af en toe verzetten ze zich en draait het op vechten uit, maar meer dan een paar kruisbogen en ouderwetse voorladers hebben ze niet. Als ze dat doen branden we het dorp af en maaien iedereen neer, die voor de lopen van onze machinegeweren komt."

„Dat is de manier," zei Harkaman. „Als de koe niet gemolken wil worden schiet je haar gewoon neer. Natuurlijk geeft ze dan niet veel melk meer, maar ja..."

De kamer, waarheen hun gastheren hen leidden, bevond zich aan het eind van de gang. Het was waarschijnlijk een vergaderzaal of iets dergelijks geweest; de wanden waren oorspronkelijk betimmerd geweest, maar de betimmering was al lang geleden verdwenen. Hier en daar waren gaten in de muren gevallen en hij herinnerde zich te hebben opgemerkt, dat de deur was verdwenen en dat de metalen omlijsting was weggesloopt.

In het midden van het vertrek stond een grote tafel en stoelen en banken, bedekt met kleurige kleden. Al het meubilair was handwerk, vakkundig in elkaar gezet en hoogglanzend gepolitoerd. Aan de wanden hingen allerlei trofeeën – spiezen en werpsperen, kruisbogen en pijlen en een aantal geweren; wrede wapens, maar zorgvuldig gemaakt.

,,Allemaal van de bevolking gepikt?" informeerde Harkaman.

,,Ja... het meeste haalden we uit een grote stad, die bij een vertakking van de rivier ligt," zei Valkanhayn. ,,We hebben die stad een paar keer goed uitgeschud. Daar recruteerden we ook de kerel, die toezicht houdt op de arbeiders."

Hij nam een stok met een met leder beklede knop op, sloeg ermee op een gong en brulde om wijn. Ergens antwoordde een stem: ,,Ja, meester, ik kom." Enkele ogenblikken later kwam er een vrouw binnen, die in elke hand een kruik droeg. In plaats van de poncho's, die de slaven in de gang gedragen hadden, droeg ze een blauwe badmantel, die haar verscheidene maten te groot was. Ze had donkerbruin haar en grijze ogen; ze zou mooi zijn geweest, als ze zich niet zo opvallend bang had getoond. Ze zette de kruiken op tafel en bracht zilveren kopjes, die ze uit een tegen de wand geplaatste kast nam. Toen haar gezegd werd te gaan, maakte ze zich haastig uit de voeten.

,,Ik veronderstel, dat het dwaas is om te vragen, of jullie deze mensen betalen voor het werk dat zij doen, of voor de dingen die jullie hen ontnamen," zei Harkaman. Het lachen van de mannen van de *Gesel van de Ruimte* en de *Lamia* maakten het duidelijk, dat het dat inderdaad was. Harkaman haalde zijn schouders op. ,,Nu ja, het is jullie planeet. Maak er maar een bende van, als jullie dat willen."

,,Denk jij werkelijk dat we hen zouden moeten betalen?" Spasso keek hem ongelovig aan. ,,Die smerige troep wilden!"

,,Het zijn niet zulke wilden als de bewoners van Xochitl waren, toen Haulteclere de planeet overnam. Jullie zijn daar geweest; julie hebben kunnen zien wat Prins Viktor nu met hen bereikt."

„Wij hebben de mensen en de uitrusting niet, die ze op Xochitl hebben," zei Valkanhayn. „Wij kunnen het ons niet permitteren de bevolking te vertroetelen."

„Je kunt het je niet permitteren dat niet te doen," bracht Harkaman hem aan zijn verstand. „Jullie hebben hier twee schepen. Daarvan kunnen jullie er maar één gebruiken om op rooftocht te gaan; het tweede schip moet hier blijven om de planeet te houden. Als jullie met beide schepen vertrekken zal de plaatselijke bevolking, die jullie zo ijverig tegen jullie in het harnas hebben gejaagd, iedereen die achterblijft vermorzelen. En als jullie hier niemand achterlaten, wat heeft het dan voor zin een planetaire basis te hebben?"

„Wel, waarom sluiten jullie je niet bij ons aan?" kwam bij Spasso de aap eindelijk uit de mouw. „Met onze drie schepen kunnen we het hier geweldig hebben."

Harkaman keek hem onderzoekend aan.

„De heren stellen dit verkeerd," zei Trask. „Wat zij bedoelen is, dat zij zich bij ons aan willen sluiten."

„Nu ja, als je het zo wilt stellen," gaf Valkanhayn toe. „Het is waar, die *Nemesis* van jullie is helemaal het einde. En waarom niet? Met drie schepen zou je pas van een echte basis kunnen spreken. De vader van Nicky Gratham had er maar twee, toen hij op Jaganath begon en kijk eens wat de Grathams daar nu hebben."

„Hebben wij belangstelling?" vroeg Harkaman.

„Ik ben bang van niet. Hoewel, we zijn nog maar net geland. Tanith kan grote mogelijkheden hebben. Ik stel voor, dat we onze beslissing nog even uitstellen en eerst wat rondkijken."

Er stonden sterren aan de hemel en boven de oostelijke horizon de sikkel van de maan. Het was een kleine maan, maar hij was dichtbij. Hij liep naar de rand van het observatiedek en Elaine wandelde aan zijn zijde. De geluiden binnen, waar de bemanning van de *Nemesis* feest vierde met de mannen van de *Gesel van de Ruimte* en de *Lamia*, werden zwakker.

Ergens in het zuiden bewoog een ster; een van de sloepen, die ze boven de planeet hadden achtergelaten, om de wacht te houden. Ver beneden zich hoorde hij zingen en hij zag het licht van een vuur. Plotseling realiseerde hij zich, dat het de arme duivels waren, die Valkanhayn en Spasso tot hun slaven hadden gemaakt en Elaine ging weg.

„Heb je je bekomst van de betovering rondom het bestaan van

een Ruimte Viking, Lucas?"

Hij draaide zich om. Het was Baron Rathmore, die mee was gegaan om hem een paar jaar te dienen, om daarna vanaf de een of andere basisplaneet naar huis terug te keren en politiek voordeel te putten uit het feit, dat hij aan de zijde van Lucas Trask had gestaan.

„Voor het ogenblik, ja. Maar ik heb me laten vertellen, dat dit stelletje niet typerend is."

„Dat hoop ik niet. Het is een bende sadistische wreedaards en het zijn nog zwijnen bovendien."

„Wreedheid en slechte manieren kan ik nog door de vingers zien, maar Valkanhayn en Spasso zijn een paar schandalige bandieten en nog dwazen bovendien. Als Andray Dunnan hier vóór ons was aangekomen, had hij althans nog één goed ding in zijn rampzalige leven kunnen doen. Ik kan niet goed begrijpen, waarom hij niet hierheen kwam."

„Ik denk dat hij nog wel zal komen," zei Rathmore. „Ik ken hem en ik ken Nevil Ormm. Ormm is ambitieus en Dunnan is wraakgierig bij het waanzinnige af..." Hij onderbrak zichzelf en lachte wrang. „En dat vertel ik *jou*."

„Waarom kwam hij dan niet rechtstreeks hierheen?"

„Misschien wil hij geen basis op Tanith. Dat zou dan iets constructiefs zijn; Dunnan is een vernietiger. Ik denk dat hij die lading uitrustingsstukken ergens heen heeft gebracht, om ze te verkopen. Ik denk, dat hij zal wachten tot hij er heel zeker van is, dat het andere schip voltooid is. Dan zal hij komen en het vuur openen, zoals hij..." Hij beet de zin abrupt af. „Zoals hij het vuur opende op mijn bruiloft; geen ogenblik, dat ik er niet aan denk."

De volgende ochtend namen hij en Harkaman een luchtwagen, om een kijkje te gaan nemen in de stad bij de vertakking van de rivier. De stad was volkomen nieuw, in die zin, dat hij was gebouwd na de ineenstorting van de Federatieve beschaving en het verloren gaan van de technologie. Hij was op een lange, onregelmatige, driehoekige heuvel gebouwd, duidelijk met de bedoeling boven het waterpeil te blijven. Generaties lang moest er met behulp van spaden en ossekarren aan gewerkt zijn. In de ogen van een beschaving die gebruik maakte van de contra-graviteit en door energie gevoede apparatuur, was het niet zo heel indrukwekkend. Vijftig tot honderd mannen voorzien van dergelijke apparatuur zouden het geheel in één zomer hebben opgebouwd. Het was alleen door zichzelf te dwingen in termen van schep na schep aarde te denken; wagenlading na wagenlading, krakend achter zich afbeulende dieren; boom na boom met de handbijl omgehakt; steen na steen opgestapeld, dat hij het kon waarderen. Ze hadden de stad zelfs omwald met een palissade van boomstammen, waarachter aarde en stenen waren aangebracht en overal langs de rivier zag je steigers, waaraan bootjes lagen gemeerd. De bevolking had de stad eenvoudig Tradetown – Handelsstad – genoemd.

Toen zij naderden weerklonk een dreunende gongslag en een wit rookwolkje werd gevolgd door de knal van een signaalpistool. De op kano's gelijkende boten, bemand door vele roeiers, kozen haastig de rivier. Door hun kijkers zagen zij de mensen naar alle kanten over de omringende akkers wegvluchtten, hun vee voor zich uit drijvend. Ze schenen een behoorlijk goed functionerend luchtalarm-systeem te hebben ontwikkeld, in diè pak weg negenhonderd uren gedurende welke zij waren overgeleverd aan de genade van Boake Valkanhayn en Garvan Spasso. Het had hen niet geheel kunnen behoeden; een deel van de stad was afgebrand en hier en daar zag je nog de bewijzen van beschietingen, die moesten hebben plaatsgevonden. Licht explosieve, chemische granaten; zelfs voor deze twee was deze stad een te goede melkkoe geweest om haar dood te schieten voor ze geheel was leeggemolken.

Op een hoogte van duizend voet cirkelden ze langzaam boven de stad rond. Toen ze afzwenkten begon in de buitenwijken zwarte rook op te stijgen uit wat pottenbakkerijen of steenovens zouden kunnen zijn; blijkbaar was er iets harsachtigs op de vuren gegooid. Op beide rivieroevers begonnen meer zwarte rookkolommen op te stijgen.

„Weet je, deze mensen zijn beschaafd, als je tenminste niet denkt in termen van contra-graviteit en atoomenergie," zei Harkaman. „Ze beschikken bij voorbeeld over buskruit en ik kan een paar belangrijke Oud Terraanse beschavingen opnoemen, die zelfs dat niet hadden. Ze hebben een georganiseerde maatschappij en iedereen die dat heeft, is op weg naar de beschaving."

„Ik moet er niet aan denken wat er met deze planeet gebeurt, als Spasso en Valkanhayn hier nog lang blijven."

„Op de lange duur misschien iets goeds. Iets dat op de lange duur tot iets goeds zal blijken te leiden, is dikwijls hard op het moment dat het gebeurt. Ik weet wat er met Spasso en Valkanhayn zal gebeuren. Ze zullen beginnen zichzelf te ontaarden. Ze zullen hier een tijdje blijven en als ze iets nodig hebben, dat ze de bevolking niet af kunnen nemen, zullen ze op rooftocht gaan. Maar het grootste deel van de tijd zullen ze hier blijven, om te heersen over hun slaven. Hun schepen zullen ten slotte afgetakeld raken en ze zullen niet in staat zijn ze te repareren. En dan, op een dag, als ze niet op hun hoede zijn, zal de bevolking zich op hen werpen en hen uitroeien. Maar ondertussen kan diezelfde bevolking veel van hen leren."

Ze zwenkten af naar het westen, de loop van de rivier volgend. Ze bekeken een paar dorpen. Eén of twee ervan stamden nog uit de tijd van de Federatie; eens waren het plantages geweest, vóór wat er ook gebeurd mocht zijn. Maar de meeste dorpen waren in de vijf afgelopen eeuwen gebouwd. Een paar dorpen waren onlangs verwoest; de straf voor zelfverdediging.

„Ik zal je iets vertellen," zei hij, na geruime tijd gezwegen te hebben. „Ik ga iedereen een dienst bewijzen. Ik ga me er door Spasso en Valkanhayn toe laten overhalen deze planeet over te nemen."

Harkaman, die achter het stuur zat, draaide zich met een ruk naar hem om. „Ben je gek geworden, of zoiets?"

„Als iemand iets beweert dat je niet begrijpt, zeg dan niet dat hij gek is. Vraag hem wat hij bedoelt. Wie hoorde ik dat toch eerder zeggen?"

„In de roos," zei Harkaman grinnikend. „Wat *bedoelt* u, Lord Trask?"

„Ik krijg Dunnan niet te pakken door hem eeuwig te blijven achtervolgen; ik krijg hem alleen, als ik kans zie hem te onderscheppen. Ook de bron van deze woorden moet je niet geheel onbekend zijn. Dit hier lijkt me een goede plaats om hem te onderscheppen. Als hij te horen krijgt dat ik hier een basis heb gevestigd, zal hij vroeger of later komen om toe te slaan. En zelfs al doet hij dat niet, dan zullen we toch meer inlichtingen over hem krijgen, als hier schepen beginnen te komen, dan wanneer we door de Oude Federatie blijven zwerven."

Harkaman overwoog een ogenblik en knikte dan. „Ja, als we een basis als op Nergal of Xochitl zouden kunnen vestigen," stemde hij in. „Dan zouden er op elk van deze planeten voortdurend zo' vier of vijf schepen zijn; Ruimte Vikings, handelsschepen, Gilgameshers enzovoort. Als we over de uitrusting beschikten, waarmee Dunnan met de *Enterprise* in de ruimte verdween, dan zouden we aan een dergelijke basis kunnen beginnen. Maar we hebben niets dat ook maar lijkt op wat we nodig hebben en je weet wat Spasso en Valkanhayn hebben."

„We kunnen het van Gram krijgen. Zoals de zaken nu staan verloren de mensen die in het Tanith Avontuur investeerden, met Hertog Angus te beginnen, alles wat zij erin staken. Als ze bereid zijn wat goed geld naar kwaad geld te gooien, kunnen ze het terugkrijgen, met een behoorlijke winst op de koop toe. En er moeten niet ver hier vandaan boven het roeiboot- en ossekarren niveau verheven planeten zijn, die we zouden kunnen overvallen om te krijgen wat we nodig hebben."

„Dat is juist. Ik weet er zo een stuk of zes te noemen, die zich binnen een afstand van vijfhonderd lichtjaren bevinden. Al zijn die niet van het soort dat Spasso en Valkanhayn gewoon zijn te overvallen. Behalve machinerieën zullen we er ook goud kunnen bemachtigen en waardevolle handelswaar, die we aan Gram kunnen verkopen. Als ons dat zou lukken, dan bereik je in je jacht op Dunnan meer door hier op Tanith te blijven zitten, dan door naar hem op zoek te blijven gaan. Op die manier maakten we toen ik nog een jongen was in Colado jacht op moerasvarkens. Zoek een goed plekje op, ga rustig zitten en wacht af..."

Ze hadden Valkanhayn en Spasso aan boord van de *Nemesis* uitgenodigd voor het diner en het kostte weinig moeite om het gesprek in de richting van het onderwerp Tanith met al zijn voordelen en mogelijkheden te leiden.

Uiteindelijk, toen ze aan de koffie met cognac zaten, zei Trask losjes: „Ik geloof, dat we met elkaar werkelijk iets goeds van deze planeet zouden kunnen maken."

„Dat proberen we jullie nu al die tijd al te vertellen!" viel Spasso hem gretig in de rede. „Dit is een geweldige planeet..."

„Dat zou het kunnen worden. Het enige dat hij nu heeft zijn zijn mogelijkheden. Om te beginnen hebben we een ruimtehaven nodig."

„Wat is dit hier dan?" wilde Valkanhayn weten.

„Dit was een ruimtehaven," bracht Harkaman hem aan zijn verstand. „En het kan er opnieuw een worden. En we hebben een scheepswerf nodig, die in staat is alle grote reparatiewerkzaamheden uit te voeren. Die in feite in staat is een geheel nieuw schip te bouwen. Ik heb nog nooit een schip, met welk soort lading ook aan boord waard om over te onderhandelen op een Viking-basis planeet binnen zien komen, dat niet een of andere schade had opgelopen. Prins Viktor van Xochitl dankt meer dan de helft van zijn inkomen aan het uitvoeren van scheepsreparaties en hetzelfde is het geval met Nicky Gratham op Jaganath en de Everrards op Hoth."

„En machinefabrieken, motoren voor hyper-aandrijving en voor de normale ruimte," voegde Trask eraan toe. „En een staalfabriek en een fabriek voor robot-uitrusting en..."

„Maar dat is waanzin!" schreeuwde Valkanhayn. „Er zijn minstens twintig reizen met een schip van deze afmetingen nodig, om al dat materiaal hier te krijgen. En hoe zullen we ooit in staat zijn er voor te betalen?"

„Ik spreek nu over het soort basis, dat Hertog Angus in gedachten had. De *Enterprise*, praktisch een duplicaat van de *Nemesis*, had alles dat nodig was om met de bouw te kunnen beginnen aan boord, toen ze gekaapt werd."

„Toen ze wat?"

„Nu zul je de heren de waarheid moeten vertellen," grinnikte Harkaman.

„Dat was ik van plan." Hij legde zijn sigaar neer, nam een slokje van zijn cognac en vertelde over Hertog Angus' Tanith Avontuur. „Het maakte deel uit van een groter plan. Angus wenste economische suprematie voor Wardshaven te verwerven, ter ondersteuning van zijn politieke ambities. Het was echter een geheel zakelijk voordeel. Ik was er tegen, omdat ik dacht dat het een te goed voorstel voor Tanith was, dat uiteindelijk in het nadeel van onze thuisplaneet zou werken."

Hij vertelde over de *Enterprise* en de lading die ze vervoerde. En vervolgens vertelde hij, hoe Andray Dunnan het schip had gekaapt.

„Dat zou mij op zich in het geheel niet geërgerd hebben; ik had geen geld in het project geïnvesteerd. Wat mij wel ergerde, om het heel zacht uit te drukken, was dat Dunnan vlak voor hij er met het schip vandoor ging op mijn bruiloft verscheen, het vuur opende, mij en mijn schoonvader verwondde en de vrouw doodde, waarmee ik minder dan een half uur getrouwd was. Ik rustte dit schip voor eigen rekening uit, nam kapitein Harkaman in dienst, die nadat de *Enterprise* was gekaapt zonder commando achterbleef, en kwam hierheen om Dunnan te zoeken en te doden. Ik geloof, dat ik dat doel het best kan bereiken, door hier op Tanith zelf een basis te vestigen. Die basis zal echter met winst moeten draaien, anders wordt er in het geheel niet gedraaid."

Hij pakte zijn sigaar op en nam langzaam een trekje. „Heren...

Ik nodig u uit mijn partners te worden."

„Je hebt ons nog altijd niet verteld hoe we aan het geld komen, om alles te financieren," drong Spasso aan.

„De Hertog van Wardshaven en de anderen die in het oorspronkelijke Tanith Avontuur investeerden, zullen het opbrengen. Het is voor hen de enige manier om terug te krijgen wat ze met de *Enterprise* verloren."

„Maar in dat geval zal de Hertog van Wardshaven de basis exploiteren en niet wij," maakte Valkanhayn bezwaar.

„De Hertog van Wardshaven," herinnerde Harkaman hem, „bevindt zich op Gram. Wij bevinden ons hier op Tanith. Daar liggen drieduizend lichtjaren tussen."

Dat scheen een bevredigend antwoord. Spasso wilde echter weten, wie hier op Tanith de leiding zou krijgen.

„We zullen een bespreking met alle drie de bemanningen moeten hòuden," begon hij.

„We doen helemaal niets van dien aard," zei Trask. „Ik heb hier op Tanith de leiding. Misschien staan jullie je mensen toe over voorstellen te debatteren en te stemmen, ik niet. De heren zullen hun respectievelijke bemanningen hierover in moeten lichten. Elk bevel, dat door jullie in mijn naam wordt gegeven, dient zonder tegenwerpingen te worden gehoorzaamd."

„Ik weet niet hoe mijn mannen dat op zullen nemen," zei Valkanhayn.

„Ik weet, hoe ze het op zullen nemen als ze verstandig zijn," zei Harkaman. „En ik weet ook wat er gebeurt, als ze dat niet zijn. Ik weet hoe jullie je schepen bestuurd hebben en ik weet, hoe jullie je door jullie bemanningen hebben laten besturen. Wel, wij doen het niet op die manier. Lucas Trask is de eigenaar en ik ben zijn kapitein. Ik gehoorzaam zijn bevelen als er iets moet worden gedaan en iedereen anders gehoorzaamt mij, als er iets moet worden gedaan."

Spasso keek Valkanhayn aan en haalde dan zijn schouders op. „De man wil het zo, Boake. Wil jij nog met hem in discussie gaan? Ik niet."

„Het eerste bevel," zei Trask, „is dat de mensen, die hier voor jullie werken, worden betaald. Ze worden niet meer geslagen door de kerels die hen bewaken. Als iemand hier weg wil, mag hij gaan. Hij zal zijn beloning en vervoer naar huis krijgen. Zij die wensen te blijven, worden door ons gevoed. Ze zullen worden voorzien van kleding, beddegoed en wat ze verder nodig hebben en ze krijgen loon uitbetaald. We zullen een of ander betaalmiddel bedenken en een magazijn inrichten, waar ze allerlei zaken kunnen kopen. Ik denk aan schijfjes van plastic of titanium, of iets dergelijks; gestempeld en onvervalsbaar. Laat Alvyn Karffard daar voor zorgen. Stel werkgroepen samen en benoem de beste en meest intelligente onder hen tot voormannen. Die bewakers kunnen door de een of andere sergeant van de grondtroepen onderhanden worden genomen; ze zullen een tactische opleiding en Zwaard-Wereld wapens krijgen. Maak van hen gebruik om de anderen te trainen; het kan een keer nodig zijn, om van een soort burgerwacht gebruik te moeten maken. Zelfs de beste goede wil is geen vervanging voor een gewapende strijdmacht, die zeer nadrukkelijk aanwezig is en waarvan zonder aarzelen gebruik zal worden gemaakt, wanneer dat noodzakelijk is. Verder worden er geen dorpen meer overvallen om voedsel of iets anders te bemachtigen. We zullen voortaan betalen voor alles dat we van iemand van de plaatselijke bevolking krijgen.''

,,Daar krijgen we moeilijkheden mee,'' voorspelde Valkanhayn. ,,Onze mannen denken, dat alles wat een inboorling bezit, toebehoort aan iedereen die kans ziet het te bemachtigen.''

,,Zo denk ik er ook over,'' zei Harkaman. ,,Maar dan wel als ik op een planeet ben, die ik overval. Dit is onze planeet en ons volk. We voeren geen overval uit op onze eigen planeet en ons eigen volk. Dat zul je je mannen moeten leren.''

III

Het had Valkanhayn en Spasso meer tijd en overredingskracht gekost, om hun bemanningen te overtuigen, dan Trask nodig had gedacht.

Harkaman scheen tevreden te zijn en dat was ook Baron Rathmore, de Wardshaven politicus.

„Het is als het bepraten van een groep onafhankelijke grondbezitters, die je ertoe over wilt halen hun land te verpachten," zei deze laatste. „Je moet niet te veel druk uitoefenen; laat hen denken dat het hun eigen idee was."

Er werden besprekingen tussen beide bemanningen gevoerd, tijdens welke verhit werd gedebatteerd; Baron Rathmore hield verscheidene toespraken, terwijl Lord Trask van Tanith en Admiraal Harkaman – deze titels waren door Rathmore voorgesteld – zich overal buiten hielden.

Beide schepen waren gemeenschappelijk bezit, wat er op neerkwam, dat in feite niemand ook maar iets bezat. Ze hadden Tanith op dezelfde basis van gedeeld eigendomsrecht overgenomen en onder beide bemanningen was niemand te vinden, dwaas genoeg om te denken dat hij op zijn eigen houtje iets van de planeet zou kunnen maken. Door zich aan te sluiten bij de Nemesis leken zij *iets* voor *niets* te krijgen.

Uiteindelijk stemden zij er voor zich onder het gezag van Lord Trask en Admiraal Harkaman te plaatsen. Tanith zou een feodale staat worden en de drie schepen zouden een vloot vormen.

Admiraal Harkamans eerste gezagsdaad was een algehele inspectie van de schepen. Hij was niet geschokt door de conditie van de beide ruimtevaartuigen, maar dat was alleen, omdat hij verwacht had dat het nog veel erger zou zijn. Ze waren ruimtewaardig; tenslotte waren ze op eigen kracht van Hoth hierheen gekomen. Ze waren alleen gevechtswaardig als het om geen al te zwaar gevecht ging. Zijn eerder gedane bewering dat de *Nemesis* in staat zou zijn beide schepen aan flinters te schieten was bepaald niet overdreven geweest. De motoren verkeerden in redelijke staat; de bewapening was slecht.

„We gaan onze tijd niet verdoen met hier op Tanith rond te blijven hangen," zei hij tegen de twee kapiteins. „Deze planeet is een 'overvalbasis' en 'overvallen' is het juiste woord. En het zullen geen gemakkelijke planeten zijn, die wij gaan overvallen. Een planeet die straffeloos kan worden overvallen is de tijd die je eraan besteedt om hem in handen te krijgen niet waard. We zullen moeten vechten op iedere planeet waar we toeslaan en ik ben niet van plan de levens van de mannen die onder mij staan op het spel te zetten – en dat geldt vanzelfsprekend ook uw beider bemanningen – omdat het motorisch vermogen van uw schepen zowel als uw bewapening ontoereikend is."

,,We hebben het altijd weten te redden," probeerde Spasso tegen hem in te gaan.

Harkaman vloekte. ,,Ja, ik weet hoe jullie het wisten te redden; door kippen te stelen op planeten als Set en Xipototec en Melkarth. Dat levert nog niet genoeg op om de onderhoudskosten te dekken, vandaar dat jullie schepen in zo'n erbarmelijke conditie verkeren. Hoe dan ook, die tijden zijn voorbij. Beide zullen een uitgebreide inspectie moeten ondergaan, maar daarmee zullen we moeten wachten tot we onze eigen scheepswerf hebben. Maar ondertussen sta ik er wel op, dat jullie geschut en de lanceerinrichtingen in orde zijn. En niet te vergeten jullie detectie-uitrusting. Jullie ontdekten de *Nemesis* pas, toen we minder dan twintigduizend mijl van de planeet verwijderd waren."

,,We doen er beter aan eerst de *Lamia* in orde te brengen," zei Trask. ,,Het schip kan dan in plaats van de sloepen de wacht buiten de planeet betrekken."

De volgende dag werd met de werkzaamheden aan de *Lamia* begonnen en er ontstond behoorlijk wat wrijving tussen de officieren van het schip en de ingenieurs die van de *Nemesis* waren overgekomen.

Baron Rathmore begaf zich aan boord en keerde lachend terug. ,,Weten jullie hoe de zaken daar aan boord worden bestuurd?" vroeg hij. ,,Er is een soort raad van officieren; eerste machinist, geleideprojectielen-specialist, astrogator enzovoort. Spasso is niet meer dan een buiksprekende marionet, die gehoorzaamt als er aan de touwtjes wordt getrokken. Ik heb met iedereen gesproken. Ik heb me nog tot niets verplicht, maar elk van hen is van mening, dat Spasso het commando moet worden ontnomen en dat een van hen tot kapitein moet worden bevorderd. En iedereen is van mening dat hij dat zelf moet zijn. Ik weet niet hoe lang dit stand kan houden; het is een soort kunst- en vliegwerk, evenals de werkzaamheden die we aan het schip verrichten. We moeten het ermee doen tot we iets beters hebben."

„We zullen Spasso kwijt moeten zien te raken," stemde Harkaman in. „Ik denk, dat we een van onze eigen mensen op zijn plaats moeten zetten. Valkanhayn kan het bevel over de *Gesel van de Ruimte* blijven voeren; hij is een ruimteman. Maar Spasso deugt nergens voor."

Er waren nog meer ingewikkelde problemen. De bevolking sprak een soort Lingua Terra, zoals iedere afstammeling van het ras, dat in de Derde Eeuw uit het Zonnestelsel was verdwenen, maar het was een nauwelijks te begrijpen soort. Op beschaafde planeten werd de taal onveranderlijk vastgelegd op geluidsbanden en in micro-boeken. Maar micro-boeken kunnen alleen gelezen en geluidsbanden alleen afgeluisterd worden, met behulp van electricteit. En dat had Tanith sinds lang niet meer.

De meeste mensen die door Spasso en Valkanhayn waren ontvoerd en tot slaven gemaakt, kwamen uit dorpen binnen een straal van vijfhonderd mijl.

Ongeveer de helft van hen wenste naar zijn of haar dorp terug te keren; ze ontvingen hun beloning in de vorm van messen, gereedschappen, dekens en stukjes metaal, die als het meest waardevolle ruilmiddel leken te worden beschouwd. Ze werden ingescheept en huiswaarts vervoerd.

Het was niet gemakkelijk de juiste dorpen te vinden, maar het lukte toch en door elk dorp verspreidde zich het nieuws, dat de Ruimte Vikings van nu af aan voor alles zouden betalen.

De *Lamia* werd zo snel mogelijk opgekalefaterd. Je kon het nog altijd moeilijk een goed schip noemen, maar het leek er weer meer op dan voorheen. Het schip was uitgerust met de beste detectie-apparatuur die kon worden samengesteld en vervolgens in een baan om de planeet gebracht. Alvyn Karffard voerde het bevel en had een paar officieren van Valkanhayn en Spasso zowel als van de *Nemesis* aan boord. Harkaman wenste het schip te gebruiken voor de herscholing van al de officieren en liet de bemanningen geregeld rouleren.

Een groot aantal opzichters werd ontheven van hun taak; ze kregen Zwaard-Wereld wapens uitgereikt en ondergingen een intensieve training. Het uit gekleurd plastic gestanste handelsgeld werd in omloop gebracht en er werd een warenhuis ingericht, waar het geld kon worden ingeruild tegen goederen uit de Zwaard-Werelden. Na een poosje begon het bij de plaatselijke bevolking te dagen en kwam men tot de ontdekking, dat men het geld ook voor onderlinge handel kon gebruiken; geld scheen

een van die kenmerkende eigenschappen van een beschaving te zijn geweest, die op Taniths weg naar beneden verloren was gegaan.

Enkelen waren nu al in staat de contra-graviteitsliften te bedienen en verscheidenen leerden zelfs om te gaan met machines als bulldozers, althans in zoverre, dat ze wisten welke handle of knop voor wat diende.

Geef de mensen een weinig tijd, dacht Trask, een ploeg werklieden gadeslaand, die beneden, op de vloer van de ruimtehaven aan de arbeid was. Binnen een paar jaar zal meer dan de helft van hen in staat zijn een luchtwagen te besturen.

Zodra de *Lamia* in zijn baan was gebracht om de planeet te bewaken, werd de *Gesel van de Ruimte* aan de grond gezet en werd met de werkzaamheden aan dit tweede schip begonnen.

Besloten was, dat Valkanhayn met het schip naar Gram zou gaan; er zouden genoeg mensen van de *Nemesis* meegaan om te bewijzen dat hij betrouwbaar was en om met Hertog Angus en de Tanith-investeerders te praten. Deze laatste taak zouden Baron Rathmore, Paytrik Morland en verscheidene andere gentleman-avonturiers van Wardshaven op zich nemen. Alvyn Karffard zou optreden als Valkanhayns eerste officier en had zijn privé-orders om het bevel over te nemen, indien dat noodzakelijk was. Guatt Kirbey zou de reis meemaken als astrogator.

,,Maar eerst zullen we er met de *Nemesis* en de *Gesel van de Ruimte* op uit moeten, om een paar grote overvallen uit te voeren," zei Harkaman. ,,We kunnen de *Gesel van de Ruimte* niet leeg naar Gram terugsturen. Als Baron Rathmore en Lord Valpry en de anderen met Hertog Angus en de Tanith-investeerders praten, zullen ze iets meer moeten laten zien dan alleen een paar vakantiefilmpjes van Tanith. Ze moeten in staat zijn aan te tonen dat Tanith iets oplevert. En we zullen ook geld van onszelf moeten hebben, om te kunnen investeren."

,,Maar Otto... beide schepen?" Het baarde hem zorgen. ,,Veronderstel dat Dunnan hier komt en niemand anders aantreft dan Spasso en de *Lamia*?"

,,Dat risico moeten we nemen. Persoonlijk denk ik dat we nog een jaar tot anderhalf jaar hebben, voor Dunnan zich hier laat zien. Ik weet het, we zaten er eerder al naast, toen we probeerden te gissen welke zijn plannen waren, maar voor het soort raid dat ik in gedachte heb, heb ik hoe dan ook twee schepen

233

nodig. Ik zou die twee schepen hier tijdens onze afwezigheid niet achter willen laten, zelfs al zou jij dat wel willen."

„Wat dat betreft, ik geloof dat ik dat ook niet zou doen. Maar we kunnen Spasso hier alleen niet vertrouwen, of wel?"

„We zullen genoeg van onze eigen mensen achterlaten, om ons daarvan te verzekeren. We zullen Alvyn achterlaten – dat betekent voor mij veel extra werk, dat hij anders zou doen. Baron Rathmore kan hier blijven en de jonge Valpry en de mannen die ons legertje hebben getraind. We kunnen de bemanningen onderling wisselen en een paar van Valkanhayns mannen in de plaats van die van Spasso achterlaten. Misschien kunnen we Spasso zelfs zo ver krijgen, dat hij met ons meegaat. Dat betekent wel, dat we hem bij ons aan tafel zullen moeten verdragen, maar het zou wel verstandig zijn."

„Heb je er al een idee van welke planeet je wilt overvallen?"

„Drie planeten. Als eerste Khepera. Die bevindt zich maar dertig lichtjaren hier vandaan. Veel zal het ons niet opleveren, maar het betekent een betrekkelijk veilig gevechtstraining voor onze groentjes en het geeft ons er tevens enig idee van, hoe Spasso's en Valkanhayns mannen zich gedragen. Bovendien vergroot het hun zelfvertrouwen voor de volgende actie."

„En dan?"

„Amaterasu. Mijn informatie over Amaterasu is ongeveer twintig jaar oud. In twintig jaar kan veel gebeuren. Voor zover ik gehoord heb – ik ben er zelf nooit geweest – is er daar sprake van een redelijke beschaving. Ongeveer als op Terra vlak voor het begin van het Atomische Tijdperk. Ze beschikken niet over kernenergie – die raakten ze kwijt – en uiteraard evenmin over iets dat verder reikt. Maar ze hebben hydro- en zonne-energie en beschikken verder over een niet nucleaire luchtvloot en een aantal redelijk goede chemisch-explosieve wapens, die ze vrijelijk op elkaar toepassen. Voor zover bekend is de planeet twintig jaar geleden voor het laatst overvallen door een van Excalibur afkomstig schip."

„Klinkt veelbelovend. En de derde planeet?"

„Beowulf. We zullen op Amaterasu niet zoveel schade oplopen, dat het daar enig verschil zal uitmaken, maar als we Amaterasu voor het laatst bewaren, zouden er misschien teveel reparaties nodig zijn."

„Zo... staat het er zo voor?"

„Ja. Zij hebben wel kernenergie. Ik geloof niet, dat het verstandig zal zijn om Beowulf in het bijzijn van de kapiteins Spasso en

234

Valkanhayn te noemen. Wacht tot we hebben toegeslagen op
Khepera en Amaterasu. Daarna zullen ze zich helden voelen."

IV

Khepera liet een bittere smaak in zijn mond achter. Hij proefde die nog, toen de kleurenwerveling op het scherm wegstierf, het grijze niets van de hyper-ruimte achterlatend.

Garvan Spasso – het had geen moeite gekost hem te bewegen mee te gaan – staarde begerig naar het scherm, alsof hij de geplunderde planeet die ze hadden achtergelaten nog altijd voor zich zag.

,,Dat was goed! Dat was goed!'' krijste hij. Hij had dat sinds ze opgestegen waren zeker al twaalf keer geroepen. ,,Drie steden in vijf dagen en die buit, die we binnen hebben weten te halen. We moeten voor meer dan twee miljoen stellars[1]) hebben buitgemaakt!''

En richtten voor tien keer zoveel schade aan om die buit te krijgen en geen computer was in staat te berekenen hoeveel schade er aan doden en lijden was toegebracht.

,,Houd je bek, Spasso! Je hebt dat al eerder gezegd!''

Er was een tijd geweest, dat hij niet op deze manier tegen de man – of tegen iemand anders – zou hebben gesproken. Greshams wet: Slechte manieren verdrijven goede manieren.

Spasso draaide zich beledigd naar hem om.

,,Wie denk je wel dat je bent?''

,,Hij denkt dat hij Lord Trask van Tanith is,'' zei Harkaman.

,,En hij heeft nog gelijk ook... die is hij.'' Hij keek Trask een ogenblik onderzoekend aan en draaide zich weer om naar Spasso. ,,Ik ben het even zat als hij, om jou maar te horen blaten over die luizige twee miljoen stellars. Het zijn er overigens hoogstens anderhalf miljoen, maar zelfs twee miljoen is niets om zoveel drukte over te maken. Misschien zou het dat zijn voor de *Lamia*, maar wij runnen een uit drie schepen bestaande vloot en een planetaire basis, met alle daaraan verbonden onkosten. Een grondvechter, of een bekwaam ruimteman, houdt aan deze raid ongeveer honderdvijftig stellars over. Wij krijgen er zelf duizend. Hoe lang denk je in zaken te kunnen blijven als we door blijven gaan met dit kruimelwerk?''

,,Noem jij dit kruimelwerk?''

,,Ja, dat noem ik kruimelwerk! En voor we op Tanith terug zijn zul jij er net zo over denken. Als je tenminste zo lang blijft leven.''

[1]) Stellar = planetaire munteenheid.

Gedurende een ogenblik toonde Spasso zich nog beledigd. Dan verscheen er een hebzuchtige uitdrukking op zijn sluwe gezicht, die een ogenblik later plaats maakte voor bezorgdheid. Blijkbaar kende hij Harkamans reputatie en sommige van de dingen die Harkaman had gedaan waren niet zijn idee van een gemakkelijke manier om aan geld te komen.

Khepera was gemakkelijk geweest; de bevolking had niets gehad om mee te vechten. Lichte vuurwapenen en een paar kleine kanonnen, die niet in staat waren geweest meer dan een paar salvo's af te vuren. Daar waar ze gepoogd hadden weerstand te bieden waren de gevechtswagens boven hen verschenen, bommen vallen latend en machinegeweren en autokanonnen afvurend. En toch hadden ze gevochten – verbitterd en hopeloos – zoals hij zou hebben gedaan, Traskon verdedigend. Hij dronk zijn door een robot geserveerde koffie en rookte een sigaret. Toen hij opkeek was Spasso verdwenen en Harkaman zat op de rand van het bureau, zijn korte pijp stoppend.

,,Wel, je hebt gezien wat er allemaal te koop is, Lucas,'' zei hij. ,,Het leek je niet erg te bevallen.''

,,Te koop?''

,,Een Oud Terraanse uitdrukking, die ik eens ergens heb gelezen. Het betekent ongeveer; iets voor de eerste keer ervaren, dat grote indruk op je maakt. Dit was je eerste Viking-raid... je weet nu wat er te koop is.''

Hij was eerder in de strijd geweest; hij had de gevechtstroepen van Traskon aangevoerd ten tijde van het grensincident met Baron Manniwel. En verder waren er altijd bandieten en veedieven geweest, waar je mee te maken had. Hij had gedacht, dat dit iets dergelijks zou zijn. Hij herinnerde zich zijn opgewonden verwachting, vijf dagen geleden – of was het vijf jaar geleden? – toen de stad groter en groter werd, zich verspreidend over het beeldscherm, nadat de *Nemesis* de daling had ingezet. Honderd mijl buiten de stadsgrens hadden de sloepen – vier van hemzelf en twee van de *Gesel van de Ruimte* – spiralend rondgecirkeld; de *Gesel van de Ruimte* had de cirkel nauwer aangetrokken tot twintig mijl buiten het centrum en de *Nemesis* had haar meedogenloze daling voortgezet, tot ze, op een hoogte van tien mijl gekomen haar landings- en gevechtswagens en de kleine, eivormige, één-mans luchtcavalerie begon uit te braken. Het was opwindend geweest. Alles was volmaakt gegaan; zelfs Valkanhayns bende had geen stommiteiten begaan.

De beelden van de stad waren hen tegemoet gesneld. Dan het

237

korte en hopeloze gevecht in de stad. Hij kon dat kleine, dwaze stuk veldgeschut nog voor zich zien; het moest ongeveer zeventig of tachtig millimeter geweest zijn, op een hoogwielig voertuig, getrokken door zes ruigharige, krompotige dieren. Ze hadden het geschut afgelegd en waren aan het proberen het op het doel gericht te krijgen, toen een raket van een van de luchtwagens vlak onder de loop insloeg. Het kanon, het caisson, de geschutsbemanning en zelfs de vijftig meter verderop staande trekdieren waren eenvoudig verdwenen.

Of dat kleine groepje, waaronder een paar vrouwen, dat gewapend met pistolen en geweren geprobeerd had het dak van een hoog en gedeeltelijk ingestort gebouw te verdedigen.

Een luchtcavalerist had hen met zijn machinegeweren weggevaagd.

,,Ze hebben geen enkele kans,'' had hij gezegd, zich misselijk voelend, ,,maar ze blijven vechten.''

,,Ja, dwaas van hen, is het niet?'' had Harkaman aan zijn zijde gezegd.

,,Wat zou jij in hun plaats doen?''

,,Vechten! Proberen zoveel mogelijk Ruimte Vikings te doden, voor ze mij te pakken zouden krijgen. Terra-mensen zijn zo dwaas. Daarom zijn we zo menselijk.''

Was het nemen van de stad al een massaslachting geweest, de plundering die daarop was gevolgd, was een door mensenhand geschapen Hel geweest.

Samen met Harkaman was hij naar beneden gegaan, terwijl de strijd – als je het zo noemen kon – nog in volle gang was. Harkaman had gezegd dat het mannen goed zou doen, hen in hun midden te weten. Wat hemzelf betrof; hij had zich gedwongen gevoeld naar hen af te dalen, om hun schuld te delen.

Sir Paytrik Morland en hij hadden samen door een van de grote, holle gebouwen gedwaald, die daar hadden gestaan sinds Khepera een Lidrepubliek van de Terraanse Federatie was geweest.

De lucht was scherp van rook; kruitdamp en de rook van de branden. Het was verbazingwekkend, hoeveel er kon branden in deze stad van beton en glas. Het was ook verbazingwekkend, hoe goed alles bewaard was gebleven, althans op grondniveau. Deze mensen waren trots op hun stad geweest.

Ze vonden zichzelf terug, alleen, in een groot, leeg portaal; het lawaai en de verschrikking van de plundering had zich geleidelijk aan van hen verwijderd – of zij zich van de plundering – en dan, toen ze een zijgang betraden, zagen zij een man, een planeetbewoner, neergeknield op de vloer, het lichaam van een vrouw rustend in zijn schoot. Haar halve hoofd was weggeschoten, maar hij klemde haar dicht tegen zich aan, hartverscheurend snikkend en haar bloed zijn hemd bevlekkend.

„Arme duivel," zei Morland, een stap naar voren doend.

„Nee!"

Trask hield hem met zijn linkerhand tegen. Met zijn rechterhand trok hij zijn pistool en schoot de man dood. Morland was ontzet.

„Grote Satan, Lucas! Waarom deed je dat?"

„Ik wilde, dat Andray Dunnan dit voor mij gedaan had." Hij gooide met zijn duim de veiligheidspal om en holsterde het pistool. „Had hij dat gedaan, dan zou dit alles niet gebeurd zijn. Hoeveel meer geluk denk je, dat wij hier vandaag vernietigd hebben? En wij hebben zelfs Dunnans excuus niet, krankzinnig te zijn."

De volgende ochtend, nadat alles van waarde verzameld en aan boord gebracht was, hadden ze zich over een afstand van vijfhonderd mijlen op weg begeven naar een andere stad. De eerste honderd mijlen ging de reis over een landschap, waarboven de rook hing van de brandende dorpen, die in de voorgaande nacht door Valkanhayns mannen waren geplunderd.

Er was geen waarschuwing vooraf geweest; Khepara had geen electriciteit en dus ook geen radio of telegraaf; het nieuws ging niet sneller dan de dieren, die de plaatselijke bevolking hardnekkig paarden bleef noemen.

In de late namiddag hadden ze ook met die stad afgerekend en het was even erg geweest als de eerste stad. Eén ding, het was het centrum van een belangrijk veegebied. Het vee was geboren en getogen op de planeet; zwaargebouwde eenhoorns, met de afmetingen van een Grambizon of een van de lichtelijk gemuteerde Terraanse karbouwen op Tanith, met lang haar, als van een Terraanse yak. Hij had een stuk of twaalf grondvechters van de *Nemesis*, die als vaqueros op zijn ranch hadden gewerkt, uitgezonden om een aantal koeien en vier geschikte stieren op te halen en genoeg veevoeder, om het de dieren gedurende de reis uit te laten houden. De kansen dat de dieren zich op Tanith aan zouden kunnen passen waren sterk tegen hen, maar zou het lukken, dan zouden ze bewijzen de meest waardevolle buit van Khepara te zijn.

De derde stad lag aan de vertakking van een rivier, zoals Tradetown op Tanith. Maar in tegenstelling tot Tradetown was dit een ware metropool.

Ze hadden daar als eerste heen moeten gaan. Ze brachten er twee dagen door, de stad systematisch plunderend. De Kheperans hier onderhielden met stoomboten veel handelsverkeer over de rivier en overal langs de oevers stonden grote pakhuizen, volgestouwd met alle mogelijke handelswaar.

En beter nog, de Kheperans hadden geld en voor het grootste deel was het goud en de bankkluizen lagen er vol mee.

Jammer genoeg was de stad gebouwd na de val van de Federatie en de opkomst van het barbarisme, die daarop was gevolgd en waren de meeste huizen van hout. Branden ontstonden bijna onmiddellijk en tegen het einde van de tweede dag stond bijna de gehele stad in brand. Het was zichtbaar geweest op het telescopische scherm, zelfs nadat ze de atmosfeer verlaten hadden; een spookachtige gloed, die met de rondwenteling van de planeet langzaam in de duisternis verdween.

,,Het was een smerig zaakje.''

Harkaman knikte. ,,Dat is moorden en roven altijd. Je hoeft me niet te vragen wie eens gezegd heeft dat Ruimte Vikings beroepsmoordenaars en -plunderaars zijn, maar wie was het die eens zei, dat het hem niet kon schelen hoeveel planeten er in de Oude Federatie werden overvallen en hoeveel onschuldigen er werden afgeslacht?''

,,Een man die dood is. Lucas Trask van Traskon. Hij wist niet, waarover hij sprak.''

,,Wens je nu, dat je Traskon behouden had en op Gram was gebleven?''

,,Nee. Als ik dat had gedaan, zou ik daar elk uur doorgebracht hebben, wensend te mogen doen wat ik nu doe. Ik denk, dat ik er wel aan zal wennen.''

,,Dat denk ik wel. Je zult althans leren je voedsel binnen te houden. Ik kotste mezelf leeg na mijn eerste raid en ik werd bijna een jaar lang gekweld door nachtmerries.''

Hij gaf zijn koffiekopje terug aan de robot en kwam overeind. ,,Ik ga een paar uurtjes rusten. Daarna ga ik een paar antialcohol tabletten bij de dokter halen. Zodra alles aan boord geregeld is zullen er overal in het schip feestjes worden georganiseerd en er wordt van ons verwacht, dat we overal even onze neuzen laten zien, een borreltje meedrinken en zeggen: ,,Goed gedaan, jongens.''

Elaine kwam bij hem, terwijl hij rustte. Ze keek hem vol afgrij-

240

zen aan en hij probeerde zijn gezicht voor haar te verbergen en realiseerde zich dan, dat hij zich voor zichzelf verborg.

Zij aan zij kwamen de *Nemesis* en de *Gesel van de Ruimte* op Eglonsby, op Amaterasu aan. De radar had hen op vijf licht-seconden gesignaleerd en op dit ogenblik wist de hele planeet dat zij in aantocht waren en niemand vroeg zich af waarom.

Paul Koreff ving op z'n minst twintig radiostations op, elk station aan iemand anders overdragend, zodra het was geïdentificeerd. Wat hij opving klonk eensgezind opgewonden, soms paniekerig. En dat alles in verstaanbaar Lingua Terra.

Garvan Spasso toonde zich ontdaan. Zo ook, op het communicatiescherm van de *Gesel van de Ruimte*, Boake Valkanhayn.

„Ze hebben radio en ze hebben radar!" riep hij uit.

„Nou en?" zei Harkaman. „Ze hadden al radar en radio toen Rock Morgan hier twintig jaar geleden met de *Ruimteplunderaar* was. Maar ze hebben geen kernenergie, of wel?"

„Wel, eh... nee. Ik vang wel industriële electrische ontladingen op, maar niets nucleairs."

„Mooi! Een man met een knuppel kan een man die met zijn vuisten vecht verslaan. Een man met een geweer kan zes mannen met knuppels verslaan. En twee schepen met atoomwapens kunnen een hele planeet die niet over kernenergie beschikt verslaan. Denk je dat het tijd is, Lucas?"

Hij knikte. „Paul, kun je me dat radiostation in Eglonsby geven?"

„Wat ben je van plan?" wilde Valkanhayn weten, al bij voorbaat tegen.

„Hun overgave eisen. Geven ze niet toe, dan gooien we een brandbom. Daarna zullen we op zoek gaan naar een andere stad en opnieuw overgave eisen. Ik denk niet, dat die tweede stad dan nog zal weigeren. Als we dan toch moordenaars moeten zijn, dan zullen we het ook goed zijn."

Valkanhayn was ontzet; waarschijnlijk ontstelde hem de gedachte dat ze een niet geplunderde stad in brand zouden gaan zetten.

Spasso mompelde iets over „,... die smerige Neobarbaren een lesje geven..."

Koreff meldde dat hij op zenden had overgeschakeld.

Hij nam een handmicrofoon op: „Ruimte Vikings *Nemesis* en *Gesel van de Ruimte* roepen Eglonsby. Ruimte Vikings..."

Hij bleef het langer dan een minuut herhalen; er kwam geen antwoord.

„Vann!" riep hij zijn wapens-en-projectielen·officier. „Een klein stukje machtsvertoon, ongeveer vier mijl boven de stad." Hij legde de microfoon neer en keek naar de zuidpool van het schip.

Het telescopische scherm werd verduisterd, toen de filters er voor gleden. Valkanhayn, aan boord van het andere schip, schreeuwde een waarschuwing betreffende zijn eigen schermen. Het enige ongefilterde scherm aan boord van de Nemesis was dat wat stond afgestemd op het vallende projectiel. De stad Eglonsby leek hen tegemoet te stormen en dan werd het plotseling donker. Op de andere schermen was een oranje-gele gloed zichtbaar. Na enkele ogenblikken gleden de filters weg en het telescopische scherm lichtte weer op.

Hij nam de microfoon op.

„Ruimte Vikings roepen Eglonsby! Dit is uw laatste waarschuwing! Neemt u onmiddellijk contact op..."

Minder dan een minuut later klonk uit een van de luidsprekers een stem: „Eglonsby roept Ruimte Vikings! Uw bom heeft grote schade aangericht. Wilt u uw vijandelijkheden staken, tot iemand met gezag contact met u op kan nemen? Dit is het hoofd technische dienst van de Staats-televisie. Ik heb niet de bevoegdheid iets tegen u te zeggen of iets te bespreken."

„Heel goed, dat ruikt naar dictatuur," zei Harkaman. „Grijp de dictator, duw hem een pistool onder zijn neus en je hebt alles."

„Er valt niets te bespreken. Geeft u mij iemand die bevoegd is de stad aan ons over te geven. Gebeurt dat niet binnen een uur, dan zal de stad met al zijn inwoners vernietigd worden."

Nauwelijks een paar minuten later klonk een andere stem: „Dit is Gunsalis Jan, secretaris van Pedrosan Pedro, President van de Raad van Syndicaten. We zullen u verbinden met President Pedrosan, zodra hij rechtstreeks met de hoogste gezaghebber aan boord van uw schepen kan spreken."

„Dat ben ik! Verbindt u mij onmiddellijk met hem door!"

Na een stilte van minder vijftien seconden kregen ze President Pedrosan Pedro zelf.

„Wij zijn er op voorbereid ons te verzetten, maar we realiseren ons hoeveel levens en vernietiging van gebouwen dat zal gaan kosten," begon hij.

„Begint u daar liever niet aan. Weet u iets af van nucleaire wapens?''

,,Uit de geschiedenis. Wij hebben hier geen kernenergie. We kunnen op deze planeet geen splijtstoffen vinden.''

,,Wat het u zal gaan kosten, zoals u het uitdrukt, is de vernietiging van alles en iedereen in een straal van bijna honderd mijl. Bent u nog altijd bereid weerstand te bieden?''

Dat was de President van de Raad van Syndicaten niet en dat liet hij ook weten. Trask vroeg hem, hoeveel gezag zijn positie hem verschafte.

,,In geval van nood heb ik alle gezag. En ik denk,'' zei de stem toonloos, ,,dat dit een noodgeval is. De Raad zal elke beslissing die ik neem automatisch goedkeuren.''

Harkaman drukte een knop in. ,,Zoals ik al zei... dictatuur achter een parlementaire façade.''

,,Als hij geen façade-dictator voor de een of andere oligarchie is.''

Hij beduidde Harkaman zijn duim van de knop te nemen. ,,Uit hoeveel leden bestaat die Raad?''

,,Zestien, gekozen door de Syndicaten die ze vertegenwoordigen. We hebben het Arbeids-Syndicaat, het Handels-Syndicaat, het Middenstands-Syndicaat, het...''

,,Corporatieve Staat, Eerste Pre-Atomische Eeuw op Terra,'' zei Harkaman. ,,We moesten maar eens naar beneden gaan, om een babbeltje te maken.''

Toen ze er zeker van waren dat het publiek er voor gewaarschuwd was geen verzet te bieden, liet de *Nemesis* zich twee mijl zakken, als een gigantische globe boven het centrum van de stad hangend.

De gebouwen waren laag, naar de maatstaven van mensen die gebruik maakten van de contra-graviteit. Het hoogste gebouw verhief zich nauwelijks meer dan duizend voet en er waren maar weinig gebouwen hoger dan vijfhonderd voet. Ze stonden ook dichter op elkaar gebouwd dan de Zwaard-Werelders gewend waren, met brede wegen ertussen. Op verscheidene plaatsen waren merkwaardige kruispunten van wegen, die blijkbaar nergens heen leidden.

Harkaman lachte, toen hij ze zag.

,,Landingsbanen. Ik heb ze eerder gezien op andere planeten, waar ze de contra-graviteit zijn kwijtgeraakt. Ze worden gebruikt voor gevleugelde luchtvaartuigen, die door chemische brandstoffen worden voortgestuwd. Ik hoop .dat we hier nog wat tijd overhouden, zodat ik nog even rond kan kijken. Ik wil wedden, dat ze hier zelfs spoorwegen hebben."

De door de bom veroorzaakte 'grote schade' was ongeveer gelijk aan de uitwerking van een gemiddelde orkaan; hij had de stormen op Traskon wel eens grotere schade zien aanrichten. De schade was voornamelijk toegebracht aan het moreel, en dat was ook de bedoeling geweest.

Ze ontmoetten President Pedrosan en de Raad van Syndicaten in een ruim, smaakvol gemeubileerd vertrek op een van de bovenste verdiepingen van een van de middelgrote gebouwen. Valkanhayn toonde zich verrast; tamelijk luid sprekend merkte hij zijdelings op, dat deze mensen 'bijna beschaafd' moesten zijn.

Ze stelden zich aan elkaar voor. Op Amaterasu ging de achternaam aan de voornaam vooraf, iets dat duidde op een beschaving en een politieke organisatie, die veelvuldig gebruik maakte van alfabetisch samengestelde naamlijsten. Ze droegen allen kledingstukken die ondefinieerbaar, maar onmiskenbaar, aan uniformen deden denken. Nadat iedereen had plaatsgenomen rond de ovale tafel trok Harkaman zijn pistool, de kolf als voorzittershamer gebruikend.

,,Lord Trask, wilt u rechtstreeks met deze mensen onderhandelen?" vroeg hij stijf formeel.

,,Zeker, Admiraal." Hij richtte zich tot de President, de overigen negerend. ,,Wij willen, dat goed begrepen wordt dat wij deze stad in onze macht hebben en dat wij volledige onderwerping verwachten. Zolang u aan ons onderworpen blijft, zullen wij hier op geen enkele wijze schade aanrichten, afgezien daarvan, dat wij mee zullen nemen wat wij kunnen gebruiken. Het volk hoeft geen geweld te vrezen en er zal geen sprake zijn van misdadig vandalisme. De prijs, die u voor dit bezoek zult moeten betalen zal hoog zijn, vergist u zich daarin niet, maar wat het u ook mag gaan kosten, het zal een lage prijs zijn om te vermijden wat wij anders zouden doen."

De President en de leden van de Raad wisselden opgeluchte blikken.

Laat de belastingbetalers zich maar zorgen maken over de kosten; zij zouden er zonder kleerscheuren afkomen.

,,Begrijpt u mij goed," ging hij verder, ,,wij willen maximale waarde en minimale omvang. Juwelen, kunstvoorwerpen, bont, de betere soorten luxe artikelen. Zeldzame metalen. En geldmetalen, goud en platina. U heeft een metaal-gebaseerd betalingsstelsel, neem ik aan...?"

„Oh nee!" President Pedrosan toonde zich lichtelijk geërgerd. „Ons betalingssysteem is gebaseerd op diensten aan de gemeenschap. „Onze munteenheid wordt eenvoudig krediet genoemd."

Harkaman snoof ongemanierd. Blijkbaar had hij dergelijke economische systemen eerder gezien. Trask wilde weten, of ze eigenlijk ooit wel goud of platina gebruikten.

„Goud, in zekere mate, voor de vervaardiging van juwelen. En platina in de industrie, vanzelfsprekend."

„Als ze goud willen hadden ze Stolgoland moeten overvallen," zei een van de leden van de Raad. „Die gebruiken goud als betalingsmiddel."

Gehoord de manier waarop hij dat zei leek het of hij hen er van beschuldigde hun eigen kinderen op te eten en dan nog zonder vork en mes te gebruiken.

„Ik weet het, de kaarten die wij voor deze planeet gebruiken zijn een paar eeuwen oud; Stolgoland schijnt er niet op te staan."

„Ik wilde dat het ook niet op onze kaarten stond." Dat zei een Generaal Dagró Ector, van het Staatsbeschermings-Syndicaat.

„Het zou voor deze hele planeet een goede zaak zijn geweest, als u besloten had hen te overvallen, in plaats van ons," zei iemand anders.

„Het is nog niet te laat voor deze heren, om die beslissing alsnog te nemen," zei Pedrosan. „Ik meen te begrijpen dat goud ook door uw volk als betaalmiddel wordt gebruikt?"

Toen Trask knikte ging hij verder: „Dat is ook de basis van de Stolgolandse valuta. In werkelijkheid wordt er bankpapier gebruikt, dat theoretisch inwisselbaar is voor goud. Het is namelijk zo, dat de goudcirculatie verboden is en de gehele goudschat van de natie wordt op drie verschillende plaatsen in kluizen bewaard. En wij weten precies waar."

„U begint mij te interesseren, President Pedrosan."

„Doe ik? Hoe dan ook, u heeft twee grote ruimteschepen en zes kleinere vaartuigen. U heeft atoomwapens, iets dat niemand op deze planeet heeft. U heeft contra-graviteit, iets dat hier nauwelijks meer dan een legende is. Aan de andere kant hebben wij anderhalf miljoen grondtroepen, straalvliegtuigen, tanks en chemische wapens. Als u een aanval op Stolgoland wilt ondernemen, stellen wij u deze gehele strijdmacht ter beschikking. Generaal Dagró zal die onder uw leiding commanderen. Alles wat wij vragen is, dat onze troepen het land bezet mogen houden, wanneer u de goudschatten van Stolgoland aan boord van uw schepen heeft gebracht."

Dat was alles wat er tijdens deze bespreking werd gezegd. Er volgde nog een tweede; alleen Trask, Harkaman en Sir Paytrik Morland vertegenwoordigden de Ruimte Vikings. De regering van Eglonsby was vertegenwoordigd door President Pedrosan en Generaal Dagró. Ze ontmoetten elkaar deze keer in een intiemere omgeving, in een kleiner en luxueuzer ingericht vertrek in hetzelfde gebouw.

„Als u van plan bent Stolgoland de oorlog te verklaren, dan zou ik daar als ik u was niet te lang mee wachten," adviseerde Morland. „Wij blijven hier niet eeuwig."

„Wat?" Pedrosan scheen er maar vaag een idee van te hebben waar hij over sprak. „Bedoelt u hen waarschuwen? Zeker niet. We zullen hen bij verrassing aanvallen. Het zal niets anders dan pure zelfverdediging zijn," voegde hij er zich rechtvaardigend aan toe. „De oligarchische kapitalisten van Stolgoland beramen al jarenlang plannen om ons aan te vallen."

„Ja, als u uw oorspronkelijke plan om Eglonsby te plunderen had uitgevoerd, zouden ze ons land binnen zijn gevallen op het moment dat uw schepen de ruimte kozen. Dat is precies wat ik in hun plaats gedaan zou hebben."

„Maar u onderhoudt toch vriendschappelijke betrekkingen met hen?"

„Natuurlijk. Wij zijn beschaafd. De vredelievende regering en het volk van Eglonsby..."

„Ja, Mr. President, ik begrijp het. En ze hebben hier een ambassade?"

„Zo noemen ze het," schreeuwde Dagró. „Een addernest! Een pesthol van spionage en ondermijnende activiteiten..."

„Dat pakken we zelf wel aan," zei Harkaman. „U bent niet in staat al hun agenten buiten de ambassade gevangen te nemen en als wij het zouden proberen zou dat argwaan wekken. We zullen een façade op moeten trekken, om hen te misleiden."

„Ja... u zendt onmiddellijk een radioboodschap uit. U roept uw volk op met ons samen te werken en u mobiliseert uw troepen om ons te assisteren bij het innen van de schatting, die wij Eglonsby opleggen," zei Trask. „Op die manier zullen de Stolgolandse spionnen als ze de troepenconcentraties rond ons schip zien denken, dat uw soldaten ons behulpzaam zijn bij het inladen van de buit."

„En we zullen bekendmaken dat een groot deel van de schatting zal worden betaald in de vorm van militaire goederen," volgde Dagró eraan toe. „Dat zal verklaren waarom onze kanonnen en tanks aan boord van uw ruimteschepen worden gebracht."

Toen de Stolgolandse ambassade door de Ruimte Vikings werd overvallen, verzocht de ambassadeur onmiddellijk naar hun leider te worden gebracht.

Hij had een voorstel: Als de Ruimte Vikings het leger van Eglonsby volledig buiten gevecht zouden stellen en de Stolgolandse troepen toe zouden staan het land binnen te vallen, wanneer zij gereed waren om te vertrekken, dan zou het invasieleger tienduizend kilo goud meebrengen.

Trask deed het voorkomen alsof hij wel oren naar het voorstel had.

Stolgoland lag aan de overzijde van een smalle en ondiepe zee van de Staat Eglonsby; een zee bezaaid met kleine eilandjes en elk eilandje op zijn beurt weer bezaaid met oliebronnen. Olie was wat de vliegtuigen en tanks van Amaterasu operationeel hield. En meer dan ideologie lag olie ten grondslag aan de vijandschap tussen de twee naties.

Blijkbaar was het Stolgolandse spionagenet in Eglonsby volkomen om de tuin geleid en de rapporten, die Trask de gevangen genomen ambassadeur toestond te verzenden, bekrachtigden dat bedrog. Elk uur stortten de radiostations van Eglonsby aansporingen over het volk uit, om toch vooral samen te werken met de Ruimte Vikings, met terloops daar tussendoor een enkele jammerklacht over de grote hoeveelheden oorlogsmateriaal, die in beslag werden genomen.

In Stolgoland zaten de spionnen van Eglonsby intussen ook niet stil.

De Stolgolandse legers werden naar vier aan de kust tegenover Eglonsby gelegen zeehavens gedirigeerd en er werden wanhopige pogingen gedaan, om elk beschikbaar schip in handen te krijgen.

Tegen die tijd was elk greintje sympathie, dat Trask nog voor een van de beide naties zou hebben kunnen voelen, verdwenen.

De invasie van Stolgoland begon op de vijfde ochtend na hun aankomst in Eglonsby. Voor het aanbreken van de dag werden de zes sloepen gelanceerd; ze beschreven een wijde baan om de planeet en inkomend vanuit het noorden koersten ze twee aan twee op de drie goudvoorraden aan.

Ze werden uiteindelijk opgemerkt door de radar, maar te laat om nog daadwerkelijk verzet te kunnen organiseren. Twee van de kluizen werden genomen zonder dat er zelfs maar een schot viel en halverwege de ochtend waren alle drie de kluizen opgeblazen en waren de goudbaren en het geld in andere handen overgegaan.

De vier zeehavens, vanwaar uit de Stolgolandse invasie van Eglonsby zou worden ingezet, werden door atoombommen geneutraliseerd.

Geneutraliseerd was een leuk woord, dacht Trask; er klonk geen echo van door in het gekerm van de nog levende verminkten, verbranden en blinden, die rondom de aarden wallen van de bomtrechters lagen.

De *Nemesis* en de *Gesel van de Ruimte* zetten de troepen van Eglonsby bij Stolgonopolis aan land. Terwijl zij de stad plunderden, wat met de gebruikelijke wreedheden gepaard ging, brachten de Ruimte Vikings het goud en alles dat verder nog van meer dan gewone waarde was aan boord van de schepen. Ze bevonden zich er nog de volgende ochtend, toen President Pedrosan in de nieuw veroverde hoofdstad arriveerde, aankondigend dat hij van plan was het Stolgolandse staatshoofd en zijn ministerraad als oorlogsmisdadigers terecht te laten staan. Voor zonsondergang waren ze terug boven Eglonsby. De buit zou wel eens op kunnen lopen tot meer dan een half biljoen Excaliburiaanse stellars.

Boake Valkanhayn en Garvan Spasso waren eenvoudig sprakeloos van verbijstering.

De plundering van Eglonsby begon.

Ze sleepten werktuigen en apparatuur weg en enorme voorraden staal en lichtmetaal. Er waren tal van opslagplaatsen en magazijnen in de stad en al die opslagplaatsen en magazijnen waren volgestouwd met kostbaarheden.

Ondanks de verhalen over gelijkheid en broederschap, waarmee de regering schermde, schenen er toch nog heel wat rijkaards te zijn en al werd goud dan niet gebruikt als betaalmiddel, het werd niet veracht waar het om praalhanzerij ging. Er waren verscheidene grote musea in de stad en Vann Larch, hun enige man die je met een beetje goede wil een kunstkenner zou kunnen noemen, belastte zich er mee de meest waardevolle kunstvoorwerpen te verzamelen.

En er was een grote openbare bibliotheek. Hierin verdween Otto Harkaman, met een half dozijn manschappen. De historische afdeling zou in de toekomst heel wat armer zijn.

Die avond was President Pedro Pedrosan vanuit Stolgoland op de radio.

„Houden jullie Ruimte Vikings zo je woord?" vroeg hij verontwaardigd. „Jullie lieten mij en mijn leger hier in Stolgoland in de steek en jullie plunderen Eglonsby leeg."

„Ik heb u niets van dien aard beloofd. Ik beloofde u te helpen Stolgoland te bezetten en dat hebt u geaccepteerd," gaf Trask hem ten antwoord. „Ik beloofde het onnodige aanrichten van schade of daden van geweld te zullen vermijden. Ik heb al twaalf van mijn eigen mannen op laten hangen, omdat ze zich aan verkrachting, moord en vandalisme schuldig hadden gemaakt. Wij verwachten hier binnen vierentwintig uur weg te zijn. U zou er goed aan doen voor die tijd terug te zijn. Uw eigen mensen beginnen te plunderen en we hebben niet beloofd, dat wij daar voor u tegen op zouden treden."

Het was waar. De weinige soldaten die achter waren gebleven en de politie, waren niet in staat af te rekenen met de horden die in het kielzog van de Ruimte Vikings aan het plunderen waren geslagen. Iedereen scheen te proberen te grijpen wat hij grijpen kon, de schuld op de schouders van de Ruimte Viking ladend. Hij was in staat geweest zijn eigen mensen in de hand te houden. Er waren minstens twaalf gevallen van verkrachting en moord geweest en de schuldigen waren onmiddellijk opgehangen. Niet een van hun scheepsmaten toonde zich daar gebelgd over, zelfs de bemanning van de *Gesel van de Ruimte*. Ze beseften, dat de schuldigen hadden gekregen wat ze verdienden; niet om wat zij de bevolking hadden aangedaan, maar omdat zij ongehoorzaam waren geweest aan de bevelen.

Tegen de tijd dat zij hun schepen volgestouwd hadden en gereed waren om te vertrekken, arriveerden er een paar vliegtuigladingen soldaten uit Stolgoland. Maar veel konden ze niet uitrichten. Harkaman, die zijn buitgemaakte micro-boeken veilig had weggeborgen en die zich nu weer op zijn commandopost bevond, lachte hartelijk.

„Ik weet niet wat die Pedrosan zal doen. Ik zou zelf niet weten wat ik zou moeten doen, als ik me zo in de nesten had gewerkt. Waarschijnlijk stuurt hij de ene helft van zijn leger terug en blijft de andere helft in Stolgoland en straks is hij alles kwijt. Ik stel voor dat we over een jaar of drie, vier, nog eens terug moeten keren, al was het alleen maar uit nieuwsgierigheid. En al zou het ons maar twintig procent opleveren van wat we deze keer buit hebben gemaakt, dan zou dat reisje zichzelf al betalen.

Nadat ze in de hyper-ruimte waren teruggekeerd en alles aan boord was verzekerd, vierden ze drie Galactische Standaarddagen lang feest en niemand aan boord was nog helemaal nuchter. Harkaman bleef doorzwammen over de schat aan historisch materiaal, die hij had gevonden. Spasso was in een jubelstemming. Niemand die dit kruimelwerk kon noemen. Hij bleef dat herhalen zo lang hij nog in staat was iets te zeggen. Khepera, gaf hij toe, dat was kruimelwerk geweest. Die luizige twee of drie miljoen stellars... bah!

BEOWULF WAS VRESELIJK.
Valkanhayn en Spasso waren allebei tegen de raid geweest.
Niemand overviel Beowulf. Beowulf was een te harde noot om
te kraken. Beowulf had kern-energie en atoomwapens; ze
maakten gebruik van de contra-graviteit en ze beschikten over
schepen voor de normale-ruimte. Ze hadden zelfs kolonies op
een paar andere planeten van hun systeem. Ze hadden alles,
behalve hyper-voortstuwing. Beowulf was een beschaafde planeet en je overviel geen beschaafde planeten.
Nee, nee en nog eens nee.
En bovendien, hadden ze op Amaterasu niet genoeg buitgemaakt?
,,Nee, dat hebben we niet,'' hield Trask hen voor. ,,Als we iets
van Tanith willen maken hebben we energie nodig en ik heb het
niet over windmolens of schepraderen. Zoals jullie zelf al op-
merkten, Beowulf heeft kern-energie. Daar kunnen we plutonium en krachtinstallaties vandaan halen.''
Dus gingen ze naar Beowulf.
Ze kwamen uit de hyperruimte op acht licht-uren van de F-7
ster, waarvan Beowulf de vierde planeet was, de onderlinge afstand tussen de schepen twintig lichtminuten bedragend.
Kirbey maakte een micro-sprongetje, dat de schepen binnen
communicatiebereik bracht.
Tijdens een interscheepse beeldschermbespreking maakten
ze hun plannen.
,,Er zijn, of waren drie voornaamste vindplaatsen van splijtbare etsen,'' zei Harkaman. ,,Het laatste schip dat hier een raid
uitvoerde en goed weg wist te komen was Stafan Kintour's
Prinses van Lyon, zestig jaar geleden. Hij sloeg toen bij een van
de vindplaatsen op het Antarctisch continent. Volgens zijn verklaringen was alles daar nog tamelijk nieuw. Hij maakte er geen
al te grote bende van en de vindplaats wordt waarschijnlijk nog
altijd geëxploiteerd. We zullen inkomen over de zuidpool en we
zullen snel moeten inkomen.''
Ze brachten manschappen en materieel over. Ze zouden in
groepen gaan; de sloepen eerst. De sloepen zouden samen met
de *Gesel van de Ruimte* afdalen naar de grond, terwijl de beter
bewapende *Nemesis* boven het gevechtsgebied zou blijven

hangen, om af te rekenen met opstijgende vijandelijke schepen en raketten onschadelijk te maken; kortom, om hen dekking van bovenaf te geven. Trask liet zich overbrengen naar de *Gesel van de Ruimte,* Morland en tweehonderd grondvechters van de *Nemesis* meenemend.

Ze maakten een sprong, die hen tot op een afstand van zes licht-minuten bracht en terwijl Valkanhay's astrogator nog met zijn besturing aan het stoeien was, bespeurden ze radar- en micro-straal detectie. Toen ze uit de volgende sprong kwamen bevonden ze zich op twee lichtseconden van de Zuidpool; minstens een half dozijn schepen was toen al in een baan om de planeet gebracht, terwijl meerdere schepen opstegen. Vanzelfsprekend waren het stuk voor stuk vaartuigen gebouwd voor de normale ruimte, maar sommige waren bijna zo groot als de *Nemesis.*

Vanaf dat moment werd het een nachtmerrie.

Schepen bestookten hen met hun kanonnen en ze beantwoordden het vuur.

Raketten werden afgevuurd en onderschept door afweerraketten; een hels vuurwerk van zich razendsnel ontwikkelende en nog sneller verdwijnende witgloeiende vuurbollen. Op het schadecontrole-paneel flitsten rode lichten aan; sirenes loeiden en claxons krijsten. Op de buitenbeeldschermen zagen ze de *Nemesis* in een gloed van verblindende straling verdwijnen, om er dan, terwijl hun harten nog in hun kelen klopten, weer uit te voorschijn te komen.

Op het paneel gingen rode lichten uit, toen de schadecontrole-eenheden en robots de scheuren in de romp gerepareerd en lucht in de leeggelopen luchtkamers gepompt hadden, en andere rode lichten flitsten weer aan.

Af en toe wierp hij een zijdelingse blik op Boake Valkanhayn, die roerloos in zijn stoel zat, kauwend op een sigaar, die al lang geleden was uitgegaan. Hij genoot bepaald niet van dit alles, maar hij toonde ook geen angst. Één keer verdween een Beowulfer in een supernova-flits en toen de vuurbol zich oploste in het niets was het schip verdwenen. Alles wat Valkanhayn zei was: ,,Ik hoop, dat een van onze jongens dat deed.''

Ze vochten zich een weg omlaag naar de atmosfeer. Nog een schip van de Beowulfers werd opgeblazen; een vaartuig dat ongeveer de afmetingen van Spasso's *Lamia* had.

Een ogenblik later explodeerde een volgend schip; Valkanhayn beukte met zijn vuist op het paneelblad voor hem en schreeuwde: „Dat was er zeker een van ons! Zoek uit wie de raket lanceerde! Bezorg me zijn naam!"

Raketten kwamen hen nu vanaf de planeet tegemoet. Valkanhayn's detectie-officier probeerde de bron te localiseren. Terwijl hij daar nog mee bezig was, maakte een groot, meloenvormig ding zich van de *Nemesis* los en dwars door de door straling veroorzaakte storing heen zagen ze op het communicatiescherm het beeld van Harkaman's lachende gezicht.

„Hellebrander gelanceerd! Doel is het punt waar die raketten vandaan komen."

Afweerraketten ijlden de grote metalen meloen tegemoet, op hun weg de door de robots gelanceerde verdedigingsraketten ontmoetend. Het spoor van de hellebrander werd eerst gemarkeerd door exploderende rode en oranje vuurbollen in de luchtledige ruimte, en later, toen hij in de atmosfeer doordrong, door de rookwolkjes van het afweervuur.

Het helse projectiel verdween in de duisternis voorbij de zonsonderganglijn en verspreidde dan zonlicht van zichzelf.

Het *was* zonlicht; een Bethe solar-feniks-reactie, die nog uren voort zou blijven duren. Hij hoopte dat hij niet binnen duizend mijl van hun doel was neergekomen.

De grond-operatie was weer een geheel andere nachtmerrie. Hij daalde met Paytrik Morland en nog een paar anderen af in een commando-vaartuig.

Raketten raasden hen tegemoet; grondbatterijen openden het vuur; overal om hen heen een steeds wisselend patroon van rondcirkelende gevechts-vaartuigen; eenmans-vaartuigen, die rakelings langs hen heen scheerden, om soms vlak voor hun ogen te worden opgeblazen.

Breinloze, raketten uitbrakende robots vielen hen aan.

Beeldschermen die dol werden gedraaid door de straling; luidsprekers die elkaar tegensprekende orders stamelden. Uiteindelijk splitste de slag die boven tweeduizend vierkante mijlen mijnen, raffinaderijen en kern-centrales in de lucht had gewoed, zich in twee geconcentreerde gevechten; één bij de voorraadmagazijnen en een bij de fabriek van krachtinstallaties.

Op elk van beide punten kwamen drie sloepen naar beneden, een driehoekige formatie vormend; daartussen hing de *Gesel van de Ruimte,* een zwerm vaartuigen en grote, van klauwarmen voorzien manipulators uitstortend. Bewapende vervoers- en landingsvaartuigen vlogen af en aan. De commandowagen suisde van het ene doel naar het andere. Op het ene punt werden grote vaten plutonium, een ton per stuk wegend, uit de gewelven naar boven gebracht; op het andere punt brachten liften enorme ladingen kernenergie-patronen omhoog, sommige zo groot als tien-liter blikken en bedoeld om ruimteschepen van energie te voorzien, andere zo klein als pistoolkogeltjes, bedoeld voor zaken als staaflantaarns.

Ieder uur, zo leek het hem, keek hij op zijn horloge, om telkens te zien dat het pas drie of vier minuten later was.

Eindelijk, toen hij er volkomen van overtuigd was dat hij werkelijk gedood en verdoemd was en tot in de eeuwigheid in deze helse chaos van vuur zou moeten blijven, begon de *Nemesis* rode lichtfakkels af te vuren en begonnen de luidsprekers alle vaartuigen terug te roepen.

Op de een of andere manier kwam hij aan boord van de *Gesel van de Ruimte,* nadat hij zich er eerst van overtuigd had, dat ze niemand die nog in leven was hadden achtergelaten.

Er werden ongeveer twintig vermisten geteld en de ziekenboeg lag vol met gewonden, die met de lading aan boord waren gebracht. Nog meer gewonden werden uit de kleinere vaartuigen geholpen, nadat die aan boord van het moederschip waren teruggekeerd.

De commandowagen, waarin hij had gezeten, was verscheidene keren geraakt en een van de boordschutters bloedde onder zijn helm en leek zich daar niet van bewust te zijn.

Toen hij zich naar de commandokamer begaf, trof hij daar Boake Valkanhayn aan, zich bij een van de robots van koffie bedienend, waarin hij een flinke scheut cognac goot. Hij maakte een uitgeputte indruk.

,,Dat was dat,'' zei hij, in het dampende kopje blazend. Het was het gedeukte zilveren kopje, dat voor hem had gestaan, toen hij voor het eerst op het beeldscherm van de *Nemesis* was verschenen.

Hij gebaarde met zijn hoofd in de richting van het schadecontrolepaneel; de rode lampjes waren gedoofd; alle gaten en scheuren in de romp waren gedicht.

,,Alles wel aan boord.'' Hij zette het zilveren kopje neer en stak een sigaar op. ,,Om met Spasso te spreken... niemand kan dit kruimelwerk noemen.''

,,Nee... zelfs niet als je een heel brood een kruimeltje zou noemen. Was dat Gram-cognac, die je in je koffie deed? Dan neem ik hetzelfde als jij, maar zonder koffie.''

De opsporingsapparatuur van de *Lamia* pikte hen op, zodra ze uit de laatste micro-sprong kwamen.

Trask's knagende angst dat Dunnan tijdens hun afwezigheid aan zou vallen, was ongegrond geweest.

Ongelovig realiseerde hij zich, dat ze niet langer dan ongeveer dertig Galactische Standaard-dagen weg waren geweest en in die tijd had Alvyn Karffard een ongelooflijke hoeveelheid werk verzet. Al het puin op de ruimtehaven was weggeruimd en hij had de bossen in de omgeving en tussen de twee hogen gebouwen weg laten kappen.

De bevolking noemde de stad Rivvin; een paar hier en daar gevonden inscripties wezen uit, dat de oorspronkelijke naam Rivington was geweest. Hij had een groot deel van de planeet ruw in kaart gebrcht en meer gedetailleerd het continent, waar zij zich bevonden. Hij had vriendschappelijke betrekkingen met de bevolking aangeknoopt en hij had vriendschap gesloten met hun koning.

Niemand, zelfs zij die mee hadden geholpen alles te verzamelen niet, geloofde zijn ogen, toen de buit was uitgeladen.

De kleine kudde langharige eenhoorns - de bevolking van Khepera had de dieren ,,kreiers'' genoemd, waarschijnlijk verbastering van de naam van de een of andere natuurvorser die de dieren voor het eerst had ontdekt - had de reis en zelfs de Slag om Beowulf goed doorstaan.

Trask en enkele van zijn vroegere veedrijvers uit Traskon, sloegen de dieren bezorgd gade en de scheepsarts, nu als veearts optredend, nam uitgebreide proeven met allerlei groensoorten, waarvan hij hoopte dat de dieren ze zouden willen eten.

Drie van de koeien bleken te moeten kalveren; deze dieren werden van de kudde afgezonderd en met bijzondere zorgen omringd.

De plaatselijke bevolking had zo zijn eigen mening over de ,,kreiers''. Vee hoorde twee hoorns te hebben, een aan elke kant van de kop en naar achteren gebogen. Er klopte niets van, dat een stuk vee maar één hoorn had en dan nog wel midden op zijn kop en recht naar voren stekend.

Beide schepen hadden zware schade opgelopen. In een van de sloepenruimen van de *Nemesis* was een groot gat geslagen en iedereen was blij, dat de Beowulfers het niet hadden opgemerkt en er geen raket op hadden afgevuurd.

De *Gesel van de Ruimte* had bij het opstijgen van de planeet een voltreffer in haar zuidpool gekregen en een groot gedeelte van de zuidelijke sector van het schip was provisorisch gedicht.

De *Nemesis* werd zo goed mogelijk gerepareerd en werd daarna uitgezonden, om rond de planeet te patrouilleren. Daarna gingen ze aan het werk aan de Gesel van de Ruimte, een groot deel van haar bewapening overhevelend naar de grondverdediging en alles uit de laadruimen verwijderd, om de romp zo goed als mogelijk was te repareren.

Het schip volledig repareren was een kwarwei voor een echte scheepswerf, zoals die van Alex Gorram op Gram. En daar zou het eigenlijke werk ook worden gedaan.

Boake Valkanhayn zou het bevel over het schip voeren, tijdens de reis naar en van Gram. Sinds Beowulf had Trask niet alleen opgehouden een hekel aan de man te hebben, hij was hem zelfs gaan bewonderen. Eens, voor hij was overvallen door allerlei tegenslag, waaraan hij zelf nauwelijks enige schuld had gehad, was hij een góed mens geweest. Hij had zich eenvoudig laten gaan en zich nergens meer iets van aangetrokken. Maar nu had hij zichzelf weer volkomen in de hand.

Dat had zich voor het eerst geopenbaard nadat ze op Amaterasu waren geland; hij was zich met meer zorg gaan kleden en was beschaafder gaan spreken. Hij begon er meer uit te zien en zich te gedragen als een ruimteman, in plaats van las een kroegloper. Zijn mannen begonnen hem te gehoorzamen, als hij een bevel gaf. Hij had zich verzet tegen de overval op Beowulf, maar dat was de doodsstrijd geweest van de kleine kruimeldief, die hij eens was. Hij was bang geweest, maar wie was dat niet, afgezien van een paar groentjes wier dapperheid voortkwam uit onwetendheid. Maar hij was meegegaan en zijn schip had goed gevochten; in een hel van raketten en bommen was hij boven de splijtstofmijnen op zijn post gebleven en hij had zich ervan overtuigd, dat iedereen die naar beneden was gegaan en die nog in leven was, weer terug aan boord was, voor hij naar de ruimte was opgestegen.

Hij was weer een Ruimte Viking.

Garvan Spasso was dat niet en zou het ook nooit worden. Hij was witheet van woede, toen hij hoorde dat Valkanhayn met zijn schip, volgeladen met een groot deel van de op de drie planeten buitgemaakte goederen, naar Gram zou vertrekken.

Hij kwam naar Trask, behoorlijk tegensputterend. „Weet je wat er zal gebeuren?" zei hij. „Hij zal met zijn lading in de ruimte verdwijnen en dat zal dan het laatste zijn, dat een van ons nog van hem ziet of hoort. Waarschijnlijk zal hij de lading naar Joyeuse of Excalibur brengen, om zich van de opbrengst een hertogdom te kopen."

„Dat betwijfel ik, Garvan. Een aantal van onze mensen gaat met hem mee - Guatt Kirbey is zijn astrogator. Die vertrouw je toch wel? En Sir Paytrik Morland en Baron Rathmore en Lord Valpry en Rolv Hemmerding..." Hij zweeg een ogenblik, plotseling op een idee komend. „Zou jij de reis met de Gesel van de Ruimte ook mee willen maken?"

Dat wilde Spasso. Bijzonder graag zelfs. Hij knikte.

„Goed, dan zijn we er helemaal zeker van dat er geen schurken-streken worden uitgehaald," zei hij ernstig.

Nadat Spasso vertrokken was, nam hij contact op met Baron Rathmore.

„Zorg er voor, dat hij betaald krijgt wat we hem schuldig zijn, wanneer jullie eenmaal op Gram zijn. En vraag aan Hertog Angus hem bij wijze van gunst een of andere onbetekenende positie met een toepasselijke indrukwekkende titel te willen geven; Opperkamerheer van de Hertogelijke Toiletten, of iets dergelijks. Dan kan de Hertog hem „bewerken" door hem on-juiste informatie toe te spelen en hem de gelegenheid te geven die aan Omfray van Glaspyth te verkopen. Daarna zal hij van-zelfsprekend proberen Hertog Angus informatie over Omfray te verkopen en als hij dat spelletje een paar keer gespeeld heeft zal iemand wel bereid zijn een mes in hem te steken en zijn wij voor altijd van hem verlost."

Ze laadden de *Gesel van de Ruimte* met het goud uit Stolgoland en de schilderijen en standbeelden uit de musea; met de stoffen, het bont, de juwelen en het porselein en zilverwerk uit de pakhuizen van Eglonsby. Trommels en zakken met geld van Khepera werden aan boord gebracht. De meeste op Khepera buitgemaakte goederen waren niet waard om naar Gram te worden overgebracht, maar voor de oorspronkelijke bevolking van Tanith, die in ontwikkeling nog ver achterliep, waren ze van onschatbare waarde.

Sommigen hadden geleerd eenvoudige machines te bedienen en een enkeling was in staat om te gaan met contragraviteits-vaartuigen, die van extra beveiliging waren voorzien. De vroegere slavendrijvers waren allen tot sergeants of luitenants in het gevormde regiment infanterie benoemd en de Koning van Tradetown had er een paar geleend, om zijn eigen leger door hen te laten trainen. Een of ander genie in de werkplaats bouwde een snaphaanmusket tot een vuursteengeweer om en leerde de plaatselijke wapensmeden hoe dat te doen.

De „kreiers" maakten het goed, nadat de *Gesel van de Ruimte* was vertrokken. Er werden verscheidene kalveren geboren en ook die leken zich goed aan te passen, ook al omdat de levensomstandigheden op Tanith en Khepera vrijwel gelijk waren. Trask had goede hoop voor hen. Ieder Viking-schip had zijn eigen voorraden ingeblikt vlees, maar de mannen werden het ingeblikte vlees moe en er was altijd vraag naar vers vlees. Eens op een dag, hoopte hij, zou kreier-vlees een artikel worden om te kunnen verhandelen aan schepen die Tanith aan zouden doen en mogelijk zou in de Zwaard-Werelden een afzetgebied te vinden zijn voor de langharige huiden. Lucht-vrachtwagens onderhielden regelmatige verbindingen tussen Rivington en Tradetown. En in Rivington zelf waren bulldozers en graafmachines aan het werk en er hing altijd een opstijgende stofwolk boven de stad.

Er was zoveel te doen en er moest weinig minder dan vijfentwintig Galactische Standaard-uren per dag gewerkt worden om het te doen. Er waren hele dagen, dat hij geen ogenblik aan Andray Dunnan dacht.

Honderdvijfentwintig dagen om Gram te bereiken en honderdvijfentwintig dagen om terug te keren. Ze waren lang geleden verstreken. Natuurlijk, het kostte tijd om de *Gesel van de Ruimte* te repareren; er moesten besprekingen worden gehouden met de beleggers in het oorspronkelijke Tanith-avontuur; het kostte tijd om de nodige uitrusting bij elkaar te krijgen voor de bouw van de nieuwe basis. Maar ondanks dat begon hij zich toch een beetje zorgen te maken. Hij wist dat het geen zin had zich zorgen te maken over iets dat hij niet in de hand had, maar hij kon er niets aan doen. Zelfs Harkaman, meestel onverstoorbaar, begon kribbig te worden, nadat er tweehonderdzeventig dagen verstreken.

Ze ontspanden zich in de woonvertrekken, die ze hadden ingericht, bovenin het hoge gebouw van de ruimtehaven, lui onderuitgezakt in de fauteuils, die afkomstig waren uit een van de betere hotels van Eglonsby, hun drankjes tussen hen in op een laag tafeltje, waarvan het blad was ingelegd met iets dat op ivoor leek, maar dat niet was. Naast hen op de vloer lagen de plannen voor de bouw van de kerncentrales, met de bouw waarvan zou worden begonnen, zodra de *Gesel van de Ruimte* zou zijn teruggekeerd met de machines benodigend voor de vervaardiging van de bemanteling.

„We kunnen natuurlijk met het werk beginnen," zei Harkaman. „We kunnen genoeg bepantsering van de *Lamia* slopen, om de centrales mee te bemantelen."

Dat was voor de eerste keer dat een van hen voorzichtig rekening hield met de mogelijkheid, dat het schip niet terug zou keren. Trask legde zijn sigaar op de asbak - afkomstig uit het privékantoor van President Pedrosan Pedro - en schonk nog wat cognac in zijn glas.

„Het zal nu niet zo lang meer duren, voor het schip terugkeert. We hebben genoeg van onze eigen mensen aan boord om er zeker van te kunnen zijn, dat niemand zal proberen er met het schip vandoor te gaan. En ik geloof nu echt wel, dat we Valkanhayn kunnen vertrouwen."

„Ik ook. En ik maak me ook geen zorgen over wat er aan boord gebeurd zou kunnen zijn. Maar we weten niet wat er op Gram gebeurd is. Glaspyth en Didreksburg kunnen wel samen zijn gegaan om Wardshaven te overvallen voor Hertog Angus gereed was om Glaspyth binnen te vallen. Boake kan bij de landing op Wardshaven in de val zijn gelopen."

„Het zou er slecht voor hen uitzien, als ze zouden proberen hem in de tang te nemen. Dat zou dan voor de eerste keer in de geschiedenis zijn, dat een Zwaard-Wereld met een aanval van Ruimte Vikings te maken zou krijgen."

Harkaman keek naar zijn half geleegde glas en schonk het weer tot aan de rand vol. Het was nog altijd hetzelfde drankje als dat waarmee hij begonnen was, zoals een regiment dat verliezen lijdt en versterkingen krijgt aangevoerd nog altijd hetzelfde regiment blijft.

De zoemer van het communicatiescherm - een van de weinige dingen in het vertrek die niet ergens geroofd waren - kwam hen storen.

Ze stonden allebei op; Harkaman, zijn glas nog in zijn hand, liep naar het scherm toe en schakelde het in. De in de controlekamer boven hen dienstdoende man rapporteerde, dat zojuist signalen waren opgevangen van twee objecten, zich op een afstand van twintig lichtminuten van de planeet bevindend.

„Goed. Is alles in staat van alarm gebracht? Geef alles dat binnenkomt door op dit scherm." Hij haalde zijn pijp te voorschijn en begon die automatisch te stoppen. ,,Over een paar minuten zullen ze uit de laatste micro-sprong komen en nog ongeveer twee lichtseconden weg zijn.''

Trask ging weer zitten. Hij zag dat zijn sigaar bijna helemaal was opgebrand en hij stak een nieuwe op, wensend dat hij er zo kalm onder kon blijven als Harkaman.

Drie minuten later ving de controleposten opnieuw signalen op, nu op een afstand van anderhalve lichtseconden en ongeveer duizend mijlen uit elkaar liggend. Dan lichtte het scherm flikkerend op en Boake Valkanhayn keek hen aan, gezeten achter zijn bureau in de geheel gerestaureerde commandokamer van de *Gesel van de Ruimte.*

Het was ook een gerestaureerde Boake Valkanhayn. Zijn uitbundig met goudgalon versierde kapiteinsjasje leek het werk van een van de betere kleermakers van Gram en op zijn borst droeg hij een grote, onbekende ridderorde, waarin onder andere het zwaard-en-atoom symbool van het Huis van Ward was verwerkt.

,,Prins Trask, Graaf Harkaman,'' begroette hij hen. ,,*Gesel van de Ruimte,* Tanith; tweeëndertighonderd uur van Wardshaven op Gram, onder commando van Baron Valkanhayn, vergezeld van het gecharterde vrachtvaartuig *Rozinante,* Durendal, Kapitein Morbes. Vragen toestemming en instructies om in baan te komen.''

,,Baron Valkanhayn?'' vroeg Harkaman.

,,Dat is juist,'' grinnikte Valkanhayn. ,,En ik heb een perkamentrol zo groot als een deken bij me, om het te bewijzen. Ik heb trouwens een hele lading perkamentrollen aan boord. Een ervan zegt dat jij Otto, Graaf Harkaman bent en op een andere staat vermeld, dat je Admiraal van de Koninklijke Mardukaanse Vloot bent.''

,,Hij deed het!'' schreeuwde Trask. ,,Hij maakte zichzelf Koning van Gram.''

,,Dat is juist. En u bent zijn vertrouwde en geliefde Prins Trask en Onderkoning van zijne Majesteit's Koninkrijk Tanith.''

,,Naar de hel!'' stoof Harkaman op. ,,Dit is *ons* Koninkrijk Tanith.''

,,Maakt zijn Majesteit het de moeite waard zijn gezag te aanvaarden?'' vroeg Trask. ,,Afgezien van die perkamentrollen.''

Valkanhayn grinnikte nog altijd. ,,Wacht maar, tot we beginnen onze lading naar beneden te sturen. En wacht tot je ziet, waarmee dat andere schip is volgestouwd.''

„Is Spasso met jullie mee teruggekomen?" vroeg Harkaman.
„Oh, nee. Sir Garvan Spasso trad in dienst van zijne Majesteit
Koning Angus. Hij is nu hoofd van de Politie in Glaspyth en wat
hij daar doet kan niemand het werk van een kippendief
noemen. Als hij nu een kip wil stelen neemt hij de hele
boerderij, om hem te pakken te kunnen krijgen."
Dat klonk niet goed. Spasso zou Koning Angus' naam in heel
Glaspyth door het slijk halen. Of misschien zou hij Spasso toestaan de getrouwen van Omfray te vermorzelen, om hem
daarna op te laten hangen, omdat hij het volk onderdrukt had.
Hij had in een van Harkaman's Oud Terraanse geschiedenis-
boeken wel eens gelezen over iemand, die iets dergelijks
gedaan had.
Baron Rathmore was op Gram gebleven, evenals Rolve Hemmerding. De overige gentlemen-avonturiers waren teruggekeerd, allen verguld met glanzend nieuwe adellijke titels. Van
hen vernam hij, terwijl de schepen in hun baan om de planeet
werden gebracht, wat er op Gram was gebeurd, nadat de *Nemesis* de ruimte had gekozen.
Hertog Angus had bekendgemaakt, dat het zijn bedoeling was
door te gaan met het Tanith Avontuur en op de Gorram-werf
was met de bouw van een nieuw schip begonnen. Een geloof-
waardige en afdoende dekmantel, die de aandacht van de voorbereidingen voor de invasie van Glaspyth had afgeleid. Hertog
Omfray had er zich volkomen door laten misleiden. Omfray was
al met de bouw van een eigen schip begonnen en had al de bronnen van zijn hertogdom uitgeput, in zijn inspanningen het schip
gereed en in de ruimte te krijgen, voor dat van Hertog Angus
zou zijn voltooid. De werkzaamheden aan het schip waren nog
in volle gang geweest, toen de invallers uit Wardshaven Glaspyth binnenvielen; het schip naderde nu haar voltooiïng en zou
deel gaan uitmaken van de Koninklijke Vloot.
Hertog Omfray had kans gezien naar Didreksbrug te vluchten;
toen de troepen van Hertog Angus dit laatste hertogdom
binnenvielen vluchtte hij opnieuw; deze keer geheel van de planeet verdwijnend. Hij at nu het bittere brood van de balling aan
het hof van zijn vrouw haar oom, de Koning van Haulteclere.
De Graaf van Newhaven, de Hertog van Bigglersport en de
Lord van Northport, die allen voorstanders van de totstand-
koming van een planetaire monarchie waren geweest, hadden
Angus onmiddellijk als hun souverein erkend. En zo ook, met
het mes op de keel, de Hertog van Didreksbrug. Vele andere

feodale magnaten hadden geweigerd hun gezag over te dragen. Dat zou vechten kunnen betekenen, maar Paytrik, nu Baron Morland, betwijfelde het.

,,De *Gesel van de Ruimte* belette dat,'' zei hij. ,,Toen ze hoorden over de basis hier en zagen wat wij naar Gram verscheepten, veranderden ze van gedachten. Het zal alleen onderdanen van Koning Angus worden toegestaan in het Tanith Avontuur te investeren. En het is een té goed zaakje, om er buiten te blijven. En wat betrof het aanvaarden van Koning Angus' annexatie van Tanith en het aanvaarden van zijn gezag, ook dat leek raadzaam. Ze zouden een afzetgebied in de Zwaard-Werelden nodig hebben voor wat zij roofden of door ruilhandel met andere Ruimte Vikings verkregen en totdat ze voldoende eigen industrieën zouden hebben, zouden ze voor tal van dingen die niet door middel van overvallen verkregen konden worden, afhankelijk zijn van Gram.

,,Ik veronderstel, dat de Koning weet dat ik hier niet voor mijn gezondheid of voor zijn plezier ben?'' vroeg hij aan Lord Valpry, tijdens een van de beeldschermgesprekken die zij voerden, terwijl de *Gesel van de Ruimte* in haar baan werd gebracht. ,,Oh ja,'' antwoordde de Wardshavense edelman, ,,in feite vertelde hij me met zoveel woorden, dat hij heel gelukkig zou zijn, als je hem het hoofd van zijn neef in plastic gegoten zou toesturen . Wat Dunnan deed schaadde ook zijn eer. Souvereine Prinsen zien nooit enige humor in dergelijke dingen.''

,,Ik neem ook aan, dat hij weet dat Dunnan vroeger of later zal proberen Tanith aan te vallen?''

,,Als hij het niet weet is dat niet, omdat ik het hem niet dikwijls genoeg verteld heb. Maar als je ziet wat wij aan verdedigingswapens hebben meegebracht, dan moet je wel aannemen dat hij het weet.''

Het was inderdaad indrukwekkend, maar nog niets vergeleken bij de industrieële en fabrieksuitrusting. Mijnrobots, om op de ijzeren Maan van Tanith in te zetten; normale-ruimte transportvaartuigen, om de vijftigduizend mijl tussen planeet en satelliet te overbruggen; de machines voor de productie van het collapsium voor de bemanteling. Een kleine, volledig geautomatiseerde staalfabriek, die op de satelliet kon worden opgezet en in bedrijf gesteld. Industrieële robots en machines voor de vervaardiging van weer andere machines. En het beste van alles; tweehonderd ingenieurs en vakbekwame technici. Het zou niet lang duren, voor een niet onaanzienlijk aantal magnaten op Gram zou gaan beseffen, wat zij in deze mannen verloren hadden.

Hij vroeg zich af, hoe Lord Trask van Traskon hierover zou hebben gedacht. Het interesseerde de Prins van Tanith niet langer wat er met Gram gebeurde. Misschien dat, als de dingen de komende eeuw gunstig zouden verlopen, zijn opvolgers eens als Onderkoningen van Tanith over Gram zouden heersen.

VIII

Zodra de *Gesel van de Ruimte* was gelost, werd zij opnieuw in een baan om de planeet gebracht, om die te bewaken; Harkaman vertrok onmiddellijk met de *Nemesis* naar de ruimte, terwijl Trask achterbleef. Ze begonnen de *Rozinante* te ontladen, nadat die op de Rivington Ruimtehaven aan de grond was gezet. Toen dat gedaan was namen de officieren en bemanningsleden een vakantie die een maand duurde, tot de *Nemesis* terugkeerde.

Harkaman moest snelle overvallen op minstens een half dozijn planeten hebben uitgevoerd. Niets van de lading die hij aan boord had was van opzienbarende waarde en hij deed de hele affaire af als kruimelwerk, maar hij had een paar mannen verloren en het schip had een paar nieuwe littekens opgelopen. Een groot deel van wat werd overgeladen in de *Rozinante* bestond uit fabrieksgoederen, die konden wedijveren met artikelen die op Gram vervaardigd werden.

„De lading zal wel een teleurstelling betekenen, na wat de *Gesel van de Ruimte* mee terugbracht, maar we wilden de *Rozinante* niet leeg terugsturen," zei hij. „Maar iets anders... tussen de haltes onderweg had ik nog wat tijd om te lezen."

„De boeken uit de bibliotheek van Eglonsby?"

„Ja. En ik ben iets interessants aan de weet gekomen over Amaterasu. Weet je waarom die planeet zo op grote schaal door de Federatie werd gekoloniseerd, hoewel er geen splijtbare stoffen aanwezig leken te zijn? De planeet leverde gadolinium op."

Gadolinium was onontbeerlijk voor hyper-voorstuwingsmotoren. De motoren van een schip met de afmetingen van de *Nemesis* vereisten zo'n vijftig pond. Op de Zwaard-Werelden was gadolinium verscheidene malen zijn gewicht in goud waard. Als het er nog altijd gedolven werd, zou een tweede bezoek aan Amaterasu lonend zijn.

Toen hij dat opmerkte haalde Harkaman zijn schouders op. „Waarom zouden ze die mijnen nog exploiteren? Er is maar één ding waar het goed voor is en je kunt ruimteschepen niet op diesel-olie laten lopen. Ik neem aan dat de mijnen heropend kunnen worden en dat je nieuwe raffinaderijen zou kunnen bouwen, maar..."

„We zouden plutonium voor gadolinium kunnen verhandelen. Dat hebben ze zelf niet. We kunnen onze eigen prijzen vaststel-

265

len en we hoeven hun niet te vertellen wat gadolinium in de Zwaard-Werelden opbrengt."

,,Dat zou kunnen, als we daar nog met iemand zaken kunnen doen, na wat we Eglonsby en Stolgoland flikten. En waar halen we plutonium vandaan?"

,,Waarom denk je dat dé Beowulfers geen hyper-schepen hebben, terwijl ze verder alles hebben?"

Harkaman knipte met zijn vingers. ,,Bij Satan... dat is het!" Dan keek hij Trask geschrokken aan. ,,Wacht eens... je denkt er toch zeker niet aan Amaterasu plutonium te verkopen en Beowulf gadolinium?"

,,Waarom niet? Het zou betekenen, dat we aan twee kanten behoorlijk winst kunnen maken."

,,Je weet toch wat er vervolgens zal gebeuren, is het niet? Binnen een paar jaar wemelt het hier van de schepen afkomstig van beide planeten. En daar hebben we evenmin behoefte aan, als aan een gat in ons hoofd."

Hij zag die bezwaren niet. Tanith en Amaterasu en Beowulf zouden een zeer goede driehoekshandel kunnen drijven, die elk van de drie voordeel zou leveren. En het zou ook geen mensenlevens, schade aan de schepen en ammunitie kosten. Misschien zou er zelfs aan een gemeenschappelijk verdedigingsverbond gedacht kunnen worden. Denk daar later over na; er was op dit ogenblik nog genoeg op Tanith te doen.

Er waren voor de ineenstorting van de Federatie mijnen op de Maan van Tanith geweest; de bovengrondse installaties waren later gesloopt, terwijl nog een achterhoedegevecht tegen het barbarisme vocht, maar de ondergrondse kamers en door mensenhanden gemaakte gangen konden nog worden gebruikt. De mijnen werden heropend, de staalfabriek werd overgebracht en in bedrijf gesteld en na verloop van tijd werden de eerste zendingen kant en klare staalstaven aangevoerd. Ondertussen begon de scheepswerf al aardig gestalte te krijgen. Het Gramschip *Queen Flavia* – het was het schip dat ze onvoltooid in Glaspyth hadden aangetroffen – kwam binnen drie maanden nadat de Rozinante was teruggekeerd. Het schip moest voltooid zijn terwijl Valkanhayn nog altijd in de hyper-ruimte verbleef.

Het schip vervoerde een aanzienlijke lading; sommige artikelen waren nogal overvloedig, maar alles was bruikbaar; iedereen investeerde nu in het Tanith Avontuur en het geld moest op de een of andere manier besteed worden. En beter nog, het schip voerde een kleine duizend mannen en vrouwen aan; hadden de knappe koppen en vakmensen de Zwaard-Werelden aanvankelijk druppelsgewijs verlaten, nu overspoelden ze Tanith als een vloedgolf. Onder hen bevond zich ook Basil Gorram.

Trask herinnerde zich hem als een onuitstaanbare jonge blaag, maar hij scheen een zeer bekwaam scheepsbouwer te zijn. Hij voorspelde openlijk, dat de werf van zijn vader in Wardshaven binnen een paar jaar zonder opdrachten zou zitten en dat al de Tanith-schepen Tanith-fabrikaat zouden zijn.

Er was ook een jongere firmant van Lothar Ffayle meegekomen, om in Rivington een filiaal van de Bank van Wardshaven te vestigen.

Zodra de *Queen Flavia* van haar vracht en passagiers verlost was, nam ze vijfhonderd grondvechters van de *Lamia*-, *Nemesis*- en *Gesel van de Ruimte*-compagnieën aan boord en steeg op voor een plundertocht door de ruimte.

Terwijl zij weg was kwam het tweede schip binnen, de *Zwarte Ster*, het schip dat Hertog Angus begonnen was te bouwen en dat door Koning Angus was voltooid.

Trask kon het nauwelijks geloven, toen hij zich realiseerde, dat ze van Gram was vertrokken, bijna precies twee jaar nadat de *Nemesis* de ruimte had gekozen. Hij had er nog altijd geen idee van waar Andray Dunnan was, of wat hij deed, of hoe hem te vinden.

Het nieuws van de Gram-basis op Tanith verspreidde zich langzaam; eerst door middel van de lijnvaartuigen en de wilde vrachtvaarders, die de Zwaard-Werelden met elkaar verbonden en dan door middel van de handelsschepen en de door de Oude Federatie op zwerftocht zijnde Ruimte Vikings.

Twee jaar en zes maanden nadat de *Nemesis* uit de hyperruimte was gekomen, om Boake Valkanhayn en Garvan Spasso op Tanith aan te treffen, kwam de eerste onafhankelijke Ruimte Viking binnen, om zijn lading te verhandelen en de nodige reparaties te laten verrichten. Ze kochten zijn buit – hij had een planeet overvallen iets boven het niveau van Khepera, maar onder dat van Amaterasu – en heelden de wonden, die het schip bij het bemachtigen van die buit had opgelopen. Hij had zaken gedaan met de Everrard-familie op Hoth, maar verklaarde tevredener te zijn met de prijs die hij op Tanith betaald had gekregen en zwoer terug te zullen komen.

Hij had zelfs nog nooit gehoord van Andray Dunnan of de *Enterprise*.

Het was een Gilgamesher, die het eerste nieuws bracht.

Hij had op Gram voor het eerst van Gilgameshers gehoord - het woord werd zowel voor bewoners als voor een schip afkomstig van Gilgamesh gebruikt - van Harkaman en Karffard en Vann Larch en de anderen. Sinds hij hier op Tanith was had hij iedere Ruimte Viking over hen horen praten, nooit complimenteus en zelden in bewoording die door de censuur konden.

Gilgamesh werd, met enig voorbehoud, als een beschaafde planeet beschouwd, hoewel je hem niet op gelijke hoogte kon stellen als Odin of Isis of Baldur of Marduk of Aton of een van de andere werelden die de cultuur van de Terraanse Federatie ononderbroken hadden gehandhaafd. Misschien verdiende Gilgamesh een betere naam; de bevolking had twee eeuwen in duisternis doorgebracht en had kans gezien zich daaruit te verheffen. Ze hadden al de oude technieken hervonden, tot en met de hyper-voortstuwing.

Ze overvielen niet; ze handelden. Ze hadden godsdienstige bezwaren tegen geweld, hoewel ze die binnen de perken van het gezond verstand hielden, en ze waren in staat en bereid met genadeloze wreedheid te vechten, als het om de verdediging van hun planeet ging.

Ongeveer een eeuw geleden hadden vijf Viking-schepen een overval op Gilgamesh uitgevoerd; één schip was teruggekeerd en kon als schroot worden verkocht, nadat het op een goedgezinde basis was aangekomen. Hun schepen begaven zich overal heen om handel te drijven en waar zij kwamen om te handelen bleven er meestal wel een paar van hen achter, om zich er te vestigen. En waar zij zich vestigden verdiende ze geld, het meeste ervan naar huis sturend.

Hun samenleving leek een vage theo-socialistische te zijn en hun geloof een dwaze mengeling van de meest belangrijke mono-theïsmen uit het tijdperk van de Federatie, aangevuld met hun eigen dogma's en rituele vernieuwingen.

Nog afgezien van hun gehaaide manier van zakendoen, maakten zij zich onbemind, zo niet gehaat, door hun bekrompen weigering iedereen die niet van hun geloof was als meer dan half menselijk te beschouwen en door de doolhof van taboes waarin zij zich verborgen hielden, om sociaal contact met anderen te vermijden.

Nadat hun schip in haar baan was gebracht daalden drie van hen af om zaken te doen. De kapitein en zijn Eerste Officier droegen lange, bijna tot aan hun knieën reikende jassen, dicht-

geknoopt tot aan de keel. Verder droegen ze kleine witte muts-
jes, die een beetje op veldmutsen leken. De derde, een van hun
priesters, droeg een pij met kap en op zijn borst het symbool
van hun geloof; een blauwe driehoek in een witte cirkel. Ze
hadden allen baarden, die afhingen van hun wangen, hun
kinnen en bovenlippen glad geschoren. Ze hadden alle drie
dezelfde rechtschapen, afkeurende gezichten; ze weigerden
alle drie de hen aangeboden verfrissingen en ze zaten onge-
makkelijk, alsof ze bevreesd waren te worden besmet door de
heidenen, die vóór hen in hun stoelen gezeten hadden.

Ze hadden een uit een veelheid van artikelen samengestelde
lading aan boord, hier en daar opgepikt op nog niet geheel tot
beschaving gebrachte planeten, waarvoor niemand op Tanith
belangstelling had.

Toch hadden ze ook nog wel iets goeds bij zich - plantaardig
barnsteen en vuurvogelveren van Irminsul; ivoor, of iets dat er
erg veel op leek, weer ergens anders vandaan; diamanten en
organische opalen van Uller en zonnestenen van Zarathustra.
Ze hadden ook platinum. In ruil verlangden ze machines; in het
bijzonder contragraviteits-motoren en robots.

De moeilijkheid was alleen dat ze wilden afdingen. Afdingen,
zo leek het, was de planetaire sport van de Gilgamesher.

,,Heeft u ooit gehoord van een Ruimte Viking-schip genaamd
de *Enterprise*?'' vroeg hij hun, tijdens de zevende of achtste
impasse in de onderhandelingen. ,,Het schip voert als wapen
een lichtblauwe maansikkel op en zwart veld. De naam van haar
kapitein is Andray Dunnan.''

,,Een schip van die naam en dat wapen voerend, overviel meer
dan een jaar geleden Chermosh,'' zei de priester-cargadoor.
,,Sommige van onze mensen verblijven op Chermosh, om daar
zaken te doen. Het schip dat u noemde plunderde de stad waar
zij zich bevonden. Sommige van hen leden zware verliezen aan
wereldse goederen.''

,,Dat is triest.''

De Gilgameshe priester haalde zijn schouders op. ,,Het is zoals
Yah de Almachtige het wil,'' zei hij. Zijn gezicht klaarde iets op.
,,De Chermoshers zijn heidenen en aanbidders van valse
goden. De Ruimte Vikings plunderden hun tempel en vernietigden die totaal; die afschuwelijke uit hout gesneden
afgodsbeelden voerden ze met zich mee. Onze mensen getuig-
den, dat er door de aanbidders veel gejammerd en geweeklaagd
werd.''

Dat was de eerste aantekening op het Grote Bord. Het besloeg, heel optimistisch, een hele wand van zijn kantoor en gedurende enige tijd maakte die ene aantekening over de overval op Chermosh, met daarnaast de datum bij benadering, een zeer eenzame indruk.

Maar de kapitein van de *Zwarte Ster* keerde met meer gegevens terug.

Hij had verscheidene planeten bezocht waarvan bekend was dat die tijdelijk door de Ruimte Vikings waren bezet, om daar zijn buit te verkwanselen, om zijn mannen de gelegenheid te geven de benen te strekken en om naspeuringen te doen. En hij kwam nu met de namen van een aantal planeten, die door het schip met de blauwe maansikkel waren overvallen. Het nieuws over de laatste aanval was slechts zes maanden oud.

En gezien de manier waarop nieuws zich door de Oude Federatie verspreidde, was dat practisch heet van de naald.

De eigenaar-kapitein van de *Alborak* had daar nog iets aan toe te voegen, toen hij zijn schip zes maanden later binnenbracht. Hij nam heel kleine slokjes van zijn borrel, alsof hij zichzelf de beperking had opgelegd er maar één te drinken en hij er nu zo lang mogelijk over wilde doen.

,,Het was ongeveer twee jaar geleden, op Jagannath,'' zei hij.
,,De *Enterprise* bevond zich daar in een baan, om een paar keer kleine reparaties te laten verrichten. Ik ontmoette de man een paar keer. Hij lijkt sprekend op deze foto's, die u mij laat zien, maar hij draagt nu een klein puntbaardje. Hij verkocht er een grote hoeveelheid buitgemaakte goederen. Edelstenen en half-edelstenen; een aantal handgesneden en ingelegde meubelen, die er uitzagen alsof ze afkomstig waren uit het paleis van de een of andere Neo-barbaarse koning. Verder tempelschatten.Boeddhistisch; er waren een paar grote gouden Dai-Butsus bij. Zijn bemanning voorzag alle belangstellenden van drankjes. Sommigen van hen waren boven de kraag behoorlijk bruinverbrand, alsof ze nog niet zo lang geleden op een hete-ster planeet waren geweest. En hij had een groot aantal van Imhotep afkomstige bonthuiden te verkopen. Werkelijk geweldig mooi bont.''

,,Wat voor reparaties? Gevechtsschade?''

,,Ik had wel de indruk. Hij verdween weer in de ruimte een kleine honderd uur nadat ik binnen was gekomen. Samen met een ander schip, de *Starhopper*, Kapitein Teodor Vaghn. Er werd over gesproken, dat de twee schepen samen een aanval uit gingen voeren." De kapitein van de *Alborak* dacht een ogenblik na. ,,Nog iets anders. Hij kocht ammunitie, van pistoolpatronen tot hellebranders aan toe. En hij kocht al de lucht-en-water zuiveringsinsallaties en al het ingeblikte vlees dat hij maar kon krijgen."

Dat was de moeite waard om te weten. Hij bedankte de Ruimte Viking en vroeg dan: ,,Wist hij, destijds, dat ik hier ben om jacht op hem te maken?"

,,Als hij het al wist, niemand anders op Jagannath wist het. Ikzelf hoorde het pas zes maanden daarna."

Die avond speelde hij de bandopname die hij van het gesprek had gemaakt af voor Harkaman en Valkanhayn en Karffard en nog een paar anderen. Iemand zei ogenblikkelijk:,,Die tempelschatten kwamen van Chermosh. Daar zijn Boeddhisten. Dat klopt met het verhaal van de Gilgameshers."

,,Die van Imhotep afkomstige bonthuiden moet hij gekocht hebben," zei Harkaman." Niemand verkrijgt op Imhotep iets door plundering. Die planeet ligt in het centrum van een ijsvormingsgebied en is tot voorbij de vijftigste breedtegraad met een dikke ijslaag bedekt. Er is maar één stad, met een bevolking van tien of vijftienduizend mensen. De rest van de bevolking is verspreid over een paar honderd nederzettingen op de gletchers. Het zijn allen pelsjagers. Ze beschikken over enige contragraviteit en zodra er een schip binnenkomt wordt het nieuws door de radio verspreid en iedereen brengt zijn huiden naar de stad. Ze gebruiken telescoopvizieren en iedereen ouder dan tien jaar schiet een man op vijfhonderd meter dwars door zijn hoofd. Met zware wapens begin je er niets; ze wonen te verspreid. De enige manier om iets van hen los te krijgen is met hen te onderhandelen."

,,Ik denk dat ik wel weet, waar hij overal geweest is," zei Alvyn Karffard. ,,Op Imhotep is zilver een betaalmiddel. Op Agni gebruiken ze zilver voor de vervaardiging van rioolbuizen. Agni is een hete-ster planeet, klasse B-3 zon. Op Agni zijn ze hard en ze beschikken over goede wapens. Ik denk, dat de *Enterprise* daar die gevechtsschade heeft opgelopen."

Het bracht een woordenstrijd op gang over de vraag, of hij eerst naar Chermosh was gegaan. Wel stond vast, dat hij eerst naar Agni en daarna naar Imhotep was gegaan. Guatt Kirbey probeerde zich beide routes voor te stellen.

,,Het zegt ons trouwens toch niets," zei hij tenslotte. ,,Chermosh ligt in beide gevallen niet op de routes."

„Hij moet ergens een basis hebben," zei Valkanhayn. „En dat is niet op een planeet van het Terra-type. Wat zou hij anders met die lucht-en-water zuiveringsinstallaties en al dat ingeblikte vlees moeten?"

Het wemelde in de Oude Federatie van de planeten, die niet van het Terra-type waren. En waarom zou iemand het zich moeilijk maken, door daarheen te gaan? Elke planeet die geen zuurstof-atmosfeer en geen te verdragen oppervlakte-temperatuur had en met een diameter van zes- tot achtduizend mijl, was de tijd die je eraan verspilde niet waard. Maar een dergelijke planeet zou wel een ideale schuilplaats zijn, als je over de overlevings-apparatuur beschikte.

„Wat is die Teodor Vaghn voor een kapitein?" vroeg hij.

„Een goede," antwoordde Harkaman prompt. „Hij heeft een ongenaam karaktertrekje - hij is een sadist - maar hij kent zijn zaakjes en hij heeft een goed schip en een goed getrainde bemanning. Denk je dat hij en Dunnan samenwerken?"

„Jij niet? Ik denk, dat Dunnan nu hij een basis heeft bezig is een vloot bijeen te krijgen."

„Hij zal nu wel weten dat we achter hem aan zijn," zei Vann Larch. „En hij weet waar we zijn en dat geeft hem een voorsprong op ons."

IX

Zo werd hij opnieuw achtervolgd door Andray Dunnan's spookbeeld.

Beetje bij beetje druppelde de informatie binnen – Dunnan's schip was op Hoth geweest, op Nergal, om er de buitgemaakte goederen te verkopen. Hij verkocht voor goud of platinum, maar kocht weinig, meestal wapens en ammunitie. Blijkbaar was zijn basis, waar die ook mocht zijn, volledig in staat in eigen behoeften te voorzien.

Het was ook zeker, dat Dunnan wist dat er jacht op hem werd gemaakt.

Een Ruimte Viking, die hem gesproken had, zei, hem citerend: ,,Ik wil geen moeilijkheden met Trask en als hij verstandig is zoekt hij die ook niet met mij."

Het maakte hem er nog zekerder van, dat Dunnan bezig was zijn gevechtssterkte te vergroten, voor een aanval op Tanith.

Hij gaf het bevel, dat er zich behalve de *Lamia*, die de planeet voortdurend bewaakte, altijd minstens nog twee schepen in een baan om Tanith moesten bevinden en hij liet nog meer raket-lanceerinrichtingen installeren, zowel op de maan als op de planeet.

Er waren drie schepen die het zwaard-en-atoomsymbool van Ward voerden en een vierde was op Gram in aanbouw. Graaf Lionel van Newhaven liet zijn eigen schip bouwen en drie kolossale vrachtschepen pendelden tussen Tanith en Gram heen en weer, een afstand van drieduizend lichtjaren overbrug-gend. Sesar Karvall, die nooit van zijn verwondingen was her-steld, was gestorven; Lady Lavina had de baronie en de zaken overgedragen aan haar broer, Burt Sandrasan, en was op Excalibur gaan wonen.

De scheepswerf op Rivington was gereedgekomen en nadat de bouw van de landingspoten van Harkaman's *Corisande II* vol-tooid was, was men met de bouw van het geraamte begonnen. Ze dreven nu ook handel met Amaterasu. Pedrosan Pedro was tijdens de verwarring die was ontstaan na de plundering van Eglonsby door Generaal Dagró Ector overweldigd en ter dood gebracht; de troepen die in Stolgoland waren achtergebleven waren aan het muiten geslagen en hadden gemene zaak gemaakt met hun vroegere vijanden.

De beide naties hadden een bondgenootschap gesloten in de strijd tegen verscheidene andere naties, die tegen hen samenspanden, toen de *Nemesis* en de *Gesel van de Ruimte* terugkeerden en de gehele planeet de oorlog verklaarden. Er werd niet gevochten; iedereen wist wat er met Stolgoland en Eglonsby was gebeurd. Ten slotte kwamen de regeringen van Amaterasu overeen de mijnen te heropenen en de productie van gadolinium te hervatten en de splijtstoffen, die in ruil daarvoor werden geïmporteerd, te delen.

Moeilijker was het geweest – en het had meer dan een jaar gekost – om met Beowulf tot zaken te komen. De Beowulfers hadden één planetaire regering en hadden de neiging eerst te schieten en dan pas te onderhandelen; een alleszins begrijpelijke houding, gezien hun in het verleden opgedane ervaringen. Ze beschikten echter over voldoende in micro-print gedrukte boeken uit het tijdperk van de oude Federatie, om te weten wat er met gadolinium kon worden gedaan. Ze besloten het verleden te begraven en opnieuw te beginnen; het was een eerlijke strijd geweest, die geen kwaad bloed had gezet.

Het zou nog een paar jaar duren, voor beide planeten hun eigen hyper-schepen zouden hebben. Ondertussen waren het beide goede klanten en ze werden al snel goede vrienden. Een aantal Amaterasuers en Beowulfers was naar Tanith gekomen, om daar de verschillende technologische ontwikkelingen te bestuderen.

De oorspronkelijke bevolking van Tanith had zich ook op de studie geworpen. In het eerste jaar had Trask de meest intelligente jongens van tien tot twaalf jaar van elke gemeenschap om zich heen verzameld en was hij begonnen hen te onderwijzen. In het afgelopen jaar had hij de meest begaafde leerlingen naar Gram gestuurd, om daar naar school te gaan. Over vijf jaar zouden zij als onderwijzers naar huis terugkeren; ondertussen liet hij onderwijzers van Gram naar Tanith overkomen. Er was een school in Tradetown en er waren er nog een paar in een aantal grotere dorpen en in Rivington was iets, dat je bijna een universiteit zou kunnen noemen. Binnen tien jaar zou Tanith in staat zijn zich een beschaving te kunnen noemen.

Als alleen Andray Dunnan en zijn schepen maar niet te snel zouden komen. Ze zouden verslagen worden, daar had hij het volste vertrouwen in, maar de schade die een zich verdedigend Tanith op zou lopen, zou zijn werk weer jaren achterop brengen. Hij wist maar al te goed, wat Ruimte Vikings een planeet aan konden doen. Voor alles zou hij Dunnan's basis moeten zien te vinden, om die met schepen en al te vernietigen en de man zelf te doden. Niet om die zes jaar geleden op Gram gepleegde moord te wreken; dat was lang geleden en ver weg. Elaine was verdwenen en dat was ook de Lucas Trask die haar had liefgehad en verloren.

Waar het nu om ging was Tanith beschaving bijbrengen en die zorgvuldig opkweken.

Maar waar zou hij Andray Dunnan kunnen vinden in tweehonderd biljoen kubieke lichtjaren? Dunnan worstelde niet met dat probleem. Hij wist waar zijn vijand was.

En Dunnan bouwde aan zijn kracht. De *Yo-Yo*, kapitein Vann Humfort, was twee keer gerapporteerd; één keer in gezelschap van de *Starhopper* en eenmaal samen met de *Enterprise*. Ze voerde als wapen een vrouwenhand, een planeet bungelend aan een koord aan een vinger; een goed schip en een bekwame, meedogenloze kapitein. De *Bolide*, zij en de *Enterprise* hadden samen een aanval op Ithunn ondernomen. De Gilgameshers hadden zich ook daar gevestigd en een van hun schepen had het verhaal meegebracht.

Op Melkarth had hij zijn vloot met nog twee schepen versterkt en dat had onder de Ruimte Vikings op Tanith de nodige hilariteit verwekt.

Melkarth was strikt genomen een pluimvee-planeet. De bevolking was afgedaald tot het plattelandspeil en ze bezaten geen schatten, die de moeite van het weghalen waard waren. Maar het was een plaats, waar een schip aan de grond kon worden gezet en er waren vrouwen en de bevolking had de kunst van het distilleren niet verleerd en maakte pittige drankjes. Een bemanning kon zich er goed amuseren en heel wat goedkoper dan op een ordelijke basis-planeet van de Vikings. Gedurende de laatste acht jaren was de planeet bezet geweest door een zekere kapitein Nial Burrik van de *Fortuna*. Een enkele keer steeg hij met zijn schip op, om ergens een bliksemraid uit te voeren en hij leefde er van de ene dag in de andere, bijna op het leefniveau van de plaatselijke bevolking. Zo nu en dan werd de planeet aangedaan door een Gilgamesher, die kwam kijken of er iets te handelen viel. Het was een Gilgamesher, die het verhaal naar Tanith bracht en het was bijna twee jaar oud, toen hij het vertelde.

,,We hoorden het van de mensen, die op de planeet in de nabijheid van de plaats waar Burrik zijn basis had, woonden. Eerst werd de planeet aangedaan door een handelsschip. U zult er wel eens van gehoord hebben; het was het schip met de naam 'Honest Horris'."

Trask moest er om lachen. Haar kapitein, Horris Sasstroff, noemde zichzelf 'Eerlijke- Horris', een weinig toepasselijke naam, die hij ook aan zijn schip had gegeven. Als handelaar was hij niet veel bijzonders. Zelfs de Gilgameshers verachtten hem en zelfs een Gilgamesher zou met een wrak als de 'Honest Horris' de ruimte niet kiezen.

„Hij was al eens eerder op Melkarth geweest," zei de Gilgamesher. „Hij en Burrik zijn vrienden." Hij zei dat op een toon alsof hij een laatste, vernietigend oordeel over beiden uitsprak. „De plaatselijke bevolking vertelde onze geloofsbroeders, dat de 'Honest Horris' tien dagen naast Burriks schip gemeerd lag, toen er twee andere schepen binnenkwamen. Ze vertelden, dat het ene schip de blauwe maansikkel als wapen voerde en het andere een groen monster, dat van de ene ster naar de andere sprong.

De Enterprise en de Starhopper. Hij vroeg zich af, waarom ze naar een planeet als Melkarth waren gegaan. Misschien hadden ze vooruit geweten wie ze daar aan zouden treffen.

„De plaatselijke bevolking dacht dat er gevochten zou worden, maar dat gebeurde niet. Er werd een groot feest gevierd, door alle vier de bemanningen. Toen werd alles van waarde aan boord van de Fortuna gebracht, waarna alle vier de schepen opstegen en de ruimte kozen. Ze zeiden, dat Burrik niets dat van enige waarde was had achtergelaten; dat betekende een grote teleurstelling voor hen."

„Is een van hen daar sindsdien nog teruggekeerd?"

Alle drie de Gilgameshers, de kapitein, de eerste officier en de priester, schudden hun hoofden.

„Kapitein Gurrash van de Fairdealer zei, dat het meer dan een jaar later was, toen hij daar met zijn schip aankwam. Hij kon de indrukken van de landingspoten nog in de grond zien, maar de planeetbewoners zeiden, dat ze nooit waren teruggekeerd."

Dat betekende nog twee schepen, waarover informatie moest worden ingewonnen. Hij vroeg zich gedurende een ogenblik af, wat voor de hel Dunnan met dat soort schepen wilde beginnen; daarbij vergeleken zou je de Gesel van de Ruimte en de Lamia, zoals hij die de eerste keer gezien had, voor schepen van de Koninklijke Vloot van Excalibur aan kunnen zien.

Dan werd hij bang; werd hij overvallen door een onredelijke

angst, bij de gedachte aan wat er had kunnen gebeuren. In de voorbije anderhalf jaar had elk van deze beide schepen Tanith op elk ogenblik volkomen onverdacht kunnen bezoeken. Zelfs nu was het slechts door louter toeval dat hij ervan vernam.

Iedereen anders beschouwde het als een kostelijke grap. Ze dachten, dat het een nog veel kostelijker grap zou zijn als Dunnan de schepen nu zou sturen, nu zij gewaarschuwd en er gereed voor waren.

Er waren nog andere dingen om zich zorgen over te maken. Een daarvan was de veranderende houding van zijne Majesteit Angus I. Toen de *Gesel van de Ruimte* terugkeerde had de nieuwbakken Baron Valkanhayn samen met de prinselijke titel en zijn benoeming tot Onderkoning van Tanith een hartelijke, op video opgenomen persoonlijke begroeting meegebracht. Angus had de opname gemaakt gezeten achter zijn bureau, een sigaret rokend en zijn hoofd onbedekt. De opname die met het volgende schip was meegekomen was nog altijd hartelijk geweest, maar de Koning rookte niet en droeg een goudgerande baret. Anderhalf jaar later, toen ze drie schepen hadden, die een geregelde verbinding onderhielden en die driemaandelijks op de planeet terugkeerden, sprak Angus hem toe gezeten op zijn troon, zijn kroon dragend en over zichzelf in de eerste persoon meervoud en over Trask in de derde persoon enkelvoud sprekend. Aan het eind van het vierde jaar kwam er geen persoonlijke audio-visionele boodschap voor hem mee. Wel een in stijve bewoordingen gestelde klacht van Rorvard Grauffis, hierop neerkomend, dat zijn Majesteit het ongepast vond dat een van zijn onderdanen al zittend het woord tot zijn souverein richtte, zelfs al geschiedde dat dan via de beeldband. De klacht ging vergezeld van een persoonlijke verontschuldiging van Grauffis – nu Eerste Minister – hierop neerkomend dat zijne Majesteit zich verplicht voelde zich ten alle tijde aan zijn koninklijke waardigheid te houden en dat er tenslotte een verschil tussen de positie en de waardigheid van de Hertog van Wardshaven en die van de Planetaire Koning van Gram was. Prins Trask van Tanith kon dat niet zo zien. De Koning van Gram was eenvoudig de eerste edelman van de planeet. Zelfs koningen als Rodolf van Excalibur of Napolyon van Flamberge probeerden niet iets meer te zijn.

Daarna richtte hij zijn meldingen rechtstreeks aan de Eerste Minister en liet die altijd vergezeld gaan van een persoonlijke boodschap, waarop Grauffis op soortgelijke wijze antwoordde.

Niet alleen de vorm, maar ook de inhoud van de van Gram af-komstige boodschappen onderging een verandering. Zijne Majesteit was van mening, dat het koloniale rijk Tanith te weinig bijdroeg aan de Koninklijke Schatkist. En zijne Majesteit was van mening, dat Prins Trask zich te nadrukkelijk bezig hield met handel en te weinig met roof. Want waarom zou je met barbaren onderhandelen als het mogelijk was dat wat je wilde hebben door middel van geweld te verkrijgen?

En dan was er nog die kwestie met de *Blauwe Komeet*, het schip van Graaf Lionel van Newhaven. Zijne Majesteit was zeer ont-stemd over het feit, dat Graaf van Newhaven vanuit zijn eigen ruimtehaven rechtstreeks met Tanith handelde. Alle van Tanith afkomstige goederen dienden via de ruimtehaven Wardshaven te gaan.

„Luister, Rorvard," zei hij tegen de geluidscamera, die zijn antwoord aan Grauffis opnam, „je hebt de *Gesel van de Ruimte* gezien, toen die binnenkwam, niet waar? Zoiets overkomt een schip, dat een planeet overvalt, waar iets te vinden is, dat de moeite van het meenemen waard is. Beowulf beschikt over grote voorraden splijtstoffen; ze geven ons zoveel plutonium als we kunnen laden, in ruil voor gadolinium, dat wij aan hen verkopen als we kunnen laden, in ruil voor gadolinium, dat wij aan hen verkopen voor een prijs twee keer zo hoog als op de Zwaard-Werelden. Op Ameterasu verhandelen we plutonium in ruil voor gadolinium en krijgen dat voor de helft van de Zwaard-Wereld prijs."

Hij drukte de stop-knop een ogenblik in, tot hij de juiste woor-den gevonden had: „Je kunt uit mijn naam zeggen, dat wie het ook was, die zijne Majesteit influisterde dat dit geen goed zakendoen is, geen vriend van zijne Majesteit of van het Koninkrijk moet zijn geweest. En wat betreft die klacht over de *Blauwe Komeet*; zolang het schip wordt geëxploiteerd door haar eigenaar de Graaf van Newhaven, die aandeelhouder in het Tanith-Avontuur is, heeft het het volste recht hier zaken te komen doen."

Hij vroeg zich af, waarom zijne Majesteit Lionel van Newhaven niet belette om met zijn schip van Gram op te stijgen.

Hij kreeg dat te horen van haar gezagvoerder, de volgende keer dat het schip Tanith aandeed.

„Omdat hij daar de moed niet toe heeft. Hij is Koning zolang machtige magnaten als Graaf Lionel en Joris van Bigglersport en Alan van Northport hem toestaan dat te zijn. Graaf Lionel beschikt op dit ogenblik over meer mannen en wapens en contra-graviteit dan hij, nog afgezien van de hulp die hij van iedereen anders zou kunnen krijgen. Alles is nu rustig op Gram, zelfs aan de oorlog op het Zuidelijk Continent is een einde gekomen. Iedereen wil het zo houden. En zelfs Koning Angus is niet gek genoeg, om iets te doen dat een oorlog zou ontketenen. Dat wil zeggen, nog niet."

"*Nog niet?*"

De kapitein van de Blauwe Komeet, een trouw aanhanger van Graaf Lionel, zweeg een ogenblik.

"U behoort het te weten, Prins Trask," zei hij. "Andray Dunnans grootmoeder was de moeder van de Koning. Haar vader was de oude Baron Zarvas van Blackcliffe. De laatste twintig jaar van zijn leven was hij wat je een invalide zou kunnen noemen. Hij werd altijd bewaakt door twee mannelijke verplegers, die zo ongeveer de gestalte van Otto Harkaman hadden. Er werd ook beweerd, dat hij enigszins zonderling was."

De ongelukkige grootvader van Hertog Angus was altijd een onderwerp geweest, dat door vriendelijke mensen werd vermeden. De ongelukkige grootvader van Koning Angus was waarschijnlijk een onderwerp, dat door iedereen die zijn kostbare nek niet wilde riskeren werd vermeden.

Lothar Ffayle was ook uit de *Blauwe Komeet* gekomen. Hij sprak zich al even openhartig uit.

"Ik ga niet terug. Ik ben bezig het grootste deel van het kapitaal van de Bank van Wardshaven naar hier over te maken; van nu af aan zal het een filiaal van de Bank van Tanith zijn. Hier kun je zaken doen. In Wardshaven begint het onmogelijk te worden zaken te doen. Wat kun je daar slecht zaken doen."

"Maar wat is er dan gebeurd?"

"Om te beginnen de belastingen. Het schijnt dat hoe meer geld er van Tanith kwam, hoe hoger de belastingen op Gram werden. Bovendien nog discriminerende belastingen; de kleine landeigenaren en fabrikanten worden uitgeknepen en een paar grote jongens worden bevoordeeld. Zoals Baron Spasso en zijn bende."

"Nu al Baron Spasso?"

Ffayle knikte. "Van ongeveer half Glaspyth. Een aantal baronnen van Glaspyth verloren hun baronieën – sommige van hen zelfs hun hoofd – nadat Hertog Omfray was verdreven. Het schijnt, dat er een tegen het leven van zijne Majesteit gerichte samenzwering was. Het werd ontdekt door de ijver en waakzaamheid van Sir Garvan Spasso, die in de adelstand werd verheven en als beloning de bezittingen van deze samenzweerders kreeg."

„Je zei dat het slecht zakendoen was?"

Ffayle knikte weer. „Tanith nam een te grote vlucht. Er kwam teveel vraag; iedereen wilde in het project deelnemen. En ze hadden nooit die laatste twee schepen moeten bouwen, de *Speedwell* en de *Goodhope*. De opbrengsten rechtvaardigden dat niet. Jullie vestigden hier jullie eigen industrieën en begonnen jullie eigen uitrusting en bewapening te fabriceren. Dat bezorgde de industrie op Gram een dreun. Ik ben blij dat Lavina Karvall genoeg geld heeft geïnvesteerd om ervan te kunnen leven. En ten slotte nog dit; de consumptiemarkt wordt overstroomd met goederen die van Tanith afkomstig zijn en die wedijveren met de producten van de industrieën op Gram."

Nu, dat was begrijpelijk. Een van de schepen die de verbinding met Gram onderhield kon voldoende goud en juwelen en dergelijke in haar kluizen vervoeren, om de reis winstgevend te maken. De handelsgoederen, die in de laadruimen werden vervoerd, reisden praktisch voor niets, zodat alles dat maar voorhanden was – goederen waaraan anders niemand zou denken om die voor de interstellaire handel te verschepen – aan boord werd genomen.

Een tweeduizend-voet-vrachtschip beschikte over enorm veel laadruimte.

Baron Trask van Traskon was zelfs nog niet begonnen zich te realiseren, wat de Tanith-basis Gram zou gaan kosten.

X

Zoals verwacht kon worden voltooiden de Beowulfers hun hyperschip het eerst. Ze waren begonnen met niet meer dan een geringe hoeveelheid snel verworven kennis. Ameterasu had moeten beginnen met het creëren van een industrie, die ze nodig hadden voor het creëren van de industrie die ze nodig hadden voor de bouw van een schip.

Het schip van Beowulf – het droeg de naam *Viking's Gift* – bereikte Tanith vijf en een half jaar nadat de *Nemesis* en de *Gesel van de Ruimte* Beowulf hadden overvallen. Haar schipper had in die strijd het bevel gevoerd over een normale-ruimte schip. Behalve plutonium en radio-actieve isotopen vervoerde ze een lading bestaande uit luxe artikelen, uniek voor Beowulf, waarvoor in de interstellaire handel altijd een markt kon worden gevonden.

Nadat hij zijn lading verkocht en het geld op de Bank van Tanith gedeponeerd had, wilde de gezagvoerder van de *Viking's Gift* weten, waar hij een goede planeet om te overvallen kon vinden. Ze gaven hem een lijst van planeten, die geen al te harde noten om te kraken waren, maar die toch de moeite van een plundering waard waren. Ze gaven hem ook een lijst van planeten, die hij beslist niet moest overvallen; planeten waarmee Tanith zaken deed.

Zes maanden later kregen ze te horen, dat hij zich op Khepera had vertoond, waarmee zij handel dreven. Hij had de markt overstroomd met geplunderde textielstoffen, ijzerwaren, plastics en keramiek. Hij had er kreiervlees en huiden gekocht.

„Zie je nu wat je gedaan hebt?" riep Harkaman uit. „Je dacht dat je een klant maakte, maar je maakte een concurrent!"

„Ik maakte een bondgenoot. Als we Dunnans planeet ooit vinden, zullen we een vloot nodig hebben om die te overmeesteren. Een paar Beowulf-schepen zouden ons goede diensten kunnen bewijzen. Jij kent hen; jij hebt ook tegen hen gevochten."

Harkaman had nog meer zorgen. Kruisend met de *Corisande II* aankomend op Vitthar, een van de planeten waarmee zij handel dreven, kwam hij tot de ontdekking dat de planeet was overvallen door een Ruimte Viking schip dat zijn basis op Xochitl had. Hij had een korte maar verbeten strijd gestreden, de overvaller bestokend tot die blij was in de hyper-ruimte te kunnen vluchten. Daarna was hij onmiddellijk naar Xochitl gegaan, daar aankomend op de hielen van het schip dat hij had verslagen. Hij had het daar uitgevochten met de kapitein en Prins Viktor, een ultimatum stellend, dat ze de planeten waarmee Tanith handel dreef in de toekomst met rust zouden laten.

„Hoe namen ze het op?" vroeg Trask, toen hij terugkeerde om melding van het gebeurde te maken.

„Precies zoals jij het opgenomen zou hebben. Viktor zei dat zijn mensen Ruimte Vikings waren en geen Gilgameshers. Ik bracht hem aan zijn verstand, dat wij evenmin Gilgameshers waren en dat Xochitl dat aan den lijve zou ondervinden, de eerste de beste keer dat een van zijn schepen het weer zou wagen een van onze planeten te overvallen. Steun je mij in de rug? Natuurlijk, je kunt Prins Viktor altijd nog mijn hoofd sturen, vergezeld van een verontschuldiging..."

„Als ik hem al iets moet sturen, dan stuur ik hem een hemel vol schepen en een planeet vol hellebranders. Je deed het volmaakt goed, Otto. Je deed precies wat ik in jouw plaats gedaan zou hebben."

Daar bleef het bij. Er werden door Xochitl-schepen geen overvallen meer gepleegd op een van hun handelsplaneten. In geen van de naar Gram verzonden rapporten werd melding gemaakt van het incident. De situatie op Gram verslechterde al snel genoeg.

Tenslotte kwam er een audio-visionele boodschap van Angus persoonlijk; hij was gezeten op zijn troon, droeg zijn kroon en begon abrupt vanaf het beeldscherm te spreken: „Wij, Angus, Koning van Gram en Tanith, zijn zeer mishaagd over onze onderdaan, Lucas, Prins en Onderkoning van Tanith; wij beschouwen onszelf als zeer slecht gediend door Prins Trask. Wij bevelen hem derhalve terug te keren naar Gram, om rekenschap te geven van zijn beheer van onze kolonie Tanith."

Na een paar haastige voorbereidingen zette Trask een antwoord op de band. Hij had zelf eveneens plaats genomen op een troon en hij droeg een kroon even rijk versierd als die van Koning Angus en een mantel van wit en zwart bont, afkomstig van Imhotep.

„Wij, Lucas, Prins van Trask," begon hij, „zijn volkomen bereid de soevereiniteit van de Koning van Gram, voorheen Hertog van Wardshaven, te erkennen. Het is ons oprecht verlangen, om, indien mogelijk, de vrede en vriendschap met de

Koning van Gram te bewaren en de handelsbetrekkingen met hem en zijn onderdanen te blijven voortzetten. Wij moeten echter elke poging van zijn zijde om de interne politiek van het rijk te dicteren absoluut verwerpen. Het is onze vurige hoop..." – verdomme, hij had 'vurig' gezegd en hij had een ander woord moeten bedenken – „... dat geen daad van de zijde van de Koning van Gram een breuk zal veroorzaken in de vriendschap die bestaat tussen zijn rijk en het onze."

Drie maanden later voerde het volgende schip, dat Gram had verlaten terwijl Angus' sommatie zich nog in de hyper-ruimte bevond, Baron Rathmore aan. Hem de hand schuddend toen hij uit het landingsvaartuig stapte, wilde Trask weten of hij als de nieuwe Onderkoning hierheen gezonden was.

„Nee, ik ben gekomen om de Koning van Tanith mijn zwaard aan te bieden," zei hij.

„Voorlópig nog de Prins van Tanith," verbeterde Trask. „Het zwaard wordt echter gaarne aanvaard. Ik neem aan, dat je je buik vol hebt van onze gezegende soeverein?"

„Lucas, je hebt hier genoeg mensen en schepen om Gram in te nemen," zei Rathmore. „Roep je zelf uit tot Koning van Tanith, eis dan de troon van Gram voor je op en de hele planeet zal voor je opstaan."

Rathmore had zijn stem gedempt, maar ondanks dat was de open landingsruimte geen plaats voor dit soort gesprekken. Hij zei dat ook; beval een paar autochtonen Rathmore' bagage op te halen en nam hem dan in de lift mee naar zijn leefverblijven. Toen zij eenmaal alleen waren begon Rathmore weer: „Het is meer dan iemand kan verdragen. Er is niemand van de oude adel, die hij niet van zich vervreemd heeft. Dat geldt ook voor de landeigenaren en industriëlen, de mensen die eens de ruggegraat van Gram waren. En dan zet het zich voort tot in de gelederen van het gewone volk. Zware schattingen voor de landeigenaren, onbetaalbare belastingen voor de bevolking, inflatie om de belastingen op te vangen, hoge prijzen en waardevermindering van het geld. Iedereen wordt tot de bedelstaf veroordeeld, behalve dat gespuis, dat hij om zich heen verzameld heeft en dat brok sloerie van een wijf met haar inhalige familie."

Trask verstijfde. „Je hebt het toch niet over Koningin Flavia?" vroeg hij zachtjes.

Rathmores mond viel open. „Grote Satan, wist je dat niet? Nee, natuurlijk wist je het niét. Het nieuws reisde met hetzelfde schip als ik. Wel, Angus heeft zich van Flavia laten scheiden.

Hij beweerde, dat ze niet in staat was hem een troonopvolger te schenken. Hij hertrouwde onmiddellijk."

De naam van het meisje zei Trask niets; die van haar vader, een zekere Baron Valdive, was hem niet geheel onbekend. Hij was eigenaar van een klein landgoed ten zuiden van de Ward-landerijen en ten westen van Newhaven. De meeste van zijn mensen waren doortrapte bandieten en veedieven en hijzelf was al niet veel beter.

„Fijne familie, waar hij in is getrouwd. Een verdienste voor de waardigheid van de troon."

„Ja. Je zult deze Lady-Demoiselle Evita niet kennen; ze was pas zeventien, toen jij Gram verliet en ze was toen nog niet begonnen zich buiten het landgoed van haar vader een reputatie te verwerven. Die verloren tijd heeft ze inmiddels wel ingehaald. En ze heeft genoeg ooms en tantes en neven en nichten en ex-geliefden en wat al niet meer, om een heel infanterie-regiment op de been te kunnen brengen. En ze staan stuk voor stuk met twee handen klaar, om alles te grijpen wat er maar te grijpen valt."

„En hoe bevalt dit Hertog Joris?" De Hertog van Bigglersport was de broer van Koningin Flavia. „Ik meen bijna zeker te weten, dat hij niet al te verrukt is."

„Hij werft huursoldaten en schaft zich wapens aan, dat is wat hij doet. Lucas, waarom ga je niet mee terug? Je hebt er geen idee van wat voor een reputatie je op Gram hebt. Iedereen zal zich achter je scharen."

Hij schudde zijn hoofd. „Ik heb een troon hier op Tanith. Ik verlang niets op Gram. Het spijt me, dat het zo met Angus is gegaan; ik dacht dat hij een goede Koning zou zijn. Maar nu hij een onverdraaglijke Koning blijkt te zijn, zullen de edelen en het volk van Gram zich zelf van hem moeten ontdoen. Ik heb hier mijn eigen taken."

Rathmore haalde zijn schouders op. „Ik was er al bang voor, dat je antwoord zo zou luiden," zei hij. „Wel, ik bood je mijn zwaard aan. Ik neem mijn aanbod niet terug. Ik kan je helpen met wat je hier op Tanith doet."

De kapitein van de vrije Ruimte Viking *Damnthing* heette Roger-fan-Morvill Esthersann, wat betekende dat hij de een of andere, door een vrouw van een van de planeten van de Oude Federatie erkende bastaard was. Zijn moeders familie zouden Nergalers geweest kunnen zijn; hij had grof, zwart haar, een mahoniebruine huid en roodbruine, bijna kastanjebruine ogen. Hij proefde de wijn, die hem door de robot werd ingeschonken, bracht zijn waardering tot uitdrukking en begon dan het pakje dat hij had meegebracht uit te pakken.

,,Iets dat ik vond, toen ik Tetragrammaton overviel," zei hij. ,,Ik dacht dat u het wel zou willen hebben. Het werd op Gram gemaakt."

Het was een automatisch pistool, met riem en holster. Het leder was bizonhuid; de ovale gesp van de riem was een in emaille uitgevoerde bleekblauwe maansikkel op een zwarte achtergrond. Het pistool was een militair 10 mm model, met een gegroefde, plastic kolf; het droeg het stempel van het Huis Hoylbar, de wapenfabrikanten van Glaspyth. Het was duidelijk een van de wapens die Hertog Omfray Andray Dunnans oorspronkelijke huurlingencompagnie had verschaft.

,,Tetragrammaton?" Hij wierp een blik naar het Grote Bord; daarop stond geen eerdere melding over die planeet. ,,Hoe lang geleden?"

,,Ik zou zeggen ongeveer driehonderd uur. Ik kwam rechtstreeks van daar hierheen, minder dan tweehonderd en vijftig uur. Dunnans schepen hadden de planeet verlaten drie dagen voor ik daar aankwam."

Dat was praktisch sissend heet. Wel, iets dergelijks had vroeger of later moeten gebeuren. De Ruimte Viking vroeg hem, of hij wist wat voor een soort oord Tetragrammaton was.

Neobarbaars, op een wrede manier proberend opnieuw tot beschaving te komen. Kleine bevolking, geconcentreerd op één continent; landbouw en visserij. In een paar steden een kleine zware industrie. Ze hadden er kernenergie, daar één eeuw of wat geleden ingevoerd door handelaars van Marduk, een van de werkelijk beschaafde planeten. Voor hun splijtstoffen waren ze nog altijd afhankelijk van Marduk; hun export-product was een afschuwelijk ruikende plantaardige olie, die de basis verschafte voor heerlijke parfums en die niemand ooit goed op synthetische wijze had weten te bereiden.

,,Ik hoorde dat ze er nu ook staalfabrieken hadden," zei de halfbloed Ruimte Viking. ,,Het schijnt dat iemand op Rimmon juist opnieuw de spoorweg had uitgevonden en ze hadden daar meer staal nodig, dan ze zelf konden produceren. Ik dacht dat ik Tetragrammaton wel zou kunnen overvallen om daar staal te bemachtigen, dat ik op Rimmon zou kunnen ruilen tegen een lading hemelthee. Maar toen ik daar aankwam, was de hele planeet één grote puinhoop; geen overval, alleen maar moedwillige vernietiging. Toen ik landde was de bevolking juist bezig zich uit te graven. Sommige van hen, die dachten dat ze helemaal niets meer te verliezen hadden, bonden de strijd met mij aan. Ik nam er een paar gevangen, om te horen wat er was gebeurd. Een van hen had dat pistool in zijn bezit; hij zei, dat hij het afgepakt had van een Ruimte Viking, die hij had gedood. De schepen die hen hadden aangevallen waren de *Enterprise* en de *Yo-Yo*. Ik wist, dat u alles hierover zou willen horen. Ik liet een paar gevangenen hun verhaal doen en nam wat zij vertelden op op de band. Daarna kwam ik regelrecht hierheen."

,,Ik dank u. Ik wil die banden graag beluisteren. En nu... u zei dat u staal wilde hebben?"

,,Dat wil ik, maar ik heb geen geld. Vandaar dat ik voornemens was Tetragrammaton te overvallen."

,,We praten niet over geld. U heeft al betaald voor uw lading. Met dit," zei hij, het pistool aanrakend, ,,en met wat er ook op die banden mag staan."

Die avond speelden ze de banden af. Veel belangrijke informatie verschaften ze niet. De autochtonen die waren ondervraagd, hadden geen werkelijk contact met Dunnans mensen gehad, behalve tijdens het gevecht. De man die het 10 mm Holbayr pistool bij zich had gedragen was de beste getuige van het hele stel en hij wist maar weinig. Hij had een van de mannen van Dunnan van achteren aangevallen; hij had hem neergeschoten met zijn jachtgeweer, had hem zijn pistool afgenomen en was er daarna zo snel als hij kon vandoor gegaan. Het scheen dat ze landingsvaartuigen naar beneden hadden gestuurd en hadden gezegd dat ze ruilhandel wilden drijven; toen moest er iets gebeurd zijn, niemand wist wat, en daarna hadden ze een waar bloedbad aangericht en de stad leeggeplunderd. Teruggekeerd aan boord van hun schepen hadden zij het vuur geopend met atoomprojectielen.

,,Dat klinkt naar Dunnan," zei Hugh Rathmore vol afkeer. ,,Hij was alleen maar bezeten van het verlangen te doden. Het slechte bloed van Blackcliffe."

,,Er zitten een paar vreemde kanten aan dit alles," zei Boake Valkanhayn. ,,Je zou zeggen dat het een terreuraanval was. Maar wie voor de hel probeerde hij te terroriseren?"

,,Dat heb ik me ook al afgevraagd." Harkaman trok diepe rimpels in zijn voorhoofd. ,,Die stad waar hij landde scheen de hoofdstad van de planeet te zijn geweest. Ze landden er gewoon, wendden vriendschap voor, al zie ik niet in waarom het noodzakelijk was dat voor te wenden, en begonnen dan te moorden en te plunderen. Er was daar niets van werkelijke waarde te vinden; alles wat zij meenamen was wat de mannen zelf bij zich konden dragen en wat zij in hun landingsvaartuigen konden stouwen. En ze deden dat alleen, omdat een soort bijgeloof hen ervan weerhoudt een stad waar zij eenmaal geland zijn ongeplunderd achter te laten. De werkelijke buit bevond zich in die twee andere steden; in de ene stad de staalfabriek en de reusachtige staalvoorraden en in de andere stad die walgelijk stinkende olie. Dus wat deden ze? Ze lieten op iedere stad een vijf-megaton bom vallen en lieten daar geen steen op elkaar. Dat was een daad van terreur, maar het is zoals Boake vraagt, wie terroriseerden ze? Als er ergens anders op die planeet nog meer grote steden waren, dan zou het nog kunnen kloppen. Maar er zijn geen andere steden. En zij bliezen de twee grootste steden met alle buit die daar te halen was op."

„Dan moet het hun bedoeling zijn geweest iemand te terroriseren die zich buiten de planeet bevond."

„Maar niemand die zich buiten de planeet bevindt zal er ooit van horen," wierp iemand tegen.

„De Mardukans zouden ervan gehoord hebben; zij drijven handel met Tetragrammaton," zei de erkende bastaard van iemand genaamd Morvill. „Ze hebben er een paar schepen."

„Dat is juist," stemde Trask in. „Marduk."

„Wil je zeggen, dat je denkt dat Dunnan probeert *Marduk* angst aan te jagen?" vroeg Valkanhayn. „Grote Satan, zelfs hij is daar niet gek genoeg voor."

Baron Rathmore begon iets te zeggen over hoe gek Andray Dunnan wel was en waartoe hij allemaal in staat was en hoe gek zijn oom wel was en waartoe die allemaal in staat was. Het was een van de vele opmerkingen die hij al gemaakt had sinds hij op Tanith was aangekomen en die hij had kunnen maken zonder telkens over zijn schouder te moeten kijken.

„Dat is wat ik denk," zei Trask. „Ik denk, dat dat precies is wat hij aan het doen is. Vraag me niet waarom; zoals Otto zo graag opmerkt, hij is gek en wij zijn dat niet, en dat geeft hem een voorsprong. Maar wat hebben we gehoord, sinds die Gilgameshers ons vertelden dat hij Burriks schip en de *Honest Horris* inpikte? Tot aan de dag van vandaag hebben we niets gehoord van enige andere Ruimte Viking. Wat we te horen kregen waren verhalen van de Gilgameshers over overvallen op planeten, waarmee zij handel dreven; en elk van die planeten was ook een planeet waarmee de Marduks handel dreven. En in geen van die gevallen werd er melding gemaakt van waardevolle buit die geroofd zou zijn. Al die verhalen gingen over zinloze vernielingen en moorddadige bombardementen. Ik denk dat Andray Dunnan oorlog voert tegen Marduk."

,,Dan is hij nog krankzinniger dan zijn grootvader en zijn oom samen!" riep Rathmore uit.

,,Je bedoelt, dat hij een keten van terreuraanvallen uitvoert op hun handelsplaneten, in de hoop de schepen van de Mardukaanse ruimtevloot van hun thuisplaneet weg te lokken?" Harkaman was niet langer meer zo ongelovig. ,,En dat hij een bliksemaanval uitvoert, zodra hij erin geslaagd is ze weg te lokken?"

,,Dat is precies wat ik denk. Herinner je de stelling waarvan we zijn uitgegaan: Dunnan is gek. Herinner je hoe hij zichzelf ervan overtuigde dat hij de rechtmatige erfgenaam van de hertogelijke kroon van Wardshaven was." En herinner je zijn waanzinnige hartstocht voor Elaine; hij zette die gedachte haastig van zich af. ,,Hij is er nu van overtuigd, dat hij de grootste Ruimte Viking in de geschiedenis is. Hij moet iets doen, die onderscheiding waardig. Wanneer was het voor het laatst, dat iemand een beschaafde planeet aanviel? Ik bedoel niet Gilgamesh, ik bedoel een planeet als Marduk."

,,Honderdtwintig jaar geleden; Prins Havilgar van Haulteclere, zes schepen, tegen Aton. Twee schepen keerden terug. Hij niet. Sindsdien heeft niemand het meer geprobeerd," zei Harkaman.

,,Dus zal Dunnan de Grote het doen. Ik hoop dat hij het probeert," voegde hij eraan toe, zichzelf verbazend. ,,Onder voorwaarde dat ik erachter kom wat er gebeurde. Dan zal ik op kunnen houden aan hem te blijven denken."

Er was een tijd geweest, dat hij de mogelijkheid gevreesd had, dat iemand anders Dunnan zou doden, voor hij dat zou kunnen.

Seshat, Obidicut, Lugaluru, Audhumla.
De jongeman, die door de dood van zijn vader tijdens de door
Dunnan uitgevoerde raid, was verheven tot de post van erfelijk
President van de democratische Republiek Tetragrammaton,
was er zeker van geweest, dat de Marduk-schepen die naar zijn
planeet kwamen ook met die planeten handel dreven.
Het had nogal wat moeite gekost om contact te maken en de
eerste ontmoeting van aangezicht tot aangezicht was begonnen
in een sfeer van wantrouwen van zijn kant. Ze hadden elkaar
ergens buiten ontmoet; overal om hen heen ingestorte en uitge-
brande huizen en gebouwen, haastig gebouwde hutten en
schuilplaatsen en grote, met puin en verkoolde wrakstukken
overdekte vlakten.
,,Ze bliezen hier de staalfabriek op en in Jannsboro de olieraffi-
naderij. Ze bombardeerden en beschoten de kleinere steden en
boerendorpen. Ze verspreidden radioactieve stoffen, die evenveel slachtoffers maakten als de bombardementen. En nadat
zij verdwenen waren kwam dat andere schip.''
,,De *Damnthing*? Droeg ze als wapen de kop van een dier met
drie hoorns?''
,,Dat schip was het. In het begin richtte het hier en daar wat
schade aan. Maar toen de kapitein ontdekte wat ons was overkomen, liet hij hier wat voedsel en medicijnen voor ons achter.''
Daar had Roger-fan-Morvill Esthersan niet over gesproken.
,,We zullen u graag helpen, als we kunnen. Beschikt u over
kernenergie? Wij kunnen u een kleine installatie bezorgen.
Denkt u daar nog eens aan, als u straks weer op de been bent;
we komen later terug om zaken met u te doen. Maar denkt u
niet dat u ons iets schuldig bent. De man die u dit aandeed is
mijn vijand. Nu wil ik met iedereen van uw mensen spreken, die
mij iets meer zou kunnen vertellen...''
Seshat bevond zich het dichtst bij; ze gingen daar als eerste
heen. Ze waren te laat. Seshat had het al gehad en gezien de
radioactieve straling, die de tellers registreerden, nog niet al te
lang geleden. Hoogstens vierhonderd uur. Er waren twee hellebranders neergekomen; de steden waarop ze waren gevallen
waren twee nog nasmeulende kuilen, letterlijk weggebrand in
de grond, met tot vijfhonderd mijl in de omtrek niets dan slak-

ken, lava, verschroeide aarde en verbrande bossen. Er was een planeetsplijter neergekomen, die een zware aardbeving had veroorzaakt. En een stuk of zes thermo-nucleaire bommen. Waarschijnlijk waren er nog wel een paar overlevenden – het is buitengewoon moeilijk de menselijke bevolking van een planeet volkomen uit te roeien – maar binnen een eeuw of wat zouden ze gekleed in lendedoeken zijn afgedaald naar het bestaan van holbewoners.

„We weten zelfs niet, of Dunnan het persoonlijk deed," zei Patryk Morland. „Voor zover we hem kennen kan hij zich ook in de een of andere ondergrondse holenstad bevinden, op een planeet waar niemand van ons ooit van heeft gehoord, gezeten op een gouden troon en omgeven door een harem."

Hij was al begonnen te vermoeden dat Dunnan iets dergelijks zou doen. De Grootste Ruimte Viking uit de Geschiedenis zou zich natuurlijk een Ruimte Viking Keizerrijk zoeken.

„Een Keizer begeeft zich zo nu en dan naar buiten, om zijn rijk te overzien. Ik breng ook niet al mijn tijd op Tanith door. Ik zou zeggen, dat we nu eerst Audhumla moeten proberen. Die ligt het verst verwijderd. Misschien komen we daar aan, terwijl hij nog huishoudt op Obidicut en Lugaluru. Guatt, bereken de sprong, die we moeten maken."

Toen de werveling van kleuren langzaam vervaagde en het beeld helderder werd, leek Audhumla precies op Tanith, of Khepera, of Amaterasu, of op welke andere Terra-planeet ook; een grote, aan een zijde het zonlicht weerkaatsende schijf, met aan de andere zijde een door maan en sterren verlichte atmosfeer.

De planeet had slechts één tamelijk grote maan en op het telescopische scherm waren de gebruikelijke herkenningspunten van zeeën en continenten en rivieren en bergketens zichtbaar. Maar verder viel er niets te zien.

Ja, toch; lichten aan de donkere zijde en gezien de afmetingen moesten het enorme steden zijn. Alle beschikbare gegevens over Audhumla moesten hopeloos verouderd zijn; in de afgelopen zes eeuwen moest daar een aanzienlijke beschaving tot ontwikkeling zijn gekomen.

Er verscheen nog een licht; een felle, blauw-witte vonk, die snel uitgroeide tot een groter, minder fel geel licht. Tegelijkertijd begonnen alle alarmapparaten in de commandokamer een hels lawaai te maken; een waar pandemonium van flitsende lichten en huilende en loeiende sirenes.

Straling. Vrijkomende energie. Contragraviteits-vervormings-effecten. Infra-rood electrisch vermogen. Radar en aftastingsstralen vanaf de planeet.

Trask zijn vuist begon pijn te doen; hij kwam tot de ontdekking, dat hij ermee op het blad van zijn bureau stond te beuken. Hij hield ermee op.

„We kregen hem! We kregen hem!" schreeuwde hij schor. „Met volle snelheid er op af! Ononderbroken versnelling, opgevoerd tot het maximum dat we kunnen doorstaan. Over onze snelheidsvermindering maken we ons wel zorgen als we binnen schootsafstand komen."

De planeet werd geleidelijk groter. Karffard hield hem aan zijn woord wat betrof de ononderbroken versnelling. Ze zouden een verdomd zware rekening te betalen krijgen, als ze straks hun vaart zouden minderen. Op de planeet kwamen nog meer bommen tot explosie, juist buiten de atmosfeer, voorbij de zonsonderganglijn.

„Schip waargenomen. Hoogte ongeveer honderd tot vijfhonderd mijl – honderd, geen duizend – 35° noordelijke breedte, 15° west van de zonsondergangslijn. Schip is onder vuur. Bomexplosies in haar nabijheid!" schreeuwde een stem.

Iemand anders schreeuwde, dat de stadslichten in werkelijkheid brandende steden of brandende bossen waren. De eerste stem, die abrupt had gezwegen, liet zich weer horen: „Schip is juist ter hoogte van de zonsondergangslijn zichtbaar in het telescopische scherm. En er is nog een tweede schip ontdekt, maar nog niet zichtbaar en een derde, dat zich eveneens buiten ons gezichtsveld bevindt; we vangen nog net de rand van haar contragraviteitsveld rondom de planeet op."

Dat betekende dat er twee partijen waren. En een gevecht. Tenzij Dunnan kans had gezien een derde schip te bemachtigen. Het telescopische beeld wisselde; gedurende een ogenblik verdween de planeet geheel van het scherm. Dan verscheen haar kromming weer in het beeld, tegen een achtergrond van sterren. Ze waren de planeet nu tot op bijna tweeduizend mijl genaderd. Karffard schreeuwde, dat de snelheid niet langer meer mocht worden opgevoerd en probeerde het schip in een spiraalvormige baan te brengen. Plotseling vingen ze een glimp van een van de schepen op.

„Ze is in moeilijkheden!" Dat was de stem van Paul Koreff. „Ze lekt als de hel en verliest aan alle kanten water- en luchtdampen!"

,,Is het een brave of een slechte jongen?'' schreeuwde Morland terug, alsof Koreffs spectroscopen dat konden onderscheiden. Koreff negeerde het.

,,Een ander schip zendt signalen uit,'' zei hij. ,,Het is het schip dat nu boven de evenaar komt. Zwaard-Wereld impuls-code; haar communicatiescherm-combinatie en een maak-u-bekend.'' Karffard drukte de combinatie in, die Koreff hem verschafte. Terwijl Trask wanhopige pogingen deed zijn gezicht tot een onbeweeglijk masker te dwingen, lichtte het scherm op. Het was niet Andray Dunnan; dat was een teleurstelling. Hoewel, dit was bijna even goed. Zijn handlanger, Sir Nevil Ormm.

,,Kijk aan, Sir Nevil! Een aangename verrassing,'' hoorde hij zichzelf zeggen. ,,De laatste keer dat wij elkaar ontmoetten was op het terras van Karvall House, is het niet?''

Voor een keer toonde het papierwitte gelaat van Andray Dunnans *âme damnée* enige uitdrukking, maar of het angst, verrassing, haat, woede of welke combinatie daarvan ook was, kon Trask alleen maar gissen.

,,Trask! Moge Satan je vervloeken...''

Dan was het scherm weer leeg. Op het telescopische scherm kwam het andere schip zonder aarzeling naderbij. Paul Koreff, die inmiddels meer gegevens had verkregen over afmetingen, massa en energisch vermogen, identificeerde haar als de *Enterprise*.

,,Er op af! Geef haar alles!''

Ze hadden het bevel niet nodig; Vann Larch sprak snel in zijn handmicrofoon en Alvyn Karffards stem was over de hele *Nemesis* hoorbaar; hij schreeuwde zijn waarschuwing, dat ze hun snelheid verminderden en hun koers wijzigden en nog terwijl hij sprak begonnen in de commandokamer dingen van hun plaats te glijden. Op het telescopische scherm was het andere schip nu volledig zichtbaar; duidelijk zag hij de ovale zwarte vlek met de lichtblauwe maansikkel en op zijn scherm zou Andray Dunnan de op een zwaard gespietste schedel van de *Nemesis* zien.

Als hij er alleen maar zeker van kon zijn, dat Andray Dunnan daar was om het te zien. Als het alleen maar Andray Dunnans gezicht was geweest, dat hij op het scherm had gezien en niet dat van Ormm. Zoals het nu was kon hij nergens zeker van zijn en als een van de projectielen, die nu al naar de vijand onderweg waren een gelukstreffer zou scoren, zou hij nooit zekerheid hebben. Het kon hem niet schelen door wie Dunnan werd gedood, of door wie. Alles wat hij wilde weten was, dat Dunnans dood hem had bevrijd van de verplichting, die hij zichzelf had opgelegd en die nu zonder enige betekenis voor hem was.

De *Enterprise* lanceerde afweer-raketten en dat deed ook de *Nemesis*.

Gedurende een ondeelbaar ogenblik leken oogverblindende bliksemstralen over en weer te springen; sissende vuurstralen, waarvan zich roodgloeiende vuurbollen losmaakten, die zich verspreidden en dan oplosten.

Iets moest door hun afweer zijn heengedrongen; op het schadepaneel flitsten rode lichten aan. Het was iets geweest, krachtig genoeg om zelfs de enorme massa van de *Nemesis* te doen sidderen. Tegelijkertijd incasseerde het andere schip een voltreffer van iets, dat haar zeker verpulverd zou hebben als ze niet met collapsium gepantserd was geweest. Toen, terwijl ze dicht langs elkaar heen gleden, vuurden de kanonnen van beide schepen hun projectielen af en dan verdween de *Enterprise* achter de horizon uit het gezicht.

Nu naderde een ander schip, dat de afmetingen had van Otto Harkamans *Corisande II*; ze voerde als wapen de hand van een vrouw, een aan een koord opgehangen planeet bungelend aan een van de vingers met roodgelakte nagels. Ze stormden elkaar tegemoet, een tuin van snel afstervende vuurbloemen tussen hen in plantend; ze bestookten elkaar met hun kanonnen en verwijderden zich dan met grote snelheid van elkaar. Tegelijkertijd ving Paul Koreff een impuls-code signaal van het derde, zwaar beschadigde schip op; een beeldscherm-combinatie. Trask drukte de combinatie in, zoals hij die doorkreeg. Een man gekleed in een ruimteharnas keek hem vanaf het beeldscherm aan. Dat was niet best, als ze in de commandokamer hun ruimteharnassen moesten dragen. Ze hadden nog altijd lucht; hij droeg geen helm, maar die was al wel aan zijn harnas bevestigd en hing scharnierend op zijn rug. Op zijn borstplaat voerde hij als wapen een op een draak gelijkend dier, dat zijn staart om een planeet slingerende, met daarboven een kroon. Hij had een smal gezicht met hoge jukbeenderen, een verticale rimpel tussen zijn neus en een kortgeknipte, blonde snor.

,,Wie bent u, vreemdeling? U bevecht mijn vijanden, maakt dat u tot een vriend?"

,,Ik ben een vriend van iedereen, die Andray zijn vijand noemt. Zwaard-Wereldschip *Nemesis*. Ik ben Lucas Trask van Tanith, gezagvoerder."

„Koninklijk Mardukaans schip *Victrix*." De man met het smalle gezicht lachte wrang. „Veel eer doet ze haar naam niet aan. Ik ben Prins Simon Bentrik, gezagvoerder."

„Bent u nog gevechtswaardig?"

„We kunnen nog ongeveer de helft van onze kanonnen afvuren; we hebben nog een paar projectielen over. Zeventig procent van het schip is afgesloten en we zijn op een twaalftal plaatsen doorboord. We hebben nog energie genoeg om te stijgen en zijn nog enigszins bestuurbaar. We kunnen alleen niet zijwaarts koersen, tenzij ten koste van ons stijgvermogen."

Wat de *Victrix* praktisch tot een niet te missen doelwit maakte. Hij schreeuwde Karffard over zijn schouder toe zoveel snelheid te minderen als mogelijk was zonder brokken te maken. „Als dat aangeschoten schip in het gezicht komt, begin dan om haar heen te cirkelen en probeer in een kleinere cirkel boven haar te komen."

Hij draaide zich weer om naar de man op het scherm. „Als we onze snelheid genoeg kunnen verminderen zullen we alles doen om u dekking te geven."

„U kunt niet meer dan u kunt; dank u, Prins Trask."

„Daar komt de *Enterprise*!" schreeuwde Karffard. „Ze beschreef een haarspeldbocht en komt nu op ons af!" Hij liet een paar knetterende vloeken los.

„Doe er iets aan!"

Vann Larch deed er iets aan. De *Enterprise* had bij de laatste schermutseling nogal wat schade opgelopen; op Koreffs spectroscopen was ze zichtbaar met rondom haar een halo van lucht- en waterdampen. Haar instrumenten zouden hetzelfde verhaal over de *Nemesis* vertellen; zes tot acht dekken hoog waren de wigvormige segmenten op verscheidene plaatsen gedicht. En dan was het enige dat nog met zekerheid kon worden gezien de vuurgloed van de wederzijds afgevuurde projectielen.

Het korte-afstands kanonduel begon en eindigde, toen ze elkaar passeerden.

Op het scherm had hij een dik, rondneuzig ding van de *Victrix* omhoog zien komen, een wijde boog beschrijvend, om ver voor de passerende *Enterprise* uit te komen. Ze was bijna aan de achterkant van de planeet uit het gezicht verdwenen, toen ze er recht op inliep en in een afschuwelijke lichtflits verdween. Een ogenblik dacht hij dat ze vernietigd was, maar dan kwam ze hevig slingerend weer in het gezicht, om dan achter de ronding van Audhumla te verdwijnen.

Trask en de Mardukaan keken elkaar vanaf de beeldschermen aan en schudden hun handen boven hun hoofden; in de commandokamer schreeuwde iedereen: ,,Goed schot, *Victrix*! Goed schot!''

Toen kwam de *Yo-Yo* weer om de kromming van de planeet en Vann Larch schreeuwde: ,,Naar de hel met dat gelummel! We zullen ze opknappen!''

Hij schreeuwde zijn bevelen – een mengeling van codeletters en cijfers – en projectielen suisden uit de lanceerbuizen. De meeste ervan kwamen in de ruimte tot ontploffing. En toen werd de *Yo-Yo* opgeblazen, heel stil en rustig, zoals dat gaat als er geen lucht is om de schok- en geluidsgolven voort te planten, maar wel heel stralend. Gedurende een ogenblik baadde de gehele nachtelijke zijde van de planeet in daglicht.

,,Dat was onze planeetsplijter,'' zei Larch. ,,Ik weet niet wat we tegen Dunnan moeten gebruiken.''

,,Ik wist niet eens dat we er een aan boord hadden,'' moest Trask bekennen.

,,Otto had er een paar op Beowulf laten bouwen. De Beowulfers zijn erg goed in het vervaardigen van kernwapens.''

De *Enterprise* keerde haastig terug, om te zien wat er was opgeblazen.

Larch zorgde voor een volgend brokje vermaak, door een via het beeldscherm gerichte vijftig megaton kernbom tussen hen in te laten exploderen. Het monster had zijn eigen arsenaal van kleine projectielen aan boord en het miste zijn doel niet. Op het telescopisch scherm was juist onder de evenaar van de *Enterprise* een groot, getand gat zichtbaar, de grillig gekartelde randen naar buiten omgekruld. Iets, mogelijk een reusachtig projectiel in een open lanceerbuis, was in het inwendige van het schip tot explosie gekomen. Wat er binnenin het schip was gebeurd en hoeveel bemanningsleden er nog leefden, was moeilijk te raden.

Er waren nog een paar overlevenden en hun lanceerbuizen braakten nog altijd projectielen uit. Ze werden onderschept en opgeblazen. De romp van de *Enterprise* nam op het geleidescherm van het projectiel een enorme omvang aan en vulde dat; de getande krater, die de onderkant van Dunnans wapen met de blauwe maansikkel had vernietigd vergrootte zich en vulde nu het gehele scherm. Het scherm werd melkachtig wit, toen de opnameapparatuur uitviel.

Al de andere schermen lichtten gedurende een ondeelbaar ogenblik verblindend fel op, tot de filters er voor gleden. En zelfs daarna gloeiden ze nog als de wolkengesluierde zon van Gram tijdens het middaguur.

Eindelijk, toen de filters weggleden, nadat de lichtintensiteit was verdwenen, was er van de *Enterprise* niets meer overgebleven dan een oranje nevel.

Iemand – Paytrik, Baron Morland, zag hij – sloeg hem op zijn rug en schreeuwde ongearticuleerde klanken in zijn oor. Een stuk of twaalf geharnaste officieren van de Victrix, het wapen met de de planeet omslingerende draak op hun borst, verdrongen zich naast Prins Bentrik op het beeldscherm, krijsend en gillend als dronken bizonherders op betaaldag.

„Ik vraag me af," zei hij bijna onverstaanbaar, „of ik ooit te weten zal komen, of Andray Dunnan aan boord van dat schip was."

MARDUK
I

Prins Trask van Tanith en Prins Simon Bentrik gebruikten samen het diner op een hooggelegen terras van wat oorspronkelijk het hoofdgebouw van een kolonie uit de tijd van de Federatie was geweest. Sindsdien had het vele andere bestemmingen gehad; op de een of andere manier onbeschadigd gebleven tijdens de door Dunnan uitgevoerde bliksemaanval was het nu het Stadhuis van een daaromheen gegroeide stad. Een stad die normaal zo'n vijf- tot tienduizend inwoners telde, maar die nu overstroomd was door bijna vijftigduizend dakloze vluchtelingen uit een stuk of zes andere steden, die vernietigd waren. Er was een groot kamp van inderhaast opgetrokken hutten en schuilplaatsen ontstaan, maar inmiddels waren die eerste nieuwe huizen die hun onderkomen konden bieden al uit de grond gestampt.

Iedereen, de plaatselijke bevolking zowel als de Mardukanen en de Ruimte Vikings, had geholpen bij de wederopbouw en dit was eigenlijk de eerste maaltijd, die de beide commandanten in een enigszins ontspannen sfeer konden genieten. Hoewel Prins Bentriks genoegen wel wat vergald werd door het feit, dat hij vanwaar hij zat uitzicht had op de enorme globe van zijn ontwrichte schip, dat in de verte aan de grond stond.

,,Ik betwijfel het, of we haar ooit weer buiten deze planeet kunnen brengen, laat staan dat we ermee in de hyper-ruimte komen.''

,,In dat geval zullen wij u en uw bemanning met de *Nemesis* naar Marduk brengen.'' Ze spraken luid, om zich boven het lawaai van de machines beneden hen uit verstaanbaar te maken. ,,Ik hoop niet dat u denkt, dat we u hier gestrand achterlaten.''

,,Ik weet niet hoe we daar ontvangen zullen worden. Ruimte Vikings zijn de laatste tijd niet erg gezien op Marduk. Maar misschien zijn ze u wel dankbaar dat u mij terugbrengt, zodat ik daar terecht zal kunnen staan,'' zei Bentrik verbitterd. ,,Hoewel, ik zou iedereen die zoals ik zijn schip verspeelde eveneens neer laten schieten. Die twee bevonden zich in de atmosfeer, voor ik hen uit de hyper-ruimte had zien komen.''

,,Ik denk dat ze al op de planeet waren, voor uw schip daar arriveerde.''

,,Maar Prins Trask, dat is belachelijk!'' riep de Mardukaan uit.

„Je verbergt een schip niet op een planeet. Niet voor het soort instrumenten, waarover onze Koninklijke Vloot beschikt."

„Wij beschikken zelf ook over zeer goede opsporingsapparatuur," herinnerde Trask hem. „Er is één plaats waar je je kunt verbergen. Op de bodem van een oceaan, met een paar duizend voet water boven je. Daar zou ik de *Nemesis* verborgen hebben, als ik hier eerder dan Dunnan was aangekomen."

Prins Bentriks vork bleef halverwege zijn mond in de lucht hangen. Hij bracht die langzaam weer terug naar zijn bord. Dit was een theorie die hij graag zou accepteren, als hij zou kunnen. „Maar de plaatselijke bevolking wist van niets."

„;Ze konden niets weten. Ze beschikken zelf niet over apparatuur om zich buiten hun planeet bevindende schepen op te sporen. Kom binnen boven de oceaan, met de zon pal in de rug en niemand zal het schip zien."

„Is dat een kunstje dat regelmatig door Ruimte Vikings wordt toegepast?"

„Nee, ik vond dit zelf uit, op de terugweg van Seshat. Maar als Dunnan uw schip in een hinderlaag wilde lokken, zou hij er ook aan gedacht hebben. Het is de enige praktische manier om het te doen."

Dunnan of Nevil Ormm; hij wenste dat hij het wist en hij was bang dat hij het zijn leven lang zou blijven wensen.

Bentrik begon zijn vork weer naar zijn mond te brengen, veranderde van gedachte en nam inplaats daarvan een slokje van zijn wijn.

„Misschien bent u toch wel zeer welkom op Marduk," zei hij. „Deze overvallen vormden de laatste vier jaren een groot probleem. Ik geloof evenals u, dat uw vijand voor dit alles verantwoordelijk is. De helft van onze Koninklijke Vloot patrouilleert momenteel in de nabijheid van onze handelsplaneten. Zelfs al was hij niet aan boord van de *Enterprise*, toen u die opblies, u heeft de aandacht op hem gevestigd en u zult ons veel over hem kunnen vertellen." Hij zette het wijnglas neer. „Als het niet zo vreselijk belachelijk was zou je bijna kunnen denken dat hij een oorlog met Marduk uit wil lokken."

De *Victrix* was niet onherstelbaar vernield, hoewel ze hier niet over de nodige middelen beschikten om de noodzakelijke reparaties uit te voeren. Een volledig uitgerust reparatieschip zou in staat zijn de gaten in haar romp te dichten en haar Dillinghams en haar Abbott stijg- en voorstuwingsmotoren te vervangen, haar tijdelijk ruimtewaardig makend, zodat ze naar een scheepswerf kon worden overgebracht.

Ze concentreerden zich op de reparaties aan de *Nemesis* en binnen twee weken was ze gereed voor de reis.

De zeshonderd uren durende reis naar Marduk verliep plezierig genoeg. De officieren van het Mardukaanse schip waren goed gezelschap en zij van hun kant dachten net zo over hun collega's van het Ruimte Viking schip. De twee bemanningen waren er op Audhumla aan gewend geraakt samen te werken en gedurende hun vrije uren gingen ze vriendschappelijk met elkaar om, zich interesserend in elkanders liefhebberijen en aandachtig luisterend naar de verhalen die de een de ander over zijn thuisplaneet vertelde. De Ruimte Vikings waren verbaasd en teleurgesteld over het tamelijk lage intellectuele peil van de Mardukanen. Ze konden dat niet begrijpen; Mardukan werd toch verondersteld een beschaafde planeet te zijn, was het niet zo? De Mardukanen waren al even verbaasd te horen en zien dat de Ruimte Vikings spraken en zich gedroegen als officieren en toonden zich daar nogal gebelgd over. Toen hij het hoorde toonde Prins Bentrik zich al even verbaasd. Op Mardukaanse schepen behoorde het gewone scheepsvolk absoluut tot de laagste orde.

,,Er is nog veel vrij land op de Zwaard Werelden en dat biedt iedereen gunstige mogelijkheden,'' legde Trask uit. ,,Niemand die onderdanig buigt voor de boven hem geplaatste klasse; iedereen heeft het te druk om zichzelf tot datzelfde peil te verheffen. En van allen zijn de Ruimte Vikings wel het minst klassebewust. Denkt u dat mijn mannen daar op Marduk moeilijkheden door kunnen krijgen? Ze zullen er allen op staan alleen de voornaamste gelegenheden in de stad te bezoeken om er iets te drinken.''

,,Nee, dat denk ik niet. Iedereen zal zo verbaasd zijn te zien dat de Ruimte Vikings geen vier meter lange kerels met drie hoorns op hun hoofd zijn, dat hij nergens anders op zal letten. Op de lange duur kan het misschien alleen maar gunstig werken. Uw Ruimte Vikings zullen wel in de smaak vallen bij Kroonprins Edvard. Hij is een groot tegenstander van het klassesysteem. Klasseverschillen zullen moeten verdwijnen, pas dan zal er sprake zijn van een werkelijke democratie, zegt hij.''

De Mardukanen praatten veel over democratie. Ze bevonden zich er wel bij; hun bestuursvorm was een representatieve democratie. Het was ook een erfelijke monarchie. Trasks inspanningen om de politieke en sociale structuur van de

Zwaard-Werelden uit te leggen stuitten op hetzelfde onbegrip bij Bentrik.

„Wel, het klinkt mij als nogal feodaal in de oren."

„Dat is juist, dat is het ook. Een Koning dankt zijn positie aan de steun van zijn vooraanstaande edelen; op hun beurt danken de edelen hun posities aan de baronnen en de landeigenaren en die op hun beurt danken hun posities weer aan het volk. Er zijn bepaalde grenzen, die geen van hen ooit zal overschrijden; gebeurt dat wel, dan zullen hun vazallen zich tegen hen keren."

„Maar veronderstel, dat de bevolking van de een of andere baronie in opstand komt. Zou de Koning dan geen soldaten sturen om de baron te steunen?"

„Wat voor soldaten? Behalve een lijfwacht en voldoende mannen om de koninklijke stad en de kroondomeinen te bewaken heeft de Koning geen soldaten. Als hij soldaten wil hebben, dan zal hij die van zijn vooraanstaande edelen moeten zien te krijgen, die ze op hun beurt van de baronnen moeten zien te krijgen, die ze dan weer uit het gewone volk zouden moeten recruteren." Dat was voor Koning Angus van Gram nog een bron van ontevredenheid geweest; hij had zijn troepenmacht vergroot, door niet van de planeet afkomstige huursoldaten in dienst te nemen. „En de mensen zouden nooit bereid zijn de een of andere baron te helpen zijn mensen te onderdrukken; een volgende keer zou het hun beurt kunnen zijn."

„Bedoelt u dat het volk wapens heeft?" Prins Bentrik toonde zich ongelovig.

„Grote Satan, heeft uw volk die dan niet?" Prins Trask toonde zich al even verbaasd. „Als de vrijheid van het volk slechts wordt geduld is uw democratie een aanfluiting. Als de door het volk uitgebrachte stemmen niet door wapens beveiligd worden, zijn ze waardeloos. Wie heeft er op uw planeet de wapens?"

„Wel, de regering."

„U bedoelt de Koning?"

Prins Bentrik was geschokt. Zeker niet; een afschuwelijke gedachte. Dat zou... wel, dat zou *despotisme* zijn. Bovendien, de Koning was tenslotte de Regering niet. De Regering regeerde in naam van de Koning.

Er was een Kamer van Volksvertegenwoordigers en er was een Kamer van Afgevaardigden. Het volk koos de Volksvertegenwoordigers, de Volksvertegenwoordigers kozen de Afgevaardigden en de Afgevaardigden kozen de Kanselier. Dan had je de Eerste Minister; hij werd benoemd door de Koning. Maar de

Koning diende hem wel te benoemen uit de partij, die de meeste zetels in de Kamer van Volksvertegenwoordigers had. Hij benoemde ook de Ministers, die de uitvoerende macht vormden. Alleen hun ondergeschikten op de verscheidene Ministeries waren carrièrejagers, met zorg geselecteerd uit de minst aanzienlijke baantjes, om vervolgens langs de bureaucratische ladder omhoog te klimmen.

Het liet Trask zitten met de vraag, of de Mardukaanse constitutie misschien was uitgevonden door Goldberg, de legendarische Oud Terraanse uitvinder, die alles altijd op de moeilijkste manier deed. Het liet hem ook zitten met de vraag, hoe voor de hel de Mardukaanse Regering ooit iets gedaan kreeg. Maar misschien kregen ze nooit iets gedaan. Misschien was dat het wel, wat Mardukan voor werkelijk despotisme behoedde.

„Wat belet de Regering het volk tot slavernij te brengen? Het volk zou niets kunnen doen; u vertelde me net dat zij geen wapens hebben en de Regering wel."

Nu en dan een ogenblik pauzerend om op adem te komen ging hij verder, elke vorm van tirannie waarvan hij ooit gehoord had opsommend, te beginnen bij die uitgeoefend door de Terraanse Federatie voor de Grote Oorlog, tot en met die uitgeoefend door Pedrosan Pedro in Eglonsby op Amaterasu. Enkele van de meest milde vormen hadden de edelen en het volk van Gram tegen Angus I in opstand doen komen.

„En uiteindelijk," besloot hij, „zou de Regering de enige bezitter en werkgever op de planeet zijn. En iedereen anders zou een slaaf zijn, de hem opgedragen taken uitvoerend, door de Regering verstrekte kleding dragend en Regeringsvoedsel etend. Hun kinderen zouden worden onderwezen volgens door de Regering uitgevaardigde voorschriften en ze zouden worden opgeleid voor baantjes, die de Regering voor hen had uitgekozen. Ze zouden nooit een boek lezen, nooit een toneelstuk zien of een gedachte koesteren, die niet de instemming van de Regering had..."

De meeste Mardukanen moesten nu lachen. Sommige van hen beschuldigden hem ervan de zaken wat al te belachelijk voor te stellen.

„Het volk is de Regering! De mensen zouden zichzelf nooit door hun eigen wetgeving tot slaven laten maken."

Hij wilde dat Otto Harkaman hier was. De weinige historische kennis die hij bezat had hij verkregen door een paar van Otto Harkamans boeken te lezen en tijdens de gesprekken aan boord in de hyper-ruimte of tijdens de avonden in Rivington. Maar Harkaman, daar was hij zeker van, zou hun honderden voorbeelden hebben kunnen verschaffen over tal van planeten en over een tijdperk van tien eeuwen, gedurende welk volkeren juist dat gedaan hadden en niet geweten hadden wat zij deden, zelfs niet toen het al te laat was.

„Iets dergelijks hebben ze op Aton," zei een van de Mardukaanse officieren.

„Oh, Aton, dat is een regelrechte dictatuur. Die Planetaire Nationalistische bende greep vijftig jaar geleden de macht, tijdens de crisis na de oorlog met Baldur..."

„Ze kwamen aan de macht, omdat ze door het volk gekozen werden, of niet soms?"

„Dat kwamen ze," zei Prins Bentrik ernstig. „Het was een noodmaatregel; ze verkregen grote bevoegdheden, omdat er sprake was van een noodtoestand. Later, toen ze eenmaal aan de macht waren, handhaafden ze die noodtoestand."

„Iets dergelijks zou op Mardukan niet kunnen gebeuren," merkte een jonge edelman op.

„Het zou kunnen, als de partij van Zaspar Makann bij de volgende verkiezingen een meerderheid behaalt," zei iemand anders.

„In dat geval is Mardukan veilig! Eerder zal de zon verdwijnen," zei een van de adelborsten van de Koninklijke Vloot.

Daarna begonnen ze over vrouwen te praten, een onderwerp waarvoor elke ruimteman bereid was elk ander onderwerp te laten vallen.

Trask noteerde de naam van Zaspar Makann in zijn brein en liet geen gelegenheid ongebruikt om die naar voren te brengen in zijn gesprekken met zijn gasten. Elke keer dat hij met twee of meer Mardukanen over Makann sprak, hoorde hij minstens drie of meer verschillende meningen over de man. Hij was een politieke demagoog, daar was iedereen het wel over eens. Maar voor het overige liepen de meningen uiteen.

Makann was een raaskallende gek en de volgelingen die hij had waren een handjevol gekken als hij. Maar hij mocht dan een gek zijn, hij had een gevaarlijk grote aanhang. Hoewel, niet zo groot. Misschien zouden ze een of twee kamerzetels bemachtigen, maar zelfs dat viel nog te betwijfelen. Hij was alleen maar een slimme schurk, die zijn best deed een stelletje geschifte plebejers zo goed mogelijk droog te melken. Hoewel, hij vond zijn aanhang niet alleen onder het plebs; er waren heel wat

302

industriëlen, die hem in het geheim financierden, in de hoop dat hij hen zou helpen de macht van de vakbonden te breken. Je bent gek, iedereen weet dat de vakbonden hem in de rug steunen, in de hoop dat hij de werkgevers angst aan zou jagen en tot het doen van concessies zou dwingen. Jullie zijn allebei gek; hij werd gesteund door de grote handelsondernemingen; zij hoopten dat hij de Gilgameshers van de planeet zou verdrijven.

Wel, dat was althans iets dat je hem als een verdienste kon aanrekenen. Hij wilde de Gilgameshers uitroeien. En daar was iedereen wel voor.

Trask herinnerde zich iets dat hij eens van Harkaman had gehoord.

Aan het eind van de Eerste Pre-Atomische Eeuw was er een zekere Hitler geweest; was hij niet aan de macht gekomen, omdat iedereen zijn plannen om de Christenen, of de Moslims, of de Albigenzen, of wie dan ook uit te roeien, gunstig gezind was geweest?

II

Marduk had drie manen; een grote, 1500 mijl in diameter en twee onbeduidende brokken gesteente met een doorsnede van twintig mijl. De grote maan was versterkt en een paar schepen bevonden zich in een baan eromheen. De *Nemesis* werd aangeroepen, toen ze uit haar laatste hyper-sprong kwam; beide schepen verlieten hun baan en kwamen haar tegemoet. Er werden ook verscheidene schepen ontdekt, die opstegen van de planeet.

Prins Bentrik bemande het communicatiescherm en zag zich onmiddellijk al voor moeilijkheden geplaatst. De commandant begreep er niets van, zelfs niet nadat de situatie hem twee keer was uitgelegd. Dat een schip van de Koninklijke Vloot in de strijd door een Ruimte Viking was uitgeschakeld was al erg genoeg, maar dat dat schip dan door een andere Ruimte Viking werd gered en naar Marduk werd teruggebracht, daar snapte hij eenvoudig niets van. Hij maakte beeldschermcontact met het Koninklijk Paleis in Malverton, op de planeet; eerst was hij koel beleefd tegen iemand die verscheidene sporten lager op de adellijke ladder stond dan hijzelf en vervolgens was hij onderdanig beleefd tegen iemand die hij aansprak als Prins Vandarvant.

Tenslotte, na verscheidene minuten wachten, verscheen er een tengere man op het beeldscherm, de zilverwitte haren bedekt met een kleine, zwarte baret.

Prins Bentrik sprong onmiddellijk overeind. En dat deden ook alle andere Mardukanen, die in de commandokamer aanwezig waren.

,,Uwe Majesteit! Ik ben zeer vereerd!''

,,Is alles in orde met je, Simon?'' vroeg de oude heer bezorgd. ,,Ze hebben je hoop ik niets aangedaan?''

,,Ze redden mijn leven en dat van mijn mannen en behandelden mij als een vriend en een kameraad, Uwe Majesteit. Heb ik uw toestemming u informeel voor te stellen hun commandant, Prins Trask van Tanith?''

,,Die toestemming heb je, Simon. Ik ben deze heer mijn diepste dank verschuldigd.''

,,Zijne Majesteit Mikhyl de Achtste, Planetair Koning van Marduk,'' zei Prins Bentrik. ,,Zijne Hoogheid, Lucas, Prins

Trask, Planetair Onderkoning van Tanith voor zijne Majesteit Angus dé Eerste van Gram."

De oudere monarch boog heel even het hoofd; Trask boog iets dieper, vanuit zijn middel.

„In de eerste plaats, moet ik bekennen, Prins Trask, ben ik zeer gelukkig over de veilige terugkeer van mijn bloedverwant Prins Bentrik en in de tweede plaats is het mij een grote eer iemand te ontmoeten, die het vertrouwen geniet van Koning Angus van Gram. Ik zal nooit ondankbaar zijn voor wat u deed voor mijn neef en voor zijn officieren en manschappen. U logeert in mijn paleis, zolang u op onze planeet vertoeft; ik zal orders geven voor uw ontvangst en ik wens, dat u vanavond officieel aan mij wordt voorgesteld." Hij aarzelde een ogenblik. „Gram, dat is een van de Zwaard-Werelden, is het niet?" Opnieuw een korte aarzeling. „Bent u werkelijk een Ruimte Viking, Prins Trask?" Misschien had hij zelf ook gedacht dat Ruimte Vikings vier meter lang waren en drie hoorns op hun hoofd droegen en een puntstaart achter zich aan sleepten.

Het kostte verscheidene uren om de *Nemesis* in een baan om de planeet te krijgen. Bentrik werd gedurende het grootste deel van die tijd aan een strenge ondervraging onderworpen, waaruit hij zichtbaar opgelucht te voorschijn kwam.

„Niemand zal lastig gaan doen over wat er op Audhumla gebeurd is," vertelde hij Trask. „Er komt een Raad van Onderzoek. Ik ben bang, dat ik u in deze zaak heb moeten betrekken; iedereen, te beginnen bij de Minister voor Ruimtezaken, wil horen wat u over die Dunnan weet te vertellen. Evenals u hopen we allemaal van harte dat hij samen met zijn vlaggeschip naar de eeuwigheid is gegaan, maar we kunnen dat niet zonder meer aannemen. We hebben meer dan een dozijn handelsplaneten te beschermen en op meer dan de helft daarvan heeft hij al toegeslagen."

Het proces om in de juiste baan te komen bracht hen verscheidene keren rond de planeet en bij elke volgende omloop werd het beeld dat zij zagen indrukwekkender. Natuurlijk, Marduk had een bevolking van bijna twee biljoen zielen en was beschaafd, met geen leemte van Neobarbarisme, aangezien de planeet pas in de Vierde Eeuw gekoloniseerd was. Maar ondanks dat waren de Ruimte Vikings verbijsterd – en weigerden ze hardnekkig dat te tonen – over wat ze op de telescopische schermen zagen.

„Kijk eens naar die stad," fluisterde Paytrik Morland. „We

praten wel eens over beschaafde planeten, maar ik heb me nooit gerealiseerd, dat het zoals dit zou zijn. Hierbij vergeleken lijkt Excalibur op Tanith."

Die stad was Malverton, de hoofdstad; net als elke andere stad van een volk dat de contragraviteit toepast bestond hij uit een grote kring van hoog optorenende gebouwen, met daartussen grote groenvlakten en met rondom de kleinere cirkels van ruimtehavens en industriële voorsteden. Het verschil was, dat elk van deze voorsteden even groot was als Camelot op Excalibur en vier Wardshavens op Gram. En Malverton zelf was bijna half zo groot als de halve baronie van Traskon.

„Ze zijn niet beschaafder dan wij, Paytrik. Het zijn er alleen maar meer. Als er twee biljoen mensen op Gram woonden – wat ik hoop dat eens het geval zal zijn – dan zou Gram ook steden als deze hebben."

Eén ding; het bestuur van een planeet als Marduk zou wel iets doorwrochter moeten zijn dan het oppervlakkige feodalisme van de Zwaard-Werelden. Misschien was die Goldberg-heerschappij hun alleen maar opgedrongen door hun gecompliceerde bevolking en de daarmee gepaard gaande problemen.

Alvyn Karffard wierp een snelle blik om zich heen, om zich ervan te overtuigen, dat er zich geen Mardukanen binnen gehoorsafstand bevonden.

„Het interesseert me niet hoeveel mensen ze hebben," zei hij. „Maar Marduk kan gepakt worden. Een wolf maakt zich er nooit zorgen over, hoeveel schapen een kudde telt. Met twintig schepen kunnen we deze planeet nemen zoals ze Eglonsby namen. Natuurlijk zouden er na afloop verliezen te betreuren zijn, dat staat wel vast, maar als we eenmaal geland zijn hebben we het gehad."

„Waar halen we twintig schepen vandaan?"

Tanith zou er met veel pijn en moeite vijf of zes kunnen leveren, de vrije Ruimte Vikings die van de faciliteiten van de basis gebruik maakten meegerekend; ze zouden er een paar achter moeten houden, ter bescherming van de planeet. Beowulf had één schip en een tweede bijna voltooid. Amaterasu beschikte ook over een schip. Maar om een ruimtevloot van twintig schepen bij elkaar te krijgen... Hij schudde zijn hoofd. De werkelijke reden waarom Ruimte Vikings er nooit in waren geslaagd een beschaafde planeet met succes te overvallen was dat ze nooit in staat waren geweest hun krachten onder één commando te bundelen.

Bovendien, hij wenste Marduk niet te overvallen. Een succesvolle raid zou enorme schatten opleveren, maar honderd, misschien duizend keer zoveel schade aanrichten en hij wenste iets beschaafds niet te vernietigen.

De landingsterreinen waren overbevolkt, toen hij en Prins Bentrik landden en op discrete afstand cirkelden grote aantallen luchtwagens rond, een controleprobleem voor de politie vormend. Gescheiden van Bentrik werd hij naar de voor hem in gereedheid gebrachte suite begeleid; het was alles zeer luxueus, maar kwam toch nauwelijks boven de voor de Zwaard-Werelden als normaal geldende maatstaven uit. Er liep een verrassend groot aantal menselijke bedienden rond, die kruiperig en onderdanig het werk deden, dat robots veel beter zouden hebben gedaan. De robots die er waren functioneerden weinig efficiënt en er was veel tijd en vernuft verspild aan het scheppen van een menselijk uiterlijk, ten nadele van de functie. Nadat hij de meeste overtollige bedienden had weggezonden schakelde hij een beeldscherm in en keek naar de nieuwsuitzendingen. Er waren telescopische beelden van de *Nemesis*, genomen vanaf een schip dat zich niet ver bij haar vandaan in een baan om de planeet bevond. Hij zag hoe de officieren en manschappen van de *Victrix* zich ontscheepten. Er waren ook nog andere beelden van hun landing, gemaakt op de grond en hij kon zien hoe de verslaggevers werden weggejaagd door de grondpolitie.

En er viel een groot aantal meningen te beluisteren.

De Regering had al ontkend, dat (1) Prins Bentrik de *Nemesis* had overmeesterd en haar als oorlogsbuit had binnengebracht en (2) dat de Ruimte Vikings Prins Bentrik gevangen hadden genomen en hem nu vasthielden om losgeld voor hem te krijgen. Voor het overige wilde de Regering niets prijsgeven en de oppositie maakte al duistere toespelingen en sprak van corrupte afspraken en sinistere samenzweringen. Prins Bentrik arriveerde temidden van een hartstochtelijke tirade, gericht tegen de lafhartige verraders in de omgeving van zijne Majesteit, die bezig waren Marduk aan de Ruimte Vikings te verkwanselen.

,,Waarom maakt uw regering de feiten niet bekend, om een eind aan al die onzin te maken?'' vroeg Trask.

,,Laat hen raaskallen,'' antwoordde Bentrik. ,,Hoe langer de Regering wacht, hoe meer ze zich belachelijk maken als later de feiten bekend worden gemaakt.''

Of hoe meer mensen ervan overtuigd zullen raken dat de Regering iets te verzwijgen heeft en tijd probeert te winnen, om een aannemelijk verhaal te bedenken. Hij hield de gedachte voor zich: het was hun Regering en als zij de zaken verkeerd aanpakten, dan was dat hun zaak.

Hij kwam tot de ontdekking, dat er geen bar-robot was; hij zou op zoek moeten gaan naar een menselijke bediende, om zich een drankje te laten serveren. Hij zou eraan denken een paar robots van de *Nemesis* naar hem toe te laten sturen.

Het officiële voorstellen zou die avond plaats vinden; eerst zou er een diner zijn en omdat Trask nog niet officieel was voorgesteld, kon hij niet met de Koning dineren, maar omdat hij Onderkoning van Tanith was, of dat althans beweerde te zijn, kon hij als staatshoofd worden beschouwd en als zodanig zou hij dineren met de Kroonprins, aan welke hij eerst onofficieel zou worden voorgesteld.

De Kroonprins was een man van middelbare leeftijd, grijzend aan de slapen en met de glazige blik die contactlenzen verried. De gelijkenis tussen hem en zijn vader was duidelijk. Beiden hadden dezelfde bestudeerde en onpraktische gelaatsuitdrukking en beiden hadden ze professoren aan dezelfde universiteit kunnen zijn. Hij drukte Trask de hand en verzekerde hem van de dankbaarheid van het Hof en de Koninklijke familie.

,,Weet u, Simon is na mij en mijn dochtertje de eerste troonopvolger en dat is te nabij om risico met hem te nemen." Hij wendde zich tot Bentrik. ,,Ik ben bang dat dit je laatste ruimteavontuur was, Simon. Van nu af aan zul je een ruimtehaven ruimteman moeten zijn."

,,Ik kan er niet om treuren," zei Prinses Bentrik. ,,En als er iemand Prins Trask dank verschuldigd is, dan ben ik het wel. Ze drukte warm zijn hand. ,,Prins Trask, mijn zoontje wil dolgraag kennis met u maken. Hij is tien jaar oud en hij denkt dat Ruimte Vikings romantische helden zijn."

De meeste van de aan het hoofd van de tafel gezeten mensen waren diplomaten – ambassadeurs van Odin en Baldur en Isis en Ishtar en Aton en de andere beschaafde werelden. Ongetwijfeld hadden ze niet werkelijk verwacht een wezen met hoorns en een puntstaart te zien, of zelfs maar een wezen versierd met tatouages en een ring door zijn neus, maar tenslotte waren die Ruimte Vikings toch maar een soort Neobarbaren, of niet soms? Aan de andere kant hadden ze allemaal de beelden gezien en de beschrijvingen gelezen van de *Nemesis*; ze hadden gehoord van de actie van het schip op Audhumla, en deze Prins

Trask – een Ruimte Viking prins, dat klonk beschaafd genoeg – had een leven gered, met slechts drie andere levens – waarvan er een bijna aan zijn eind was – tussen dat leven en de troon. En ze hadden gehoord van zijn beeldschermgesprek met Koning Mikhyl. Dus gedroegen zij zich tijdens het diner minzaam beleefd en probeerden zo dicht mogelijk bij hem in de buurt te komen, toen het in optocht naar de troonzaal ging.

Koning Mikhyl droeg een gouden kroon, versierd met het embleem van de planeet, die twee keer zo veel moest hebben gewogen als een gevechtshelm en een met bont afgezette mantel, die meer moest hebben gewogen dan een ruimteharnas. Maar het maakte toch lang niet zo'n indruk als de kroonjuwelen van Koning Angus de Eerste van Gram.

Hij stond op om Prins Bentrik de hand te drukken, noemde hem ,,mijn lieve neef'' en wenste hem geluk met zijn dappere gevecht en zijn fortuinlijke ontsnapping. En dat drukt dan alle praatjes van de krijgsraad gelijk de kop in, dacht Trask. Hij bleef staan, om Trask de hand te drukken, hem ,,waarde vriend van mij en mijn huis'' noemend. Eerste persoon enkelvoud, dat moest ergens wenkbrauwen omhoog doen gaan.

Dan ging de Koning weer zitten en de overige in de zaal aanwezigen schuifelden naar de troon, om te worden ontvangen en tenslotte was het voorbij en de Koning verhief zich en schreed gevolgd door zijn onmiddellijke gevolg tussen de haag van buigende hovelingen door de zaal uit. Na een gepaste pauze begeleidde Kroonprins Edvard hem en Prins Bentrik langs dezelfde route, de anderen achter hen aansluitend en door de hal ging het naar de balzaal, waar zachte muziek werd gespeeld en waar verfrissingen wachtten.

Het verschilde weinig van een ontvangst ten hove op Excalibur, behalve dan dat hier de drankjes en hapjes door menselijke bedienden werden geserveerd.

Hij vroeg zich gedurende een ogenblik af wat er op dit ogenblik aan het hof van Angus de Eerste zou plaatsvinden.

Na een half uur werd hij benaderd door een groepje functionarissen, die hem mededeelden, dat het zijne Majesteit had behaagd, Prins Trask in zijn privévertrekken te ontvangen. Om hem heen werd hoorbaar de adem ingehouden en zowel Prins Bentrik als de Kroonprins deden hun best niet al te breed te grijnzen. Blijkbaar gebeurde iets als dit niet al te dikwijls. Hij volgde de functionarissen de balzaal uit, en de ogen van alle andere aanwezigen volgden hem.

De oude Koning Mikhyl ontving hem alleen, in een klein, gezellig ingericht vertrek, dat gelegen was achter een aantal grote, met pracht en praal ingerichte zalen. Hij droeg bontgevoerde pantoffels, een wijde mantel met een bontkraag en zijn baret. Hij stond, toen Trask binnenkwam; toen de bewakers de deur sloten en hen alleen lieten, wenkte hij Trask naar een paar fauteuils en een laag tafeltje, waarop karaffen, glazen en sigaren stonden.

,,Het lijkt op aanmatigend gebruik van mijn koninklijk gezag, dat ik u uit de balzaal liet ontbieden,'' begon hij, nadat ze plaats hadden genomen en hun glazen hadden volgeschonken. ,,Weet u... u stond vanavond nogal in de belangstelling.''

,,Ik ben uw Majesteit zeer dankbaar. Het is hier behaaglijk en rustig en ik kan nu even gaan zitten. Uwe Majesteit was in de troonzaal het middelpunt van de belangstelling, maar toch meende ik een blik van verlichting te bespeuren, toen u die verliet.''

,,Ik probeerde het zo goed mogelijk te verbergen.'' De oude Koning nam zijn goud omcirkelde baret af en hing die over de rugleuning van zijn stoel. ,,Majesteit kan zeer vermoeiend zijn, weet u.''

En dus begaf hij zich soms hierheen, om zijn masker af te leggen. Trask voelde dat er een gebaar van zijn kant werd verwacht. Hij gespte zijn sierdolk los en legde die op tafel. De Koning knikte.

,,Nu kunnen we een paar eerlijke zakenlieden zijn, onze schepen voor de avond gesloten en ons ontspannend bij tabak en wijn,'' zei hij. ,,Niet waar, Vriend Lucas?''

Het leek een inwijding tot een geheim genootschap, welks ritueel hij stap voor stap moest ontdekken.

,,Juist, Vriend Mikhyl.''

Ze hieven hun glazen en dronken. Vriend Mikhyl bood sigaren aan en Vriend Lucas bood een vuurtje aan.

,,Ik hoorde een paar harde feiten over jouw wijzen van zaken doen, Vriend Lucas.''

,,Stuk voor stuk waar en meestal nog beneden de waarheid. Wij zijn beroepsmoordenaars en -rovers, zoals een van mijn collega's altijd zegt. Het ergste is dat roven en moorden gewoon werd tot wat het is; zakendoen. Als het verkopen van robots of kruidenierswaren.''

,,Toch bevocht je twee andere Ruimte Vikings om mijn neefs lamgeschoten *Victrix* dekking te geven. Waarom?''

Hij moest zijn tot op de draad versleten verhaal dus nogmaals vertellen. Koning Mikhyl's sigaar ging uit, terwijl hij er naar luisterde.

„En sindsdien maak je jacht op hem? En nu weet je niet zeker of je hem doodde of niet?"

„Ik ben bang, dat ik dat niet deed. De man op het scherm was de enige man, die Dunnan werkelijk kan vertrouwen. Een van hen beiden zal altijd op hun basis achterblijven, waar die zich ook mag bevinden."

„En als je hem doodt, wat dan?"

„Dan zal ik doorgaan met mijn pogingen van Tanith een beschaafde planeet te maken. Vroeger of later zal ik één ruzie te veel met Koning Angus hebben en dan zullen we onze Majesteit Lucas de Eerste van Tanith zijn en we zullen op onze troon zitten en onze onderdanen ontvangen en ik zal verdomd blij zijn als ik mijn kroon zo nu en dan kan afzetten, om met een paar mannen te praten, die mij 'vriend' in plaats van 'uwe Majesteit' noemen."

„Wel, ik zou de ethiek schenden als ik een onderdaan zou adviseren zijn soeverein niet langer meer te erkennen, maar dat zou iets geweldigs zijn. Tijdens het diner heb je de ambassadeur van Ithavoll ontmoet, is het niet? Drie eeuwen geleden was Ithavoll een kolonie van Marduk – het schijnt dat we ons geen kolonies meer kunnen permitteren – en maakte zich van ons los. Ithavoll was toen een planeet als jouw Tanith lijkt te zijn. Vandaag de dag is het een beschaafde wereld en een van Marduks beste vrienden. Weet je, soms denk ik wel eens dat er hier en daar in de Oude Federatie weer lichten gaan branden. En als dat zo is, dan hebben jullie Ruimte Vikings geholpen die te ontsteken."

„Je bedoelt de planeten die wij als bases gebruiken en de dingen die wij de plaatselijke bevolking leren?"

„Dat natuurlijk ook. Civilisatie behoeft een geciviliseerde technologie. Maar die dient te worden gebruikt voor geciviliseerde doeleinden. Weet je iets over een Ruimte Viking overval op Aton, ongeveer een eeuw geleden?"

„Zes schepen van Haulteclere; vier werden er vernietigd. De twee anderen keerden zwaar beschadigd en zonder buit terug."

De Koning van Marduk knikte.

„Die overval redde de beschaving op Aton. Er waren vier grote naties; de twee grootste stonden aan de rand van een oorlog en de twee anderen stonden al te wachten, om zich op de uitgeputte overwinnaar te storten en elkaar de buit te bevechten. De komst van de Ruimte Vikings dwong hen zich te verenigen. Uit die tijdelijke verbintenis kwam het Verbond van Gemeenschappelijke Verdediging voort en daaruit ontstond later de Planetaire Republiek. Die Republiek is nu een dictatuur en onder Vriend Mikhyl en Vriend Lucas gezegd en gezwegen, het is een verdomd smerige en het bevalt onze Majesteits Regering helemaal niet. Vroeger of later zal die dictatuur vernietigd worden, dat gebeurt altijd met dat soort dingen, maar ze zullen nooit weer terugkeren tot de situatie van afzonderlijke soevereine staten en nationaliteiten. De Ruimte Vikings hebben hen de onafscheidelijk daaraan verbonden gevaren wel doen inzien. Misschien zou die Dunnan voor ons op Marduk hetzelfde kunnen doen.''

,,Heb je moeilijkheden?''

,,Je hebt ontaarde planeten gezien. Hoe gebeurde het?''

,,Ik weet hoe het op een groot aantal planeten is gebeurd: Oorlog. Vernietiging van steden en industrieën. Tussen de puinhopen overlevenden, die het te druk hebben om zichzelf in leven te houden om ook nog te proberen de beschaving in leven te houden. Daarna verliezen ze alle besef van wat het is een beschaving te zijn.''

,,Dat is catastrofale ontaarding. Er bestaat ook ontaarding door erosie en terwijl dat aan de gang is, is er niemand die er iets van merkt. Iedereen is trots op zijn beschaving, zijn welvaart, zijn cultuur. Maar de handel loopt terug; jaarlijks komen er minder schepen. Er wordt opgeschept over planetaire onafhankelijkheid; wie heeft er behoefte aan handel met andere planeten? Iedereen schijnt geld te hebben, maar de Regering is altijd aan lagerwal. Er ontstaan tekorten en er ontstaan steeds meer noodzakelijke sociale instellingen, waarvoor de Regering geld moet uitgeven. Veel geld wordt gespendeerd aan het kopen van stemmen, die de Regering aan de macht houden. En het wordt voor de Regering steeds moeilijker iets gedaan te krijgen. De soldaten laten zich niet meer drillen, hun uniformen en wapens worden niet meer verzorgd. De onderofficieren worden onbeschaamd. Steeds meer stadswijken worden 's nachts gevaarlijk en hier en daar zelfs al overdag. Het is al jaren geleden, dat er voor het laatst een nieuw gebouw verrees en de oude gebouwen worden niet langer meer gerepareerd.''

Trask sloot zijn ogen. Weer voelde hij de weldadige zon van Gram op zijn rug; hij hoorde de vrolijke stemmen op het lager gelegen terras en hij praatte met Lothar Ffayle en Rovard Grauffis en Alex Gorram en Neef Nikkolay en Otto Harkaman. Hij zei: ,,En uiteindelijk is er niemand meer die zich er nog om bekommert iets tot stand te brengen. De kern-reactoren stoppen en niemand schijnt in staat te zijn die weer op gang te brengen. Zo ver is het op de Zwaard-Werelden nog niet gekomen.''

,,Hier ook nog niet." Vriend Mikhyl glipte weg; Koning Mikhyl VIII keek zijn gast over de tafel heen aan. ,,Prins Trask, hebt u wel eens gehoord van een man genaamd Zaspar Makann?''

,,Zo nu en dan. Niet veel goeds.''

,,Hij is de gevaarlijkste man op deze planeet,'' zei de Koning. ,,En ik kan dat niemand aan zijn verstand brengen. Zelfs mijn zoon niet.''

III

Prins Bentriks tien jaar oude zoon, Graaf Steven van Ravary, droeg het uniform van een luitenant van de Koninklijke Vloot; hij was vergezeld van zijn gouverneur, een oudere Vlootkapitein. Ze bleven beiden in de deuropening van Trasks suite staan en de jongen salueerde keurig.

„Toestemming om aan boord te komen, meneer?" vroeg hij.

„Welkom aan boord, Graaf... Kapitein. Laat u het ceremonieel achterwege en neemt u plaats. U bent nog net op tijd voor het tweede ontbijt."

Toen zij zaten richtte hij zijn ultraviolet-lichtpotlood op een robot-bediende. In tegenstelling tot de Mardukaanse robots, die er uitzagen als surrealistische voorstellingen van Pre-Atomische, geharnaste ridders, was dit een glad, eivormig ding, dat op zijn eigen contragraviteit een paar centimeters boven de grond zweefde. Toen de robot hen genaderd was opende zijn bovenkant zich als de barstende vleugelschilden van een kever en scharnierende dienbladen met voedsel draaiden naar buiten. De jongen staarde er geboeid naar.

„Is dat een Zwaard-Wereld robot, meneer? Of heeft u die ergens buitgemaakt?"

„Nee, het is een van onze eigen robots," zei hij met vergeeflijke trots. De robot was een jaar eerder op Tanith gebouwd. „Onderin heeft hij een ultrasonische bordenwasser en het koken gebeurt bovenin, aan de achterkant."

De oudere kapitein was zo mogelijk nog meer onder de indruk dan de jongen. Hij wist wat dit alles inhield en hij kon zich wel ongeveer een voorstelling maken van de gemeenschap, die dergelijke zaken tot ontwikkeling bracht.

„Ik neem aan, dat u met robots als deze geen gebruik maakt van menselijke bedienden," zei hij.

„Niet veel. Al onze planeten zijn dunbevolkt en niemand vindt het prettig om een bediende te zijn."

„We hebben hier op Marduk teveel mensen en iedereen wil graag een gemakkelijk baantje als bediende," zei de kapitein. „Althans diegenen, die nog werken willen."

„U heeft al uw mensen nodig om te vechten, is het niet?" vroeg de jongen.

„Ja, we hebben veel mensen nodig. Het kleinste van onze schepen heeft vijfhonderd mensen aan boord, maar de meeste ongeveer achthonderd."

De wenkbrauwen van de kapitein gingen heel even omhoog. De *Victrix* had een bemanning van driehonderd koppen en dat was een groot schip geweest. Dan knikte hij.

„Natuurlijk, de meeste van hen zijn grondvechters."

Het bracht de jeugdige Graaf op zijn praatstoel. Vragen, over veldslagen en raids en plunderingen en over de planeten, die Trask had gezien.

„Ik wilde dat ik een Ruimte Viking was."

„Wel, dat kunt u niet zijn, Graaf Ravary. U bent een officier van de Koninklijke Vloot. U wordt verondersteld de Ruimte Vikings te bevechten."

„Ik zou u niet bevechten."

„Dat zou u toch moeten, als de Koning het zou bevelen," hield de oudere kapitein hem voor.

„Nee, Prins Trask is mijn vriend. Hij redde mijn vaders leven."

„En ik zou u ook niet bevechten, Graaf. We zouden een heleboel vuurwerk afsteken en daarna zouden we elk naar huis terugkeren en de overwinning voor ons opeisen. Hoe zou dat zijn?"

„Ik heb wel eens van zulke dingen gehoord," zei de kapitein. „Zeventig jaar geleden hadden we oorlog met Odin en die bestond voor het grootste deel uit dat soort veldslagen."

„Bovendien, de Koning is ook een vriend van Prins Trask," hield de jongen vol. „Vader en Moeder hoorden hem dat zeggen, toen hij op zijn Troon zat. „Koningen liegen niet als ze op hun Troon zitten, of wel?"

„Goede Koningen niet," zei Trask.

„Onze is een goede Koning," verklaarde de jeugdige Graaf van Ravary trots. „Ik zou alles doen wat mijn Koning mij beval. Behalve tegen Prins Trask vechten. Mijn Huis staat bij Prins Trask in de schuld."

Trask knikte waarderend. „Dat is de manier waarop een edelman van een Zwaard-Wereld zou spreken, Graaf Steven," zei hij.

De bijeenkomst van de Raad van Onderzoek, die namiddag, had meer weg van een intieme, zeer rustige cocktailparty. Een zekere Admiraal Shefter, die veel, zeer veel in de melk te brokkelen leek te hebben, trad op als Voorzitter, daarbij zeer angstvallig de schijn vermijdend dat hij dat deed. Alvyn Karffard en Vann Larch en Paytrik Morland waren er van de *Nemesis* en Bentrik en verscheidene officieren van de *Victrix*.

Verder waren er een paar officieren van de Inlichtingendienst en was er iemand van Operationele Planning, iemand van Scheepsbouw en iemand van Onderzoek en Ontwikkeling. Gedurende enige tijd werd er bedrieglijk opgewekt gebabbeld. Dan zei Shefter: ,,Wel, we kunnen Commandant Prins Bentrik geen enkel verwijt maken voor de manier waarop hij zich liet verrassen. Dat was op dat moment onvermijdelijk." Hij keek naar de officier van Onderzoek en Ontwikkeling. ,,Het mag echter niet al te dikwijls meer voorkomen."

,,Het zal niet te dikwijls meer voorkomen, meneer. Ik zou zeggen dat het mijn mensen ongeveer een maand gaat kosten en dan natuurlijk nog de tijd die het neemt om alle binnenkomende schepen uitgerust te krijgen."

Scheepsbouw dacht dat het niet zoveel tijd zou gaan kosten.

,,We zullen er voor zorgen, dat u volledig wordt geïnformeerd over ons nieuwe onderzeeboot-opsporingssysteem, Prins Trask," zei de Admiraal.

,,De heren begrijpen natuurlijk wel, dat ze dit onder hun helmen moeten houden," vulde een van de officieren van de Inlichtingendienst aan. ,,Als dit uitlekt dat wij de Ruimte Vikings informatie verschaffen over onze technische geheimen..." Hij betastte de achterkant van zijn nek op een manier, die Trask deed vermoeden dat onthoofding op Marduk de gebruikelijke executievorm was.

,,We zullen uit moeten zien te vinden waar die kerel zijn basis heeft," zei Operationele Planning. ,,Ik neem aan, Prins Trask, dat u niet uitgaat van de veronderstelling, dat hij zich aan boord van zijn vlaggeschip bevond, toen u dat opblies, om hem daarna te vergeten, de rekening als vereffend beschouwend."

,,Oh nee, ik ga integendeel van de veronderstelling uit dat hij zich niet aan boord bevond. Ik geloof niet, dat hij en Ormm samen ergens heen zouden gaan aan boord van hetzelfde schip, nadat hij hier een basis inrichtte. Ik denk, dat een van beiden ten alle tijde thuis zal blijven."

,,Wel, we zullen u alles geven wat we over hem hebben," beloofde Shefter. ,,Het meeste daarvan is geclassificeerd en u zult er verder ook over moeten zwijgen. Ik heb de gegevens die u ons verstrekte daarstraks nog even vluchtig doorgebladerd en ik zou willen zeggen, dat we allebei veel nieuwe informatie

hebben verkregen. Heeft u er enig idee van waar hij zijn basis
zou kunnen hebben, Prins Trask?"
„Ik kan u alleen maar zeggen, dat we vermoeden dat dat op een
planeet van het non-Terra type moet zijn." Hij vertelde hun
over de enorme hoeveelheden ingeblikt vlees, die Dunnan had
ingeslagen, over de lucht- en waterverversingsapparatuur en
het hydrophonische materiaal, dat hij zich had aangeschaft.
„Dat helpt ons natuurlijk al een heel eind op weg."•
„Oh ja, er zijn in het voormalige ruimtegebied van de Federatie
slechts ongeveer vijf miljoen planeten, die onder kunstmatige
omstandigheden bewoonbaar zijn. Waaronder een aantal, die
volledig zijn overdekt met zeeën, waarin je onderwater-koepelsteden zou kunnen bouwen, als je de tijd en het materiaal had."
Een van de officieren van de Inlichtingendienst was erg zuinig
geweest met zijn cocktail en hield een glas in zijn hand, waarin
nog een klein bodempje drank was achtergebleven. Hij dronk
het plotseling leeg, vulde het weer en staarde er een poosje in
stilte naar. Dan dronk hij het snel weer leeg en schonk het
opnieuw vol.
„Wat ik zou willen weten," zei hij, „is hoe die walgelijke schoft
van een Dunnan wist, dat wij op dat moment met een schip op
Audhumla waren. Uw gepraat over onderwater-koepelsteden
herinnert mij daar aan. Ik denk niet, dat hij zo'n planeet zomaar
uit zijn hoed toverde en daar toen, voorbereid op alles, een jaar
tot anderhalf jaar op de bodem van de oceaan ging zitten, wachtend tot er zich eens iemand zou vertonen. Ik denk dat hij wist
dat de *Victrix* naar Audhumla zou komen en ook zo ongeveer
wanneer."
„Dat bevalt mij niet, Commodore," zei Shefter.
„Denkt u dat hij mij bevalt, meneer?" wierp de officier tegen.
„Maar zo liggen de feiten, dat hebben we allen onder ogen te
zien."
„Dat hebben we," stemde Shefter met hem in. „Onderzoekt u
dat, Commodore. En ik hoef u niet te waarschuwen iedereen
die u daar mogelijk verantwoordelijk voor acht zeer zorgvuldig
na te laten gaan."
Hij keek naar zijn eigen glas. Meer dan een vingerhoedje vol zat
er niet meer in. Hij schonk zich langzaam en zorgvuldig bij.
„Het is lang geleden, dat de Vloot iets dergelijks had om zich
zorgen over te maken." Hij wendde zich tot Trask. „Ik neem
aan, dat ik me op elk gewenst moment met u in het Paleis in
verbinding kan stellen?"

„Prins Trask en ik zijn als gasten uitgenodigd in Prins Edvards... ik bedoel Baron Cragdales jachthuis," zei Bentrik. „We zullen ons daar van hier rechtstreeks heen begeven."

„Ah." Admiraal Shefter glimlachte flauwtjes. Niet alleen had hij geen drie hoorns en een puntstaart, maar bovendien stond deze Ruimte Viking bij de Koninklijke Familie duidelijk in zeer hoog aanzien.

„Wel," zei hij, „we houden contact."

De jachthut waar Kroonprins Edvard gewoon Baron Cragdale was, lag aan het begin van een diepe bergvallei, waardoorheen een onstuimige rivier stroomde. Bergen rezen aan weerszijden hoog en steil op, sommige toppen bedekt met eeuwige sneeuw, gletschers zich langs de bergwanden omlaag kronkelend. De lagere hellingen waren bebost en dat was ook het ertussen gelegen dal. Een purperrode alpengloed lag over de top van de berg, die zich hoog boven de toegang tot het dal verhief. Voor het eerst sinds meer dan een jaar was Elaine weer bij hem, zich in stilte aan hem vastklampend, om de schoonheid ervan door zijn ogen te zien. Hij had gedacht, dat ze voor altijd bij hem was weggegaan.

De jachthut zelf was niet precies wat een Zwaard-Werelder zou verwachten een jachthut te zijn. Op het eerste gezicht, vanuit de lucht, leek het een zonnewijzer, een slanke toren als de stift van die zonnewijzer boven een kring van lage gebouwen en strak aangelegde tuinen uit opstijgend. De boot landde aan de voet ervan en hij en Prins en Prinses Bentrik en de jonge Graaf van Ravary en zijn gouverneur stapten uit. Ze werden onmiddellijk omringd door bedienden. De tweede boot, met de bedienden van de Bentriks en hun bagage aan boord, cirkelde rond om te landen. Hij kwam tot de ontdekking dat Elaine niet langer meer bij hem was en dan werd hij van Bentrik gescheiden en zweefde hij door een schacht in een liftwagen omhoog. Weer andere bedienden installeerden hem in zijn kamers, lieten zijn bad vollopen en wilden hem zelfs helpen bij het nemen van dat bad en scharrelden om hem heen, terwijl hij zich kleedde.

Aan het diner zaten meer dan twintig gasten aan. Bentrik had hem er al voor gewaarschuwd, dat zich onder hen een paar merkwaardige types zouden bevinden; misschien bedoelde hij, dat het niet allemaal edellieden waren. Onder de niet van adel zijnde gasten bevonden zich een paar professoren in de sociale wetenschappen, een vakbondsleider, een paar Volksvertegenwoordigers, een lid van de Kamer van Afgevaardigden en een paar soicale werkers, wat dat ook mocht betekenen.

Zijn tafeldame was ene Lady Valerie Alvarath. Ze was mooi – zwart haar en bijna opzienbarend blauwe ogen, een ongebruikelijke combinatie op de Zwaard-Werelden – en ze was intelligent, of liever gezegd, ze wist heel goed haar woordje te doen. Ze werd aan hem voorgesteld als de gezelschapsdame van de dochter van de Kroonprins. Toen hij vroeg waar de dochter was lachte ze.

„Ze zou een op bezoek zijnde Ruimte Viking niet lang kunnen onderhouden, Prins Trask. Ze is op de kop af acht jaar oud. Ik heb haar eerst naar bed geholpen, voor ik naar beneden kwam. Na het diner ga ik wel even naar haar kijken."

Toen stelde Kroonprinses Melanie, aan zijn andere hand gezeten, hem een aantal vragen over de hofetiquette op de Zwaard-Werelden. Hij kwam niet verder dan een paar algemeenheden en wat hij zich kon herinneren van een voorstelling ten hove op Excalibur, tijdens zijn studentenjaren. Deze mensen hadden al een monarchie, lang voor Gram gekoloniseerd was hij was niet van plan hier toe te geven, dat Gram een monarchie was geworden, nadat hij de planeet had verlaten. De tafel was klein genoeg om iedereen te laten horen wat er gezegd werd en hem vragen te stellen.

„Maar hoe zit het dan met uw regeringsvorm, uw sociale structuur en dat soort dingen," vroeg iemand die de gekunsteldheid van het hof niet kon uitstaan.

„Wel, wij gebruiken het woord regeren niet zo erg veel," antwoordde hij. „Wij praten veel over gezag en soevereiniteit. Ik ben bang dat wij daar over het algemeen teveel kruit op verschieten, maar wij zien een regering meer als een instituut dat zich soms bemoeit met zaken die alleen de soeverein aangaan. Zolang de soeverein een redelijke schijn van orde weet te handhaven en de ernstige misdaadvormen tot een hachelijke onderneming voor de misdadigers maakt, zijn wij tevreden."

„Dat is alleen maar negatief. Doet de regering dan niets positiefs voor het volk?"

Hij probeerde hem het feodale Zwaard-Wereldsysteem uit te leggen. En hij kwam tot de ontdekking, dat het moeilijk was, om iets dat je je leven lang als vanzelfsprekend aanvaard had, uit te leggen aan iemand die je volkomen onbekend was.

„Maar de regering – de soevereiniteit, aangezien dat andere woord u blijkbaar niet aanstaat – doet niets voor het volk," wierp een van de professoren tegen. ,,Men laat alle sociale voorzieningen aan de willekeur van de grootgrondbezitters en de industriëlen over."

,,En het volk heeft geen enkele stem! Dat is tirannie," liet een van de Volksvertegenwoordigers zich horen.

Hij probeerde uit te leggen, dat het volk een zeer duidelijke en gezaghebbende stem had en dat de grootgrondbezitters en industriëlen die in leven wilden blijven daar aandachtig naar luisterden. De Volksvertegenwoordiger herzag zijn mening; dat was geen tirannie, het was anarchie. En de professor bleef doordrammen over wie er verantwoordelijk was over de sociale voorzieningen.

,,Als u de scholen en ziekenhuizen en het schoonhouden van de stad bedoelt, dat doen de mensen zelf. De regering, zoals u het wenst te noemen, ziet er alleen op toe, dat er niet op hen geschoten wordt, als zij hun werk doen."

,,Dat is niet precies wat de professor bedoelt, Lucas. Hij bedoelt ouderdomspensioenen," zei Prins Bentrik. ,,Een van die dingen waar Zaspar Makann om schreeuwt."

Hij had er iets over gehoord, op de reis van Audhumla. Iedere persoon op Marduk zou bij het bereiken van de zestigjarige leeftijd, of nadat hij dertig jaar bij eenzelfde onderneming had gewerkt, met pensioen gaan. Toen hij had willen weten waar het geld voor die pensioenen vandaan kwam hadden ze hem verteld dat iedereen loonbelasting betaalde en dat de uit-gekeerde pensioenen binnen dertig dagen moesten worden besteed, dat zou de handel stimuleren en die vergrote omzet bracht dan weer de belastingen op, waarvan de pensioenen betaald werden.

,,Wij hebben een mopje over drie Gilgameshers, die schip-breuk leden op een onbewoonde planeet," zei hij. ,,Toen ze tien jaar later werden gered, waren ze alle drie schatrijk, omdat ze elkaar al die tijd telkens weer hun hoofddeksels hadden ver-kocht. Dat is zo ongeveer de manier, waarop dit systeem werkt."

Een sociaal werkster snoof verontwaardigd en zei dat het onge-past was, om vernederende grapjes over een bepaald ras te maken. Een van de professoren zei dat je dit niet op één lijn kon stellen; het Zichzelf Onderhoudende Rotatie Pensioen Plan was volmaakt geschikt. Trask herinnerde zich met een schok, dat hij professor in de economie was.

Alvyn Karffard zou geen twintig schepen nodig hebben om

Marduk te plunderen. Infiltreer Marduk alleen maar met zo'n honderd vertrouwenwekkende mannen en binnen een jaar zou je alles op de planeet bezitten.

Het bracht hen echter aan de praat over Zaspar Makann. Sommigen dachten dat hij wel een paar goede ideeën had, maar zijn eigen zaak schade berokkende door zijn extremisme. Een van de zeer welvarende edellieden merkte op dat het de schuld van de heersende klasse was, dat mensen als Makann zich een aanhang konden verwerven. Een oud heertje zei, dat de Gilgameshers de vijandige houding van anderen wel eens aan zichzelf te danken zouden kunnen hebben. Hij werd onmiddellijk door alle anderen aangevallen en bij wijze van spreken ter plekke aan stukken gescheurd.

Het leek Trask niet juist Vriend Mikhyl voor deze menigte te citeren. Hij laadde de verantwoordelijkheid op zichzelf, door te zeggen: ,,Naar ik vernomen heb vormt hij de ernstigste bedreiging voor de beschaving op Marduk.''

Ze scholden hem niet voor gek uit, hij was tenslotte een gast, maar ze vroegen hem ook niet wat hij bedoelde. Ze vertelden hem alleen dat Makann een krankzinnige was, met een verachtelijke aanhang van halfzachten. Wacht maar eens tot de verkiezingen en zie wat er dan gebeurt.

,,Ik ben geneigd het met Prins Trask eens te zijn,'' zei Bentrik ernstig. ,,En ik ben bang dat de resultaten van de verkiezingen een schok voor ons, maar niet voor Makann zullen betekenen.''

Zo had hij niet aan boord van het schip gesproken. Misschien had hij sinds zijn terugkeer een beetje rondgekeken en nagedacht. Of misschien had hij ook een praatje met Vriend Mikhyl gemaakt. Er was een beeldscherm in het vertrek. Hij gebaarde er met zijn hoofd naar.

,,Hij spreekt op het ogenblik in Drepplin, op een bijeenkomst van de Welzijns Partij,'' zei hij. ,,Mag ik het aanzetten, om u te laten zien wat ik bedoel?''

Toen de Kroonprins toestemmend knikte drukte hij de knop in en stelde het beeld scherp.

Een gezicht staarde hen vanaf het scherm aan. De trekken waren niet die van Andray Dunnan – de mond was groter, de jukbeenderen hoger en de kin was ronder. Maar zijn ogen waren die van Dunnan, zoals Trask die had gezien op het terras van Karvall House. De ogen van een krankzinnige. Zijn hoog uitschietende stem schreeuwde: ,,Onze geliefde vorst is een gevangene! Hij is omgeven door verraders! De Ministeries zijn er vol van! Het zijn allen verraders! De bloeddorstige reactionairen van de ten onrechte zogenoemde Trouw aan de Kroon Partij! De hebzuchtige, samenzwerende interstellaire bankiers! Die smerige Gilgameshers! Allen maken ze deel uit van één grote, onheilige samenzwering! En nu is er die Ruimte Viking, dat monster met zijn bloedbesmeurde handen uit de Zwaard-Werelden..."

"Snoer die verschrikkelijke man de mond!" schreeuwde iemand, proberend boven het hypnotiserende geschreeuw dat uit de luidspreker klonk uit te komen.

De ellende was, dat ze dat niet konden. Ze konden het scherm uitschakelen, maar Zaspar Makann zou door blijven schreeuwen en miljoenen over de hele planeet zouden hem nog altijd horen. Bentrik draaide aan de knoppen. Heel even haperde de stem, dan klonk hij weer echoënd uit de luidspreker, maar deze keer bevond de opnameapparatuur zich op een paar honderd voet boven een groot, open park. Het was volgepakt met mensen, de meeste van hen kleren dragend waarin een straatzwerver op Gram nog niet dood op straat werd gevonden, maar hier en daar stonden temidden van de menigte groepjes mannen, gekleed in wat je nog net niet een uniform zou kunnen noemen en gewapend met een soort rottinkjes, met een verdikte knop. In de verte, aan de andere zijde van het park, doemde dertig meter hoog het hoofd en de schouders van Zaspar Makann op een gigantisch scherm op. Telkens wanneer hij een ogenblik zweeg, om op adem te komen, werden spreekkoren aangeheven, ingezet door de groepjes mannen in uniform.

"Makann! Makann! Makann onze Leider! Makann aan de macht!"

"Staan jullie hem zelfs een privé-leger toe?" vroeg hij aan de Kroonprins.

"Ach wat, die dwaze hansworsten in hun operette-uniformen," zei de Kroonprins, zijn schouders ophalend. "Ze zijn niet gewapend."

"Niet zichtbaar," gaf hij toe. "Nog niet."

"Ik weet niet waar ze hun wapens vandaan zouden moeten krijgen."

"Nee, uwe Hoogheid," zei Prins Bentrik. "Ik weet het al evenmin. En dat is het nu juist, waar ik me zorgen over maak."

IV

De volgende ochtend slaagde hij er in iedereen ervan te overtuigen, dat hij een poosje alleen wilde zijn en hij zat alleen in de
tuin, kijkend naar de regenboog in de nevel van de grote waterval, aan de overzijde van het dal. Elaine zou dit mooi gevonden
hebben, maar ze was nu niet bij hem.

Dan drong het tot hem door dat er iemand met een zacht, be-
deesd stemmetje tegen hem sprak. Hij draaide zich om en zag
een klein meisje, gekleed in shorts en een hesje zonder mou-
wen, een langharig jong hondje met grote oren en smekende
oogjes in haar armen houdend.

,,Hallo jullie,'' zei hij.

Het hondje kronkelde zich en probeerde het meisje haar gezicht te likken.

,,Niet doen, Mopsy. We willen met deze heer praten,'' zei ze.

,,Bent u waarachtig de Ruimte Viking?''

,,Wis en waarachtig! En wie zijn jullie?''

,,Ik ben Myrna. En dit is Mopsy.''

,,Hallo, Myrna. Hallo, Mopsy.''

Toen het zijn naam hoorde begon het hondje zich weer te kron-
kelen en bevrijdde zich uit het meisje haar armen; na een korte
aarzeling kwam hij naar Trask toe en sprong op zijn schoot, zijn
gezicht likkend.

,,Mopsy vindt u aardig,'' zei ze. Na een ogenblik voegde ze eraan toe: ,,Ik vind u ook aardig.''

,,En ik vind jou aardig,'' zei hij. ,,Zou jij mijn meisje willen zijn?
Weet je, een Ruimte Viking hoort op elke planeet een meisje te
hebben. Hoe zou je het vinden om op Marduk mijn meisje te
zijn?''

Myrna dacht er diep over na. ,,Ik zou graag willen, maar ik kan
niet. Weet u, eens op een dag zal ik de Koningin zijn.''

,,Oh?''

,,Ja. Nu is mijn Grootvader Koning en als hij geen Koning meer
is wordt mijn Papa Koning en als hij geen Koning meer is kan ik
geen Koning worden, omdat ik een meisje ben en daarom word
ik Koningin. En ik kan niet zomaar iemands meisje zijn, omdat
ik later om staatkundige redenen met iemand moet trouwen,
die ik niet ken.'' Ze dacht nog even langer na en liet dan haar
stem dalen. ,,Ik zal u een geheim vertellen. Ik ben nu al

Koningin."

„Oh ja, ben je?"

Ze knikte. „Wij zijn Koningin van onze Koninklijke Slaapkamer, onze Koninklijke Speelkamer en onze Koninklijke Badkamer. En Mopsy is onze trouwe onderdaan."

„Is uwe Majesteit alleenheerseres over deze domeinen?"

„Oh nee," zei ze vol afkeer. „We moeten ons te allen tijde aan onze Koninklijke Ministers onderwerpen, net zoals Grootvader heeft te doen. Dat betekent, dat ik precies moet doen wat zij zeggen. Dat zijn Lady Valerie en Margot en Dame Eunice en Sir Thomas. Maar Grootvader zegt dat zij goede en verstandige ministers zijn. Bent u echt een Prins? Ik wist niet dat Ruimte Vikings Prinsen waren."

„Wel, mijn Koning zegt dat ik het ben. Ik ben heerser over mijn planeet. En zal ik je eens een geheimpje vertellen? Ik hoef niet te doen wat iemand me zegt."

„Tjee! Bent u een tiran? U bent verschrikkelijk groot en sterk. Ik wed, dat u wel honderden wrede en gemene vijanden verslagen heeft."

„Duizenden, uwe Majesteit."

Hij wenste dat dat niet letterlijk waar was; hij wist niet hoevelen van hen kleine meisjes als Myrna en kleine hondjes als Mopsy waren geweest. Hij kwam tot de ontdekking dat hij beiden stevig tegen zich aangedrukt hield. Het meisje zei: „Maar u vond het heel erg." Deze duivelse kinderen moesten telepathische gaven hebben.

„Een Ruimte Viking die daarnaast ook Prins is, moet vele dingen doen die hij niet graag doet."

„Ik weet het. Een Koningin ook. Ik hoop dat Grootvader en Papa nog jaren en jaren Koning zullen blijven." Ze keek over haar schouder. „Oh! Ik veronderstel dat ik nu iets anders moet gaan doen, dat ik ook niet graag doe. Lessen, wed ik."

Hij volgde haar blik. Het meisje dat tijdens het diner zijn tafeldame was geweest kwam naderbij; ze droeg een breedgerande zonnehoed en een japon van dunne stof, die als een zongekleurde nevel om haar heen speelde. Ze was in gezelschap van een andere vrouw, gekleed als een bediende.

„Lady Valerie en wie nog meer?" fluisterde hij.

„Margot. Ze is mijn kinderjuffrouw. Ze is afschuwelijk nauwgezet, maar ze is aardig."

„Prins Trask, heeft hare Hoogheid u lastig gevallen?" vroeg Lady Valerie.

„Oh, verre van dat." Hij stond op, het grappige kleine hondje nog altijd in zijn armen houdend. „Maar u zou moeten zeggen hare Majesteit. Ze heeft mij verteld, dat ze als vorstin over drie prinselijke domeinen heerst. En over een kleine, liefhebbende onderdaan."

Hij gaf de onderdaan terug aan de vorstin.

„U had dat Prins Trask niet moeten vertellen," plaagde Lady Valerie. „Als uwe Majesteit zich buiten haar domeinen bevindt moet zij incognito blijven. En nu moet hare Majesteit met de Minister van de Slaapkamer meegaan; de Minister van Opvoeding verwacht u."

„Rekenen, wed ik. Wel, tot ziens, Prins Trask. Ik hoop u nog eens te ontmoeten. Zeg tot ziens, Mopsy."

Ze vertrok met haar kinderjuffrouw, het hondje over haar schouder naar hem omkijkend.

„Ik ging naar buiten, om alleen van de tuinen te genieten," zei hij. „En nu kom ik tot de ontdekking, dat ik er in gezelschap nog meer van zal kunnen genieten. Als uw Ministeriële plichten het niet verhinderen, zou u dat gezelschap dan willen zijn?"

„Maar met genoegen, Prins Trask. Hare Majesteit wordt door ernstige staatszaken beziggehouden. Vierkantswortel. Heeft u de grotten gezien? Ze zijn die kant uit."

Die namiddag werd hij aangesproken door een van de kamerheren; Baron Cragdale zou het zeer op prijs stellen als Prins Trask tijd zou kunnen vinden voor een gesprek onder vier ogen. Maar voor ze een paar minuten met elkaar gesproken hadden veranderde Baron Cragdale abrupt in Kroonprins Edvard.

„Prins Trask, Admiraal Shefter vertelde mij, dat u en hij informeel gesproken hebben over samenwerking tegen onze gemeenschappelijke vijand Dunnan. Dat is mooi; het heeft mijn instemming en de instemming van Prins Vandarvant, de Eerste Minister en, mag ik eraan toevoegen, die van Koning Mikhyl. Ik ben evenwel van mening, dat we nog verder zouden kunnen gaan. Een formeel verdrag tussen Tanith en Marduk zou zeer in het voordeel van ons beiden zijn."

„Ik ben geneigd er net zo over te denken, Prins Edvard. Maar kennen wij elkaar niet wat erg kort, om nu al met een huwelijksvoorstel te komen? Het is pas vijftig uur geleden, dat de *Nemesis* hier in haar baan kwam."

„We wisten van te voren al het een en ander over u en uw planeet. We hebben hier een grote Gilgameshers-kolonie. En u heeft er op Tanith ook een paar, is het niet? Wel, wat vandaag één Gilgamesher weet, weten ze morgen allemaal. En die van ons werken samen met de Inlichtingendienst."

Misschien deed Andray Dunnan daarom geen zaken met de Gilgameshers. En misschien had Zaspar Makann dat bedoeld, toen hij zo tekeerging over een Interstellaire Gilgamesher Samenzwering.

„Ik zie in, dat een dergelijke overeenkomst in ons wederzijds voordeel zou zijn. Ik ben het plan gunstig gezind. Samenwerking tegen Dunnan, vanzelfsprekend, wederzijdse handelsrechten op elkanders handelsplaneten en rechtstreeks handelsverkeer tussen Marduk en Tanith. En Beowulf en Amaterasu zouden er ook bij kunnen komen. Heeft dit ook de instemming van de Eerste Minister en de Koning?"

„Vriend Mikhyl is er sterk vóór; er is een onderscheid tussen hem en de Koning, zoals u zult hebben opgemerkt. De Koning kan zich niet ten gunste van een bepaald plan uitspreken, voor de Ministerraad of de Kanselier een mening heeft laten horen. Prins Vandarvant is er persoonlijk heel erg voor; maar als Eerste Minister dient hij zijn mening voor zich te houden. We moeten de steun van de Koningsgezinde Partij zien te krijgen, voor hij een ondubbelzinnig standpunt kan innemen."

„Wel, Baron Cragdale, sprekend als Baron Trask van Traskon stel ik voor dat we in grote lijnen op papier zetten wat dit verdrag moet inhouden en dan onofficieel overleg plegen met een aantal personen die u kunt vertrouwen, om daarna te zien wat er kan worden gedaan om het plan aan de eigenlijke bestuursambtenaren voor te leggen..."

Die avond kwam de Eerste Minister zwaar incognito naar Cragdale, vergezeld van verscheidene leiders van de Koningsgezinde Partij. In principe waren ze allemaal vóór een verdrag met Tanith. Politiek gezien hadden ze hun twijfels. Niet voor de verkiezingen; een te controversieel onderwerp. 'Controversieel', zo kwam het hem voor, was zo ongeveer de smerigste scheldnaam die je op Marduk aan iets kon geven.

Het zou je de stemmen van de vakbondsleden kunnen kosten; ze zouden denken, dat vergroting van de import een bedreiging voor de werkgelegenheid in de Mardukaanse industrieën zou vormen. Sommige van de interstellaire handelsmaatschappijen zouden graag een kans op de Tanithplaneten krijgen; anderen zouden zich tegen de komst van Tanithschepen verzetten. En Zaspar Makanns partij liet al schreeuwende protesten horen, omdat de *Nemesis* op de werf van de Koninklijke Vloot werd gerepareerd.

Een paar leden van de wetgevende vergadering waren met een resolutie gekomen, eisend dat Prins Bentrik zich voor de krijgsraad zou moeten verantwoorden en dat er een onderzoek zou worden ingesteld naar de betrouwbaarheid van Admiraal Shefter. Iemand anders, waarschijnlijk een stroman van Makann, beweerde dat Bentrik de *Victrix* aan de Ruimte Vikings had verkocht en dat de films van de strijd op Audhumla vervalsingen waren, in miniatuur opgenomen op de Maanbasis van de Vloot.

Toen Trask hem de volgende dag kwam bezoeken wees Admiraal Shefter dit laatste vol verachting van de hand.

,,Negeer die smerige lasterpraatjes; iets dergelijks maken we voor alle algemene verkiezingen mee. Op deze planeet kun je altijd ongestraft naar de Gilgameshers en de Strijdkrachten trappen; geen van beide hebben ze stemrecht en geen van beide kunnen ze terugtrappen. De dag na de verkiezingen is de hele zaak vergeten. Zo gaat het altijd.''

,,Dat wil zeggen, als Makann de verkiezingen niet wint,'' zei Trask.

,,Het doet er niet toe wie de verkiezingen wint. Ze kunnen geen van allen iets beginnen zonder de Vloot en dat weten ze verdomd goed.''

Trask wilde weten of de Inlichtingendienst nog iets had kunnen ontdekken.

,,Niet hoe Dunnan aan de weet kwam dat de *Victrix* naar Audhumla bevolen was,'' zei Shefter. ,,Er was overigens niets geheim aan; minstens duizend mensen , van mijzelf tot aan de laagste schoenpoetser toe, was ervan op de hoogte, zodra het bevel was gegeven. We zullen moeten beginnen met een paar mensen in onze naaste omgeving aan de tand te voelen. Wat betreft die lijst van schepen, die u me gaf, daar kan ik iets meer over vertellen. Een van de op die lijst voorkomende schepen doet onze planeet regelmatig aan; ze was hier en koos gisterochtend de ruimte. Het was de *Honest Horris*.''

,,Grote Satan! En u heeft niets gedaan?''

,,Ik weet niet of er iets is, dat we kunnen doen. Natuurlijk, het zal worden onderzocht, maar... Ziet u, dat schip vertoonde zich hier vier jaar geleden voor het eerst. De gezagvoerder was de een of andere Neobarbaar, geen Gilgamesher, genaamd Horris Sasstroff. Hij beweerde van Skathi te komen; de bevolking daar heeft een paar schepen. De Ruimte Vikings hadden zo'n paar honderd jaar geleden een basis op Skathi. Het schip had vanzelfsprekend geen papieren. Zo'n schip zwerft al handel drijvend van de ene planeet naar de andere en het kan jaren duren voor je dan een planeet aandoet, waar ze ooit van scheepspapieren hebben gehoord. Het schip scheen in een slechte conditie te verkeren; waarschijnlijk een eeuw geleden als oud roest op Skathi achtergelaten en door de plaatselijke bevolking weer wat opgelapt. Volgens de registratielijsten was ze hier twee keer en de tweede keer verkeerde het schip in zo'n erbarmelijke staat, dat het onmogelijk de ruimte kon kiezen. Sasstroff had geen geld om het te laten restaureren en kon ook de ruimtehavengelden niet betalen, dus werd het schip verkocht. Een of andere handelsmaatschappij kocht haar en knapte haar wat op; ze gingen binnen een jaar failliet en ze werd door een andere kleine maatschappij gekocht, Startraders Ltd., die haar hebben ingezet op een lijndienst van en naar Gimli. Het schijnt een erkende onderneming te zijn, maar dat onderzoeken we wel. We kijken ook uit naar Sasstroff, maar we hebben nog geen kans gezien hem te vinden."

,,Als dat schip op weg is naar Gimli, dan moet u erachter zien te komen, of iemand daar iets van haar afweet. Misschien komt u wel tot de ontdekking dat ze helemaal niet op weg daarheen is."

,,Dat zou kunnen," stemde Shefter met hem in. ,,We zullen het aan de weet komen."

Op een ochtend na Trasks eerste gesprek met Prins Edvard over het onderwerp wist iedereen op Cragdale alles over de plannen voor een verdrag met Tanith.

De Koningin van de Koninklijke Slaapkamer, de Koninklijke Speelkamer en de Koninklijke Badkamer stond erop, dat haar domeinen ook een verdrag met Tanith zouden sluiten.

Het begon er voor Trask naar uit te zien, dat dat het enige verdrag ging worden, dat hij hier op Marduk zou ondertekenen en hij had daar zo zijn twijfels over.

,,Denk jij dat het verstandig zou zijn?" vroeg hij aan Lady Valerie Alvarath. De Koningin van de Drie Vertrekken en één viervoetige onderdaan had reeds gedecreteerd, dat Lady Valerie op de planeet Marduk het meisje van de Ruimte Viking Prins moest zijn. ,,Als het uitkomt zullen die idioten van Makanns Welzijnspartij er misbruik van maken en de feiten verdraaien tot een bewijs, dat er sprake is van een duister complot."

„Oh, ik geloof wel dat hare Majesteit een verdrag met Prins Trask zou kunnen ondertekenen," besloot hare Majesteits Eerste Minister. „Maar het zou wel heel geheim moeten worden gehouden."

„Tjee!" Myrna zette grote ogen op. „Een echt geheim verdrag; net als die gemene heersers uit de tijd van de oude dictatuur!" Ze drukte haar viervoetige onderdaan dicht tegen zich aan. „Ik durf te wedden dat Grootvader zelfs geen geheime verdragen heeft."

Binnen een paar dagen wist iedereen op Marduk dat er over een verdrag met Tanith werd gesproken. Als ze het niet wisten was dat in ieder geval niet de schuld van Zaspar Makanns partij, die een ontstellend groot aantal televisiestations leek te beheersen en die de ether vergiftigde met griezelverhalen over de gruweldaden van de Ruimte Vikings en aanklachten tegen zorgvuldig niet met name genoemde verraders in de omgeving van de Koning en de Kroonprins, die op het punt stonden Marduk aan rovers en plunderaars te verraden. Het lek zat niet in Cragdale, want algemeen werd aangenomen, dat Trask nog altijd in het Koninklijk Paleis in Malverton vertoefde. Dat was althans de plaats waar de aanhangers van Makann tegen hem demonstreerden.

Hij sloeg zo'n demonstratie op het beeldscherm gade; de opnameapparatuur zweefde blijkbaar boven een van de landingsterreinen van het paleis, uitkijkend over de grote parken, die het omgaven. De parken waren volgestouwd met een enorme menigte, die naar het dunne cordon van politiemannen oprukte. De voorkant van die menigte leek een schaakbord — een groep mensen in burger, dan een groep in de merkwaardige, verwijfde uniformen van Zaspar Makanns Volksfront, dan weer een groep in normale kleding en weer een groep leden van het Volksfront. Boven de hoofden van de menigte zweefden met tussenpozen kleine contragraviteitstoestellen rond, waarop de versterkers waren gemonteerd, die blaften: „RUIMTE VI-KING... GA NAAR HUIS! RUIMTE VI-KING... GA NAAR HUIS!"

De politiemannen stonden roerloos 'op de plaats rust'; de menigte drong verder op. Toen ze nog vijftig meter weg waren stormden de groepen Volksfronters naar voren en waaierden dan uit, tot ze over het gehele front een zes man dikke linie vormden. Andere groepen, die de achterhoede hadden gevormd, duwden de gewone demonstranten opzij en namen hun plaatsen in.

Hen met elke seconde meer hatend kon Trask toch niet nalaten een waarderend gemompel te laten horen voor de keurig en gedisciplineerd uitgevoerde manoeuvre. Hoe lang, vroeg hij zich af, werden ze al getraind in deze tactiek? Zonder te blijven staan rukten ze verder op, de politiemannen tegemoet, die nu hun houding veranderd hadden.

„RUIMTE VI-KING... GA NAAR HUIS! RUIMTE VI-KING... GA NAAR HUIS!"

„Vuur!" hoorde hij zichzelf schreeuwen. „Laat hen niet dichterbij komen! Vuur dan toch!"

Ze hadden niets om mee te vuren; ze hadden alleen hun wapenstokken, geen betere wapens dan de verzwaarde knuppels van de Volksfronters.

Ze verdwenen eenvoudig, ten onder gaand aan het geweld van de op hen neerdalende knuppelslagen, en Makanns stormtroepen zetten hun opmars voort. De luidsprekers bleven brullen, steeds opnieuw dezelfde vier woorden herhalend: „RUIMTE VI-KING... GA NAAR HUIS!"

„Die politiemannen werden vermoord," zei hij. „Ze werden vermoord door de man, die hen ongewapend de straat opstuurde."

„Dat was Graaf Naydnayr, de Minister van Veiligheid," zei iemand op een toon alsof hij hem berispte.

„Dan is hij de man, die jullie hiervoor zullen willen hangen."

„Hoe zou u het anders hebben gedaan?" zei Kroonprins Edvard uitdagend.

„Ik zou vijftig gevechtswagens in stelling hebben gebracht. Ik zou een grenslijn getrokken hebben en een machinegeweervuur geopend hebben, op het moment dat de menigte die lijn overschreed. En ik zou door blijven vuren, tot de overlevenden er in paniek vandoor zouden gaan. En dan zou ik nog meer wagens de straat opsturen en door de hele stad heen iedereen die een Volksfront-uniform droeg neerschieten. Binnen achtenveertig uur zou er geen Volks Welzijnspartij en geen Zaspar Makann meer zijn."

Het gezicht van de Kroonprins verstrakte.

„Dat is misschien de manier waarop men zulke dingen in de Zwaard-Werelden doet, Prins Trask. Maar het is niet de manier waarop we de dingen hier op Marduk doen. Onze regering is niet van plan zich schuldig te maken aan het vergieten van het bloed van het volk.''

Het lag op de punt van zijn tong tegen te werpen, dat als zij dat niet déden het volk uiteindelijk wel eens het bloed van de regering zou kunnen vergieten. In plaats daarvan zei hij zacht: ,,Het spijt me, Prins Edvard. U had hier op Marduk een wondermooie beschaving. U zou er bijna alles van hebben kunnen maken. Maar nu is het te laat. U hebt de poorten afgebroken; de barbaren zijn binnen.''

De werveling van kleuren vervaagde tot het grijs van de hyper-
ruimte; nog vijfhonderd uren te gaan naar Tanith. Guatt Kirbey
schakelde over op de automatische besturing, blij terug te
kunnen keren naar zijn muziek. En Vann Larch zou terugkeren
naar zijn verf en penselen en Alvyn Karffard naar zijn model op
schaal van wat het ook mocht zijn, dat hij onafgemaakt had achtergelaten, toen de *Nemesis* aan het eind van de sprong van
Audhumla uit de ruimte was gekomen. Trask begaf zich naar
het alfabetisch register van de scheepsbibliotheek en drukte op
de knop van *Geschiedenis, Oud Terraans.* Daar was heel wat
van, dank zij Otto Harkaman. Dan drukte hij op de knop van
Hitler, Adolf. Harkaman had gelijk; alles wat in een menselijke
gemeenschap kan gebeuren was ergens anders in de een of
andere vorm al eens eerder gebeurd. Hitler zou hem kunnen
helpen Zaspar Makann te begrijpen.
Tegen de tijd dat het schip uit de hyperruimte kwam, met de
gele zon van Tanith in het midden van het scherm, wist hij heel
wat over Hitler en hij begreep vol droefheid, hoe de lichten van
de beschaving op Marduk begonnen te doven.
Behalve de *Lamia,* ontdaan van haar Dillinghams en volge-
propt met zware wapens en opsporingsapparatuur, hielden ook
de *Gesel van de* Ruimte en de Queen Flavia in een baan om de
planeet de wacht. Er bevond zich nog een half dozijn andere
schepen in een baan om de planeet, juist buiten de atmosfeer;
een Gilgamesher, een van de Gram-Marduk vrachtschepen,
een paar voor eigen rekening opererende Ruimte Vikings en een
nieuw, hem onbekend schip. Toen hij de maanbasis vroeg wie
dat was, kreeg hij te horen dat het de *Sun-Goddes* van
Amaterasu was. Dat was na bijna een jaar beter dan hij van hen
had verwacht. Otto Harkaman was weg in de *Corisande,* plunderend, ruilhandel bedrijvend en de handelsplaneten bezoe-
kend.
In Rivington trof hij zijn neef Nikkolay Trask aan. Toen hij naar
Traskon informeerde vloekte Nikkolay.
,,Ik weet niets van Traskon. Ik heb niets meer met Traskon te
maken. Traskon is nu het persoonlijk eigendom van onze beminde – onze zeer beminde Koningin Evita. De Trasks hebben op Gram zelfs niet genoeg grond meer voor een familie-

begraafplaats. Zie je nu wat je hebt gedaan?" voegde hij er verbitterd aan toe.

„Je hoeft het me niet onder m'n neus te wrijven, Nikkolay. Als ik op Gram was gebleven zou ik er aan mee hebben geholpen Angus op de troon te helpen en dan zou het uiteindelijk net zo zijn gelopen."

„Het zou allemaal heel anders kunnen," zei Nikkolay. „Keer met je schepen en mensen terug naar Gram en neem zelf plaats op de troon."

„Nee, ik zal nooit naar Gram terugkeren. Tanith is nu mijn planeet. Maar ik zal niet langer trouw zijn aan Angus. Ik kan met evenveel gemak handel drijven op Morglay, of Joyeuse of Flamberge."

„Dat is niet nodig. Je kunt met Bigglersport en Newhaven handelen. Graaf Lionel en Hertog Joris trotseren Angus beiden; ze hebben geweigerd hem mensen te leveren en ze hebben zijn belastingvergaarders verdreven, dat wil zeggen, die welke ze niet opgehangen hebben. Ze bouwen nu hun eigen schepen. Angus bouwt ook schepen. Ik weet niet of hij ze gaat gebruiken om Bigglersport en Newhaven te bevechten, of om jou aan te vallen, maar voor we een jaar verder zijn is er oorlog."

Hij kwam tot de ontdekking, dat de *Goodhope* en de *Speedwell* naar Gram waren teruggekeerd. De gezagvoerders waren mannen, die onlangs aan het hof van Koning Angus in de gunst waren gekomen. De *Black Star* en de *Queen Flavia* – wier kapitein een bevel van Gram om zijn schip *Queen Evita* te herdopen minachtend had genegeerd – waren gebleven. Het waren zijn schepen, niet die van Koning Angus.

De gezagvoerder van de koopvaarder uit Wardshaven, die nu in haar baan was, weigerde lading voor Newhaven aan boord te nemen; hij was door Koning Angus gecharterd en hij nam van niemand anders bevelen aan.

„Heel goed," zei Trask. „Dan was dit uw laatste reis hier. Keer hier ooit nog eens gecharterd door Angus van Wardshaven terug en wij zullen het vuur op u openen."

Toen had hij de kroonjuwelen, die hij tijdens zijn laatste audiovisuele ontmoeting met Angus had gedragen, afgestoft. Eerst had hij besloten zichzelf tot Koning van Tanith uit te roepen. Lord Valpry, Baron Rathmoren en zijn neef hadden het hem afgeraden.

„Noem je gewoon Prins van Tanith," zie Valpry. „De titel

maakt geen enkel verschil in je gezag hier en als je ooit aan-spraak maakt op de troon van Gram, kan niemand zeggen dat je een vreemde koning bent, die probeert de planeet te annexe-ren."

Hij had niet de bedoeling iets van dien aard te doen, maar Valpry had in volle ernst gesproken. Hij haalde zijn schouders op. De titel betekende niets.

Zo zat hij als souverein Prins van Tanith op zijn troon en deed afstand van zijn trouw aan ,,Angus, Hertog van Wardshaven, zich noemend Koning van Gram''. De boodschap werd meege-geven aan het lege vrachtschip. Het afschrift werd verzonden aan de Graaf van Newhaven; het werd meegenomen door de Sun-Goddes, het eerste niet-Viking Ruimteschip uit de Oude Federatie, dat Gram zou aandoen.

Zevenhonderdvijftig uur na de terugkeer van de *Nemesis* kwam de *Corisande II* uit haar laatste microsprong en Harkaman kreeg onmiddellijk alles te horen over de Slag bij Audhumla en de vernietiging van de *Yo-Yo* en de *Enterprise*. Aanvankelijk meldde hij alleen een succesvolle plunderreis, waarvan hij rijke buit mee terugbracht.

Een vreemde verscheidenheid, werd er opgemerkt, toen hij alles stuk voor stuk begon op te noemen.

,,Wel, ja," antwoordde hij. ,,Tweedehands buit. Ik overviel er Dagon voor.''

Dagon was een Ruimte Viking basisplaneet, bezet door een kerel genaamd Fedrig Barragon. Vandaar uit opereerde een aantal schepen, waaronder een paar die onder commando van Barragon's halfbloed zoons stonden.

,,Barragon's schepen waren bezig een van onze planeten te overvallen," zei Harkaman. ,,Ganpat. Ze plunderden een paar steden, vernietigden er een en doodden een groot deel van de plaatselijke bevolking. Ik kreeg het op Indra te horen van Kapitein Ravallo van de *Black Star;* hij was juist van Ganpat teruggekeerd. Beowulf was niet al te ver uit de buurt, dus gin-gen we daarheen en vonden daar de *Grendelsbane* juist gereed om de ruimte te kiezen.'' De *Grendelsbane* was het tweede Beowulfse schip, zusterschip van de *Viking's Gift.* ,,Ze sloot zich bij ons aan en gedrieën gingen we naar Dagon. We bliezen een van Barragon's schepen op en stelden de anderen buiten gevecht. Daarna plunderden we zijn basis. Er was daar een Gilgamesher-kolonie, die we met rust hebben gelaten. Zij zul-

len het nieuws verspreiden wat wij daar deden en waarom."
„Dat zou Prins Viktor van Xochitl iets moeten geven om over
na te denken," zei Trask. „Waar zijn de andere schepen nu?"
„De *Grendelsbane* keerde terug naar Beowulf; onderweg zal ze
Amaterasu aandoen, om er zaken te doen. De *Black Star* ging
naar Xochitl. Gewoon een vriendschappelijk bezoekje, om
Prins Viktor jouw groeten over te brengen. Ravallo heeft een
groot aantal audiovisionele opnamen bij zich die we van Opera-
tie Dagon maakten. Daarna gaat ze naar Jagannath, om Nikky
Gratham een bezoek te brengen."

Harkaman was het helemaal eens met zijn houding en daden
met betrekking tot Koning Angus.
„We hoeven helemaal geen zaken met de Zwaard-Werelden te
doen. We hebben onze eigen industrieën, we kunnen produceren wat we nodig hebben en we kunnen handel drijven met
Beowulf en Amaterasu en met Xochitl en Jagannath en Hoth,
als we met hen tot de een of andere overeenkomst kunnen
komen. Iedereen stemt er mee in de handelsplaneten van iedereen anders met rust te laten. Het is verdomd jammer dat je met
Marduk niet tot een overeenkomst kon komen." Heel even betreurde Harkaman zijn woorden, dan haalde hij zijn schouders
op. „Waarschijnlijk zullen onze kleinkinderen, als we die ooit
krijgen Marduk overvallen."
„Denk je dat het zo zal gaan?"
„Jij niet? Jij was daar; jij zag wat daar gebeurt. De barbaren
zijn in opkomst; ze hebben een leider en ze verenigen zich.
Iedere maatschappij rust op een basis van barbarisme. De
mensen die niets van de beschaving begrijpen en die er niets
van zouden willen weten, als ze dat wel zouden doen. De
leeglopers. De mensen die zelf niets presteren en die geen
waardering kunnen opbrengen voor wat andere mensen voor
hen presteerden en die denken dat beschaving iets is dat
gewoon bestaat en die denken dat ze alleen maar hoeven te
genieten van wat ze ervan kunnen begrijpen – luxe, een hoge
levensstandaard en gemakkelijke baantjes, die goed worden
betaald. Verantwoordelijkheden? Bah! Waar heb je dan een
regering voor?"
Trask knikte.
„En nu denken al die leeghoofden dat ze meer van de wagen
afweten dan de mensen die hem ontwierpen en dus grijpen ze
naar het stuur. Zaspar Makann zegt dat ze het kunnen en hij is

de Leider." Hij schonk zich in uit een karaf, die op Pushan was buitgemaakt; er was een planeet, waar eeuwen geleden een republiek omver was geworpen ten gunste van een dictatuur en de planetaire dictatuur had zich opgesplitst in een dozijn regionale dictaturen en zo waren ze afgedaald naar het het leefniveau van boerenarbeiders en handwerkslieden.

„Toch begrijp ik het niet. Op de terugweg naar huis heb ik over Hitler gelezen. Hij gebruikt alle kunstjes van Hitler. Maar Hitler kwam aan de macht in een land, dat na een militaire nederlaag volkomen was uitgeput. Marduk heeft gedurende bijna twee generaties geen oorlog gevoerd en die ene was een paskwil."

„Het was de oorlog niet, die Hitler aan de macht bracht. Het was het feit dat de heersende klasse in zijn land, de mensen die de zaken draaiende hielden, in discrediet werden gebracht. De lagere klassen, de barbaren, hadden niemand, die voor hen de verantwoordelijkheid op zich nam. Wat ze op Marduk hebben is een heersende klasse die zichzelf in discrediet heeft gebracht. Een heersende klasse die zich schaamt over zijn voorrechten en die zich aan zijn plichten onttrekt. Een heersende klasse, die begon te geloven, dat de grote massa net zo goed is als zij zijn, wat die grote massa heel duidelijk niet is. Een heersende klasse die geen geweld wil gebruiken, om zijn positie te handhaven. Ze hebben een democratie en ze staan toe dat de vijanden van die democratie bescherming zoeken achter democratische voorzorgsmaatregelen."

„Wij hebben niets van die democratie in de Zwaard-Werelden, als dat het juiste woord is," zei hij. „En onze heersende klasse schaamt zich niet over zijn macht en onze mensen zijn geen leeglopers en zolang ze een behoorlijke behandeling krijgen zullen ze niet proberen zelf iets te ondernemen. En toch doen we het niet zo goed."

De Morglay dynastische oorlog van een paar eeuwen geleden, nog altijd nasmeulend en rokend. De Oaskarsan-Elmersan Oorlog en Durendal, waar Flamberge en nu ook Joyeuse zich ingedrongen hadden. En de situatie op Gram, die snel het kritieke stadium naderde. Harkaman knikte instemmend.

„Weet je waarom? Onze heersers zijn de barbaren onder ons. Er is er niet een van hen – Napolyon van Flamberge, Rodolf van Excalibur, of Angus van ongeveer half Gram – die de beschaving of wat anders ook buiten hemzelf, is toegewijd. En dat is het kenteken van de barbaren."

„Wie ben jij toegewijd, Otto?"

„Jou. Jij bent mijn hoofdman. En dat is nog een kenteken van de barbaar."

Voor hij Marduk had verlaten, had Admiraal Shefter een schip naar Gimli gezonden, om de *Honest Horris* te controleren; een paar mannen en een sloep zouden achterblijven, om contact op te nemen met elk van Tanith afkomstig schip. Hij stuurde Boake Valkanhayn uit met de *Gesel* van de Ruimte. Lionel van Newhaven's *Blue Comet* kwam van Gram binnen met een lading handelsgoederen. Haar kapitein verlangde splijtstoffen en gadolinium. Graaf Lionel bouwde nog meer schepen.

Er ging een gerucht, dat Omfray van Glaspyth krachtens erfrecht aanspraak maakte op de troon van Gram, aangezien de zuster van zijn overgrootmoeder getrouwd was geweest met de overgrootvader van Hertog Angus. Het was een volkomen onbeduidende en ongegronde aanspraak, maar het verhaal ging, dat die aanspraak zou worden ondersteund door mannen en schepen die hem door Koning Konrad van Haulteclere waren verschaft.

Onmiddellijk begonnen Baron Rathmore, Lord Valpry, Lothar Ffayle en de overige mensen van Gram te schreeuwen, dat hij met een vloot naar Gram terug moest keren, om de troon voor zichzelf op te eisen.

Harkaman, Valkanhayn en Karffard en de overige Ruimte Vikings waren er al even heftig tegen. Harkaman herinnerde zich het verlies van de Corisande op Durendal en de anderen wensten zich niet met de ruzies van de Zwaard-Werelden te bemoeien. Opnieuw klonken er opgewonden stemmen dat hij moest beginnen zich Koning van Tanith te noemen.

Hij gaf aan geen van deze verlangens toe, wat beide partijen tot ontevredenheid stemde. Zo had dus eindelijk ook op Tanith de partijpolitiek zijn intrede gedaan.

Misschien was dat een volgende mijlpaal op de weg naar de vooruitgang.

En daar was het Verdrag van Khepera, tussen de Prinselijke Staat Tanith, de Staat Beowulf en het Planetaire Verbond van Amaterasu. De Kheperanen stemden erin toe dat er bases op hun planeet werden gevestigd. Verder zegden ze toe arbeidskrachten te leveren en studenten naar scholen op alle drie de planeten te sturen. Tanith, Beowulf en Amaterasu verplichtten zich tot de gezamenlijke verdediging van Khepera, tot vrije onderlinge handel en zegden toe elkaar gewapende bijstand te

verlenen.
Dat was een mijlpaal op de weg naar de vooruitgang. Daar viel
niet over te redetwisten.

De *Gesel van de Ruimte* keerde van Gimli terug en Valkanhayn
meldde, dat niemand op de planeet ooit van de *Honest Horris*
had gezien of gehoord. Ze hadden er een sloep van de Marduk-
kaanse Vloot aangetroffen, geheel bemand door officieren,
sommige daarván tot de Inlichtingendienst behorend. Volgens
hen was het onderzoek naar de activiteiten van het schip in een
impasse geraakt. De zogenaamde eigenaars beweerden, en
hadden papieren om dat te bewijzen, dat zij het schip aan een
particuliere handelaar hadden verhuurd en die handelaar
beweerde, en had papieren om dat te bewijzen, dat hij een burger van de Planetaire Republiek Aton was. En zodra ze waren
begonnen hem te ondervragen was hij gered door de Atonse
ambassadeur, die een heftig protest bij het Mardukaanse
Ministerie van Buitenlandse Zaken had gedeponeerd.
De Volks Welzijnspartij was onmiddellijk bovenop het incident
gesprongen en had het onderzoek gebrandmerkt als een onwet-
tige vervolging van een inwoner van een bevriende staat, op
aansporing van corrupte werktuigen van de Interstellaire
Gilgamesher Samenzwering.
,,Zo zit dat," besloot Valkanhayn. ,,Het betekent dat er
verkiezingen komen en dat ze bang zijn iedereen die maar een
stem heeft tegen zich in het harnas te jagen. Dus heeft de Vloot
het onderzoek laten vallen. Iedereen op Marduk is bang voor
die Makann. Denk je dat er verband kan bestaan tussen hem en
Dunnan?"
,,Die gedachte is bij mij ook al opgekomen. Zijn er sinds de Slag
van Audhunla nog meer raids op Mardukaanse handelsplaneten uitgevoerd?"
,,Een paar. De *Bolide* was een tijdje geleden op Audhumla. Er
waren daar een paar Mardukaanse schepen en ze hadden de
Victrix al weer zover opgelapt, dat die mee kon vechten. Ze ver-
joegen de *Bolide*."
Een bestudering van de tijd die lag tussen de vernietiging van
de *Enterprise* en de *Yo-Yo* en de verschijning van de *Bolide* zou
hun een begrensde radius rondom Audhumla kunnen verschaffen. Dat deed het ook; zevenhonderd lichtjaren, wat ook Tanith
inhield.
Dus zond hij Harkaman in de *Corisande* en Ravallo in de *Black*

338

Star uit, om de planeten te bezoeken, waarmee Marduk handel dreef, uitkijkend naar schepen van Dunnan en informatie en bijstand uitwisselend met de Koninklijke Mardukaanse Vloot. Hij betreurde het bijna onmiddellijk; de volgende Gilgamesher die in een baan om Tanith kwam bracht het verhaal mee, dat Prins Viktor op Xochitl bezig was een vloot bij elkaar te krijgen. Hij verzond waarschuwingen naar Amaterasu en Beowulf en Khepera.

Een schip van Bigglersport kwam binnen, een zwaar bewapende, gecharterde vrachtvaarder. Op een twaalftal plaatsen op Gram werd nu sporadisch gevochten – verzet tegen pogingen van de zijde van Koning Angus om de belastingen te innen en overvallen door niet geïdentificeerde personen op bezittingen die waren afgenomen van beweerde verraders en aan Garvan Spasso waren gegeven, die nu van Baron tot Graaf was gepromoveerd. En Rovard Grauffis was dood; vergiftigd, zei iedereen, of door Spasso, of door Koningin Evita, of door beiden. Zelfs ondanks de dreiging van Xochitl begonnen sommige van de vroegere edellieden van Wardshaven over het zenden van schepen naar Gram te spreken.

Minder dan duizend uur nadat hij was vertrokken, keerde Ravallo in de *Black Star* terug.

„Ik ging naar Gimli en ik was daar nog geen vijftig uur, toen er een schip van de Mardukaanse Vloot binnenkwam. Ze waren blij me daar aan te treffen; het bespaarde hen de moeite een sloep naar Tanith te sturen. Ze hadden nieuws voor je, en een paar passagiers."

„Passagiers?"

„Ja. Je zult wel zien wie het zijn als ze naar beneden komen. En zorg ervoor dat ze door niemand met lange bakkebaarden en hoog dichtgeknoopte jassen worden gezien," zei Ravallo. „Wat een van die mensen weet, is binnen de kortste tijd over de hele planeet bekend."

De bezoekers waren Lucile, Prinses Bentrik, en haar zoon, de jonge Graaf van Ravary. Ze dineerden met Trask; alleen Kapitein Ravallo was ook aanwezig.

„Ik wilde mijn echtgenoot niet verlaten en ik wilde u mijn gezelschap en dat van Steven ook niet opdringen, Prins Trask," begon ze. „Maar hij stond erop. Gedurende de gehele reis naar Gimli hielden we ons in het kapiteinsverblijf verborgen en slechts een paar officieren wisten dat wij aan boord waren."

,,Makann won de verkiezingen, is dat het?" vroeg hij. ,,En Prins Bentrik wilde niet het risico nemen, dat u en Steven als gijzelaars gebruikt zouden worden?"

,,Dat is het," zei ze. ,,Hij won de verkiezingen niet werkelijk, maar hij had die evengoed wel kunnen winnen. Niemand haalde in de Kamer een zetelmeerderheid, maar hij heeft een coalitie met verscheidene splinterpartijen gevormd en ik schaam me te moeten zeggen, dat een aantal leden van de Koningsgezinde Partij – Koningsverraders noem ik hen nu – zijn zijde gekozen hebben. Ze hebben de een of andere belachelijke leuze bedacht: ,,golf van de toekomst", wat dat ook mag betekenen."

,,Als je hen niet kunt verslaan, lik dan hun handen," zei Trask.

,,Lik desnoods hun laarzen," liet de Graaf van Ravary zich horen.

,,Mijn zoon is enigszins verbitterd," zei Prinses Bentrik. ,,En ook ik moet een spoor van bitterheid bekennen."

,,Wel, dat waren de volksvertegenwoordigers," zei Trask. ,,Hoe zit het met de rest van de regering?"

,,Met de steun van de splinterpartijen en die van de Koningsverraders krijgen ze een meerderheid in de Kamer van Afgevaardigden. De meeste van hen zouden een maand geleden nog verontwaardigd hebben ontkend dat ze betrekkingen met Makann onderhielden, maar meer dan honderd van de honderdtwintig behoren tot zijn aanhangers. Makann is vanzelfsprekend Kanselier."

,,En wie is de Minister-President?" vroeg hij. ,,Andray Dunnan?"

Ze staarde hem een ogenblik verbijsterd aan en zei dan: ,,Oh, nee, Kroonprins Edvard is Minister-President. Nee, Baron Cragdale. Dat is geen Koninklijke titel en op die manier hoef ik tenminste niet voor te wenden dat ik begrijp, dat hij niet als lid van de Koninklijke Familie Minister-President is."

,,Als u niet kunt begrijpen..." begon de jongen.

,,Steven, ik verbied je dat te zeggen over... over Baron Cragdale. Hij gelooft heel oprecht, dat de uitslag van de verkiezingen de wil van het volk tot uitdrukking brengt, en dat het zijn plicht is daarvoor te buigen."

Hij wilde dat Otto Harkaman hier was. Die kon waarschijnlijk zonder te stoppen om adem te halen zo'n honderd grote naties opnoemen, die ten onder waren gegaan, omdat hun heersers geloofden dat zij moesten buigen, in plaats van te heersen en zichzelf er niet toe konden brengen het bloed van hun volk te vergieten. Als kleine landbaron zou Edvard een fijne, bewonderendswaardige kerel zijn geweest. Waar hij nu was, was hij een ramp."

Hij vroeg, of de leden van de Volks Welzijnspartij hun geweren onder hun bedden vandaan hadden gehaald en die nu in het openbaar begonnen te dragen.

,,Oh, ja. U had gelijk, ze waren al die tijd gewapend. Niet alleen met lichte wapens, maar ze hadden zelfs gevechtswagens en zware wapens. Zodra de nieuwe regering was gevormd, werden ze officieel ingelijfd bij de Planetaire Strijdkrachten. Ze hebben elke politiepost op de planeet overgenomen."

,,En de Koning?"

,,Oh, die gaat gewoon door, haalt zijn schouders op en zegt, ,,Ik regeer hier alleen maar". Wat kan hij anders doen? De laatste drie eeuwen hebben we niets anders gedaan dan de macht van de Troon besnoeien."

,,Wat doet Prins Bentrik en waarom denkt hij dat u en uw zoon als gijzelaars konden worden gebruikt?"

,,Hij gaat vechten," zei ze. ,,Vraag me niet hoe, of waarom. Misschien als een guerilla, in de bergen. Maar zelfs al kan hij hen niet verslaan, hij zal zich niet bij hen aansluiten. Ik had bij hem willen blijven, om hem te helpen. Maar hij zei dat ik hem het beste kon helpen, door met Steven ergens heen te gaan waar we veilig zouden zijn, zodat hij niet voortdurend over ons in angst hoeft te zitten."

,,Ik wilde ook blijven," zei de jongen. ,,Ik had samen met hem kunnen vechten. Maar hij zei dat ik voor moeder moest zorgen. En als hij gedood wordt, moet ik in staat zijn hem te wreken."

,,Je praat als een Zwaard-Werelder, dat heb ik je al eens eerder gezegd." Hij aarzelde en wendde zich dan weer tot Prinses Bentrik. ,,Hoe is het met de kleine Prinses Myrna?" vroeg hij. En dan, zijn best doend zijn stem zo onverschillig mogelijk te laten klinken: ,,En Lady Valerie?"

Ze stond hem op dit ogenblik zo helder voor de geest, was zo werkelijk aanwezig, werkelijker dan Elaine in jaren voor hem was geweest.

,,Ze zijn op Cragdale; daar zullen ze veilig zijn. Hoop ik."

Proberen de aanwezigheid op Tanith van Prins Bentriks vrouw en zoon verborgen te houden, was de voorzichtigheid tot voorbij het noodzakelijke doorvoeren. Aangenomen dat het nieuws via Gilgamesh naar Marduk zou uitlekken, bedroeg de afstand tot die eerste planeet nog altijd zevenhonderd lichtjaren en duizend tot de laatste. Beter dat Prinses Bentrik genoot van het leven in Rivington zoals het was, haar zorgen over haar echtgenoot zo nu en dan enkele ogenblikken vergetend. Tien jaar oud – nee, bijna twaalf; het was anderhalf jaar geleden dat Trask Marduk had verlaten – was de jonge Graaf van Ravary gemakkelijker af te leiden. Tenslotte bevond hij zich nu temidden van Ruimte Vikings op een Ruimte Viking planeet en hij probeerde overal tegelijk aanwezig te zijn en alles tegelijk te zien. Ongetwijfeld verbeeldde hij zich nu zelf een Ruimte Viking te zijn, die met een reusachtige armada naar Marduk zou terugkeren, om zijn vader en de Koning van Zaspar Makann te verlossen.

Trask was daar tevreden mee; als gastheer liet hij veel te wensen over. Hij had ook zijn zorgen en die droegen alle dezelfde naam: Prins Viktor van Xochitl. Alles wat de kapitein van de *Black Star* hem kon vertellen, nam hij met Manfred Ravallo door. Hij had één keer met Viktor gesproken; de heer van Xochitl was koel beleefd geweest en had zich niet bloot gegeven. Zijn ondergeschikten waren openlijk vijandig geweest. Er waren, behalve de gebruikelijke Gilgameshers en de rondzwervende handelsschepen, vijf andere schepen in een baan om de planeet, of op Viktors ruimtehaven aanwezig geweest, twee daarvan Viktors eigen schepen, en een groot, zwaar bewapend vrachtschip, afkomstig van Haulteclere, was binnengekomen toen de *Black Star* op het punt had gestaan te vertrekken. Op de scheepswerven en de ruimtehavens heerste opvallend veel activiteit, alsof men zich voorbereidde voor iets op grote schaal.

Xochitl was duizend lichtjaren van Tanith verwijderd. Hij verwierp de gedachte om een preventieve aanval te lanceren onmiddellijk; zijn schepen zouden Xochitl kunnen bereiken, om tot de ontdekking te komen dat de planeet onverdedigd was en dan terugkeren, om tot de ontdekking te komen, dat Tanith verwoest was. Dergelijke dingen waren eerder voorgekomen in een ruimteoorlog. Het enige dat er te doen viel was waakzaam blijven, Tanith verdedigen als Viktor aan zou vallen, en dan een tegenaanval inzetten, als hij tegen die tijd nog schepen over zou hebben. Waarschijnlijk redeneerde Prins Viktor precies zo.

Hij had geen tijd om aan Andray Dunnan te denken, behalve, zo nu en dan, door te wensen dat Otto Harkaman ophield met aan hem te denken en met de *Corisande* huiswaarts zou keren. Hij had dat schip en de moed en het vernuft van haar gezagvoerder op Tanith nodig.

Meer nieuws – uit Gilgamesher bronnen – kwam van Xochitl binnen. Er waren slechts twee schepen, beide bewapende koopvaarders, op de planeet. Geschat zo'n tweeduizend uur voor het verhaal hem bereikte, was Prins Viktor met de rest in de ruimte verdwenen. Dat was twee keer zo lang als het de armada van Xochitl zou kosten om Tanith te bereiken. Hij was niet naar Beowulf gegaan, dat bevond zich op slechts vijf en zestig uur van Tanith en zij zouden er dan al lang geleden van hebben gehoord. Of Amaterasu, of Khepera. Hoeveel schepen hij had, was een vraag; niet minder dan vijf en mogelijk meer. Hij kon het Tanith-systeem binnen zijn geglipt en zijn schepen verborgen houden op een van de buitenste, onbewoonbare planeten. Hij zond Valkanhayn en Ravallo met hun schepen uit om het te controleren. Ze keerden met negatieve rapporten terug. Viktor van Xochitl bevond zich in ieder geval niet binnen hun eigen systeem, wachtend tot zij zouden vertrekken, Tanith onbeschermd achterlatend, om dan aan te vallen.

Maar hij moest zich ergens bevinden en het was onmogelijk te gissen wanneer zijn schepen in de nabijheid van Tanith op zouden doemen. Het enige dat ze konden doen was op hem blijven wachten. Terwijl hij dat deed, was Trask ervan overtuigd, dat hij in grote moeilijkheden zou geraken, als hij met zijn schepen uit de hyper-ruimte zou verschijnen. Hij had de *Nemesis*, de *Gesel van de Ruimte*, de *Black Star* en de *Flavia*, de herbouwde en versterkte *Lamia* en verscheidene onafhankelijke Ruimte Viking schepen, waaronder de *Damnthing* van zijn vriend Roger-fan-Morvill Esthersan, die vrijwillig had aangeboden te blijven, om hem bij de verdediging te helpen. Dat was vanzelfsprekend geen puur altruïsme. Als Viktor aan zou vallen en zijn vloot zou worden opgeblazen, dan zou Xochitl open en onbeschermd liggen en er bevond zich genoeg buit op Xochitl, om ieders schepen mee vol te stouwen. Ieders schepen die nog schepen over zou hebben, als de Slag om Tanith achter de rug zou zijn, vanzelfsprekend.

Hij verontschuldigde zich bij Prinses Bentrik.

,,Het spijt me heel erg, dat u uit Zaspar Makan's braadpan in Prins Viktors brand sprong,'' begon hij.

Ze moest lachen, toen hij dat zei. ,,Ik neem het risico, in die brand. Ik geloof dat ik veel goede brandweerlieden om mij heen heb. Als er gevochten wordt, wilt u er dan voor zorgen dat Steven zich op een veilige plaats bevindt?''

,,Bij een ruimteaanval is het nergens veilig. Ik zal hem bij me houden.''

De jonge Graaf van Ravery wilde weten aan boord van welk schip hij dienst zou doen, wanneer de aanval kwam.

,,Wel, u zult zich niet aan boord van een schip bevinden, Graaf. U maakt deel uit van mijn staf.''

Twee dagen later kwam de *Corisande* uit de hyper-ruimte. Harkaman was duidelijk op zijn hoede, toen hij op het beelscherm verscheen en toonde zich weinig spraakzaam. Trask nam een landingsvaartuig en steeg op, om het schip te ontmoeten.

,,Marduk lust ons niet langer meer,'' vertelde Harkaman hem. ,,Ze hebben schepen op alle handelsplaneten en elk schip heeft de opdracht op alle, ik herhaal op alle Ruimte Viking schepen te vuren, met inbegrip van de schepen van de zich Prins van Tanith noemende Lucas Trask. Ik kreeg dat te horen van Kapitein Garravay van de *Vindex*. Nadat we uitgepraat waren hebben we een kort schijngevecht gevoerd, waarvan we films hebben gemaakt. Ik denk niet, dat iemand kan zien dat er iets niet in orde mee is.''

,,Kwamen die orders van Makann?''

,,Van de Bevelvoerend Admiraal. Dat is niet je vriend Shefter; Shefter zag zich gedwongen aanhalingstekens ziekteverlof aanhalingstekens sluiten te nemen en ligt nu in een aanhalingstekens ziekenhuis aanhalingstekens sluiten.''

,,Waar is Prins Bentrik?''

,,Dat weet niemand. Hij wordt beschuldigd van hoogverraad en hij is gewoon verdwenen. Ergens onder de grond gedoken of in het geheim gearresteerd en geëxecuteerd, maak zelf je keus maar.''

Hij vroeg zich af wat hij tegen Prinses Lucile en Graaf Steven moest zeggen.

,,Ze hebben schepen op alle planeten, waarmee ze handel drijven. Veertien. Dat is niet om Dunnan te grijpen. Dat is om de

Vloot van Marduk weg te houden. Ze vertrouwen de Vloot niet. Is Prins Edvard nog altijd Minister-President?"

"Ja, althans volgens Gaarvay's laatste inlichtingen. Het schijnt, dat Makann zich angstvallig aan de wet houdt, afgezien dan van het feit, dat hij zijn Volksfront bij de Strijdkrachten inlijfde. Elke keer als hij zijn mond opendoet, laat hij horen hoe toegewijd hij de Koning is."

"Wanneer zal de grote brand uitbreken, vraag ik me af?"

"Eh? Oh ja, u heeft de werken van Hitler bestudeerd. Ik denk dat het nu ieder ogenblik kan gebeuren."

Hij had Prinses Lucile zojuist verteld, dat haar echtgenoot zich ergens verborgen hield; hij wist niet of ze zich nu opgelucht voelde, of zich integendeel nog meer zorgen maakte. De jongen was er zeker van, dat hij iets zeer romantisch en heldhaftigs deed.

Sommige vrijwilligers, na nog eens duizend uur het wachten moe, kozen de ruimte. De *Vikings Gift* van Beowulf kwam binnen met vracht en begaf zich na het uitladen in een baan om de planeet, om mee te helpen die te bewaken. Een Gilgamesher kwam binnen van Amaterasu en meldde dat alles daar rustig was; zodra de kapitein zijn lading verkocht had – zich nauwelijks de tijd gunnend om een hoge prijs te bedingen – verdween hij weer in de ruimte. Zijn houding overtuigde iedereen ervan, dat de aanval nu nog slechts een kwestie van uren zou zijn. Er gebeurde niets.

Drieduizend uren waren voorbijgegaan, sinds de eerste waarschuwing Tanith had bereikt; dat maakte er vijfduizend, sinds Viktors schepen waren verondersteld van Xochitl te zijn vertrokken. Er waren er, onder wie Boake Valkanhayn, die nu betwijfelden, of dat ooit het geval was geweest.

"Het hele zaakje is één grote Gilgamesher leugen," verklaarde hij. "Iemand – Nikky Gratham, of de Everrards, of misschien Viktor zelf – betaalde hen, om ons dat verhaal te vertellen. Of ze verzonnen het hele verhaal zelf, om ongestoord zaken te kunnen doen op onze handelsplaneten."

"Laten we naar beneden gaan, naar het Ghetto, en de hele bende uitroeien," nam iemand anders het woord. "Als een van hen hier iets mee te maken heeft, hebben ze er allemaal mee te maken."

"Kletspraat, laat ons liever op weg gaan naar Xochitl," stelde Manfred Ravallo voor. "We hebben genoeg schepen om hen op

Tanith te verslaan en we hebben genoeg schepen om hen op hun eigen planeet te verslaan."

Hij zag kans hen beide ideeën uit het hoofd te praten – wat was hij nu eigenlijk, souverein Prins van Tanith, of de niet-heersende Koning van Marduk, of gewoon de hoofdman van een bende ongedisciplineerde barbaren? Een van de onafhankelijken koos vol afkeer de ruimte. De volgende dag kwamen er twee anderen binnen, volgestouwd met tijdens een overval op Braggi buitgemaakte goederen. Ze besloten een poosje te blijven, om te zien wat er ging gebeuren.

Vier dagen later arriveerde er een vijfhonderd-voet hyperruimtejacht, dat het wapen van Bigglersport voerde. Zodra het schip uit haar laatste micro-sprong was gekomen, begon ze hen via het beeldscherm op te roepen.

Trask kende de man die op het scherm verscheen niet, maar Hugh Rathmore kende hem wel; Hertog Joris' vertrouwensman en secretaris.

,,Prins Trask, ik moet u zo spoedig mogelijk spreken," begon hij, bijna struikelend over zijn woorden. Hoe dringend de boodschap die hij had ook mocht zijn, je zou toch denken, dat een reisje van drieduizend uur er de scherpe kantjes wel had afgeslepen. ,,Het is van het grootste belang."

,,U kunt nu spreken. Dit scherm is redelijk veilig. En als het van zo groot belang is, wel hoe eerder u het mij vertelt..."

,,Prins Trask, u moet met iedere man en met elk schip dat onder uw commándo staat naar Gram komen. Alleen Satan weet wat daar nu gebeurt, maar drieduizend uur geleden, toen de Hertog mij uitzond, landde Omfray van Glaspyth op Wardshaven. Hij heeft een vloot van acht schepen, hem geleverd door een bloedverwant van zijn vrouw, de Koning van Haulteclere. Ze staan onder commando van Koning Konrads Ruimte Viking neef, de Prins van Xochitl."

Toen verscheen er een uitdrukking van geschokte verbazing op het gezicht van de man op het scherm en Trask vroeg zich af waarom, tot hij zich realiseerde, dat hij zich achterover in zijn stoel had laten vallen en het uitbulderde van het lachen. Voor hij zich kon verontschuldigen, had de man op het scherm zijn stem hervonden.

,,Ik weet het, Prins Trask, u heeft geen redenen om Koning Angus vriendelijk gezind te zijn – de gewezen Koning Angus, of inmiddels naar ik veronderstel zelfs de dode Koning Angus – maar een moordenaar met bloedbesmeurde handen als Omfray van Glaspyth..."

Het kostte even tijd om de vertrouwensman van de Hertog van Bigglersport het komische van de situatie uit te leggen.

Er waren er nog meer in Rivington, voor welke het niet onmiddellijk duidelijk was. De beroeps Ruimte Vikings, mannen als Valkanhayn en Ravallo en Alvyn Karffard, waren vol afkeer. Al die maanden hadden ze hier gevechtsklaar zitten wachten en als ze het allemaal vooruit geweten hadden, dan zouden ze allang geleden naar Xochitl zijn gegaan, om de planeet leeg te plunderen. Die van Gram waren diep verontwaardigd. Angus van Wardshaven was erg genoeg geweest, met de erfelijke belasting van de Krankzinnige Baron van Blackcliffe en Koningin Evita en haar hebzuchtige familie, maar zelfs hij was te verkiezen boven een moordzuchtige schurk – sommigen noemden hem zelfs een duivel in mensengedaante – als Omfray van Glaspyth.

Vanzelfsprekend wisten beide partijen precies te vertellen waar de plicht van hun Prins lag. De eerste groep drong er op aan, dat alles op Tanith dat in de hyper-ruimte kon worden gebracht onmiddellijk naar Xochitl zou gaan, om daar alles weg te slepen, behalve een paar absoluut onwrikbare natuurschatten van de planeet. De laatste groep schreeuwde even luid en hartstochtelijk, dat iedereen op Tanith die een trekker over kon halen zich onmiddellijk in zou schepen voor de kruistocht, die ten doel had Gram te bevrijden.

„Je wilt geen van beide doen, is het niet?" vroeg Harkaman hem, toen ze na de tweede dag vol inspanning en onenigheid een ogenblik alleen waren.

„Bij Satan, nee! Die mensen die willen dat we Xochitl aanvallen; weet je wat er zou gebeuren, als we dat deden?" Harkaman zweeg en wachtte tot hij verder zou gaan. „Binnen een jaar zouden vier of vijf van die kleine planeethouders als Gratham en de Everrards tegen ons samenspannen en een puinhoop van Tanith maken."

Harkaman knikte instemmend. „Sinds we hem de eerste keer waarschuwden, hield Viktor zijn schepen uit de buurt van onze planeten. Als we Xochitl nu zonder enige aanleiding aan zouden vallen, zou niemand weten wat hij van ons kan verwachten. Al die onvoorspelbare gevaren kunnen mensen als Nikky Gratham en Tobbin van Nergal en de Everrards van Hoth zenuwachtig maken en als ze zenuwachtig worden, worden ze schietlustig." Hij trok langzaam aan zijn pijp en zei dan: „Keer je dan toch naar Gram terug?"

„Dat volgt daar niet uit; dat Valkanhayn en Ravallo en die anderen het bij het verkeerde eind hebben wil nog niet zeggen dat Valpry en Rathmore en Ffayle gelijk hebben. Je hebt gehoord wat ik tegen die mensen op Karvall House heb gezegd, die dag dat ik jou ontmoette. En je hebt gezien wat er op Gram gebeurd is, sinds wij hier zijn. Otto, het is afgelopen met de Zwaard-Werelden. Ze zijn nu al half ontaard. Hier op Tanith leeft en groeit de beschaving. Ik wil hier blijven, om het te helpen groeien."

„Luister, Lucas," zei Harkaman, „jij bent Prins van Tanith en ik ben alleen maar de Admiraal. Maar ik zeg je dit; je zult iets moeten doen, of alles wat je hier hebt opgebouwd stort in elkaar. Zoals het nu staat kun je Xochitl aanvallen en de Terug-Naar-Gram groep zal met je meegaan, of je kunt besluiten tot die kruistocht tegen Omfray van Glaspyth en de Val-Xochitl-Nu-Aan groep zal met je meegaan. Maar als je dit nog veel langer zo laat doorgaan, zul je je gezag over beide groepen verliezen."

„En dat betekent mijn einde en over een paar jaar het einde van Tanith." Hij stond op en ijsbeerde door het vertrek. „Wel, ik zal Xochitl niet aanvallen; ik vertelde je al waarom niet en je was het daar mee eens. En ik ben evenmin bereid de mensen en schepen en de welvaart van Tanith op te offeren ter wille van een dynastische Zwaard-Wereld onenigheid. Grote Satan, Otto, jij hebt de oorlog op Durendal meegemaakt. Dit is precies hetzelfde en het kan nog een halve eeuw langer gaan duren."

„Wat wil je dan doen?"

„Ik kwam hierheen om jacht te maken op Andray Dunnan, is het niet?"

„Ik ben bang dat Ravallo en Valpry, of zelfs Valkanhayn en Morland, niet zo in Dunnan geïnteresseerd zijn als jij."

„Dan zal ik hen voor hem interesseren. Herinner je je nog, dat ik terugkerend van Marduk Hitler heb bestudeerd? Ik ga iedereen een grote leugen vertellen. Zo'n grote leugen, dat niemand het zal wagen het niet te geloven."

„Denken jullie dat ik bang was voor Viktor van Xochitl?" vroeg hij. „Een half dozijn schepen; met wat we hier hebben zouden we een nieuwe Van Allen gordel om Tanith kunnen leggen. Onze werkelijke vijand is op Marduk en niet op Xochitl; zijn naam is Zaspar Makann. Zaspar Makann en Andray Dunnan, de man waarvoor ik Gram verliet om jacht op hem te maken. Ze werken nauw samen en ik geloof, dat Andray Dunnan zich nu op Marduk bevindt."

De afvaardiging die met het jacht van de Hertog van Bigglersport van Gram was gekomen, was niet onder de indruk. Marduk was voor hen alleen maar een naam, een van die legendarische beschaafde planeten van de Oude Federatie, die geen Zwaard-Werelder ooit had gezien. En Zaspar Makann was nog minder dan dat. Er was sinds de moord op Elaine Karvall en de kaping van de *Enterprise* zoveel op Gram gebeurd, dat ze Andray Dunnan volkomen vergeten waren. Dat bracht hen in een nadelige positie. Al deze mensen, die zij probeerden te overtuigen, deze vijfig leden van de nieuwe adel van Tanith, spraken een taal die zij niet begrepen. Ze begrepen het voorstel zelfs niet en konden er niets tegen inbrengen.

Paytrik Morland, die op Gram was geboren, en die zich had uitgesproken voor terugkeer naar Gram om tegen Omfray van Glaspyth en zijn aanhangers te vechten, viel hen onmiddellijk af. Hij was op Marduk geweest en hij wist wie Zasper Makann was; hij had vriendschap gesloten met de officieren van de Koninklijke Vloot en was geschokt te horen, dat zij nu vijanden waren. Manfred Ravallo en Boake Valkanhayn, die zich duidelijk hadden uitgesproken voor de Val-Xochitl-Nu-Aan groep, grepen het idee onmiddellijk aan en schenen er van overtuigd, dat zij altijd al hetzelfde hadden gedacht. Valkanhayn was op Gimli geweest en had daar met Mardukaanse vlootofficieren gesproken; Ravallo had Prinses Bentrik naar Tanith gebracht en had tijdens de reis haar verhalen gehoord. Ze begonnen argumenten aan te voeren, die Trask's stelling ondersteunden. Natuurlijk speelden Makann en Dunnan onder één hoedje. Wie had Dunnan ingelicht dat de *Victrix* op Audhumla zou zijn? Makann; zijn spionnen bij de vloot hadden hem getipt. En wat betrof de *Honest Horris*; was het Makann niet geweest die het onderzoek naar haar had tegengehouden? Waarom was Admiraal Shefter van het toneel verdwenen, nadat Makann aan de macht was gekomen?

,,Ja, hoor eens,.wij weten niets over die Zaspar Makann,'' begon de secretaris en spreekbuis van de Hertog van Bigglersport.

,,Nee, dat weet u zeker niet,'' zei Otto Harkaman. ,,Daarom stel ik voor dat u even zwijgt en luistert, tot u iets meer over hem weet.''

,,Het zou me niets verbazen, als Dunnan al die tijd dat wij jacht op hem maakten op Marduk was geweest,'' zei Valkanhayn.

Trask begon zich het een en ander af te vragen. Wat zou Hitler hebben gedaan, als hij een van zijn grote leugens had verteld, om dan tot de ontdekking te komen dat die leugen waarheid was geworden? Misschien was Dunnan op Marduk geweest... Nee, hij kon geen half dozijn schepen verborgen hebben gehouden op een beschaafde planeet. Zelfs niet op de bodem van de oceaan.

,,Het zou mij niets verbazen,'' schreeuwde Alvyn Karffard,'' als zou blijken dat Andray Dunnan Makann was. Ik weet dat hij niet op Dunnan lijkt, we zagen hem allemaal op het scherm, maar er bestaat nog zoiets als plastische chirurgie.''

Dat maakte de grote leugen net iets té groot, Zaspar Makann was vijftien centimeter kleiner dan Dunnan; er zijn van die dingen, die geen plastisch chirurg voor elkaar krijgt. Paytrik Morland, die Dunnan gekend had en Makann op het scherm had gezien, had dat moeten weten, maar of hij dacht daar niet aan, of hij wilde een mogelijkheid die hij volledig had geaccepteerd niet verzwakken.

,,Voor zover ik weet had niemand tot vijf jaar geleden zelfs maar van Makann gehoord. En dat moet ongeveer het tijdstip zijn geweest, waarop Dunnan op Marduk aan had kunnen komen,'' zei hij.

Tegen die tijd was in het vertrek waar ze vergaderden een babylonische spraakverwarring ontstaan, iedereen proberend iedereen anders ervan te overtuigen, dat ze het al die tijd al geweten hadden. Toen kreeg de Terug-Naar-Gram groep de genadeslag. Lothar Ffayle, van wiens zijde de afgezanten van Hertog Joris de grootste steun hadden verwacht, zwenkte om.

,,Jullie verlangen, dat we een planeet, die we vanuit het niets hebben opgebouwd en al het geld en de tijd, die we daaraan besteed hebben, in de steek laten om voor jullie de kastanjes uit het vuur te halen? Naar de hel met jullie. Wij blijven hier en verdedigen onze eigen planeet. En als jullie verstandig zijn blijven jullie bij ons.''

De Bigglersport-delegatie was nog op Tanith, probeerde huurlingen van de Koning van Tradetown te recruteren en onderhandelend met een Gilgamesher om die voor hen naar Gram te brengen, toen de grote leugen in zoiets als de waarheid veranderde.

De observatiepost op de Maan van Tanith nam op twintig lichtminuten pal noord van de planeet een nadering waar. Een half uur later nog een op vijf minuten; een heel kleine. En dan een derde op twee lichtseconden en deze werd door de rader en microstraling herkend als een ruimtesloep. Hij vroeg zich af of er iets gebeurd was op Amaterasu of Beowulf; iemand als Gratham of de Everrards zou besloten kunnen hebben van de defensieve mobilisatie op Tanith te profiteren.

Dan werd de oproep van de naderende sloep overgeschakeld op het scherm en Prins Bentrik keek hen aan.

,,Ik ben blij u te zien. Uw vrouw en zoon zijn hier, zich zorgen makend over u, maar verder gezond en wel.'' Hij draaide zich om riep iemand toe dat hij de jonge Graaf Steven van Ravary moest zoeken en hem zeggen het aan zijn moeder te vertellen.

,,Hoe is het met u?''

,,Ik had een gebroken been, toen ik de Maanbasis verliet, maar dat is onderweg geheeld,'' zei Prins Bentrik. ,,Ik heb de kleine Prinses Myrna hier bij mij aan boord. Voor zover ik weet is zij nu Koningin van Marduk.'' Hij slikte even. ,,Prins Trask, wij zijn gekomen als bedelaars. Wij smeken u om hulp voor onze planeet.''

,,U komt als hooggeëerde gasten en u krijgt alle hulp die wij u kunnen geven.''

Hij zegende hun vrees voor een Xochitl-invasie en de grote leugen, die snel ophield een leugen te zijn. Tanith had de schepen, de mensen en de bereidheid om in actie te komen.

,,Wat gebeurde er? Zette Makann de Koning af en nam hij de macht over?''

Zover was het gekomen, vertelde Bentrik hem. Het was zelfs al voor de verkiezingen begonnen. De leden van het Volksfront waren in het bezit geweest van wapens en het bezit daarvan was op Marduk wettig verklaard en er was een levendige wapenhandel met Neo-barbaarse planeten ontstaan en de verkregen wapens waren clandestien overgebracht naar de geheime wapenarsenalen van de Volks Welzijnspartij. Een deel van de politie was overgelopen naar Makann; de rest was door middel van terreur tot werkeloosheid gedoemd. Er waren relletjes geweest, aangestookt in de arbeiderswijken van alle steden, als voorwendsels voor nog meer terreur. De verkiezingen waren een farce geweest, een zaak van omkoperij en intimidatie. Ondanks dat was Makanns partij er niet in geslaagd een absolute kamermeerderheid te verkrijgen en ze waren gedwongen geweest een wankele coalitie tot stand te brengen, ten einde een voor hen gunstige Kamer van Afgevaardigden te kunnen kiezen.

,,En natuurlijk werd Makann als Kanselier gekozen," zei Bentrik. ,,En dat deed het. Alle oppositieleiders in de Kamer van Volksvertegenwoordigers zijn op de meest belachelijke beschuldigingen gearresteerd – sexmisdrijven, het aannemen van steekpenningen, het op de loonlijst van vreemde mogendheden staan, niets was te dol. Daarna werd er een wet doorgedrukt, die de Kanselier de macht gaf de opengevallen plaatsen in de Kamer van Volksvertegenwoordigers door middel van benoeming op te vullen."

,,Waarom leende de Kroonprins zich tot iets dergelijks?"

,,Hij hoopte dat hij nog enig gezag zou kunnen uitoefenen. De Koninklijke Familie is een bijna heilig symbool voor het volk. Zelfs Makann was gedwongen trouw aan de Koning en de Kroonprins voor te wenden..."

,,Het haalde niets uit. Hij speelde precies in de kaart van Makann. Wat gebeurde er?"

De Kroonprins was vermoord. De moordenaar, een onbekende man, waarvan men aannam dat het een Gilgamesher was geweest, was onmiddellijk doodgeschoten door de leden van het Volksfront, die de Kroonprins bewaakten. Onmiddellijk had Makann het Koninklijk Paleis bezet, om de Koning te beschermen en even onmiddellijk had het Volksfront overal bloedbaden aangericht. Het Mardukaanse Planetaire Leger had opgehouden te bestaan. Makanns lezing was, dat er sprake was geweest van tegen de Koning en de regering gerichte militaire samenzwering. In kleine garnizoenen over de gehele planeet verspreid, was het leger in twee nachten en een dag vernietigd. Nu was Makann bezig een nieuw leger op de been te brengen, alleen bestaand uit leden van de Volks Welzijnspartij.

,,En u heeft toch niet al die tijd op uw handen gezeten, is het wel?"

"Oh nee," antwoordde Prins Bentrik. "Ik deed iets, waartoe ik mezelf een paar jaar geleden niet toe in staat zou hebben geacht. Ik organiseerde een muiterij bij de Koninklijke Mardukaanse Vloot. Nadat Admiraal Shefter met geweld was verwijderd en in een krankzinnigengesticht was opgesloten verdween ik en dook op de Werf van Malverton weer op als burger contragraviteits-expert. Toen men mij op het laatst begon te verdenken, zag een van de officieren kans – hij werd later gearresteerd en doodgemarteld – me aan boord van een lichter voor de Maanbasis te smokkelen. Daar was ik een tijdje ziekenbroeder in het hospitaal. Op de dag dat de Kroonprins werd vermoord sloegen we zelf aan het muiten. We doodden iedereen, die we ervan verdachten een aanhanger van Makann te zijn. Sindsdien heeft de Maanbasis voortdurend aan aanvallen van de planeet blootgestaan.

Achter zijn rug ontstond enige beweging; zich omdraaiend zag hij Prinses Bentrik en de jongen het vertrek binnenkomen. Hij stond op.

"We spreken hier later nog over. Er zijn hier een paar mensen..."

Hij wenkte hen naderbij te komen en wendde zich af, iedereen anders de deur uitwerkend.

Het nieuws verspreidde zich door heel Rivington en dan over de gehele planeet, terwijl de sloep nog altijd aan het afdalen was. Op de ruimtehaven was een grote menigte aanwezig, toekijkend hoe het kleine landingsvaartuig met het wapen van de gekroonde draak op zijn flanken aan de grond kwam. Verslaggevers van de *Tanith News Service* legden het gebeuren met hun opnameapparatuur op de band vast. Iets voor de anderen uitlopend ontmoette hij Prins Bentrik als eerste en slaagde hij erin hem haastig toe te fluisteren: "Als je hier met wie dan ook praat, herinner je dan altijd dat Andray Dunnan met Makann samenwerkt en zodra Makann zijn positie geconsolideerd heeft, zendt hij een expeditie tegen Tanith uit."

"Hoe voor de bliksem ben je daar hier achter gekomen?" vroeg Bentrik. "Hoorde je het van de Gilgameshers?"

Dan waren Harkaman en Rathmore en Valkanhayn en Lothar Ffayle al bij hen en nog meer mensen kwamen in de richting van de sloep en Prins Bentrik probeerde zijn vrouw en zoon tegelijkertijd te omarmen.

"Prins Trask." De stem deed hem opschrikken en hij keek in

een paar diepblauwe ogen onder ravenzwart haar. Zijn bloed begon plotseling sneller door zijn aderen te stromen en hij zei: „Valerie!" en dan, „Lady Alvarath, ik ben zo gelukkig u hier te zien." Dan zag hij wie er naast haar stond en hij hurkte neer, om zich wat kleiner te maken. „En Prinses Myrna. Welkom op Tanith, uwe Hoogheid."

Het kind sloeg haar armen om zijn nek. „Oh, Prins Lucas, ik ben zo blij u te zien. Er zijn zulke afschuwelijke dingen gebeurd."

„Hier zal niets afschuwelijks gebeuren, Prinses Myrna. U bent hier onder vrienden. Vrienden waarmee u een verdrag heeft, weet u nog?"

Het kind begon bitter te schreien. „Dat was toen ik alleen maar voor Koningin speelde. En nu weet ik wat ze bedoelden, toen ze erover praatten, dat het met Grootvader en vader als Koning gedaan was. Papa is zelfs geen Koning geworden."

Iets groots en warms en zachts probeerde zich tussen hen in te dringen; een hond met lang haar en hangoren. Kleine hondjes kunnen in anderhalf jaar verrassend groot worden. Mopsy probeerde zijn gezicht te likken. Hij pakte de hond bij zijn halsband vast en kwam overeind.

„Lady Valerie, wilt u met ons meekomen?" vroeg hij. „Ik ga op zoek naar een geschikt onderkomen voor Prinses Myrna."

„Is het Prinses Myrna, of is het Koningin Myrna?" vroeg hij. Prins Bentrik schudde zijn hoofd. „We weten het niet. De Koning leefde nog toen we van de Maanbasis vertrokken, maar dat was vijfhonderd uur geleden. We weten ook niets over haar moeder. Ze was in het Paleis, toen Prins Edvard werd vermoord; we hoorden absoluut niets over haar. De Koning verscheen een paar keer op de beeldschermen, dingen zeggend die Makann wilde dat hij zou zeggen. Onder hypnose. Dat was waarschijnlijk het laatste wat ze hem aandeden. Ze hebben een zombie van hem gemaakt."

„En hoe kwam Myrna naar de Maanbasis?"

„Dat was het werk van Lady Valerie, evengoed als van een paar anderen. Zij en Sir Thomas Kobbly en Kapitein Rainer. Ze bewapenden de bedienden van Cragdale met jachtgeweren en alles wat ze verder bij elkaar konden zoeken, maakten zich meester van Prins Edvards jacht en gingen er mee vandoor. Bij het opstijgen incasseerden ze een paar treffers van de grondbatterijen en van een paar schepen die de Maanbasis naderden. Schepen van de Koninklijke Mardukaanse Vloot!'' voegde hij er woedend aan toe.

De sloep waarin zij de reis naar Tanith hadden gemaakt, had bij het doorbreken van de blokkade eveneens een paar treffers te incasseren gekregen. Niet veel; haar kapitein had haar bijna onmiddellijk in de hyper-ruimte geworpen.

,,Ze zenden het jacht terug naar Gimli,'' zei Bentrik. ,,Van daaruit zullen ze proberen zoveel mogelijk eenheden van de Vloot die niet naar Makann zijn overgelopen te verzamelen. De schepen zullen samenkomen op Gimli en daar op mijn terugkeer wachten. Als ik niet binnen vijftienhonderd uur na mijn vertrek van de Maanbasis terug ben, zullen zij naar hun eigen oordeel handelen. Ik verwacht, dat ze dan op Marduk af zullen gaan, om aan te vallen.''

,,Dat zijn zestig dagen,'' zei Otto Harkaman. ,,Dat is een afschuwelijk lange tijd, om van die maanbasis te verwachten dat ze het uit zullen houden tegen een hele planeet.''

,,Het is een sterke basis. Hij werd vierhonderd jaar geleden gebouwd, toen Marduk tegen een combinatie van zes andere planeten vocht. Eenmaal doorstond hij een ononderbroken aanval, die een jaar duurde. Sindsdien is de basis geregeld versterkt.''

,,En wat heeft de vijand om tegen hen in de strijd te werpen?'' ging Harkaman hardnekkig door.

,,Toen ik vertrok zes schepen van de voormalige Koninklijke Vloot, die naar Makann waren overgegaan. Vier vijftienhonderd-voeters, van dezelfde klasse als de Victrix, en twee duizend-voeters. En dan waren er nog de vier schepen als van Andray Dunnan...''

,,Bedoel je dat hij werkelijk op Marduk is?''

,,Ik dacht dat je dat wist en ik vroeg me al af hoe je dat ontdekt had. Ja; *Fortuna, Bolide* en twee gewapende koopvaarders, een op Baldur schip genaamd de *Reliable* en je vriend *Honest Horris.*''

,,Je geloofde toch niet echt dat Dunnan op Marduk was?'' vroeg Boake Valkanhayn.

,,In feite niet. Maar ik moest een of ander verhaal bedenken, om die mensen die kruistocht tegen Omfray van Glaspyth uit hun hoofd te praten.'' Hij liet Valkanhayn's eigen aandringen om een plunderexpeditie tegen Xochitl te ondernemen onvermeld.

,,Nu het de waarheid blijkt te zijn ben ik niet verbaasd. We kwamen al lang geleden tot de conclusie, dat Dunnan het plan had Marduk te overvallen. Het schijnt dat we hem onderschat hebben. Misschien heeft hij Hitler ook gelezen. Hij beraamde geen overval – hij beraamde een verovering, op de enige manier waarop een grote beschaving kan worden veroverd – door omverwerping van het gezag."

,,Ja," kwam Harkaman tussenbeide. ,,Wie was die Makann eigenlijk, toen Dunnan vijf jaar geleden met dit programma begon?"

,,Niemand," zei Bentrik. ,,Een getikte agitator in Drepplin, met een handjevol aanhangers, die even getikt waren als hij. Ze ontmoetten elkaar in het achterzaaltje van een kroeg en hadden een kantoor niet veel groter dan een sigarenkistje. Het volgende jaar had hij overal kantoren en kocht zendtijd bij een aantal televisiestations. Het jaar daarna had hij drie eigen televisiestations en belegde hij bijeenkomsten, die door duizenden mensen werden bezocht. En zo ging het verder omhoog."

,,Ja, Dunnan financierde hem en stond al klaar achter Makann's rug, op dezelfde manier als Makann al klaar stond achter de rug van de Koning. Andray Dunnan zal hem neer laten schieten op dezelfde manier als Makann Prins Edvard liet neerschieten en hij zal de moord gebruiken als voorwendsel voor de liquidatie van zijn persoonlijke aanhang."

,,En dan zal hij Marduk bezitten. En Tanith krijgt de Mardukaanse Vloot op zich afgestuurd," ging Valkanhayn verder.

,,Dus laten we naar Marduk gaan om hem te vernietigen, nu hij nog klein genoeg is om vernietigd te kunnen worden."

Er waren er een paar geweest, die datzelfde met Hitler hadden willen doen en er waren er heel veel geweest, die er later spijt van hadden gehad, dat ze dat niet gedaan hadden.

,,De *Nemesis,* de *Gorisande* en de *Gesel van de Ruimte* in ieder geval?" vroeg hij.

Harkaman en Valkanhayn knikten instemmend; Valkanhayn dacht dat de *Viking's Gift* van Beowulf ook wel mee zou gaan en Harkaman was bijna zeker van de *Black Star* en de *Queen Flavia.* Hij wendde zich tot Bentrik: ,,Start die sloep met bestemming Gimli onmiddellijk; zo mogelijk binnen het uur. Zeg tegen wie daar ook het bevel voert, dat schepen van Tanith al onderweg zijn en dat ze op ons moeten blijven wachten.

Vijftienhonderd uur, min de vijfhonderd die Bentrik komend van Marduk in de ruimte was geweest. Hij had geen tijd om te berekenen hoeveel reistijd het van de andere Mardukaanse handelsplaneten naar Gimli was en niemand kon schatten hoeveel schepen hun oproep zouden beantwoorden.

,,Het zal ons een weinig tijd kosten om een sterke vloot bij elkaar te krijgen. Zelfs nadat we daar over uitgeruzied zijn," zei hij tegen Bentrik. ,,Ruziën is niet alleen een democratisch karaktertrekje."

In feite werd er heel weinig geruzied en waar dat wel het geval was, kwam het van de kant van de Mardukanen. Prins Bentrik bleef er op staan, dat ze Kroonprinses Myrna mee zouden nemen. Koning Mikhyl was of dood, of zo gehersenspoeld dat er niet meer dan een imbeciel van hem was overgebleven en ze moesten iemand hebben, om de troon te bezetten. Lady Valerie Alvarath, Sir Thomas Kobbly, de gouverneur, en Margot, het kindermeisje, weigerden zich van haar te laten scheiden. Prins Bentrik was al even vastbesloten, met veel minder succes, wat betrof het op Tanith achterlaten van zijn vrouw en zoon. Tenslotte werd overeengekomen dat het gehele Mardukaanse gezelschap aan boord van de *Nemesis* mee door de ruimte zou reizen.

De leider van de Bigglersport-delegatie deed hartstochtelijke pogingen hen ervan te weerhouden vreemdelingen te hulp te snellen, terwijl hun eigen planeet tot slavernij werd gebracht. Hij werd door iedereen uitgejouwd en kreeg te horen dat Tanith zich daar verdedigde waar een planeet zich hoorde te verdedigen, namelijk daar waar het gevaar dreigde.

Toen de Bigglersporters uit de vergadering kwamen, kwamen ze tot de ontdekking, dat hun eigen ruimtejacht was gevorderd en naar Amaterasu en Beowulf werd gezonden, om daar hulp te gaan halen, dat het regiment infanterie dat ze met de hulp van de Koning van Tradetown hadden weten te recruteren was overgenomen door de autoriteiten van Rivington en dat het Gilgamesher vrachtschip, dat ze hadden gecharterd om hen naar Gram te brengen, hen nu naar Marduk zou vervoeren. Het probleem viel in twee helften uiteen; de vlootactie die ten doel had de Maan van Marduk te helpen, als ze daar nog stand hadden weten te houden, en de schepen van Dunnan en Makann te vernietigen, en de grondacties, die ten doel hadden de aanhang van Makann uit te roeien en de Mardukaase monorchie te herstellen. Een groot deel van de bevolking van Marduk zou blij zijn met de kans zich tegen Makann te keren, wanneer zij eenmaal wapens hadden en behoorlijke steun kregen.

Gevechtswapens waren het volk echter zo goed als onbekend

en zelfs het gebruik van sportwapens was de meeste van hen vreemd. Alle handwapens, lichte artillerie en automatische wapens werden verzameld.

De *Grendelsbane* kwam binnen van Beowulf en de *Sun-Goddess* van Amaterasu. Drie onafhankelijke Ruimte Viking schepen bevonden zich nog altijd in een baan om Tanith; ze sloten zich bij de expeditie aan. Daar zouden ze op Marduk nog moeilijkheden mee kunnen krijgen; ze zouden willen plunderen. Wel, laat de Mardukanen zich daar maar zorgen over maken. Ze moesten het maar beschouwen als de prijs die ze hadden te betalen voor het feit dat ze Makann aan de macht hadden laten komen.

Buiten de Maan van Tanith bevonden zich nu twaalf ruimteschepen in linie, de drie onafhankelijken en de gevorderde Gilgamesher meegerekend; dat was de grootste vloot in de geschiedenis van de Ruimte Vikings.

Alvyn Karffard zei dat met zoveel woorden, toen ze de formatie via het beeldscherm volgden.

,,Het is geen Ruimte Viking vloot,'' verschilde Prins Bentrik met hem van mening. ,,Er maken maar drie Ruimte Vikings deel van uit. De andere zijn schepen van drie beschaafde planeten, Tanith, Beowulf en Amaterasu.''

Karffard was verrast. ,,U bedoelt dat we beschaafde planeten *zijn*, zoals Marduk, of Baldur, of Odin, of...''

,,Zijn jullie dat dan niet?''

Trask glimlachte. Een paar jaar geleden was hij al begonnen iets dergelijks te vermoeden. Maar tot nu was hij er nooit zeker van geweest. Zijn jongste staf-officier, Graaf Steven van Ravary, leek het compliment niet zo te kunnen waarderen.

,,We *zijn* Ruimte Vikings,'' hield hij vol. ,,En we gaan vechten met de Neobarbaren van Zaspar Makann.''

,,Nu, dat laatste zou ik je in ieder geval niet willen bestrijden, Steven,'' zei zijn vader.

,,Zijn jullie klaar met bekvechten over de vraag wie er beschaafd is en wie niet?'' informeerde Guatt Kirbey. ,,Geef dan het sein. Alle schepen zijn klaar voor de sprong.''

Trask drukte de knop op het paneel voor hem in. Op Kirbey's besturingspaneel begon een lampje te branden, zoals er nu een begon te branden op alle andere schepen. ,,Springen!'' zei hij langs de steel van zijn pijp en hij draaide de rode handle om en duwde die naar voren.

Vierhonderd en vijftig uur in het universum op zich, dat de *Nemesis* was; daarbuiten bestond niets en binnen viel er niets anders te doen dan wachten, terwijl elk uur hen zes triljoen mijlen dichter bij Gimli bracht. In het begin was de wrede en genadeloze Ruimte Viking Steven, Graaf van Ravary, wild enthousiast. Maar het duurde niet lang, of hij kwam tot de ontdekking dat er niets opwindends aan was; het was gewoon een ruimteschip en hij was wel eens eerder aan boord van een ruimteschip geweest. Hare Hoogheid de Kroonprinses, of misschien Hare Majesteit de Koningin van Marduk, raakte tegelijkertijd haar enthousiasme kwijt en zij en Steven en Mopsy speelden met elkaar. Natuurlijk, Myrna was maar een meisje en twee jaar jonger dan Steven, maar ze was – of zou dat althans kunnen zijn – zijn souverein. En bovendien, ze had al eens eerder een ruimte-actie meegemaakt, als je dat wat tussen een planeet en zijn satelliet liet tenminste ruimte kunt noemen en als je het actie kunt noemen als er op je geschoten wordt, zonder dat je terug kunt schieten. En Meedogenloze Steven, de Interstellaire Schrik, had dat niet. En dat vergoedde veel van het feit dat ze maar een meisje was, dat nog tien moest worden. Eén ding; er waren geen lessen. Sir Thomas Kobbly had de smaak van het landschapschilderen te pakken gekregen en besteedde een groot deel van zijn tijd aan het bespreken van de verschillende technieken met Vann Larch. En Stevens gouverneur, Kapitein Rainer, was een verwoed ruimte-astrogator en had een verwante geest in Sharll Renner gevonden.

Het betekende dat Lady Valerie Alvarath zich een beetje aan haar lot voelde overgelaten. Er waren genoeg vrijwilligers, die haar wilden helpen de tijd door te komen, maar Stand-Heeft-Zijn-Privileges; Trask nam op zich ervoor te zorgen, dat ze niet al te erg leed onder de verveling aan boord.

Sharll Renner en Kapitein Rainer kwamen tijdens het cocktailuurtje voor het diner naar hem toe, een paar honderd uur voor ze uit de ruimte zouden komen.

,,We denken dat we berekend hebben waar Dunnan zijn basis heeft,'' zei Renner.

,,Oh, goed,'' Iedereen anders had dat al gedaan, telkens weer uitkomend op een andere planeet.

,,Waar dachten jullie?''

,,Abaddon,'' zei de gouverneur van de Graaf van Ravary. Toen hij zag dat die naam Trask niets zei voegde hij eraan toe: ,,De negende, buitenste planeet van het Marduk-systeem.'' Hij zei het vol afkeer.

„Ja, herinnert u zich nog, dat u Boake en Manfred er met hun schepen op uit had gestuurd, om onze buitenste planeten te controleren, om te zien of Prins Viktor zich op een daarvan verborgen zou kunnen houden? Wel, rekening houdend met het tijdselement en de manier waarop de *Honest Horris* heen en weer reisde, ergens heen dat niet Gimli was, en de manier waarop Dunnan in staat was zijn schepen in te brengen zodra op Marduk het schieten begon, dachten wij dat hij zich op een onbewoonbare buitenste planeet van het Marduk-systeem moest bevinden."

„Ik weet niet, waarom we daar zelf nooit eerder aan hebben gedacht," viel Rainer hem in de rede. „Ik denk dat niemand om de een of andere reden ooit aan Abaddon denkt. Het is maar een kleine planeet, ongeveer vierduizend mijl in diameter en drie en een half miljoen mijl verwijderd van de voornaamste planeet en maar vijfennegentig miljoen minder van Marduk. De gehele planeet is met een ijskorst bedekt. Het zou je bijna een jaar kosten om er met Abbot-voortstuwing te komen en als je schip Dillinghams heeft, waarom zou je dan niet wat meer tijd nemen en naar een behoorlijke planeet gaan? Daarom interesseert niemand zich voor Abaddon."

Maar voor Dunnans doel zou het volmaakt zijn. Hij riep Prins Bentrik en Alvyn Karffard bij zich; ze vonden het denkbeeld ogenblikkelijk overtuigend. Ze spraken het tijdens het diner door en hielden later een algemene bespreking. Zelfs Guatt Kirbey, de scheepspessimist, kon er geen bezwaar tegen inbrengen. Karffard vroeg zich af of het niet beter zou zijn daarmee te wachten tot ze op Gimli waren, zodat ze het met de anderen konden bespreken.

„Nee," antwoordde Trask hem. „Dit is het vlaggeschip; hier wordt de strategie bepaald."

„En hoe zit het met de Mardukaanse Vloot?" vroeg Kapitein Rainer. „Ik denk dat Vloot-Admiraal Bargham op Gimli het commando heeft."

Prins Bentrik zweeg een ogenblik, alsof hij zich met tegenzin realiseerde, dat de grote beslissing niet langer vermijdbaar was.

„Mogelijk is hij dat op dit ogenblik, maar dat zal hij niet langer zijn als ik daar ben. Dan voer ik het commando."

„Maar... Uwe Hoogheid, hij is een vloot-admiraal; u bent alleen maar commodore."

,,Ik ben niet alleen maar commodore. De Koning is een gevangene en voor zover wij weten mogelijk al dood. De Kroonprins is dood. Prinses Myrna is nog een kind. Ik roep mijzelf uit tot Prins-Regent van het Rijk."

Op Gimli was er een kleine moeilijkheid met Vloot-Admiraal Bargham.

Commodores geven een vloot-admiraal geen bevelen. Regenten mogelijk wel, maar wie gaf Prins Bentrik het recht zichzelf Regent te noemen? Regenten werden door de Kamer van Afgevaardigden gekozen uit de door de Kanselier voorgedragen kandidaten.

„Heeft u het over Zaspar Makann en zijn werktuigen?" lachte Bentrik.

„De Grondwet..." Hij bedacht zich, voor iemand hem zou vragen over welke Grondwet hij het had. „Een Regent moet worden gekozen. Zelfs leden van de Koninklijke Familie kunnen zichzelf geen Regent maken, door gewoon te zeggen dat ze het zijn."

„Ik wel. Ik heb het zojuist gedaan. En ik denk niet, dat er nog veel meer verkiezingen zullen komen. Voor het ogenblik althans niet. Niet voor we er zeker van zijn, dat we het het volk van Marduk kunnen toevertrouwen zich een regering te kiezen."

„De sloep van de Maanbasis meldde, dat ze door zes Koninklijke oorlogsschepen en vier andere vaartuigen was aangevallen," maakte Bargham bezwaar. „Ik heb hier maar vier schepen. Ik ontbood de schepen die zich nog op onze andere handelsplaneten bevinden, maar we hebben nog niets van hen gehoord. We kunnen daar niet met maar vier schepen heengaan."

„Zestien," verbeterde Bentrik. Nee, vijftien en een Gilgamesher die we als troepentransportschip gebruiken. Ik denk, dat dat wel genoeg is. U blijft in ieder geval hier op Gimli, Admiraal. Zodra die andere schepen binnenkomen volgt u ons samen met hen naar Marduk. We houden nu een bespreking aan boord van de *Nemesis,* het vlaggeschip van Tanith. Ik wil uw vier gezagvoerders onmiddellijk hier aan boord zien. Ik nodig u niet uit voor die bespreking, omdat u hier achterblijft om op de laatkomers te wachten en zodra deze bespreking achter de rug is, kiezen we de ruimte."

In werkelijkheid kozen ze veel sneller de ruimte; de bespreking duurde de volle driehonderd en vijftig uur naar Abaddon. Als een gezagvoerder een goede Eerste Officier heeft, zoals ze die allemaal hadden, dan hoeft hij alleen maar op zijn commandopost te gaan zitten en een gewichtig gezicht te trekken, terwijl zijn schip bezig is aan haar lange sprong door de ruimte; de rest van de tijd kan hij oude geschiedenis gaan studeren, of welke zijn hobby aan boord ook mag zijn. Liever dan driehonderd en vijftig kostbare uren te verliezen, droegen de gezagvoerders het commando over hun schepen over aan hun Eerste Officieren en bleven aan boord van de *Nemesis*. Het schip bood ruimte genoeg, maar in de boven de machinekamers gelegen officiersverblijven was het drukker dan in een toeristenhotel in het hoogseizoen. Een van de vier Mardukanen was Kapitein Garravay, die Bentrik's vrouw en zoon van Marduk gesmokkeld had. De drie anderen waren al even pro-Bentrik, pro-Tanith en anti-Makann. Ze waren in beginsel ook anti-Bargham. Er moest iets mis zijn met een Vloot-Admiraal, die zijn positie behouden had, nadat Makann aan de macht was gekomen.

Nadat ze de ruimte hadden gekozen werd er een klein feestje georganiseerd. Daarna gingen ze om de tafel zitten, om hun plannen te maken voor de Slag om Abaddon.

Er was geen Slag om Abaddon.

Het was een dode planeet, één kant in de nacht en de andere kant in het schemerige licht van een nietige zon, die drie en een half biljoen mijlen ver weg stond. Grillige bergketens rezen uit boven de sneeuw, die de planeet van pool tot pool bedekte. De bovenlaag van de sneeuw was tot ijs bevroren en de oppervlakte temperatuur moest volgens de thermo-apparatuur minstens 1200 graden Celsius onder nul bedragen. Er bevonden zich geen schepen in een baan om de planeet; er was een zwakke straling waarneembaar, die van natuurlijke radio-actieve mineralen kon zijn; er was geen electrische ontlading waarneembaar.

In de commandokamer van de *Nemesis* werd hevig gevloekt. De gezagvoerders van de andere schepen meldden zich via de beeldschermen en wilde weten wat ze moesten doen.

,,Ga er op af," zei Trask. ,,Vaar om de planeet heen en daal zonodig tot op een mijl af. Ze kunnen zich ergens verborgen houden."

,,Wel, ze verbergen zich in ieder geval niet op de bodem van de oceaan, dat is wel zeker," zei iemand. Het was een van die flauwe grapjes waar iedereen om lachte, omdat de situatie verder niets om te lachen bood.

Tenslotte vonden ze het, op de noordpool, waar het niet kouder was dan ergens anders op de planeet. Eerst stralings-lekkage, van het soort dat uit een afgesloten kerncentrale zou ontsnappen. Dan een geringe hoeveelheid electrische ontlading. Tenslotte pikten de telescopische schermen de ruimtehaven op; een groot, ovaal amfitheater, uitgegraven in een dal tussen twee grillige bergketens.

In de commandokamer werd weer even hard gevloekt, maar de toon was veranderd. Het was verbazingwekkend, dat een paar doodgewone vloeken en obsceniteiten zo'n groot scala van gevoelens tot uitdrukking konden brengen. Iedereen die Sharll Renner eerst gehoond had, bejubelde hem nu.

Maar er was geen leven. De schepen kwamen naderbij; van luchtsluizen voorziene landingsvaartuigen, volgepakt met in ruimtepakken gehulde grondvechters, gingen naar beneden. De schermen in de commandokamer lichtten op, toen ze de beelden van hun bevindingen uitzonden. Indrukken in de sneeuw, waar de dertig meter brede voeten van de landingsgestellen waren neergekomen. Olie-achtige sporen van vrachtschepen, die de verbinding hadden onderhouden met zich in een baan om de planeet bevindende vaartuigen. En overal in de bergwanden die de ruimtehaven ommuurden afgesloten luchtsluizen naar grotten en tunnels. Een groot aantal mensen voorzien van veel uitrusting had hier gewerkt in die geschatte vijf of zes jaar sinds Andray Dunnan – of iemand anders – hier zijn basis had gebouwd.

Andray Dunnan. Op tal van zaken werd zijn wapen aangetroffen; de blauwe maansikkel op een zwart veld. Ze vonden uitrustingstukken, die Harkaman herkende als behorend tot de oorspronkelijke lading, die samen met de *Enterprise* werd gestolen. In zijn woonverblijven vonden ze zelfs een foto van Nevil Ormann, gehuld in een wijde zwarte mantel.

Maar wat ze niet vonden was een voertuig klein genoeg om aan boord van een schip te kunnen worden genomen; geen gevechtsuitrusting, zelfs geen pistool of een handgranaat.

Dunnan was vertrokken. En ze wisten niet waar ze hem moesten zoeken.

De strijd om Marduk was in het beslissende stadium gekomen.

Marduk bevond zich op vijfennegentig miljoen mijlen aan de andere kant van de zon van Abaddon – dichtbij, maar niet zo dichtbij dat het hen in moeilijkheden zou kunnen brengen, dacht Trask. Guatt Kirbey en de Mardukaanse astrogator die hem hielp, brachten hen tot op anderhalve lichtminuut. De

Mardukaan dacht, dat het niet zo slecht was, Kirbey vond van wel. De laatste micro-sprong was gericht op de Maan van Marduk, die in zijn geheel zichtbaar was op het telescopische scherm. Ze kwamen eruit op anderhalve lichtseconde en dat was redelijk dichtbij, gaf Kirbey toe. Zodra de schermen oplichtten, zagen ze dat ze niet te laat waren. De Maan van Marduk lag onder vuur en vuurde terug.

Ze zouden detectie-apparatuur hebben en hij wist wat ze zouden ontdekken – zestien vergeldingsschepen, die als het ware komend uit het niets, de normale structuur van de ruimte verstoorden.

Naast hem had Prins Bentrik een beeldscherm ingeschakeld; het was nog melkachtig wit en hij sprak in een handmicrofoon. „Simon Bentrik, Prins-Protector van Marduk, roept de Maanbasis op." Dan herhaalde hij twee keer langzaam zijn beeldscherm-combinatie.

„Kom binnen, Maanbasis... hier spreekt Simon Bentrik, Prins-Protector."

Hij wachtte tien seconden en stond op het punt het nogmaals te proberen, toen het scherm begon te flikkeren. De man die op het scherm verscheen droeg de onderscheidingstekenen van een Mardukaanse vlootofficier. Hij moest zich nodig scheren, maar hij grijnsde gelukkig.

„Hallo, Simon... ik bedoel Uwe Hoogheid, ik ben blij je te zien. Wat betekent dat Prins-Protector?"

„Iemand moest die rol op zich nemen. Leeft de Koning nog?" De glimlach verdween van de officier zijn gelaat, te beginnen bij zijn ogen.

„We weten het niet. In het begin liet Makann hem het volk via de beeldschermen toespreken – je weet hoe het ging – iedereen aansporend te gehoorzamen en samen te werken met onze 'beminde Kanselier'. Makann verscheen altijd samen met hem op het scherm."

Bentrik knikte. „Ik herinner het me."

„Voor jij vertrok hield Makann zich rustig en liet hij de Koning het woord doen. Na een tijdje was de Koning niet meer in staat samenhangend te spreken; hij begon te stotteren en alles te herhalen. Dus begon Makann zelf het woord te voeren; ze konden er zelfs niet meer op vertrouwen dat hij na zou zeggen wat ze hem via een oormicrofoon voorzegden. Toen verscheen hij opeens helemaal niet meer. Ik veronderstel dat er lichamelijke symptomen waren, die niet gezien mochten worden."

Bentrik vloekte gesmoord. De officier op de Maanbasis knikte. „Ik hoop voor zijn eigen bestwil dat hij dood is."

Arme Vriend Mikhyl. „Ik ook," zei Prins Bentrik. De officier op de Maanbasis was nog altijd aan het woord; „Binnen honderd uur nadat je vertrokken was kregen we nog twee schepen van de overlopers te pakken." Hij noemde de namen. „En we pakten een van Dunnan's schepen, de *Fortuna*. We bliezen de werf van Malverton op. Ze maken nu nog gebruik van de Antarctische vlootbasis, maar die hebben we ook voor een groot deel vernietigd. We kregen de *Honest Horris* te pakken. Ze deden twee pogingen om hier te landen en verloren een aantal schepen. Achthonderd uur geleden voegde de rest van Dunnan's vloot zich bij hen; vijf schepen. Ze landden op Malverton, toen die zijde van de planeet van ons afgewend was. Makann maakte bekend, dat het RMN-eenheden van de handelsplaneten waren, die zich bij hem hadden aangesloten. Ik veronderstel, dat het publiek aan die zijde van de planeet het geslikt heeft. Hij maakte ook bekend dat hun bevelhebber, Admiraal Dunnan, het opperbevel over het Volksleger voerde."

Dunnan's grondvechters zouden de situatie beheersen. De kans was groot, dat Makann nu evenzeer zijn gevangene was, als Koning Mikhyl een gevangene van Makann was geweest.

„Dus Dunnan heeft Marduk overmeesterd. Alles wat hij nu te doen heeft is er rustig te blijven zitten," zei hij. „Ik zie vier schepen buiten de Maanbasis; hoeveel meer hebben zij er?"

„Die vier zijn de *Bolide* en de *Eclipse,* schepen van Dunnan, en de *Champion* en de *Guardian* van de voormalige Koninklijke Mardukaanse Vloot. Er bevinden er zich nog vijf in een baan om de planeet; de ex-RMNS *Paladin* en Dunnan's schepen de *Starhopper, Banshee, Reliable* en de *Exporter*. De laatste twee staan als koopvaardijschepen ingeschreven, maar ze gedragen zich als oorlogsschepen."

De vier schepen die om de Maanbasis hadden gecirkeld, verlieten hun baan en kwamen de bevrijdingsvloot tegemoet; een ervan kreeg een treffer van een Maanbasis-projectiel te incasseren, die haar even deed wankelen, maar die geen duidelijke schade aanrichtte. Twee schepen die zich in een baan om de planeet hadden bevonden, wijzigden eveneens hun koers en kwamen in hun richting. In de commandokamer heerste stilte, afgezien van het gezoem van de computer, die aan de hand van de verstrekte gegevens probeerde te berekenen welke de bedoelingen van de vijand waren. Nog drie schepen maakten zich los van de planeet en de twee eerste minderden hun snelheid, om hun de gelegenheid te geven op één hoogte met hen te komen. Hij wilde dat hij in staat was de vier van de satelliet aan te vallen, voor de vijf van de planeet zich bij hen zouden voegen, maar Karffard's computers zeiden dat het niet kon.

„Goed dan," zei hij. „We zullen alles op één kaart moeten zetten. Probeer hen zo snel mogelijk te raken, zodra zij zich verenigd hebben."

De computers begonnen weer te ratelen. De serveer-robots hadden het druk met het ronddelen van hete koffie. Prins Bentrik's zoon, zittend naast zijn vader, was niet langer meer de Meedogenloze Ravary, de Duivel van de Ruimte, maar was nu een zeer jeugdig officier aan de vooravond van zijn eerste ruimtegevecht, banger en tegelijkertijd gelukkiger, dan hij ooit in zijn korte leven was geweest. Kapitein Garravay van de *Vindex* seinde naar de andere schepen van Gimli; „*Koninklijke Vloot, vernietig eerst de verraders!*"

Hij kon het begrijpen en hij kon met hen meevoelen, zelfs al kon hij het niet waarderen, dat persoonlijke overwegingen boven die van tactische aard werden geplaatst. Hij voerde via een rechtstreekse verbinding een kort gesprek met Harkaman en zei hem zich erop voor te bereiden mogelijke gaten in de formatie, die zouden kunnen ontstaan, wanneer zij die zouden verbreken om op persoonlijke wraak uit te gaan, onmiddellijk op te vullen. Ook gaf hij de *Black Star* en de *Sun-Goddes* opdracht het lichtbewapende Gilgamesher troepentransportschip buiten de gevarenzone te geleiden. De twee groepen Dunnan-Makann schepen naderden elkaar snel en Alvyn Karffard schreeuwde iemand door de microfoon toe, dat hij hun snelheid op moest voeren.

Op duizend mijl begonnen de raketten te komen; de twee groepen schepen, vier en vijf, waren nu op gelijke afstand van elkaar en van de geallieerde vloot, op de hoeken van een driehoek, die met de seconde kleiner werd. De eerste vuurbollen van onderschepte projectielen spatten in een helwitte gloed uiteen. Op het schadepaneel flitste een rood licht aan. Een vijandelijk schip incasseerde een treffer. De Kapitein van de Queen Flavia verscheen op een van de schermen en meldde dat zijn schip zware schade had opgelopen. Drie schepen, het Mardukaanse draak-en-planeet wapen voerend, cirkelden naar het op het scherm leek als krankzinnig geworden op niet meer dan pistoolafstand om elkaar heen, twee daarvan vurend op de derde, die het vuur wanhopig beantwoordde. Het derde schip spatte uiteen en iemand schreeuwde door de luidsprekers: ,,Die verrader kan geschrapt worden!''

Nog een schip ging ergens de lucht in en nog een. Hij hoorde iemand zeggen: ,,Dat was er een van ons'', en hij vroeg zich af welke het was. Niet de *Corisande*, hoopte hij; nee, die was het niet. Hij kon zien hoe die nu achter twee andere schepen aanjoeg, die op hun beurt met grote snelheid op de *Black Star*, de *Sun-Goddess* en het Gilgamesher troepentransportschip afkwamen. Dan waren de *Nemesis* en de *Starhopper* binnen elkanders kanonbereik, elkaar woest beschietend.

Het was een kluwen van rondtollende, vuurspuwende schepen, rollend in de richting van de planeet, die in en uit het grootste beeldscherm danste en snel groter werd.

Tegen de tijd dat ze de binnenste rand van de exosfeer bereikt hadden, begon het kluwen zich af te wikkelen, schip na schip zich uit de chaos losmakend en in zijn baan komend, sommige schepen zwaar beschadigd en sommige zich gereedhoudend om zwaar beschadigde vijanden aan te vallen. Een paar schepen waren volkomen achter de planeet schuilgegaan. Hij zag drie schepen de planeet naderen – de *Corisande*, de *Sun-Goddess* en de Gilgamesher.

Hij kreeg Harkaman op het scherm.

,,Waar is de *Black Star*?'' vroeg hij.

,,Naar de eeuwigheid,'' antwoordde Harkaman. ,,Maar wij kregen de twee Dunnan-Makanns, de *Bolide* en de *Reliable*.''

De jeugdige Steven van Ravary, die een van de interscheepse schermen beluisterde en in het oog hield, kreeg een oproep van Kapitein Gompertz van de *Grendelsbane* en op hetzelfde ogenblik schreeuwde er iemand anders: ,,Daar komt de *Starhopper* weer!''

,,Zeg hem een ogenblik te wachten,'' zei hij. ,,We hebben moeilijkheden.''

De *Nemesis* en de *Starhopper* kwamen op elkaar in, elk van hen de aanvallen van de ander met afweerraketten parerend. En dan ging de *Starhopper* volkomen onverwacht naar de eeuwigheid.

Er waren er vandaag veel naar de eeuwigheid gegaan. Ook Manfred Ravallo. Het deed hem pijn. Manfred was een goed mens en een goede vriend geweest. Hij had een meisje in Rivington... Hel nog aan toe, er waren achthonderd goede mannen aan boord van de *Black Star* en de meeste van die mannen hadden meisjes, die op Tanith vergeefs op hen wachtten. Wat had Otto Harkaman toch gezegd, lang geleden, op Gram? Had hij toen niet gezegd, dat ouderdom bij de Ruimte Vikings niet de gebruikelijke doodsoorzaak was?

Dan herinnerde hij zich dat Gompertz van de *Grendelsbane* probeerde hem te bereiken. Hij zei tegen de jonge Graaf Steven hem door te verbinden.

,,We verloren juist een van onze Mardukanen," zei Gompertz, met dat eentonige Beowulf-accent. ,,Ik denk dat het de *Challenger* was. Ik ben aan het keren, om haar aan te vallen?"

,,Welke richting? Westelijk rond de planeet? Ik ben zo bij u, Kapitein."

Het was net als het voltooien van een kruiswoordpuzzle. Je zit ernaar te staren, zoekend naar open plekken, om de laatste woorden in te vullen, en plotseling besef je, dat die er niet meer zijn. De puzzle is af. Zo eindigde ook de Slag om Marduk, de Slag *boven* Marduk.

Plotseling waren er geen uiteenspattende, gekleurde vuurbollen meer, geen projectielen meer, die op je afkwamen, geen vijandelijke schepen meer, om je projectielen op af te vuren. Nu was het tijd om de balans op te maken, om daarna te gaan denken aan de slag *op* Marduk.

,,De *Black Star* was verdwenen. Dat was ook de RMNS *Challenger* en de RMNS *Conquistador*. De *Gesel van de Ruimte* was er slecht aan toe, slechter dan na de raid op Beowulf, had Boake Valkanhayn gezegd. De *Viking's Gift* had zware schade opgelopen evenals de *Corisande* en volgens het schadepaneel ook de *Nemesis*.

En drie schepen werden vermist – de drie onafhankelijke Ruimte Vikings, de *Harpy,* de *Curse of Cagn* en Roger-fan-Morvill Esthersan's *Damnthing.*

Prins Bentrik trok zijn wenkbrauwen op. ,,Ik kan me niet voorstellen dat die drie schepen vernietigd zijn, zonder dat iemand het zag gebeuren."

,,Ik ook niet. Maar ik kan me wel voorstellen, dat die drie schepen zich hier uit de strijd hebben getrokken en op de planeet zijn afgegaan. Ze kwamen hier niet om ons te helpen Marduk te bevrijden; ze kwamen hier om hun laadruimte te vullen. Ik hoop alleen, dat de mensen die zij beroven bij de laatste verkiezingen op Marduk op Makann hebben gestemd." Een troostende gedachte kwam bij hem op en hij gaf die door. ,,De enigen die gewapend zijn om zich tegen hen te verzetten zijn Makann's stormtroepen en de piraten van Dunnan; zij zijn het die gedood zullen worden."

„We willen geen doden meer..." Prins Bentrik brak plotseling af. „Ik begin al net zo te praten als onze gestorven Kroonprins Edvard," zei hij. „Hij wilde ook geen bloedvergieten en kijk nu eens wiens bloed werd vergoten. Als zij doen wat jij denkt dat zij doen, dan ben ik bang dat we ook een paar van jouw Ruimte Vikings zullen moeten doden."

„Zij zijn mijn Ruimte Vikings niet." Het verbaasde hem enigszins tot de ontdekking te komen, dat hij na die naam bijna acht jaar zelf te hebben gedragen, die nu plotseling gebruikte als een etiket dat hij anderen opplakte. En waarom ook niet? Hij heerste over de tot beschaving gebrachte planeet Tanith, of niet soms?" „Maar laat ons niet beginnen hen te bevechten voor de oorlog zelf achter de rug is. Die drie schepen zijn niet gevaarlijker dan een flinke verkoudheid; Makann en Dunnan zijn erger dan de pest."

Het zou hen nog vier uur kosten om naar beneden te komen, al spiralend hun snelheid minderend. Ze begonnen met de televisieuitzendingen van de opnamen die zij hadden gemaakt tijdens de reis van Gimli. Prins Bentrik voerde het woord: Aan het onwettig gezag van de verrader Makann was een eind gekomen. Zijn misleide volgelingen kregen de raad terug te keren tot hun trouw aan de Kroon. De leden van het Volksfront werd bevolen hun wapens in te leveren en zich als eenheid te ontbinden. Daar waar zij weigerden werd het volk dat zijn Koning trouw was gebleven opgeroepen samen te werken met de wettige strijdkrachten van de Kroon en hen uit te roeien. Wapens zouden zo spoedig mogelijk aan hen worden uitgereikt.

Kleine Prinses Myrne sprak: „Als mijn grootvader nog leeft is hij uw Koning; als hij niet meer leeft ben ik uw Koningin en tot ik oud genoeg ben om zelf te regeren, accepteer ik Prins Simon als Regent en Beschermer van het Rijk en ik roep u op hem gehoorzaam te zijn, zoals ik dat zal zijn."

„Je zei niets over de volksvertegenwoordiging, of de democratie of de grondwet," merkte Trask op. „En het viel me op dat je het woord 'heersen' gebruikte, in plaats van 'regeren'."

„Dat is juist," zei Prins Bentrik, de zelfbenoemde beschermer van het Rijk. „Er mankeert iets aan de democratie. Was dat niet het geval, dan zou die niet omvergeworpen kunnen worden door mensen als Makann, die de democratie aanvallen door middel van democratische procedures. Ik zeg niet, dat het systeem onbruikbaar is. Er zal alleen, zoals vakmensen dat zeggen, hier en daar aan gesleuteld moeten worden. Het is niet veilig een defecte machine te bedienen, zolang je de defecten niet hebt opgespoord en verholpen."

„Ik hoop niet dat je denkt dat er aan ons feodale Zwaard-Wereld systeem niet gesleuteld moest worden." Hij gaf een paar voorbeelden en citeerde dan Otto Harkaman, over barbarisme, dat zich van boven naar beneden verspreidde, in plaats van van de grond naar boven.

„Het zou wel eens kunnen," ging hij verder," dat er iets mankeert aan de regering zelf. Zolang als de *Homo sapiens terra* een wild dier is, wat hij altijd is geweest en altijd zal blijven, tot hij óver een paar miljoen jaar tot iets geheel anders evolueert, is een practisch bestuurssysteem een politiek-wetenschappelijke onmogelijkheid; evengoed als de verwisseling van elementen een natuurkundige onmogelijkheid was, zolang ze het langs chemische weg probeerden."

„Dan zullen we moeten proberen het systeem zo goed mogelijk te laten functioneren en als dat niet lukt dan zullen we een ander systeem moeten zien te bedenken, dat het mogelijk iets langer uithoudt," zei Bentrik.

Op de telescopische schermen werd Malverton groter en groter, terwijl ze daalden. De Vloot-Ruimtehaven, waar Trask bijna twee jaar geleden was geland, was in een ruïne veranderd; overal lagen de brokstukken van op de grond opgeblazen schepen, grotendeels weggesmolten door de hitte van thermonucleair vuur. Overal in en om de stad werd gevochten; op de daken van de gebouwen, op de grond en in de lucht. Dat moesten de Ruimte Vikings zijn, de *Damnthin*, de *Harpy* en de *Curse of Cagn*. Het Koninklijk Paleis was het middelpunt van een van de zes gevechten, die waren ontstaan uit de grote schermutseling. Het was nog niet bezet. Paytrik Morland ging er met de eerste golf grondvechters van de *Nemesis* op af. De Gilgamesher vrachtvaarder had rondom grote laadruimen, die zich nu openden en van alles uit begonnen te braken, van landingsvaartuigen en honderd-voets luchtschepen tot eenmansvaartuigen aan toe. De bovenste landingsterreinen en terrassen van het paleis waren bijna verduisterd door de lichtflitsen van exploderende granaten en de rook en het stof van de raketten. Dan landden de eerste vaartuigen en het vuren vanuit de lucht hield op, toen de mannen zich verspreidden, zo nu en dan hun lichte wapenen afvurend.

Trask en Bentrik waren in de wapenkamer bezig zich in gevechtskleding te steken, toen de jonge Graaf van Ravary zich bij hen voegde en naar wapens en een helm begon te zoeken. „Jij gaat niet mee," zei zijn vader. „Ik zal er al moeite genoeg mee hebben om op mezelf te passen..."

Dat was de verkeerde benadering. Trask kwam tussenbeide: „Je dient aan boord te blijven, Graaf. Zodra we de situatie meester zijn zal Prinses Myrna naar beneden komen en je zult als haar persoonlijke begeleider optreden. En denk niet dat je op de achtergrond wordt geschoven. Zij is de Kroonprinses en als ze nu al geen Koningin is, dan zal ze het over een aantal jaren zijn. Haar nu begeleiden betekent de basis voor je latere carrière. Er is geen jeugdig officier in de Koninklijke Vloot, die niet met je van plaats zou willen ruilen."

„Dat was de juiste manier om hem aan te pakken, Lucas," zei Bentrik waarderend, nadat de jongen was gegaan, trots op de kans die hij kreeg en zijn verantwoordelijkheid.

„Wat ik zei was de waarheid." Hij zweeg een ogenblik, spelend met een gedachte die opeens bij hem opkwam. „Weet je, het meisje zal over een paar jaar Koningin zijn, als ze het nu al niet is. Een Koningin heeft een Prins-Gemaal nodig. Je zoon is een fijne jongen; ik mocht hem vanaf het eerste moment dat ik hem zag en sindsdien ben ik hem steeds meer gaan waarderen. Hij zou naast Koningin Myrna een goede man op de Troon zijn."

„Oh, geen sprake van. Het is geen kwestie van bloedverwantschap; er zijn ongeveer zestien neven. Maar het volk zou zeggen dat ik mijn positie als Regent misbruikt heb, om mijn zoon op de Troon te helpen."

„Simon, als souvereine Prinsen onder elkaar, je hebt nog veel te leren. Een belangrijke les heb je al geleerd, dat een heerser bereid moet zijn geweld te gebruiken en bloed te vergieten, om zijn gezag te versterken. Je zult ook nog moeten leren, dat een heerser het zich niet kan permitteren zich te laten leiden door zijn angst voor wat het volk over hem zeggen zal. Zelfs niet voor wat de geschiedenis over hem zeggen zal. Een heerser's enige rechter is hijzelf."

Bentrik bewoog het transparante vizier van zijn helm experimenterend op en neer en controleerde de kamers van zijn pistool en zijn karabijn.

„Wat mij aan het hart gaat is het geluk en het welzijn van Marduk. Ik zal het moeten bespreken met – met mijn enige rechter. Kom, laat ons gaan."

Toen hun wagen landde, waren de bovenste terrassen al vast in hun handen. Nog meer vaartuigen kwamen naar beneden en zetten mannen af. Een zwerm landingsvaartuigen zweefde langs het gebouw naar de tweeduizend voet lager gelegen grond. Op de lager gelegen terrassen klonk het knallen van automatische wapens en geweren, het gehuil van granaten en geweerkogels en het dreunen van lichte kanonnen. Ze begaven zich met de wagen naar een van de schachten en zweefden omlaag tot ze in het strijdgewoel belandden en niet verder konden. Ze zwenkten af, een brede gang in, hoog genoeg zwevend om de hoofden van de mannen te voet niet in gevaar te brengen. Het leek het gedeelte van het Paleis waar hij had gelogeerd, toen hij hier als gast had vertoefd, maar was het waarschijnlijk niet. Ze kwamen langs haastig opgeworpen barricades van meubilair en standbeelden, waarachter de leden van Makann's Volksfront en Dunnan's Ruimte Vikings verzet boden. Ze kwamen door vertrekken, waar nog de stofwolken van neervallend pleisterwerk en kruitdampen hingen, de vloeren bezaaid met doden. Ze passeerden liftkokers, door welke de gewonden naar boven werden gebracht. Ze kwamen door vertrekken waar het krioelde van hun eigen mensen – *„Blijf met je vingers van die spullen af, jij; dit is geen plunderexpeditie!", „Jij stomme idioot,* hoe wist je dat zich daar niemand achter verborgen hield!"

In een grote zaal, een balzaal, of een concertzaal of iets dergelijks, waren de gevangenen bijeengedreven en mannen van de *Nemesis* waren encefaligrafische leugendetectors aan het opzetten; logge stoelen met kabels en draden en verstelbare helmen en transparante koepels daarboven. Een paar mannen van Morland duwden een Volksfronter naar voren en bonden hem met riemen op een van de stoelen vast.

„Je weet wat dit is, nietwaar?" zei een van hen. „Dit is een leugendetector. In die koepel brandt blauw licht; het wordt rood op het moment dat jij ons iets voorliegt. En op het moment dat het rood wordt sla ik je met de kolf van mijn pistool je tanden in je keel."

„Heb je nog iets gehoord over de Koning?" vroeg Bentrik hem. Hij draaide zich om. „Nee, niemand die we tot nu toe ondervraagd hebben weet iets later dan een maand geleden over hem te vertellen. Hij verdween gewoon." Hij stond op het punt nog iets anders te zeggen maar veranderde van gedachten, toen hij Bentrik's gezicht zag.

„Hij is dood," zei Bentrik dof. „Ze hebben hem gemarteld en

gehersenspoeld en hem zo lang als zij konden als een buikspre-
kerspop op het scherm laten verschijnen; toen ze hem niet
meer aan het volk konden tonen, lieten ze hem in een converter
verdwijnen."

Zaspar Markann vonden ze wel, uren later. Misschien had hij
hun iets kunnen vertellen, als hij nog geleefd had, maar hij en
een paar van zijn fanatieke volgelingen hadden zich in de Troonzaal gebarricadeerd en waren gesneuveld, toen ze probeerden
die te verdedigen.

Ze vonden Makann, zittend op de Troon, de bovenkant van zijn
hoofd weggeschoten, een pistool in zijn hand. De Kroon lag op
de vloer, de fluwelen binnenmuts door kogels doorzeefd en be-
smeurd met bloed en hersenen. Prins Bentrik raapte de Kroon
op en keek er vol afkeer naar.

,,We zullen hier iets aan moeten doen," zei hij. ,,Ik heb nooit
gedacht dat hij dit van plan was. Ik heb altijd gedacht dat hij de
Troon af wilde schaffen, niet dat hij er op wilde gaan zitten."

Behalve een vernielde kandelaber en een paar lijken, die weg-
gesleept moesten worden, was de Raadszaal intakt. Ze richtten
daar hun hoofdkwartier in. Boake Valkanhayn en verscheidene
andere kapiteins voegden zich bij hen. Op verscheidene plaatsen in het Paleis werd nog gevochten en de stad zelf was nog in
heftige beroering.

Iemand slaagde erin contact te krijgen met de kapiteins van de
Damnthing, de *Harpy* en de *Curse of Cagn* en liet hen naar het
Paleis komen. Trask probeerde vergeefs hen tot rede te brengen.

,,Prins Trask, u bent mijn vriend en u hebt mij altijd eerlijk
behandeld," zei Roger-fan-Morvill Esthersan. ,,Maar u weet
tot hoever een Ruimte Viking kapitein zijn bemanning in de
hand kan houden. Deze mannen kwamen hier niet om de politieke vergissing van Marduk goed te maken. Ze kwamen hier
om zoveel mogelijk weg te slepen. Het zou gelijk staan aan zelf-
moord, als ik nu zou proberen hen tegen te houden..."

,,Ik zou het niet eens proberen," viel de kapitein van de *Curse of
Cagn* hem in de rede. ,,Ik kwam zelf ook naar deze planeet om te
zien wat er te halen viel."

,,Probeert u hen tegen te houden," zei de kapitein van de
Harpy, ,,u zult tot de ontdekking komen dat het moeilijker is
dan dat wat u tot nu toe hebt gedaan..."

Trask bestudeerde enkele van de rapporten, die van een ander
deel van de planeet waren binnengekomen. Harkaman was bij
een van de grote steden in het oosten neergekomen en de bevol-

king daar was in opstand gekomen tegen Makann's zetbazen daar en had met de hun verschafte wapens geholpen het Volksfront van de planeet te doen verdwijnen. Valkanhayn's eerste officier was geland in de nabijheid van een groot concentratiekamp, waar tegen de tienduizend politieke tegenstanders van Makann werden vastgehouden; hij had alle hem ter beschikking staande wapens uitgedeeld en had gevraagd om meer. Gompertz van de *Grendelsbane* was in Drepplin; hij meldde juist het tegenovergestelde. De bevolking daar steunde het regime van Makann en hij vroeg toestemming om kernwapens tegen hen te gebruiken.

„Kunt u uw mensen niet vragen naar een andere stad te gaan?" vroeg Trask. „We hebben een stad voor u; een groot industrieel centrum. Daar valt heel wat te plunderen. Drepplin."

„De mensen die daar wonen zijn ook Mardukannen," begon Bentrik. Dan haalde hij zijn schouders op. „We doen dit niet graag, maar het moet. Probeert u op alle mogelijke manieren uw mensen ertoe te bewegen naar Drepplin te gaan. Wat ze daar ook zullen doen, niemand zal bezwaren laten horen."

„En als u die stad leeggeplunderd hebt, gaat u dan naar Abaddon. U bent daar geweest, Kapitein Esthersan. U weet wat Dunnan daar achter heeft gelaten."

Een paar Ruimte Vikings – nee, manschappen van het Koninklijke Leger van Tanith – brachten een oude vrouw binnen. Ze was smerig, in lompen gehuld en aan het eind van haar krachten. „Ze wil Prins Bentrik spreken; ze wil met niemand anders spreken. Ze zegt dat ze weet waar de Koning is."

Bentrik stond snel op, begeleidde haar naar een stoel en schonk een glas wijn voor haar in.

„Hij is nog in leven, uwe Hoogheid. Kroonprinses Melanie en ik – neemt u mij niet kwalijk, uwe Hoogheid; Douarière Kroonprinses – hebben zo goed als ons mogelijk was voor hem gezorgd. Als u snel mee wilt komen..."

Mikhyl VIII, Planetair Koning van Marduk, lag op een smerige strozak op de vloer van een klein vertrek. Naast hem stond een emmer water en op een ruwhouten bank lag wat in kleding gewikkeld voedsel. Een vrouw met een wanordelijke haardos, gekleed in niets anders dan een smerige overall, lag op haar knieën naast hem. Kroonprinses Melanie; Trask herinnerde zich haar als de charmante, elegante gastvrouw van Cragdale. Ze probeerde te gaan staan en wankelde.

„Prins Bentrik! En Prins Trask van Tanith!" riep ze uit. „Snel, breng hem hier vandaan. Breng hem ergens heen waar men voor hem kan zorgen." Ze zakte weer op haar knieën en sloeg dan voorover tegen de vloer, bewusteloos.

Ze kregen het verhaal niet te horen. Prinses Melanie was volkomen ingestort. De vrouw in haar gezelschap, een van de hofdames, bracht alleen maar onsamenhangende klanken uit.
En de Koning lag daar alleen maar, gewassen en gevoed in een schoon bed en keek verwonderd naar hen op, alsof niets van wat hij hoorde en zag tot hem doordrong. De doktoren konden niets voor hem doen.
,,Hij heeft geen verstand meer; hij heeft niet meer verstand dan een pasgeboren baby. We kunnen hem in leven houden, ik weet niet hoe lang. Dat is onze beroepsplicht. Maar we bewijzen Zijne Majesteit er geen weldaad mee."

Het laatste beetje verzet in de verschillende uithoeken van het Paleis werd de volgende ochtend en middag gebroken. Alleen op een plaats diep onder de grond, onder het hart van de energiecentrale, bleef men weerstand bieden. Ze probeerden slaapgas; de verdedigers schakelden de afzuigers in en bliezen het gas terug. Ze probeerden de kelder op te blazen, maar er was een grens aan wat de muren van het Paleis konden weerstaan. En niemand wist hoe lang het zou duren hen uit te hongeren. Op de derde dag kwam er een man naar buiten gekropen, de loop van zijn karabijn, waaraan een wit overhemd was vastgeknoopt, voor zich uithoudend.
,,Is Prins Lucas Trask van Tanith hier?" vroeg hij. ,,Ik wil met niemand anders spreken."
Ze gingen Trask snel halen. Het enige dat van de man te zien was, was de loop van zijn karabijn en het daaraan vastgeknoopte hemd. Toen Trask hem riep verscheen zijn hoofd boven de berg puin, waarachter hij zich verscholen had gehouden.
,,Prins Trask, we hebben Andray Dunnan hier; hij was onze leider, maar nu hebben we hem ontwapend en houden hem hier vast. Laat u ons gaan als wij hem aan u uitleveren?"
,,Als jullie ongewapend naar buiten komen en Dunnan meebrengen, dan beloof ik dat jullie toestemming krijgen dit gebouw ongedeerd te verlaten."
,,Goed. We komen over een minuut naar buiten." De man verhief zijn stem. ,,We zijn het eens geworden!" riep hij. ,,Breng hem naar buiten."

Het waren er minder dan veertig. Sommigen droegen de uniformen van hoge officieren van het Volksfront of van functionarissen van de Volks Welzijnspartij; enkelen droegen te korte, met veel goudborduursel opgesmukte uniformjasjes van Ruimte Viking officieren. Ze duwden een man met een smal, mager gezicht en een puntbaard voor zich uit en Trask moest twee keer naar hem kijken voor hij het gezicht van Andray Dunnan herkende. Het leek meer op het gezicht van Hertog Angus van Wardshaven zoals hij zich dat herinnerde. Dunnan staarde hem met onverschillige minachting aan.

„Uw kinds geworden Koning kon niet heersen zonder Makann en Makann kon niet heersen zonder mij! En dat zult u ook niet kunnen," zei hij. „Schiet deze troep verraders neer en ik zal voor u over Marduk heersen." Hij keek Trask aan. „Wie bent u?" vroeg hij. „Ik ken u niet."

„Ik ben Lucas Trask. U moet die naam eerder hebben gehoord," zei hij. „Ga achter hem vandaan, mensen."

„Oh ja, die arme dwaas die dacht dat hij met Elaine Karvall ging trouwen. Wel, dat zal niet gebeuren, Lord Trask van Traskon. Ze houdt van mij en niet van u. Ze wacht op mij op Gram." Trask schoot hem door het hoofd. Gedurende een ogenblik sperde Dunnan zijn ogen wijd open in ongeloof; dan begaven zijn knieën het en hij viel voorover op zijn gezicht. Trask gooide de veiligheidspal om en holsterde zijn pistool, terwijl hij naar het lichaam keek, dat voor zijn voeten op het beton lag.

Het had geen enkel verschil gemaakt; het was als het doodschieten van een slang geweest, of een van die schorpioen-achtige dingen die de oude huizen in Rivington onveilig maakten. Andray Dunnan bestond niet meer.

„Sleep dat kadaver weg; prop het in een vernietigingsmachine en vernietig het," zei hij. „En ik wil niet, dat iemand de naam van Andray Dunnan ooit nog in mijn aanwezigheid noemt."

Hij keek niet naar hen, toen ze Andray Dunnan's lijk wegsleepten; hij keek toe hoe de vijftig of meer leden van de omvergeworpen Marduk-regering naar de vrijheid werden geleid, bewaakt door Paytrik Morland's soldaten. Er was iets, dat hij zelf te verwijten had; hij had een zwaar misdrijf tegen Marduk begaan, door elk van hen in leven te laten. Tenzij ze daarbuiten door iemand zouden worden herkend en neergeschoten, zou elk van hen zich voor de volgende zonsopgang alweer bezighouden met de een of andere schurkenstreek. Wel, Koning Simon, ik zou daar wel tegen opgewassen zijn.

Hij schrok, toen hij besefte hoe hij over zijn vriend dacht. Wel, waarom niet? Koning Mikhyl's geest was dood; langer dan een jaar zou zijn lichaam het niet overleven. En dan een Koningin die nog een kind was en een lang regentschap en lange regentschappen waren gevaarlijk. Beter een sterke Koning, in naam zowel als in macht. De troonsopvolging kon veilig worden gesteld door Steven en Myrna met elkaar te laten trouwen. Myrna had het acht jaar oud geaccepteerd, dat zij eens om staatsredenen zou moeten trouwen. Waarom dan niet maar haar speelmakker Steven?

Simon Bentrik zou de noodzakelijkheid ervan inzien. Hij was noch een dwaas noch een morele lafaard; hij had alleen wat tijd nodig om zijn ideeën aan te passen...

De schoften die hun levens hadden weten te redden door dat van hun leider te verkopen waren nu verdwenen. Hij volgde hen langzaam, in gedachten.

Dring Simon je ideeën niet al te erg op; maak hem ermee vertrouwd en laat hem die adopteren. En dan was er nog het verdrag – Tanith, Marduk, Beowulff, Amaterasu; en uiteindelijk met de andere beschaafde planeten. De gedachten aan een Verbond van Beschaafde Werelden begon in zijn brein vaag gestalte aan te nemen.

Het leek een goed idee de titel Koning van Tanith voor zichzelf op te eisen. Hij zou zich losmaken van de andere Zwaard-Werelden; in het bijzonder van Gram. Viktor van Xochitl mocht Gram hebben. Of Garvan Spasso. Viktor zou de laatste Ruimte Viking niet zijn, die zich met zijn schepen tegen de Zwaard-Werelden zou keren. Vroeger of later zou de beschaving in de Oude Federatie hen allen huiswaarts doen keren, om de planeten die hen uitgezonden hadden te plunderen.

En als hij Koning werd, had hij dan geen Koningin nodig? Koningen hadden meestal een Koningin. Hij stapte in een kleine luchtwagen en zweefde door een van de schachten omhoog. Hij dacht aan Valerie Alvarath. Aan boord van de *Nemesis* hadden ze van elkaar's gezelschap genoten. Hij vroeg zich af of zij hun vriendschap blijvend zou willen maken, zelfs op een troon...

Elaine was bij hem. Hij voelde haar bijna tastbaar aan zijn zijde. Haar stem fluisterde hem toe: *Ze houdt van je Lucas. Ze zal ja zeggen. Wees goed voor haar en ze zal je gelukkig maken.* Dan was ze weg en hij wist dat ze nooit meer terug zou keren. Vaarwel, Elaine.